古典文学论著四种

文言小说审美发展史

第二版

陈文新 著

名家学术

WUHAN UNIVERSITY PRESS
武汉大学出版社

图书在版编目(CIP)数据

文言小说审美发展史/陈文新著.—2版.—武汉：武汉大学出版社，2007.8

名家学术·古典文学论著四种

ISBN 978-7-307-05584-1

Ⅰ.文…　Ⅱ.陈…　Ⅲ.古典小说—文艺美学—发展史—中国
Ⅳ.I207.409

中国版本图书馆CIP数据核字(2007)第065534号

责任编辑：陶佳珞　　责任校对：刘　欣　　版式设计：支　笛

出版发行：**武汉大学出版社**　(430072　武昌　珞珈山)
(电子邮件：wdp4@whu.edu.cn　网址：www.wdp.com.cn)
印刷：湖北省通山县九宫印务有限公司
开本：720×1000　1/16　印张：40.25　字数：580千字　插页：2
版次：2002年10月第1版　2007年8月第2版
2007年8月第2版第1次印刷
ISBN 978-7-307-05584-1/I·312　定价：60.00元

《古典文学论著四种》前言

陈文新

一

1993年,我的第一本专著《中国文言小说流派研究》由武汉大学出版社出版。其结构不够匀称,印刷、装帧也平实简朴,明眼人不难看出这是一部"少作"。十多年过去了,回头再看这本书,倒没有"悔其少作"之感,而是倍加珍惜。原因在于,它凝聚了我长达十年的探索与思考,而那十年是我人生中最有活力和锋芒的时期。其基本学术理念和研究方法已初步形成,且至今仍未改变。我后来的学术研究,虽然领域有所拓展,如由文言小说到明清章回小说,并进一步延伸到明代诗学,但这并不意味着学术理念和研究方法的变化,恰恰相反,研究对象的迁移更加反衬出基本学术理念和研究方法的一以贯之,即始终不渝地注重辨体研究,注重"了解之同情",注重阐释循环而不偏于一端。

《中国文言小说流派研究》开宗明义,第一段即讨论辨体研究的必要性和重要性:

> 文体本质上是一种把握世界的方式。中国古代文论对于辨体的兴趣,并非建立在琐碎的技术性的评价的基础上,相反,它总是从大处着眼,力求宏观地揭示出每一文体的属性。因此,假如我们缺少感性的辨体能力或理性的辨体指导,对古代各种文体"一视同仁",那是会闹出笑话的。"就举一个文评史上的例罢。我们常说中国古代文评里有对立的两派,一派要'载道',一派要'言志'。

事实上，在中国旧传统里，'文以载道'和'诗以言志'只规定各别文体的功能，并非概论'文学'。'文'指散文或'古文'而言，以区别于'诗'、'词'。这两句话看来针锋相对，而实则水米无干，好比说'他去北京'、'她回上海'；或者羽翼相辅，好比说'早点是稀饭'、'午餐是面'。因此，同一个作家可以'文载道'，以'诗言志'，以'诗余'的词来'言'诗里'言'不得的'志'。""西方文艺理论灌输进来成为常识以后，我们很容易把'文'理解为广义的'文学'，把'诗'认为文学创作精华的代名词。于是这两句话就好比'顿顿都喝稀饭'和'一日三餐全是面'，或'两口儿同去北京'和'双双同回上海'变成相互排除的命题了。……把外来概念应用得不很内行，就产生了这样一个矛盾的错觉了。"（钱钟书《中国诗与中国画》）①

我特别引了钱钟书先生的一段话，是因为那时正兴致勃勃地读他的几本大作，信手拈来，作为佐证。而基本学术理念的形成，其实更多得益于对古代文论著作的阅读。曹丕《典论·论文》说："夫文本同而末异。盖奏议宜雅，书论宜理，铭诔尚实，诗赋欲丽。此四科不同，故能之者偏也；惟通才能备其体。""文以气为主，气之清浊有体，不可力强而致。譬诸音乐，曲度虽均，节奏同检，至于引气不齐，巧拙有素，虽在父兄，不能以移子弟。"②曹丕既注意到性格类型有种种不同，也注意到文体类型有种种不同，将两者相提并论，它所包含的判断是：某种文体与某种性格具有内在的联系；唯其如此，作家们对不同文类的倾心和擅长，就不只是一个技巧和训练问题，而是意味着不同的人格和癖好。从这个角度来考察"人"，比读他们的自我表白效果更好。或者说，这种无意的表白比有意的表白更为真实。这样看来，从事辨体研究，也是知人论世的需要。古人用不同的文体从不同方面来把握世界，我们要了

---

① 陈文新：《中国文言小说流派研究》，1页，武汉，武汉大学出版社，1993。

② 郭绍虞：《中国历代文论选》第二册，158～159页，上海，上海古籍出版社，1979。

解古人以及古人的生活，也需要考察文体之间的区别。

回顾我的学术发展历程，有一个事实不能不提，即：我的小学教育和中学教育是在“文革”(1966 ~ 1976)中完成的，而我的大学教育(1978.3 ~ 1982.1)则适逢“文革”以后拨乱反正的时期。在这十多年的岁月中，尤其是在大学阶段，我对影射史学的厌倦心理日渐增强。这种心理潜在而深远地影响了我的学术研究，它使我很容易接受陈寅恪的“了解之同情”理论。

1930 年，冯友兰《中国哲学史》上册出版，陈寅恪《冯友兰中国哲学史上册审查报告》随冯著刊行。在这篇审查报告中，陈寅恪提出了著名的“了解之同情”理论：

> 凡著中国古代哲学史专著，其对于古人之学说，应具了解之同情，方可下笔。盖古人著书立说，皆有所为而发。故其所处之环境，所受之背景，非完全明了，则其学说不易评论，而古代哲学家去今数千年，其时代之真相，极难推知。吾人今日可依据之材料，仅为当时所遗存最小之一部，欲藉此残馀断片，以窥测其全部结构，必须备艺术家欣赏古代绘画雕刻之眼光及精神，然后古人立说之用意与对象，始可以真了解。所谓真了解者，必神游冥想，与立说之古人，处于同一境界，而对于其持论所以不得不如是之苦心孤诣，表一种之同情，始能批评其学说之是非得失，而无隔阂肤廓之论。否则数千年前之陈言旧说，与今日之情势迥殊，何一不可以可笑可怪目之乎？……著者有意无意之间，往往依其自身所遭际之时代，所居处之环境，所薰染之学说，以推测解释古人之意志。由此之故，今日之谈中国古代哲学者，大抵即谈其今日自身之哲学者也。所著之中国哲学史者，即其今日自身之哲学史者也。其言论愈有条理统系，则去古人学说之真相愈远。①

---

① 刘梦溪主编：《中国现代学术经典 · 陈寅恪卷》，838 ~ 839 页，石家庄，河北教育出版社，2002。

与陈寅恪的“了解之同情”理论相呼应，金岳霖的审查报告提出了“哲学要成见，而哲学史不要成见”的论断。陈寅恪、金岳霖的倡导具有重要的方法论意义。盖哲学是哲学家对世界的基本看法，必须清晰、明确地表达个人的学术立场；而哲学史研究的是历史上不同哲学家对世界的基本看法，需要的是“了解之同情”，如果以个人的学术立场覆盖研究对象，就可能造成曲解。判断比理解容易得多，而理解比判断更有价值。轻率地判定古人的是非善恶，在学术研究中不是一件得体的事情。

以“了解之同情”作为基本的学术追求，我在《中国文言小说流派研究》中顺理成章地提出了“加强中国古代文学的辨体研究”这一命题，并一直信守不渝。在我的学术视野中，辨体研究与“了解之同情”是并行不悖、相得益彰的两翼。辨体研究有助于达到“了解之同情”的境界，而“了解之同情”的学术追求则有助于辨体研究的深化。

阐释循环说出自德国哲学家伏尔泰（Wilhelm Dilthey，1833～1911），钱钟书、汪荣祖等学者陆续加以发挥，已渐为世人所知。汪荣祖《槐聚说史阐释五篇》列有专篇《论历史阐释之循环》，分别讨论了“个体与整体间的循环”、“古今间之循环”、“史实与理论间之循环”，其要点有三：“单一的历史事件须从大格局中求理解，这是循环的一边；然大格局也须由许多单一史事理清，这是循环的另一边。”“由今可以识古”，“由古可以明今”。“一方面由史实建立通则或理论，另一方面再据通则或理论来检验史实”。① 在这三种循环中，关于“史实与理论间之循环”，我想多说几句。原因在于，近年来主持编纂《中国文学编年史》，对这一问题有些思考，延续和发展了我在《中国文言小说流派研究》中的看法。那时偏重于从材料出观点，现在则同时注意到观点与材料的互动。观点不完全是被动的，它有助于我们发现和使用新的材料，有助于我们克服滥用材料、无限制地铺张材料的倾向。

英人柏林（Isaiah Berlin）曾将学者分为“狐狸（fox）”和“刺猬（hedgehog）”两种类型。狐狸型的学者博学多识，刺猬型的学者则追求

① 汪荣祖：《史学九章》，188、189、192页，北京，三联书店，2006。

以一驭万的境界，他们倾向于将所知、所思、所感纳入一个宗旨明确、始终一贯的系统。按柏林的分类，从事编年史研究的学者属于狐狸型，他们关注得更多的是事实而不是对事实的阐释。这种关注潜藏着一个危险，即“博而寡要”、“繁琐失真”。在中国学术史上，两汉是一个重视知识的时代，而章句繁琐的弊端即出现于两汉；乾嘉时期是又一个重视知识的时代，而清代考证家的支离繁琐之弊亦与汉儒相同。如何控制编年史的“文献库”倾向，如何将日益增长的知识置于一种体系中，使这些知识变得有意义，从而使文学史研究得以进一步深入，这是一个必须重视的问题。20世纪中期崛起的法国年鉴学派认为，史学家工作的好坏同提出问题的质量高低有直接关系。史学研究同其他任何学科一样，不能纯粹靠搜集和罗列事实来进行。“过去”是不存在的。的确，历史事实之所以成为历史事实，是与史学家对它的了解分不开的。一个人物、一本著作、一次聚会，它之所以引起关注，与时代赋予史学家的特殊敏感有关。比如，在编年体文学史的撰写中，我们何以对中国古代的“杂文学”特别留意？这与我们所处的特殊学术周期无关吗？这表明，否认史学与时代的联系是不明智的。而承认这一点，也就是承认了阐释的必要性：历史事实只是提供了一个框架和背景，它本身不具有彰显意义的功能。因此，我们不能满足于站在某种学术立场上选择事实，还要从这种学术立场出发来“疏通”事实与事实之间的联系。20世纪90年代的几部文学编年史侧重于做第一步工作，而《中国文学编年史》的宗旨是：在做好第一步工作的同时也做好第二步工作。我们不甘于只做狐狸。

如何让狐狸与刺猬和谐共处？换一种提问方式：如何在关注细节的同时又关注“古今之变”？在这方面，我们受到法国年鉴学派的启发。该学派的后期代表布罗尔（F. Brandel）明确提出了“长时段”概念。他指出，长期的连续性与短期的急剧变化之间的相互作用才是历史本质的辩证关系。关注不同周期的事态比关注无关宏旨的个别事实更重要。将“长时段”概念引入编年史研究，我们意识到：以往的编年史仅仅关注可以系年的事实是不够的，文学史家应将更长的时段纳入视野，并致力于从特殊转向一般，从个别事件转向一致性，从叙事转向分析。

历史事实只是原料，更重要的是在史实之间找出联系，作出相应的阐释。在确立了这一信念后，《中国文学编年史》在体例上做了相应调整。首先是调整时间段的设计。编年史通常以年为基本单位，年下辖月，月下辖日。这种向下的时间序列，有助于在鉴定史实及编辑史料时达到高度的精确性。我们在采用这一时间序列的同时，另外设计了一个向上的时间序列，即：以年为基本单位，年上设阶段，阶段上设时代。这种向上的时间序列，旨在将“长时段”纳入视野，以便考察事态的演变。与“长时段”的设计相适应，《中国文学编年史》还安排了一般编年史所没有的论述内容。具体做法是：阶段与章相对应，时代与卷相对应，分别设立“引言”和“绪论”，以重点揭示文学发展的阶段性特征和时代特征。我们的宗旨是：不只是用叙述的方法来罗列事实，而且在事实之间建立联系，以得出有意义的结论。史家不能满足于客观地报导事实。

这里需要强调的是：史实与理论间之循环，并不一定在同一著作或论文中完成，甚至不一定由同一个人完成。比如，司马光的《资治通鉴》更注重史实，而王夫之的《读通鉴论》更注重理论。两者之间的关系，仍可视为史实与理论间之循环。具体到我个人，主编《中国文学编年史》、《中华大典·文学典·明清文学分典·明文学部二》等，偏重于史实的清理，虽然在清理的过程中也有理论的参与；而撰写《中国文言小说流派研究》、《中国文学流派意识的发生和发展》、《明代诗学的逻辑进程与主要理论问题》和《传统小说与小说传统》，则偏重于从史实概括出含有普遍性的结论。也有几本著作是兼重史实与阐释的，如《中国笔记小说史》、《文言小说审美发展史》。明白了上述情形，我们对阐释循环理论的认识也许会更加健全一些。

注重辨体研究、“了解之同情”与阐释循环，这是我长期遵循的学术理念和学术方法。

二

《古典文学论著四种》汇集了我的四部偏于阐释的著作，分别是：

《中国文学流派意识的发生和发展》、《明代诗学的逻辑进程与主要理论问题》、《文言小说审美发展史》、《传统小说与小说传统》。《中国文言小说流派研究》未纳入“四种”,是因为其核心思想已贯彻在《文言小说审美发展史》、《传统小说与小说传统》二书之中。

《中国文学流派意识的发生和发展》是我主编的武汉大学人文社会科学重大项目“中国古代文学流派研究丛书”的导论,2003 年 11 月由武汉大学出版社初版,2006 年获湖北省人文社会科学优秀成果奖二等奖。该书出版后,曾得到几位同行的称许。北京大学刘勇强教授在《流派研究的文学史意义》(《武汉大学学报》人文科学版 2004 年第 2 期)一文中指出:“在我看来,这套丛书最值得称道的地方,就是第一次从理论上全面探讨了流派问题。这集中体现在陈文新教授的《中国文学流派意识的发生和发展——中国古代文学流派研究导论》中。”近年“流派研究极受学术界关注,但在流派研究兴盛局面的背后,还存在一些问题。对具体流派研究较细,却缺少理论概括,是较为普遍的现象,而这又反过来制约了具体流派的研究。《中国文学流派意识的发生和发展》则不然,作为第一部专门探讨流派理论的专著,这不是对某一特定流派的描述,而是作者在自己一系列流派研究基础上的理论总结,是对中国古代文学流派高屋建瓴的归纳。全书共分三章,首先通过探讨统系意识的发生与发展,揭示出流派与中国文学传统的紧密联系;由此展开的对盟主意识的发生和发展论述,又进一步揭示出流派形成与衍变的内在理路;至于对流派命名与流派风格的概述,则揭示出流派得以呈现的基本面貌。三章内容互相补充,构成一个完整的中国古代文学流派理论体系。很明显,作者是力图在流派纷呈的历史长河中,把握文学发展的深层脉络。这一点在他对汉以降四大诗学流派的考察中表现得最为突出。有关格调派、神韵派、性灵派和肌理派不同的理论内涵,各种文学批评史著作及专题研究著作多有阐释,因此,本书关注的焦点不是四大诗学本身,而是它们在整个文学史上的演变轨迹以及相互关联。虽然四大诗学在清代才发展成熟,但作者指出,无论是在汉魏六朝,还是在唐代,或是在明代,它们事实上已经几度出现,所缺少的只是一个以其理论主张为名称的标志。而造成这一现象的原因则在于某一理论主张产生的历史往往晚于该理论主张所对应的艺术实践的历史；某一理论主张由较为详尽的阐释演变为简洁明晰的术语，需要较长的一段时间等。正是由于作者的这种鞭辟入里的分析，使流派研究的文学史意义在理论上得到了充分的彰显”。山东师范大学杜贵晨教授也对拙著鼓励有加。他在《宁夏社会科学》2004年第4期发表长文《关于古代文学的流派研究与学术创新》，认为："如果说《明清章回小说流派研究》一书表现出陈文新等作者在分体文学流派的研究中，具有'一种整体把握、辩证分析的能力'，那么《中国文学流派意识的发生和发展》一书则凸现了本《丛书》主编陈文新先生个人对中国古代文学流派理论的总体观照、系统研究和全面见解。在他看来，中国古代文学流派意识包括三个层面，即统系意识、盟主意识和风格意识。这三个层面其实也就是本书衡量中国古代文学流派所持的标准。作者以此为基点，切入论证以建立系统的流派理论，并进一步展开对诸多流派的具体考察，特别是从古代文学流派的九种命名方式入手，深入流派与代表作家、流派与时代思潮、流派与地域文化、流派与总集编纂、流派与社团活动、流派与社会阶层、流派与题材、风格和理论主张之间等多重复杂关系的梳理，提出或解决了大量有价值的学术问题，如其论'韩愈以建立道统的方式来建立文统……在很大程度上是策略性的'，'元白的长篇叙事诗是伴随着传奇小说而产生'，'桐城三祖'之末的'姚鼐钟情于"文人"风范，实即以纯文学作家自期和自许'等，都是新颖而深刻的看法；同时又空前地拓展了中国文学流派研究的视野，在其具体分析与结论的贡献之外，从四面八方新辟了多条研究的门径，其嘉惠来者自不待言。"四川大学沈伯俊教授、南京大学周群教授、湖北大学刘尊明教授、华中师范大学谭邦和教授等，亦盛赞该书的理论建树。华中师范大学的王齐洲教授甚至期待以该书的理论成果为基础，大家形成共识，以"促进一种古代文学研究流派的产生"。（见《中华读书报》2004年2月18日王齐洲《文学流派研究与文学研究流派》）薛泉《尊体意识与南宋词选之兴盛》（《求索》2005年第6期）曾引用该书作为其理论支持。同行专家的这些鼓励之辞，或有过誉之处。这一点我是明白的。而就我撰写本书的初衷而言，目光所注，则是当下的流派理论建设，并强烈意识到这一选题的前沿性，努力有所发明。尝试不一定是成功的，但尝试是应该提倡的。我感谢同行专家所给予的热情关注并期待这部尝试之作继续得到关注。

《四大小说名著与明清章回小说流派》原是《明清章回小说流派研究》（由我与鲁小俊、王同舟合著，武汉大学出版社 2003 年 7 月初版）的主体部分，由我撰写，现析出作为《中国文学流派意识的发生和发展》的附编。正编以诗、文、词为主要讨论对象，附编以章回小说为主要讨论对象，相辅相成，文体的涵盖面较为完整。

香港城市大学洪涛先生曾撰写《〈明清章回小说流派研究〉评议》一文，发表于韩国《中国小说研究会报》第 57 号（2004 年 3 月）和《明清小说研究》2004 年第 2 期。他明确肯定该书在学术史上“是一部填充空白之作。此前，学术界已经有严家炎《中国现代小说流派史》（人民文学出版社 1989 年）、张学军等《中国当代小说流派史》（山东大学出版社 1996 年），这两部著作已经基本上做了现、当代部分的流派研究。古代小说流派方面，十年前早有陈文新《中国文言小说流派研究》（武汉大学出版社 1993 年）。如今《明清章回小说流派研究》（以下简称‘该书’）正好补充学术史上从缺已久的一笔。虽然王琼玲《清代四大才学小说》（台湾商务印书馆 1997 年）和浙江古籍出版社‘中国小说史丛书’的《章回小说史》、《明代小说史》、《历史小说史》、《中国讽刺小说史》等在范围上与《明清章回小说流派研究》有重叠，但该书的旨趣在于考察各派的特征，着眼点与别书不同，学术视野也更为宏观、广阔”。洪涛以为“该书的贡献在于研究各派作品的价值观念和表达方式，角度较新，屡有卓见”：“《明清章回小说流派研究》从流派着眼，重视‘谱系归属’、‘统系渊源’，因而能见人之所未见。例如《水浒传》与《金瓶梅》有血缘关系，但两者的写作立场不同，对题材的处理即有异。又如，一般人不会去注意《隋唐演义》与《红楼梦》的相同点，但作者却能藉‘谱系归属’显示出两书主角的雷同之处，道出前者对后者的影响，可谓洞幽烛微。”洪涛先生这篇富于学术内涵的书评，的确搔到了痒处。

南京大学的周群教授热情赞许该书的独到见解：《明清章回小说流派研究》“是三位作者多年研究成果的一次升华，提出了很多独到的见解，收到了新人耳目之效。如本书的重点之一是考察各流派的风格特征并比较流派之间风格的差异。而流派风格的差异，很大程度上表现为价值观念和表达方式的差异。作者详细地考察了小说流派不同，评价人物的价值尺度亦随之不同的特点。如《水浒传》和《金瓶梅》中对武松、西门庆的不同处理。《水浒传》是一部英侠传奇，作者是站在豪侠的立场上写世态人情；《金瓶梅》则是一部人情小说，作者是站在常人的立场上写世态人情。在《水浒传》中武松手刃潘金莲，击杀西门庆，体现出的是英武的形象。而在《金瓶梅》中，武松杀潘金莲，只见凶残而不见豪勇。同样，《金瓶梅》中倾向于让人物接受家庭生活的考验，而在《水浒传》中则倾向于让好汉们摆脱家庭的束缚。《水浒传》中威风八面的英雄好汉，在《金瓶梅》中甚至显得非常可怜。作者对不同流派的表达方式进行了分疏，认为《三国演义》较多承受宋元‘讲史’的熏陶，《水浒传》较多承受宋元‘小说’的熏陶，而《西游记》较多承受宋元‘说经’的熏陶，很具体地说明了不同流派独特的价值观念和表达方式。这些都是很能启人思维的新鲜独到的见解”（见《武汉大学学报》人文科学版 2004 年第 2 期周群《文学研究园地中的一束奇葩》）。韩国水原大学宋真荣教授、辽宁师大王立教授等也分别撰文讨论该书，不吝予以鼓励，并就深化相关研究提出了各自的建议。刘云春《明清小说叙事与狂欢化》（《海南大学学报》人文版 2006 年第 2 期）曾引用该书作为其理论支持。皮朝纲、王小平《多元文化语境中的宗教美学研究——2003 年国内宗教美学研究综述》（《宗教学研究》2005 年第 1 期）所引《〈西游记〉与神魔小说审美规范的确立》原为《明清章回小说流派研究》一节，曾发表于《东南大学学报》哲社版 2003 年第 5 期。

《明代诗学的逻辑进程与主要理论问题》代表了我在明代诗学领域的主要建树。从 1996 年到 2001 年，由于主持编纂《中华大典·文学典·明清文学分典·明文学部二》的缘故，我的主要研究对象一度由古典小说转向明代诗学，几乎是不由自主地在新的学术领域一试身手。先后发表的相关论文主要有：《明代诗学论诗文体性之异》（《武汉大学学报》2000年第3期，《高等学校文科学报文摘》2000年第4期摘要转载，《新华文摘》2000年第8期收目，人大复印资料《中国古代近代文学研究》2000年第11期全文收入）、《公安派诗学的重新考察》（《社会科学研究》2000年第4期）、《明代诗学三论》（《文学评论丛刊》第3卷第2期，2000年10月）、《明代诗学对“诗史”概念的辨证》（《社会科学辑刊》2000年第6期）、《明代诗学论时代风格与作家风格》（《孝感学院学报》2001年第4期，《高等学校文科学报文摘》2001年第6期、《北京大学学报》2002年第1期摘要转载）、《从格调到神韵》（《文艺研究》2001年第6期，人大复印资料《中国古代近代文学研究》2002年第3期全文转载）、《王孟诗风在明代诗学中的沉浮》（《古代文学理论研究》第十九辑，华东师范大学出版社2001年7月版）、《明代格调派的演变历程及其对意图说的否定》（《武汉大学学报》2001年第2期，《高等学校文科学报文摘》2001年第5期摘要转载，孙学堂《对“格调说”及几个相近概念的省察》曾引用该文作为理论支持，详见《求是学刊》2004年第2期）、《明代诗学主流派的内部争执》（《东方丛刊》2001年第4期）、《明代前期的哲学流变与诗学流派》（《人文论丛》2001年卷）、《启蒙学术思潮中的诗学变异》（《哲学评论》2001年第1辑）、《明代诗学的逻辑进程与主要理论问题》（《文学评论》2002年第3期）、《信心论与信古论在晚明融合的学理依据及其历程》（《山东社会科学》2002年第2期）、《诗“贵情思”——明代主流诗学论诗的音乐性》（《社会科学战线》2002年第5期，人大复印资料《中国古代近代文学研究》2003年第1期全文转载）、《中国古代四大诗学流别的纵向考察》（《文学评论》2003年第3期，《新华文摘》2003年第8期摘要转载，人大复印资料《中国古代近代文学研究》2003年第8期全文转载）、《前后七子的诗学祈向》（《文学前沿》第7辑，学苑出版社2003年5月版）、《宋明诗学的流变与王夫之诗学的理论品格》（《南京师范大学文学院学报》2004年第1期，人大复印资料《中国古代近代文学研究》2004年第8期全文转载)、《从风雅颂及其流变看诗乐关系的三个层面》(《学术研究》2004年第11期)。2000年11月,拙著《明代诗学》由湖南人民出版社出版,次年获中南五省人民出版社优秀图书奖和湖南图书奖。这是第一部关于明代诗学的专著,南京师范大学陈书录教授好评颇多,肯定作者"深入而又细密地辨析明代诗学范畴,努力发掘其美学价值,排沙简金,探骊得珠,将明代诗学研究提升到一个新的高度"(详见《武汉大学学报》人文科学版2002年第2期陈书录《在深入辨析中发掘美学价值——评陈文新〈明代诗学〉》)。武汉大学郑传寅教授也赞赏"《明代诗学》不仅描绘了明代诗学的基本面貌,概括了这一时期主要的理论建树,而且建构了明代诗学的理论体系,从而提高了明代诗学研究的理论层次"(详见《文艺报》2001年4月24日第3版郑传寅《真力弥满——读〈明代诗学〉》)。中国社会科学院蒋寅先生、南京大学张宏生教授、浙江大学廖可斌教授等同行专家亦多有奖励之辞。左东岭教授《二十世纪以来心学与明代文学思想关系研究述评》(《文学评论》2003年第2期)曾就《明代诗学》的相关建树加以点评。首都师范大学博士丁功谊的学位论文《钱谦益文学思想研究》(上海古籍出版社2006年出版)、中山大学博士邓新跃的学位论文《明代前中期诗学辨体理论研究》(上海古籍出版社2007年出版)多次引用《明代诗学》作为其理论支持。《明代诗学的逻辑进程与主要理论问题》即是在上述论文和著作的基础上增删修改而成的。撰写过程中曾得到萧莲父、陆耀东、郭齐勇、莫砺锋等先生的指点、帮助,谨此致谢!

《文言小说审美发展史》与三部书的关系较为密切。第一部是拙著《中国文言小说流派研究》,它确立了我考察中国文言小说的基本立场。业师吴志达先生曾为此书作序,序中说:"文新从文言小说体制的共同性与特殊性考虑,将全书分为笔记小说、传奇小说、综论三编;前两编各论其流派特征及其审美追求、历史进程,后一编则重在两种体制的比较研究,突出各自的审美心理与风神韵致。编、章布局结构合理,自然浑成。尽管在篇幅的比例上,传奇小说略多一些,这也是符合文言小说发展历程的实际状况的，但本书从根本上改变了往昔论者扬传奇体而抑笔记体的倾向；轻六朝笔记小说、重唐人传奇，褒蒲松龄《聊斋志异》、贬纪晓岚《阅微草堂笔记》，就是明显的例子。予以矫正也需胆识。”“从各章内容来看，‘小说’之‘小’、志怪小说的审美追求、唐人传奇之奇的具体内涵、唐人传奇的文体规范、话本体传奇的世俗化追求，以及关于《聊斋志异》的专章研究，都是下了功夫的力作，有令人耳目一新之感。特别是综论编的两章，从不同体制的作家心理结构、叙事角度、时间、风度诸方面作了比较，说明文言小说两大流派的基本特征，颇为精彩。”这样的概括已足以说明《中国文言小说流派研究》的个性所在。第二部是1995年3月我在台湾志一出版社出版的《中国笔记小说史》。该书曾获中国武汉对外文化交流图书类一等奖，在海内外同行中颇获好评。2005年3月，韩国《中国小说研究会报》第61号发表了鲁小俊的《关于中国古典小说的辨体研究——访武汉大学陈文新教授》，其中的一个内容是讨论“传奇小说和子部小说（笔记小说）的关注焦点及叙事风度的不同”。我的答案是：“传奇小说集中展示无关大体的浪漫情怀，‘文辞华艳，叙述宛转’是传奇小说家所热衷的；子部小说（笔记小说）从理论上讲必须注重哲理和知识的传达，因为，按照中国传统的文体分类，子书以议论为宗，其特点是理论性和知识性。一个文体意识强烈的子部小说（笔记小说）家，他必须忽略细腻的描写、华艳的文辞和曲折的故事，而将主要精力放在哲理和知识的传达上。对于《阅微草堂笔记》这类子部小说（笔记小说），假如我们不能把握其基本的艺术追求，反而固执地用传奇小说的标准来衡量其得失，那是不公允的。传奇小说和子部小说（笔记小说）因宗旨和叙述方式的不同，在叙事风度方面形成了明显差异。而这一点在以往的研究中很少被注意到。传奇偏好情节的非寻常性。蒲松龄‘用传奇法，而以志怪’，亦致力于营造一种铺张的美、华艳的美，兴高采烈地把精力倾注在各种意象、情节的反复渲染上。笔记小说作者推崇冲淡简约，在魏晋南北朝即已形成传统。”这一答案即来自于《中国笔记小说史》。《中国笔记小说史》致力于从笔记小说的文体特征入手展开对笔记小说发展历程的梳理，诸多立论，颇能发人之所未发。第三部是1995年3月我在台湾正中书局出版的《中国传奇小说史话》。书局曾请专家对书稿作匿名评审，其审稿结论是："一、本书对于中国传奇小说做历史性的评介，分析得当。二、在刘开荣撰《唐代小说研究》之后，一直没有比较理想的唐人传奇研究出现，台湾后有祝秀侠、刘瑛等人的《唐代传奇研究》等多本唐人传奇研究，缺陷仍多。本书贴近各个时代的情境来分析传奇作品，较为合理。三、对于传奇作者及传奇单篇之分析皆颇为恰当。"这也是该书在无任何人推荐的背景下得以很快出版的基本原因。这三部书中的部分章节曾以单篇论文的形式发表，并不同程度地受到关注，如《"才子之笔"与"著书者之笔"》原刊《青海社会科学》1992年第3期，为冯孟琦《20世纪80年代以来我国唐代传奇小说研究综述》（《华南师范大学学报》社科版2004年第1期）所引用；《〈阅微草堂笔〉解构阅读三则》原刊《明清小说研究》2000年第1期，《论清代传奇体小说发展的历史机遇》原刊《社会科学研究》1994年第1期，同为曲金燕《20世纪清代文言小说研究述评》（《甘肃社会科学》2006年第2期）所引用；《论穆宗初至懿宗末的唐人传奇》原刊《齐鲁学刊》2000年第3期，为侯学智《从〈聊斋志异〉的"书生"故事看蒲松龄的创作补偿心态》（《齐鲁学刊》2006年第2期）所引用。

由于有《中国文言小说流派研究》、《中国笔记小说史》和《中国传奇小说史话》的撰写经验和基础，《文言小说审美发展史》在立论、表述和结构方面都更为稳健。我曾私下对朋友说：这是一本半新半旧的书。说它"新"，是因为其中的大部分文字都是新写的；说它"旧"，则是因为基本思想其来有自，它与前几部书的血缘关系是不容割断的。

《文言小说审美发展史》2002年4月由武汉大学出版社初版，已产生较为显著的社会影响。出版不久，即陆续有厚重的书评予以推介，如韩国《中国小说研究会报》第56号（2003年11月）以第一篇的显著位置发表韩国学者李玟淑的书评《文言小说审美发展史》，又以编辑部名义发表专文《文言小说研究家陈文新》；《光明日报》2004 年 10 月 7 日以第四版的正中位置发表吴光正的书评《古代文学辨体研究》，并配发《文言小说审美发展史》书影；《武汉大学学报》人文科学版 2003 年第 4 期刊发赵伯陶先生的书评《沿波讨源　融会贯通——读〈文言小说审美发展史〉》；《蒲松龄研究》不仅在 2003 年第 4 期发表拙文《加强中国文言小说的辨体研究——我写〈文言小说审美发展史〉的一点体会》，还在 2003 年第 3 期、2004 年第 1 期分别刊发王前程等的长篇书评《坚持民族学术传统的结晶——评陈文新〈文言小说审美发展史〉》、《辨章学术　考镜源流——评陈文新〈文言小说审美发展史〉》。李伟昉《略论六朝志怪小说的两大叙事特征》(《社会科学研究》2004 年第 3 期、霍明琨《〈太平广记〉中的神异小说探研》(《学习与探索》2005 年第 3 期)、杨芬霞《男权视阈下的女侠传奇》(《贵州社会科学》2006 年第 2 期) 曾引用该书作为理论支持。复旦大学博士庄逸云的学位论文《晚清文言小说史》、华东师大博士李军的学位论文《唐人传奇文体研究》等著述亦多次引用该书。2005 年，该书获武汉大学人文社会科学优秀成果一等奖。

《传统小说与小说传统》其实是一部系列论文集。2005 年初版时约 20 万字，这次新版，删去两篇，另外增加了 10 余万字。2006 年 8 月，素不相识的常州读者汪一方来函，说他读了《传统小说与小说传统》之后，因其深刻的思想、清新的文笔而爱不释手，并批评一部分学术著作只是故立崖岸的高头讲章。他说："时下出版物数不胜数，标牌各异，花枪种种，但满坑满谷多为生猛海鲜之类，既贵又怕吃坏肚子，而实实在在如您著作般的五谷杂粮，反倒成了难得一见的稀罕物，叫人无话可说。""拜读《传统小说与小说传统》，就如'从山阴道上行，山川自相映发，使人应接不暇'，沏一杯淡茶，书卷在手，时有闻道解惑，豁然开朗的好心情。常见皇皇巨著，正襟危坐，高山仰止，总感有些惶惶然，读您的作品，则顿觉心清神爽，不亦快哉。""品味之余，遥想您举重若轻的丰采，虽不能至，心向往之，不禁妄生冒昧之念，托付鸿雁，奉上尊著，恭请题辞，以感谢您所赐那一片可贵的清心天地。”在第二封信中，他告诉我：“我原是学中文的，却阴差阳错，从事了专业技术管理工作，与文学艺术有点风马牛不相及。只是平日没有烟酒之嗜，未能忘情于文，业余读一二会心著作。在这浮躁成风之世，能欣赏到您的作品，真是一种享受。”一本学术著作能得到普通读者的喜爱，这是我感到庆幸和高兴的。该书的第一篇被谭帆、王庆华《中国古代小说文体流变研究论略》(《文艺理论研究》2006 年第 2 期）所引用，最末一篇《〈镜花缘〉：中国第一部长篇博物体小说》为郭豫适、刘富伟《拓新·杂糅·渗透——关于嘉道时期章回小说类型问题的思考》(《华东师范大学学报》哲社版 2006 年第 1 期）所引用，我也感到高兴。这本书中有两篇写得较为费力：《传记辞章化：对唐人传奇文体属性的一种描述》、《〈阅微草堂笔记〉与中国叙事传统》。《传记辞章化：对唐人传奇文体属性的一种描述》曾提交 2004 年 9 月在北京召开的“小说文献与小说史国际学术研讨会”，《光明日报》2007 年 2 月 27 日第 12 版汤克勤的书评《中国古典小说的民族传统》将之视为“21 世纪唐人传奇研究的一项具有划时代意义的成果”。该文的结论是：“传、记辞章化”，从选材和艺术表达两个方面塑造了唐人传奇的品格。选材上，传奇作家对想象世界和风怀倾注了浓厚的兴趣。艺术表达上，传奇小说融传、记与辞章为一体，形成了若干新的写作惯例：一、在传、记的叙事框架内穿插大量的景物描写；二、注重形式、辞藻、声调的经营；三、大量采用第一人称限知叙事和第三人称限知叙事。唐人传奇的这些品格也体现在《聊斋志异》中。该书之《〈聊斋志异〉的抒情精神》，其主旨是：蒲松龄继承唐人传奇的传统，将传奇精神即抒情精神发扬光大，充分抒写了他的“孤愤”之情，境界拓展得更为宽阔。例如，大量描写流光溢彩的爱情是唐人传奇的特征，蒲松龄却在这类题材的创作中引入诗词中的比兴手法，藉以抒写他的知己情结，从而成为不可取代的“这一个”；他笔下的豪侠题材虽然是传统的，但他藉以表达的对理想的生命形态的向往之情却是新鲜的；他将传统隐逸题材与品格的砥砺联系在一起，而不是仅仅引导读者避世。《蒲松龄笔下的名士风度和佳人韵致》从考察《聊斋志异》里的名士风度和佳人韵致入手，揭示了蒲松龄的创作个性：立足于抒情与写实统一的原则，意图表现一种新的人物。《〈阅微草堂笔记〉与中国叙事传统》曾提交2004年11月由台湾“中央研究院”中国文哲研究所主办的“经典转化与明清叙事文学国际学术研讨会”，得到与会专家的关注和好评。该文从子、史、集相对独立的叙事传统出发，具体阐述子部叙事传统在《阅微草堂笔记》的题材选择、虚构限度、叙述手段和叙事风度等不同层面的体现，结论是：“《阅微草堂笔记》在题旨上鄙视艳遇故事，在叙事准则上反对过度虚构，自觉地以叙述服务于议论，乐于用简淡数言的方式陈述故事梗概，它与传奇小说的区别是鲜明而系统的。这一事实表明，纪昀在写作《阅微草堂笔记》时，既注意与史家纪传划清界限，也注意与传奇小说划清界限，而致力于建立和完善子部小说的叙事规范。换句话说：《阅微草堂笔记》是一部渊源于子部叙事传统的经典，在中国叙事文学发展史上，其重要性可与《史记》（史部叙事经典）、《聊斋志异》（偏重集部叙事传统的经典）等相提并论。现代学者在面对《阅微草堂笔记》时，应当采用子部小说的原理来阐发文本，否则，牛头不对马嘴，议论越多，误解越深——不仅是对《阅微草堂笔记》的误解，也是对中国叙事传统的误解。”这一结论是我所重视的，而贯串其阐释过程的研究视角和研究方法更为我所珍惜。《人民日报》2007年6月10日第八版吴光正的书评《中国古典小说研究的新视野》称“这本书不仅为建立古典小说的民族诗学做出了贡献，而且运用辨体理论为古典小说的还原解读提供了经典范式”。说“经典范式”愧不敢当，但注重辨体的确是我多年来一直信守的学术信念。其他各篇，最早的写于20世纪80年代，最晚的写于去年。每一篇都写得相当认真，每一篇都联系着一段清苦的阅读和思考经历，也或多或少体现了一些个人的风格。雪泥鸿爪，敝帚自珍，也期待读者稍加留意。

三

我的第一本学术专著《中国文言小说流派研究》是在武汉大学

出版社出版的，我的第一套论著系列《古典文学论著四种》也同样由武汉大学出版社出版。在我的学术事业发展的几个重要阶段，武汉大学出版社鼎力相助，令我备感亲切和振奋。

陈庆辉社长是为数不多的把出版当事业来做的人，他的敬业精神和他的出版眼光为许多学者所赞许。这些年来，我不止一次得到他的帮助，但从未表示过感谢。之所以如此，理由很简单：支持学术发展对他来说是一件充满乐趣的事情，他已经满足了，我又何必多此一举？

不无巧合，我的第一本书《中国文言小说流派研究》是由陶佳珞女士做责任编辑，这次《古典文学论著四种》的编辑出版，又承她多方操劳。她是个热心而又细心的人，有她把关，是作者的幸运。

在《中国文言小说流派研究》的《后记》中，我曾特别提到内子曾德安，一个把丈夫的学术事业当作她的事业的人。贫贱夫妻，白手起家，有辛酸，也有愉悦。而我感到特别快慰的是，当《古典文学论著四种》摆在她的面前时，正如以往见到我的任何一部著作一样，她虽然不了解那些具体的内容，但依然会喜上眉梢，仿佛一字一句都是她期待已久的客人。

我的第一本学术专著出版时，我的父亲已去了另一个世界；《古典文学论著四种》付梓时，我的母亲也已去世两年多了。而我知道，他们是最想看到这些书的，虽然他们并不是读书人。每每念及含辛茹苦的父母，却无缘一睹儿子的著述，我就不免怅然若失。我心里当然明白，这种风树之感，其实只是人之常情，大可不必认真地写在《前言》中。但情不自禁，还是不由自主地写下了这些文字。宽厚的读者，也许能够体谅这一点。

2007. 4. 25.

于武汉大学

目　录

绪　论

提纲挈领地梳理问题，高屋建瓴地把握全局，这是所有《绪论》写作者向往的境界。但是，为一部探讨文言小说审美发展历程的书写作《绪论》，发轫伊始，就难以保持踌躇满志的心态。其原因局外人不一定了然，局内人却一定清楚。凡是有过研究文言小说经历的学者，对这一课题所面临的种种麻烦不会不了解。大体说来，有下述的几个方面：

其一，在进入文言小说审美发展历程的描述之前，必须建立一个评价尺度。比如，我们要确定《世说新语》在文言小说史上的地位，先得有一个恰当的衡量标准。然而，正是在这个问题上，我们没有公认的权威可以依赖。众所周知，20世纪文学学科的确立，其依据是西方的文艺理论。按照我们西方老师的教导，小说是一个有一定长度并塑造了人物形象的虚构故事。以这样的尺度来衡估中国古代小说，我们发现，唐人传奇、宋元话本、明清长篇小说等可以不勉强地被称为小说，但中国传统目录学家所说的“小说”，如魏晋志怪小说、六朝轶事小说以及后世的大量笔记小说，却不符合其小说标准。这一情况表明，如果我们遵从西方老师的意见，就只能委屈我们民族文化生活中曾经扮演了重要角色的若干文学样式和若干名著，如《世说新语》、《酉阳杂俎》和《阅微草堂笔记》，将它们置于无足轻重的尴尬处境；如果我们遵从我们民族的文学传统，将《世说新语》、《酉阳杂俎》和《阅微草堂笔记》等视为具有经典意义的名著，那就必然会与西方老师的意见发生冲突。两种尺度不能统一，歧异和纷争在所难免；事实上，在文言小说研究界，这种歧异和纷争由来已久。所以，假如我们要建立一个评价尺度，并不像一张白纸任我们挥洒那样自由，而是面对着种种纷纭复杂的意见，先必须对之加以清理，然后才谈得上辨别曲直和发表意见。《绪论》专设《汉代小说的目录与综合研究》一节，表明笔者正视并试图解决这一问题，因为，关于汉代小说的综合研究，其核心即小说评价尺度的建立。

其二，在进入文言小说审美发展历程的描述之前，必须划定研究范围，或者说，确立研究边界。直白地表述，即哪些作品能算做文言小说？表面上看，这似乎不成问题，答案很简单：一切用文言写的小说都是文言小说；"文言小说"本是从语言形式的角度所作的限定。

但事情并不如此简单。比如，半文半白的《三国志通俗演义》，我们是算它白话小说呢，还是算它文言小说？再如屠绅的《蟫史》，这部洋洋洒洒二十余万字的用文言写成的长篇小说，我们自然不能否认它是"文言小说"，只是，就"文言小说"一语的约定俗成的含义来看，通常是不包括长篇在内的。所以，开章明义，我们在这里提醒读者，长篇文言小说不在本书的论述范围之内；《绪论》设计了《笔记小说的类型划分与研究》、《传奇小说的审美研究与类型划分》二节，已隐含对研究对象加以限定的用意：我们所说的文言小说，其外延包括传奇小说和笔记小说；在传奇小说中，以短篇为主，中篇为辅。

其三，就总体而言，对文言小说作审美研究，学术界已有的成果尚不充分，还有广阔的探讨余地；但在某些方面，如志怪小说类型的划分、轶事小说类型的划分、传奇小说类型的划分等，仍然积聚了相当多的探讨和争议，而这些探讨和争议又与审美研究关系密切。尤为重要的是，我们进入某个研究领域，倘若对相关学术进展不甚了然，而只是自己说自己的，不免有盲人骑瞎马之嫌。我们的研究从何处起步？只有掌握相关的研究状况，才能胸中有数。《绪论》专设两节介绍学术界的种种见解，用意在此。自然，笔者的梳理并未涵盖所有的研究层面，尤其是涉及具体作品的学术成果。

其四，对文言小说的审美发展历程作描述，在历时态和共时态二者中，更偏重历时态，因此格外重视作家作品的时代归属，而这恰好又是文言小说研究中的一个困难环节。班固《汉书·艺文志》断言

"诸子十家，可观者九家而已"，另一家不"可观"的便是"小说"。"小说"的这种不受重视的地位导致了其著作权的无关紧要，诸多"小说"作者常将自己的作品题上古人的名字。其结果，不仅某部作品的作者难以弄清，连作品的产生时代也成为悬案。这种情形，尤以旧题汉人小说和部分六朝小说为甚。要考察其审美发展，必须首先确定其时代，最好连其作者也一并确认。《绪论》专设《唐前部分小说的文献问题或史料问题》一节，旨在廓清尘埃，或至少给读者一个交待，以便顺利地进入正题。

一 汉代小说的目录与综合研究

小说的目录也是一种研究。中国传统目录学以"辨章学术，考镜源流"为宗旨，因此，一部文言小说书目就不仅仅是有关作品的著录，而且负有划定文言小说学科范畴，反映各类作品源流演变的重任。从这一点出发，我们将汉代小说的目录与综合研究放在一起考察。

对汉代小说的研究，大体上可以归纳为三种类型：一是既借鉴西方的小说观念，又尊重中国传统的小说观，折中于二者之间；二是尊重中国传统的小说理念，并依据其历史形成的规范来看待它，评价它；三是用西方的小说观念做标准来衡估中国古代作品并建构小说史模型。鲁迅、程毅中等是第一种类型的代表，余嘉锡、王瑶等是第二种类型的代表，胡适、胡怀琛等是第三种类型的代表。

鲁迅是20世纪中国文言小说研究的奠基者。在他之前，梁启超、邱炜萲、黄摩西等一面提倡新小说，一面也对古小说做了些零星研究，但还谈不上有什么规模。至鲁迅，才默默无闻而又雄心勃勃地从事古小说的钩沉。"五四"以后，胡适、郑振铎等人将小说作为严肃的学术课题来研究，只是目光所注，却在用白话创作的作品。1920年8月，鲁迅受聘到北京大学讲中国小说史，1924年6月出版《中国小说史略》。"中国之小说自来无史"的局面宣告结束，而文言小说研究是其《中国小说史略》的重要组成部分。

在“五四”学者中，鲁迅是颇有个性的一位。他既不拒绝引进西方理论，又尊重中国文学自身的特点。《中国小说史略》一方面以是否“故为幻设语”作为小说是否成熟的基本标准之一，提出了“唐人始有意为小说”的著名论断，另一方面又从传统的小说观出发，迹其流别，以相当充裕的篇幅评述了魏、晋、南北朝的志怪小说、志人小说，唐人的杂俎以及清代的《阅微草堂笔记》等，并很有见地地将唐以前的小说称为“古小说”。他对汉代小说的研究，集中在第三篇《汉书艺文志所载小说》和第四篇《今所见汉人小说》。他的基本观点是：第一，“小说家出于稗官说”不可信。第二，汉代小说的内容以“封禅养生”为主，“多属方士假托”。第三，早期古小说介于子史之间。第四，旧题汉人小说“无一真出于汉人”，其“大旨不离乎言神仙”。

《中国小说史略》出版之后，研究汉代小说的学者，多依循于鲁迅左右。比如，1936 年 12 月，郭箴一完成了他的《中国小说史》。这是一部尝试用马克思主义研究中国小说史的著作。其第三章《汉魏六朝》，前两节评介汉代小说。第一节《汉代神仙故事的由来》着眼于神仙观念的产生与流行，显然是发挥鲁迅“说事则封禅养生，盖多属方士假托”的见解，但采用文艺社会学的视角，确认神仙故事为汉代小说的重点并追寻其产生原因，仍不乏新意。第二节《今所见汉人小说》，不惟标题照抄鲁迅《中国小说史略》第四篇，综述文字亦完全相同，只是将文言略改为白话而已。

1981 年 4 月，程毅中《古小说简目》由中华书局出版。他在《凡例》中说：“古小说相对于近古的通俗小说而言，或称为子部小说，或称为笔记小说，内容非常繁杂，很难概括其特性。”“不同于现代所谓的小说。”“本编收录古代小说，以文学性较强的志怪、传奇为主，但适当地尊重历史传统，参照史书艺文志小说类著录的源流，兼收杂事、琐记之类的作品。”《凡例》特别提出“近古的通俗小说”和“现代所谓的小说”，实际上是设置了一个关于小说的标准，即必须叙述故事，塑造人物形象，并辅以艺术上的想像和虚构。说志怪、传奇“文学性较强”，即是根据这一小说标准立论的。至于在《简目》中“兼收杂事、琐记之类的作品”，则是为了“适当地尊重历史传统”。

侯忠义在文言小说的研究中投入的精力甚多。他与袁行霈合编的《中国文言小说书目》1981年11月由北京大学出版社出版。该书《凡例》云：“此所谓文言小说，区别于宋元以后之白话通俗小说，专指以文言撰写之旧小说而言，实即史官与传统目录学家于子部小说家类所列各书。古今小说概念不同，以今例古，其中多有不类小说者。为保存历史面目，本书不以今之小说概念作取舍标准，而悉以传统目录学所谓小说家书为收录依据。”称子部小说为“旧小说”，虽不“以今例古”，却时时意识到“今之小说概念”的存在。

侯忠义《中国文言小说史稿》（上册）1990年3月由北京大学出版社出版。“汉代小说”部分包括两节：《汉代的小说概念》和《汉代的小说创作》。对汉代的小说创作，侯忠义分为三类加以考察：一是《汉书·艺文志》小说家所收的十五种作品。其中“方士书近一千篇，占《汉志》小说家书三分之二以上，可见志怪为《汉志》小说的主要内容”。二是现存的汉代小说，包括《燕丹子》和《列仙传》。三是托名小说，包括《神异经》、《十洲记》、《汉武故事》、《汉武内传》、《洞冥记》、《飞燕外传》、《杂事秘辛》等。其格局大体遵循鲁迅《中国小说史略》，惟《燕丹子》一书，鲁迅以为系“汉前”之作，侯忠义则根据程毅中的考证，断为汉代小说。

鲁迅、程毅中、侯忠义几位学者的研究，相互之间实际上还是有所区别的。比较而言，鲁迅对中国古小说发展的实际考虑得更多些。《中国小说史略》的第一篇即《史家对于小说之著录及论述》，对《汉书·艺文志》、《隋书·经籍志》、《新唐书·艺文志》、胡应麟《少室山房笔丛》、清《四库全书总目提要》的小说观念及著录情形一一加以考察。第三篇《汉书艺文志所载小说》据《汉书·艺文志》立论。第四篇《今所见汉人小说》辨析《神异经》、《十洲记》、《汉武故事》、《汉武内传》、《洞冥记》、《西京杂记》、《飞燕外传》等的产生时代，也主要以传统目录学为根基。治学从目录学入手，这本是中国传统学术的特色；当鲁迅沿着这一途径进入古小说领域时，他是自觉的，并没有感到有什么不妥当，所以，尽管他不拒绝西方小说理论，却也不蔑视中国古人的意见。相形之下，同样从目录学入手的程毅中，对“历史传统”则多一些不满，并因古小说“不同于现代所谓的小说”而明确发表批评意见，侯忠义的态度与程相近。这种对“历史传统”的不满，在另一部分学者中表现得更为强烈。这部分学者以胡适、胡怀琛等人最为典型。他们真诚地认为西方文化代表了进步，中国传统文化则是落后的东西；热心地以西方理论为标准，重新建立中国小说史的秩序。他们的特点是撇开传统目录学的概念来探讨早期的小说。胡适1918年发表的《论短篇小说》（《新青年》四卷五号）有《中国短篇小说的略史》一节，开头就说：“中国最早的短篇小说，自然要数先秦诸子的寓言了。《庄子》、《列子》、《韩非子》、《吕览》诸书所载的寓言，往往有用心结构可当‘短篇小说’之称的。”20世纪30年代中期，胡怀琛著《中国小说概论》，作者在判断和选择小说作品时即以西方理论为基本依据。比如，在确认先秦的小说时，他指出有“经”中的小说，如《孟子》中的“齐人妻妾”、《檀弓》中的“苛政猛于虎”；有“史”中的小说，如《战国策》，“大半可以说是小说”；有“子”中的小说，如《庄子》中的“颜阖”、《韩非子》中的“酤酒者”。凡此种种，都以是否叙述故事和塑造人物定取舍。对于汉代小说，他也以同样的眼光，将刘向所辑的《说苑》、《新序》、《列女传》、《世说》、《百家》一概视为“古小说”。

这种以西方小说标准为衡量尺度的做法，在中华人民共和国成立以后，仍为不少学者所采用。吴志达《中国文言小说史》（齐鲁书社1994年9月版）可算分寸把握较好的一部代表作。① 该书第一章说：“在先秦诸子散文中，最具有小说艺术特色的，是《庄子》。《庄子》写出了后世人们所理解的真正的小说，可以说是浪漫主义的杰作。”“如《杂篇·盗跖》，写孔子率领其门徒去游说盗跖，故事情节首尾

① 吴志达先生是作者的业师。本书为保持行文一致，对所有人均直称其名，敬希读者谅察。

完整，且跌宕起伏，富于波澜，惊心动魄，扣人心弦。对盗跖形象的描写，真是绘声绘色，形神具现。”“而所写之事，又属于虚构夸饰。这样的作品，简直可与唐人传奇媲美。其他如《庄子·杂篇》中的《说剑》，小说意味也是颇为浓厚的。”等等。第二章《汉魏六朝的杂传体小说》进一步贯彻了小说三要素的原则。

大规模地采用西方学术理念来衡估中国文学，其突出成就是“大大推动了研究工作的现代化进程”。“近代学者的研究成果至少使文学的范围比较确定和谨严了，文学观念有了现代化的特点，叙述和论证都比较条理化和逻辑化；这些都可以说明，即使是研究中国古代的东西，也必须广泛从外国的学术文化中汲取营养。”① 从这个角度来看，中国文学研究现代化的进程，是与吸收和利用外来学术文化的优秀成果密不可分的。忽视或否定这一点，无论如何是不明智的。但是，任何一种学术思潮带来的后果都不会全是美妙的。在条理化和逻辑化的同时，也会因为只重外来尺度，无视中国实际而造成诸多弊端。这就要求我们在中国文学的研究中不去简单套用西方标准，而应适当尊重本民族的传统看法，依据其历史形成的规范来把握对象。一部分学者沿着这样的方向研究古小说并取得了一定成就，如余嘉锡、王瑶、陈文新。

应该说明，这三位学者的学术路数其实差异甚大。余嘉锡的成就，主要建立在版本目录学的基础上，他对于传统小说观的梳理是其版本目录学的一个组成部分。王瑶则是在引进新理论新方法的思潮中视野开阔的新型学者，但他对中国古典文学这一研究对象非常熟悉，所以能做到“用西”而不为西所用。陈文新是“文革”后成长起来的学人，所接触的是大量“食西不化”的实例，因而立意矫枉，尽管他那种“条理化和逻辑化”的研究实际上汲取了西方的治学方法。三位的古小说研究涉及的问题也不相同。余嘉锡主要从古小说起源的角度考察班固的“小说家出于稗官”说，王瑶侧重探讨汉、魏、六

① 王瑶语，转引自陈平原：《中国文学研究现代化进程·小引》，《进程》由王瑶主编，北京大学出版社 1996 年 12 月出版。

朝小说的作者情况，陈文新则试图对有关古小说的定义和著录展开观照。

余嘉锡《小说家出于稗官说》撰于1937年。《汉书·艺文志》所著录的十五家稗官小说，先秦九家，“其可信者《周考》、《青史子》、《宋子》三家而已”，汉代六种。经由对这十五家的分析，余嘉锡揭示出早期古小说的两个基本特征：得之道听途说；有益于治身理家。

王瑶的《小说与方术》成于20世纪40年代。如果说余嘉锡是从《汉书·艺文志》关于小说的定义出发，进而考察其中著录的小说作品，那么，王瑶则是从考察《汉书·艺文志》著录的汉代小说入手，以理论归纳作结。

汉代小说与方士的联系，鲁迅等人早已留意，但未详加申论。王瑶则“将繁乱的琐碎的材料整理出线索来”（朱自清语），以简驭繁，得出了若干重要的看法：第一，“小说本自方士”。第二，早期的方士小说实即志怪小说。第三，志人小说（或轶事小说）的兴盛晚于志怪小说。除上述三个方面之外，王瑶还对汉武帝、东方朔成为志怪小说的主角，小说作品多托名于东方朔、班固等问题作了较前人更系统的梳理。

与余嘉锡一样，陈文新也从《汉书·艺文志》等关于小说的定义出发，但着眼点不同。他的《中国文言小说流派研究》1993年9月由武汉大学出版社出版，第一章即《“小说”与子史》，希望能从笔记小说与子、史的关系中把握住其特性。他指出：现代的小说观念强调小说必须是一个故事，但子部小说家却格外注重它对生活的阐释功能、指导功能。其立论依据有三：其一，东汉初年的桓谭在《桓子新论》（《文选·拟李都尉从军诗》注引）中说：“若其小说，合丛残小语，近取譬论，以作短书，治身理家，有可观之辞。”所谓“近取譬论”，表明“小说”的文体职能是阐述事理。其二，班固《汉书·艺文志》将“小说”归入子部。诸子以立论为宗，“小说”既然附于骥尾，当然是由于它也赋有相同的素质。其三，具体分析《汉书·艺文志》著录的十五家“小说”，证明“小说”的使命的确是

“议”；它有着指导“治身理家”的实用功能。有无故事性尚未成为起决定作用的因素。

余嘉锡、王瑶、陈文新等人的研究，尽管各有侧重，在某些问题上意见也不一致，但他们的基本立场是相同的，即：不简单套用西方的小说观念。从学理的角度考察，这样做是有意义的。人类的文化和思想确有许多相通的地方，否则各个民族、各个国家之间的文化交流便不可能进行，因此，自然而合理地引入某些西方概念，会产生激活中国学术传统的力量。但中国文化和西方文化中都不可避免地存在某些特殊的观念、现象、范畴，或同名异实，或同实异名，或相互之间几乎没有相对应的地方。在这种情况下，如果用西方的观念来附会或剪裁中国文化，势必不能对中国文化产生“同情的了解”，不能客观地认识研究对象，这样的学术成果，难以有太高的价值。相形之下，从中国的学术传统中求得对中国文化的了解，包括对古小说的了解，虽然是一件艰辛的事，却有望凿破浑沦，参透底蕴。21世纪的学术研究，当然不会拒绝中西会通，但一定会抵制中西比附。中西会通是在“同情的了解”的基础上的深化，中西比附却是以西方文化为主、以中国文化为奴的畸形心态下的牵强附会。只有中西会通，才能解决西方学术研究方法与中国学术传统融合的问题。

二　笔记小说的类型划分与研究

鲁迅是第一个使用“志怪小说”和“志人小说”概念对笔记小说加以分类的学者。他的《中国小说的历史的变迁》，第二讲的标题即是“六朝时之志怪与志人”。中国古代的目录学，本有“辨章学术，考镜源流”的传统，清末民初，新小说家又从西方引进了小说类型概念，鲁迅从两方面汲取营养，创造性地使用了“志怪小说”和“志人小说”的小说类型概念，具有丰富的理论内涵，古小说的研究从此进入了一个新的阶段。

1. 志怪小说的类型划分及研究

“志怪”一词，首见于《庄子·逍遥游》，“志”是作为动词使用的。魏、晋、南北朝时期，“志怪”成为一个动宾结构的名词，如祖台之《志怪》、梁元帝《金楼子·志怪篇》等。至唐，“志怪小说”的概念正式出现，段成式《酉阳杂俎·序》称：“固役而不耻者，抑志怪小说之书也。”以“志怪”与“小说”合一，其意义是重大的。明胡应麟更多次在题材分类的意义上使用这一名词，如《少室山房笔丛·二酉缀遗中》：“古今志怪小说，率以祖夷坚、齐谐。”小说史家鲁迅，在厘定古小说的门类时，以志怪与志人对举，最终赋予了“志怪小说”一词以精确的文体内涵。

“志怪小说”作为一个大的类型概念，它应该包含有若干子类。只有在进一步划分的基础上，研究才可能更加深入。鲁迅《中国小说史略》将“志怪小说”划分为三类。其一，“文士之传志怪”，包括曹丕《列异传》、张华《博物志》、干宝《搜神记》、旧题陶潜《搜神后记》、刘敬叔《异苑》、刘义庆《幽明录》、吴均《续齐谐记》等；其二，“释家之明因果”，如王琰《冥祥记》等；其三，“方士之行劝诱”，如王浮《神异记》、王嘉《拾遗记》等。鲁迅的划分依据是作者身份，所以在讨论作品时，首先关注的是作者的动机，如评“释氏辅教之书”说：“大抵记经像之显效，明应验之实有，以震耸世俗，使生敬信之心，顾后世则或视为小说”；至于方士，则“多作异记，以长生久视之道，网罗天下之逃苦空者”；而“文人之作，虽非如释道二家，意在自神其教，然亦非有意为小说，盖当时以为幽明虽殊途，而人鬼乃皆实有，故其叙述异事，与记载人间常事，自视固无诚妄之别矣”。郭箴一《中国小说史》依仿鲁迅的做法，但将六朝志怪小说分为“文士之传志怪”和“佛教徒怎样利用鬼神志怪书”二类，删去了“方士之行劝诱”一类。

刘叶秋比较注重作品题材及表达方式的差异，并据此将魏晋志怪分为三种类型：“一、兼叙神仙鬼怪，不专谈某种宗教或方术，夹杂着零星琐碎没有故事性的记载，以晋干宝的《搜神记》为代表。此类较多，题为魏文帝撰的《列异传》和题为晋陶潜撰的《搜神后记》，最与近似。二、兼叙山川、地理、异物、奇境、神话、杂事等，而着重宣扬神仙方术，以晋张华的《博物志》为代表，乃《山海经》系统的延续。三、专载神仙的传说，以人系事，体同纪传，以晋葛洪的《神仙传》为代表，乃汉刘向《列仙传》的模仿和扩大。苻秦王嘉的《拾遗记》，为古代野史杂传之发展，尤具特色，自成类型。所以我认为研究魏晋南北朝小说，应该以《搜神记》、《博物志》和《拾遗记》为重点，尽先阅读，然后推及其他。"① 1983年，刘叶秋为李剑国《唐前志怪小说史》作序，也说："我平日讲魏晋南北朝志怪小说，总叫人着重读《搜神记》、《博物志》和《拾遗记》，就由于它们是三个不同类型志怪的代表作，可从此以概其余。"

刘叶秋的分法在笔记小说研究界得到较为广泛的赞同。李剑国著《唐前志怪小说史》（南开大学出版社1984年5月版），分志怪小说为三个子类：（1）地理博物体志怪小说：由汉人的《括地图》、《神异经》等到晋张华的《博物志》等，属于这一类；（2）杂史杂传体志怪小说：由汉人的《汉武故事》、《列仙传》到晋葛洪的《神仙传》、苻秦王嘉的《拾遗记》等，属于这一类；（3）杂记体志怪小说：由汉人的《异闻记》到晋干宝的《搜神记》、陶潜的《搜神后记》等，属于这一类。其分类与刘叶秋一致。侯忠义《中国文言小说史稿》（上）（北京大学出版社1990年3月版）分魏、晋、南北朝志怪小说为记怪类、博物类、神仙类："记怪类"与李剑国所说的杂记体对应；"博物类"与李剑国所说的地理博物体对应；"神仙类"与李剑国所说的杂史杂传体对应。陈文新《中国文言小说流派研究》（武汉大学出版社1993年9月版）则以三个子类的代表作品标目，分别名之为"搜神"体、"博物"体、"拾遗"体，名目有异，实质则相同。吴志达《中国文言小说史》（齐鲁书社1994年9月版）分志怪小说为"地理博物类"、"杂记体"、"野史杂传体"，与李剑国

① 刘叶秋：《魏晋南北朝志怪小说简论》，收入《古典小说笔记论丛》，6~7页，天津，南开大学出版社，1985。

所立名目大体一致。

以《搜神记》、《博物志》、《拾遗记》为志怪小说三个子类的代表，在古小说研究界已取得基本一致的意见，尽管对各子类的称谓互不相同。在这个前提下，深入探讨各子类在题材选择和表现手法方面的特点，揭示其魅力所在，便成为新的焦点。

关于题材选择，刘叶秋《魏晋南北朝志怪小说简论》的概括较为简略，但比较中肯，其他学者的描述，有的详细一些，有的全面一些，并无实质性的差异。

关于志怪小说三个子类的表现手法，笔记小说研究界的看法则不尽一致。例如"搜神"体，李剑国《唐前志怪小说史》具体分析《搜神记》时，"从小说艺术发展的角度"指出了三个特点："首先，增强了故事情节的完整性和丰富性，扩大了志怪小说的容量。《搜神记》虽仍是'丛残小语'格局，但有些段目明显加长……篇幅的增长主要是由于情节的完整化和丰富化。""其次，与前者相联系的是运用和加强种种表现手段来提高叙事的艺术性。这在较长的故事中尤为突出。具体说，一是叙事讲究条理章法，而且避免平铺直叙，有意起波澜，出周折……二是加强对话描写，通过人物自身对话来显示情节和推进情节发展，而不是主要由作者用自己的话代为叙述……三是对场面、人物动作等进行细节性的描写渲染……四是在叙事中穿插诗歌。""最后，一些段目开始注意加强人物形象的描写。"其他研究者，如侯忠义在《中国文言小说史稿》中说《搜神记》"虽大都是'残丛小语'式的片断记载，且非'有意为小说'，但其中一部分优秀作品"，"情节丰富曲折；结构完整；注意使用对话和细节描写来刻画人物性格；采用了韵散相间的形式"，"显示了《搜神记》在志怪小说中的成熟和进步"。相互之间，措词颇有异同，但都旨在用西方小说观念来阐释中国的志怪小说。陈文新《中国文言小说流派研究》认为："'搜神'体在写法上与正史的区别至为明显。""'搜神'体为古代叙事模式的开拓所作的一个贡献是：它大量采用了第三人称限制叙事。""'搜神'体所向往的风格是'简淡'、雅饬。""正史'资治'，'小说''消闲'，故正史讲求凝重，而'小说'则务必淡雅。'搜神'体臻于这一境界，因而成为志怪小说的正宗。"

对于"博物"体，李剑国《唐前志怪小说史》具体分析《博物志》时指出："作为地理博物体志怪，《博物志》是受了《山海经》影响的。""书中，地理博物知识及传说，占很大比重，昔人云：'天地之高厚，日月之晦明，四方人物之不同，昆虫草木之淑妙者，无不备载。'① 这一点很像《山海经》。""《博物志》自然也有自己的特点，它虽多记地理博物，但并不限于山川动植、远国异民。一是记载了许多全无故事性的杂考杂说杂物，二是又记载了许多故事性很强的非地理博物性的传说。本来地理博物体志怪的小说特征就不及杂记体来得鲜明，再加上这第一点，结果是博则博矣，但却大大削弱了它的小说性，丛脞芜杂，鸡零狗碎，几乎成了一盘大杂烩。"陈文新《中国文言小说流派研究》持论有所不同。他从创作目的、体例、写法等方面探讨了"博物"体的特征。从创作目的看，"博物"体小说旨在满足读者对无垠的空间世界的神往之情。从体例看，"博物"体以方位的移换为依托。从写法看，"博物"体是从地理书发展来的，重在说明远方珍异的形状、性质、特征、成因、关系、功用等，意在使读者清楚明白地把握对象，所以，生动的描写较之曲折的叙事是更重要的。如与"搜神"体对比的话，可以这样说："博物"体注重表达空间里的景象平列，"搜神"体注重展示时间上的情节延续，就故事性而言，"博物"体是不能与"搜神"体一较长短的。它在志怪小说中并不占有主导地位。

对于"拾遗"体，李剑国《唐前志怪小说史》在具体分析《汉武故事》时，归纳了三个特点：第一，历史成分和幻想成分紧密结合。第二，围绕中心人物（武帝）、中心事件（求仙）组织材料，形成长篇结构，不同于一般志怪琐语丛言的格局，这样可以比较充分地展开描写，对后世传奇体小说是有影响的。第三，它的文字功夫很好，笔触简洁而又雅致；它还运用了描写手段，摹景状物，渲染气氛，描写对话，都比较生动。在评介《拾遗记》时，又强调这部小

① 崔世节：《博物志跋》，见《博物志校证》附录。

说文字绮丽，铺彩错金，类似《汉武内传》、《十洲记》而词藻更为丰茂。侯忠义《中国文言小说史稿》（上）认为：“《拾遗记》的文字绮丽，辞藻丰茂，幻想奇特，有道家风采。正所谓‘事丰奇伟，辞富膏腴’。《拾遗记》就点滴事实敷衍成篇的特点，颇有有意为小说的意思。王嘉似是自觉地进行小说创作。这种靡丽的文辞与夸诞的内容相结合的创作手法，使《拾遗记》在魏晋小说史上占有重要地位，并直接影响了唐传奇的创作。”吴志达《中国文言小说史》举证更为全面。陈文新《中国文言小说流派研究》则强调：“拾遗”体是杂传、“博物”体、“搜神”体三者在辞赋的藻饰之风濡染下结合而成的，经历了一个发展过程。《拾遗记》处于这一发展过程的顶点，其情调与古典诗相通，优美，精致，并不乏神秘、感伤气氛。

2. 轶事小说（或志人小说）的类型划分及研究

轶事小说又称志人小说。志人小说是与志怪小说相对而言的。志怪侧重于记神仙鬼怪，志人则侧重于记人物言行片断。

首创“志人小说”这一术语的是鲁迅。他在《中国小说史略》第七篇中说：魏晋以来，释道互扇而流为清谈，“世之所尚，因有撰集，或者掇拾旧闻，或者记述近事，虽不过丛残小语，而俱为人间言动，遂脱志怪之牢笼也”。1924年，他在西安作《中国小说的历史的变迁》的演讲，明确使用了“六朝志人的小说”一语，与“六朝的志怪小说”相对。这一命名，从题材上将“俱为人间言动”的一类小说与“鬼神志怪之书”区划井然地分为两种类型，问世以后，为学术界所广泛采用。如宁稼雨据之撰专书《中国志人小说史》（辽宁人民出版社1991年版），吴志达《中国文言小说史》亦使用“志人”一词。也有一部分学者不用“志人”而用“轶事”，如侯忠义《中国文言小说史稿》（上）、陈文新《中国笔记小说史》（志一出版社1995年3月版）。用“轶事”而不用“志人”，主要是基于下述考虑：从字面意义上看，凡写人的小说都可称为志人小说。这不仅包括除志怪和部分传奇以外的全部文言小说，连写普通凡人的所有白话小说似亦包括在内。这样的理解，显然与鲁迅原意不符。鲁迅说的志人小说，实指《世说新语》一类作品，照陈文新《中国文言小说流派研究》的意见，这类作品不讲格高调遒，不在乎文理的有无，闲暇时写，闲暇时读，从整体上弥漫着闲适的氛围。为了突出这种题材特征和表达上的特征，选用“轶事小说”自有其合理性。还有人使用“清言小说”这一概念，如郭箴一《中国小说史》，理由是《世说新语》等是“清谈”的产物，所记为士大夫的“清言”。

轶事小说的子类划分在古小说研究界存在较大分歧。鲁迅所说的志人小说，不存在子类划分的问题，因为，在其《中国小说史略》中，这一术语所涵盖的小说限于《世说新语》这一类型，《笑林》等作品被视为“《世说》之一体”，所以，《中国小说史略》第七篇专论志人小说，标目即为“世说新语与其前后”。以鲁迅的志人小说概念与刘知几、胡应麟、纪昀的相关概念对比，我们可得出下表：

代表人物	刘知几	胡应麟	纪昀	鲁迅
分类	三曰“逸事”，如《西京杂记》等			
	四曰“琐言”，如《世说新语》等	第三为“杂录”，如《世说新语》等	一为“杂事”，如《世说新语》、《西京杂记》	“志人”如《世说新语》
出处	《史通·杂述》	《少室山房笔丛·九流绪论下》	《四库全书总目提要》	《中国小说史略》、《中国小说的历史的变迁》

不难看出，鲁迅说的“志人小说”，大体与胡应麟所说的“杂录”、刘知几所说的“琐言”相对应，故宁稼雨《中国志人小说史》认为：“如果仍按鲁迅的划分来理解志人小说的内涵，则不如像刘知几那样直呼其为‘琐言’。鲁迅这个术语的使用对于划清与志怪的界限是有益的，但无形中又给逸事和琐言小说之间制造了新的隔阂，一大批逸事小说等于被拒之小说门外。”

宁稼雨所谓“逸事”，指的是《西京杂记》这一类作品；刘知几在《史通·杂述》中归入逸事类，宁稼雨借用了这一称谓。鲁迅

《中国小说史略》曾评介过《西京杂记》，但不是放在六朝部分，而是放在第四篇《今所见汉人小说》中。毫无疑问，鲁迅是将《西京杂记》视为古小说的，只是未将之归类。如果我们一定要代鲁迅做这件事，似乎只有归入志人小说才算恰当。这样，宁稼雨与鲁迅就没有分歧了。

宁稼雨为志人小说设计了两个子类：逸事和琐言。他在《中国志人小说史》中引用刘知几关于“逸事”和“琐言”的论述，诠释说：“刘氏所说的逸事小说，即指《西京杂记》一类偏于记录野史故事的小说，而他所说的琐言，则指《世说新语》一类以片言只语或简略勾勒来刻画人物为主的小说。”“笔者认为志人小说这个名称应当包括逸事和琐言这两部分文言笔记小说。也就是用志人小说之名，含《四库》所收杂事小说之实。”“我们所谈的志人小说，是以琐言小说为主，同时也兼及逸事小说中的小说成分。”

将《西京杂记》一类作品纳入轶事小说范畴，这在笔记小说研究界是占主导地位的意见。侯忠义《中国文言小说史稿》（上）、陈文新《中国文言小说流派研究》和《中国笔记小说史》等都是这样处理的。但也有不同意见。如李剑国《唐前志怪小说史》将唐前古小说分为三类：“志怪小说记载神鬼怪异故事，志人小说记载人物琐闻逸事，历史小说则记载传闻性的历史人物事件。”并认为《搜神记》是志怪小说的代表，《世说新语》是志人小说的代表，《西京杂记》是历史小说的代表。吴志达《中国文言小说史》也视《西京杂记》为“著名的杂记体小说”，未纳入志人小说的框架内。

侯忠义、陈文新为轶事小说设计了三个子类。侯忠义《中国文言小说史稿》（上）名之为笑话类（含《笑林》等）、琐言类（含《世说新语》等）、轶事类（含《西京杂记》等）；陈文新《中国文言小说流派研究》为简明起见，称之为“笑林”体、“世说”体、“杂记”体。称谓略异，基本的分类依据是一致的。将轶事小说分为三个子类，或分为两个子类，区别仅仅在于：宁稼雨等人将《世说新语》与《笑林》等归为一类，理由是排调乃“《世说》之一体”；陈文新等人将它们一分为二，则是考虑到，《笑林》等作为独立的笑话集，已非“世说”体所能囊括。

在六朝轶事小说中，《世说新语》居于核心地位，研究成果也格外丰富。

探讨“世说”类小说兴盛的原因，是志人小说研究中的热点之一。五四时期的学者，一方面受到中国“知人论世”的文论传统的熏陶，另一方面又在西学东渐的背景下受到泰纳等的文艺社会学的影响，眼界开阔，颇具识力。鲁迅《中国小说史略》从时代的思想文化氛围入手，用知识分子心态的变化来解释“文变”，指出“清谈”是“世说”类小说发生、发展的基本动力，把握住了问题的实质。王能宪《世说新语研究》（江苏古籍出版社 1991 年版）是中华人民共和国成立以来的第一部有关《世说》的专著。该书第三章探讨《世说新语》与魏晋风流的关系，对鲁迅的观点有所丰富和发展。王能宪根据《三国志》、《晋书》等史书和《世说新语》中的大量材料，论证用“风流”或“名士风流”来形容魏晋士人风气或时代特征，并不是后人所赋予的，而是当时人一种明确的追求和崇尚。而《世说新语》一书则集中、充分而又生动地表现了魏晋风流，成了“中国的风流宝鉴”。这表明，《世说新语》既是时代的产物，也是编撰者准确把握时代本质特征的结果。宁稼雨《中国志人小说史》、侯忠义《中国文言小说史稿》（上）、吴志达《中国文言小说史》、陈文新《中国笔记小说史》等也都一致强调清谈促进了“世说”类小说的兴盛。

从取材和宗旨来看，《世说新语》以名士为对象，“以玄韵为宗”，这在学术界几乎没有什么争议。但各人切入的角度和描述的分寸仍有差别。鲁迅注重这一时代特有的文化现象，将《世说新语》定格为“名士教科书”。王瑶是深受鲁迅影响的学者之一。他在《中古文学史论·初版自序》中说：《史论》第二部分是“文人生活”，“这主要是承继鲁迅先生《魏晋风度及文章与药及酒之关系》一文加以研究阐发的，着重在文人生活和文学作品的关系”。其中《文人与药》、《文人与酒》和《论希企隐逸之风》三篇大量征引《世说新语》，不妨视为对这部小说的一种研究。王能宪《世说新语研究》将魏晋风度概括为谈玄、品题和任诞，着眼点也是文化现象。宁稼雨《中国志人小说史》称《世说新语》为“中古文化的百科全书”，并从“清谈玄学与人物品评”、“文人放诞行为”、“妇女题材”、“暴露丑恶”、“道德追求”五个侧面分别作了描述（宁氏后来撰《〈世说新语〉与中古文化》一书，题旨有所扩大）。陈文新《中国笔记小说史》以“玄韵——高远的人生境界”为小标题，对玄学的生活情调作了探索描述。

《世说新语》在艺术表达上的长处，自鲁迅《中国小说史略》发表“记言则玄远冷俊，记行则高简瑰奇”的意见以来，学术界的探讨逐渐深入。在某几个方面，看法是比较一致的，比如都肯定《世说新语》“善于通过富有特征性的细节勾勒人物的性格和精神面貌，使之栩栩如生”；“善于把记言记事结合”；“语言精练含蓄，隽永传神”①。较早提出一家之言的是宁稼雨。其《中国志人小说史》从体例、形象、语言三个方面探讨了《世说新语》的表现形式。体例方面，他认为“点”、“网”和“空白”特别值得注意。形象方面，他指出了三种方法：合成、对比、以静写动。语言方面的分析以发挥鲁迅的意思为主，认为“玄远冷俊”是就人物语言而言的，“高简瑰奇”是就叙述语言而言的。宁稼雨的探讨，关于体例的部分新意较多，但似乎求之过深。陈文新《中国文言小说流派研究》则从创作观、意境、风格等方面入手，努力揭示《世说新语》独特的魅力。就创作观而言，刘义庆以展示玄学的生活情调为核心，这是对中国史学传统的超越。“由玄学的生活情调而生发出的意境，以空明澄澈为标志。”简约则是玄学的生活情调的风格化。

如果说，对“世说”体审美特征的探讨，主要集中于解剖《世说新语》，那么，对“杂记”体，评价则较为分散。宁稼雨《中国志人小说史》充分肯定了《西京杂记》的重要性，说它的出现，“开创了志人小说中杂记一体的先河。它与‘世说体’相偶，成为志人小

① 游国恩等主编：《中国文学史》第一册，307～308页，北京，人民文学出版社，1963。

说在体例上的两大潮流，影响直至清代”。但并不打算将对《西京杂记》的分析推广到其他“杂记”中去，在涉及殷芸《小说》等作品时，所归纳出的是另外一些特征。侯忠义《中国文言小说史》（上）、王枝忠《汉魏六朝小说史》等亦然。陈文新《中国文言小说流派研究》从三个方面肯定了《西京杂记》对“杂记”体小说的示范作用：断代取材，开了后世专题性轶事小说的先河；多记琐事逸闻，意绪秀逸，使之与正史的区划较容易了然；叙事多截取片断，与首尾完整的纪传体有别。只是，其他“杂记”与《西京杂记》这个榜样之间，虽有相似之处，而差异却更为明显。这表明，“杂记”体的审美追求是不够一致的。也因这一缘故，“杂记”体尽管作品众多，但就体现轶事小说的基本品格而言，它远不及“世说”体典型。

对“笑林”体的研究立足于对中国笑话的独立地位的重视。三国魏邯郸淳《笑林》是我国第一部笑话集。

鲁迅、宁稼雨等将“笑林”类作品视为《世说新语》之一体，侯忠义、陈文新则将“笑林”类作品视为独立的体式类别。后者的理由较为充分：其一，《世说新语》虽有《排调》一门，但《排调》在《世说新语》中并不占有核心地位。其二，《世说新语·排调》大体上是纪实的，“笑林”类作品却较多虚构的成分，这从其多用“某甲”、“某乙”、“楚人”、“魏人”、“齐人”等来指代人物就看得出来。

鲁迅认为《笑林》的特点是“举非违，显纰缪”，把握住了其美感特征。宁稼雨从三个方面阐述《笑林》的价值和局限。第一，邯郸淳的《笑林》是为娱乐皇帝而作的。第二，《笑林》第一次以消闲的态度写人间的故事，实为志人小说之滥觞。但它与汉末清议和魏晋清谈是绝缘的。第三，它是中国俳谐、笑话文学的发端。笑话在记述人事和笔记体这两方面，与志人小说同属一脉，但作为喜剧的表现形式之一，又可以自张一军。而在这种文学样式中，《笑林》无疑是起到了开导先路的作用。后代笑话，多有以《笑林》为楷模者。（这一点可以成为将《笑林》等作品另立一类的理由，但宁稼雨没有这样做。）侯忠义则明确地称《笑林》等为“笑话”。“笑话作为一种文学样式，是举说违反常理之事，揭露矛盾、荒诞之言行，从而使人们从中受到教育和启发。”陈文新将两宋以前的笑话文学的发展历史分为两个阶段。先秦为第一阶段，其特色是“意存微讽，有足观者”，“辞虽倾回，义归于正”，以诙谐的方式达到讽谏的目的。秦汉至唐为第二阶段，笑话的讽谏作用不再受到重视，作者满足于一种滑稽有趣的效果，即刘勰所谓“虽抃笑衽席，而无益时用矣”。《笑林》就属于这一时期。从“远实用而近娱乐”的角度看，它与《世说新语》等的趋向完全一致。邯郸淳创作笑话旨在“缓和紧张”，旨在从理智上“举非违，显纰缪”，博得一笑，所以，不是道德判断而是智能判断在其中起决定作用。上述研究成果，比较完整地揭示了《笑林》的特色。

三　传奇小说的审美研究与类型划分

一个研究者进入传奇小说领域，他必须回答的问题是：传奇小说的基本审美特征是什么？对这一问题的不同回答，导致了对史实梳理的诸多差异和迥然有别的结论。我们试对有关学者的学术路数作初步考察。

1. 唐人传奇的基本审美特征及繁荣原因

鲁迅《中国小说史略》第八篇首次提出“唐人始有意为小说”，以揭示唐人传奇的基本审美特征。这一命题获得学术界广泛认同，但对这一命题的理解却因人而异。在诸多阐释中，占主导地位的意见是将“有意为小说”界定为“有意虚构”。“虚构”是从西方小说理论中引入的一个概念，它虽然与中国传统术语“幻设”含义相近，却因与体系化的西方小说理论配合而具有非同寻常的重要性。在西方小说理论中，虚构与人物形象、故事情节构成小说三要素；衡量一部作品是不是小说，只需看它是否完整或比较完整地具备了这三个要素。以三要素为标准来观照中国叙事文学，不难发现，早熟的中国历史著作在人物形象的塑造和故事情节的叙述方面已捷足先登，惟一不同的是未尝有意虚构。而唐人的卓越之处，在一部分学者看来，首先便是“故为幻设语”，从而创造了一种新的文学样式。

鲁迅《中国小说史略》第八篇在“唐人始有意为小说”这一标目下，还论述了唐人传奇除虚构外的其他特点：“大归则究在文采与意想”；“大率篇幅漫长，记叙委曲”，“叙述宛转，文辞华艳。”鲁迅这样论述问题，表明在他看来，“唐人始有意为小说”并非仅指唐人始有意虚构，还包括艺术表达上有意与历史著作立异。我将这一特点概括为传、记的辞章化。这是唐人传奇的第二个审美特征。有些学者尽管未能从理论上对这一命题加以确认，却凭借其艺术感受力直观地体会到了。如胡怀琛曾从体制的角度归纳出传奇的五大特性：“（1）每件少则几百字，多则一千二千字，尤以一二千字以上独立成篇的为佳。（2）每件包含一个故事。故事中的人物，大概不外乎是神仙、妖怪；才子、佳人；武士、侠客。（3）独立成篇的，每篇自首至尾，有很精密的组织。（4）词藻很华丽，很优美。（5）和纪事的‘古文’不同。古文中的事‘真’的部分多，‘假’的部分少。传奇则和它相反，‘真’的部分少，‘假’的部分多，甚至全是假的。词藻比‘古文’更浓厚，描写得比‘古文’更真切细腻。独立成篇的篇幅，也比‘古文’为长。所以它和纪事的‘古文’绝不相同。”① 从其罗列来看，他不仅注意到人物、故事、虚构，也注意到了辞章化的问题。李宗为指出，唐人传奇“所用的文体一般是相对韩柳古文来说较为通俗也较为华美的文言散文体，描写人物外形或景物常用铺陈夸张的骈文等等”②。这也是对辞章化特点的描述。陈文新《论唐人传奇的文体规范》从“示有所本与史家笔法”、“限制叙事与沉思翰藻”、“‘传’、‘记’互补与史、诗融合”三方面概括了唐人传奇的文体规范。③

---

① 胡怀琛：《中国小说概论》，15页，北京，北京市中国书店据1936年世界书局版影印《中国文学八论》本，1985。

② 李宗为：《唐人传奇》，11页，北京，中华书局，1985。

③ 见《中州学刊》1990年第4期。

阐释唐人传奇的审美特征，不能忽视其题材选择的价值取向。就题材选择的价值取向而言，陈文新认为，唐人传奇之“奇”，是与正史之“正’相对而言的。在正史中，一切“无关大体”（即无关于天下兴亡的大体）的人、事都应被排除在外，而唐人传奇却聚焦于“无关大体”的浪漫人生。“有几个现象是值得一提的：其一，关于中国古代士大夫的人格塑造，‘济天下’的‘归仁养德’的人格一向居于价值取向的主导地位，作为其补充的则是‘独善其身’的逍遥无迹的隐士；士大夫中的这两类人历来都是正史立传的重点。但在唐代传奇中，最为引人注目的却是豪侠义士。而在豪侠义士中，玩世不恭的盗侠偏偏又非常活跃。其二，关于中国古代士大夫的人生内容，正史关注的是其功业，是其仕途经历，而唐人传奇则将仕途、功业化为南柯一梦，将社会人生的天地化为蚁穴；与此形成对照，正史所忽略的士大夫的爱情，士大夫的人生如梦的感喟，却得到浓墨重彩的渲染。”① 陈文新将唐人传奇的题材粗略地归纳为“爱情”、“豪侠”、“隐逸”，意在既对题材加以分类，又同时揭示题材所蕴含的价值取向。

一部分研究唐人传奇的学者，在将众多作品分类时，由于未能充分关注价值判断与题材选择的关联，留下了一些遗憾。比如，日本学者盐谷温《中国小说概论》将唐代小说分为别传（史外的逸闻）、剑侠（武侠男女的武勇谈）、艳情（佳人才子的艳话）和神怪（神仙、道释、妖怪谈）四种类型，“别传”据体裁分类，其他三类据题材分类，划分标准未能统一②。郭箴一《中国小说史》第四章将唐人传奇分为神怪（神仙道释妖怪谈）、恋爱（佳人才子的艳情故事）、豪侠（侠男侠女的武勇谈）三类③，大体依傍盐谷温氏。李剑国将唐人传

① 陈文新：《论唐人传奇之“奇”》，载《江汉论坛》1990年第11期。

② 见郑振铎编：《中国文学研究》下册，君左译，上海，上海书店据商务印书馆1927年版影印本，1984。

③ 郭箴一：《中国小说史》，127~128页，上海，上海书店据商务印书馆1939年版影印本，1984。

奇分为性爱、历史、伦理、政治、梦幻、英雄、神仙、宿命、报应、兴趣等十大主题，以主题标目，关注的其实还是题材①。程国赋将唐代小说分成神怪、婚恋、逸事、佛道、侠义五种类型②。

另一部分研究唐人传奇的学者，目光所注，无疑是作品的价值取向，但因习惯于用读正史或诗文的眼光读小说，他们所描述的唐人传奇俨然具有了正史的功能。刘开荣从五个方面概括唐人传奇："朋党之争与《周秦行纪》"；"传奇小说中的恋爱主题所反映的阶级矛盾(上)》(《李娃传》与《莺莺传》)"；"传奇小说中的恋爱主题所反映的阶级矛盾（下）(《霍小玉传》)"；"反映小有产者思想意识的《枕中记》与《南柯太守传》"；"晚唐的农民起义与豪侠小说(《红线传》及《虬髯客传》)"③。这样一种视野中的唐人传奇，与其本来面目是有距离的。卞孝萱《从〈唐代小说与政治〉说文史兼治》一文着眼于小说与政治的关系，将唐人传奇分为五类：（1）指名道姓，公开、直接地攻击政敌；（2）用含蓄、曲折或者影射的方式，揭露、批判某一政治事件；（3）不是针对某一个人，而是针对当时社会上一种丑恶的、反常的现象进行讽刺；（4）借他人之酒杯，浇自己之块垒，通过小说，抒发个人胸中不平之事，这种"不平"，往往具有普遍的社会意义，能引起他人共鸣；（5）借古喻今，或假托神话，来寄托对现实社会的期望，或者进行劝诫。④

综上所述，我们可以得出下述结论：唐人传奇的基本审美特征至少有三：一是有意虚构（与人物形象、故事情节相配合的虚构）；二是传、记的辞章化；三是面向"无关大体"的浪漫人生。我们衡量一篇作品是否可称为传奇，其水准高下如何，应当兼顾这三个标准。令人深感遗憾的是，在古代小说研究领域，有些学者受西洋小说理论

---

① 李剑国：《唐五代志怪传奇叙录》前言，51页，天津，南开大学出版社，1993。

② 程国赋：《唐代小说嬗变研究》，9页，广州，广东人民出版社，1997。

③ 刘开荣：《唐人小说研究》，第四～第八章，上海，商务印书馆，1956。

④ 见《古典文学知识》1993年第5期。

影响太深，不问情由地一概以人物形象、故事情节、虚构作为成熟小说的充足条件，于是，当他们清理小说史料时，竟理直气壮地将唐以前的许多作品视为传奇小说。这种情形从“五四”以来即绵延不绝，而集其大成的当数薛洪勣的《传奇小说史》。薛氏“认为传奇小说史应从先秦写起”，并断言传奇小说在唐以前就已成熟①。薛氏采用的是何种尺度？很简单，即：一部包含了虚构成分，故事情节较为曲折，人物形象较为鲜明的作品，就是成熟的小说。例如，他说：“在中国文学史上，庄派学者大约是最早正面而系统地提出以虚构想像来写人叙事的文学家。”“在《庄子》中确实写出了相当多堪称为小说的作品。曾经引起研究者注意的有《盗跖》（第一段）、《渔父》、《说剑》、《列御寇》（第一段）等篇。这几篇的篇幅都相当于短篇小说，表面上是历史故事，实际上纯属虚构。”②《战国策》“据今人缪文远等的考证，其中有一百篇左右是拟托之作，即虚构之词。像《苏秦以连横说秦》、《邹忌讽齐王纳谏》、《鲁仲连义不帝秦》、《唐雎不辱使命》、《楚考烈王无子》、《蔡泽见逐于赵》等传诵不衰的名篇，实非信史。诸祖耿说《苏秦》篇，‘虽非寓言，究异实录，视作小说传奇可矣’，实为一语破的”。“在此书的虚构性作品中，有一些已是写得十分出色的短篇小说了。”《拾遗记》中“一些篇幅较长的作品，如《薛灵芸》、《翔风》、《糜竺》等，都曾被视为传奇小说而单独流传过”。“《博物志》中的《猛兽》条，很可能是篇传奇小说的梗概或原型（见下文《海内十洲记》）。《搜神记》则较完整地保存了晋人张敏的传奇小说《神女传》、佚名作者的《杜兰香别传》的片断等。”③ 这些评述，个别意见是合理的，如《拾遗记》的部分篇章确与唐人传奇非常接近，但从总体上将“有关大体”的子书（如《庄子》、《韩非子》）、史书（如《左传》、《史记》）均纳入传奇小说

① 薛洪勣：《传奇小说史》，3 页，杭州，浙江古籍出版社，1998。

② 薛洪勣：《传奇小说史》，18、19 页，杭州，浙江古籍出版社，1998。

③ 薛洪勣：《传奇小说史》，13、24～25 页，杭州，浙江古籍出版社，1998。

领域，无论如何是不妥当的。而失误之所以产生，又是由于衡量的标准不当。薛氏对传奇小说的基本审美特征，未能做周全的把握。

以传奇小说的三个主要审美特征为基准，我们的看法是：传奇小说成熟和繁荣于唐代。那么，它兴盛的原因何在？

论及唐人传奇繁荣的原因，学界留意最多的是传奇小说勃兴与古文运动、进士科举及佛教的关系。

古文运动对传奇小说勃兴是否有促进作用？刘开荣明确表示肯定。他指出："此中有一不谋而合的铁的事实，就是正当古文运动奔腾澎湃之时，也恰是传奇小说风起云涌之期，同时文坛上一般古文巨子，又几无例外的都是一时闻名的传奇小说家，所以说唐代的古文运动，必然与传奇小说之勃兴有着极密切的联系（陈寅恪先生语），的确不是没有根据的话。"① 此论在学术界长期居于主导地位。也有学者不赞成这一见解，如程毅中指出："唐代小说导源于六朝志怪，本来就以散文作为叙事文体，唐前期作品如牛肃的《纪闻》、戴孚的《广异记》以至沈既济的《任氏传》，都产生于韩愈提倡古文之前。而且，学者公认的最佳小说如《李娃传》、《莺莺传》、《霍小玉》等之作者，历来也没有人称之为古文家。尤其是到了后期，小说家大量运用诗歌骈文，形成了'用对语说时景'的传奇体，因而被北宋的古文家尹洙所嘲讽，又怎么能说传奇文运动是古文运动的一个别支呢？""古文运动说恐怕是难以成立的。"② 石昌渝甚至认为："传奇小说在最初的时候是用史传笔法写志怪，并且受南北朝绮丽文风的影响，与古文运动没有关系。传奇小说喜欢铺陈，辞藻华丽，内容多艳情，又恰与古文运动的精神相背离。古文运动对传奇小说创作是有影响的，这影响却是消极的。"③

进士科举与传奇小说勃兴是否有内在联系？刘开荣亦持肯定态

① 刘开荣：《唐代小说研究》，18页，上海，商务印书馆，1956。

② 程毅中：《唐代小说史话》，327～328页，北京，文化艺术出版社，1990。

③ 石昌渝：《中国小说源流论》，188页，北京，三联书店，1994。

度。他从对温卷的考察入手论述这一问题。“其时科举有一个非常重要的习尚或是制度，便是‘温卷’。”“所谓‘温卷’者，便是要先给考官一种印象，在文坛上造成一种舆论。所以在未入试场前，谁应及第，谁应列甲科，便早已有了定论。入场受试，只不过是官样文章罢了。此风在中唐时尤盛。”“当时因为‘古文家’注重议论叙事及诗词三种文体，所以举子所投的‘行卷’，也必须同时包括这三种体裁。小说既为‘行卷’内容最重要的部分，自然也必得同时具有这三种体裁（至少二种）才能算为完备的小说典型。”① 刘氏此论，实承鲁迅而来。吴志达《唐人传奇》、侯忠义《中国文言小说史稿》（上）、石昌渝《中国小说源流论》等都赞同行卷、温卷之风推动了传奇小说创作的说法。持异议者主要有程毅中、李剑国。李剑国在列举了此前有关唐人传奇繁荣的诸种因果说明之后，断言“‘行卷’之说尤无道理”，“其实中晚唐的行卷，都是用诗文或著作投谒主司或名人的”②。程毅中则致力于否定唐代小说与进士阶层的联系：“传奇小说的作者确有不少是进士出身，但并不都是进士。”“唐代进士中一部分人写过小说，但小说与科举的关系远不如诗赋之明显。”③

论及传奇小说勃兴与佛教的关系，刘开荣的意见是：“传奇小说在体裁、结构及思想内容上都受到佛教文学的影响。”尤其是在内容与取材方面，传奇小说作家在佛教文学启迪下，“想像力更加丰富”，或直接“采用佛教故事”④。佛教对传奇小说创作的影响，为诸多学者所关注，但从什么角度作重点描述则见仁见智。程毅中认为：“尽管在社会生活中佛教战胜了道教，而在小说领域里，道教的影响却比佛教更大。”⑤ 陈文新的看法恰好与程毅中成为对照。他承认“道教在启发唐传奇作家的虚构才能方面，起过不容忽视的作用”，但认为

---

① 刘开荣：《唐代小说研究》，33～35页，上海，商务印书馆，1956。

② 李剑国：《唐五代志怪传奇叙录》前言，10～11页，天津，南开大学出版社，1993。

③ 程毅中：《唐代小说史话》，329页，北京，文化艺术出版社，1990。

④ 刘开荣：《唐代小说研究》，41、42页，上海，商务印书馆，1956。

⑤ 程毅中：《唐代小说史话》，331页，北京，文化艺术出版社，1990。

"佛教对传奇作者虚构才能的激发，或许比道教更为重要"。不仅"诸多佛教故事的细节已转化为传奇作品的血肉"，而且"从整体上开阔了作家们的视野。甚至在一向为道家占据的神仙故事中，佛教也能大有作为"①。

关于唐人传奇的兴盛，李剑国极力反对从外部寻找原因。"常见到这样一些分析：政治开明、城市经济繁荣、社会安定，提供了优越的社会条件；实行科举制度，解放人才，庶族知识分子地位提高，奠定了良好的基础，而进士们又特别喜欢传奇；言论自由、思想开放，促进了小说发展；市民阶层壮大、市民艺术兴盛给文人小说注入新鲜血液；道教、佛教的流行促进了小说作者想像力的提高；古文运动哺育了传奇小说；诗歌起了促进作用；举子以小说行卷之风起了刺激作用。如此等等。看来很全面，也不能说都没有道理。但细想一下，又常常有隔靴搔痒之感，甚至似是而非，扞格难通。""唐小说繁荣的根本原因应当从小说本身去寻找，从小说传统中去寻找。"②

程国赋指出，"唐代小说兴盛的原因是多种多样的"，与进士行卷、史传文学、古文运动、六朝小说、社会背景之间都有密切的联系；但最值得注意的是唐代诗歌的兴盛对小说兴盛的促进作用。作者考察了唐诗与唐人小说之间的几种内在联系：第一，先有小说，后有相关题材的诗歌创作。第二，小说与诗歌同时出现。第三，先有诗歌，后有小说，换言之，诗歌的流传引发了相同题材的小说作品的面世。在诗与小说的这三种联系中，作者重点论述第三种，并将第三种缕分为四个方面："一、处身于朋党斗争中的某些政客、文士，出于政治的需要，依照有关诗歌中的人、事构筑情节，以此作为证据攻击对方。"如《补江总白猿传》。"二、围绕诗歌创作，表现名人的才学、爱好、生活经历与风流趣事等。"如晚唐孟棨根据诗意创作的

① 陈文新：《中国文言小说流派研究》，116～119页，武汉，武汉大学出版社，1993。

② 李剑国：《唐五代志怪传奇叙录》前言，10、12页，天津，南开大学出版社，1993。

《崔护》。“三、根据诗人行卷之作而加工。”“四、几篇唐传奇根据同一首诗歌而创作。”① 所举例证中，有些作品并非唐人传奇，如《云溪友议·韩愈》、《幽闲鼓吹·顾况》等。

诸多学者对唐人传奇兴盛原因的探讨，虽然未能取得全面的共识，但在某些问题上，或发现新材料，或对旧材料的解读较前人深入，从总体上提高了学术水准，有助于唐人传奇研究的推进。

这里需要特别予以关注的一部著作是董乃斌的《中国古典小说的文体独立》（中国社会科学出版社 1994 年版）。全书围绕叙事观念与叙事方式的种种演变，细致考察了中国古典小说在文体上渐次独立的前因后果，其核心论点是：在中国古典小说发展史上，唐传奇的最大贡献在于它标志着小说文体的真正独立。“由于曾对古典诗歌和整个文学史进行过多年较为深入的研讨，在小说文体探研时，作者能够避免一般小说研究者知识结构上的不足，驾轻就熟地将各种文体的特征加以贯通，并进行比较。作者宏观地鸟瞰古代文学中的各种样式，论证了文学与‘事’的密切关系，并将文学与‘事’的关系概括为含事、咏事、述事和演事四种。指出诗的比兴及一些以议论为主的作品属含事之作；像咏事诗等以缕述事实、抒情议论为主的属咏事之列；像唐传奇这样具体细致描绘故事的，称为述事；在它的基础上，用人物形体表演和对话语言完成故事叙述的戏剧——演事，才不可遏止地成长起来。这样，作者就向我们展示了文学史上由抒情——表现艺术的诗歌，渐渐孕育出过渡到叙事——再现艺术的小说这样一个历史的过程，而叙述方式和叙述能力的变革则成为连接两者的重要脉络。”“在谈及小说文体的孕育形成时，竟然从诗歌、辞赋中找到最初的小说元素，证明了小说因子的早期存在，这种见解显然是富于创造性的。作者也并未忽视史传乃至神话与小说文体交相滋哺的作用，书中论及神话历史化给中国文学的影响主要有两方面，一是文学叙事能力向历史领域转移，二是史贵于文价值观的确立。”“作者还从对

① 程国赋：《唐代小说嬗变研究》，1～5 页，广州，广东人民出版社，1997。

中国古代史籍，尤其是纪传体史籍的具体分析中，概括出六个具有普遍意义的小说叙事特点，即内容的由政事纪要式向生活细节化转化；创造出可以乱真的‘第二自然’；叙事方式和叙事结构的新变；叙述语调的多样化，特别是谐谑化；形象塑造方面的突破；和戏剧因素的介入；等等。除此以外，该书还对唐传奇的艺术特色作了细致深入的分析。”①

2. 传奇小说的类型划分：以风格为依据

从风格上对中国古代传奇小说作类型划分，是由宋明传奇小说的通俗化引出的一个课题。换句话说，相当数量的宋明传奇小说与唐人传奇在基本风格上差异甚大。1932 年，孙楷第撰《日本东京所见小说书目》（人民文学出版社 1958 年版），卷六著录《风流十传》。②《风流十传》所收《钟情丽集》等传奇小说，以“诗与文拼合”为其体制特点，故孙氏名之为“诗文小说”；他同时还注意到其风格的“俚鄙”、“浅拙”、“浅露易晓”，宜“施之于文理粗通一知半解之人”。其评述表明：这一类传奇小说具有通俗文学品格，与唐人传奇之高雅迥不相侔。

关于唐人传奇的风格特征，陈文新认为，唐人传奇实际上是唐诗的某些素质在叙事文体内的延伸与发扬，因此，诗意或诗化构成唐人传奇美感魅力的基本来源之一③。杨义也指出：“读唐人传奇，不认真体味诗风极盛时代诗对小说文体的渗透，是很难设想的。六朝志怪多方士气，宋元话本多市井气，唐人传奇与之不相同而显示卓异个性的，就是诗人气。”要见史才不妨著史，要见议论不妨写子书，中国早期小说就是从子和史中异化独立出来的。唐人的贡献在于用的是

① 王立：《小说文体研究的新创获》，见《中国图书评论》1997 年第 2 期。

② 《风流十传》实收八种明代中篇传奇小说：《钟情丽集》、《双双传》、《三妙传》、《天缘奇遇》、《娇红传》、《三奇传》、《融春集》、《五金鱼传》。

③ 陈文新：《中国传奇小说史话》，569 页，台北，正中书局，1995。

'诗笔'，从而使子史因素，使史才、议论在新的小说体式中诗化了。"①

较早注意到宋人传奇与话本之关联的，大约是薛洪勣（笔名薛洪）。1985年10月，湖南人民出版社出版了由他领衔选注的《宋人传奇选》，在为该书撰写的前言中，他指出："宋人传奇在艺术上的一个突出特点是通俗浅显。这是受通俗文学影响所致。""受史传文学影响较大的，我们这里就称之为史传体传奇。如唐人传奇（指其多数作品）和《聊斋志异》等等；受通俗文学影响较大的，我们就称之为话本体传奇，如宋人传奇（指其多数作品）、元明的中篇传奇（如《娇红传》、《钟情丽集》、《贾云华还魂记》）等即是。"论及"宋人传奇受话本等通俗文学的影响"，他认为"特别明显地表现在语言上"："宋人传奇的多数作品语言比较浅近。""写对话，常常明白如话，如闻其声，如见其人。"

陈文新赞同将宋人传奇（指大多数作品）称为话本体传奇，并对其风格特征作了进一步描述："其一，为取悦于市民而创造了大量放诞不检的青年女性。""其二，天真幼稚的想像取代了唐人传奇的书卷气。""其三，人物对话杂用口语。""其四，直接描写人物心理。"结论是：其"品格更近于话本而与唐人传奇风度大别"②。

石昌渝曾就传奇小说分类作过认真探讨。他将传奇小说大致分为四类：第一类，唐代传奇小说。这"是文人写给文人看的，这就决定了它的内容和形式，决定了它是上层文士的雅文学"。第二类，"传奇小说的俗化"。"指传奇小说从士大夫圈子里走出来，成为下层士人写给一般人民欣赏的文学样式。宋代传奇小说的观念意识明显下移，这就是俗化的开端。"元代的"《娇红记》是从雅到俗转变过程中的作品。它不能登大雅之堂，却也不完全是下里巴人"。第三类，"通俗化的传奇小说"。即孙楷第所说的"诗文小说"。"篇幅大约在

① 杨义：《中国古典小说史论》，162～163页，北京，人民出版社，1998。

② 陈文新：《中国文言小说流派研究》，189～193页，武汉，武汉大学出版社，1993。

一二万字之间，都属烟粉类，'语带烟花，气含脂粉，凿穴穿墙之期，越礼伤身之事'，风格蹈袭《娇红传》，也受到《剪灯新话》的影响，以文言叙事，缀以大量诗词，并间有秽语。"第四类，"笔记体的传奇小说"。其代表作即《聊斋志异》。① 石昌渝以雅俗之别作为划分传奇小说风格类型的依据，并根据"俗"的不同程度，将宋代传奇小说与明代中篇传奇小说加以区别，其分类较为中肯。（但"笔记体传奇小说"则依体制立论。）值得注意的是，他将《剪灯新话》归入雅的一类，这与薛洪勣视之为话本体传奇不同，也与陈文新的看法略异。陈文新认为："《剪灯》二种对唐人传奇的仿效是不容忽视的事实，但仅仅注意到这一方面却是远远不够的；瞿佑、李昌祺的创作也同时接受了话本体传奇的滋养，并且，后一侧面可能更为重要。"②

以风格为依据对传奇小说归类，《聊斋志异》是一个较难处理的对象（石昌渝称之为"笔记体传奇"，并非风格归类）；它的总体风格是雅致的，但又受到话本体传奇和白话小说的影响。石昌渝说："《聊斋志异》的文体主要承袭传记文，但叙事的方式却也借鉴白话小说，最突出的表现是一些作品的开头颇类话本小说的'入话'，还有一些作品在叙述当中插入诠释和评论，这两种方式都不属于史传、传奇小说和笔记小说的传统。"③ 陈文新指出："唐人传奇是浪漫的人生之诗，宋人传奇则大踏步走向了世俗。""诗意传奇与话本体传奇，在元明清三代，经历了一个互补、融合的过程。清代的蒲松龄，将唐、宋传奇的某些素质创造性地融合为一。""蒲松龄接受话本体传奇的滋养，但并不将话本情趣及世俗化的表达方式简单地塞入作品，而是将生活的新鲜和亲切感、传奇的诗化品格、醇雅而流畅的文

① 石昌渝：《中国小说源流论》，215页，北京：三联书店，1994。

② 陈文新：《中国文言小说流派研究》，195页，武汉，武汉大学出版社，1993。

③ 石昌渝：《中国小说源流论》，220页，北京，三联书店，1994。

言等因素有机地组织在小说中。"① 在将之归入诗意传奇的前提下，试图从纳俗入雅或化俗为雅的角度把握《聊斋》。（经过进一步考量之后，作者在本书中将唐人传奇称为"辞章化传奇"。）

3．传奇小说的类型划分：以篇幅或时代为依据

以篇幅长短或字数多少作为划分小说类型的依据，这是西方小说理论影响的结果。1929 年 11 月，郑振铎完成《中国小说的分类及其演化的趋势》一文。他将中国小说分为短篇小说、中篇小说、长篇小说三类，其中，短篇小说包括笔记、传奇、评话；中篇小说包括《燕山外史》与《玉娇梨》、《闺孝烈传》等；长篇小说包括"讲史及其他"。如将处理对象限定在传奇小说范围内，那么，可归入短篇小说的"乃是我们所称的唐人传奇一类的作品，如《霍小玉传》、《李娃传》、《灵应传》，以至《聊斋志异》（清蒲松龄）等"②。"最早的中篇，或可以说是最短的中篇，乃是唐张鷟所著的《游仙窟》。这是单本刊行的传奇体小说的第一种。这一个体裁在后来乃成了一个派别。""大都中篇小说，其内容以所谓'艳情'的故事为最多。其文字则以文言写成者为最多，以白话写成者较少。"③ 长篇小说"大都是以白话写成的，绝少有文言的著作，更少有骈四俪六的体裁"④。郑振铎以篇幅长短作为归类的依据，其标准简明而易把握（不像描述作品风格，容易产生见仁见智的分歧），但尽管如此，仍有不同说法出现。如日本学者大塚秀高即称元代及明朝前期刊行的《娇红记》、《钟情丽集》等为"长篇传奇小说"："传奇小说定义……凡唐代滥觞之种种才子佳人剑侠妖怪故事，以及其后一脉相承之文体，皆

① 陈文新：《中国传奇小说史话》，570～571 页，台北，正中书局，1995。

② 郑振铎：《郑振铎古典文学论文集》，332 页，上海，上海古籍出版社，1984。

③ 郑振铎：《郑振铎古典文学论文集》，334～335 页，上海，上海古籍出版社，1984。

④ 郑振铎：《郑振铎古典文学论文集》，336 页，上海，上海古籍出版社，1984。

足征表其貌。然而何类传奇小说方可冠以长篇之名，则非毫无可议之处。问题着眼点不只是篇幅字数，其内容情节亦是关键所在。不过，在此笔者姑且稍嫌含糊地将长篇传奇小说界定为：创作于元代以后，以单行本刊行的传奇小说，或是与此文字篇幅近似的传奇小说。”① 长篇、中篇、短篇的分法本以篇幅长短为依据，大塚秀高的说法与现代小说分类观念不合，故学界响应者相对较少。伊藤漱平、石昌渝、陈益源、薛洪勣等都认可“中篇传奇小说”一名而不接纳“长篇传奇小说”之论。②

短篇、中篇、长篇的分类，就显示作品的审美特征而言，它不如“诗意传奇”、“话本体传奇”、“通俗传奇”、“高雅传奇”等据风格确定的名称，但在某些特定场合，这种分类较便于行文，尤其是在风格分类有争议的前提下。如明代追随《娇红记》的作品，并非全是通俗传奇，只有用“中篇传奇小说”一名才能囊括篇幅相近而风格有异的诸多作品。因此，这种分类也有其用处。

以时代作为划分类型的依据，这是中国传统学术常用的方法，好处是方便而无争议，如唐诗、宋诗、明诗、清诗等称谓。将这种方法推广到传奇小说，则有唐人传奇、宋人传奇、明代传奇小说、清代传奇小说的概念。但需要指出，一个有眼光的学者，当他采用这种划分标准时，其目光所注，仍留意于时代风气对小说创作的影响以及不同时代小说风格的区别，这样也就进入了审美研究的层次。如鲁迅《中国小说史略》第十一篇阐释宋初乐史的传奇小说时说：“篇末垂诫，亦如唐人，而增其严冷，则宋人积习如是也……又大抵托之古事，不敢及近，则仍由士习拘谨之所致矣，故乐史亦如此。”从时代风习寻找作品风格的成因，并注意与唐代对比，这是极具穿透力的审

---

① 大塚秀高：《明代后期文言小说刊行概况》，转引自陈益源《元明中篇传奇小说研究》，1页，香港，学峰文化事业公司，1997。

② 参见伊藤漱平：《〈娇红记〉成书经纬：其变迁及流传过程》，译文载台北《中外文学》第13卷第12期，1985年5月；石昌渝：《中国小说源流论》，北京，三联书店，1984年2月；陈益源：《元明中篇传奇小说研究》；薛洪勣：《传奇小说史》，杭州，浙江古籍出版社，1998年12月。

美批评。吴志达论及宋人的通俗传奇，说："北宋中期至南宋中期，是形成宋传奇特色的时期。其显著特征是雅俗融合，审美心理由士大夫之雅趋向市民之俗。"① 着眼于审美心理、语言风格的变化，旨在把握各时代传奇风尚的流变。陈文新比较唐宋传奇时说：唐人传奇可视为诗人的小说，宋人传奇的作者群则明显地市民化了。"话本情趣的涌入与艺术表达的世俗化"是促使它发展的核心因素。② 李剑国《宋代志怪传奇叙录》前言认为："宋人小说的通俗化开始造成这样一种趋势——文人文言小说和市民话本小说一定程度的合流趋势，这在小说史上是意义重大的。"这样一些成果，以时代为经，以审美批评为纬，其意义不容忽视。

四 唐前部分小说的文献问题或史料问题③

"唐前部分小说"，主要是指旧题汉人小说和一部分六朝小说。之所以将它们特别提出，是因为其产生时代、作者情况、版本问题等均疑点甚多或不够清晰。这些问题，对于从共时性角度研究小说的作者也许无关紧要，但如果要从历时性角度把握对象，则无从回避，必须直接面对，或给出相对明确的答案，或至少让读者明了相关的文献状况。

1. 旧题汉人小说的文献问题

所谓"旧题汉人小说"，主要包括《神异经》、《汉武洞冥记》、《十洲记》、《汉武内传》、《汉武故事》、《赵飞燕外传》、《杂事秘

① 吴志达：《中国文言小说史》，595页，济南，齐鲁书社，1994。

② 陈文新：《中国文言小说流派研究》，187页，武汉，武汉大学出版社，1993。

③ 关于唐前部分小说的文献问题或史料问题，本书参考了余嘉锡、程毅中、李剑国等学者的相关成果。余嘉锡《四库提要辨证》有中华书局1980年排印本，程毅中《古小说简目》有中华书局1981年排印本，李剑国《唐前志怪小说史》有南开大学出版社1984年排印本。

辛》、《西京杂记》等作品。因其时代归属争议颇多，兹就其文献问题分别加以考察。

《神异经》

《神异经》一卷，旧题东方朔撰，今存。郦道元《水经注》卷一《河水注》引《神异经》，卷一三《漯水注》引《神异经》，《三国志·齐王芳纪》裴松之注引《神异经》，《隋书·经籍志》地理类，均题东方朔撰。唐以降大率沿用旧说，《中兴馆阁书目》并说“朔周游天下，所见神异，《山海经》所不载者，列之”。高似孙《纬略》卷六亦持同样见解。

题东方朔撰显系假托。因为《汉书·东方朔传》所罗列的东方朔的十余种著述中，并无《神异经》，并特别强调：“朔之文辞……凡（刘）向所录朔书具是矣（师古注：刘向《别录》所载），世所传他事皆非也。”赞又云：“后世好事者因取奇言怪语附著之朔，故详录焉。”师古注：“言此传所以详录朔之辞语者，为俗人多以奇异妄附于朔故耳。欲明传所不记，皆非其实也。”东方朔因其“诙谐”和“逢占射覆”之类的“浮浅”事情“行于众庶”，成为街谈巷语中托名编造奇言怪事的人物，班固有鉴于此，故在《汉书》中特意加以说明。所以南宋陈振孙《直斋书录解题》卷十一引《汉书》，说“史家欲祛妄惑，可为明矣”。

另一种盛行的说法，断言《神异经》为六朝人所作。胡应麟《少室山房笔丛·丹铅新录一》说：“《神异经》、《十洲记》之属，大抵六朝赝作者。”《四库全书总目提要》小说家类说：“观其词华缛丽，格近齐、梁，当由六朝文士影撰而成，与《洞冥》、《拾遗》诸记，先后并出。”鲁迅《中国小说史略》第四篇说：“称东方朔撰者有《神异经》一卷，仿《山海经》，然略于山川道里而详于异物，间有嘲讽之辞。《山海经》稍显于汉而盛行于晋，则此书当为晋以后人作。”这样的推论并不正确。段玉裁《古文尚书撰异》卷一、胡玉缙《四库全书总目提要补正》卷四二、陶宪曾《灵华馆丛稿·神异经辑校序》、余嘉锡《四库提要辨证》卷一八均注意到一条材料：《左传》文公十八年孔颖达疏曰：“服虔按：《神异经》云：梼杌，状似虎，毫长二尺，人面虎足猪牙，尾长七八尺，能斗不退。”服虔是东汉末年人，已引《神异经》注释《左传》，可见《神异经》至迟当产生于东汉灵帝之前。李剑国《唐前志怪小说史》（南开大学出版社 1984 年 5 月版）第三章又补充了若干考证材料，推测《神异经》“出于西汉成、哀前后”。可备一说。

《神异经》有注，《水经注》卷一《河水注》称“张华叙东方朔《神异经》”，《齐民要术》卷一〇引《神异经》并张茂先（按：张华字茂先）注，《隋书·经籍志》称张华注。昔人多疑张华注亦系伪托，如陈振孙《直斋书录解题》、《四库全书总目提要》、鲁迅《中国小说史略》。李剑国《唐前志怪小说史》则以为：“《西荒经》西方山中有蛇名率然条，张华注云：‘会稽常山最多此蛇。《孙子兵法》“三军势如率然”者也。’与《博物志》卷三‘常山之蛇名率然’云云全合。又‘鹄国’条注云‘陈章与齐桓公论小儿’。《御览》卷三七八引《博物志》逸文详记此事，与注文正相吻合。此皆可证注出张华之手。”

《神异经》今本一卷，与《隋志》地理类、《日本国见在书目》土地家、《文献通考》小说家、《四库全书总目》小说家著录相同。《旧唐志》地理类、《新唐志》道家类、《崇文总目》地理类、《中兴书目》小说家、《宋史·艺文志》小说家、《通志》传记冥异类及地理方物类均析为二卷。通行本据其条数多寡可分为两类：一为五十八则本，如明何允中《广汉魏丛书》本、清陶珽《说郛》本、王谟《增订汉魏丛书》本、马俊良《龙威秘书》本、民国王文濡《说库》本、扫叶山房《百子全书》本；一为四十七则本，如胡文焕《格致丛书》本，《四库全书》所采即为此本。又张宗祥校明本《说郛》卷六五、民国吴曾祺《旧小说》甲集节选十五则。陶宪曾《神异经辑校》辑佚文九条，清王仁俊辑有佚文一卷，载于《经籍佚文》。

《十洲记》

《十洲记》，旧题东方朔撰。《隋书·经籍志》史部地理类著录一卷，题东方朔撰。其后史志书名多有异。《旧唐书·经籍志》史部地理类、《新唐书·艺文志》子部道家类作《海内十洲记》，《宋史·艺文志》子部道家类作《十洲三岛记》，其他如《云笈七签》作《十洲三岛》，《道藏精华录》作《海内十洲三岛记》等。此书刘向别录不载，《汉书·东方朔传》所列朔书中未见此作，题东方朔撰，不可信。《直斋书录解题》、《四库全书总目》著录于小说家类。

关于《十洲记》的产生年代，有两种主要的说法：第一，以为系六朝人伪作。《四库全书总目提要》共列举了三条证据：魏齐王芳始改芳林园为华林园，汉武帝时怎么会有华林园之称呢？卫叔卿是《神仙传》中的仙人之一，《十洲记》既然引有卫叔卿事，当产生于《神仙传》之后。《汉武内传》中有《五岳真形图》，《十洲记》提及此书，当产生于《汉武内传》之后。但这三条证据都并非确凿无疑。《十洲记》记天汉三年"武帝幸华林园射虎"，《太平御览》卷七六六引作"帝幸上林苑射虎"，《续谈助》本亦作上林苑，可证今本华林园乃上林苑之讹。上林苑本秦宫苑，武帝建元三年重修，在长安以西，不在洛阳。又卫叔卿为汉武帝时人，《十洲记》采其传闻，不一定从《神仙传》取材；《五岳真形图》本神仙家编造的神仙图经，流行很早，并不始于《汉武内传》，不能因《汉武内传》中有《五岳真形图》，遂以为《十洲记》出于其后。参见李剑国《唐前志怪小说史》第三章有关考证。第二，或疑《十洲记》出于魏晋之前。宋晁载之《十洲记·跋》云："朔虽多怪诞诋欺，然不至于著书妄言若此之甚，疑后人借朔以求信耳。然李善注《文选》郭景纯《游仙诗》，已云东方朔《十洲记》曰：'臣故韬隐逸而赴王庭，藏养生而侍朱门矣。'则此书亦近古所传也。(景纯《游仙诗》曰：'朱门何足荣，未若托蓬莱。'善之注如此；其后又曰：'圆丘有奇草，钟山出灵液。'善之注曰：'东方朔《十洲记》言："北海外有钟山，自生千岁芝及神草；灵液，谓玉膏之属也。"'若景纯所言果以此，则此书诚出于晋魏之前矣。)"所谓"晋魏之前"，即汉代。《十洲记》或为东汉人所作，亦未可知。

《十洲记》，今本一卷，与前人著录相同，主要传本有宋张君房《云笈七签》本及《道藏》、《顾氏文房小说》、《广汉魏丛书》、《龙威秘书》诸本。

《汉武故事》

《汉武故事》，《隋书·经籍志》史部旧事类著录，作《汉武帝故事》，二卷，不题撰人。《旧唐书·经籍志》作《汉武故事》，列入故事类，《崇文总目》杂史类著录五卷，题班固撰。晁载之《续谈助》卷一《洞冥记·跋》引初唐张柬之语曰："王俭造《汉武故事》。"同书卷三《汉武故事·跋》又云："世所传班固所撰《汉武故事》，其事与《汉书》时相出入而文不逮，疑非固所撰也。"其后晁公武《郡斋读书志》卷九传记类亦云："世言班固撰。唐张柬之《书洞冥记后》云：《汉武故事》，王俭造。"胡应麟《少室山房笔丛·九流绪论下》用晁氏说："《汉武故事》，称班固撰，诸家咸以王俭造。考其文颇衰苶，不类孟坚，是六朝人作也。"《四库全书》列入小说家类异闻之属，一卷，提要并列班固、王俭二说："《汉武故事》一卷，旧本题汉班固撰。然史不云固有此书，《隋志》著录传记类中，亦不云固作。晁公武《读书志》引张柬之《洞冥记跋》，谓出于王俭。唐初去齐、梁未远，当有所考也。"

《汉武故事》为班固所撰的说法缺少依据。《汉武故事》中有云："女子长陵徐氏，号仪君，至今上元延中，已百三十七岁矣，视之如童女……京中好淫乱者争就之。翟丞相奏坏风俗，请僇尤乱甚者。今上弗听，乃徙女子于燉煌，后遂入胡，不知所终。"元延是汉成帝年号，班固系东汉人，时代远不相及，怎么可能称"成帝"为"今上"呢？黄廷鉴《第六弦溪文钞》卷三《重辑汉武故事又跋》则以为："疑此书本成、哀间人所记，而孟坚修《汉书》时所尝采录者……而后人复有附益。"

王俭的著作权也一再受到质疑。姚振宗《隋书经籍志考证》云："按此书为葛稚川家所传，而诸家著录皆不考其所始。六朝人每喜抄合古书，而王俭有《古今集记》。疑俭抄入《集记》中，故张柬之以为王俭造，殆亦不探其本意为之说欤？"游国恩《居学偶记》云潘岳《西征赋》已用汉武帝微行析谷事，远在王俭之前，"则《汉武故事》

即不出于班氏，至晚当亦建安、正始间人所作”（《文史》第五辑）。游氏将《汉武故事》定为东汉作品，这是较为稳妥的。

《汉武故事》撰人还有葛洪一说。孙诒让《札迻》卷十一据《西京杂记》序，考为葛洪依托。其说云：“《西京杂记》葛洪序：‘洪家复有《汉武帝禁中起居注》一卷，《汉武故事》一卷，世人希有之者。今并五卷为一帙，庶免沦乚焉。’按此书（指《西京杂记》）确为稚川所假托。《汉武帝禁中起居注》、《汉武故事》盖亦同，故序并及之。《抱朴子·论仙篇》引《汉武帝禁中起居注》说李少君事，与今本《汉武帝内传》末附《李少君传》略同。（自注云：《道藏》本作外传，此从晁载之《续谈助》校。）张柬之《洞冥记·跋》云：‘昔葛洪造《汉武内传》、《西京杂记》。’（自注云：今本《洞冥记》无，此跋亦见《续谈助》）疑《内传》即《起居注》，后改题今名。《汉武故事》似亦即今所传本。盖诸书皆出稚川手，故文亦互相出入也。”此说无坚实的证据，存疑待考。

《汉武故事》本二卷，后散佚甚多。今存《古今说海》本、《历代小史》本、《古今逸史》本、《说库》本均为一卷；《粤雅堂丛书》本、《十万卷楼丛书》本、《丛书集成初编》本无卷数。《问经堂丛书》作二卷。另有鲁迅《古小说钩沉》辑本等。

《汉武内传》

《汉武内传》，《隋书·经籍志》杂传类著录，三卷，不著撰人。《旧唐书·经籍志》作《汉武帝传》二卷。《新唐书·艺文志》同，列入道家类神仙之属。皆不署撰人。《郡斋读书志》卷九云“不题撰人”，《宋志》云“不知作者”，《续谈助》、《类说》亦不著名氏。然明清诸本大都题班固撰，也许是因误传班固作《汉武故事》，连类而及《内传》。故《四库全书总目提要》曰：“旧本题汉班固撰……不知何据。”明道士白云霁《道藏目录详注》卷一作“东方朔述”，亦不知何据。另外还有葛洪撰一说。《续谈助》本晁载之跋引张柬之《洞冥记跋》，谓晋葛洪撰。孙诒让《札迻》卷十一谓《汉武内传》即《汉武帝禁中起居注》，出葛洪依托。余嘉锡《四库提要辨证》亦从其说，并提供了另一例证："日本人藤原佐世《见在书目》杂传内，有《汉武内传》二卷，注云'葛洪撰'。佐世书著于中国唐昭宗时，是必唐以前目录书有题葛洪撰者，乃得据以著录。是则张柬之之言，不为单文孤证矣。（佐世于《洞冥记》仍题郭子横撰，不用柬之之说，故知其于此书题葛洪，必别有所据也。）"

关于《汉武内传》的产生时代，有四种主要的推测：一、齐、梁年间。胡应麟《少室山房笔丛·四部正讹下》："《汉武内传》，不著名氏，详其文体，是六朝人作，盖齐、梁间好事者为之也。"据文字风格立论，与从事考据的人思路不同。二、魏晋年间。《四库全书总目提要》："其文排偶华丽，与王嘉《拾遗记》、陶宏景《真诰》体格相同。考徐陵《玉台新咏序》，有'灵飞六甲，高擅玉函'之句，实用此传'六甲灵飞十二事，封以白玉函'语，则其伪在齐、梁以前。又考郭璞《游仙诗》，有'汉武非仙才'句，与传中王母所云'殆恐非仙才'语相合。葛洪《神仙传》所载孔元方告冯遇语，与传中称'受之者四十年传一人，无其人，八十年可顿受二人；非其人谓之泄天道，得其人不传是谓蔽天宝'云云相合。张华《博物志》载'汉武帝好道，西王母七月七日漏七刻，乘紫云车来'云云，与此传亦合。今本《博物志》虽真伪相参，不足为证，而李善注《文选·洛神赋》已引《博物志》此语，足信为张华之旧文。其殆魏、晋间文士所为乎？"三、东晋以后。钱熙祚《〈汉武帝内传〉校勘记》："书中年月日名，依附本纪，其论神仙服食及《五岳真形图》，四十年一传，与《抱朴子》《仙药》、《遐览》诸篇相涉，首记景帝梦赤彘事，即《洞冥记》之文，若欲与《汉武故事》'景帝梦高祖曰：王美人得子当名为彘'互证者。又《御览》引渐台神屋等五条，亦绝似《洞冥记》。大约东晋以后，浮华之士，造作诞妄，转相祖述，其谁氏所作，不足深究也。"四、东汉末年。李剑国《唐前志怪小说史》第三章："汉时，武帝、西王母传说十分盛行，《汉武故事》、《洞冥记》、《十洲记》都以此为主要内容。《内传》全书系敷衍、增饰《汉武故事》中武帝会王母诸事，其景帝梦赤彘事，又抄《洞冥》文而稍作改易，文中又用《十洲记》上元夫人及十洲之说，是则在《故事》、《洞冥》、《十洲》后。《博物志》卷八记武帝会王母事，兼采《故事》和《内传》，中若‘武帝好仙道，祭祀名山大泽以求神仙之道’，‘此桃三千年一生实’，‘东方朔从殿南厢朱鸟牖中窥母’，‘尝三来盗吾此桃’诸语，皆出《汉武内传》，惟文字小异。《博物志》皆取古书旧说，是则《内传》极可能出于东汉末。”

《汉武内传》，或称《武帝内传》、《汉武帝传》、《汉武帝内传》、《汉孝武内传》。其版本凡二种：一为《道藏》本，一为《广汉魏丛书》本。《道藏》本题作《汉武帝内传》，较为完备，《道藏举要》载此本，钱熙祚《守山阁丛书》，亦出此本，并附校勘记及佚文二十一则。《广汉魏丛书》本系从《太平广记》卷三录出，《五朝小说》、《说郛》、《增订汉魏丛书》、《龙威秘书》、《墨海金壶》等皆收此本。又《续谈助》卷四抄《汉孝武内传》六则，情事多为今本所不载，可补阙佚。

《汉武洞冥记》

《汉武洞冥记》，《隋书·经籍志》杂传类著录，一卷，题郭氏撰。《旧唐书·经籍志》传记类作郭宪《洞冥记》四卷。《新唐书·艺文志》道家类作郭宪《汉武帝别国洞冥记》四卷。《直斋书录解题》小说类著录《洞冥记》四卷，拾遗一卷，云：“东汉光禄大夫郭宪子横撰。题《汉武别国洞冥记》，其别录又于《御览》中抄出。然则四卷亦非全书也。”《崇文总目》、《通志》作一卷，晁公武《郡斋读书志》作五卷。《四库全书》列入小说家类异闻之属，云：“《汉武洞冥记》四卷，旧本题后汉郭宪撰。”

前人多疑《汉武洞冥记》非郭宪所作。胡应麟《少室山房笔丛·四部正讹下》：“《洞冥记》四卷，题郭宪子横，亦恐赝也。宪事世祖，以直谏闻。忍描饰汉武、东方事，以导后世人君之欲？且子横生西京末，其文字未应遽尔，盖六朝假托，若《汉武故事》之类耳。(《后汉书》宪列方技类，后人盖缘是托之。)”《四库全书总目提要》：“考范史载，宪初以不臣王莽，至焚其所赐之衣，逃匿海滨。后以直谏忤光武帝，时有‘关东觥觥郭子横’之语，盖亦刚正忠直之士，徒以潠酒救火一事，遂抑之方术之中。其事之有无，已不可定；至于此书所载，皆怪诞不根之谈，未必真出宪手。又词句缛艳，亦迥异东京，或六朝人依托为之。”鲁迅《中国小说史略》亦曰：“《洞冥记》称宪作，实始于刘昫《唐书》，《隋志》但云郭氏，无名。六朝人虚造神仙家言，每好称郭氏，殆以影射郭璞，故有《郭氏玄中记》，有《郭氏洞冥记》。”惟李剑国《唐前志怪小说史》以为郭宪作《洞冥记》不应有疑。

余嘉锡《四库提要辨证》考《洞冥记》实为梁元帝所作。其言曰：“宋晁载之《续谈助》卷一，录《洞冥记》廿余条，载之跋云：‘张柬之言随其父在江南拜父友孙义强、李知续，二公言似非子横所录。其父乃言后梁尚书蔡天宝《与岳阳王启》，称湘东昔造《洞冥记》一卷，则《洞冥记》梁元帝所作。其后上官仪《应诏诗》中用影娥池，学士时无知者。祭酒彭阳公令狐德棻召柬之等十余人，问此出何书。柬之对在江南见《洞冥记》云：汉武穿影娥池于望鹤台西。于是天下学徒无不缮写。而寻刘歆（案郭宪后汉人，即令此书真出于宪，安得著录于刘歆《七略》，此语殊误。）阮籍（案“籍”字误，当作“阮孝绪”。）《七略》，了无题目。贞观中，撰《文思博要》、《艺文类聚》，紫台丹笥之秘，罔不咸集，亦无采掇。则此书伪起江左，行于永祯，明矣。昔葛洪造《汉武内传》、《西京杂记》，虞义造《王子年拾遗录》，（王嘉著《拾遗录》，见于《晋书·艺术传》及《隋书·经籍志》。此云虞义造，未知何据。）王俭造《汉武故事》，并操觚凿空，恣情迂诞。而学者耽阅，以广闻见，亦各有志，庸何伤乎？案柬之所称湘东所造《洞冥记》一卷，而此分为四。然则此书亦未知定何人所撰也。’据其所考，则此书出于六朝人依托，非郭宪所撰，唐人已言之矣。其所引蔡天宝《与岳阳王启》，唐去六朝不远，必无舛误。惟蔡天宝应作蔡大宝，《周书》、《北史》均附见《萧詧传》，尝为詧使江陵见元帝，令注所制《玄览赋》。岳阳即詧也。大宝叙其耳目所闻见，其言最可征信，然则此书实梁元帝作也。（顷见苏时学《爻山笔话》卷七云：后梁尚书蔡天宝《上岳阳王启》言湘东昔造《洞冥》一卷。按天宝与湘东同时，而所言若此，必非妄谈。然则今之《洞冥记》实出梁元帝手，而藉名郭宪云。）载之乃以卷数不合为疑。不知《隋志》著录原止一卷，今分为四者，后人所析耳。元帝《金楼子·著书篇》，备载平生著作，无此书之名，则以既托名郭宪，不可复自名以实其伪也。"所考较为可信。

《洞冥记》，又称《汉武洞冥记》、《汉武帝别国洞冥记》、《别国洞冥记》、《汉武帝列国洞冥记》等。通行的版本有《顾氏文房小说》、《古今逸史》、《汉魏丛书》、《龙威秘书》、《道藏精华录》、《说库》等本。凡六十条，分四卷。明陈继儒《宝颜堂秘笈》本，条目与上述诸本相同，但合为一卷。《续谈助》本亦为一卷，条目分合及文句多异于通行本。《类说》、《五朝小说》、《说郛》、《旧小说》等节抄此书而条目多寡不等。

《西京杂记》

《西京杂记》，《隋书·经籍志》史部旧事类著录，二卷，不题撰人。《旧唐书·经籍志》作一卷，《新唐书·艺文志》作二卷，均列入故事类，《新唐书》又互见地理类，题葛洪撰。《郡斋读书志》杂史类著录，云："江左人或以为吴均依托为之。"《直斋书录解题》传记类著录作六卷。《宋史·艺文志》入故事类，六卷。《四库全书》始列入小说家类杂事之属，因六卷本葛洪跋称此书系抄辑刘歆《汉书》而成，故总目提要兼题刘歆、葛洪姓名，"以存其旧"。

关于此书作者，主要有三说，即刘歆说、葛洪说、吴均说。刘歆说的依据是葛洪《西京杂记·跋》："洪家世有刘子骏《汉书》一百卷，无首尾题目，但以甲乙丙丁纪其卷数。先公传之。歆欲撰《汉书》，编录汉事，未得缔构而亡，故书无宗本，止杂记而已，失前后之次，无事类之辨。后好事者以意次第之，始甲终癸为十帙，帙十卷，合为百卷。洪家具有其书，试以此记考校班固所作，殆是全取刘氏，有小异同耳。并固所不取，不过二万许言，今抄出为二卷，名曰《西京杂记》。"但刘歆的著作权自宋以来受到了强有力的质疑。陈振孙《直斋书录解题》说："向、歆父子亦不闻其尝作史传于世。使班固有所因述，亦不应全没不著也。"《四库全书总目提要》说："歆始终臣莽，而此书载吴章被诛事，乃云章后为王莽所杀，尤不类歆语。又《汉书·匡衡传》'匡鼎来'句，服虔训鼎为当，应劭训鼎为方。此书亦载是语，而以鼎为匡衡小名。使歆先有此说，服虔、应劭皆后汉人，不容不见，至葛洪乃传。是以陈振孙等皆深以为疑。"余嘉锡《四库提要辨证》说："《汉书》者，固所自名。断代为书，亦固所自创。今洪序乃谓刘歆所作，已名《汉书》，是并《叙传》所言，亦出于刘歆之意，而固窃取之矣。此必无之事也。况文帝以代王即位，明见《史记》，此何等大事，岂有传讹之理？刘歆博极群书，以汉人叙汉事，何至误以文帝为太子？（见卷三）故葛洪序中所言，刘歆《汉书》之事，必不可信，盖依托古人以自取重耳。至其中间所叙之事，与《汉书》错互不合，有不仅如《提要》所云者。明焦竑《笔乘》续集卷三云：'《西京杂记》，是后人假托为之。其言高帝为太上皇，思乐故丰，放写丰之街巷屋舍，作之栎阳，冀太上皇见之如丰然，故曰新丰。然《史》记汉十年，太上皇崩，诸侯来送葬，命郦邑曰新丰。是改郦邑为新丰，在太上皇既葬之后，与《杂记》所言不同。'此事与《史》、《汉》显相刺谬，不仅小有异同矣。"考证详密，结论是可信的。

葛洪说在三种说法中占主导地位。此说始于唐代。宋晁载之《续谈助》卷一《洞冥记跋》引张柬之之言云："昔葛洪造《汉武内传》、《西京杂记》。"刘知几《史通·杂述篇》云"葛洪《西京杂记》"。段成式《酉阳杂俎·动植篇》载葛洪（稚川）就上林令鱼泉问草木名，今在此书第一卷中。张彦远《历代名画记》载毛延寿画王昭君事，亦引为葛洪《西京杂记》。但葛洪的著作权也一再受到质疑。理由有三：一是宋黄伯思《跋西京杂记后》说："按《晋史》，葛未尝至长安，而晋官但有华林令，而无上林令，其非稚川决也。"二是宋陈振孙《直斋书录解题》说："按洪博闻深学，江左绝伦，所著书几五百卷，本传具载其目，不闻有此书。"《四库全书总目提要》也说："今考《晋书·葛洪传》，载洪所著有《抱朴子》、《神仙》、《良吏》、《集异》等传，《金匮要方》、《肘后备急方》并诸杂文，共五百余卷，并无《西京杂记》之名。则作洪撰者自属舛误。"对这两点质疑，余嘉锡《四库提要辨证》曾予以反驳："此书盖即抄自百家短书，洪又以己意附会增益之，托言家藏刘歆汉史，聊作狡狯，以矜奇炫博耳。"故葛洪虽未尝至长安，却并不妨碍他从"东晋以前古书"中抄入种种与长安有关的掌故。葛洪著书，"多至三百余卷，其书当有数十种，既非切要，而必胪列不遗，史家亦无此体。未可遽执本传所无，遂谓非洪所作也"。第三点质疑由清卢文弨《新雕西京杂记缘起》提出："书中称'成帝好蹴鞠，群臣以为非至尊所宜，家君作弹棋以献'，此歆谓向家君也。洪奈何以一小书之故，至不惮父人之父，求以取信于世也邪?"鲁迅《中国小说史略》认为卢文弨所说不能构成否定葛洪著作权的理由，因为"既托名于歆，则模拟歆语，固亦理势所必至矣"。余嘉锡和鲁迅的意见可以作为定论。

吴均说的依据是段成式《酉阳杂俎·语资篇》："庾信作诗，用《西京杂记》事，旋自追改曰：'此吴均语，恐不足用也。'"吴均的著作权已为多数学者否认。鲁迅《中国小说史略》："所谓吴均语者，恐指文句而言，非谓《西京杂记》也，梁武帝敕殷芸撰《小说》，皆抄撮故书，已引《西京杂记》甚多，则梁初已流行世间，固以葛洪所造为近是。"李慈铭《孟学斋日记》乙集，考明吴均精通史学，而《西京杂记》中却多有与《史记》、《汉书》所载不合的情形，足见此书非吴均作，得到余嘉锡等学者的赞同。

另外，《南史·竟陵文宣王子良传》载："（萧）贲，字文奂，子良子，好著述，尝著《西京杂记》六十卷。"或以为即今本《西京杂记》六卷之讹，或以为萧贲所著系另一本同名书。存疑待考。①

《西京杂记》的通行本为六卷。现存明刻本以嘉靖壬午野竹斋刊本为最早，嘉靖壬子孔天胤刊本次之，明清诸丛书中，以清乾隆间抱经堂本最为精审。中华书局1985年出版程毅中点校本，附录《版本序跋》、《书目著录》，颇便阅读。

---

① 美国学者倪豪士认为《西京杂记》为萧贲所作，其论文摘要见《文学遗产》1994年第5期。

《赵飞燕外传》

《赵飞燕外传》，《隋书·经籍志》、《旧唐书·经籍志》、《新唐书·艺文志》皆不著录。《郡斋读书志》传记类著录，一卷："汉伶玄子于撰。茂陵卞理藏之于金縢漆柜。王莽之乱，刘恭得之，传于世。晋荀勖校上。"《直斋书录解题》传记类著录，作《飞燕外传》，称"汉河东都尉伶玄子于撰。自言与扬雄同时，而史无所见，或云伪书也。然通德拥髻等事，文士多用之，而'祸水灭火'一语，司马公载之《通鉴》矣"。《宋史·艺文志》史部传记类著录一卷，题伶玄撰。《四库全书》列入子部小说家类存目一，作《飞燕外传》，一卷："旧本题汉伶玄撰。"

一般认为，此书及伶玄自序并桓谭、荀勖题语，大抵皆出于假托。洪迈《容斋五笔》卷七《盛衰不可常》云："《飞燕别传》以为伶玄所作，又有玄自叙及桓谭跋语，予窃有疑焉。不惟其书太媟，至云扬雄独知之，雄贪名矫激，谢不与交；为河东都尉，捽辱决曹班躅，躅从兄子彪续司马《史记》，绌子于无所叙录。皆恐不然。而自云：'成哀之世，为淮南相。'案是时淮南国绝久矣，可昭其妄也。"胡应麟《少室山房笔丛·四部正讹下》："《赵飞燕外传》，称河东都尉伶玄撰。宋人或谓为伪书，以史无所见也。"《四库全书总目提要》考辨甚详，足以成为定论："其文纤丽，不类西汉人语。序末又称玄为河东都尉时，辱班彪之从父躅，故彪续《史记》不见收录。其文不相属，亦不类玄所自言。后又载桓谭语一则，言更始二年刘恭得其书于茂陵卞理，建武二年贾子翊以示谭。所称理藏之金縢漆柜者，似不应如此之珍贵。又载荀勖校书奏一篇。《中经簿》所录，今不可考，然所校他书，无载勖奏者，何独此书有之？又首尾仅六十字，亦无此体。大抵皆出于依托。且闺帏媟亵之状，嫕虽亲狎，无目击理。即万一窃得之，亦无娓娓为通德缕陈理。其伪妄殆不疑也。晁公武颇信之。陈振孙虽有或云伪书之说，而又云通德拥髻等事，文士多用；而'祸水灭火'之语，司马公载之《通鉴》。夫文士引用，不为典据；采谆方成语以入史，自是《通鉴》之失。乃援以证实是书，纰缪殊甚。且祸水灭火，其语亦有可疑。"下引王懋竑《白田杂著·汉火德考》中"前汉自王莽、刘歆之前,未有以汉为火德者"等语,推论道:"淖方成在莽、歆之前,安得预有灭火之说,其为后人依托,即此二语,亦可以见。安得以《通鉴》误引,遂指为真古书哉!"

关于《赵飞燕外传》的产生时代,胡应麟《少室山房笔丛·四部正讹下》说:"文体颇浑朴,不类六朝。"似乎承认这是汉代作品。但仅从风格着眼,不一定能说服他人,程毅中《古小说简目》就说:"本篇不似汉人文笔。"鲁迅《中国小说史略》推测"是唐宋人所为"。周中孚《郑堂读书记》以为"当出于北宋之世",可能是错误的。因为,如果是宋人所为,司马光不会信而不疑;且唐人李商隐《可叹》诗有云:"梁家宅里秦宫人,赵后楼中赤凤来。""赤凤"指赵飞燕私通的宫奴燕赤凤,足见唐人已熟知这个故事,《赵飞燕外传》的撰写最晚也在唐代。估计是六朝至唐初的作品。

《赵飞燕外传》的明清传本颇多。《顾氏文房小说》、《汉魏丛书》作《赵飞燕外传》,《古今逸史》作《赵后外传》,《广汉魏丛书》、《龙威秘书》作《飞燕外传》。

《杂事秘辛》

《杂事秘辛》一卷,不著撰人姓氏,末有杨慎跋,称"得于安宁州土知州董氏,前有义乌王子充印,盖子充使云南时箧中书也"。明沈德符《万历野获编》卷二十三云:"此书本杨用修伪撰,托名王忠文得之土酋家者,杨不过一时游戏,后人信书太过,遂为所惑耳。"胡震亨、姚士粦二跋,辨其与史实舛谬之处甚详,然未断为赝作。《四库全书》著录一卷,不著撰人姓氏,称"其文淫艳,亦类传奇,汉人无是体裁也"。李慈铭《越缦堂读书记》"谓描写吴姁审视一段,自是六朝佳致,唐人小说,高者间有及之。升庵深于六朝,故能最其隽永,不足致疑"。周中孚《郑堂读书记》"谓此书即升庵谪居云南时所伪作"。

杨慎(1488~1559年),字用修,号升庵。新都(今属四川)人。正德进士,授翰林修撰。嘉靖甲申,因议大礼谪戍云南永昌,投荒三十余年。愤激自放,曾醉后胡粉傅面,绾髻插花扮丫环,游行城市。其诗少见知于李东阳，得其指授颇多。所作以六朝、晚唐为宗，渊博靡丽，不满于前七子专主盛唐的主张。又能作文、词及散曲。其论古考证之作，范围极广，舛错亦多。著作多达一百余种，当推明代之首。后人辑有《升庵集》。散曲集有《陶情乐府》。《杂事秘辛》亦出其手，有《广汉魏丛书》、《增订汉魏丛书》、《龙威秘书》、《绿窗女史》、《说郛》、《五朝小说》诸本，均题《汉杂事秘辛》。“秘辛”二字不可解，当是卷帙甲乙名目。

《笑林》

《笑林》，《隋书·经籍志》小说类著录：“《笑林》三卷，后汉给事中邯郸淳撰。”《旧唐书·经籍志》、《新唐书·艺文志》同。刘勰《文心雕龙·谐讔》篇说：“魏文因俳说以著笑书。”姚振宗《隋书经籍志考证》卷三十二谓“笑书或即是书，淳奉诏所撰者”。宋吴曾《能改斋漫录》卷七云：“秘阁有《古笑林》十卷，晋孙楚《笑赋》曰：‘信天下之笑林，调谑之巨观。’《笑林》本此。”可见此书赵宋时尚存，至卷帙由三卷扩充为十卷，或有后人附益。清人马国翰《玉函山房辑佚书》辑有《笑林》佚文，其《笑林序》说：“此书皆记可笑之事，隋、唐志并三卷，今从《艺文类聚》、《太平御览》及《广记》诸书辑录为二十六条。”鲁迅《古小说钩沉》辑录二十九条。王利器辑录《历代笑话集》（上海古籍出版社 1981 年版），据马氏《玉函山房辑佚书》本移录，并据鲁迅《古小说钩沉》补录马氏未辑诸条于后。关于《笑林》的作者，研究者大都以史志为据，认为此书为邯郸淳所作。唐长孺则认为《笑林》当为晋灭吴后，晋人所为。他在《读〈抱朴子〉推论南北学风的异同》（收入《魏晋南北朝史论丛》）中陈述了若干理由：现存类书所见《笑林》佚文，有几条事在邯郸淳身后，淳当不及知。如《艺文类聚》、《太平御览》、《续谈助》诸书所引“张温使蜀”一条，张温使蜀事在邯郸淳后。又如《艺文类聚》和《太平御览》所引吴人食酪事，《世说新语·排调》和《晋书·陆玩传》均记为陆玩事，邯郸淳亦不应知晓。《笑林》佚文中还有很多晋灭吴后，吴人入洛，因风俗习惯不同而出现的笑话。

唐长孺的结论是："此书当为晋灭吴后北人所写。"宁稼雨《中国志人小说史》指出：除邯郸淳作有《笑林》外，晋人陆云也有同名著述。依据是宋僧赞宁《笋谱》："陆云字士龙，为性喜笑，作《笑林》云：'汉人有适吴，吴人设笋，问是何物。语曰：竹也。归煮其床箦而不熟，乃谓其妻曰：'吴人䡾辘，欺我如此。'"宁稼雨推断"今存《笑林》佚文，邯郸淳不可能为者，便应属陆云。至于记汉魏事者，则很难分清为谁所写了。"此说较为合理。

邯郸淳一名竺，字子叔，颍川（今河南禹县）人。《三国志·王粲传》裴松之注引《魏略》，说他博学多才，"善《苍》、《雅》、虫、篆、许氏字指。初平时（190～193年），从三辅客荆州。荆州内附，太祖素闻其名，召与相见，甚敬异之。时五官将博延英儒，亦宿闻淳名，因启淳欲使在文学官属中。会临菑侯亦求淳，太祖遣淳诣植。植初得淳甚喜，延入坐，不先与谈。时天暑热，植因呼常从取水自澡讫，谓淳曰：'邯郸生何如邪?'于是乃更著衣帻，整仪容，与淳评说混元造化之端，品物区别之意，然后论羲皇以来贤圣名臣烈士优劣之差，次颂古今文章赋诔及当官政事宜所先后，又论用武行兵倚伏之势。乃命厨宰，酒炙交至，坐席默然，无与伉者。及暮，淳归，对其所知叹植之材，谓之'天人'。而于时世子未立。太祖俄有意于植，而淳屡称植材。由是五官将颇不悦。及黄初初（221年），以淳为博士给事中。淳作《投壶赋》千余言奏之，文帝为工，赐帛千匹。"

2. 部分六朝小说的史料问题

在魏、晋、南北朝小说中，《列异传》、《搜神记》、《搜神后记》、《幽明录》、《异苑》、《齐谐记》、《续齐谐记》等属于"搜神"体；《博物志》、《玄中记》、《述异记》（任昉）等属于"博物"体；《列仙传》（或以为汉代作品）、《神仙传》、《拾遗记》等属于"拾遗"体；《宣验记》、《冥祥记》、《冤魂志》、《旌异记》等属于"释氏辅教之书"；《语林》、《郭子》、《世说新语》、《俗说》等属于"世说"体；《小说》属于"杂记"体；《笑林》、《启颜录》属于"笑林"体；本节拟以类相从，依次考察。惟一的例外是：因《幽明录》

和《宣验记》的作者同为刘义庆，故将《幽明录》置于《拾遗记》之后，《宣验记》之前。

《列异传》

《列异传》，《隋书·经籍志》杂传类著录，三卷，题魏文帝撰。杂传类小序亦云："魏文帝又作《列异》，以序鬼物奇怪之事。"《旧唐书·经籍志》杂传类鬼神目卷帙同，撰人作张华。《新唐书·艺文志》小说家类著录一卷，撰人同《旧志》。《列异传》佚文中有正始、甘露间事，时在曹丕之后。清姚振宗《隋书经籍志考证》揣测说："意张华续文帝书，而后人合之。"这有一定道理。鲁迅《中国小说史略》则谓"文中有甘露年间事，在文帝后，或后人有增益，或撰人是假托，皆不可知。两《唐志》皆云张华撰，亦别无佐证，殆后有悟其抵牾者，因改易之"。程毅中《古小说简目》题"晋·张华（?）撰"。总之，这部书为魏晋人作是无疑的。《列异传》于宋时亡佚。佚文散见于《水经注》、《齐民要术》、《三国志》裴注、《文选》李善注、《后汉书》李贤注、《史记》司马贞索隐及《北堂书抄》、《艺文类聚》、《初学记》、《太平广记》、《太平御览》等唐宋类书中，诸家征引，有题为《列异记》者。吴曾祺《旧小说》辑佚文七条，其中"泰山黄原"一条误取《幽明录》。鲁迅《古小说钩沉》辑佚文五十条，郑学弢据以校注，由文化艺术出版社1988年12月出版。

《搜神记》

《搜神记》，晋干宝撰。《隋书·经籍志》杂传类著录，三十卷，题干宝撰。《旧唐书·经籍志》、《新唐书·艺文志》著录皆为三十卷。《宋史·艺文志》小说类著录："干宝《搜神总记》十卷，《宝椟记》十卷。"注："并不知作者。"既注明"干宝"，又说"不知作者"，似非原书。《崇文总目》小说类著录《搜神总记》十卷，原释："不著撰人名氏。或云干宝撰，非也。"今本二十卷，为胡应麟所辑集。胡应麟《甲乙剩言·知己传》说："姚（叔祥）见余家藏书目有干宝《搜神记》，大骇，曰：'果有是书乎？'余应之曰：'此不过从

《法苑》、《御览》、《艺文》、《初学》、《书抄》诸书中录出耳。岂从金函石匮、幽岩土窟握（掘）得耶?’大都后出异书，皆此类也。”胡应麟辑本于万历年间由胡震亨刻入《秘册汇函》，毛晋又刻入《津逮秘书》，遂得行世。《四库全书》列入小说家异闻之属，《提要》说：“此本为胡震亨《秘册汇函》所刻，后以其版归毛晋编入《津逮秘书》者。考《太平广记》所引，一一与此本相同。以古书所引证之，裴松之《三国志》注，《魏志·明帝纪》引其柳谷石一条，《齐王芳纪》引其火浣布一条，《蜀志·麋竺传》引其妇人寄载一条，《吴志·孙策传》引其于吉一条，《吴夫人传》引其梦月一条，《朱夫人传》引其朱主一条，皆具在此本中。刘孝标《世说新语注》引其（庐）卢充金碗一条，刘昭《续汉志》注，《五行志》荆州童谣条下引其华容女子一条，建安四年武陵充县女子重生条下引其李娥一条，桓帝延熹七年条下引其大蛇见德阳殿一条，《郡国志》马邑条下引其秦人筑城一条，故道条下引其旄头骑一条，李善注王粲《赠文叔良诗》引其文颖字叔良一条，注《思玄赋》引其张车子一条，注鲍照《拟古诗》引其太康帕头一条，刘知几《史通》引其王乔飞舄一条，亦皆具在此本中。似乎此本即宝原书。惟《太平寰宇记》青陵台条下引其韩凭化蛱蝶一条，此本乃作化鸳鸯。郭忠恕《佩觿》上篇称干宝《搜神记》以琵琶为频婆。此本吴赤乌三年豫章民杨度一条，凡三见琵琶字，安阳城南亭一条亦有琵琶字，均不作频婆。又《续汉志》注，《地理志》緱氏条下引其延寿亭一条，巴郡条下引其泽中有龙鸣鼓则雨一条，《五行志》建安七年醴陵山鸣条下引其论山鸣一条，李善《蜀都赋》注引其澹台子羽一条，陆机《皇太子宴玄圃》诗（此处当脱一注字）引其程猗说石图一条，此本亦皆无之。至于六卷七卷，全录两《汉书·五行志》。司马彪虽在宝前，《续汉书》宝应及见，似决无连篇抄录一字不更之理，殊为可疑。疑其即诸书所引，缀合残文，傅以他说，亦与《博物志》、《述异记》等。但辑二书者，耳目隘陋，故罅漏百出。辑此书者，则多见古籍，颇明体例，故其文斐然可观，非细核之，不能辨耳。观书中‘谢尚无子’一条，《太平广记》三百二十二卷引之，注曰‘出《志怪录》’，是则捃拾之明证。”周中孚《郑堂读书记》卷六六亦赞同此说。鲁迅《中国小说的历史的变迁》：“《搜神记》多已佚失，现在所存的，乃是明人辑各书引用的话，再加别的志怪书而成，是一部半真半假的书籍。”四库馆臣、周中孚和鲁迅均未判定辑录者是谁。按，姚叔祥《见只编》卷中云：“江南藏书，胡元瑞号为最富。余尝见其书目，较之馆阁藏本，目有加益……有《搜神记》，余欣然索看，胡云：‘不敢以诒知者，率从《法苑珠林》及诸类书抄出者。”参以胡应麟《甲乙剩言》之语，则辑录者即是胡应麟。《搜神记》的通行本有：《秘册汇函》本、《津逮秘书》本、《四库全书》本、《学津讨原》本、《百子全书》本、《丛书集成初编》本、今人胡怀琛标点本（商务印书馆1957年版）、汪绍楹校注本（中华书局1979年版）等，均为二十卷。

干宝(？~336)，字令升，东晋新蔡（今属河南）人。生卒年详见李剑国考证。① 少勤学，博览群书。以才器召为佐著作郎。平杜弢有功，封关内侯。晋元帝时，中书监王导表为史官，领国史。因家贫，求补山阴令，升任始安太守。王导请为司徒右长史迁散骑常侍。曾著《晋纪》二十卷，时有“良史”之称。另有《春秋左氏义外传》、《百志诗》九卷、《干宝集》四卷、《搜神记》三十卷等。除《搜神记》外，余皆散佚。事见《晋书》卷八十二《干宝传》。

与干宝《搜神记》体例不类，而也名为《搜神记》的，另外还有两部书，一是商濬《稗海》八卷本，一是句道兴一卷本。此处一并略作说明。

《稗海》本《搜神记》，明以前未见引用。全书凡四十则，见于二十卷本仅十二则。卷六德化张令条，即《太平广记》卷三五〇《浮梁张令》，出《纂异记》。德化县，南唐始置。故程毅中《古小说简目》推测此书“当为五代以后人纂辑”。余如卷七李汾条见《太平广记》四三九卷，李楚宾条见《太平广记》三六九卷，均出《集异记》。今本亦题干宝撰，无据。或即《崇文总目》中《搜神总记》一

① 李剑国：《干宝生卒年考》，《文学遗产》2001年第2期。

书之残本。参见范宁《关于搜神记》① 一文。《广汉魏丛书》本、《增订汉魏丛书》本、《龙威秘书》本、《说库》本等皆从此本出。句道兴本出于敦煌石室藏书，残存一卷，题句道兴撰。王重民等编《敦煌变文集》卷八收之，王庆菽校云："本卷标题原有，作者句道兴亦原有。见于罗振玉《敦煌零拾》所载，但罗氏所校，有漏去和随意改换之字。现在从罗福颐先生处借得此卷日本中村不折藏本的影印本，重新校订和加断句；并用伦敦、巴黎所藏的《搜神记》诸本作为比勘：斯五二五号为甲卷，原文载故事十则。斯六〇二二号为乙卷，原文载故事六则。伯二六五六号为丙卷，原文载故事三则。又巴黎尚藏 有一卷，编号为伯五五四五。原卷甚残阙，标题亦原有，共载故事十则。今固未影得此卷，故无从取勘。"王本共三十五则，前三十三则为罗本所有，末二则录自斯六〇二二、伯二六五六本。中华书局 1981 年 1 月版《搜神后记》（汪绍楹校注）附录句道兴本《搜神记》，即据人民文学出版社 1957 年版《敦煌变文集》。此书成书年代不详。李剑国《唐五代志怪传奇叙录》（南开大学出版社 1993 年 12 月版）据其"所载均为先唐事"及不避"渊"、"世"等讳，以为"本书撰于唐初"高祖朝："文辞朴俚，乱举引书，多违史实，大类唐世俗文，则句道兴者下层文人耳。"程毅中《唐代小说史话》（文化艺术出版社 1990 年 12 月版）推测此书约成于唐代或唐以前。这是一本志怪集，其中有些故事与干宝《搜神记》相同。行文朴拙，多俚俗口语，故治唐世俗文学者多以之为唐代说话底本，或目之为"变文"②；程毅中、李剑国将之归入志怪集中。

《搜神后记》

《搜神后记》，《隋书·经籍志》杂传类著录，十卷，题陶潜撰。《日本国见在书目》同。梁僧慧皎《高僧传序》引作陶渊明《搜神

① 《文学评论》1964 年第 1 期。

② 《敦煌变文集》以该书包含着变文的原始资料而编入，引言谓变文只是话本的一种名称。

录》。《法苑珠林》及《初学记》、《艺文类聚》、《太平广记》时又引作《续搜神记》。《四库全书》列入小说家异闻之属。对于陶渊明作《搜神后记》，很早就有人表示怀疑。《四库全书总目提要》说："旧本题晋陶潜撰。中记桃花源事，全录本集所载诗序，惟增注'渔人姓黄名道真'七字。又载干宝父婢事，亦全录《晋书》。剽掇之迹，显然可见。明沈士龙跋，谓潜卒于元嘉四年，而此有十四、十六两年事；《陶集》多不称年号，以干支代之，而此书题永初、元嘉，其为伪托，固不待辨。然其书文词古雅，非唐以后人所能。《隋书·经籍志》著录，已称陶潜，则赝撰嫁名，其来已久。"周中孚《郑堂读书记》卷六六云"当由隋以前人所依托"，鲁迅《中国小说史略》亦谓"陶潜旷达，未必拳拳于鬼神，盖伪托也"。但梁僧慧皎《高僧传序》已云"陶渊明《搜神录》"，其后隋萧吉《五行记》曾引陶渊明《搜神记》（见《太平广记》卷四四三），唐释法琳《破邪论》卷下、道宣《三宝感通录》卷下均著录有陶元亮《搜神录》，李剑国《唐前志怪小说史》据以断定"《后记》之为陶渊明作灼然无疑"。侯忠义《中国文言小说史稿》（上）、陈文新《中国笔记小说史》等认同这一看法。至于陶渊明卒于元嘉四年，而今本《搜神后记》中记有元嘉十四、十六两年事，当系他书阑入，古书中常有这种情形。现在所见的十卷本，疑为明人纂辑，万历年间胡震亨收入《秘册汇函》；后来又有毛晋《津逮秘书》本、张海鹏《学津讨原》本、《百子全书》本、《丛书集成初编》本、《增订汉魏丛书》本、汪绍楹校注本（中华书局1981年版）等。

《异苑》

《异苑》十卷，刘敬叔撰。《隋书·经籍志》杂传类著录，十卷。原注："宋给事刘敬叔撰。"《唐志》以下宋元书目均无著录。但此书并未失传，只是流传极少，为世人所罕见。明胡震亨于万历年间偶得一宋纸抄本，经两番证定讹漏，刊入《秘册汇函》。毛晋又刊入《津逮秘书》。此后又收刻于《学津讨原》、《说库》、《古今说部丛书》等，俱为十卷。《四库全书》列入小说家异闻之属。《唐宋丛书》、

《五朝小说》、陶珽《说郛》卷一一七皆收《异苑》一卷，系节本。清王仁俊辑《异苑》佚文一卷，见《经籍佚文》。刘敬叔，《南史》、《宋书》皆无传。《宋书·五行志》、王琰《冥祥记》等略见其行事。明胡震亨汇其事之散见史书者为《刘敬叔传》，略谓：刘敬叔，彭城（今江苏徐州）人，起家中兵参军、司徒掌记。义熙中，刘毅讨伐桓玄有功，封南平郡公，敬叔以刘毅声望拜南平国郎中令；后因事忤刘毅，为所奏免。420年，刘裕代晋称帝，国号宋，召敬叔为征西长史。元嘉三年（426年）入为给事黄门郎。宋明帝泰始（465～471年）中卒于家。《异苑》卷三称他义熙十三年（417年）曾为长沙景王（刘道怜）骠骑参军，传未载。

《齐谐记》

《齐谐记》，东阳无疑撰。《隋书·经籍志》杂传类著录，七卷，注："宋散骑侍郎东阳无疑撰。"《新唐书·艺文志》列入小说类。《太平御览》引书目有东阳无疑《齐谐记》。姚振宗《隋书经籍志考证》引《广韵》"东"字注："宋有员外郎东阳无疑，撰《齐谐记》七卷。"其书似佚于宋，陈振孙《直斋书录解题》于吴均《续齐谐记》下云："《唐志》又有东阳无疑《齐谐记》，今不传。"书名《齐谐》，本《庄子》"齐谐者，志怪者也"之意。有马国翰《玉函山房辑佚书》辑本，一卷，凡十五条；鲁迅《古小说钩沉》同。东阳无疑生平不详，大约为晋、宋间人。马国翰《玉函山房辑佚书》子编小说家类《齐谐记·序》云："《齐谐记》一卷，宋东阳无疑撰。无疑不详何人。据《隋志》知为宋散骑侍郎。《何氏姓苑》云东阳氏出于东阳郡。可考者仅此。"李剑国《唐前志怪小说史》云："《齐谐记》多次提到东阳郡，或许无疑正是东阳人氏。东阳郡，孙吴宝鼎元年分会稽郡置，治所在长山（今浙江金华），南朝陈天嘉三年后改为金华郡。"

《续齐谐记》

《续齐谐记》是《齐谐记》的续书，梁吴均撰。《梁书》卷四

九、《南史》卷七二《吴均传》均未提及此书。《隋书·经籍志》杂传类著录，一卷，题吴均撰。《旧唐书·经籍志》同。《新唐书·艺文志》改入小说家类，作吴筠撰，误，吴筠乃唐大历时道士。《日本国见在书目》和《崇文总目》均作三卷。《四库全书》列入小说家异闻之属，一卷，才十七则，非完帙；书中束皙对武帝曲水泛酒一条，《文选》卷二十颜延年《应诏宴曲水作诗》李善注引作东阳无疑《齐谐记》，存疑待考。吴均（469~520年），字叔庠，吴兴故鄣（今浙江安吉）人。生当刘宋末，仕于梁，官奉朝请。通史学，私撰《齐春秋》三十卷，梁武帝以所记不实，敕令焚之，坐免职。奉命修《通史》，未竟而卒。文以小品书札见长，清拔秀逸，工于写景，时人仿之，称“吴均体”。诗存百三十余首。原有集十二卷，已佚。明人辑有《吴朝请集》。较常见的版本有：《古今逸史》本、《顾氏文房小说》本、《广汉魏丛书》本、《五朝小说》本、陶珽《说郛》本、《增订汉魏丛书》本、《秘书二十一种》本等。《类说》卷六、明本《说郛》卷六五、《旧小说》甲集有节录。

《博物志》

《博物志》亦名《博物记》，晋张华撰。《晋书》张华本传及《隋书·经籍志》杂家类著录，十卷。《旧唐书·经籍志》、《新唐书·艺文志》改入小说家类，《宋史·艺文志》入杂家类，卷帙皆同。《郡斋读书志》小说类著录，有周日用注。《直斋书录解题》小说类著录，又有卢氏注六卷。《四库全书》小说家类琐记之属著录十卷。按，裴松之《三国志注》、李善《文选注》、段公录《北户录》、赵彦卫《云麓漫抄》等书引《博物志》之文，今本多无，故《四库全书总目提要》说：“或原书散佚，好事者掇取诸书所引《博物志》，而杂采他小说以足之。故证以《艺文类聚》、《太平御览》所引，亦往往相符。其余为他书所未引者，则大抵剽掇《大戴礼》、《春秋繁露》、《孔子家语》、《本草经》、《山海经》、《拾遗记》、《搜神记》、《异苑》、《西京杂记》、《汉武内传》、《列子》诸书，饾饤成帙，不尽华之原文也。”关于《博物志》阙佚甚多的原因，昔时又有删落之说。王嘉《拾遗记》卷九载，《博物志》原书四百卷，晋武帝司马炎嫌它繁杂，“记事采言，亦多浮妄”，因令删为十卷。王谟《博物志跋》据此推论：“是则此十卷，即武帝所删定也。”但《拾遗记》乃小说家言，“杜撰无稽，殆无一语实录”①，资以论古，未免为有识者所讥。现存版本有两系：一为常见的通行本，如《古今逸史》、《广汉魏丛书》、《格致丛书》、《秘书二十一种》、《增订汉魏丛书》诸本，为三十九目；一为黄丕烈刊《士礼居丛书》本，内容虽同于通行本，但不分细目，次第迥异，《指海》本、《龙溪精舍丛书》本皆由此本出。另有辑佚本数种，如王谟《汉唐地理书抄》辑本、周心如《纷欣阁丛书·博物志补》、钱熙祚《指海·博物志佚文》、陈穆堂《博物志疏证》辑本、王仁俊《经籍佚文》辑本。今人范宁《博物志校证》，辑佚文二百十二条，收罗最为完备，中华书局1980年出版。

《玄中记》

《玄中记》，一题《郭氏玄中记》、《玄中要记》。《隋书·经籍志》、《旧唐书·经籍志》、《新唐书·艺文志》未著录。《太平御览》引有佚文，作《郭氏玄中记》。明末毛扆《汲古阁珍藏秘本书目》著录精抄《玄中记》一本，当系辑佚本。此书作者，南宋罗苹注《路史·发挥》卷二《论槃瓠之妄》，以《玄中记》所记《狗封氏》事与郭璞《山海经注》同，断为郭璞作。李剑国《唐前志怪小说史》引《路史·发挥》罗苹注及其他例证，断定“是书作者正是郭璞”。鲁迅《中国小说史略》则疑为伪托：“六朝人虚造神仙家言，每好称郭氏，殆以影射郭璞，故有《郭氏玄中记》、有《郭氏洞冥记》。”较常见的辑本有：马国翰《玉函山房辑佚书》本、茆泮林《十种古逸书》本、黄奭《黄氏逸书考》本、叶德辉《见古堂所著书》本、鲁迅《古小说钩沉》本。其中叶辑本和鲁迅辑本较为完备。鲁迅辑本凡七十一则，多出叶辑本三则。

---

① 余嘉锡：《四库提要辨证》卷十八，1155页，北京，中华书局，1980。

《述异记》

《述异记》，旧题任昉撰。此书《梁书》、《南史》本传和《隋书·经籍志》、《旧唐书·经籍志》、《新唐书·艺文志》皆未见著录。《崇文总目》小说类著录，二卷，题任昉撰。《中兴馆阁书目》卷帙同，并云："任昉天监三年撰。昉家书三万卷，多异闻，又采于秘书，撰此记。"《郡斋读书志》小说类著录，云："梁任昉撰。昉家藏书三万卷，天监中，采辑前代之事纂新述异，皆时所未闻。"《四库全书》列入小说家类琐记之属，提要疑为后人伪托："考昉本传，称著《杂传》二百四十七卷，《地志》二百五十二卷，文章三十三卷，不及此书。且昉卒于梁武帝时，而下卷'地生毛'一条云'北齐武成河清年中'，按河清元年壬午，当陈天嘉三年、周保定二年、后梁萧岿天保元年，距昉之卒久矣，昉安得而记之？其为后人依托，盖无疑义……考《太平广记》所引《述异记》，皆与此本相同，则其伪在宋以前。其中桃都天鸡事，温庭筠《鸡鸣埭歌》用之，燕昭王为郭隗筑台事，白居易《六帖》引之，则其书似出中唐前。蛇珠龙珠之谚，乃剽窃《灌畦暇语》，则其书又似出中唐后。或后人杂采类书所引《述异记》，益以他书杂记，足成卷帙，亦如世所传张华《博物志》欤？"程毅中《古小说简目》推测说："任昉有《杂传》三十六卷，见《隋书·经籍志》杂传类，注云：'本一百四十七卷，亡。'(《梁书》、《南史》本传均作二百四十七卷）或后人辑其佚文为此书。"但李剑国《唐前志怪小说史》认为"任昉作《述异记》是可信的，没有充分证据可以推翻旧案。《梁书》、《南史》本传及《隋志》、《唐志》不录任氏《述异记》者，盖其书已含于《杂传》之中。宋时《述异记》独传而其余杂传渐亡，故宋代书目始有著录"。"我疑心《述异记》原有任昉自序，《中兴书目》和晁志的说法即采自任序，故而说得那么具体明确。"任昉（460～508 年），字彦升，东安博昌（今山东寿光）人。曾居齐竟陵王萧子良门下，为"竟陵八友"之一。历仕宋、齐、梁三朝，官终新安太守。工表奏书启，时沈约以诗擅名，人称"沈诗任笔"。著有文集三十四卷并《地记》、《杂传》等近五百卷，均佚。明人辑有《任彦升集》。现存《述异记》主要有两种版本系统：一为常见的通行本，如《汉魏丛书》本、《广汉魏丛书》本、《增订汉魏丛书》本、《四库全书》本、《龙威秘书》本、《百子全书》本、《说库》本等，上卷一百五十三条，下卷一百五十二条；一为商濬《稗海》本，亦为上下二卷，但条目、文字有所不同，上卷一百五十五条，下卷一百五十四条。

南齐祖冲之亦撰有《述异记》，但与任昉之作性质不同，属于“搜神”体志怪小说。《隋书·经籍志》杂传类著录，十卷，题祖冲之撰。《旧唐书·经籍志》同。《新唐书·艺文志》列入小说家类，卷帙、撰人同。大概宋时亡佚。遗文散见于《北堂书抄》、《艺文类聚》、《初学记》、《太平御览》、《太平广记》、《事类赋注》等书。此书古无辑本，吴曾祺《旧小说》辑入八则。鲁迅《古小说钩沉》辑佚文九十则，其中误入了任昉《述异记》中的几篇作品。祖冲之(429~500年)，字文远，范阳蓟（今北京城西南）人，一说范阳遒（今河北涞水县北）人。其曾祖祖台之，撰有《志怪》二卷。祖冲之是著名科学家。《南齐书》卷五二、《南史》卷七二有传。

《列仙传》

《列仙传》二卷，旧题西汉刘向撰。《汉书·艺文志》未见著录。《隋书·经籍志》杂传类著录：“《列仙传赞》三卷，刘向撰，鬷续，孙绰赞。《列仙传赞》二卷，刘向撰，晋郭元祖赞。”杂传类小序又云：“又汉（按：应作‘秦’）时阮仓作《列仙图》，刘向典校经籍，始作《列仙》、《列士》、《列女》之传。”《旧唐书·经籍志》史部杂传类著录二卷，《新唐书·艺文志》子部道家类著录二卷，作《列仙传》，无赞。此后诸家著录，大率与此相同。唐前典籍中，最早提及《列仙传》者为东汉末王逸《楚辞·天问》注及应劭《汉书音义》，但不云撰人。最早称刘向作《列仙传》者为东晋葛洪。其《神仙传序》曰：“秦大夫阮仓所记，有数百人。刘向所撰，又七十余人。”《抱朴子·论仙篇》曰：“刘向博学则究微极妙，经深涉远，思理则清澄真伪，研覆有无。其所撰《列仙传》仙人七十有余，诚无其事，妄造何为乎？……刘向为汉世之名儒贤人，其所记述，庸可弃哉？”

《太平御览》卷六七二所引佚名《列仙传叙》亦曰："《列仙传》，汉光禄大夫刘向所撰也。"《世说》注、《水经注·洛水注》、《颜氏家训·书证篇》、陶弘景《真诰》卷一七《握真辅篇》等咸谓刘向作《列仙传》。自南宋起，刘向的著作权一再受到质疑。陈振孙《直斋书录解题》卷一二神仙类云："似非向本书，西汉人文章不尔也。"胡应麟《少室山房笔丛·四部正讹下》以班固《汉志》不载为据，疑为六朝人伪撰。《四库全书》入子部道家类，提要曰："黄伯思《东观余论》谓是书虽非向笔，而事详语约，词旨明润，疑东京人作。今考是书《隋志》著录，则出于梁前。又葛洪《神仙传》序亦称此书为向作，则晋时已有其本。然《汉志》列刘向所序六十七篇，但有《新序》、《说苑》、《世说》、《列女传图颂》，无《列仙传》之名。又《汉志》所录皆因《七略》，其总赞引《孝经援神契》，为《汉志》所不载。《涓子传》称其《琴心》三篇有条理，与《汉志》《蜎子》十三篇不合。《老子传》称'作《道德经》上下二篇'，与《汉志》但称《老子》亦不合。均不应自相违异，或魏、晋间方士为之，托名于向耶?"杨守敬《日本访书志》卷六疑《列仙传》为东汉人所作，并提出了新的证据："《世说新语》注引《列仙传序》：历观百家之中，以相检验，得仙者百四十六人。其七十四人已在佛经，故撰得七十二人，可以多闻博识者遐观焉。各本皆脱此序。然称七十四人在佛经，此岂西汉人口吻？又《文宾传》太邱乡人也，前汉无太邱县，后汉属沛国。《木羽传》巨鹿南和平乡人也，前汉南和属广平国，后汉改属巨鹿。又《瑕邱传》宁人也，两汉上谷郡有宁县，魏、晋以下省废。据此三证，似为东汉人所作……其为方士所托无疑。"余嘉锡《四库提要辨证》综合诸说，以为"此书盖明帝以后顺帝以前人之所作也"。但李剑国《唐前志怪小说史》确信质疑者提出的所有证据"都不足以推翻旧案"。

刘向（前 79 ~ 前 8 年，一说前 77 ~ 前 6 年），字子政，本名更生，沛（今江苏沛县）人。汉皇族楚元王刘交四世孙。曾任光禄大夫、中垒校尉等官。是当时著名的经学家、目录学家、文学家。著有《说苑》、《新序》、《列女传》等，明人辑有《刘中垒集》。事迹附

《汉书·楚元王传》。

《列仙传》分上下二卷，今本凡七十人，非足本。较为通行的版本有：《道藏》本、《古今逸史》本、《汉唐三传》本、《秘书二十一种》本、《指海》本、《道藏举要》本，多不附郭赞；另有王照园校正本，收入《郝氏遗书》、《龙溪精舍丛书》、《道藏精华录》，胡珽校本收入《琳琅秘室丛书》及《丛书集成初编》。王仁俊《玉函山房辑佚书补编》辑有佚文一卷。

《神仙传》

《神仙传》十卷，东晋葛洪撰。《隋书·经籍志》著录十卷，题葛洪撰。与《神仙传自序》、《抱朴子外编自序》、《晋书》卷七十二《葛洪传》相同。《旧唐书·经籍志》杂传类、《新唐书·艺文志》道家类著录并同。《日本国见在书目》杂传类析为二十卷。《崇文总目》道书类、《通志·艺文略》道家类、《国史·经籍志》道家传类俱著录葛洪《神仙传略》一卷，大约是仅陈梗概之节本。

葛洪（283~363年），字稚川，号抱朴子，东晋丹阳句容（今江苏句容）人。少以儒学知名，后崇信道教，尤好神仙导引之法，主张儒、道、方术兼治，以神仙养生为内，儒术应世为外。司马睿任丞相时，召为掾属，后任州主簿、谘议参军等职。闻交趾出丹砂，求为勾漏令，携子侄至广州，止于罗浮山炼丹，病卒山中。著有《神仙传》、《抱朴子》、《肘后方》等书。《神仙传》的版本系统主要有二：一为通行的九十二人本，刊于《广汉魏丛书》、《增订汉魏丛书》、《龙威秘书》、《说库》等；一为八十四人本，收入《四库全书》。据唐代梁肃《神仙传论》(载《文苑英华》卷七百三十九)，《神仙传》凡一百九十人，则今存十卷本，均非完帙。另有《五朝小说》本一卷，凡七十九人，陶珽《说郛》本一卷，凡六十六人，均为仅陈梗概的节本。

《拾遗记》

《拾遗记》十卷，王嘉撰。一题《拾遗录》、《王子年拾遗记》。《晋书》卷九十五《王嘉传》说："著《拾遗录》十卷，其记事多诡怪，今行于世。”萧绮《拾遗记序》说：“《拾遗记》者，晋陇西安阳人王嘉字子年所撰。凡十九卷，二百二十篇，皆为残缺……今搜检残遗，合为一部，凡一十卷，序而录焉。”据此，则王嘉《拾遗记》原为十九卷，二百二十篇，经兵乱后残缺不全，萧绮为之补订，定为十卷。《隋书·经籍志》杂史类著录《拾遗录》二卷，注：“伪秦姚苌方士王子年撰。”又有《王子年拾遗记》十卷，注：“萧绮撰。”似二卷本为残本，十卷本为萧绮增订本。两《唐志》杂史类两本俱著录，惟《拾遗录》作三卷。《直斋书录解题》作《拾遗记》，始列入小说类，十卷，云：“晋陇西王嘉子年撰，萧绮序录。”另著录王子年《名山记》一卷，云：“即前（指《拾遗记》）之第十卷。大抵皆诡诞。嘉，苻秦时人，见《晋书·艺术传》。”《四库全书》小说家类异闻之属著录，十卷，题秦王嘉撰。明胡应麟曾对王嘉的著作权表示怀疑，其《少室山房笔丛·四部正讹下》以为《拾遗记》“盖即绮撰而托之王嘉”，但没有提出证据，故杨守敬在《日本访书志》卷八嘲笑他说：“胡氏故为高论，以矜其具眼，而不校《隋唐志》三卷之录，失之目睫也。”宋晁载之《续谈助》卷一《洞冥记跋》引张柬之语，称“虞义造《王子年拾遗录》”，不知何据。

王嘉，字子年，陇西安阳（今甘肃渭源）人。十六国时前秦方士。后赵石虎末，隐居长安终南山。前秦苻坚屡征不起，“公侯已下咸躬往参诣，好尚之士无不宗师之。问其当世事者，皆随问而对。好为譬喻，状如戏调；言未然之事，辞如谶记，当时鲜能晓之，事过皆验”。① 后秦主姚苌入长安，颇礼遇之，后因答问忤姚苌意被杀。事迹见《晋书·艺术传》、《高僧传·释道安传》、《云笈七仙·洞仙传》、《类说·王氏神仙传》。《拾遗记》今存最早刻本为明嘉靖世德堂翻宋刻本，其他通行本有：《古今逸史》本、《汉魏丛书》本、《广汉魏丛书》本、《增订汉魏丛书》本、《秘书二十一种》本、《百子全书》本等。《稗海》本多有异文，为另一系统。《历代小史》本作一卷，但内容与十卷本相同。今人齐治平校注本（中华书局 1981 年

① 《晋书》卷九五《艺术传》。

版)，增辑佚文十三则，并附录《传记资料》、《历代著录及评论》，颇便阅读。

《幽明录》

《幽明录》，南朝宋刘义庆撰。一题《幽冥录》、《幽冥记》。《宋书》卷五十一、《南史》卷十三《刘义庆传》均未提及此书。《隋书·经籍志》杂传类著录，二十卷。《旧唐书·经籍志》杂传类作三十卷。《新唐书·艺文志》同，列入小说家类。此后书目不见著录。南宋洪迈《夷坚三志辛序》云："《幽明录》今无传于世。"唐宋类书及《法苑珠林》等引有佚文。较常见的辑本有：陶宗仪辑《说郛》本、《五朝小说大观》本、王仁俊辑《玉函山房辑佚书补编》本、胡珽辑《琳琅秘室丛书》本、鲁迅辑《古小说钩沉》本。《古小说钩沉》辑《幽明录》佚文凡二百六十五条，较为完备。

《宣验记》

《宣验记》，刘义庆撰。《宋书》卷五十一、《南史》卷十三《刘义庆传》均未提及此书。《隋书·经籍志》杂传类著录，十三卷。但《旧唐书·经籍志》、《新唐书·艺文志》已不著录，可见很早便已失传。佚文散见于《太平广记》等书。重编《说郛》卷一一八有阙名《宣验记》，中有唐人事，显系伪托。《五朝小说》有辑本一卷，鲁迅《古小说钩沉》辑佚文三十五条，较为完备。

《冥祥记》

《冥祥记》，齐王琰撰。《隋书·经籍志》杂传类著录："《冥祥记》十卷，王琰撰。"《旧唐书·经籍志》同。《新唐书·艺文志》改入小说类。《唐志》以后不见著录，盖佚于宋。王琰，史志无传。据《高僧传序》、《隋书经籍志考证》等，知琰为太原人，仕齐为太子舍人，入梁为吴兴令。著有《宋春秋》二十卷。《法苑珠林》卷二十五引王琰《冥祥记》自序，稍稍叙其事迹。较常见的辑本有：元陶宗仪辑《说郛》本、民国国学扶轮社辑《古今说部丛书》（二集）

本、鲁迅《古小说钩沉》本。《古小说钩沉》辑序一篇及正文一百三十一则，较为完备。陶珽《说郛》卷一一八辑《冥祥记》七则，中有唐人事，当是窜易所致，又误题作者为晋王琰。

《冤魂志》

《冤魂志》，北齐颜之推撰。一题《还冤记》、《还冤志》、《冤报记》、《北齐还冤志》。《北齐书》卷四五、《北史》卷八三《颜之推传》不载本书。《隋书·经籍志》杂传类著录《冤魂志》三卷，颜之推撰。两《唐志》同，《新唐书·艺文志》入小说家。《崇文总目》作《还冤志》三卷，《太平广记》引作《还冤记》，《太平御览》引作《冤报记》，《直斋书录解题》作《北齐还冤志》。《四库全书》入小说家异闻之属，作《还冤志》，三卷。颜之推（531～591年?），字介，北齐琅玡临沂（今山东临沂）人。初仕梁，官至散骑侍郎。宇文泰破江陵，被俘，不愿屈仕敌国，率家眷奔北齐，官至平原太守。齐亡入周，为御史上士。隋开皇中，为东宫学士，病卒。除《冤魂志》外，另有《颜氏家训》二十篇，以儒家教义为立身治家之道；《集灵记》二十卷，已佚；原有集三十卷，已佚，今存诗五首，赋一篇。《冤魂志》隋唐时有三卷；据《文献通考》，南宋末仅余二卷；明人所辑《唐宋丛书》中则只剩一卷，清人王谟从《唐宋丛书》中检出时又有残缺。今通行本凡一卷，计三十六条，有《宝颜堂秘笈》本、《续百川学海》本、《唐宋丛书》本、《古今说部丛书》本等。《增订汉魏丛书》本亦为一卷，但仅三十二条。今通行本非足本。按，《太平广记》收《还冤记》四十七条，从中尚可辑得佚文二十一条；其他书如《法苑珠林》等亦可辑得零星佚文。

《旌异记》

《旌异记》，隋侯白撰。一题《旌异传》、《精异记》、《积异传》。《隋书·经籍志》杂传类著录，十五卷，注："侯君素撰。"卷帙与《隋书》、《北史》本传合。《旧唐书·经籍志》撰名讹作唐侯君集。《新唐书·艺文志》改入小说家类。道宣《续高僧传》卷二作《旌异传》二十卷。《法苑珠林》卷一一九亦云："《旌异传》一部二十卷，隋朝相州秀才儒林郎侯君素奉文皇帝敕撰。"隋费长房《历代三宝记》卷一二作《积异传》十卷，《日本国见在书目》作《旋异记》十卷。顾况《戴氏广异记序》书名又作《精异记》。侯白，字君素，魏郡邺（今河北临漳西南邺镇）人。开皇中举秀才，为儒林郎，隋文帝令修国史。后给五品食，月余而卒。除《旌异记》外，还著有《启颜录》十卷。《旌异记》大约在宋代散佚。陶珽《说郛》卷一一八录《旌异记》十条，多为赵宋时事，显系后人增补。《龙威秘书》本题宋侯君素撰，当是因文臆改。鲁迅《古小说钩沉》辑佚文十条。

《语林》

《语林》，东晋裴启撰。《隋书·经籍志》子部小说家类《燕丹子》条下，附注云："《语林》十卷，东晋处士裴启撰。亡。"《世说新语·文学》篇载："裴郎作《语林》，始出，大为远近所传，时流年少，无不传写，各有一通。载王东亭作《经王公酒垆下赋》，甚有才情。"刘孝标注云："《裴氏家传》曰：裴荣，字荣期，河东人。父稚，丰城令。荣期少有丰姿才气，好论古今人物，撰《语林》数卷，号曰裴子。檀道鸾谓裴松之，以为启作《语林》，荣倘别名启乎？"后因谢安指责《语林》记事不实，遂遭废弃。佚文散见于《世说新语》、《太平广记》、《太平御览》中。清马国翰《玉函山房辑佚书》有辑本二卷，马氏《裴子语林序》曰："兹从诸书所引辑录，其有数引不同，并据删补，厘为二卷。《续晋阳秋》谓其载谢太傅事不实，似未必尽能传信，然文笔清隽，刘义庆作《世说新语》取之甚多，则亦小说之佳品也。"另有《说郛》辑本、《五朝小说》辑本、《古今说部丛书》辑本，皆为一卷。鲁迅《古小说钩沉》辑佚文一百八十则，最为完备。

《郭子》

《郭子》，东晋郭澄之撰。《隋书·经籍志》子部小说类著录："《郭子》三卷，东晋中郎郭澄之撰。"《旧唐书·经籍志》、《新唐书·艺文志》均著录，有贾泉注（“泉”原作“渊”，唐人避讳改）。《宋史·艺文志》未见著录。殆元时已亡佚。郭澄之，字仲静，太原阳曲（今山西太原市北）人。生卒年不详。少有才思，机敏过人，调补尚书郎。晋安帝义熙初为南康相，值卢循起兵，流离还都。刘裕引为相国参军。义熙十二年（416年）从裕北伐姚秦，次年八月克长安，生擒姚泓。刘裕更欲西征，集群僚议之，纷纭莫定。次问澄之，不答，但西向诵王粲诗：“南登灞陵岸，回首望长安。”刘裕遂南还。后位至相国从事中郎，封南丰侯，卒于官。事见《晋书》卷九十二《郭澄之传》。有文集十卷，已佚。清马国翰《玉函山房辑佚书》有《郭子》辑本一卷，另有《无一是斋丛抄》辑本、《玉函山房辑佚书补编》辑本。鲁迅《古小说钩沉》辑佚文八十四则，较为完备。

《世说新语》

《世说新语》，《隋书·经籍志》小说类著录《世说》八卷，题宋临川王刘义庆撰。又刘孝标注本，十卷，分三十八门。唐人题作《世说新书》（唐写本，《酉阳杂俎》引）。宋人称为《世说新语》（如晁公武《郡斋读书志》）。分十卷本（如《崇文总目》）、三卷本（如陈振孙《直斋书录解题》）两种。董棻刻本有汪藻叙录二卷。今本俱作三卷，分上、中、下。现在的通行本均为三十六门。旧本曾有过四十五门、三十八门、三十九门。四十五门本即十卷本，据董棻跋语：“古《世说》三十六篇。世所传厘为十卷，或作四十五篇。”三十八门本和三十九门本见于汪藻《世说叙录》：“三十八篇：邵本于诸本外别出一卷，以《直谏》为三十七，《奸佞》为三十八。惟黄本有之，它本皆不录。三十九篇：颜氏、张氏又以《邪谄》为三十八，别出《奸佞》一门为三十九。按二本于十卷后，复出一卷，有《直谏》、《奸佞》、《邪谄》三门，皆正史中事，而无注。颜本只载《直谏》，而余二门皆亡其事。张本又升《邪谄》在《奸佞》上，文皆舛误不可读，故它本皆削而不取。然所载亦有与正史小异者，今亦去之，而定以三十六篇为正。”鲁迅《中国小说史略》称“《世说新语》今本凡三十八篇”，实误（范烟桥《中国小说史》、谭正璧《中国小说发达史》、郭箴一《中国小说史》等亦沿其误），郭豫适曾作《〈世说新语〉门数小考》（收入《中国古代小说论集》，华东师范大学出版社1985年1月版），结论是："明清以来通行的《世说新语》皆从此袁褧刻本，均为三十六门，从未见有三十八门的。"《世说新语》的作者，诸家书目均署刘义庆撰。但鲁迅《中国小说史略》以为："《世说》文字，间或与裴郭二书所记相同，殆亦犹《幽明录》、《宣验记》然，乃纂辑旧文，非由自造；《宋书》言义庆才词不多，而招聚文学之士，远近必至，则诸书或成于众手，未可知也。"这一见解得到学术界的广泛认同。

《世说新语》的原名，《四库全书总目提要》引黄伯思《东观余论》，谓《世说》之名，肇于刘向，其书已亡；故义庆所集名《世说新书》。"段成式《酉阳杂俎》引王敦澡豆事，尚作《世说新书》可证。不知何人改为《新语》，盖近世所传。"余嘉锡《四库提要辨证》认同其说，并云："刘向《世说》虽亡，疑其体例亦如《新序》、《说苑》，上述春秋，下纪秦、汉。义庆即用其体，托始汉初，以与向书相续，故即用向之例，名曰《世说新书》，以别于向之《世说》。其《隋志》以下但题《世说》者，省文耳。犹之《孙卿新书》，《汉志》但题《孙卿子》；《贾谊新书》，《汉志》但题《贾谊》，《隋志》但题《贾子》也。"据此，则《世说新语》原名《世说新书》，改称今名始于唐代。但也有学者认为，《世说》确为此书原名，为区分二者，才增添了"新书"或"新语"二字。鲁迅《中国小说史略》、徐震堮《世说新语校笺·前言》和王枝忠《汉魏六朝小说史》等均持此说。

刘义庆（403～444年），彭城（今江苏徐州）人。刘宋王朝宗室。武帝初袭封临川王，任侍中。文帝时官至南兖州刺史，加开府仪同三司。传附《宋书》卷五十一、《南史》卷十三《刘道规传》。通行的《世说新语》版本有：明李栻辑《历代小说》本（一卷）、《四库全书》本（三卷）、清李锡龄辑《惜阴轩丛书》本（三卷）、近人郑国勋辑《龙溪精舍丛书》本（三卷）、《四部备要》本（三卷）、中华书局《诸子集成》本（三卷）、文学古籍刊行社1956年版王利器断句校订本、上海古籍出版社 1982 年版王先谦校订本、中华书局 1983 年版余嘉锡笺疏本、中华书局 1984 年版徐震堮校笺本。其中，余嘉锡笺疏着重考案史实，而不致力于训解文词。对《世说》原作与刘孝标注所云人物事迹一一寻检史籍，考辨异同；对原书阙而不备者略作增补；对事乖情理者则加以评骘，并对《晋书》多所匡正。书末附录《世说新语序目》、《世说旧题一首旧跋二首》、《世说新语常见人名异称表》、《世说新语人名索引》、《世说新语引书索引》。徐震堮校笺在训诂、考证、校勘、句读上细致精核，有利于读者正确理解《世说新语》，与余嘉锡笺疏可称双璧。书末附录《世说新语词语简释》、《世说新语人名索引》。

《妒记》

《妒记》，南朝宋虞通之撰。一名《妒妇记》。《隋书·经籍志》杂传类著录《妒记》二卷，题虞通之撰。《新唐书·艺文志》杂传类同。虞通之，南朝宋会稽余姚人，善言《易》，官至步兵校尉。事迹附见《南史》卷七十二《丘巨源传》。《隋书·经籍志》集部载“宋黄门郎虞通之集十五卷”，《旧唐书·经籍志》杂传类、《新唐书·艺文志》杂传类又载虞撰《后妃记》四卷，均不传。《妒记》久佚，鲁迅《古小说钩沉》辑有佚文七条。

《俗说》

《俗说》，梁沈约撰。《隋书·经籍志》子部杂家类著录三卷，注云：“沈约撰。梁五卷。”又子部小说家类《世说》刘孝标注本下附注：“梁有《俗说》一卷，亡。”二书卷数不同，似非一书。《旧唐书·经籍志》、《新唐书·艺文志》未见著录，大约沈作亦已散佚。宋尤袤《遂初堂书目》小说类著录刘孝标《俗说》一种，无卷数；《宋史·艺文志》小说家类著录“沈约《俗说》一卷”，似均非原书，当为辑佚之本。沈约（441～513 年），字休文，吴兴武康（今浙江德清）人。事迹具《梁书》、《南史》本传。清马国翰《玉函山房辑佚书》有《俗说》辑本一卷，马氏《俗说序》云：“《俗说》一卷，梁沈约撰。约字休文，吴兴人，官至特进，谥隐侯。《隋志》杂家有《俗说》三卷，沈约撰，梁五卷；小说家《世说》十卷，刘孝标注下云：梁有《俗说》一卷，亡。似刘孝标所著书名与沈同，在隋已亡矣。今沈书亦佚。辑采一卷。书记琐杂，无甚高论，六朝散事借考见尔。”鲁迅《古小说钩沉》辑佚文五十余条，不题撰人，但其《中国小说史略》第七篇叙及“沈约《俗说》”，似将佚文属沈约。宁稼雨《中国志人小说史》、陈文新《中国笔记小说史》等均依从《中国小说史略》。《俗说》体类《语林》，多记东晋名人轶事。

《小说》

《小说》，梁殷芸撰。一题《殷芸小说》。《隋书·经籍志》小说类著录，十卷，原注：“梁武帝敕安右长史殷芸撰。梁目三十卷。”《旧唐书·经籍志》、《新唐书·艺文志》、《宋史·艺文志》著录皆为十卷。元末尚存。殷芸（471~529年），字灌蔬，陈郡长平（今河南省西华县东北）人。年轻时即大为庐江何宪所叹赏。齐武帝萧赜永明年间，为宜都王萧铿行参军。梁武帝天监初年，任西中郎主簿、后军临川王萧宏记室，七年迁通直散骑侍郎兼中书通事舍人，十年任通直散骑侍郎兼尚书左丞，又兼中书舍人，迁国子博士，昭明太子萧统侍读。十三年任安右将军萧综长史，奉敕编撰《小说》即在这段时间。官至直东宫学士省。事见《梁书》卷四十一、《南史》卷六十《殷芸传》。《小说》较常见的辑本有：《说郛》本、《五朝小说大观》本、《古今说部丛书》本、《敬修堂丛书》本，皆为一卷。鲁迅《古小说钩沉》辑佚文一百三十五条。唐兰有《辑殷芸小说并跋》，见《周叔弢先生六十生日纪念文集》。余嘉锡《殷芸小说辑证》辑佚文一百五十四条，见《余嘉锡论学杂著》。今人周楞伽校注本《殷芸小说》（上海古籍出版社1984年4月版）颇便阅读，书末附录《梁书·殷芸传》、《历代著录》、《引用、参考书目》，亦可资参考。

按，南朝宋刘义庆亦撰有《小说》。《旧唐书·经籍志》、《新唐书·艺文志》小说家类著录，十卷。《太平广记》引有《刘氏小说》四条，疑出此书。然《通志·艺文略》小说类又有刘孝孙《小说》

二卷，存疑待考。

另有佚名氏所撰《小说》，《隋书·经籍志》小说类著录，五卷。按：殷芸《小说》十卷，《隋书·经籍志》已著录。与此书卷数不同。《旧唐书·经籍志》、《新唐书·艺文志》小说家类有刘义庆《小说》十卷，与此书卷数亦不同。

《启颜录》

《启颜录》，隋侯白撰。《旧唐书·经籍志》、《新唐书·艺文志》小说家类著录，十卷，题侯白撰。宋陈振孙《直斋书录解题》著录八卷，云："不知作者，杂记诙谐调笑事。《唐志》有侯白《启颜录》十卷，未必是此书。然亦多有侯白语，但讹谬极多。"敦煌写本(S·610)残卷有"开元十一年（723 年）八月五日写了，刘丘子于二舅……"题记。此卷有《论难》、《辩捷》、《昏忘》、《嘲诮》等篇。《宋史·艺文志》著录"皮光业《启颜录》六卷"，系另一书。侯白生平见《旌异记》部分。一部分学者对侯白的著作权问题存疑。存疑的理由，赵景深《中国笑话提要》认为，主要有二：(1)"其中如李勣、李荣、令狐德棻、崔行功、边仁表、长孙玄同、松寿、封抱一、邓玄挺、窦桡（晓）、杜延业……等多篇均叙唐人事。但侯白在隋朝就死了，他未及见唐代的成立，又怎能写到唐代之事呢？侯白曾受隋文帝之命，于秘书修国史，月余死：正史上原是说得明明白白的。《续百川学海》和《淡生堂余苑》都说这是宋刘焘所作，时代又似过迟；或者这是唐人托名侯白的吧？"(2)"《启颜录》题作侯白作，其中却有许多记载侯白的故事，亦颇可疑。侯白自称，不称为'我'，而用第三者的口气称为侯白，像是于理未通。"鲁迅《中国小说史略》则认为："其有唐时事者，后人所加也；古书中往往有之，在小说尤甚。"侯白的著作权不宜轻易否定。原书已佚，常见的辑本有：《续百川学海》本、《说郛》本、《经籍佚文》本。今人王利器有《历代笑话集》辑本（上海古籍出版社 1981 年 1 月版），较为完备。此书共辑《启颜录》六种，其题解曰："第一种，敦煌卷子本，存《论难》、《辩捷》、《昏忘》、《嘲诮》四篇，《嘲诮》篇末题'开元十一年（723 年）八月五日写了，刘丘子于二舅家’，今据全录；第二种，新从明谈恺刻《太平广记》辑出者共二十五则；第三种，明刊《类说》卷十四载十七则，今省并重复得十则；第四种，明吴永辑《续百川学海》广集载十则，署‘唐侯白’撰，清顺治刊本《说郛》所载全同，正文仍署‘唐侯白’，目录却署‘刘焘’，今省并重复得九则；第五种，明万历甲寅（1614 年）陈禹谟辑《广滑稽》卷二十二所载，原共四十五则，今省并重复得二十一则；第六种，明刊本许自昌《捧腹编》一则。”“侯白隋初人，光业五代时人，或此书由侯白首创，后代继续有所增加，这从书中直称侯白，和著录一些唐人的笑话，完全可以说明这一点。”另有曹林娣、李泉辑注本，上海古籍出版社 1990 年 4 月出版。其前言推测：“今存《启颜录》为唐初时人撰，似乎应在《隋书》修成的贞观十五年（641 年）以前。”“今传《启颜录》辑本应为唐开元前无名氏所撰。《启颜录》十卷，北宋时尚存，南宋已非完帙，明后即佚。”“本书所辑，已非原本真貌。唐写本与原本应最为接近。今唐写本仅存《论难》、《辩捷》、《昏忘》、《嘲诮》四篇，大约原书分篇，篇有标目，每篇又辖数则，这就表示原书内容分类，故事当以类相从，类即标目之所依据，实刘义庆《世说新语》之一体。”全书计一百零四则。书末附有《隋书·侯白传》、《历代著录》、《主要参考书目》。

第一章　志怪小说的萌芽与生长

中国文言小说主要包括三种类型：志怪小说、轶事小说和传奇小说。其中，志怪小说成熟最早，轶事小说其次，最晚的是传奇小说。依照小说类型产生的先后，我们对文言小说审美发展历程的考察从志怪小说开始。

从汉至唐，志怪长期隶于史部，直到宋代欧阳修等纂《新唐书·艺文志》，才将其归属于子部小说家类。从渊源上看，志怪小说的确是从史书中分化出来的。如唐代刘知几《史通·书事》所说："三曰旌怪异……幽明感应，祸福萌兆则书之……若吞燕卵而商生，启龙漦而周灭，厉坏门以祸晋，鬼谋社而亡曹，江使返璧于秦皇，圯桥授书于汉相，此则事关军国，理涉兴亡，有而书之，以彰灵验，可也。"① 史书中含有志怪的成分，看来没有疑问。

不过，《左传》、《史记》等毕竟不是"小说"，因为：第一，作者记叙怪异的目的不是为了愉悦读者，而是"事关军国"、"理涉兴亡"，是为了预示或验证重大的历史事变。第二，其体例以人事为经纬，怪异只是人事的附属成分。志怪故事从史乘中分离出来成为志怪小说，必须在创作目的和体例两方面均具备独立的品格。以这个标准来衡量，战国时代的《汲冢琐语》、《山海经》等，标志着志怪小说的初步阶段，可视为准志怪小说；两汉的《括地图》、《神异经》、《洞冥记》、《十洲记》、《异闻记》等属于基本成熟的志怪小说；魏、晋、南北朝是志怪小说的黄金时代，诞生了《博物志》、《搜神记》、

① 刘知几撰，黄寿成校点：《史通》卷八，69～70页，沈阳，辽宁教育出版社，1997。

《拾遗记》等彪炳史册的名著。

一 从《山海经》到《十洲记》（“博物”体）

志怪小说在其发生、发展、成熟的过程中，逐渐形成了三大类别。它们的最负盛名的代表作分别是《搜神记》、《博物志》、《拾遗记》，为方便起见，本书即将它们各自所代表的类型名为“搜神”体、“博物”体、“拾遗”体。

1.《山海经》

“博物”体源于先秦的地理学和博物学。夏禹治水，“定高山大川”，这是古代中国人在生产生活中运用地理博物知识的较早尝试，一向被视为地理博物学的起点。至周代，还专门设立了与山川道里、土地物产、外邦异域有关的机构，如天官冢宰、地官司徒、春官宗伯、夏官司马、秋官司寇、冬官司空。根据这些机构所收集的资料，后人编写成《禹贡》、《周礼·职方氏》及《周书·职方解》等地理博物著作。

战国时代《山海经》的问世标志着准“博物”体志怪的产生。明代胡应麟《少室山房笔丛·四部正讹下》以之为“古今语怪之祖”，① 《四库全书总目提要》也称《山海经》是“小说之最古者”。②

《山海经》原本三十二篇，西汉刘歆（后改名秀）等校定为十八篇。此书撰者，旧称夏禹、伯益，但书中载有夏后启、周文王以及秦汉时代的长沙、象郡、余暨、下隽诸地名，可知此书绝不会产生于三

① 胡应麟：《少室山房笔丛》，314页，上海，上海书店出版社，2001。

② 永瑢等撰：《四库全书总目》，1205页，北京，中华书局，1965。

代以前，大概成书于战国时代，秦汉间又有增益。① 其中《五藏山经》简称《山经》，叙述各方山水、动植、物产、怪异。《海外》、《海内》、《大荒》各经简称《海经》，记载殊方异闻，保存了丰富的远古神话传说。

从体例看，《山海经》以方位的移换为依托。不妨浏览一下本书的总目：

南山经第一
西山经第二
北山经第三
东山经第四
中山经第五
海外南经第六
海外西经第七
海外北经第八

---

① 胡应麟以为《山海经》产生于《穆天子传》之后，其言曰："《山海经》，古今语怪之祖。刘歆谓夏后伯翳撰，无论其事，即其文与典、谟、《禹贡》迥不类也。余尝疑战国好奇之士本《穆天子传》之文与事而侈大博极之，杂傅以汲冢《纪年》之异闻，《周书·王会》之诡物，《离骚》、《天问》之遐旨，《南华》、郑圃之语言，以成此书。而其叙述高简，词义淳质，名号倬诡，绝自成家，故虽本会萃诸书，而读之反若诸书之取证乎此者，而实弗然也。《穆天子传》至晋始出，而此书汉世独完，缘是前代文人率未能定其先后。余首发之于此，俟大雅君子商焉。""始余读《山海经》而疑其本《穆天子传》，杂录《离骚》、《庄》、《列》傅会以成者，然以出于先秦，未敢自信。载读《楚辞辨证》云：'古今说《天问》者皆本《山海经》、《淮南子》，今以文意考之，疑此二书皆缘《天问》而作。'则紫阳已先得矣。然经所纪山川神鬼，凡《离骚》、《九歌》、《远游》、二《招》中稍涉奇怪者，悉为说以实之，不独《天问》也，而其文体特类《穆天子传》，故余断以为战国好奇之士取《穆王传》，杂录《庄》、《列》、《离骚》、《周书》、晋《乘》以成者。自非熟读诸书及此经本末，不易信也。后世必有以余为知言者。"见胡应麟：《少室山房笔丛》卷三二《四部正讹下》，314 页，315 页，上海，上海书店出版社，2001。

海外东经第九

海内南经第十

海内西经第十一

海内北经第十二

海内东经第十三

大荒东经第十四

大荒南经第十五

大荒西经第十六

大荒北经第十七

海内经第十八

《隋书》、《唐书》诸志，皆以《山海经》为地理书之冠，并非毫无理由——至少其体例与地理著作非常一致。

从写法看，《山海经》也具有地理书的某些特征，即重在说明远方珍异的形状、性质、特征、成因、关系、功用等，意在使读者清楚明白地把握对象，所以生动的描写较之曲折的叙事是更重要的。与这一特征相关，《山海经》可以利用图画来加强直观性。明代胡应麟《少室山房笔丛·四部正讹下》亦云："经载叔均方耕，讙兜方捕鱼，长臂人两手各操一鱼，竖亥右手把算，羿执弓矢，凿齿执盾，此类皆与纪事之词大异。近世坊间，戏取《山海经》怪物为图，意古先有斯图，撰者因而纪之，故其文义应尔。及读王伯厚《王会补传》引朱子曰：'《山海经》记诸异物飞走之类，多云东向，或云东首，疑本依图画而述之。古有此学，如《九歌》、《天问》皆其类。'余意顿尔释然。甚矣！紫阳之善读书也。"① 晋代陶渊明《读山海经》诗所谓"流观《山海》图"，不是随便写的。

《山海经》的体例、手法与地理著作相同之处甚多，但"好怪而妄言"，充满了荒诞的内容，实非地理著作。正如《四库全书总目》史部地理类序所云："古之地志，载方域、山川、风俗、物产而已。

---

① 胡应麟：《少室山房笔丛》，315页，上海，上海书店出版社，2001。

其书今不可见，然《禹贡》、《周礼·职方氏》其大较矣……若夫《山海经》、《十洲记》之属，体杂小说。"① 其中有几则影响深远的神话传说，如"精卫填海"、"鲧禹治水"、"夸父追日"等。

《山海经》是中国"博物"体志怪的起点。以它为先驱，汉代产生了《括地图》、《神异经》、《十洲记》等成熟的"博物"体志怪。至魏、晋、南北朝，以《博物志》、《玄中记》、《述异记》为标志，"博物"体志怪取得了令人瞩目的成就。以下我们即对汉代作品加以评述。

2.《括地图》

《山海经》在汉代广泛传播，仿作不断。《括地图》是诸仿作中较早的一种。原书不见著录，已佚。《艺文类聚》、《初学记》、《太平御览》等引有佚文，无撰者姓名。魏晋之际的裴秀，在《禹贡地域图序》中提到"今秘书""惟有汉氏《舆地》及《括地》诸杂图"，西晋张华的《博物志》多次采用《括地图》的材料，可见该书为汉人所作。

《括地图》记远方怪民，显示出丰富的想像力，并善于融诡异与亲切为一体。在作者笔下："奇肱民""去玉门四万里"，"化民""去琅玡二万六千里"，这是用遥远的距离感强化其诡异色彩；但有关飞车和食桑化蚕的想像，却又切近日常生活，令人忍不住会心一笑。

尤其富于亲切感的是《羿》：

> 羿年五岁，父母与入山，其母处之大树下，待蝉鸣还欲取之。群蝉俱鸣，遂捐去。羿为山间所养。羿年二十，能习弓矢。仰天叹曰："我将射远方，矢至吾门止。"因捍即射，矢摩地截草，径至羿门。随矢去。②

---

① 永瑢等撰：《四库全书总目》，594页，北京，中华书局，1965。

② 据《太平御览》卷三五〇引《括地图》。

射日的羿是一尊俯瞰芸芸众生、高不可及的雕像，射箭寻家的羿则是温情脉脉、眷恋着父母的常人。《括地图》的这种亲切感使它显著地区别于《山海经》。

3.《神异经》

《神异经》一卷，至迟当产生于东汉灵帝之前。

与《山海经》侧重于记叙山川道里及远国异民有别，《神异经》略于山川道里而详于异物。“异物”之“异”，表现于外形、滋味、功能等方面：

> 东南荒中邪木，高二三十丈。叶如甘瓜，子如寒瓜，蔓覆其顶，子味甘如蜜，食之令人身有泽。不可过三升。令人冥醉，半日乃醒。惟多罗氏之民缘能得之。

其设想，其风韵，颇有异国情调。

《神异经》的作者也许是一名儒生，对社会人生的关注使他在志怪中也忘不了调侃世情，表达理想。这里有东方善人：“男皆朱衣缟带元（玄）冠，女皆彩衣。男女便转可爱，恒恭坐而不相犯，相誉而不相毁。见人有患，投死相救之。名曰善人，一名敬，一名美。不妄言。啑啑然而笑。仓卒见之如痴。”也有西南讹兽：“其状若菟，人面能言。常欺人，言东而西，言恶而善。其肉美，食之言不真矣。”虽语带诙谑，而惩恶扬善的态度则异常明朗。

《神异经》作者深厚的人间情感渗透在想像中，赋予了这部书以浓郁的生活情味。《山海经》和《穆天子传》中出现过一位西王母，《神异经》作者则仿照人间夫妇匹配的做法，以游戏手法创造了一位东王公。东王公、西王母，一公一母，相映成趣。而且这位东王公颇善于经营日常生活：投壶是古代宴会的礼制，也是流行于士大夫中的一种游戏。方法是以盛酒的壶口作目标，用矢投入。以投中多少决胜负，负者须饮酒。想不到东王公也耽于这种游戏，而且上苍居然津津有味地在一旁观看。“天为之笑”的想像，出人意表，曾被李白《短歌行》用为典实："天公见玉女，大笑亿千场。"

《神异经》文思清丽，可读之作甚多，像"扶桑山有玉鸡，玉鸡鸣则金鸡鸣，金鸡鸣则石鸡鸣，石鸡鸣则天下之鸡悉鸣，潮水应之矣"；像"以鬼为饭，以露为浆"的尺郭；像"伺人不在，而盗人盐，以食虾蟹"的山臊，小说的描写都能带给读者如尝异馔的新鲜感。①

4.《十洲记》

《十洲记》仿《山海经》体例，记汉武帝既闻西王母言八方巨海之中有十洲，又向东方朔问十洲所在及所有之物名。这十洲是：祖洲、瀛洲、悬洲、炎洲、长洲、元洲、流洲、生洲、凤麟洲、聚窟洲。东方朔详道十洲及沧海岛、方丈洲、扶桑、蓬丘、昆仑的奇珍异宝，诸如火浣布、续弦胶、反生香、火光兽、切玉刀、夜光杯等，辞藻丰蔚，诗意盎然，如：

> （炎洲）有火林山。山中有火光兽，大如鼠，毛长三四寸，或赤或白，山可三百里许。晦夜即见此山林，乃是此兽光照状如火光相似。取其兽毛，以缉为布，时人号为火浣布，此是也。国人衣服垢污，以灰汁浣之，终无洁净。惟火烧此衣服，两盘饭间，振罢，其垢自落，洁白如雪。
>
> 凤麟洲在西海之中央，地方一千五百里，洲四面有弱水绕之，鸿毛不浮，不可越也。洲上多凤麟，数万各为群，又有山川池泽及神药百种。亦多仙家，煮凤喙及麟角，合煎作膏，名之为续弦胶，或名连金泥。此胶能续弓弩已断之弦；刀剑断折之金，

---

① 《神异经》所载冰鼠给清代纪昀留下了深刻印象。《阅微草堂笔记》卷二十四载："崔豹《古今注》载，火鼠生炎洲火中，绩其毛为布，入火不然。今洋舶多有之，先兄晴湖蓄数尺，余尝试之。又《神异经》载，冰鼠生北海冰中，穴冰而居，啮冰而食，岁久大如象，冰破即死。欧罗巴人曾见之。谢梅庄前辈戍乌里雅苏台时，亦曾见之。是兽且生于火与冰矣。其事似异，实则常理也。"见纪昀：《阅微草堂笔记》，558页，上海，上海古籍出版社，1980。

更以胶连续之，使力士掣之，他处乃断，所续之际终无断也……

这类片断，几乎可当成无韵的诗来读。人类的精神财富之一是想像，是对于异国情调的虚拟。这也正是《十洲记》的魅力所在。如果说古代神话传说因沾溉了整个中国文学而功德无量，《十洲记》这部志怪小说亦因其“有助文章”而获得了不容低估的价值。《四库全书总目提要》指出：“李善注张衡《南都赋》、宋玉《风赋》、鲍照《舞鹤赋》、张衡《思元赋》、曹植《洛神赋》、郭璞《游仙诗》第一首、第七首、江淹《拟郭璞游仙诗》、夏侯元《东方朔画赞》、陆倕《新刻漏铭》，并引其文为证。足见其词条丰蔚，有助文章。陆德明《经典释文》亦于《庄子》北冥条下，引此书曰：‘水黑色谓之冥海，无风洪波百丈’，则通儒训诂，且据其文矣。唐人词赋，引用尤多，固录异者所不能废也。”① 这见解是公允的。

近代陆绍明在《月月小说发刊词》中，称《十洲记》“好言神仙，字字脉望”，乃“道家之小说”②，不算牵强附会。作者所津津乐道的福地仙阙、真人仙宫、仙草灵药，以及鬼谷先生、太上真人、西王母、上元夫人等，全与道教有关。作者也许真有张皇道教的意图，且他是个才情不凡的道教宣传者，寥寥数语，即能展开一片超尘脱俗、恍惚迷离的境界，如《扶桑》：

扶桑，在东海之东岸。岸直陆行，登岸一万里，东复有碧海。海广狭浩瀚，与东海等。水既不咸苦，正作碧色，甘香味美。扶桑在碧海之中。地方万里，上有太帝宫，太真东王父所治处。地多林木，叶皆如桑，又有椹树。长者数千丈，大二千余围。树两两同根偶生，更相依倚，是以名为扶桑。仙人食其椹，而一体皆作金光色，飞翔空玄。其树虽大，其叶椹故如中夏之桑

① 永瑢等撰：《四库全书总目》，1206页，北京，中华书局，1965。

② 张静庐辑注：《中国近代出版史料补编》，113页，北京，中华书局，1957。

也，但椹稀而色赤，九千岁一生实耳。味绝甘香美。

拿《十洲记》的描写与古代山水诗比照，我们不难发现，它们所呈现的都是山水风景的美，只是《十洲记》更神秘些、奇幻些。

二 从《列仙传》到《汉武内传》（“拾遗”体）

从《列仙传》到《汉武内传》，这是“拾遗”体志怪发展的第一个阶段。

“拾遗”体以晋王嘉《拾遗记》为代表，它是杂传、“博物”体在辞赋的藻饰之风濡染下结合而成的。其中，旧题西汉刘向作《列仙传》，杂传体式较为分明；旧题郭宪作《洞冥记》则是经过藻饰之风濡染后“博物”体志怪的变异形态；《汉武故事》、《汉武内传》已较为成熟地将杂传、“博物”体融合。这几部作品，形态各异，成就也不一致，但都为王嘉《拾遗记》的产生起了导夫先路的作用。

1.《列仙传》

《列仙传》分上、下二卷，今本凡七十人，非足本。佚名《列仙传叙》谈到刘向写作本书的一些情况，至少说明两点：其一，作者相信神仙是实有的，在他看来，他所记述的都是真事；其二,《列仙传》系编纂而成，材料出自西汉国家图书馆的“典籍”。

《列仙传》篇幅不大，短的仅四五十字，长的也不到二百字，但无论长短，都采用了杂传体式，开头交代人物的姓氏籍贯，中间记叙其履历，最后交代其结局。不过，作者真正看重的往往是其中富于诗意的细节。如卷上《萧史》：

萧史者，秦穆公时人也。善吹箫，能致孔雀、白鹤于庭。穆公有女字弄玉，好之，公遂以女妻焉。日教弄玉吹箫作凤鸣，居数年，吹似凤声，凤凰来止其屋。公为作凤台，夫妇止其上，不下数年。一旦，皆随凤凰飞去。故秦人为作凤女祠于雍宫中，时有箫声而已。

履历部分相当简单。中心意象是箫声，如凤鸣一般的箫声以及随凤凰飞去的萧史、弄玉，荡漾在空中，令读者思绪翩翩，如不胜情。这种诗化的细节，足以转化为一首七绝，但对于一篇人物传记来说，则不免给人单薄之感，故晋葛洪《神仙传》自序批评刘作“殊甚简略，美事不举”。然而，正因刘向重视细节，就潜在地包含着精心加工细节的倾向——而这恰好是“拾遗”体志怪的特征之一。

以一个细节或一个场面为中心，这类作品在《列仙传》中还多，其中《江妃二女传》、《园客传》、《邗子传》尤为出色。

《列仙传》的主角是仙，展示他们的神通及其奇异的生活环境自是题中应有之意。诸如返老还童、餐霞饮露、炼形尸解之类，都是老生常谈。比较起来，《凤纲》写凤纲因服药而成为地仙，其构想颇为别致，并成为后世神仙故事的惯例。

2.《洞冥记》

《洞冥记》是一部艺术水准较高的书。

从体例看，《洞冥记》显示出“博物”体与杂传融合的迹象。该书以汉武为中心人物，将种种“异物”加以集中排比：以武帝为中心，这是杂传体的特征；而排比“异物”，则是“博物”体的标志，二者融合，遂使《洞冥记》在体例上开了《拾遗记》的先河。如署名郭宪《洞冥记·序》所说，该书的主体内容是“绝域遐方”的“珍奇异物及道术之人”。《洞冥记》辞藻丰缛，迥异于《山海经》、《神异经》的简古朴质，如卷四《丽娟》从各种不同的角度来渲染丽娟之美，笔致轻盈，形容尽致。丽娟唱《回风》曲而“庭中花皆翻落”的设想，较之余音绕梁的描写来，增加了视觉效果，尤其动人。这些地方，都见出藻饰之风的濡染。

《洞冥记》所载远国遐方传说，鲜见于它书，堪称“异闻”。比如卷二《勒毕国》：

元丰五年，勒毕国贡细鸟，以方尺之玉笼盛数百头，形如大

> 蝇，状似鹦鹉，声闻数里之间，如黄鹄之音也。国人常以此鸟候时，亦名曰候日虫，帝置之于宫内，旬日而飞尽，帝惜，求之不复得。明年，见细鸟集帷幕，或入衣袖，因名蝉衣鸟。宫内嫔妃皆悦之，有鸟集其衣者，辄蒙爱幸。至武帝末，稍稍自死，人犹爱其皮，服其皮者，多为丈夫所媚。王莽末，犹有一两个去来，莽罗得之。

写细鸟的形、声及宫女与细鸟之间的神秘交往，听觉、视觉、触觉并用，怎不令人激赏。其他如吠勒国的文犀、大秦国的花蹄牛、翕韩国的飞骸兽、郅支国的马肝石、鸟哀国的薤和膏等，无不奇妙神秘。富于游戏意味的是，书名《洞冥记》，其卷三便写到洞冥草："夜如金灯，折枝为炬，照见鬼物之形。仙人宁封常服此草，于夜暝时，转见腹光通于外。"这既象征性地表达了作者欲洞达神仙冥迹之奥妙的撰述旨趣，又似乎暗示了这部书乃作者有意为文的产物。

《洞冥记》得到《四库全书总目提要》的推重："所言影娥池事，唐上官仪用以入诗，时称博洽。后代文人词赋，引用尤多，盖以字句妍华，足供采摭，至今不废，良以是耳。"① 衣被词人，这是一个志怪作家引为自豪的事。

3．《汉武故事》

《汉武故事》当是王嘉《拾遗记》之前的一部志怪集。

历史上的汉武帝热衷于追求无拘无束的快乐生活。无论美人、神仙、音乐，还是狩猎和宫殿建筑，他都满怀兴趣；同时，他身边还活跃着一个诙谐的东方朔。于是，武帝顺理成章地被志怪作家们看中，时常拉他充当小说主角，《洞冥记》如此，《汉武故事》、《汉武内传》亦然。

《汉武故事》杂记汉武帝一生的遗闻轶事，以求仙事迹为多。在求仙过程中，他与西王母、东方朔之间的纠葛最使读者开心：

---

① 永瑢等撰：《四库全书总目》，1207页，北京，中华书局，1965。

东方朔何许人也？他在汉武帝时任太中大夫，以性情诙谐滑稽著称。《汉武故事》虚构他偷西王母仙桃及从南窗中偷看西王母的事，可谓逼肖其人。

西王母何许人也？在战国时代的《山海经》中，西王母“其状如人，豹尾虎齿而善啸，蓬发戴胜”；其神格为瘟神和杀神，即“司天之厉及五残”。在先秦的《穆天子传》中，她是远方国度的人君，曾与周穆王唱酬。到西汉，西王母成为人们心目中赐寿降福、化险去灾的神仙，成为天命的象征和化身。《汉武故事》中的西王母，便是以“仙灵之最”的形象出现的。她美不可及，又高不可攀，总是居高临下地俯瞰着芸芸众生。所有的凡人，包括人间天子，在她面前都是委琐渺小的。为了凸显仙凡之间的对比关系，小说强调了一个细节：武帝留下仙桃核，打算在凡间栽种；西王母以调侃的口气告诉他，仙桃三千年才结实，言外之意是：凡人寿命再长也不会超过百岁，怎能奢望收获仙桃呢？人生短暂，而时间无限，当汉武帝从王母的调侃中意识到这一点时，又如何能不惆怅？

汉武帝热衷于求仙，对于所有方士都急欲录用一试，但他并不轻信，他的心头始终有一个疑问：真的有长生久视的仙人吗？在祭黄帝冢时，他意味深长地发问：“吾闻黄帝不死，今有冢，何也？”于是，对于夸夸其谈、善于撒谎的方士们，他总是要用事实来加以检验。不少方士因此而露馅、遭殃，比如栾大。栾大骗汉武帝严装入海，意在使这位皇帝葬身鱼腹，然后再编一套汉武帝仙去的话头。汉武帝感到受了愚弄，很恼火，适逢东方朔“言大之无状”，遂决心腰斩栾大。诸如此类的情节，使《汉武故事》在浓郁的求仙氛围中，闪烁着思索甚至思辨的色彩。

《汉武故事》还穿插了不少描写“异物”的片断，如：

> 王母遣谓帝曰：“七月七日，我当暂来。”帝至日，扫宫内，然九华灯。七月七日，上于承华殿斋。日正中，忽见有青鸟从西方来，集殿前。上问东方朔，朔对曰：“西王母暮必降尊像，上宜洒扫以待之。”上乃施帷帐，烧兜末香——香，兜渠国所献

> 也。香如大豆，涂宫门，闻数百里。关中尝大疫，死者相系，烧此香，死者止。

熔“博物”体与杂传体于一炉，这一现象不容忽略。因为，这正是“拾遗”体走向成熟的表征之一。

就主导倾向看，《汉武故事》应是一部志怪小说，但点缀于其中的琐闻轶事，亦足资谈助，如“金屋藏娇”、“老郎颜驷”，已成为许多读者熟知的典故。

4.《汉武内传》

《汉武内传》当问世于王嘉《拾遗记》之前。

《汉武内传》的材料多出自《洞冥记》、《十洲记》、《汉武故事》，但运之以绚烂夺目的辞藻，错彩镂金，更典型地体现了“拾遗”体志怪融杂传、“博物”体、藻饰等因素为一体的风格。《四库全书总目提要》说：“其文排偶华丽，与王嘉《拾遗记》、陶宏景《真诰》体格相同。”① 清周中孚《郑堂读书记》亦云：“其书盖出于魏晋之间，且文体雅与王子年《拾遗记》相同。”

不妨举一段描写为例。“七月七日王母降武帝”的情节取自《汉武故事》，《汉武内传》不仅增加了上元夫人、王子登等人物，铺衍出王子登传王母命、诸侍女奏乐歌咏、上元夫人应命来会汉武帝等事，还借鉴辞赋的描写手法，华美细腻，颇具辞章的韵味：

> 到七月七日，乃修除宫掖，设坐大殿。以紫罗荐地，燔百和之香，张云锦之帏，燃九光之灯，列玉门之枣，酌葡萄之醴，宫监香果，为天官之馔。帝乃盛服立于阶下，敕端门之内不得有妄窥者。内外寂谧，以候云驾。到夜二更之后，忽见西南如白云起，郁然直来，径趋宫廷。须臾转近，闻云中箫鼓之声，人马之响。半食顷，王母至也。

① 永瑢等撰：《四库全书总目》，1206页，北京，中华书局，1965。

据说唐玄宗一度酷嗜《汉武内传》，从上述排偶华丽的描写看来，不是没有道理的，其风范气度，与唐传奇不无相通之处。

三　《异闻记》的问世及其意义（“搜神”体）

《异闻记》，未见史书著录。佚文二则，一见于唐段公路《北户录》卷一，一见于晋葛洪《抱朴子·对俗篇》。唐李亢《独异志》卷下所引，事同《抱朴子》引文而言词较为简略。作者陈寔，字仲弓，汉末颍川许（今河南许昌东）人。曾任县吏、太丘长，谥文范先生。

《异闻记》自身的成就有限，但它标志着“搜神”体志怪的正式登场。在它之前，“博物”体、“拾遗”体已进化到较高阶段，志怪小说的正宗“搜神”体反而迟迟不见踪影。《异闻记》问世，意味着志怪创作的鼎盛期即将到来。

本书杂记各种异闻，故以《异闻记》为名。二则佚文中，《张广定女》较佳：

> 郡人张广定者，遭乱常避地。有一女年四岁，不能步涉，又不可担负。计弃之固当饿死，不欲令其骸骨之露。村口有古大冢，上巅先有穿穴，乃以器盛缒之，下此女于冢中，以数月许干饭及水浆与之而舍去。
>
> 候世平定，其间三年，广定乃得还乡里。欲收冢中所弃女骨，更殡埋之。广定往视，女故坐冢中，见其父母犹识之，甚喜。而父母犹初恐其鬼也，入就之，乃知其不死。问之从何得食，女言粮初尽时甚饥，见冢角有一物，伸颈吞气，试效之，转不复饥。日月为之，以至于今。父母去时所留衣被，自在冢中，不行往来，衣服不败，故不寒冻。广定乃索女所言物，乃是一大龟耳。
>
> 女出食谷，初小腹痛，呕逆，久许乃习。

葛洪《抱朴子·对俗》篇说：“知龟鹤之遐寿，故效其道（导）引以增年。”① 神仙家以为龟有不死之法，吞气而生，可以长生久视。《抱朴子》引《张广定女》，即旨在说明此理，但读者却从张广定弃女一事，感受到了“乱离民”的悲辛。

① 葛洪撰，王明校释：《抱朴子内篇校释》，卷三，46 页，北京，中华书局，1985。

第二章　魏、晋、南北朝志怪小说（一）："博物"体

魏、晋、南北朝是志怪小说的黄金时代。"博物"体、"拾遗"体在两汉奠定的基础上，继续推进，产生了《博物志》、《拾遗记》等名作；志怪小说的正宗"搜神"体终于脱颖而出，以《搜神记》、《搜神后记》、《幽明录》、《异苑》等代表作赢得小说史家的瞩目。名家辈出，名作如林，其阵容之壮观，足以与唐之传奇小说、明清之章回小说相提并论。

一　魏、晋、南北朝志怪兴盛的原因

丹纳在《艺术哲学》中曾将文学艺术比做植物，它的生长离不开适宜的土壤、气候等条件。这一理论也许过于简明了些，但对于我们分析魏、晋、南北朝志怪兴盛的原因，仍不无启发意义。

1. 佛、道观念的流行

魏、晋、南北朝志怪之所以兴盛，与佛、道观念的流行关系至为密切。

神仙家在班固《汉书·艺文志》里还只是诸子百家中的一家。东汉时佛教开始流传，神仙家模仿佛教，依附老子，开始创立道教。汉顺帝时，琅玡人于吉，自称得神书一百七十卷，号称《太平清领书》。《太平清领书》的流传，表明神仙家已发展成为道教。

东晋南北朝是道教活跃的时期。南方有葛洪、陶弘景，北方有寇

谦之，都是道教的重要人物。其中，葛洪要算最大的道教徒了。他著《抱朴子·内篇》二十篇、《外篇》五十篇。自叙说“其《内篇》言神仙方药、鬼神变化、养生延年、禳邪却祸之事，属道家，其《外篇》言人间得失、世事臧否，属儒家”。① 所谓“道家”，即道教，系阴阳五行学说与巫术等的杂拌。

佛教传入中国，西汉末才见记载。其迅速流传，是在东汉、魏、晋时期；至东晋南北朝，更一直盛行，未曾衰歇。这从佛寺数目的变化就看得出来。以建康一地而言，东晋时约有佛寺三十七所，梁武帝时增加到七百所；建康以外，各地佛寺的增加，比例应当相近。

无论道教，还是佛教，都以张皇鬼神、称道灵异为特性。道教自称能羽化升天，长生不死，其次也能画符诵咒，消灾灭祸。佛教的形式和内容尤为新颖奇异，远远地超过了中国土生土长的“闳大不经”的邹衍，“谬悠荒唐”的庄周，“妖妄神怪”的谶纬。凡此种种，都丰富了当时人的想像力，促进了仙、鬼、怪故事的盛行。

可以举一个例子来说明佛教流行对志怪创作的影响。

吴时康僧会所译《旧杂譬喻经》记载：昔梵志作术，吐出一壶，中有女与屏处作家室。梵志少息，女复作术，吐出一壶，中有男子，复与共卧。梵志觉，次第互吞之，拄杖而去。《旧杂譬喻经》所表达的想像和思想，非中国所固有；但一经传入，即大受青睐，荀氏《灵鬼志》及吴均《续齐谐记》先后改造和记叙了这一故事，青出于蓝而胜于蓝，成为志怪名篇。

2. 当时人视神鬼为实有

魏、晋、南北朝志怪之兴盛，与当时人视神鬼为实有的态度亦关系甚密。

儒学的创始人孔子一向主张专重人事。不谈鬼神和死后的事情，是孔子也是儒学对鬼神的基本态度；在信奉儒学的人那里，鬼神是不

① 葛洪撰，王明校释：《抱朴子内篇校释》，377 页，北京，中华书局，1985。

可能引起重视的。

但许多魏、晋、南北朝人却对鬼神抱有虔诚的信仰。他们以为鬼神有着和人一样的重要性。如果我们主张对人（以及与人有关的知识）了解得越多越好，那么，对鬼神（以及与鬼神有关的知识）亦然。不了解鬼神，极有可能被鄙薄为“不才之子”，葛洪《抱朴子·疾谬篇》即云：

> 不才之子也，若问以坟索之微言，鬼神之情状，万物之变化，殊方之奇怪，朝廷宗庙之大礼，郊祀禘袷之仪品，三正四始之原本，阴阳律历之道度，军国社稷之典式，古今因革之异同，则恍悸自失，喑呜俯仰，蒙蒙焉，莫莫焉，虽心觉面墙之困，而外护其短乏之病，不肯谧己，强张大谈，曰：“杂碎故事，盖是穷巷诸生，章句之士，吟咏而向枯简、匍匐以守黄卷者所宜识，不足以问吾徒也。”

将“鬼神之情状”与“军国社稷之典式”并提，即将鬼神的世界与人的世界一视同仁。以这种认真的态度来对待鬼神故事，当然乐于倾注精力了。

认真地对待鬼神故事，并不妨碍志怪作家把它当成审美对象。魏晋清谈中有“排调”一类，记述的是人与人之间的玩笑；同样，人与鬼也是可以开玩笑的，如《幽明录·阮德如》：

> 阮德如，尝于厕见一鬼，长丈余，色黑而眼大，著白单衣，平上帻。去之咫尺。德如心安气定，徐笑而谓之曰：“人言鬼可憎，果然。”鬼赧而退。

鬼相貌丑陋，怕人取笑，可见不仅人看重鬼，鬼也看重人。既然人可以和鬼开玩笑，那么，像记载人事一样地把鬼神的事记载下来，用于“游心寓目”，也就没有什么不恰当的。东晋干宝作《搜神记》，即以“游心寓目”为宗旨。又《世说新语·排调》载：

干宝向刘真长叙其《搜神记》，刘曰："卿可谓鬼之董狐。"

有人据以证明干宝的著述态度如史家一般严肃，但从此条入"排调"类来看，刘真长明明是开玩笑，可见时人还是拿《搜神记》作"赏心"的读物看。

二　张华《博物志》

"博物"体志怪成熟于汉代，而在魏、晋、南北朝继续发展。其作者多为博识多闻的学者。胡应麟《少室山房笔丛·华阳博议下》云："两汉以迄六朝，所称博洽之士，于术数方技靡不淹通，如东方、中垒、景纯、崔敏、崔浩、刘焯、刘炫之属，凡三辰七曜、四气五行、九章六律，皆穷极奥妙，彼以为学问中一事也。"《华阳博议引》亦云："古今称博识者，公孙大夫、东方待诏、刘中垒、张司空之流尚矣。"① 其中，张司空（张华）、景纯（郭璞，字景纯）正是两位大名鼎鼎的"博物"体志怪作家，《博物志》、《玄中记》的作者。

西晋张华是一位带有神秘色彩的人物，后来谈博物的，往往以他为代表。《晋书》本传说他"博物洽闻，世无与比"，还举出许多令人很难置信的事例，如："惠帝中，人有得鸟毛长三丈，以示华。华见，惨然曰：'此谓海凫毛也，出则天下乱矣。'"陆机送他鱼馔，他一见，便断定是龙肉，"以苦酒濯之"，果然"五色光起"。他和雷焕发现丰城剑气，得到干将宝剑的故事，更为世人熟知。这样一位闪烁着神秘色彩的人物，他写"博物"体小说可谓顺理成章。

《博物志》的体例略仿《山海经》。宋李石《续博物志序》说："张华述地理，自以禹所未至，且天官所遗多矣；经所不载，以天包地，象纬之学，亦华所甚惜也。虽然，华仿《山海经》而作，故

---

① 胡应麟：《少室山房笔丛》，394 页，381 页，上海，上海书店出版社，2001。

略。"崔世节《博物志跋》也说此书："天地之高厚，日月之晦明，四方人物之不同，昆虫草木之淑妙者，无不备载。"这正是"博物"体志怪的特色。

卷一〇《八月槎》是《博物志》中格外富于情趣的一篇：

> 旧说云：天河与海通。近世有人居海渚者，年年八月有浮槎去来，甚大，往反不失期。人有奇志，立飞阁于查（通"槎"）上，多赍粮，乘槎而去。十余日犹观日月星辰，自后茫茫忽忽亦不觉昼夜。去十余日，奄至一处，有城郭状，屋舍甚严。遥望宫中多织妇，见一丈夫牵牛渚次饮之。牵牛人乃惊问曰："何由至此？"此人具说来意，并问此是何处，答曰："君还至蜀郡访严君平则知之。"竟不上岸，因还如期。后至蜀，问君平，曰："某年月日有客星犯牵牛宿。"计年月，正是此人到天河时也。

古人对于日月星辰的运行、风雨雷电的出没等自然现象，往往充满了好奇心，试图作出自己的解释。嫦娥奔月，"碧海青天夜夜心"，这是神奇的想像，不妨说也是探索宇宙奥秘的一种尝试。乘槎登天，亦可作如是观。读者借助作品的描述进入银河系，那是多么令人振奋的人生情态！就叙事技巧而言，《八月槎》也是首屈一指的。"此人"在茫茫的日月星辰之间，见到了城郭，见到了织女，见到了牵牛人，他究竟置身在"何处"？张华不愿平淡无奇地告诉读者，而是引入了一个神秘人物严君平，由他在篇末揭开谜底。如此处理题材，使读者感到银河系的广阔无垠与深奥莫测。

《博物志》列有"异人"、"异俗"、"异产"、"异兽"、"异鸟"、"异虫"、"异鱼"、"异草木"、"异闻"等类别，侧重于记载远方珍异，与两汉的"博物"体志怪更为接近。

《八月槎》、《异虫》等篇，其题材特征，依旧是"博物"体的，但在表达方面，从侧重于表现物体或形态，到侧重于表现动作和情事，从注重表达空间里的景象平列，到注重展示时间上的情节延续，一句话，减弱了铺陈式的描写，加强了线条式的叙述，这是传统

“博物”体的变异。它使《博物志》在同类型志怪中，可读性较强，但也表明：“博物”体在达到高潮的同时亦臻于极限，它不得不借鉴“搜神”体的手法。

张华“博物洽闻”，称道灵异，偶尔还言之凿凿，惟恐读者不信，如卷五《方士》：“近魏明帝时，河东有焦生者，裸而不衣，处火不燋，入水不冻。杜恕为太守，亲所闻见，皆有实事。”但他并不一味迷信，卷五并专列《辨方士》一目，其中两则说：“汉淮南王谋反被诛，亦云得道轻举。”“钩弋夫人被杀于云阳，而言尸解柩空。”这种洋溢着人文气息的思辨精神，赋予了《博物志》以另一种品格。卷一〇《杂说下》“天门郡仙谷”，兼具情趣和理趣：

> 天门郡有幽山峻谷，而其上人有从下经过者，忽然踊出林表，状如飞仙，遂绝迹。年中如此甚数，遂名此处为仙谷。有乐道好事者，入此谷洗沐，以求飞仙，往往得去。
>
> 有长意思人(《太平广记》作“有智能者”)，疑必以妖怪，乃以大石自坠，牵一犬入谷中，犬复飞去。其人还告乡里，募数十人执杖擖山草伐木至山顶观之，遥见一物长数十丈，其高隐人，耳如簸箕。格射刺杀之。所吞人骨积此左右自成封（“成封”，《太平广记》作“如阜”）。蟒开口广丈余，前后失人，皆此蟒气所噏上。于是此地遂安稳无患。

从题材来看，本篇志巨蟒之异，仍属“博物”范畴。但在表达方面，先叙“仙谷”的种种异状，再一层层揭开谜底，随事逶迤，自成悬念。减少描写而加强叙述，与两汉“博物”体的面貌有所不同。

《博物志》与传统“博物”体的差异，除了加强叙述这一方面外，在题材选择上也有表现。小说中的若干类目，如“食忌”、“药术”、“文籍考”、“地理考”、“人名考”、“物名考”、“史补”等，包罗历史人物传说、文物考证、花鸟虫鱼等多种内容，已近于“杂俎”。

三　郭氏《玄中记》

《玄中记》是"博物"体志怪中较为重要的一部。

近人叶德辉《辑郭氏玄中记序》曾评价《玄中记》说："恢奇瑰丽，仿佛《山海》、《十洲》诸书。"这一评价揭示出了《玄中记》的题材特征。如：

> 天下之强者，东海之沃焦焉；水灌之而不已。沃焦者，山名也。在东海南，方三万里，海水灌之而即消，故水东南流而不盈也。
>
> 天下之弱者，有昆仑之弱水焉；鸿毛不能起也。

俗语云：说有易，说无难。而"天下之强者"、"天下之弱者"的表述方式，即旨在"说无"，意谓再没有比之更强或更弱的了。如此行文，见出作者的气魄。

读《玄中记》，我们可以感受到一个隐形主角的存在，即民间传说。其中的一些精彩片断或隐或显地与民风民俗有关。譬如：

> 东南有桃都山，山上有大桃树，名曰桃都，枝相去三千里。上有一天鸡，日初出照此木，天鸡即鸣，天下鸡皆随之鸣。
>
> 下有二神，左名隆，右名窔，并执苇索，以伺不祥之鬼，得而煞之。今人正朝作两桃人立门旁，以雄鸡毛置索中，盖遗象也。

以桃辟邪，这一风俗由来颇古，《左传》、《周礼》即有记载。而鬼畏鸡鸣的说法，亦来历久远。《玄中记》以博物知识来解释民俗，寓奇异于亲切之中，益增古朴之美。

关于狐的记载，亦与民俗相关：

狐五十岁，能变化为妇人，百岁为美女，为神巫，或为丈夫，与女人交接。能知千里外事，善蛊魅，使人迷惑失智。千岁即与天通，为天狐。

清纪昀《阅微草堂笔记》卷一〇说："人物异类，狐则在人物之间；幽明异路，狐则在幽明之间；仙妖异途，狐则在仙妖之间。故谓遇狐为怪可，谓遇狐为常亦可。"① 唐代甚至有"无狐魅，不成村"的谣谚。狐既如此之多，关于狐的传说也就尤其丰富多彩。《玄中记》对不同年龄的狐加以区别，表达了对人的生存环境的关心；而将狐的形象写进小说，又不啻一幅带有时代色彩的风俗画。

《狗封氏》、《姑获鸟》继承了"博物"体志怪描述远国异民的传统。但《姑获鸟》一则，地点在荆州；鸟脱毛为女人而与男子结合，神话转向世俗；再加上人情风俗的穿插，这些都为小说平添了一种生活的清新感。《姑获鸟》是古代小说中第一个人鸟结为配偶的传说，直接影响到《聊斋志异·竹青》等作品；而男子藏羽毛得妻的情节，在后世民间故事中亦反复出现。

四　任昉《述异记》

任昉《述异记》成就不高，主要是名副其实的"异闻"太少。对此，《四库全书总目提要》有过相当细致的评述："其书文颇冗杂，大抵剽剟诸小说而成。如开卷'盘古氏'一条，即采徐整《三五历记》；其余'精卫'诸条，则采《山海经》；'圆客'诸条，则采《列仙传》；'鬼历'诸条，则采《拾遗记》；'老桑'诸条，则采《异苑》；以及'防风氏'、'蚩尤'、'夜郎王'之类，皆非僻事，不得云'世所未闻'。其'武陵源'一条，则袭陶潜所记，而于桃外增李，移其地于吴中；'《周礼》孤竹之管'、'空桑之琴瑟'二条，则附会竹生东海，空桑生大野山，尤为拙文陋识……或后人杂采类书所

① 纪昀：《阅微草堂笔记》，216页，上海，上海古籍出版社，1980。

引《述异记》，益以他书杂记，足成卷帙，亦如世所传张华《博物志》与？"①

《述异记》也有少量不见于此前志怪小说的"异闻"，如：

> 淮南有懒妇鱼。俗云：昔杨氏家妇，为姑所溺而死，化为鱼焉。其脂膏可燃灯烛，以之照鸣琴博弈，则烂然有光；及照纺织，则不复明焉。

懒妇鱼究竟是何物？有两种不同的说法。一说即大鲵，俗称娃娃鱼，又称人鱼；一说即江豚，俗称江猪，又称奔鲟、鲭鲟、溥浮。以志怪来解释懒妇鱼的某种特性，包含了几分基于民俗的幽默感。而"杨氏家妇，为姑所溺而死"，又可能唤起读者对世间悲剧的联想。由后一点看来，作者似乎总是情怀抑郁，他的想像的风筝始终被现实之手牢牢牵扯着。卷上《封使君》一则，介入生活的程度更深，写封使君化虎食人，具有强烈的骂世意味。

当然，《述异记》并不一味骂世，其中部分异闻，情韵悠然，较少人间烟火气，能将读者带入超凡脱俗的氛围中。比如："王质"一则展示仙境与人世的时间迟速的区别，同时也寓含对人寿有限的慨叹，即唐孟郊《烂柯石》诗所云："仙界一日内，人间千岁穷。双棋未遍局，万物皆为空。樵客返归路，斧柯烂从风。惟余石桥在，犹自凌丹虹。"②"黄鹤楼"一则是许多关于黄鹤楼的仙人传说中的一个，其意境与唐崔颢《黄鹤楼》诗相通。

《述异记》中偶见关于殊方异域的记载，"大食小儿"、"鬼母"、"哀牢夷"诸则，较为新异。

---

① 永瑢等撰：《四库全书总目》，1214页，北京，中华书局，1965。

② 孟郊著，韩欣泉校注：《孟郊集校注》，375页，杭州，浙江古籍出版社，1995。

五 “博物”体志怪的审美追求

“博物”体源于先秦的地理学和博物学。

战国时代《山海经》的问世，标志着准“博物”体志怪的产生。其特征是：外表还是记地理、物产，但“好怪而妄言”，充满了荒诞的内容。汉代的《神异经》、《十洲记》已是成熟的“博物”体志怪。魏、晋、南北朝的《博物志》、《玄中记》、《述异记》则是“博物”体志怪高峰期的作品，而以《博物志》成就较高。

从创作目的看，“博物”体小说旨在满足读者对无垠的空间世界的神往之情。古罗马的柏拉图派哲学家和修辞学家郎吉努斯认为，文学形式的力量不是来自技术规则和分析，而是来自更为深刻的东西——激情，来自作者对超越现实世界之外的事物的神往，对无垠世界、大洋、星星和埃特纳火山所喷射火焰的神往。真正的东西一定是精神性的，它使听者心醉神迷，使其变得像马一样，奔腾跳跃，甚至使其幻想自己是所听到之物的创造者。“博物”体作家在静默中观照幻象，也热爱幻象，并依靠其内在的、能看到幻象的官能去创造幻象。人的视野本来被禁锢在狭小的令人窒息的空间中，一旦窗户敞开，使之得以眺望远方异域，怎么不令读者兴奋和沉醉呢？“博物”体志怪的魅力首先即在于此。其中的那些著名篇章，充分地满足了读者自由地不受限制地驰骋于空间中的需要，如《博物志》卷八《八月槎》。

与创作目的相联系，在题材上，“博物”体志怪以“异物”即远方珍异为主。《山海经》记叙了形形色色的山川道里物产及远国异民；《神异经》“略于山川道里而详于异物”；①《十洲记》热衷于向读者介绍道家的大丘灵阜、真仙神宫、仙草灵药、甘液玉英、奇禽异兽；《博物志》以“物”名书，堪称画龙点睛。

---

① 鲁迅：《中国小说史略》第四篇，16页，上海，上海古籍出版社，1998。

从写法看，"博物"体是从地理书发展来的，重在说明远方珍异的形状、性质、特征、成因、关系、功用等，意在使读者清楚明白地把握对象，所以，生动的描写较之曲折的叙事是更重要的。与此相关，"博物"体可以利用图画来加强直观性。《山海经》也许是根据图画而写成的。《神异经》是否先有图画不得而知。但其中"状似虎"、"状如人身"、"其状如鸡"一类的陈述方式，突出的仍是客体能够画出的特征。《十洲记》中，"有鸟如乌状"、"形似偃盆"的句型以及对色彩、距离的强调，用意亦同。莱辛《拉奥孔》在谈到绘画（或造型艺术）与诗歌（或文字艺术）在功能上的区别时指出，绘画宜于表现物体或形态，而诗歌宜于表现动作和情事。这一对比似也适用于"博物"体与"搜神"体："博物"体注重表达空间里的景象平列，"搜神"体注重展示时间上的情节延续。就故事性而言，"博物"体是不能与"搜神"体一较长短的。因为"博物"体本不以叙事见长，它的优势在于刻画事物。

"博物"体偏于刻画空间中的"异物"，这限制了它在题材上向"搜神"体的延伸（"八月槎"已是"搜神"体的写法，但其题材特征依旧是"博物"体的）；同时，地理书的说明力求简洁，这一传统延续下来，遏制了"博物"体在描写方面过于繁缛的辞赋化倾向（《十洲记》），已热衷于穷妍极态、镂金错彩，再发展一步即成为"拾遗"体了。因此，"博物"体在题材选择及表现手法方面受到较大制约，其发展潜力较"搜神"体为小。后世的"博物"体名作，仅唐段成式《酉阳杂俎》一部；北宋初陶穀《清异录》、宋李石《续博物志》、明游潜《博物志补》，只是强弩之末，聊备一格而已。

第三章　魏、晋、南北朝志怪小说（二）：“搜神”体

“搜神”体是志怪小说的主要类型。它发轫于汉末陈寔的《异闻记》，经过旧题魏文帝《列异传》的发展，至东晋初干宝《搜神记》问世，“搜神”体在志怪小说中确立了其主导地位。其后又产生了署名陶潜的《搜神后记》、刘义庆的《幽明录》、刘敬叔的《异苑》等优秀作品。其阵容壮观，成就显赫。尽管它的成熟要晚于“博物”体、“拾遗”体，但却不愧为志怪小说的正宗。

一　旧题魏文帝《列异传》

《列异传》是魏、晋、南北朝时期“搜神”体的第一部杰作，也是魏、晋、南北朝志怪的第一部杰作。

《列异传》以鬼、怪故事为核心题材。所谓鬼，即阴间的人；所谓怪，指的是各种“年老成魔”的动植物或无生命之物，也就是怪物，或称物怪，后世习称为妖精。由于鬼、怪的身份不同，《列异传》对二者的态度亦明显有别。①

先看怪故事。《郅伯夷》载：

① 《阅微草堂笔记》卷九：“《搜神记》载孔子之言曰：‘夫六畜之物、龟蛇鱼鳖草木之属，神皆能为妖怪，故谓之五酉。五行之方，皆有其物。酉者老也，故物老则为怪矣。杀之则已，夫何患焉！’然则物久而幻形，固事理之常耳。”见纪昀：《阅微草堂笔记》，196页，上海，上海古籍出版社，1980。

汝南北部督邮西平郅伯夷有大才略，案行到惧武亭夜宿。或曰：“此亭不可宿。”伯夷乃独住宿，去火，诵《诗》、《书》五经讫，卧。有顷，转东首，以絮巾结两足，以帻冠之，拔剑解带。夜时有异物稍稍转近，忽来覆伯夷，伯夷屈起，以袂掩之，以带系魅，呼火照之，视得一老狸，色赤无毛，持火烧杀之。明日发视楼屋间，见魅所杀人数百枚。于是亭遂清静。旧说“狸髡千人得为神”也。

本篇有两点值得注意。第一，狸怪经常杀人，罪大恶极，可见怪物与人类是势不两立的，所以郅伯夷对它也决不留情。第二，在实际生活中，器物不具生命力；植物虽具生命力而无法自由活动；只有动物，其生命层次最高，而在动物中，狐、狸又格外狡黠。这也就决定了各种怪物的神通的大小。一般说来，动物怪胜于植物怪，植物怪胜于器物怪。① 狸怪则是动物怪中的“佼佼者”。因此，郅伯夷与它的较量，并不轻松。郅本人“有大才略”，且事先做了准备，较量时又出手迅捷，以防狸怪反抗或逃匿。这些都写得饶有风味。《汝南有妖》、《彭城鲤怪》、《王周南》等则，旨趣略近。

对付器物怪就轻松多了，如《张奋宅》：怪物的数量不少，杵怪、钱怪、金怪、银怪，一一亮相。可是其智力程度太低，自报家门，自泄机密，自取灭亡。何文轻而易举便将它们扫除，且因此而成

① 《列异传》中的树精故事颇为有名。《阅微草堂笔记》卷十三：“族叔檠庵言：……尝于大槐树下见一兽跳掷，非犬非羊，毛作褐色，即之已隐。均不知何物。余曰：‘叔平生专意研经，不甚留心于子、史。此二物，古书皆载之。……褐色兽乃树精，《史记·秦本纪》二十七年，伐南山大梓，丰大特。注曰：“今武都故道，有怒特祠，图大牛上生树本，有牛从木中出，复见于丰水之中。”《列异传》：秦文公时，梓树化为牛。以骑击之，骑不胜；或堕地，髻解被发，牛畏之入水。故秦因是置旄头骑。庾信《枯树赋》曰：“白鹿贞松，青牛文梓。”柳宗元《祭纛文》曰：“丰有大特，化为巨梓；秦人凭神，乃建旄头”。即用此事也。’”见纪昀：《阅微草堂笔记》，304页，上海，上海古籍出版社，1980。

巨富。故事有着浓郁的喜剧色彩。

也许不应忽略，上面提到的狸怪、杵怪等，尽管最终被消灭，但它们此前却已害死了不少人。从人的角度来看，战胜怪物或为怪物所害，导致这两种不同结局的原因何在？《列异传》告诉我们，关键在于人是否具备浩然正气。见怪不怪，其怪自败；敢于并善于向怪挑战，人就始终占据着主导地位。郅伯夷、何文的胜利，便表达了这种对于怪的蔑视态度。此外，《列异传》中还一再写到方士服怪，这也是当时人的普遍看法。

再看鬼故事。《谈生》是志怪小说中的经典作品之一，它所包含的意蕴异常丰富。首先，鬼依旧怀有人的感情。睢阳王女以鬼的身份与谈生结为眷属，生儿育女，诀别时又为谈生安排好下半辈子的生活，这种贤妻良母的品格，几乎使读者忘记了她是从阴间来的。其次，鬼希望重返人间。睢阳王女为了复生，宁愿忍受三年不见灯火（光明）的暗淡岁月，这需要何等坚忍的毅力。活着是美好的，人理解这一点，来自阴间的鬼更能真切地感受到这一点。其三，人对鬼的理解，其实是对人自身的理解。如果排除阴间和阳间的差异，人与鬼有什么差别？因此，当睢阳王女复生的希望破灭，读者的心，无疑和目睹现实的悲剧一样沉重。志怪中不乏悲剧作品，此其一例。

鬼是人的折射。《谈生》如此，《蒋济亡儿》亦然。故事旨在强调“死者有知”：鬼可以向活人托梦；鬼在阴间继续“活”着。人死了，但并没有失去知觉，并不是彻底的消失。这一想像可以减轻人类对于死亡的畏惧。

为了证明“死者有知”，故事提供了一连串的见证人：蒋济、蒋济妻子、孙阿。将他们串联在一起的，是为蒋济亡儿走后门这件事。鬼世界也讲“关系学”，仿佛成了人间社会的倒影。

《蒋济亡儿》在艺术上已相当成熟。故事中的四个人物，各具性情：蒋济亡儿因死生异路，福禄难续，急于改变自己的处境，故言语恳切，充满焦虑；蒋济难于感悟，而一旦感悟便心急如焚；蒋济妻子怀着宁信其有的心情，鼓励丈夫一试；孙阿“不惧当死，而喜得为泰山令”。从这些地方，都可见作者是善于把握人物个性的。

《蔡支致书》也与冥府或阴间有关。这则较早的复生、传书故事，表达了魏晋人对于鬼世界的设想：人死了，并不是到一个我们所不知道的地方去了。鬼有自己的明确去向——阴间，具体地说，即魂归泰山。泰山神还下辖若干机构。《蔡支致书》说泰山有城郭，统治者是泰山神，"仪卫甚严，俱如太守"，他的外孙是天帝，足见权限之大。《蒋济亡儿》中的泰山令，也许就是泰山府君的下僚。泰山神既然是阴间的管理者，他以及和他有裙带关系的人，当然就不难令鬼复生了。蔡支因替泰山神传书，而得以与已故的妻子重温夫妇生活，这是一个令人欣慰的皆大欢喜的结局。

在鬼故事中，《宗定伯》值得讨论一番。鬼的生活与人相仿，这并不奇怪，因为鬼曾有过做人的经历；但鬼之为鬼，又必然有其异于人的习性，《宗定伯》正是对鬼的习性的设想。在作者看来，鬼至少有三个"生理"特点：一、新鬼重，老鬼轻；二、鬼渡水不出声；三、鬼怕唾液。当然，这只是作者的设想。为了使读者相信，他提供了一个见证人：宗定伯。宗定伯异常聪明，而小鬼却过于愚笨，于是才有宗的引诱、鬼的"招供"。不妨说，作者设计一个聪明的人、愚笨的鬼，目的是便于套出鬼的口供，似无其他的深意。

《宗定伯》的价值内涵，曾被概括为"不仅宣传了鬼魅不可怕，而且还借捉鬼的有趣故事，反映出人民的机智"，①这也许是对的，因为，纪昀在《阅微草堂笔记》中写到一位姜三莽，就是因为读了《宗定伯》，而生捉鬼致富之想，每天夜晚潜伏于坟墓之间，伺机猎鬼。② 但台湾学者叶庆炳《魏晋南北朝的鬼小说与小说鬼》一文却以为："把鬼写得这样笨，仍然是人类怕鬼心理的流露。"有的学者甚至提出：像宗定伯捉鬼那样，利用鬼的天真无邪而牟利的阴险行为，乃是被讽刺、被指责的对象。③ 见仁见智，读者可以有自己的看法。

---

① 游国恩等主编：《中国文学史》第 1 册，300 页，北京，人民文学出版社，1963。

② 纪昀《阅微草堂笔记》卷八的姜三莽故事从另一角度发挥"定伯卖鬼得钱事"的喜剧意味，可参看。见纪昀：《阅微草堂笔记》，168 页，上海，上海古籍出版社，1980。

③ 刘叶秋著：《古典小说笔记论丛》，8 页，天津，南开大学出版社，1985。

《列异传》在中国志怪小说发展史上意义重大。将洗练的文笔与丰厚的意趣结合，构成本书的一大特色；它的出现，使志怪小说打破了“博物”体、“拾遗”体的局限，形式灵活，不拘一格，可以自由自在地搜罗各种异闻，极大地拓展了志怪小说的表现范围。

二　干宝《搜神记》

干宝《搜神记》是魏、晋、南北朝志怪的代表作。

《搜神记》的题材来源，据干宝《搜神记序》，主要有两个方面：一为“考先志于载籍”，一为“收遗逸于当时”，即或抄撮于故书，或采自魏晋时的传闻。由于干宝以极为认真的态度来从事写作，精心地加工整理搜罗到的材料，遂使《搜神记》成为不朽的名著。

仙、鬼、怪构成《搜神记》的主要形象系列。仙人集中在卷一，如赤松子、宁封子、偓佺、彭祖、琴高、刘根、钩弋夫人等；他们或辟谷服食，或乘风雨烟气上下，或双舄化凫，或变化隐形，或劾鬼召神，或呼风唤雨，或画符念咒，都似曾相识。倒是《董永》、《杜兰香》、《弦超》三篇，在仙故事中别开生面。兹以《弦超》为例，对《搜神记》的女仙形象略加解剖。

《弦超》所显示的时代色彩是异常浓郁的。其一，在两汉志怪中，求仙之艰难是被强调的重点，至于仙界的生活究竟如何，人们并不关心，而魏、晋、南北朝志怪作者，却对后者倾注了较多的注意力。他们无法为仙界的日常生活安排充实的、富于情趣的内容，遂推测仙人必然活得寂寞无聊。于是，与求仙相对的另一主题——思凡，便应运而生，因为，人间的生活才是真正值得眷恋的。葛洪《神仙传·彭祖》中的彭祖说：“仙人者，或竦身入云，无翅而飞；或驾龙乘云，上造天阶；或化为鸟兽，浮游青云；或潜行江海，翱翔名山；或食元气；或茹芝草；或出入人间而人不识；或隐其身而莫之见；面生异骨，体有异毛；率好生僻，不交俗流。然此等虽有不死之寿，去人情，远荣乐，有若雀化为蛤，雉化为蜃，失其本真，更守异气。余之愚心，未愿此已。入道当食甘旨，服轻丽，通阴阳，处官秩耳，骨节坚强，颜色和泽，老而不衰，延年久视，长在人间。"彭祖的话，无异于一篇思凡的宣言，只是术士气太浓，给人贪得无厌之感，很难使读者喜欢。比较起来，读者更愿接受成公知琼的下凡。她早年失去父母，孤苦无依，天帝可怜她，遂令她下嫁从夫。这样一来，成公知琼的翩然到来，以常人的观点来看，也是应该热情接纳的。因为，她毕竟是一位孤苦无依的女子。设想仙女也会寂寞，也会孤独，也会需要亲人，这使魏、晋、南北朝志怪中的仙，与人的距离越来越小。至于董永因至孝感动天帝，天帝令织女帮助他偿债，织女的下凡，理由与成公知琼不同，但在思慕人间生活这一点上，两者并无差异。

其二，在两汉志怪中，亦不乏女仙，如西王母等，但她们总是居高临下地俯瞰人世。汉武帝以帝王之尊，在西王母面前亦只能仰视。甚至在较早的《列异传》中，凡人对女仙的任何不敬的念头，也会招致大难，如《麻姑》："神仙麻姑降东阳蔡经家，手爪长四寸，经意曰：'此女子实好佳手，愿得以搔背。'麻姑大怒；忽见经顿地，两目流血。"蔡经只是心里想想("意曰")，麻姑竟大动干戈。干宝笔下的成公知琼就亲切多了。自然，她与人的交往仍闪烁着仙凡相通的神秘色彩，所谓"宿世感运"，便传达出此种意味；但成公知琼毕竟和普通女性一样，作为妻子，对她的丈夫满怀恩爱之情。当她因春光泄漏，不得不与弦超分别时，恋恋不舍，先赠裙衫，再赠诗，然后"把臂告辞，涕泣流离"，那份情意，是能感动弦超的；后来，二人因偶然的机遇重逢，悲喜交加，重温旧好，这和人间夫妻的久别重逢有何不同？中国古代较早涉及人神（仙）相恋的是赋这种文体，如先秦宋玉的《高唐赋》、《神女赋》，读者一向当作虚构的作品来看；并非偶合，《弦超》的本事亦出自晋张敏《神女赋》（张敏还作有《神女传》)，显然亦是虚构。这篇产生于晋代的虚构故事，将女仙世俗化、凡人化，正是魏晋知识阶层人格觉醒的标志之一，难怪人情味如此浓郁了。

其三，两汉志怪中的女仙，其容貌之美已得到大笔渲染，如《汉武内传》中的西王母："视之年可三十许，修短得中，天姿掩蔼，容颜绝世，真灵人也。"但对女仙的才情似未予重视。而《弦超》在简洁地交代成公知琼"非常人之容"后，一再写她长于诗、文，其文"既有义理，又可以占吉凶"，其诗可用于抒发别情，才色兼具，已近于唐人传奇中的佳人了。上述三个特点，表明魏、晋、南北朝志怪的女仙形象已相当丰满。①

鬼故事集中在十五、十六两卷，其中名篇颇多，如《河间郡男女》、《苏娥》、《秦巨伯》、《紫玉》、《卢充》、《贾文合》等。《河间郡男女》所描述的坚贞不渝的恋情是异常感人的。更值得注意的也许是王导对河间女复活所作的解释："以精诚之至，感于天地，故死而复生。"在当时人看来，感情是可以超越生死的，河间女复活即是例证之一。

《搜神记》卷一一《韩凭夫妇》亦旨在突出感情的永恒性。宋康王欲夺韩凭的妻子何氏，致使这对忠贞的夫妇先后自杀殉情。何氏在遗书中请求康王将他们夫妇合葬，可是残忍的康王却故意将二人分埋，使两冢遥遥相望，并以挑衅的口气说："尔夫妇相爱不已，若能使冢合，则吾弗阻也。"出乎康王的意料之外，奇迹居然很快就发生了："宿昔之间，便有大梓木生于二冢之端，旬日而大盈抱，屈体相就，根交于下，枝错于上。又有鸳鸯，雌雄各一，恒栖树上，晨夕不去，交颈悲鸣，音声感人。宋人哀之，遂号其木曰：'相思树'。相思之名，起于此也。南人谓此禽即韩凭夫妇之精魂。"形亡魂在，肉体虽消失了，但感情永生；对感情永恒性的确信是与灵魂不灭的观念

---

① 《搜神记》卷一《弦超》中的知琼和《杜兰香》中的杜兰香因扮演了与凡人恋爱的女主角而备受关注。《阅微草堂笔记》卷十四："己卯典试山西时，陶序东以乐平令充同考官。卷未入时，共闲话仙鬼事。序东言有友尝游南岳，至林壑深处，见女子倚石坐花下。稔闻智琼、兰香事，遽往就之。女子以纨扇障面曰：'与君无缘，不宜相近。'曰：'缘自因生，不可从此种因乎？'女子曰：'因须夙造，缘须两合，非一人欲种即种也。'翳然灭迹，疑为仙也。余谓情欲之因缘，此女所说是也。至恩怨之因缘，则一人欲种即种，又当别论矣。"纪昀：《阅微草堂笔记》，354页，上海，上海古籍出版社，1980。《阅微》的记载，反映了后世对这种人仙恋爱故事的一种理解：它近于婚外的"采兰赠芍，偶然越礼"。

糅合在一起的。

与《河间郡男女》相映成趣的是《贾文合》。它写贾文合得病而亡，在录送太山前被发现是误召，放还阳世；途中遇一少女，亦系放还者。贾文合因喜欢她而提出交欢，少女怕玷污了自己的品行，不肯答应。复生后，两家有感于二人的奇遇，为之配合。故事赞扬少女的守礼，与《河间郡男女》之咏叹坚贞的恋情，各有所侧重。

《紫玉》和《韩凭夫妇》的相同之处较多。吴王小女紫玉与韩重相“悦”，“私交信问，许为之妻”。韩重托父母去求婚，吴王一怒之下，断然拒绝，致使紫玉心情抑郁而死。韩重从外地游学归来，得知紫玉去世，“往吊于墓前”。紫玉“魂从墓出”，与韩重相见，并唱了一首哀怨欲绝的歌。这种感伤情调以及对感情的执著，都与《韩凭夫妇》相通。区别在于：韩凭与何氏系夫妻之情，韩重与紫玉为恋人之情。宋康王因好色而蓄意制造悲剧，是卑鄙的权贵；吴王因不满于女儿的私订终身而拒绝韩重求婚，是个“明于礼义而陋于知人心”的父亲。

《紫玉》还有些内容是无法与《韩凭夫妇》作比较的。比如对于“死生异路”的强调。紫玉在唱完那首哀怨欲绝的歌后，唏嘘流涕，邀请韩重到她的墓中去，韩重不愿意，说：“死生异路，惧有尤愆，不敢承命。”他后来虽然进去了，也仅停留了三天三夜。韩重的这种态度，紫玉表示非常理解：“死生异路，吾亦知之，然今一别，永无后期，子将畏我为鬼而祸子乎？欲诚所奉，宁不相信！”并非偶合，在《搜神记》卷一六《卢充》中，当卢充得知“崔是亡人”而他曾“入其墓”时，亦“懊惋”不已；他与崔少府女的婚姻，亦以三日为限。“死生异路”，人与鬼是不能长期在一起的。

“死生异路”的观念在《搜神记》卷四《胡母班》中有更集中的表达。胡母班走泰山府君后门，让他死去的父亲做了本地社公。此后，胡母班的几个儿子便相继夭折。原来，他父亲想念诸孙，将他们召到阴间去了。泰山府君的一句话点题：“昔语君‘死生异路，不可相近’故也。”其传书情节对唐传奇《柳毅传》或有影响。

无论是《紫玉》、《韩凭夫妇》，还是《卢充》、《苏娥》，读者从中都不难感受到作者对鬼的深厚的同情心。人对她们不带丝毫敌意。但卷一六《秦巨伯》却写了一个狡诈残忍的鬼：其本事出《吕氏春秋》卷二三《慎行论·疑似》。《吕氏春秋》称这种“喜效人之子侄昆弟之状”的鬼为“奇鬼”，可见他们本属于鬼中的无赖；正如人类中存在阴贼之徒一样，鬼世界亦然。这种恶鬼的出现，并不影响志怪作者对鬼的基本同情的态度，正如志怪作者并不因为人类中有邪恶者就仇视整个人类一样。

怪故事集中在十七、十八、十九三卷。怪，也就是后世所说的妖精，系由年老的动物、植物、器物变化而成，是与人格格不入的异类。它们作恶多端，常干坏事，并不时幻化为男子，淫人妻女，如《田琰》中的犬怪。也许有必要指出，在涉及男女关系的志怪小说中，和人恋爱的鬼几乎全是女性（已死的丈夫与活着的妻子同居属于例外），同样，下凡结婚的也全是女仙。为什么不是男鬼或男仙呢？我想，主要因为，倘若一位男仙下凡，或一位男鬼现形，来到人间建立家室，又不能“从一而终”，那就有玷污人妻女的嫌疑。而女鬼、女仙与人间的男子恋爱，却不会被视为品行不端。与上述现象成为对照，物怪却常以男性的面目出现在男女关系中，这便鲜明地显示出了怪的可恶。

物怪有时也幻化成求爱的女性，其中尤以狐最善于蛊惑男子。如《阿紫》中的阿紫。后世称善作媚态迷惑人的不正派女子为“狐狸精”，就是由这类故事演变而来的。阿紫的神通也确实够大的。王灵孝因而放弃了职守，抛弃了发妻，被救出来后，还恋恋不舍地回顾那段“乐无比”的生活；阿紫之善于媚惑，可见一斑。至于别的物怪，虽也想方设法媚人，但那本领就小多了。如《搜神记》卷一八《苍獭》。苍獭之不高明，从几个方面看得出来：其一，全身上下都穿着青色的衣服，撑着青色的伞，装束甚为古怪；其二，它诱惑的对象是管堤的小吏丁初，丁初从未见过这样一位女子，现在忽然有个女人冒着阴雨走路，不能不引起他的怀疑；其三，丁初快步地走，它也追得很急，但距离却越拉越大，足见其能耐有限。如此獭怪，却多次用色相来迷惑年轻人，假如有人上当的话，那也只是因为男子太好色

（人性的弱点）。

从《搜神记》中，我们还能了解到魏、晋、南北朝人对物怪的蔑视之意。无论物怪有多么大的神通，人都不必害怕它们。采取这种态度的理由是充分的。第一，人有办法使物怪现出原形，只要带上一只猎犬或一面古铜镜；第二，方士可以服怪，如《搜神记》卷三《淳于智》所写；第三，气豪胆壮、风度旷达足以服怪。第三类与魏、晋、南北朝的士风相通，故事也较有趣，如《搜神记》卷一八《宋大贤》①。

当然，并非所有人都能战胜物怪，战胜物怪的前提是自身人格的健全。卑鄙委琐，利欲熏心，就不仅不能战胜物怪，还会被物怪所捉弄。《搜神记》卷一七《倪彦思》便是一例。嘉兴倪彦思家，忽来狸怪，惟闻其声，不见其形。它来不久，便把奴婢窃骂主妇的话告诉了彦思；彦思觉得有利，遂容许它住在家中，相安无事。后来，因狸怪提出要彦思的小老婆作陪，触犯了彦思的利益，彦思就请了方士来驱逐它，可是方士也无能为力。下面的一个细节是意味深长的：

> 郡中典农闻之曰：“此神正当是狸物耳。”魅即往谓典农曰：“汝取官若干百斛谷，藏著某处。为吏污秽，而敢论吾！今当白于官，将人取汝所盗谷。”典农大怖而谢之。自后无敢道者。三年后去，不知所在。

《倪彦思》表明了一个意思：人不立德，便不足以胜物怪。此外，故事还流露出几许愤世嫉俗之情。试想，“自后无敢道者”，不是暗示人人都有把柄捏在狸怪手中吗？

在仙、鬼、怪故事之外，《搜神记》还有不少著名的神话传说和历史传说。前者如盘瓠神话（卷一四《盘瓠》）、蚕马神话《卷一四《女化蚕》），后者如东海孝妇传说（卷一一《东海孝妇》）、范式、

---

① 参见纪昀《阅微草堂笔记》卷一“曹司农竹虚言”。见纪昀：《阅微草堂笔记》，10～11页，上海，上海古籍出版社，1980。

张劭友情故事（卷一一《范巨卿张元伯》）。后两个故事成为元代杂剧的重要题材，关汉卿有《窦娥冤》，宫天挺有《范张鸡黍》。

《搜神记》中还有其他内容，如神灵感应（集中于第四、第五卷）、天灾地妖（集中于第六、第七卷）、瑞应符命（集中于第八、第九卷）、以梦占卜（集中于第十卷）、万物化成（集中于第十二卷）等，它们大都“承于前载”，干宝只是做了辑录、分类编排和文字润色的工作。如卷一二《落头民》、《貙虎化人》、《猳国马化》诸条，本事出自《博物志》；卷一〇《和熹邓后》、《禾三穗》，本事出自《东观汉记》；从“广异闻”的角度来看，其价值不高，但干宝搜罗完备，亦功不可没。有些故事的叙写，较“前载”曲折、生动，见出烹炼之功。

《搜神记》的问世，标志着“搜神”体在志怪小说中确立了其主导地位。它在中国志怪小说发展史上的地位和意义，都应以此为基点来加以阐述，否则便不得要领。这一点，我们将在《志怪小说的审美追求》一节加以评述。

三 旧题陶潜《搜神后记》

在“搜神”体志怪中，《搜神后记》是较为优秀的一种。其中意近旨远，最为发人深省的作品当首推卷一《桃花源》。

陶渊明生活在一个朝廷更换频仍、政治斗争异常严酷的时代。尤其是晋孝武帝司马曜即位之后，司马道子、元显、桓玄相继专权或篡权；最后，刘裕起兵，灭桓玄而代晋自立。这一系列触目惊心的政变，陶渊明耳闻目见，心灰意冷，对从政不再有兴趣和信心。其实，不只是陶渊明，遁世归隐在当时士大夫间已成为普遍风气。著名隐士如翟汤、戴逵、刘遗民等，都生活在这个时期，而翟汤、刘遗民、周续之等，又都是作为当时战场的江都一带的人。他们的归隐，主要目的是避难，所以，陶渊明并不把隐居视为一种了不得的事，他说：“褴褛茅檐下，未足为高栖。”（饮酒·其九）① “潜也何敢忘贤，志

① 王瑶编注：《陶渊明集》，425页，石家庄，河北教育出版社，2000。

不及也。"（萧统《陶渊明传》）①

《桃花源》则将隐居生活转化为乌托邦幻想。小说写的是"避秦时乱"，言外之意是避开现实的动乱；桃花源幽美恬静，"不知有汉，无论魏晋"，则是希望在远离人世动乱的所在有那么一片风俗淳朴的乐土。陶渊明的构想是具体而真切的。第一，桃花源中人人平等，除了老人和孩子外，大家都必须参加劳动，"相命肆农耕"，"菽稷随时艺"。这里既没有君臣关系，也没有主佃关系，既无徭役，也不存在赋税。第二，桃花源中风俗古朴，人际关系和谐融洽，感受不到任何战乱与灾难的威胁。作为不速之客的渔人，在这里受到了热情款待：家家户户都请他做客，"设酒杀鸡作食"。这种和平安宁的气象，在陶渊明所生活的江州地区是感受不到的。第三，桃花源中风物闲美，又充满人间烟火气。这里桃花夹岸，芳华鲜美，落英缤纷；这里土地空旷，屋舍俨然，有良田、美池、桑、竹之属；这里阡陌交通，鸡犬相闻。桃花源之不同于仙界灵境，于此可见一斑。

桃花源的故事，刘敬叔《异苑》卷一有相近记述；同时人盛弘之《荆州记》及黄闵《武陵记》也有相似记载。但它们的作者，都缺少对于隐居生活的真切感受，缺少对于乌托邦理想的热烈憧憬，故写来如谈仙源灵境，反而意味不足。

陶渊明对于生命短暂、盛衰无常感受极深。《搜神后记》卷一《丁令威》抒写的即是因人的生命短暂、幸福易于丧失而产生的悲哀之情。丁公化鹤事，与葛洪《神仙传》中苏仙公化鹤事相似。但《丁令威》与《苏仙公》差异甚大，主要表现在：《苏仙公》旨在突出仙人的灵异，如：不到一顿饭时间，即可去一百二十里外的地方买回东西；其母有所缺乏，扣柜言之，所需立至；出行时，紫云捧足，群鹤翱翔。而《丁令威》却不大表现丁令威的神奇，而是借他之口，将"城郭如故"而"人民非'的具有对比效果的事实呈露在读者面前。丁令威的话，不像出自一位飘逸的与死亡无缘的仙人之口，倒像作家本人站在旁观者的立场为人类慨叹。最后一句劝人学仙，以免成

① 王瑶编注：《陶渊明集》，380页，石家庄，河北教育出版社，2000。

为荒草覆盖的坟墓中的尸骨，围绕人生的短暂立意，与大多数神仙总是关注荣华富贵仍不相同。在人生有限的问题面前，陶渊明并不像一般人所误解的那样淡泊超然。

卷四《徐玄方女》叙述了一个充满乐观情调的复生故事。徐玄方女死已四年，因系为鬼所枉杀，冥府允许她复生，但须给马子为妻。马子照她吩咐的去做，果然“颜色肌肤气力悉复如常”。在这则故事中，作者一句也未写到徐玄方女漂亮与否，想来当是容貌平平，但强调她“年十八九”，说明她乃是不幸早夭。这正见出作者对生命的重视。另外，小说还以较大篇幅交代马子与徐玄方女所生子女的情况，而对马子本人却几乎未予介绍。表面看来，文章的详略安排似乎不当，但这恰好显示出作者对生命延续的关心。

同卷《李仲文女》则是一个充满悲伤情调、死者未能复生的故事。李仲文女未能复生，原因是多方面的。一是她与张子长由于感情热烈而不够节制，以致将一只鞋丢在子长床下，被人发现；二是李仲文、张世之这两位家长过于迂执，在子长“具说本末”后，仍“并谓可怪”，一定要开棺检查。一个颜色殊异、富于感情的年轻女子就这样永远从人的世界消失了，将尸骨腐烂，将化为泥土。生命之被毁灭，竟是如此容易！人是多么脆弱的存在！小说家行文至此，该有多少剪不断、理还乱的感触。

日吉川幸次郎曾在《中国诗史》中将陶诗喻为深渊之水，表面上看来是令人感到平和的碧蓝色的静水，但底下却是激烈翻滚、相互冲撞着的流水。陶渊明是一位对世事抱有极大热情的诗人。这意思，中国古人早已谈到。如宋黄彻《䂬溪诗话》卷八：“世人论渊明，皆以其专事肥遁，初无康济之念，能知其心者寡也。尝求其集，若云：‘岁月掷人去，有志不获骋。’又有云：‘猛志逸四海，骞翮思远翥。’‘荏苒岁月颓，此心稍已去。’其自乐田亩，乃卷怀不得已耳。士之出处，未易为世俗言也。”① 《搜神后记》卷九《放伯裘》一则，即令人感受到作者不可遏制的愤激之情：

① 丁福保辑：《历代诗话续编》，387~388页，北京，中华书局，1983。

酒泉郡，每太守到官，无几辄死。后有渤海陈斐见授此郡，忧恐不乐。将行，就卜者占其吉凶，卜者曰：“远诸侯，放伯裘。能解此，则无忧。”斐不解此语，答曰：“君去，自当解之。”

斐既到官，侍医有张侯，直医有王侯，卒有史侯、董侯等，斐心悟曰：“此谓‘诸侯’。”乃远之。即卧，思“放伯裘”之义，不知何谓。至夜半后，有物来斐被上。斐觉，以被冒取之，物遂跳踉，訇訇作声。外人闻，持火入，欲杀之。魅乃言曰：“我实无恶意，但欲试府君耳。能一相赦，当深报君恩。”斐曰：“汝为何物，而忽干犯太守？”魅曰：“我本千岁狐也。今变为魅，垂化为神，而正触府君威怒，甚遭困厄。我字伯裘，若府君有急难，但呼我字，便当自解。”斐乃喜曰：“真‘放伯裘’之义也。”即便放之。小开被，忽然有光，赤如电，从户出。

明夜有敲门者，斐问是谁，答曰：“伯裘。”问：“来何为？”答曰：“白事。”问曰：“何事？”答曰：“北界有贼奴发也。”斐按发则验。每事先以语斐，于是境界无毫发奸，而咸曰：“圣府君。”

后经月余，主簿李音共斐侍婢私通。既而惧为伯裘所白，遂与诸侯谋杀斐。伺旁无人，便与诸侯持杖直入，欲格杀之。斐惶怖，即呼：“伯裘来救我！”即有物如曳一疋绛，䂬然作声。音、侯伏地失魂，乃以次缚取。考询皆服，云斐未到官，音已惧失权，与诸侯谋杀斐，会诸侯见斥，事不成。斐即杀音等。伯裘乃谢斐曰：“未及白音奸情，乃为府君所召。虽效微力，犹用慚惶。”后月余，与斐辞曰：“今后当上天去，不得复与使君相往来也。”遂去不见。

在魏、晋、南北朝志怪（“释氏辅教之书”除外）中，人们对怪的基本态度是厌恶与憎恨，这从我们对《搜神记》中《田琰》、《阿紫》、《苍獭》等篇的评介即可见一斑。但在《放伯裘》中，狐怪伯裘却成为陈斐安全的保障，而人（张侯、王侯、史侯、董侯、李音）却是种种阴谋的策划者。人不如怪，人比怪丑恶，这是本篇的命意。作者在写这故事时，人类生活中的种种卑鄙行为、种种无耻行径，大概历历在目吧？不然，他为何如此愤世嫉俗，如此怒不可遏？这或许就是陶渊明“带气负性”的人格侧面的呈现吧？《搜神后记》卷一〇《斫雷公》亦闪烁出愤世嫉俗的色彩。

单纯从“广异闻”的角度看，《搜神后记》卷九《鹿女脯》、《林虑山亭犬》较早写到“照妖镜”，值得重视。干宝《搜神记》只写到用犬和千年古木识别物怪，《搜神后记》又增加了铜镜，降服物怪的手段更多了。至唐初《古镜记》，明代《西游记》、《封神演义》，“照妖镜”的使用更见频繁。《搜神后记》卷一〇《女嫁蛇》，写蛇的幻化，对唐谷神子《博异志·李黄》当有启发。

《搜神后记》中还有若干关于山川民俗的传说，如卷五《白水素女》中的田螺姑娘、卷七《虹化丈夫》中的虹精、卷一《贞女峡》中的贞女等，或叙事曲折，或寥寥数语，都有一种清峻之美。在鬼故事中，卷六《鲁子敬墓》记生前谦恭有加的鲁肃在阴间却异常凶暴，《张姑子》记吴详与女鬼的“两情相恋”，也都颇为有趣。而仙故事中的《剡县赤城》，记袁相、根硕入山遇仙，尤其流播广远，我们将在评述《幽明录·刘晨阮肇》时一并讨论。卷五“阿香雷车”事，唐宋词人亦递相援引。

《搜神后记》作为“搜神”体的代表作之一，它在风格、选材、写法、叙事套路诸方面与《搜神记》一脉相承，但作者的个性又并不因此而被掩盖，这就使它有着自己的特色和不可忽略的地位。

四　刘义庆《幽明录》

《幽明录》是魏、晋、南北朝“搜神”体志怪的代表作之一。

《刘晨阮肇》是《幽明录》中当之无愧的名篇。它与《搜神后记》中的《剡县赤城》一样，属于“思凡”故事，但它们和《搜神记》中的《杜兰香》、《弦超》已显然不同。杜兰香、成公知琼是天仙，她们必须“下凡”才能和普通人生活在一起；《刘晨阮肇》、《剡县赤城》中的女仙则是地仙——山中的神仙，她们只需稍作布置，便可使普通人进入神仙窟。袁相、根硕因逐山羊而入仙境，刘晨、阮肇见杯流出，溯流而至仙境，无疑是女仙的布置起了作用。所以，他们刚见到女仙，女仙待之便如旧交。在这两个思凡故事中，已没有《杜兰香》、《弦超》中"宿世感运"的神秘色彩，女仙也不再给人恐怖之感（尽管刘、阮仍"忻怖交并"），而仿佛是人世间深情、妩媚的青年女性。

不能忽视，关于女仙的风采，《刘晨阮肇》、《剡县赤城》表现出了很高的审美情趣。在对女仙的描写中，那种明丽的山中仙境的展开，既是背景，不妨说也是仙女之美的一个构成部分。这类描写，从渊源上讲，也许受到《庄子·逍遥游》"藐姑射之山有神人居焉，肌肤若冰雪，绰约若处子"的启示，① 但就创作主体而言，无疑表现了作者对于超凡脱俗之美的追求。

以上我们将《刘晨阮肇》与《搜神后记·剡县赤城》作为同一类型的思凡故事作了考量，其实，二者的区别更值得注意。

首先，二者所展示的仙界生活内容大为不同。在《剡县赤城》中，女仙住的是一间小屋，没有侍婢，没有什么奢侈品。送别时，以一腕囊为礼品，"囊如莲花，一重去，复一重，至五尽，中有小青鸟"，虽然精致，却并不华贵。《刘晨阮肇》中的女仙就不同了。住的是铜瓦屋，床上"皆施绛罗帐，帐角悬铃，金银交错。床头各有十侍婢"。送别时，"有三四十人，集会奏乐"。凡此种种，渲染出一派富贵气象。这种生活内容的差异，也许与陶渊明、刘义庆的社会地位等方面的差异有关。陶安贫乐道，不以躬耕为耻，不以无财为病，而刘义庆却贵为临川王，根本未体验过衣食匮乏的滋味。

其二，二者对仙界时间节奏的控制有所不同。在《剡县赤城》中，仙凡的时间迟速是一样的。袁相、根硕在山中过了一段时间，回到家中，亲故依然；而刘晨、阮肇在山中仅过了半年，一旦出山，"亲旧零落，邑屋改异，无相识。问讯得七世孙"。后世"山中方一

① 王先谦撰：《庄子集解》，4页，北京，中华书局，1987。

日，世上已千年”的俗谚，恐即肇端于这类想像。两者时间节奏的差异与作者对仙境的不同理解有关。陶渊明心目中的山中仙境，其实和桃花源一样，只是理想化的风俗淳美的人间社会；既然桃花源内的时间节奏与外界无异，剡县赤城亦理当如此。刘义庆则是认真地构拟着仙界，既称仙界，就必然与尘世有别。葛洪《神仙传·吕恭》，仙语吕恭曰："公来二日，人间已二百年矣。""恭归家，但见空宅，子孙无复一人也。"刘义庆所继承的，是经由葛洪而延续下来的神仙描写的传统；陶渊明对这一传统却是不予理睬的。

其三，《刘晨阮肇》的描写较为细腻。《剡县赤城》叙袁相、根硕"思归"，是在"二女出行"时，仿佛是因寂寞所致，交代得不怎么明晰；《刘晨阮肇》则写得层次井然。先作铺垫：两人住了"十日"，想回家，被女仙挽留住了；然后进入高潮：过了半年，"气候草木是春时，百鸟啼鸣，更怀悲思，求归甚苦"。《刘晨阮肇》以自然风景来感发人物的归心，明显借鉴了古典诗的手法。至于陶渊明何以写得那么简略，或许与他"文体省净"有关；也可能，他认为袁相、根硕的还家，与桃花源中的渔人还家一样，本属情理中事，不必唠唠叨叨。

从《刘晨阮肇》与《剡县赤城》的三点差异，我们得到一个结论：《刘晨阮肇》堪称仙故事的正宗；《剡县赤城》则仍不脱桃花源模式。各擅胜场，正不必以此抑彼。《幽明录·黄原》一则，记黄原放犬逐鹿而入仙穴，与女仙妙音结合，写景状物，绘影绘声，可与《刘晨阮肇》连类。宋元以下小说、杂剧、传奇多有以刘、阮事为题材者。《宝文堂书目》著录《刘阮仙记》，系宋元话本，已佚。元马致远、陈伯将有《误入桃源》杂剧，汪元亨有《桃源洞》杂剧，明无名氏有《相送出天台》杂剧，均佚。现存的有明王子一《误入桃源》杂剧、杨之炯《天台奇遇》传奇。至于诗词中引刘、阮事作故实者，可谓不胜枚举。

《焦湖柏枕》以寓意深远见长。人生如梦，这本是中国古代哲人共有的慨叹。据《庄子·齐物论》说，庄周曾梦见自己变成了蝴蝶，"栩栩然蝴蝶也"；"俄然觉，则蘧蘧然周也"。于是，庄子被弄糊涂了：究竟是庄周在梦中变成了蝴蝶呢，还是蝴蝶在梦中变成了庄周呢？怎么说都行。反正，"百岁光阴一梦蝶"，人生不过是一场短暂的梦而已。陶渊明《归园田居》（其四）所谓"人生似幻化"，与庄子的意思大体相近。但庄子、陶渊明说得空灵，哲人的气息太浓。《焦湖柏枕》就与常人切近多了：

> 宋世，焦湖庙有一柏枕，或云玉枕，枕有小坼。时单父县人杨林为贾客，至庙祈求。庙巫谓曰："君欲好婚否？"林曰："幸甚。"巫即遣林近枕边，因入坼中，遂见朱楼琼室。有赵太尉在其中，即嫁女与林，生六子，皆为秘书郎。历数十年，并无思归之志。忽如梦觉，犹在枕旁。林怆然久之。

一梦醒来，杨林"怆然"什么呢？大概是痛苦于人生幸福的短暂易失吧！"朱楼琼室"与"坼"（裂缝）在空间大小上的尖锐对比，"数十年"与"梦"在时间长短上的尖锐对比，"贾客"与太尉婿在社会地位高低上的尖锐对比，由此所产生的触动心灵的力量是异常巨大的。《焦湖柏枕》虽未点明出世之旨，但它对人生幸福难以持久的强调，对人生短促、"年命如朝露"的强调，确使读者痛感黄泉在迩，不再汲汲于人世的功名利禄。本篇对唐沈既济《枕中记》有直接影响。

《钜鹿石氏女》是中国文学中最早的离魂型故事。钜鹿石氏女见过"美容仪"的庞阿一面，"心悦之"，"自尔仿佛即梦诣阿"。有趣的是，石氏女的灵魂去见庞阿，她的身体依然呆在自己家里。这是令人感到奇怪的，即石氏女之父所谓："天下遂有如此奇事！"情节的发展是循序渐进的。起初，石氏之父断然否认他的女儿去了庞阿家，因为事情明摆着："我女都不出门"；后来，见了被庞阿妻亲自绑缚的女儿，他不禁惊呆了，因为女儿刚才还在家中劳作。面对"如此奇事"，这位父亲"疑有异故"，在弄清女儿离魂的原委后，他通情达理，表示理解。

魏、晋、南北朝人较为理解并尊重人的感情，对凡属"精情所感”的事一概采取宽容态度。这从《搜神记》中的《河间郡男女》、《韩凭夫妇》等便看得出来。《钜鹿石氏女》亦然：“既而（石氏）女誓心不嫁。经年，阿妻忽得邪病，医药无征，阿乃授币石氏女为妻。”精情所感，终成眷属，作者不愿让石氏女的痴情落空。本篇对唐陈玄祐《离魂记》有直接影响。

《买胡粉儿》也是一个男女相悦的纯情故事。买胡粉儿喜欢上了卖胡粉（即铅粉，古人用以擦面）的女子，因无由自达，乃借口买粉，每天去一次，目的是多看女子几眼。女子被感动了，“遂相许以私”。买胡粉儿“欢踊”过分，竟因此死去。他复生一节，颇为风趣：

> （买胡粉儿父母）执问女曰：“何杀我儿?”女闻呜咽，具以实陈。父母不信，遂以诉官。女曰：“妾岂复吝死？乞一临尸尽哀。”县令许焉。径往，抚之恸哭曰：“不幸致此，若死魂而灵，复何恨哉!”男豁然更生，具说情状。遂为夫妇，子孙繁茂。

女子期盼他死魂有灵，大约是希望能在阴间相见，不料他却“豁然更生”，实属“精情所感”而产生的奇迹。一个皆大欢喜的结局，再加上“子孙繁茂”的尾声，赋予了作品以轻喜剧的风格。想不到在志怪的天地中，也能读到如此明快、欢畅的作品。

《买胡粉儿》对后世文学影响甚大。宋无名氏《绿窗新话》卷上《郭华买脂慕粉郎》，即据此敷衍。元、明、清戏曲，亦多采此为题材。清蒲松龄《聊斋志异》卷七《阿绣》，叙刘子固因爱慕杂货肆中女子而每天去买香帕、脂粉之类，显系脱胎于此。

刘义庆生活在佛教炽盛的南北朝时期，他本人亦是一位热心的佛教徒，曾将“宣”佛教之灵“验”的志怪辑为专书《宣验记》，在《幽明录》中，也时见佛影迷离，有关罗刹鬼和地狱的记载即是明证。中国土生土长的鬼，实为已死的人；而佛教中的鬼，则完全是邪恶的化身。《幽明录·罗刹》以罗刹鬼来反衬佛法的威力，意图是显而易见的。

《新死鬼》也含有扬佛的意味，但写得幽默风趣，宛如一幕滑稽剧，在鬼故事中别开生面。本来，任何经验都只在特定的场合中才管用。古代笑话常以照搬条文的人物为调侃对象，就是因为他们不知变通，不知对具体情况作具体分析。新死鬼即是如此。他照搬作怪求食的方法，却不去寻常百姓家，倒去了墟东头、墟西头两家：一家奉佛，一家奉道。这两家有恃无恐，并相信佛道会带给他们好处，竟将新鬼推磨之“功”算在了佛、道名下，致使新鬼疲惫不堪却“不得一瓯饮食”。小说写新鬼的天真性情与怒态，写新鬼的意图与结果的两歧，读来令人忍俊不禁。

与《搜神记》等志怪一样，《幽明录》也写到作恶多端的物怪，或淫人妻（如《戴眇》条中的狸怪），或髡人发（如《朱诞》条中的蝙蝠怪），新意不多。《代郡诸生》一条，写老雄鸡怪因逞能而暴露真相，被诸生杀死，其下场并不出人意外；对其表现欲的刻画则颇为生动，显示出丰富的想像力。

《幽明录》在魏、晋、南北朝志怪中是一部举足轻重的作品。其地位虽不能与干宝《搜神记》相提并论，但在某些方面则超越了《搜神记》，将志怪推进到一个新的阶段。

其一，《幽明录》的取材富于时代感。干宝《搜神记》中相当多的作品承于“前载”，属于辑录性质；刘义庆《幽明录》则主要收集晋宋异闻，故事本身的时代特征较为鲜明。如“嵇康授《广陵散》”。

其二，与上一特点相联系，《幽明录》与他书重复的故事不多；新的题材、新的幻想，能较好地满足读者“广异闻”的审美需求。《焦湖柏枕》、《买胡粉儿》、《新死鬼》等，无不令人耳目一新。它如《阮德如骂鬼》、《庾崇鬼魂》、《刘隽》等，构想亦自不俗。《刘道锡与刘康祖》一则，就其津津于论证鬼的实有而言，当然是老话题，但设想新奇，妙趣横生：

> 刘道锡与从弟康祖少不信有鬼，从兄兴伯少来见鬼，但辞论不能相屈。尝于京口长广桥宅东，云有杀鬼在东篱上，道锡便笑问其处，牵兴伯俱去，捉大刀欲斫之。兴伯在后唤云：“鬼击

汝!”道锡未及鬼处，便闻如有大杖声，道锡因倒地，经宿乃醒。一月日都差。

兴伯复云：“厅事东头桑树上，有鬼，形尚孺，长必害人。”康祖不信，问在树高下，指处分明。经十余日，是月晦夕，道锡逃暗中，以戟刺鬼所住，便还，人无知者。明日，兴伯早来，忽惊曰：“此鬼昨夜那得人刺之？殆死，都不能复动，死亦当不久。”康大笑。

刘道锡、刘康祖、刘兴伯三兄弟之间的纠葛煞是有趣。“笑”在小说中出现了几次。首先是刘道锡“笑”，笑在被鬼击之前；后来是刘康祖“笑”，笑在刺鬼之后。惟独刘兴伯未“笑”，但应该笑的是他，因为他的“有鬼论”胜利了。

其三，《幽明录》细节生动。无论是《刘晨阮肇》的细腻，还是《焦湖柏枕》的洗练；无论是《买胡粉儿》的缠绵，还是《刘道锡与刘康祖》的风趣……《幽明录》以其独特的细节和对细节的色彩鲜明的描绘，使这些风格不同的作品，在丰腴方面获得了统一性。《幽明录》细节的生动性，在魏、晋、南北朝志怪中可称独步。

五 刘敬叔《异苑》

《异苑》是魏、晋、南北朝时期的一部重要志怪。题为“异苑”，意为“异闻之苑”，即各种异闻的荟萃，由此可见刘敬叔的写作宗旨。

《异苑》的鬼故事以卷六《陆机陆云》较为别致。《陆机陆云》是对鬼的生活的一种设想。作者相信：人死了，并不会失去知觉、感情和思想，毋宁说，死者仍然如同生前一样，他的才情、他的风度、他的妙绪泉涌的言谈，依然是那么迷人。王弼之鬼便是一个例证。这位年纪轻轻就辞别人世的玄学家，不仅保持了“神姿端远”的风度，而且言论“妙得玄微”，对《易》、《老》、《庄》（并称《三玄》）别具胜解，使陆机“无以酬抗”。有意味的是，王弼生前精专玄学，不以广博见长，死后仍然如此：当陆机"提纬古今，总验名实"时，他便"不甚欣解"了。作者用这一故事表明：人死后，其风采如旧。

卷八《章沉》也是一篇鬼故事。写章沉与秋英于冥中"共宿"，复生后结为眷属，与《搜神记》中的《贾文合》等复生故事稍异。

《异苑》的怪故事，以卷七《牛渚燃犀》最为著名：

> 晋温峤至牛渚矶，闻水底有音乐之声，水深不可测。传言下多怪物，乃燃犀角而照之。须臾，见水族覆灭，奇形异状，或乘马车，著赤衣帻。其夜梦人谓曰："与君幽明道隔，何意相照耶？"峤甚恶之，未几卒。

温峤是东晋名臣，却因燃犀照水中渚怪，招致报复，正未能胜邪。作品表达出一种对命运心怀不安的感情。

《韩非子·说林上》说："知渊中之鱼者不祥。"清纪昀《阅微草堂笔记》卷五说："君子之于小人，谨备之而已；无故而触其锋，鲜不败也。"①《牛渚燃犀》或许包含了这样的意思。考温峤一生，曾为刘琨谋主，抵抗刘聪、石勒；晋明帝时，和庾亮等筹划攻灭专制朝政的王敦；又与庾亮、陶侃等出兵平定苏峻、祖约之乱。如果作者将温峤的此类作为看成无故而触小人之锋的话，就不太妥当了。

与《牛渚燃犀》命意有所不同的是卷八《桓谦》。桓谦是桓冲的儿子，以父功封宜阳县开国侯。其从弟桓玄用事，谦为侍中等官。元兴二年（403 年），桓玄代晋自立，国号楚。不久北府兵将领刘裕起兵声讨，玄退回江陵，兵败被杀。桓氏诸党先后皆被族灭，即小说所谓"以门衅同灭"。《桓谦》隐隐以蚁精喻诸桓，将"斛许大蚁死在穴中"与诸桓被诛并提，不即不离，意味隽永。蚁精幻化为短人部防指挥的描写，亦幻亦真，达到了简洁而丰满的境界。

《异苑》还收录了若干与民俗有关的传说，如卷五的《紫姑神》、《梅姑》、《竹王》、《江伯神》、《项羽神》等，其中紫姑神传说在民

---

① 纪昀：《阅微草堂笔记》，87 页，上海，上海古籍出版社，1980。

间流传甚广，唐宋尤盛。在宋洪迈《夷坚志》支乙卷五《紫姑咏手》等记载中，紫姑甚至扮演了女诗人的角色。

《异苑》在魏、晋、南北朝志怪中地位较高，这体现在两个方面：(1)《异苑》是比较完整的原书；(2)《异苑》文笔简澹，是正宗的志怪小说。对此，《四库全书总目提要》有较为详细的评述："其书皆言神怪之事，卷数与《隋书·经籍志》所载相合。刘知几《史通》谓《晋书》载武库火，汉高祖斩蛇剑穿屋飞去，乃据此书载入，亦复相合。惟中间《太平御览》所引傅承亡饿一条，此本失载。又称宋高祖为宋武帝裕，直举其国号、名讳，亦不似当时臣子之词，疑已不免有所佚脱窜乱。然核其大致，尚为完整，与《博物志》、《述异记》全出后人补缀者不同。且其词旨简澹，无小说家猥琐之习，断非六朝以后所能作，故唐人多所引用。如杜甫诗中陶侃胡奴事，据《世说新语》但知为侃子小名，勘验是书，乃知别有一事，甫之援引为精切，则有裨于考证亦不少矣。"①

六　旧题吴均《续齐谐记》

《续齐谐记》是南朝·宋散骑侍郎东阳无疑所撰《齐谐记》的续书。"齐谐"，语出《庄子·逍遥游》："齐谐者，志怪者也。"表明了书的志怪性质。但吴作虽为续书，却清拔雅隽，卓然可观，远胜东阳无疑之记。故《齐谐记》早已散佚，而吴均续作则千载流传。

《阳羡书生》是《续齐谐记》中甚至是整个魏、晋、南北朝志怪中最为奇幻的一篇。印度佛经《旧杂譬喻经》中有梵志吐壶故事，传入中国后，晋荀氏《灵鬼志》加以铺衍，发展为《外国道人》，情节包括两个部分。前一部分即鹅笼故事，叙外国道人途遇担笼者，请入其笼中，"笼不更大，其人亦不更小，担之亦不觉重于先"；停下进食时，道人口吐一女子，年二十许，道人卧，妇人口吐一年少丈夫……后一部分叙外国道人以法术破一守财奴悭囊。大概吴均感到后

① 永瑢等撰：《四库全书总目》，1208页，北京，中华书局，1965。

一部分显扬法术，意趣有限，遂将这部分删去，而集中笔墨发挥鹅笼故事，并赋予故事以亲切的民族气派。

《阳羡书生》之受人喜欢，不外乎三个原因：一是故事对人类感情生活的某些方面洞察入微而又作了机智有趣的夸张。明冯梦龙《广笑府·防人二心》云：“何仙姑独居洞中，曹国舅访焉。有顷，洞宾至，仙姑恐其疑猜，因用幻术化国舅为丹，吞入腹中。未几，群仙皆至，仙姑自避嫌疑，请洞宾化姑为丹，吞至腹中。群仙问洞宾：‘何为独处于此？’洞宾支吾以对。群仙笑曰：‘岂但洞宾肚里有仙姑，谁知仙姑肚里更有人。’”① 与《阳羡书生》相比，虽然一为吐人，一为吞人，但在揭示男女主角“实怀外心”方面，却是一致的。足见《阳羡书生》所描写的感情生活具有典型性。二是其想像不可思议。从口中吐人，或一鹅笼竟容数人，这都不算奇特。明凌濛初《二刻拍案惊奇》卷三七《叠居奇程客得助 三救厄海神显灵》叙神女率数百随从光降程宰卧室，“须臾之间，已进房中”，而房间绰然有余，不见其隘。凌濛初就此对“看客”解释道：“譬如一面镜子，能有多大？内中也著了无尽物像。这只是个现相。所以容得数百人，一时齐在面前，原不是从门里一个两个进来的。”② 用镜中可容无尽物像来解释一间卧室可容数百人，读者容易想通。但《阳羡书生》的情形不同。它展示的不是平面的“现相”，而是一个在时间中延续的过程：鹅笼书生口中吐一女子；俄而书生醉卧，女子于口中吐出一年少丈夫；书生醒，与女子共卧；女子所吐年少丈夫又于口中吐出一妇人。幻中出幻，但都发生在鹅笼中，而鹅笼却未变大，人也没有变小。这就难以用“现相”来加以说明了。三是这种幻中出幻的情节模式，对后世小说戏曲中的“梦中梦”、“客中客”等连锁构思起了

① 冯梦龙：《广笑府》卷六《风怀》，69页，武汉，荆楚书社，1987。

② 凌濛初：《二刻拍案惊奇》，662页，北京，人民文学出版社，1996。

“导夫先路”的作用。①

在《续齐谐记》的鬼故事中,《徐秋夫》别有天地。斯僧平之鬼请名医徐秋夫为他治病，据斯说，斯生前曾“为乐游吏，患腰痛死。今在湖北，虽为鬼，苦亦如生”。生前的病会带到死后，看来鬼也存在健康状况好坏的问题。

人生前的才能也同样不会因死亡而消失。《王敬伯》写的就是这种情形。吴令刘惠明的女儿妙容，字雅华，与大婢春条、小婢桃枝，“皆能弹箜篌，又善《宛转歌》”，相继死去，仍生活在一起，并依然保持着生前的风姿。

《王敬伯》的叙事技巧已臻于成熟之境。除了善于酿造气氛、描写景物外，其悬念的设置亦非常老到。王敬伯登亭望月，怅然有怀，乃倚琴歌《泫露》之诗，忽闻窗外有嗟赏声，女郎出场，身后跟着两位侍女。她们姓甚名谁？小说并不急于说明。直到天亮，将要分别，女郎也只是赠敬伯礼品（包括锦四端、卧具、绣枕、腕囊并佩一只），说二人的邂逅“盖冥契”，“非人事”。次日，王敬伯船至虎牢戍，吴令刘惠明亡女的船中“失锦及卧具”，恰好在敬伯船中查获，并在刘女帐后即巾箱内奁中发现了敬伯赠给她的牙火笼、玉琴轸，这才水落石出，真相大白。

与《王敬伯》在情调和叙事技巧方面颇为相近的是《赵文韶》。这是一篇意味深长的人神相恋故事。据《异苑》卷五记载，清溪小姑“是蒋侯第三妹”。蒋侯即蒋子文，生性无赖，死后为神。他的这位妹妹，性情也暴躁可怕。《异苑》说，清溪庙中有谷树，树上有鸟，谢庆仅因弹死了树上的鸟，即遭“小姑”报复，一天后去世。在旧题陶渊明《搜神后记》卷五中，这位“小姑”竟胁迫竺昙遂死后入清溪庙为“神”，也霸道得很。《续齐谐记》则将小姑塑造成另一种性格。她因独处空庙而慕夫妇之爱，冒名王家娘子，俨然小家碧

① 《阅微草堂笔记》卷七记一类似故事，结尾说：“阳羡鹅笼，幻中出幻，乃辗转相生，安知说此鬼者，不又即鬼耶?”可参看。见纪昀：《阅微草堂笔记》，136～137页，上海，上海古籍出版社，1980。

玉。她已由居高临下的“神”变为亲切平易的“人”。

清溪小姑与赵文韶的一夜姻缘，《八朝穷怪录》（《太平广记》卷二九五引，赵文韶作“赵文昭”）亦有记载。青衣婢在解释小姑欲来访赵的原因时说：“小娘子闻君歌咏，有怨旷之心，著清凉之恨，故来愿荐枕席。”而赵一见小姑，即“迷误恍惚，尽忘他志，乃揖而归。从容密室，命酒陈筵，递相歌送，然后就寝”。过于浅露，缺少一种朦胧的意境和浪漫色彩；吴作则清幽迷离，将对象保持在神秘状态。虚实结合，情致委曲，确属佳构。

《续齐谐记》中的民俗题材，以《成武丁》、《屈原》最为读者熟悉。《成武丁》讲述牛郎织女七夕相会的故事，见证人即“有仙道”的成武丁。牛郎织女的传说来历久远，约产生于汉末的《古诗十九首》之十云：“迢迢牵牛星，皎皎河汉女。纤纤擢素手，札札弄机杼。终日不成章，泣涕零如雨。河汉清且浅，相去复几许。盈盈一水间，脉脉不得语。”① 故事已具悲剧况味。明冯应京《月令广义》卷一四《七月令》引《小说》，旨在说明牛郎织女何以终年只能一次相会：“天河之东有织女，天帝之子也，年年机杼劳役，织成云锦天衣，容貌不暇整。帝怜其独处，许嫁河西牵牛郎。嫁后遂废织纴，天帝怒，责令归河东，但使一年一度相会。”吴均《续齐谐记》则既不对牛郎织女隔河相对“脉脉不得语”的悲剧表示惋惜，也未指出牛郎织女终年分居的缘由，仅以志怪笔调述及“七月七日织女当渡河”，“暂诣牵牛”，文笔清拔、古朴，体现出“吴均体”的独特风格。

《屈原》讲述五花丝粽的来历，表达了对屈原的怀念与崇敬。其他如《挚虞》辨三月三日曲水流觞的来历，《张成》介绍民间正月半做白粥的习俗，亦各具情采。

《杨宝》、《紫荆树》带有劝善意味。前则叙杨宝救助为鸱枭所伤的黄雀（实为王母使者），后黄雀报恩，令杨宝四世为名公。后则记

① 罗永麟：《试论〈牛郎织女〉》，见苑利主编：《二十世纪中国民俗学经典·传说故事卷》，90页，北京，社会科学文献出版社，2002。

田真兄弟三人共议分财，欲将紫荆树破为三片，其树即枯死；三兄弟自愧人不如木，不再分家，树亦复生。《金凤辖》一则，无劝善意味，而以设想超奇取胜。事实本身是够简单的，无非说车辖上的金凤凰化鸟飞去，被人捕获。但吴均写得韵味悠然。其中有两个细节颇能引人遐思。一是黄君仲北山罗鸟，网得凤凰，入手即化成紫金；守车人发现凤凰不返，随即报告了车主霍光。另一是黄君仲将金凤凰呈献给汉武帝，武帝置之承露盘上，俄而飞去，直入霍光家。两个细节回环往复，如委婉的旋律。末尾引嵇康诗为证，更逗出几许余韵。《洛水白獭》叙徐邈善画鲻鱼，亦为设想超妙的名篇。

吴均《续齐谐记》篇幅不大，但在魏、晋、南北朝志怪中有着重要地位。《四库全书总目提要》评论说："所记皆神怪之说。然李善注《文选》，于陆机《豫章行》，引其'田氏三荆树'一条；于谢惠连《七月七日夜咏牛女诗》，引其'成武丁'一条；韦绚《刘禹锡嘉话》，引其'霍光金凤辖'一条，'蒋潜通天犀导'一条；张彦远《历代名画记》引其'徐邈画鲻鱼'一条。是在唐时已援为典据，亦小说之表表者矣。"① 吴均是诗人，故其想像多具诗意，亦足见其思致之超拔不俗。

七　《孔氏志怪》等

以上我们讨论了魏、晋、南北朝时期"搜神"体志怪的几部代表作。在它们之外，《孔氏志怪》、《祖氏志怪》、戴祚《甄异传》、荀氏《灵鬼志》、东阳无疑《齐谐记》、祖冲之《述异记》、郭季产《集异记》、佚名《续异记》等，披沙拣金，亦偶见佳什。

1.《孔氏志怪》

《孔氏志怪》，《隋书·经籍志》杂传类著录，四卷，题孔氏撰。《旧唐书·经籍志》杂传类、《新唐书·艺文志》小说家类著录同。

---

① 永瑢等撰：《四库全书总目》，1208页，北京，中华书局，1965。

《太平广记》卷二七六“晋明帝”条注“出孔约《志怪》”，今据以定为孔约撰。刘孝标注《世说新语》曾引其书，则孔约当为刘宋以前人；李剑国《唐前志怪小说辑释》以《志怪》“卢充”条末云“植子毓，为魏司空，冠盖相承至今”以及记干宝事等材料，定孔约“为东晋人而晚于干宝”。鲁迅《古小说钩沉》辑有佚文十条。

《孔氏志怪》主要记东汉至晋的鬼怪事。其中《卢充》一条，见于干宝《搜神记》。《谢宗》叙鬼怪化为“姿性妖婉”的女子与会稽吏谢宗同宿，后真相暴露，“宗悲思数日，方悟”；“既为龟，送之于江”。对物怪如此宽容，这在魏、晋、南北朝志怪中属于例外。《钟会书荀勖画》的内容与鬼怪无涉，后为《三国演义》所采用。

2.《祖氏志怪》

《祖氏志怪》，《隋书·经籍志》杂传类著录，二卷；《旧唐书·经籍志》杂传类著录，四卷；《新唐书·艺文志》改入小说家类，四卷。《晋书》列传第四十五：“祖台之，字元辰，范阳人也。官至侍中、光禄大夫。撰《志怪》书行于世。”该书佚于宋。鲁迅《古小说钩沉》辑佚文十五条。其中《曹著》、《猪臂金铃》等条已见于干宝《搜神记》。《江黄》、《鬼子》二则较为新颖：

隆安中，陈悝于江边作鱼簄。潮去，于簄中得一女人，长六尺，有容色，无衣服。水去不能动，卧沙中，与语不应。人有就辱之。悝夜梦云：“我是江黄，昨失道落君簄，小人遂见加凌，今当白尊神杀之。”悝不敢移，潮来自逐水去。奸者寻病死。

廷尉徐元礼嫁女，从祖与外兄孔正阳共诣徐家。道中有土墙，见一小儿倮身正赤，手持刀，长五六寸，坐墙上磨甚驶，独语。因跳车上曲栏中坐，反复视刀，辄舐之。至徐家门前桑树下，又跳下，坐灰中，复更磨刀。

日晡，新妇就车中。见小儿持刀入室，便刺新妇，新妇应刀而倒。扶还解衣，视心腹紫色，如酒槃大，有顷便亡。鬼子出门并刀，上有血，涂桑树，火燃，斯须烧尽。

俗话说，蛟龙失水遭鱼欺，《江黄》似乎含有这样的寓意。但欺凌失意的英雄，此正小人常态，江黄似也不必大动干戈。《鬼子》中的小儿，看上去像是勾魂使。《述异记·庾季随》（《太平广记》卷三二五）也写到勾魂使，跟在人后，“以皮囊收其气，数日而亡”。而《幽明录·刘青松》（《太平广记》卷二三一）中的勾魂使，则是“赍板”通知本人去世时间。比较起来，鬼子的做法显得烦难而残酷，不大可取。

3. 戴祚《甄异传》

《甄异传》，又称《甄异记》、《甄异志》、《甄异录》。《隋书·经籍志》杂传类著录，三卷，注“晋西戎主簿戴祚撰”。《旧唐书·经籍志》杂传类著录，三卷；《新唐书·艺文志》改入小说家类，亦题戴祚撰。戴祚，字延之，晋末从刘裕西征姚泓，著有《西征记》二卷及《洛阳记》一卷。《甄异传》已佚，鲁迅《古小说钩沉》辑佚文十七条。

“甄”是“明”的意思。以“甄异”为名，含有彰明怪异之意。就“甄异”而言，《夏侯文规》是颇有分量的一篇。作品旨在揭示鬼的生活习性。大体有三点：可以现形，但形体短小；人鬼殊途，鬼对亲人的过分亲昵反而会招致恶果，如夏侯文规之孙即因“不堪鬼气”而“绝”；憎蒜而畏桃。令人不禁一笑的是，夏侯文规虽然畏桃，却耍“此地无银三百两”式的小聪明，说鬼怕的不是一般的桃，而是“桃东南枝长二尺八寸向日者”，并补充一句：“憎之，或亦不畏。”夏侯文规不肯坦白地说大实话，这也正是人类的弱点。

如果说《夏侯文规》模拟人间的程度还不是太高的话，《张闿》则几乎是对人间世态的搬演。鬼使者奉命来勾张闿的魂，因感于张闿的长者风范和“捐物见载”的好心肠，遂放过他，另勾了侨人黄闿之魂回去交差。勾魂使还特别嘱咐张闿：“君有贵相，某为惜之，故亏法以相济。然神道幽密，不可宣泄。”看来，徇私舞弊在鬼的世界中也是有风险的。

勾魂使勾黄闾之魂的程序是：

> 主人（黄闾）出见，鬼以赤摽摽其头，因回手以小铍刺其心。主人觉，鬼使出……主人暴心痛，夜半便死。

这与《祖氏志怪·鬼子》所写的勾魂程序相近。

《阿褐》中的吴县张牧，字君林，隆安年间，忽有鬼来助驱使。"林家素贫，遂致富。"据萧绎《金楼子·志怪篇》云："鬼来求助张（君）林，使鬼而致富。"① 好像鬼与张君林之间，不过是一场交易。果真如此，《阿褐》所表现的又是一幅世态人情的风俗画了。

女鬼与人恋爱，是志怪中的一个传统题材。不过，《甄异传·秦树》以曲折之笔，达缠绵之情，仍具新意。故事采用第三人称限知叙事的手法，所有描写均以秦树的所见所闻为限。由于他对"女"的底细并不了解，一直把她当成活人来对待，直到次日告别出门，才明白真相。这就使故事显得曲折有致。而"女为设食，食物悉是陈久"的点缀，又隐隐透出鬼的气息，为后来的真相大白作了铺垫。至于秦树"以此女独处一室，虑其夫至，不敢安眠"，引入人情世故，则体现出《甄异传》的一贯风格：戴祚热衷于根据自己的日常生活经验去构拟鬼世界。

《章沉》叙章沉、秋英在冥间谐连理，复生后，秋英父母将她嫁给章沉。叙事较为粗糙。后刘敬叔《异苑》采用这一题材，添枝加叶，大为生色。《杨丑奴》叙獭怪幻化为"衣裳不甚鲜洁，而容貌美"的女子，与丑奴戏笑、共寝，因身有臊气，又手指甚短，丑奴遂生疑心。獭怪知觉，现原形"径走入水"。突出獭怪的轻佻浅薄，意带嘲谑，表达了对物怪的厌恶之情。

与《孔氏志怪》、《祖氏志怪》相比，《甄异传》是一部较为优秀的作品。其特色在于：将人的生活折射到鬼的世界中去，亦鬼亦

---

① 萧绎：《金楼子》卷五，文渊阁四库全书本。

人，亦幻亦真。

4. 荀氏《灵鬼志》

《灵鬼志》，《隋书·经籍志》杂传类著录，三卷，题荀氏撰。《旧唐书·经籍志》杂传类著录，《新唐书·艺文志》改入小说家类，亦题荀氏撰。宋时亡佚。鲁迅《古小说钩沉》辑佚文二十四条。荀氏字里无考，仅从书中"南平国蛮兵"条，知荀氏于东晋安帝义熙中为南平国郎中。

《嵇康》是《灵鬼志》中最好的一篇。嵇康的风度留给我们的印象格外深。他的"耻与魑魅争光"的满含玄远意味的表白；他置身经常死人的月华亭，而能心旷神怡，毫无惧意；他不计形骸与身体残毁的鬼交往。这一切，都使读者感受到魏晋风度的巨大魅力。至于那位"非理就终"的鬼，因感于嵇康的旷达和琴音的雅逸，宣而后见，雍容大度，临别怅然，也不愧为鬼世界的名士。一夕可当千载，嵇康和名士鬼有资格说这句话。

《灵鬼志》的引人注目之处是其浓郁的扬佛色彩。东晋时，佛学取得自立的地位，名僧慧远、法显等，大量翻译佛教经典，使其影响不断扩大。在志怪小说中，《灵鬼志》是较早蒙受显著影响的一部。《南郡议曹掾》记沙门为欧掾疗不治之症；《周子长》记周子长自恃佛弟子身份，敢与鬼一较高低；《胡道人》记胡道人（外国和尚）得到鬼王帮助；《张应》记张应妻是佛家女，故竺昙镜为之做佛事，祛病消灾……凡此种种，均以显扬佛法为事。《外国道人》一条，由释典《旧杂譬喻经》中的梵志作术故事演变而来，反而不吹捧佛家，后来进一步发展为吴均《续齐谐记·阳羡书生》。

《灵鬼志》中有多篇专记谶语应验，将某些谣谚或儿歌与社会生活中的祸福联系起来，试图对祸福作出解释，反映了人们如履薄冰地看待生活的心理，如："明帝初，有谣曰：'高山崩，石自破。'高山，峻也；硕，峻弟也。后诸公诛峻，硕犹据石头，溃散而逃，追斩之。"这类片断，其小说趣味有限。倒是两则鬼怪故事，殊有思致：《濡须口》一则，《太平御览》卷三九九引作《灵魂志》，"魂"当为

“鬼”之讹。设想官妓鬼仍继续为曹公演奏，并不许闲人靠近，创造出一种足以引发联想的情境。《舒甄仲》里的桐人怪，能耐有限，却装出一副名士派头，持着名帖造访他人，结果招致杀身之祸。

5. 东阳无疑《齐谐记》

《齐谐记》，《隋书·经籍志》杂传类著录，七卷，题宋散骑侍郎东阳无疑撰。《旧唐书·经籍志》杂传类著录，《新唐书·艺文志》改入小说家类，亦题东阳无疑撰。宋时亡佚。有马国翰《玉函山房辑佚书》辑本，一卷，凡十五条；鲁迅《古小说钩沉》同。东阳无疑生平不详，大约为晋、宋间人。书名《齐谐》，本《庄子》“齐谐者，志怪者也”之意。其《薛道询》一篇影响颇大，含有对喜欢服药的魏晋名士的嘲讽。药名“五石散”，故服药又称服散。五石散包含五种主要药物：石钟乳、石硫黄、白石英、紫石英、赤石脂。这种药毒性很大，吃了全身发烧，非走路不可；脾气也变得暴躁如火。东阳无疑由此产生服药名士变虎食人的联想，夸而不失其理，并流露出某种悲剧况味。

《齐谐记》的其他故事，值得一提的有《董昭之》与《吕思》。前则叙董昭之救蚁王，蚁王报恩，帮助董脱难，隐约可见佛教观念的影响。落水蚁王附著短芦的惶遽之态，董昭之与船中人的纠葛等情事，俱叙写得生动如见。后则叙国步山庙中狸怪专摄妇女，以供淫欲，吕思身处“左右竞来击之”的险境，依然沉着镇静，斫杀百余狸怪，救出其妻及另外数十名妇女。此后，“庙无复灵”。庙中之神竟由狸怪冒充，令人深思；吕思这种面对邪恶的浩然之气，对读者亦多启迪。

6. 祖冲之《述异记》

祖冲之《述异记》与任昉《述异记》同名，但性质有别。任作属于“博物”体志怪，祖作属于“搜神”体志怪。

《比肩人》是祖冲之《述异记》中最为美丽的故事：

> 吴黄龙年中，吴都海盐，有陆东美，妻朱氏，亦有容止。夫妻相重，寸步不相离，时人号为“比肩人”。夫妇云皆比肩，恐不能佳也。后妻卒，东美不食求死，家人哀之，乃合葬。未一岁，冢上生梓树，同根二身，相抱而合成一树，每有双鸿，常宿于上。孙权闻之嗟叹，封其里曰“比肩”，墓又曰“双梓”。后子弘与妻张氏，虽无异，亦相爱慕，吴人又呼为“小比肩”。

《比肩人》所谓“夫妇云皆比肩，恐不能佳也”，即“恩爱夫妻不到头”之意。惟其“不到头”，故“恩爱”之情愈深。两人死后合葬，双梓同根，双鸿同栖，这种永恒的爱足以与韩凭夫妇、焦仲卿夫妇的传说比美。

《述异记》注重摄取人类感情中美好的一面，这一特点从《张氏少女》、《陈氏女》等篇中也感受得到。庾某被阴司收录，因寿算未尽复被放还，阴司门吏挡住索钱，庾无法可想，一新亡少女张氏，毅然脱钏与门吏。庾某拟复生后以五千钱相报，张氏云：“不忍见君独厄，此我私物，不烦还家中也。”帮助一个素不相识者摆脱困厄，古道热肠，可敬可佩。陈氏女容色甚艳而操守坚贞，“卢循之乱，贼众将加凌逼，女厉然不回，遂以被害”。其形象宛如一尊不朽的雕塑。

《庾邈》是一出催人泪下的悲剧。作者的本意或许是要表明社神的灵应，但在读者看来，郭凝之死所蕴含的悲剧意味才是小说的生命力所在。一个柔弱的女子，不幸遭遇强暴，她内心的自责已是如此严厉，而社神还迫使她兑现“二心者死”的诺言；当她泣下沾襟与庾邈永别时，读者难道不会百感凄恻？

《王瑶家鬼》则洋溢出浓郁的喜剧情调。鬼先在王家捣乱，“常以粪秽投人食中”，后又到东邻庾家“犯触人”。庾不与鬼斗力，而与鬼斗智。庾云：“以土石投我，了非所畏；若以钱见掷，此真见困。”鬼信以为真，便以新钱数十，掷向庾额。庾又云：“新钱不能令痛，唯畏乌钱耳。”鬼还不明白这是庾的计谋，果然以成色较重的旧钱（乌钱）掷来，“前后六七过，合得百余钱”。庾将鬼作为捉弄对象，从容自在，使鬼的愚笨滑稽逐渐显露出来，从而构成几幅漫画。

《周访》、《梁清》在赞赏旷远的风度方面是一致的。“秦周访少时，与商人溯江俱行，夕止宫亭庙下，同侣相语：‘谁能入庙中宿?’访性胆果决，因上庙宿，竟夕宴然。晨起，庙中见有白头老公，访遂擒之，化为雄鸭。访捉还船，欲烹之，因而飞走。后竟无他。”天下本无事，庸人自扰之。无所芥蒂地面对生活，生活自会“宴然”“无他”。梁清与鬼友的交往也许更令人向往：梁清的那位鬼友，最初出场时，大有来者不善的势头；但梁清不在乎，旋设酒肴与之共食。他以光风霁月般明净的胸襟待鬼，鬼也倾心与之交往。人鬼之间的这种超出于形迹之外的友情在此前的志怪中还很少见。

《述异记》中还有一些精彩片断。《黄耳》写名叫黄耳的快犬为陆机传递家书，《崔基》写崔基与情人朱氏女的死别之悲，《黄苗》写黄苗不守信用被宫亭神罚做三年老虎，都是可读性较强的作品。

总之，《述异记》是一部有特色的书。其时代感颇强，对佛家的轮回报应等说法不予理睬，文笔简洁，虽未能跻身一流的行列，亦非可有可无之作。

7. 郭季产《集异记》

《集异记》，南朝·宋郭季产撰。郭季产生平不详。《隋书·经籍志》古史类著录《续晋纪》五卷，题宋新兴太守郭季产撰；《宋书》、《南史》之《蔡兴宗传》，称郭季产为前废帝时领军王玄谟所亲故吏，可知他为刘宋时人。《集异记》已佚，《太平御览》引书目有郭季产《集异记》，佚文凡引十则。《太平广记》所引《集异记》，多为唐薛用弱《集异记》或陆勋《集异记》，少数可能出自郭书。鲁迅《古小说钩沉》辑郭书佚文十一则。其中四则与卜筮有关，七则为鬼怪题材。《刘玄》、《照诞》二则是其中较为出色的作品：《刘玄》写器物因年深月久而成怪，但神通有限，尚未具眼目，结果被人轻易诛除。《照诞》刻画一群欺软怕硬的鬼，使读者联想到现实生活中的某一类人。二则篇幅不长，但对鬼、怪的外貌和行为有较为真切、细致的描绘。

8. 撰人不详的《续异记》

《续异记》，撰人不详，亦未见史志著录。《初学记》、《六帖》、《太平广记》、《太平御览》、《事类赋注》等引有佚文。鲁迅《古小说钩沉》辑佚文十一条。

《续异记》所记为汉至梁事，以物怪故事较有特色。作者长于从物怪的外形生发想像，展开情节，融真、幻为一。比如，《徐邈》中的大青蚱蜢，化为女子，其外貌为："一青衣女子"，"作两髻"，"姿色甚美"。后大青蚱蜢被徐邈门生摘除两翼，遂不复能化作美女。她向徐邈托梦说："为君门生所困，往来道绝；相去虽近，有若山河。"语意凄惨，颇能打动人的同情之心。徐邈在弄清真相后，"亦不复追杀蚱蜢"。《朱法公》中的乌龟化为"年可十六七"的女子，"形甚端丽"，因偶尔疏忽，衣裙张开，露出"龟尾及龟脚"。这一类设想，近情近理，对后世小说有一定影响。

9. 撰人不详的《录异传》

《录异传》，撰人不详，亦未见史志著录。《北堂书钞》、《艺文类聚》、《初学记》、《太平广记》、《太平御览》等引有佚文。鲁迅《古小说钩沉》辑佚文二十七条。

《录异传》的部分篇目，如《紫玉》、《琵琶鬼》、《倪彦思》、《江严》等已见于《列异传》、《搜神记》等书；但亦有首见于《录异传》并意味隽永的名篇，如《谢邈之》：

> 谢邈之为吴兴郡，帐下给事邹览，乘樵船在部伍后。至平望亭，夜雨，前部伍顿住。览露船无所庇宿，顾见塘下有人家灯火，便往投之。至，有一茅屋，中有一男子，年可五十，夜织薄。别床有小儿，年十岁，览求寄宿，此人欣然相许。小儿啼泣唏嘘，此人喻止之，不住啼，遂至晓。览问何意，曰："是仆儿。其母当嫁，悲恋故啼耳。"
>
> 将晓，览去，顾视不见向屋，唯有两冢，草莽湛深。行逢一

女子乘船，谓览曰："此中非人所行，君何故从中出？"览具以所见告之。女子曰："此是我儿。实欲改适，故来辞墓。"因哽咽至家，号咷，不复嫁。

在小说中，邹览扮演了见证人的角色。他所见到的鬼父鬼儿，相依于草莽湛深的黄泉之下，不难想见其情景之凄凉。鬼儿对活着的母亲的依恋，给母亲出了一道难题：不嫁吧，生活太孤苦；嫁吧，鬼儿太可怜。为了儿子，她终于没有嫁。作品以其深挚的人情味而具有回肠荡气的力量。

《谢邈之》的影响相当深远。除了唐李公佐《庐江冯媪传》这样形迹显然的仿作外，清纪昀《阅微草堂笔记》卷四"先太夫人外家曹氏"其实也是对《谢邈之》的模拟。①

《如愿》也是不同凡响的一篇，虽近似寓言而不失志怪情趣。清吴钟侨曾据以改写为《如愿小传》，纪昀《阅微草堂笔记》卷二二附录。②

《胡中产鬼子》、《贺瑀得剑》亦曾引起人们注意。鬼子"善弹琴"及"时问姥及母所嗜欲，为得酒脯枣之属以还"的细节，贺瑀得剑可驱使社公的想像，不乏动人之处。

八 "搜神"体志怪的审美追求

"搜神"体是志怪小说的主要类型。干宝的《搜神记》、署名陶潜的《搜神后记》、刘义庆的《幽明录》、刘敬叔的《异苑》等是这一类型的代表作。

"搜神"体发轫于汉末陈寔的《异闻记》，经过旧题魏文帝《列异传》的发展，至东晋初干宝《搜神记》问世，"搜神"体在志怪小说中确立了其主导地位。

---

① 纪昀：《阅微草堂笔记》，66～67页，上海，上海古藉出版社，1980。

② 纪昀：《阅微草堂笔记》，529～530页，上海，上海古藉出版社，1980。

“搜神”体在写法上与正史的区别至为明显。北宋以前，正史的体裁主要分为三种：一为编年体，如《左传》；一为纪传体，如《史记》；一为国别体，如《国语》。其中，司马迁所开创的人物传记体尤为学者文人所青睐，两汉时即已蔚为壮观。诸如刘向的《列女传》、《列士传》、《孝子传》，嵇康的《高士传》，均为广泛流传之作。它们的行文格局是：在记叙一人之事迹时，务求详备，首尾贯通。因此，尽管这类著述多因“虚不可信”而被后人视为“小说”，但其写法却严格遵循史家套路。“搜神”体则不强求完整和长度，即使是一个片断、一幅素描，也可以厕身其间。这是标准的笔记小说的写法，所以它们多以“记”为名。《列异传》虽以“传”名书，却并不谨守“传”的规范，如《望夫石》，便谈不上系统化的叙事。

“搜神”体为古代叙事文体所作的一个贡献是：它大量采用了第三人称限知叙事。一个故事必须有一个讲述人。现代西方的小说理论认为这一要素的地位甚至超过了人物、情节与主题。在中国的正史中，叙事者扮演了无所不在的第三人称目击者的角色，历史人物的一切言行（除了心中所想与“密语”）他都了如指掌。但“搜神”体作家放弃了这一特权。他们记述的是奇闻怪事，为了使读者相信，有必要提供一个见证人。于是，第三人称限知叙事应运而生。我们来看一个实例，《搜神记》卷十九《张福》：

> 鄱阳人张福船行，还野水边。夜有一女子，容色甚美，自乘小船来投福，云：“日暮畏虎，不敢夜行。”福曰：“汝何姓？作此轻行，无笠雨驶，可入船就避雨。”因共相调，遂入就福船寝。以所乘小舟，系福船边。三更许，雨晴月照，福视妇人，乃是一大鼍，枕臂而卧。福惊起，欲执之，遽走入水。向小舟，是一枯槎段，长丈余。

所谓第三人称限知叙事，意味着作者只能从“这个人物”那里得到信息，作者不能告诉读者“这个人物”所不知道的东西。在上例中，“这个人物”是张福。我们随着他来到野水边，我们通过他的眼睛见到鼍怪的前后表演；作者仍然是叙事者，但不再能对事件进行"全知"的描述——张福以为鼍怪是一"容色甚美"的"女子"，作者也只能照他的看法叙述；他最终明白了"女子"是鼍怪，作者也跟着他恍然大悟。作者没有告诉读者任何一点张福所不清楚的情况。《搜神后记》卷一《桃花源》、卷六《张姑子》、《异苑·大客》等，均遵循这一规范。作家有意限制自己的叙事权利，这就增强了可信性。

"搜神"体所向往的风格是"简澹"、雅饬。回顾一下《四库全书总目提要》对其中几部代表作的评价是必要的：

(《搜神记》) 叙事多古雅。
(《搜神后记》) 文辞古雅。
(《异苑》) 词旨简澹，无小说家猥琐之习。①

古雅简澹，跟正史的凝重厚实便迥然不同。钱钟书《中国诗与中国画》曾经指出："据中国文艺批评史看来，用杜甫的诗风来作画，只能达到品位低于王维的吴道子，而用吴道子的画风来作诗，就能达到品位高于王维的杜甫。中国旧诗和旧画有标准上的分歧。"② 何以"神韵派"在画中被视为第一流，而在诗中却只能被视为第二流呢？这根植于诗、画的不同审美指向。"诗言志"，以入世精神为骨，因而格外推崇杜甫的诗风；画则是为了安顿观赏者的心灵，以超尘脱俗为上，因而格外推崇王维的画风。诗、画的这种差异也可延伸到正史与"小说"的对比中来：正史"资治"，"小说""消闲"，故正史讲求凝重，而"小说"则务必淡雅。"搜神"体臻于这一境界，理所当然成为志怪小说的正宗。

从选材看，"搜神"体广泛采集"古今神祇灵异人物变化"。以

① 永瑢等撰：《四库全书总目》，1207页，1208页，北京，中华书局，1965。

② 见北京师范大学中文系比较文学研究组选编：《比较文学研究资料》，517页，北京，北京师范大学出版社，1986。

《搜神记》为例，仙人法术、神灵感应、妖祥卜梦、物怪变化、神话传说等等，无不涉及，其中又以仙、鬼、怪的形象为核心。这与“拾遗”体、“博物”体颇有区别。

第四章　魏、晋、南北朝志怪小说（三）："拾遗"体

"拾遗"体志怪在汉代已基本成熟，在魏、晋、南北朝时期继续推进，并取得了丰硕成果。葛洪《神仙传》、王嘉《拾遗记》是其代表作，而《拾遗记》尤为显赫，代表了"拾遗"体志怪的最高成就。它的问世，使"拾遗"体足以与"搜神"体、"博物"体鼎立而三。

一　葛洪《神仙传》

《神仙传》是葛洪三十余岁时所作。他在《神仙传》自序中对《列仙传》"殊甚简略，美事不举"深表不满，因而对诸仙行事搜罗比较完备，著笔细致，篇幅较长。从文章剪裁的角度看，《黄初平》是较为完美的一篇。其长处至少有下述几点：其一，初平叱石，"白石皆变为羊"的想像是《黄初平》中最为动人之处，而这一片断也恰好处于叙事的中心位置；其二，文章开头叙黄初平年十五，"家使牧羊"，其后便以牧羊为文章之"眼"，颇具诗心；其三，没有过多堆砌神仙之术。与《黄初平》形成对照，《壶公》、《麻姑》等篇，热衷于铺张神仙的"深妙奇异"，徒事法术的炫耀，反而经不住寻味。其实里面的若干片断是精彩可观的，如：

> 麻姑自说云："接侍以来，已见东海三为桑田，向到蓬莱，水又浅于往者会时略半也，岂将复还为陵陆乎？"方平笑曰：

“圣人皆言海中复扬尘也。”(《麻姑》)

(壶)公知长房笃信，谓房曰：“至暮无人时更来。”长房如其言即往。公语房曰：“见我跳入壶中时，卿可便效我跳，自当得入。”长房依言，果不觉已入。入后不复是壶，唯见仙宫世界，楼观重门阁道，公左右侍者数十人。(《壶公》)

作为神话人物，麻姑在后世小说、戏曲中一再亮相。如在《聊斋志异》、《镜花缘》中均有麻姑的位置，清许善长《茯苓仙》传奇，亦演麻姑事。甚至在古典诗中，麻姑也不寂寞，如唐方干《题君山》云：“曾于方外见麻姑，闻说君山自古无。元是昆仑山顶石，海风吹落洞庭湖。”① 至于以“沧海桑田”来说明世事变迁之大，更是人们熟知的典故。所有这些，都从侧面显示出《麻姑》的魅力。《壶公》写神仙变幻之术，想像颇为奇妙，壶中天地宽的设想，早已成为中国古典诗中的常见意象。后世称行医为悬壶，亦本于这一故事。

二 王嘉《拾遗记》

《拾遗记》是“拾遗”体志怪当之无愧的代表作。

《拾遗记》的外在框架是杂史和传记型的，前九卷以历史年代为经，卷一记庖牺、神农、黄帝、少昊、高阳、高辛、尧、舜八代事；卷二至卷四记夏至秦事；卷五、卷六记汉事；卷七、卷八记三国事；卷九记晋及石赵事。最后一卷即第十卷则采用“博物”体的著述方式，以方位的移换为依托，依次记叙昆仑、蓬莱、方丈、瀛洲、员峤、岱舆、昆吾、洞庭八座名山的奇异景物。

从风格看，《拾遗记》的讽世意味颇浓，或蕴藉，或锐利，表现出作者诙谐而辛辣的个性。谭献《复堂日记》卷五云：“《拾遗记》，艳异之祖，诙谲之尤，文富旨荒，不为典要，予少时之论如此。今三

① 《全唐诗》卷六百五十三，文渊阁四库全书本。

复乃见作者之用心。奢虐之朝，阳九之运，述往事以讥切时王，所谓陈古以刺今也。篇中于忠谏之辞，兴亡之迹，三致意焉。”① 王嘉的社会身份是方士。据《晋书·艺术传》，他“便滑稽，好语笑”，“好为譬喻，状如戏调”。其性情之诙谐，已有定论；只是，他是否有意于“陈古以刺今”？方士们关心时政，本是普遍现象。比如陶弘景，这个南朝极负盛名的方士，一方面致力于求仙，以黄金、朱砂、曾青、雄黄等合为“飞丹，色如霜雪，服之体轻”；另一方面又是帝王师，梁武帝“每有吉凶征讨大事，无不前以咨询，月中常有数信，时人谓为‘山中宰相’”。(《南史·陶弘景》) 不过，陶弘景期于直接用世，而王嘉之撰《拾遗记》，却并没有如此现实的目的，他只是以自由虚诞的想像表明自己对社会、历史、人生的评价而已。比如卷五《前汉上》“怨碑”：

> 昔始皇为冢，敛天下瑰异……生埋工人于冢内，至被开时皆不死。工人于冢内琢石为龙凤仙人之像，及作碑文辞赞。汉初发此冢，验诸史传，皆无列仙龙凤之制，则知生埋匠人之所作也。后人更写此碑文，而辞多怨酷之言，乃谓为“怨碑”。《史记》略而不录。

其中的情节自是幻设。但以秦始皇的残暴凶狠，这种虚构又合情合理。其他如卷六《后汉》“裸游馆”，卷七《魏》“薛灵芸”，旨在讽刺历代君王的好色，铺陈描述，含而不露；结尾似乎漫不经心地点出其覆亡下场，含警戒之意于叙述之中。

讽世的一个特殊指向是玩世：在放逸不羁中寄寓对某种规范、权威的蔑视和不满。这以卷一《少昊》和卷四《秦始皇》最为典型。《少昊》写的是少昊之母皇娥与白帝之子的桑间濮上之行。《秦始皇》则将赵高说成是诛秦之暴的英雄：秦王子婴囚赵高于咸阳狱；赵高被杀后，化为青雀飞出，成仙而去。

---

① 谭献：《复堂日记》，110 页，石家庄，河北教育出版社，2001。

这两段故事常受指责，如杨慎《丹铅总录》："首篇谓少昊母有桑中之行，尤为悖乱。"王谟《汉魏丛书·拾遗记跋》："其甚者，至以《卫风·桑中》托始皇娥，为有淫佚之行，诬罔不道如此！"《四库全书总目提要》："其言荒诞，证以史传皆不合，如皇娥宴歌之事、赵高登仙之说，或上诬古圣，或下奖贼臣，尤为乖迕。"① 其实，王嘉意在嘲弄世俗的规范或信念：古圣皇娥，为什么不可以恋爱？赵高虽一向被视为贼臣，但所谓盖棺论定往往与事实不符。清平步青《霞外捃屑》卷八录有欧阳轩的一首绝句《赵高》："当年举世欲诛秦，那计为名与杀身。先去扶苏后胡亥，赵高功冠汉诸臣。"② 此诗可用作读《秦始皇》的参考。

《拾遗记》多处涉及远方珍奇之物，若干片断带有科学幻想的性质："贯月查"是关于宇宙飞行的设想，而"沦波舟"的功能与现代潜水艇又何其相似！这两个例子表明，王嘉的科学幻想才能相当出色——也可以说，这是他诗人气质的一个侧面。

中国历史上出现过若干经典女性，她们的姓名本身已成为美的标志，如西施、李夫人等。王嘉的富于诗意的笔触自然不会遗漏她们。卷三《周灵王》"夷光、修明"即是写西施的。卷六《后汉》"余光祠"尤具诗心：其一，小说情节以历史时间为依托。从东汉灵帝初平三年至魏明帝末，西园的变迁便发生在这段时间内。其二，小说中有关夜舒荷、茵墀香的描写，与"博物"体的题材特征相同，属于对远方珍异的介绍。其三，小说的情调与诗相通。这除了因作品直接引用宫人所唱的歌外，更由于小说所表达的盛衰感慨（从千间裸游馆到小屋余光祠）与古典诗的某类情调相通，优美，精致，并不乏神秘、感伤气氛。其四，叙事中注重场面描写，与史家传统有别。

盛者必衰、盛衰无常的感慨本是中国古典诗中一个显赫主题。在《拾遗记》中，不仅"余光祠"表露了这一意旨，卷七《魏》"薛灵芸"、卷九《晋时事》"翔风"也于此三致意焉。魏文帝以文车十乘

① 永瑢等撰：《四库全书总目》，1207页，北京，中华书局，1965。

② 平步青：《霞外捃屑》，571页，上海，上海古籍出版社，1982。

迎薛灵芸入京，"车皆镂金为轮辋，丹画其毂，轭前有杂宝为龙凤，衔百子铃，锵锵和鸣，响于林野。驾青色骈蹄之牛，日行三百里。此牛尸屠国所献，足如马蹄也。道侧烧石叶之香，此石重叠，状如云母，其光气辟恶厉之疾。此香腹题国所进也。灵芸未至京师数十里，膏烛之光，相续不灭，车徒咽路，尘起蔽于星月，时人谓之'尘宵'。又筑土为台，基高三十丈，列烛于台下，名曰'烛台'，远望如列星之坠地。又于大道之傍，一里一铜表，高五尺，以志里数"。这段描写，王嘉借助于对远方珍异的介绍以及色彩鲜明的辞藻，着力突出薛灵芸如鲜花著锦之盛。但紧接其后，王嘉却引入一首"行者歌"，并就这首歌作注释性的说明，以暗示薛灵芸的人生富贵不可能常保。

翔风本是石崇的爱婢。"石氏侍人，美艳者数千人，翔风最以文辞擅爱。"那时她十五六岁，正处于一生中最为明媚鲜妍的阶段。但是，当她年届三十，其幸运终于转化成了不幸。"妙年者争嫉之"，而石崇竟"受谮润之言"，将翔风退为房长。翔风怀怨，并因此作了一首五言诗。"春华谁不美？卒伤秋落时。"这首诗的主旨即是对人生由繁华走向憔悴的感叹。

卷八《蜀》"麋竺"同样着眼于盛衰变化。"麋竺用陶朱公计术，日益亿万之利，货拟千家，有宝库千间。""内以方诸盆瓶，设大珠如卵，散满于庭，谓之'宝庭'。""及蜀破后，无复所有，饮恨而终。"富贵匆匆，繁华一瞬，这是人类不可逃避的命运。

《拾遗记》还有几则关于历史人物的传说故事，如燃藜（刘向）、贾逵少明慧、任末好学、吕蒙学《易》等，常被后人引作典故。

三　"拾遗"体志怪的审美追求

"拾遗"体以晋王嘉《拾遗记》为代表，它是杂传、"博物"体、"搜神"体三者在辞赋的藻饰之风濡染下结合而成的。

藻饰之风对"博物"体志怪的濡染在《洞冥记》中便已非常明显。其主体内容是"绝域遐方"的"珍奇异物及道术之人"；行文辞藻丰缛，迥异于《山海经》、《神异经》的简古朴质，如卷四《丽娟》。《洞冥记》在受到藻饰之风濡染的同时，还显示出“博物”体与杂传融合的迹象：全书以汉武求仙为线索，将种种“异物”加以集中、排比，这种体例即是融合的表征。

著述年代不详的《汉武故事》也是将杂传、“博物”体、“搜神”体融合的产物。该书杂记汉武帝一生的遗闻轶事，尤以求仙事迹为多；其中穿插了不少描写“异物”的片断。

王嘉的《拾遗记》将杂传、“博物”体、“搜神”体、藻饰等因素更为成熟地融会为一，“拾遗”体遂与“搜神”体、“博物”体鼎立而三。

《拾遗记》在中国志怪小说发展史上的地位不容忽视。《四库全书总目提要》说：“嘉书盖仿郭宪《洞冥记》而作……历代词人，取材不竭，亦刘勰所谓‘事丰奇伟，辞富膏腴，无益经典，而有助文章’者与?”① 所谓“有助文章”，从表面看，是用做词藻、典故或闲暇的话柄，而实质则是摆脱实用性的奴役，从“经济”走向了审美，从历史走向了文学。其意义是重大的。倘若单从对小说影响的角度来看《拾遗记》，那么，至少有两点必须指出：一是《拾遗记》代表了“拾遗”体的最高成就。二是王嘉有意虚构情节，“词条丰蔚”，其辞章化倾向对唐人传奇影响甚巨。

在志怪小说中，“拾遗”体算不得正宗。它其实更近于后来的唐人传奇。但这并不影响它在志怪小说史上的地位。因为，文学的发展动力往往来自于那些非正宗的东西。志怪小说不是一个彻底封闭的系统，志怪的各种类型以及志怪与杂传、辞赋，也不是互不相干的绝缘体。从辨体的角度看，必要的文体规范是作品存在的基本条件，文体规范的限制对任何作家，在任何时代都是不可避免的，不然，各种文体的区别就无从谈起；但同时，文体特征的稳定性和规范性又并非固定的框架，文体之间的区别只是相对而言的，它们之间的互相吸取补充，正是促进各种体裁文学发展的途径之一。“拾遗”体借鉴杂传、

① 永瑢等撰：《四库全书总目》，1207 页，北京，中华书局，1965。

"博物"体、"搜神"体以及辞赋的手法，摹景状物，细腻丰满，渲染气氛，情味浓郁，对唐人传奇的产生无疑有直接影响。程毅中《唐代小说史话》第二章认为："唐代传奇，从题材上说源出于志怪，而从体裁上说则源出于传记"，"而最早的作品，当追溯到魏晋南北朝"，"如《赵飞燕外传》、《神女传》、《杜兰香别传》等，就可以看做传奇文的早期作品，与六朝志怪已经有所不同"。① 而从整体上看，"拾遗"体为唐人传奇"导夫先路"之功也许更突出些；由此追溯传奇小说的形成轨迹，线索可能会更清晰些。

① 程毅中：《唐代小说史话》，20 页，27 页，北京，文化艺术出版社，1990。

第五章　魏、晋、南北朝志怪小说（四）：“释氏辅教之书”

魏、晋、南北朝时期，佛教大盛，“释氏辅教之书”应运而生。其中声名较著的几部是：宋刘义庆《宣验记》、齐王琰《冥祥记》、隋颜之推《冤魂志》、隋侯白《旌异记》。它们的核心内容，无非是念经或崇敬佛像可以消灾得福，反之则会倒霉遭殃；作者藉此打动读者，使之对佛教产生敬畏之情。其总体成就不高，但在志怪史上仍有一席之地。

一　刘义庆《宣验记》

《宣验记》是一部专记“经像之显效”、“应验之实有”的志怪，而以报应故事为主。本来，善有善报，恶有恶报，生活中的“因果报应”是无限丰富、无限复杂的，并由此构成了林林总总的大千世界。但《宣验记》的善恶却是异常单一的：善——敬奉佛法，虔信观世音，崇拜佛像；恶——不敬佛法、佛像、观世音及杀生。前者得福，后者受祸，千篇一律，别无新意。如《吴主孙皓》：故事选择了昏暴的吴国君王孙皓为标本。一方面，孙皓以君王之尊，仅因戏侮佛像，遂致阴囊肿痛，不可救药；另一方面，以孙皓之穷昏极暴，仅因尊奉佛像，不治之症亦当即痊愈。似乎任何恶人，只要信佛，即可得到好的结局。佛教徒为了宣传佛的灵验，可谓善恶不分了。

《宣验记》中最好的作品大概是取自吴康僧会所译《旧杂譬喻经》二十三的《鹦鹉灭火》，故事表达了一种慈悲为怀的救世精神。

二　王琰《冥祥记》

《冥祥记》是“释氏辅教之书”的代表作。

王琰是佛门弟子，其《冥祥记·自序》称他幼时从贤法师处得一尊观音金像，常自供养，后此像屡显灵异。王琰“循复其事，有感深怀”，遂撰《冥祥记》一书。

《冥祥记》中较有特点的是两类故事：一类是对地狱的描写；另一类是在对佛的描写中加强美丑的对比，以彰显佛的灵异。①

地狱是佛教的特产。刘义庆《幽明录》“赵泰”、“石长和”等则已写到地狱，但不及《冥祥记》之多之细。《冥祥记·赵泰》叙赵泰暂死，按行地狱；按行毕，赵泰最关心的事是：“人有何行，死得乐报?”地狱主者告诉他：“惟奉法弟子精进持戒得乐报，无有谪罚”，并且，“人未事法时所行罪过，事法之后”“皆除”。这真是一语泄漏天机：地狱之设，原来是专门针对不信佛者的；即使犯有杀生、劫盗、淫泆、两舌、捍债诸罪，只要虔心奉佛，就不必担心什么恶报。《冥祥记》之大写地狱，其宗旨无可称道；但就艺术想像而言，这类描写为后世的志怪、传奇及神魔小说提供了丰富素材。

魏晋志怪中的仙人，其外貌几乎无一不美，这是可以理解的：怎么能让仙人形容不振呢？但《冥祥记》对佛的外貌的设计则更为精致，它集美与丑的对照于佛一身，从而愈显出佛的灵异，如《何充》：

> 晋司空卢江何充，字次道，弱而信法，心业甚精。常于斋堂，置一空座，筵帐精华，络以珠宝；设之积年，庶降神异。后

---

① 可以顺便一提的是，《冥祥记》是最早写到“牛戒”的。《阅微草堂笔记》卷十：“《冥祥记》载晋庾绍之事，已有‘宜勤精进，不可杀生；若不能都断，可勿宰牛’之语，此牛戒之最古者。”纪昀：《阅微草堂笔记》，206页，上海，上海古籍出版社，1980。

大会，道俗甚盛。坐次一僧，容服粗垢，神情低陋，出自众中，径升其座，拱默而已，无所言说。一堂怪骇，谓其谬僻。充亦不平，嫌于颜色。

及行中食，此僧饭于高座；饭毕，提钵出堂，顾谓充曰："何侯徒劳精进!"因掷钵空中，凌空而去。充及道俗，驰遽观之：光仪伟丽，极目乃没。追共惋恨，稽忏累日。

"容服粗垢"与"光仪伟丽"的对比，"拱默而已"与"陵空而去"的对比，正因二者之间的悬殊太大，才愈显得神秘莫测。就技巧而言，这比一味地从正面展现其神奇，效果自然要好。后世小说经常采用这一手法来塑造仙、佛。

佛道之争，构成中国宗教史上的一大景观。王琰亦津津于与道教争胜，《何澹之》一则便是较早描写佛、道斗法的故事，而其意图当然是扬佛贬道：何澹之不信佛法而尊崇道教，其结果是死。道教救不了他的性命，佛教却可置之于死地。言下之意是：佛高道低。

如果说《何澹之》公开表明了佛教欲与道教争胜的意图，那么，《庐山七岭》则将这一意图隐蔽了起来：这则故事表面上只说佛的神通，似乎与道教不相干，实际上是与道教摆擂台。道家的神仙，如葛洪《神仙传》中的阴长生，可"白日升天"。《冥祥记》却强调庐山七岭，"其崖穷绝，莫有升者"，从未留下道家仙人的痕迹，惟有佛曾凌虚直上。如此一来，佛的神通就超过了道家的仙人。从构思来看，《庐山七岭》较《何澹之》巧妙。《耆域》、《于法兰》等与《庐山七岭》属于同一类型。

三　颜之推《冤魂志》

《冤魂志》是"释氏辅教之书"中颇有特色的一部作品。

颜之推外儒内释，崇信佛教，其《颜氏家训·归心篇》云："儒家君子，尚离庖厨，见其生不忍其死，闻其声不食其肉。高柴、折像，未知内教（佛教自称为内教），皆能不杀，此乃仁者自然用心。

含生之徒，莫不爱命；去杀之事，必勉行之。好杀之人，临死报验，子孙祸殃。"① 合儒佛为一，故虽专谈因果，而亦摹写世情，非其他平庸的"释氏辅教之书"可比。

《冤魂志》对于滥杀无辜一类的事格外关注，常写得感情充沛，淋漓尽致。如《孙元弼》。孙元弼的复仇经历构成本篇的重点。孙元弼所面对的困难是巨大的：青牛是古人心目中的神物，可以辟邪；桃人、左索（苇索）亦皆辟邪之物。但这些都不能阻止孙元弼实施复仇计划。陈超做了亡命之徒，也未能逃脱孙元弼的追踪。其意志之顽强，使读者感受到一股巨大的性格力量。《四库全书总目提要》曾就这一类描写发表了两点看法：一是《冤魂志》所述，虽皆释家报应之说，但故事中那些一心复仇的"强魂毅魄"，却与《左传》等正史中所记载的彭生、申生等相近，而与天堂地狱等佛教常谈有别，这些故事具有儒佛合一的品格。二是《冤魂志》以反对滥杀等为全书宗旨，与纯粹扬佛的《冥祥记》显然不同，倒与儒家"见其生不忍其死，闻其声不食其肉"的见解一致，故可"存为鉴戒"，而"不害于"儒家之"义"。这也显示出《冤魂志》的儒佛合一的品格。

《冤魂志》全写冤死鬼报仇之事，一方面藉以表达惩恶扬善之旨，另一方面寄寓着对被压迫者的深切同情。《羊聃》中的皇亲国戚羊聃，滥杀无辜，草菅人命，竟得到皇帝特赦。小说最后以冤死鬼复仇作结，使正义得到伸张。《张绚》一篇，写冤魂当场复仇，固然表达了因果报应的观念；而用现代心理学来分析，又不妨视为作恶者因恐惧过甚产生的幻觉。

关于《冤魂志》的艺术水准，《四库全书总目提要》的评价是："其文辞亦颇古雅，殊异小说之冗滥。"②《冤魂志》笔墨简约，但并不因此忽略细节，相反地，颜之推经营细节的兴趣很浓，《太乐伎》中的太乐伎"枉见杀害"，"因弹琵琶，歌曲而就死"，《江陵士大

---

① 颜之推撰，贾二强校点：《颜氏家训》，43 页，沈阳，辽宁教育出版社，2001。

② 永瑢等撰：《四库全书总目》，1209 页，北京，中华书局，1965。

夫》中的刘，在惟一的儿子被驱走时，“乃步步回顾，号叫断绝”。这些细节烙印在读者心中，使人永远也忘不了死的严酷，死的恐怖，死的凄惨。尤为精彩的细节见于《徐铁臼》中：

亡后旬余，鬼忽还家……日日骂詈，时复歌云：“桃李花，严霜落奈何！桃李子，严霜早落已！”声甚伤切，似是自悼不得长成也。

徐铁臼被他的后母陈氏“冻饿病杖而死”，死时才十六岁。这夭折的生命，当他用歌声唱出自己的悲哀时，读者也会情不自禁地一洒伤心之泪。

四　侯白《旌异记》

《旌异记》亦为“释氏辅教之书”。侯白模拟《神仙传》等书刻画神仙的手法，用以显扬佛的各种神妙莫测的能力，大约是有意与道教争胜。作者驾驭文字的能力颇强，故时见精彩，如《灵芝寺》。《灵芝寺》之引人入胜，在于：其一，“动即千万余里”本是道家神仙的特征，侯白却将它赋予佛家的僧人，并用“末后一僧从空而下”的细节加以点染，不惟给人真切之感，亦使文章余韵悠然。其二，小说采用第三人称限知叙事的手法，一切信息均从实公那儿来；由于他是一位外来人，他所提供的信息是有限的，并带推测性，这就增强了诸僧的神秘感，成功地使他们成了超常人物。这一手法，侯白在《朱膺》等则中亦曾运用。其三，《灵芝寺》虽旨在扬佛，却注意将凡僧与圣僧区别开来，那意思是：并非所有的僧人都神通广大。这一特点在《亭湖神》一则中体现得尤为分明。故事叙亭湖神“严峻甚恶”，先后有两位僧人“诵咒伏神”，却自取灭亡。他们死的原因“为不能受持大乘经典，嗔心诵咒”。最后，藏师出场，“于庙夜诵《金刚般若》”，“情无怯怕”，亭湖神这才畏服。扬佛却又贬抑某一部分僧人，这在“释氏辅教之书”中并不多见。也许，尊奉大乘而敌视小乘，这与佛教内部的派别之争有关。其四，《灵芝寺》长于写景。前段写“独据深林”的灵芝寺，后段写寺宇消失的空旷，都有一种超越凡俗的神秘气象。上述四个方面，使《灵芝寺》成为《旌异记》的代表作，读者窥此一斑，亦不难对全豹加以构拟。

第六章　轶事小说的发生、发展、成熟与繁荣

轶事小说发轫于先秦，而成熟于魏、晋、南北朝。先秦诸子如《庄子》、《韩非子》中均有大量的记叙"人间言动"的片断，经书如《论语》中亦不乏富于情味的叙事短章，但其作用是为了"论道说理"，自身的独立价值尚未清晰地呈现出来。

轶事小说是在魏晋南北朝时期获得独立品格的：远实用而近于娱乐，不再附属于"道"、"理"，不再受命于与身份联系在一起的责任，它是作家个人性情的间接而真实的展示，是作家品味生活、参与生活的途径之一。

轶事小说在其发生、发展过程中，逐渐形成了三大类别，即以《西京杂记》为代表的"杂记"体、以《世说新语》为代表的"世说"体、以《笑林》为代表的"笑林"体。本章将分门别类地予以评述。

一　魏、晋、南北朝轶事小说兴盛的原因

玄学的崛起是魏晋时代思想文化领域的重要景观，而玄学与清谈常被联系在一起。其实魏初清谈，上承汉代清议，均与政治人事相关。此后之所以逐渐演变为玄学的清谈，原因有三：第一，正始以后，老子之学的影响逐渐显著。第二，由具体人事到抽象原理，这本是学术发展的一般规律。汉代清议，非议朝政，品评人物；而魏初清谈，则不仅讨论时事，还注意探寻其原理，刘劭《人物志》即是一

例。再进一步，由探寻抽象原理到谈论玄理，乃是顺理成章的。所谓玄学，就含有“玄远不近人事”的意思。第三，自东汉党祸以降，曹氏、司马氏历世猜忌，名士尤易招致迫害，于是被迫隐遁，不再臧否人物。《世说新语·德行》载：“晋文王称阮嗣宗至慎，每与之言，言皆玄远，未尝臧否人物。”所谓“言皆玄远”，即高谈老、庄，与具体的政事实际无关。

魏晋清谈以玄学为内容，二者的共性是毋庸置疑的，但魏晋清谈与魏晋玄学的差异却更应给予注意。首先，玄学是一种系统的学术思想，而清谈只是魏晋名士的一种哲学化、艺术化的生活方式，所谓“挥麈谈玄”，“挥麈”至少同样重要。其二，玄学以理论深度为追求的目标，清谈则以隽辞妙语为不可或缺的部分。《世说新语·文学》载：“支道林、许掾诸人共在会稽王斋头。支为法师，许为都讲。支通一义，四坐莫不厌心。许送一难，众人莫不抃舞。但共嗟咏二家之美，不辩其理之所在。”由此可见审美在清谈中的重要性。其三，玄学虽有言不尽意的命题，但玄学著作毕竟以语言为筌；而清谈之“谈”，甚至可以超越语言和经验，仅以一个独特的动作来触发“听”者的直觉或灵感。如《世说新语·文学》：“客问乐令旨不至者，乐亦不复剖析文句，直以麈尾柄确几曰：‘至不？’客曰：‘至！’乐因又举麈尾曰：‘若至者，那得去？’于是客乃悟服。”清谈是与某种艺术化的氛围密不可分的。

魏晋清谈的兴盛是轶事小说兴盛的重要契机。一方面，《世说新语》等书中所记载的若干逸事，都是在清谈影响下的具体人生情态；另一方面，名士阶层挥麈谈玄，傲然自得，文学受其影响，也多了几分通脱，成为不必依附于经学的独立门类，文学的自觉时代随之到来。轶事小说正是在这样一个历史条件下获得了自身价值或独立品格的。

在清谈之外，这个历史时期还有一个突出现象：许多帝王和世家子弟都重视文学，并身兼作者。属于帝王系列的，如曹氏父子、梁武帝、昭明太子、梁简文帝、梁元帝；属于世家系列的，如刘孝绰、王筠。在轶事小说作者中，刘义庆身为刘宋宗室，袭封临川王。这种身份无疑有利于轶事小说的繁荣。举例来说，据《世说新语·轻诋》等篇记载，晋裴启曾撰集汉魏以来“言语应对之可称者，谓之《语林》”，“始出，大为远近所传，时流年少，无不传写，各有一通”。其中有两则涉及谢安，谢安不认账，说是裴启“自为此辞”，“于此《语林》遂废”。但与《语林》属于同一类型的《世说新语》却未遭废弃之厄。其原因，并不在于《世说新语》句句皆实，而是由于刘义庆地位高，不必担心他人的非议。倘要寻找《世说新语》的不实之处，无须繁征博引，只需考察《品藻》篇的两则即已足矣。一则是：

明帝问谢鲲：“君自谓何如庾亮？”答曰：“端委庙堂，使百官准则，臣不如亮；一邱一壑，自谓过之。”

另一则是：

明帝问周伯仁：“卿自谓何如庾元规？”对曰：“萧条方外，亮不如臣；从容廊庙，臣不如亮。”

传闻异词，必有一误，而刘义庆却一并收入。刘孝标注云：“按诸书皆以谢鲲比亮，不闻周顗。”那么，错的是后一条。① 可是我们还没

---

① 明代郎瑛就“《世说新语》记事多谬”举过若干例子：“苏峻之乱，因庾亮轻下诏征之，既而下石头，朝廷倾覆，亮奔温峤，峤劝亮见陶侃，盖时起义兵而众推侃为盟主也，侃意正欲诛亮以谢天下，亮犹豫不敢。此事重出。其一曰，温云：‘溪狗我所悉知，卿但见之’，因而陶见庾貌丰姿神爽，遂改观，欢宴终日。一曰：‘卿但遥拜，保无他也’，陶见之，不觉释然。殊不思陶乃尚事功而厌清谈、饮有限而鄙时流者，岂丰姿神爽使能改欲诛之意且得欢宴终日耶？又使遥拜保无他，亮亦天子以下一人，此言轻可语之耶？陶传自云：庾诣拜谢，陶曰：‘元规乃拜士行耶？’此足以见其实也。况二条自相矛盾。若望蔡是谢琰居官地名，注为琰之小字，琰之小字末婢也。王敦与钱凤谋逆，夜为王允之所闻，允之吐被酣睡，记为王右军者，纷纷不一。又如刘尹抚王长史背曰：‘阿奴比丞相，但有都长。’王长史酒酣起舞，刘尹曰：‘阿奴，今日不复减向子期。’文俱重出，此类尤甚。但此书以清谈奇谑、高尚颖敏之事为主，故多取于晋者，似不作可也。”见郎瑛著：《七修类稿》卷二十三《辩证类》，242～243页，上海，上海书店出版社，2001。

有见到《世说新语》因此而地位动摇的记载。刘义庆的临川王身份对保证该书的流行作用甚巨。

二　“世说”体：“以玄韵为宗”

“世说”体是轶事小说的主要类型。魏晋时期，先后产生了几部以名士的言行片断为辑录对象的笔记，如晋郭颁的《魏晋世语》、袁彦伯（宏）的《名士传》、裴启的《语林》、郭澄之的《郭子》等。但这几部书都已散佚。

南朝·宋临川王刘义庆的《世说新语》是以上述几部笔记为基础并参考其他旧籍和传闻编撰而成的。它是“世说”体影响深远的代表作。其后的《妒记》、《俗说》等，成就有限，聊备一格而已。

1. 裴启《语林》

《语林》是“世说”体的早期代表作之一。

《语林》以汉魏至东晋的名士阶层的“言语应对之可称者”为纂录对象。在那些精彩的“言语应对”中，我们听到了晋明帝的声音：

> 明帝数岁，坐元帝膝上；有人从长安来，元帝问洛下消息，潸然流涕。明帝问何以致泣，具以东渡意告之。因问明帝：“汝意谓长安何如日远？”答曰：“日远，不闻人从日边来，居然可知。”元帝异之。
>
> 明日，集群臣宴会，告以此意。更重问之，乃答曰：“日近。”元帝失色，曰：“尔何故异昨日之言邪？”答曰：“举目见日，不见长安。”

西晋末年，匈奴贵族刘聪攻陷洛阳，晋怀帝被俘，史称“永嘉之乱”。316年，又攻陷长安，西晋灭亡。当时宗室琅琊王司马睿镇守建业（今南京），317年称晋王，改元建武，西晋旧族皆东渡归附劝进，318年即皇帝位，是为东晋元帝。元帝所谓“东渡意”，可以理解为西晋灭亡的悲剧。对于东晋的第一位皇帝来说，“长安”是故国的象征，“洛阳”是故国的象征，“有人从长安来，元帝问洛下消息”，他如何能不“潸然流涕”？

明帝是本篇的主角。这位不满十岁的龙子龙孙，他一会儿说“日远”，一会儿说“日近”，妙在都能解释得头头是道。从深一层看，明帝的措词之妙，关键还在于他考虑到了说话的不同对象。为了安慰元帝，他强调“日远长安近”，言下之意是：我们有希望回到长安；为了激励群臣洗雪国耻，他强调“日近长安远”，言下之意是：我们万不能耽于安乐，我们必须收复故国。明帝的话，并不只是舌尖上的小聪明。

《夏侯太初》写处变不惊的器量，展示了魏晋风流的一个侧面。夏侯玄，字太初，是三国时魏国重臣。当时司马师（景王）继其父司马懿之后专擅朝政，任大将军，夏侯玄因参与推翻司马师的密谋，事泄被捕。临刑时，颜色不异，举动自若。对这样一位历史人物，裴启“略其玄黄”（诸如家世背景、人生经历等），“取其隽逸”，突出表现他处变不惊的个性，虽着墨不多，却神情毕现。后来，北宋苏轼作《夏侯太初论》，还专就霹雳中树而他颜色不改一事发过议论：“人能碎千金之璧，不能无失声于破釜；能搏猛虎，不能无变色于蜂虿。”① 极力推崇夏侯玄处事镇静的“雅量”。

《语林》对魏晋名士的任诞不羁也表示了欣赏之意，如《雪夜访戴》。还表彰了几位品格高尚的人物，如《的卢马》记庾亮有的卢马，据说这种马“奴乘客死，主乘弃市”，殷浩劝他卖掉，庾云：“卖之，必有买者，即复害其主，宁可不安己而移于他人哉？昔孙叔敖杀两头蛇，以为后人，古之美谈，效之不亦达乎！”庾亮的话说得机智巧妙，又表现了旷达正直的生活态度，所以作者大为欣赏。

与这类片断形成对照，《语林》对那些品格不高的人给予了嘲笑，如《桓温》。刘越石（刘琨）何许人也？他是西晋以雄豪著称的志士，有“枕戈待旦，志枭逆虏，常恐祖生先吾著鞭”之语。桓温

① 曾枣庄主编：《苏文汇评》，406页，成都，四川文艺出版社，2000。

何许人也？他是东晋专擅朝政、窥伺晋室的权臣，有“既不能流芳百世，亦不足复遗臭万载邪”之语。如此桓温，居然自比于刘越石，难怪要受到嘲笑了。

长于细节描写是《语林》的特征之一。小说写夏侯玄的雅量和声望，并未大肆铺陈，而仅仅选用了两个细节：霹雳突然击中所立之树，别的人都吓得趴下了，但他神色不变；当司马师出现于大庭广众中时，只有一半人起身迎接，夏侯玄后到，所有的人越席相迎。寥寥数语，却极有表现力。又如《顾和》。顾和那种遇事从容自如，不拘小节、高自期许的性格，在简洁的速写中，得到了淋漓尽致的表现。周觊是位大人物，当他从车边走过时，“和先在车中觅虱，夷然不动”；周觊用审视的目光打量他，并居高临下地问他心中“何所有”，顾和依然“择虱不辍”，还自负地宣称：“此中最是难测地。”这样的细节，耐人寻味。

经常使用皮里春秋的手法也是《语林》的一个特点。所谓皮里春秋，即表面上不作任何评论，而心里却有所褒贬。裴启赞赏夏侯玄、庾亮，鄙薄桓温等人，都未明说。这样的文章，含蓄隽永之至。

从体例看，《语林》是并不完善的。仅现存佚文中，即有三则纯属志怪，其中两条涉及嵇康；一条写宗岱倡“无鬼论”而遭到鬼的报复。如果全书流传至今的话，可以肯定，志怪的数量绝对不止三则。

2. 郭澄之《郭子》

《郭子》是“世说”体中较为重要的一部作品。

《郭子》也是魏晋清谈的产物，名士阶层的志趣好尚、隽辞妙语、遗闻佚事构成其主体内容。

郭澄之尤为津津乐道的是名士阶层“托怀玄胜”、“萧条高寄”的才情，如《张凭诣刘真长》。刘真长即刘惔，以知人著名。王仲祖云：“真长知我，胜我自知。”（《郭子》）张凭以处士入京，一面之交，即大受刘惔称赏，原因在于他的玄学功力深厚，并且善于谈论，“言约旨远”，使清谈成为一种具有审美意味的文化娱乐活动。刘惔与之“清言弥日”，抚军（晋简文帝）“与之语”，“数日乃止”，如果清谈不是一种快乐的游戏的话，刘惔等人是不会乐此不疲的。而张凭仅以其清谈之才即被用为太常博士，亦足见谈玄之风已影响到官员的选拔。

《郭子》称赞名士的“言约旨远”，该书也有这一长处。“海西时，朝堂犹暗，惟会稽王来，轩轩如朝霞之举。”一句话就表现出了会稽王（晋简文帝）超尘绝俗的风度。“何次道尝诣王丞相，以麈尾确床，呼何共坐，曰：‘来！来！此是君坐。’”何次道与王丞相之间亲密、亲切、亲近的关系，表现得多么生动！

3. 刘义庆《世说新语》

《世说新语》是魏、晋、南北朝时期“世说”体成就最高的作品，也是古代轶事小说中影响最为深远的作品。因此，我们将由《世说新语》切入，力求揭示出“世说”体的若干基本审美特征。

关于《世说新语》的写作宗旨，从古至今，人们已经说了很多，但比较起来，还是明胡应麟《少室山房笔丛·九流绪论下》的一句评语最得其神髓：

> 《世说》以玄韵为宗，非纪事比。①

胡应麟把《世说新语》与“纪事”的历史著作区别开来，认为二者本质上不属于同一类型，并且指出《世说新语》的基本审美追求在于“以玄韵为宗”。其概括是精粹的。

那么，什么是玄韵？

《世说新语》经常提到“韵”，如“风韵”（《赏誉》）、“高韵”（《品藻》）、“风气韵度”（《任诞》）、“大韵”（《任诞》）等，所有这些都与人伦鉴识有关，指的是一个人的气质、风貌有清逸、爽朗、放旷之美，而魏晋时代的人伦鉴识，又以玄学为其基石。因此，“玄

① 胡应麟：《少室山房笔丛》，285页，上海，上海书店出版社，2001。

韵”的含义其实就是：玄学的生活情调。

刘义庆以展示玄学的生活情调为核心，这种创作观是对中国史学传统的双重超越。其一，超越了实用的目的而旨在陶情。历史著作与实用的缘分是解不开的，它的目的无外乎“使乱臣贼子惧”，揭示重大事变的因果联系，从而为后世提供殷鉴之类，因此，不关天下所以存亡之事不录成为史家宗旨。而刘义庆却把目光投向了富于玄远意味的名士们的生活。钱穆《读〈文选〉》说：“文人之文之特征，在其无意于施用。其至者，则仅以个人自我为中心，以日常生活为题材，抒写性灵，歌唱情感，不复以世用撄怀。”① 移以评《世说新语》，也至为恰当。其二，超越了史家笔法而建立起新的文体风范。记事的完整性、褒贬的明确性、风格的庄重性，这是伴随着史传的实用目的而必然出现的情形。而随着刘义庆“以玄韵为宗”，其笔墨也渗出一股新的风味：初非用意，而逸笔余兴，百态横生。所以清刘熙载《艺概·文概》推崇道：“文章蹊径好尚，自《庄》、《列》出而一变，佛书入中国又一变，《世说新语》成书又一变。”②

下面我们将具体地观照这部名著。拟从两个方面着手：其一，它的内涵——以“玄韵”为特征；其二，它的风格——以简约为特征。先说《世说新语》的“玄韵”。

在魏晋风度中，酒曾经占有重要位置。《世说新语》一再写到名士们纵酒酣畅的情景。他们的饮酒，动机当然是多种多样的，或出于享乐，在酒中追求“快意”；或出于韬晦，藉饮酒逃避现实；但从更为普遍的情形来看，却是为了“返乎自然”，求得“物我两冥”。《任诞》载：“王佛大叹言：‘三日不饮酒，觉形神不复相亲。’”“王光禄云：‘酒正自引人着胜地。’”这“胜地”是什么？正是基于老庄哲学的任真自然的境界。

“返乎自然”，其特征之一是：用率真坦白的态度处世，想说什

① 钱穆：《读〈文选〉》，载于《新亚学报》第三卷第二期，135页，1958。

② 刘熙载：《艺概》卷一《文概》，9页，上海，上海古籍出版社，1978。

么便说什么，想干什么便干什么；对正统、对世俗、对平凡，他们无不以豪迈的姿态与之抗争。《世说新语·品藻》载庾道季语云：“廉颇、蔺相如虽千载上死人，懔懔恒如有生气；曹蜍、李志虽见在，厌厌如九泉下人。人皆如此，便可结绳而治，但恐狐狸猯狢啖尽。”他们志气宏放，不屑于与心目中的碌碌之辈为伍。

这种个体的尊严和自豪，在外观上有时呈现为“狂”，如：“南阳宗世林，魏武同时，而甚薄其为人，不与之交。及魏武作司空，总朝政，从容问宗曰：‘可以交未？’答曰：‘松柏之志犹存。’”（《方正》）有时呈现为“逸”，如：“阮光禄在东山，萧然无事，常内足于怀。有人以问王右军，右军曰：‘此君近不惊宠辱，虽古之沈冥，何以过此！’”（《栖逸》）有时呈现为“怪”，如：“阮宣子尝步行，以百钱挂杖头，至酒店，便独酣畅，虽当世贵盛，不肯诣也。”（《任诞》）有时呈现为“侠”，如：“张季鹰纵任不拘，时人号为‘江东步兵’。或谓之曰：‘卿乃可从适一时，独不为身后名邪？’答曰：‘使我有身后名，不如即时一杯酒。’”（《任诞》）

希慕和崇尚隐逸也是“返乎自然”的题中之意。《世说新语》有《栖逸》一门，从其中一些片断不难见出，当时人对岩穴之士或无与世事之士是极度钦慕向往的。而他们所以推重岩穴之士，又是因为岩穴之士超乎世俗，能够“得意”于山水之间。这样，对山水之美的追寻便具有了与庸俗、凡俗、丑陋的现实世界相对立的蕴含。自然是纯净的、玄远的，而现实是污浊的、凡近的，走向自然，就是摆脱凡近。《世说新语·文学》载：“郭景纯诗云：‘林无静树，川无停流。’阮孚云：‘泓峥萧瑟，实不可言。每读此文，辄觉神超形越。’”所谓“神超形越”，即经由对山水文学的领略而升华到拔俗的境界。

饮酒之外，魏晋风流的另一特征是服药。其目的，就终极点而言，是为了长生。“王孝伯在京行散，至其弟王睹户前，问：‘古诗中何句为最？’睹思未答。孝伯咏：‘所遇无故物，焉得不速老！’此句为佳。”（《文学》）在行散时痛感时光飘忽和生命短促，由此可想见服药的目的。但服药是否真有长生的功效，毕竟是无法消释的疑问，因此，魏晋名士便更多地关注服药的日常作用。“何平叔云：

'服五石散，非唯治病，亦觉神明开朗。'"（《言语》）"神明开朗"，这就是服药产生的显著效果，不妨说，追求"神明开朗"是许多人服药的直接动力。

所谓"神明开朗"，其实就是神"清"。《世说新语》中有关"清"、"朗"的材料，约有五十余则，从中可归纳出"清"的三种主要含义：一、"清"意味着"远"，意味着纯净，意味着空灵的胸襟，所以有"清远"、"清贞有远操"的用法；所以"清虚寡欲"与"滓秽"（浊）相对；所以"清谈"又称"玄谈"。二、"清"意味着"简"，与繁琐相对；意味着"通"，与滞碍相对；意味着"明"，与"暗"相对，因此有"清通简要"、"清简贵要"、"清辞简旨"、"清淳"、"清澈"等的细致区分。三、"清"意味着"美"，意味着高爽，如，"清旨"、"弦甚清"等。上述所有含义，集中标示着魏晋名士对"神明开朗"的向往。沿着这个方向发展，完全以秋空般明净的胸襟去追求升华的人生，其结果必然是内外澄澈。

王戎云："太尉神姿高彻，如瑶林琼树，自然是风尘外物。"

裴令公有隽容仪，服冠冕，粗服乱头皆好，时人以为"玉人"。见者曰："见裴叔则，如玉山上行，光映照人。"有人叹王恭形茂者云："濯濯如春月柳。"

这是何等的明净、何等的澄澈！魏晋名士的"开朗"的"神明"（或说"清"的心灵）由此生意盎然地展现出来，这正是"玄韵"——富于玄学意味的生活情调。

谈过了"玄韵"，再来考察《世说新语》的"简约"。

《世说新语》的简约风格及其与玄韵之间的内在联系，古代学者多有评述，如宋刘应登《世说新语·序》："晋人乐旷多奇情，故其言语文章别是一色，《世说》可睹已。《说》为晋作，及于汉魏者，其余耳。虽典雅不如左氏《国语》，驰骛不如诸《国策》，而清微简远，居然玄胜。""临川善述，更自高简有法。"明袁褧《刻世说新语序》："尝考载记所述，晋人话言，简约玄澹，尔雅有韵。世言江左善清谈，今阅《新语》，信乎其言也！临川撰为此书，采掇综叙，明畅不繁……”① 但语焉不详，还需稍作阐述。

《世说新语》之简约，首先表现为情节、背景等的充分淡化或虚化。中国的正史，尤其是以人物传记为主的《史记》、《汉书》等，对人物的家世、生平，通常要作完整的记叙，并注意交代时间和空间背景，一般的单篇人物传记亦然。但《世说新语》却截然不同，其中的绝大多数片断，根本不涉及家世、生平，各种背景，无论是时间背景还是空间背景，均未提及。这是有意的省略，而并非偶一为之，出于无心。其效果有二：

其一，形式向内容显示出自身的独立性和主动性。《世说新语》是纪实的（少数与事实不符，系因传闻异词，不是作者有意的虚构），故其记载多为唐人修《晋书》时取用，如《德行》之“管宁华歆共园中锄菜”、《言语》之“过江诸人”等，但《世说新语》的审美指向却大异于《晋书》，前者被誉为“简约玄澹”，后者则予人凝重之感。这是由于，讲究淡化的《世说新语》，其文体有着独特的风味；由情节化走向意绪化；经验世界的人为的完整性消失了，取而代之的是活跃的“玄韵”。而在《晋书》中，“玄韵”却被人为的完整性和庄重风格所窒息。

其二，淡化或虚化有利于传神。传神是魏晋时代的一个重要艺术目标，而达到传神的途径有两条：一是采用顾长康（顾恺之）式的非写实的变形手法，如《世说新语·巧艺》所载：在裴叔则的面颊上添上三根毫毛以表现他的识力，把谢幼舆画在岩石中以显示他在山水之间自得其乐的性情。将传神跟写实对立起来，这是无可奈何的做法，与中国传统的艺术精神不相吻合，故不为刘义庆所取。二是“略其玄黄，取其隽逸”，在写实的前提下传达出对象之“神”。《世说新语》所用的正是这一手法：省略掉无关“神明”的部分，选取对象最富于“玄韵”之处，以灵隽的笔墨刻画出来。故清毛际可

① 刘义庆撰：《世说新语》，卷首，上海，上海古籍出版社（据光绪十七年思贤讲舍刻本影印），1982。

《今世说序》云:“昔人谓读《晋书》如拙工绘图,涂饰体貌,而殷、刘、王、谢之风韵情致,皆于《世说》中呼之欲出,盖笔墨灵隽,得其神似……”① 算是说到了点子上。

情节、背景等的淡化或虚化,与宋祁等修《唐书》的“简”不能同日而语。宋祁的“简”,即所谓“事增文省”,致力于材料的完备;刘义庆的“简”,却是尽量删汰无关“神明”的材料,精雕细绘地突出有关“神明”之处,所以,《世说新语》的细节描写,相形之下,反而比正史多一些曲折,如《尤悔》载:

> 桓公卧语曰:“作此寂寂,将为文景所笑。”既而屈起坐曰:“既不能流芳百世,亦不足复遗臭万载邪!”

宋刘辰翁批注说:“此等较有俯仰,大胜史笔。”所谓“较有俯仰”,即将人物瞬间的情态变化,“纤悉曲折”地表现出来。

《世说新语》用语简约,其重要收获是创造了许多言简意赅的新的语汇。如“扪虱而谈”(《雅量》)、“传神阿堵”(《巧艺》)、“玉山将倾”(《容止》)、“土木形骸”(《容止》)、“木犹如此,人何以堪”(《言语》)、“千岩竞秀,万壑争流”(《言语》)、“飘如游云,矫若惊龙”(《容止》)、“兰摧玉折”(《言语》)、“悬河泻地,注而不竭”(《赏誉》)等。这些语汇,既令读者回想起作品所描写的细节,又传达出了某种“神明”。细腻与简约统一,这才是富于魅力的简约。

《世说新语》简约风格的形成,除了靠刘义庆的烹炼功夫外,在一定程度上也得益于魏晋清谈本身——因为清谈的特征之一便是用语简约。《世说新语·赏誉》载:“王夷甫自叹:‘我与乐令谈,未尝不觉我言为烦。’”刘孝标注引《晋阳秋》曰:“乐广善以约言厌人心,其所不知,默如也。太尉王夷甫、光禄大夫裴叔则能清言,常曰:‘与乐君言,觉其简至,吾等皆烦。’”足见清谈以简为贵。这种

① 王晫撰:《今世说》,卷首,上海,古典文学出版社,1957。

“简”的语言一旦进入笔底，理应有其独特的美感。

4. 虞通之《妒记》

《妒记》是一部专题性的“世说”体作品。

《妒记》的写作宗旨，是劝谏、讽喻那些性情“严妒”的公主及其他上层妇女。其中有些故事，情调幽默，宛如一幕轻喜剧，如《京邑士人妇》。丈夫导演的这幕喜剧，之所以能够获得成功，在于他心里明白：妻子尽管脾气太坏，但心地尚好，绝不忍心看见丈夫因其妒忌而化为异类。其结局是皆大欢喜的：丈夫的日常生活从此变得轻松，妻子也不再以泼妇的形象出现于世人之前。至于《庾氏》中的庾氏，则完全属于变态的性格了：“太元中，有人姓荀，妇庾氏，大妒忌……妇兄来就荀，共方床卧，而妇不知，便来捉兄头，曳着地欲杀，方知是兄，惭惧入内。兄称父命，与杖数百，亦无改悔。”冥顽不灵，一至于此！

《刘夫人》则别有一种冷隽意味。《关雎》、《螽斯》是《诗经》中的两篇，旧注以为是周公所撰，旨在提倡“后妃之德”。刘夫人指出：周公是男子，才说这样的话，如果让周姥写诗，就不会这样讲了。刘夫人的回答，自是出于私心，但却包含了发人深省的成分。的确，男性文化所采取的对女性的态度，其中究竟有几分是真正公允的？刘夫人睿智过人，难怪《世说新语》许之为“贤媛”了。

5. 沈约《俗说》

《俗说》体类《语林》，多记东晋名人逸事。但偏重于摭拾旧文，新意较少，偶有一些精彩片断，如：

> 顾虎头为人画扇，作嵇阮，都不点眼睛，便送还扇主，曰：“点眼睛便欲能语！”

> 王僧敬神明俊彻，为一时之标。桓玄时集聚宾客，莫有出其右者。王在坐，都不复觉有余人；坐无王，便觉殷仲文、谢益寿

为佳。

第一则表现顾虎头（顾恺之）的夸诞性情，第二则从人们的感觉入手写王僧敬的风度，都具“略其隽逸，取其玄黄”之妙。

从总体来看，《俗说》缺少一种玄学的生活情调。那种超越世俗的高远意趣、那种从山水风景中流溢出的诗情画意、那种绚烂之极归于平淡的审美感受、那种物我两忘的魏晋风度、那种以庄玄为依据的人生体验，在《俗说》中相当淡薄。毋宁说，它更多的是对名士阶层入俗一面的观照，如：

> 谢仁祖年少时，喜着刺文裤，出郊郭外。其叔父诮责之，仁祖于是自改，遂为名流。

> 桓玄在南州，妾当产，畏风，应须帐，桓曰：“不须作帐，可以夫人故帐与之。”

谢仁祖、桓玄当然是名士，但上述言行，却不属于魏晋风度的范畴。这是平实的人生场景。

三　“笑林”体：“远实用而近娱乐”

诙谐与讽刺在中国有着悠久的传统。先秦的若干寓言，如“守株待兔”、“郑人买履”、“齐人有一妻一妾”等，都是出色的讽刺文字，“优孟衣冠”等与滑稽表演相联系的故事，也说明讽刺艺术很早就在社会生活中有了一席之地。

两汉以降，笑话在数量上迅速增加，除载入经史子书外，大量的散见于各种笔记小说和丛谈作品中。西汉司马迁撰《史记》，特设《滑稽列传》；东汉班固的《汉书》亦专为“滑稽之雄”东方朔立传。三国魏邯郸淳的《笑林》则是我国第一部笑话集。

刘勰《文心雕龙·谐谑》曾将梁以前的笑话文学发展的历史分

为两个阶段：先秦为第一阶段，其特色是“意存微讽，有足观者”，“辞虽倾回，义归于正”，以诙谐的方式达到讽谏的目的，如“优旃之讽漆城、优孟之谏葬马，并谲辞饰说，抑止昏暴”。秦汉以降为第二阶段。笑话的讽谏作用不再受到重视，作者满足于一种滑稽有趣的效果，即刘勰所谓“虽抃笑衽席，而无益时用矣”。《笑林》就属于这一时期。从“远实用而近娱乐”的角度看，它与《世说新语》等的趋向完全一致。隋侯白《启颜录》亦属于《笑林》一类。

1. 邯郸淳《笑林》

作为中国古代的第一部笑话集，《笑林》受到重视是理所当然的。

《笑林》以追求单纯的娱乐效果为特色，在记叙中往往有意识地排除寓意。比如“胶柱鼓瑟”，《史记·廉颇蔺相如列传》载：

> 蔺相如曰：“王以名使括，若胶柱而鼓瑟耳。括徒能读其父书传，不知合变也。”①

瑟上有柱张弦，用以调节声音。柱被粘住，音调就不能变换。蔺相如用来比喻赵括死读兵书，不知变通，这就是寓意。而邯郸淳却将它改造为没有寓意的生活喜剧：

> 齐人就赵人学瑟，因之先调胶柱而归，三年不成一曲。齐人怪之，有从赵来者，问其意，方知向人之愚。

情形相似的例子还有“山雉与凤凰”。在《尹文子》中，这一故事被用来说明名、实常不相符的严肃哲理，而《笑林》则将它处理为轻松的日常笑话。

与先秦诸子笑话力图在生活中发挥讽谏作用不同，《笑林》以机

---

① 司马迁著：《史记》，485页，长沙，岳麓书社，2006。

敏、谐谑、调侃为骨，所以，不是道德判断而是智能判断在其中起决定作用，如：

> 甲与乙斗争，甲啮下乙鼻，官吏欲断之，甲称乙自啮落。吏曰："夫人鼻高而口低，岂能就啮之乎？"甲曰："他踏床子就啮之。"

作者不是义愤填膺地从道德上去指责甲的卑鄙，而是睿智、幽默地取笑他："瞧，多么荒谬的逻辑！多么混乱的思维！"

"门人钻火"也是调侃思维混乱的一个标本。讽刺的主要对象是那个门人。因为没有火，才叫他去钻木取火，他不去想办法克服困难，却责怪主人未能用火给他照明，致使他找不到钻火工具。如此紊乱的思维，当然只能充当喜剧人物。

自作聪明或缺少常识的人也是《笑林》中的重要喜剧形象，如：

> 鲁有执长竿入城门者，初竖执之，不可入；横执之，亦不可入。计无所出。俄有老父至，曰："吾非圣人，但见事多矣。何不以锯中截而入。"遂依而截之。

> 有甲欲谒见邑宰，问左右曰："令何所好？"或语曰："好《公羊传》。"后入见，令问："君读何书？"答曰："惟业《公羊传》。"试问："谁杀陈佗者？"甲良久对曰："平生实不杀陈佗。"令察缪误，因复戏之曰："君不杀陈佗，请是谁杀？"于是大怖，徒跣走出。

在第一则中，执长竿的鲁人不知如何使长竿通过城门，自是愚蠢可笑；但更可笑的还是"老父"。他自诩见多识广，却提出将长竿锯为两段的主意。自作聪明而其实愚蠢，这就把自己摆到了被讽刺的位置上。"谁杀陈佗"中的某甲，想拍县令的马屁，却根本不知道《公羊传》是什么书。当县令据《公羊传》提出"谁杀陈佗"的问题时，他便露出了马脚。不懂装懂，缺少常识，闹出笑话是不可避免的。

《笑林》属于轶事小说，与“世说”体和“杂记”体相比，它的特点是虚构成分较重。这从它多用“某甲”、“某乙”、“楚人”、“魏人”、“汉人”、“齐人”等来指代人物就看得出来。从这个角度来看，“笑林”体属于轶事小说的别体。

2. 侯白《启颜录》

《启颜录》是《笑林》之后产生的一部重要的笑话专书。其题材来源，一是子史旧文，一是当时琐事。取材于先秦典籍的，尚有“意存微讽”之作；取材于汉后及当时琐事的，则多是单纯取乐的笑话。如《胜伊一倍》：

> （北齐）高祖尝令人读《文选》，有郭璞《游仙诗》，嗟叹称善。诸学士皆云：“此诗极工，诚如圣旨。”动筩即起云：“此诗有何能？若令臣作，即胜伊一倍。”高祖不悦，良久语云：“汝是何人，自言作诗胜郭璞一倍，岂不合死？”动筩即云：“大家即令臣作，若不胜伊一倍，甘心合死。”即令作之。动筩曰：“郭璞《游仙诗》云：‘青溪千余仞，中有一道士。’臣作云：‘青溪二千仞，中有两道士。’岂不胜伊一倍？”高祖始大笑。

石动筩用山的高低、道士数量的多少来衡量诗的高下，将两种不同的尺度放在一起，所以显得滑稽。

《启颜录》中的人物，多有真实姓名，与《笑林》的人物多为虚构不同。也许正因为《启颜录》多取材于真人真事，它缺少民间文学的质朴。像《子在回何敢死》、《松寿》等条，利用《论语》和《诗经》中的话来制造笑料，没有熟读过经书的人是体会不出其幽默意味的。当然，其中也不乏雅俗共赏的佳作，如《口吃人》：

> 隋朝有人敏慧，然而口吃。杨素每闲闷，即召与剧谈。尝岁暮无事对坐，因戏之云：“有大坑深一丈，方圆亦一丈，遣公入

其中，何法得出？”此人低头良久，乃问云：“有梯出否？”素曰：“只论无梯，若能有梯，何须更问？”其人又低头良久，问曰：“白白白白日？夜夜夜夜地？”素云：“何须云白日夜地。若为得出？”乃云：“若不是夜地，眼眼不瞎，为甚物入入里许？”素大笑。

比起《世说新语·言语》中邓艾的“凤兮之对”来，隋朝的这位口吃人确乎少几许名士情调，但他那种大智若愚、深藏若虚的风度，亦慧亦痴，亦痴亦慧，千百年后，仍历历在耳，历历在目。

《启颜录》常用粗俗的话来取笑，如《王卢》。这类笑话，流于轻薄，意义不大。《王绚》一篇，则大体保持了谐而不谑的风度。

四　“杂记”体：意绪秀异的野史

“杂记”体小说，萌芽于与名人、名著有关的收集传闻的著述，如战国时代的《晏子春秋》、西汉韩婴的《韩诗外传》及刘向的《说苑》、《新序》，网罗遗闻轶事，已近乎笔记，但尚未获得独立的品格。

东晋葛洪《西京杂记》的问世标志着“杂记”体小说已由经、史的附庸脱颖而出，南朝梁殷芸的《小说》则是我国第一部以“小说”为名的“杂记”体小说集。

1. 葛洪《西京杂记》

《西京杂记》是一部杂载西汉轶事传闻的笔记小说。

《西京杂记》对“杂记”体小说的示范作用是多方面的。首先，断代取材（以西汉为限），开了后世专题性轶事小说的先河。怀古是人类根深蒂固的感情之一，《西京杂记》便在一定程度上满足了这种感情需要。对于仰慕西京之盛的读者来说，《西京杂记》不失为出色的导游。卷二鹔鹴裘便是我们远眺西汉文化的一扇窗户。西汉社会盛行任侠的风气。侠的特征之一是感情热烈，追求无拘无束的快乐生活。司马相如正是如此。他素有消渴疾（糖尿病），竟因悦文君之色而痼疾复发；“居贫忧懑，以所著《鹔鹴裘》就市人阳昌贳酒，与文君为欢”。这些都是极具个性的行动。《鹔鹴裘》写文君的容貌及“放诞风流”的“为人”，亦寥寥数笔，神情俱活。

《西京杂记》对“杂记”体小说的第二个示范作用是，它多记琐事，意绪秀异，与正史的区别较为显然。明黄省曾《西京杂记·序》曾指出其题材选择的四个特点：猥琐可略、闲漫无归、杳昧难凭、触忌须讳。“其猥琐者，则霍妻遗衍之类是也。其闲漫者，则上林异植之类是也。其杳昧者，则宣狱佩镜、秦库玉灯之类是也。而其触忌者，则庆郎、赵后之类是也。”其中，“庆郎、赵后”见于卷二，披露的是宫闱秘事。赵后即赵飞燕。《赵飞燕外传》（托名汉河东都尉伶玄撰）也将她作为“淫乱”的女子来写，或许是基于同一传闻。披露宫闱秘事，当然是“触忌”的。

《西京杂记》对“杂记”体小说的第三个示范作用是，其叙事多截取片断，与首尾完整的史家纪传体有别。如卷三《文章迟速》、卷四《韩嫣好弹》。枚皋、司马相如（长卿）、韩嫣，作为历史人物，其生平事迹必然不少，仅履历一项，便须花不少笔墨。但葛洪所关注的却只是其人生中看来无关宏旨而实在趣味盎然的某一片断、某一琐事。

对于《西京杂记》，《四库全书总目提要》评价颇高：“其中所述，虽多小说家言，而摭采繁富，取材不竭。李善注《文选》、徐坚作《初学记》，已引其文，杜甫诗用事谨严，亦多采其语。词人沿用数百年，久成故实，固有不可遽废者焉。”① 《西京杂记》被后世引为典实的传说甚多，如文君当垆、匡衡好学、秋胡戏妻、五侯鲭等。有些故事的含蕴颇深，如卷三《高祖侍儿言宫中乐事》：

> 戚夫人侍儿贾佩兰，后出为扶风人段儒妻。说在宫内时，见戚夫人侍高帝，尝以赵王如意为言，而高祖思之，几半日不言，

① 永瑢等撰：《四库全书总目》，1182页，北京，中华书局，1965。

叹息凄怆，而未知其术，辄使夫人击筑，而高祖歌《大风》诗以和之。

高祖（刘邦）的《大风歌》是许多人所熟悉的：“大风起兮云飞扬，威加海内兮归故乡，安得猛士兮守四方。”一般认为这是一个英雄在获得成功后兴奋地抒发豪情。但《西京杂记》却提示读者，诗表达了一种人无法把握自己命运的情绪。也许，这一提示更准确地把握了诗意。《公孙弘》亦别有蕴蓄：

公孙弘起家徒步为丞相，故人高贺从之。弘食以脱粟饭，覆以布被。贺怨曰：“何用故人富贵为？脱粟、布被，我自有之。”弘大惭。贺告人曰：“公孙弘内服貂蝉，外衣麻枲；内厨五鼎，外膳一肴，岂可以示天下。”于是朝廷疑其矫焉。弘叹曰：“宁逢恶宾，不逢故人！”（卷二）

它令人想起《史记·陈涉世家》中“苟富贵，毋相忘”之语，其含义是：希望交游能富贵，尤其希望他富贵而不弃贫贱之交。但从公孙弘一事看来，微时旧交，亦复难处，稍有不慎，即遭怨恨，难怪公孙弘有“宁逢恶宾，不逢故人”之叹了。

2. 殷芸《小说》

《小说》是中国古代第一部以“小说”命名的轶事小说。

《小说》以时代为经，除特置帝王之事于卷首外，其他九卷依次为“周六国前汉人”、“后汉人”、“魏世人”、“吴蜀人”、“晋江左人”、“宋齐人”。其选材体现出为正史拾遗的特点：或偏于荒诞，不符合历史事实；或过于琐细，不宜于收入正史。偏于荒诞的如卷一《厄井》：

荥阳阪渚津南原上有厄井，父老云：汉高祖曾避项羽于此井，为双鸠所救。故俗语云：“汉祖避时难，隐身厄井间，双鸠集其上，谁知下有人?”汉朝每正旦辄放双鸠，起于此。

这当然不可信。但它对于汉朝放鸠风俗的解释，却自有一种古拙的情趣。《小说》中，这类虚构片断尚多，使得本书有别于大多数偏重实录的轶事小说。

过于琐细的，如卷五《名士狂》：

阮德如每欲逸走，家人常以一细绳横系户前以维之。每欲逸，至绳辄返，时人以为名士狂。

这样的故事，足资谈助，但如果写入正史中，就会被批评为“有乖史法”了。

《小说》中颇多幽默片断，如卷五《贫人》。从风格看，显然取材于民间传说，洋溢着质朴的喜剧情调。施元之注苏轼《寄诸子侄》诗“他年汝曹笏满床，中夜起舞踏破瓮”句云：“世传小话：‘一贫士家惟一瓮。一夕，心念：苟富贵，当以钱若干营田宅、蓄声妓。不觉欢适起舞，踏破瓮。’”即据本篇故事。这则笑话，至今仍在民间流传，足见其生命力之强。卷五《孔子与子路》甚至对“至圣先师”及其弟子也用了漫画手法。真实的历史人物子路，“性好勇，喜闻过”，本篇用民间传说来夸张地展示子路的这种性情，具有浓郁的喜剧意味。

作为“杂记”体轶事小说，《小说》的成就不高。其主要缺陷是：第一，《小说》的大部分材料取自故书杂记，不能带给读者新鲜感。第二，体例不严，轶事、志怪混杂在一起。

五　轶事小说的审美追求

轶事小说的审美追求，可从题材、美感魅力、风格等方面来加以把握。

1. 轶事小说的题材选择

从题材上看，轶事小说关注的是"无关宏旨"的生活琐事。《四库全书·小说家类》收录《西京杂记》、《朝野佥载》、《唐国史补》等"纪录杂事"之属八十六部，纪昀特意说明："纪录杂事之书，小说与杂史最易相淆，诸家著录，亦往往牵混。今以述朝政军国者入杂史，其参以里巷闲谈词章细故者，则均隶此门。《世说新语》古即著录于小说，其明例矣。"① 这是很精辟的见解。

中国的知识阶层，对于扮演重要社会角色具有强烈持久的热情，他们的人生理想首先是入世的，出世只是置身逆境时的补充、调节；而所谓入世，又指向"济天下"的目标。在这一人生理想中，包括了三个核心层面：道德、政治与处世技巧。修身是个人的道德秩序的建立，齐家是个人道德秩序在家族或宗族中的推广；治国平天下，一方面可看做个人道德秩序转化为政治伦理秩序，另一方面又与适宜的处世技巧分不开。换句话说，道德、政治与处世技巧在中国是三位一体的东西。

根据精神成果与道德、政治、处世技巧的距离远近，人们划分经、史、子、集的座次，并在各个类别中确定高矮次序；轶事小说之所以名为"小说"，就是由于它偏于"里巷闲谈词章细故"，"资治"的高文典册，是不能纳入"小说"范畴的。

2. 轶事小说的美感魅力

"里巷闲谈词章细故"的魅力在于：它可以"资谈助"。这与正史的"资治"是截然不同的。一个历史家，倘若耽于趣味，溺于"闲事琐语"，其作品也许因此备受偏爱，却也不免被批评为"有乖史法"，即将正史写成了"小说"。王世贞《艺苑卮言》卷三说："《晋书》、《南北史》、《旧唐书》，稗官小说也。"② 这些历史著作被

① 永瑢等撰：《四库全书总目》，1204页，北京，中华书局，1965。

② 丁福保辑：《历代诗话续编》，1000页，北京，中华书局，1983。

视为小说，原因即在于其中“闲事琐语”太多。这表明，就理想的范型而言，“小说”与正史的选材取向迥然相异。而“小说”之所以身份不高却绵延不息，也恰在于它满足了读者对“谈助”的审美需要。《四库全书总目提要·世说新语》云：“所记分三十八门，上起后汉，下迄东晋，皆轶事琐语，足为谈助。”① 这类提要在四库全书小说类中屡见。

“足为谈助”本是诸子著作的文体特征之一。原因在于，先秦诸子，作为有着丰富的哲学见解和人生见解的学者，要将其见解有效地向社会传播，必须具备卓越的“谈”的能力，无论是口谈还是笔谈。诸子著作中之所以收录如此众多的寓言故事，正是为了增强“谈”的魅力。而由先秦《韩非子》的《说林》到西汉刘向的《说苑》，表明分类编排“谈助”资料已成为一种颇受青睐的著述方式。东汉王充的《论衡》是对《世说新语》影响更为直接的一部子书，对其特征和功能，胡应麟有过精到的评述：“中郎以《论衡》为谈助，盖目为稗官野史之流。且此编骤出未行而新奇可喜，故秘之帐中，如今人收录异书，文固非所论也。”② 从《韩非子》的《说林》到王充的《论衡》，“谈助”之取材有一个显著变化，即由偏重寓言故事转向采用非虚构素材，知识的重要性慢慢超过了哲理，博学的色彩日渐鲜明。

朴素的美感向上升华，“资谈助”就成了“有助文章”。所谓“有助文章”，除了供诗赋作家“捃其葩藻”外，用为典实也是题中之义。中国知识分子尊重古典，热爱古典。历史考据在中国一直兴盛不衰。中国学者把传统文化视为才学的根基，因此，有能力阅读古书是受人敬佩的。这样，当轶事小说的题材、造语被用为诗文典故时，

① 永瑢等撰：《四库全书总目》，1182页，北京，中华书局，1965。

② 胡应麟：《少室山房笔丛》，275～276页，上海，上海书店出版社，2001。参见叶权《贤博编》：“王充《论衡》虽称辨博，足为谈助，其文法大类褚先生，酷似宋、元中一村学究，重复累赘，绝无两汉气味。”见《贤博编·粤剑编·原李耳载》，30页，北京，中华书局，1987。

轶事小说的身价就提高了。比如，明胡应麟《少室山房笔丛》在谈到《世说新语》的价值时就说："《世说》盛行，嘉隆间尺牍、诗词，靡不采掇。"①

"资谈助"、"有助文章"，从表面看，是用作辞藻、典故或闲暇的话柄，而骨子里则是摆脱实用性的奴役，从"经济"走向了审美，从历史走向了文学，其意义是重大的。

3. 轶事小说的风格标志

从风格来看，轶事小说之"小"，还意味着对诙谐的认可。《三国志·王粲传》注引《魏略》，记曹植曾"诵俳优小说数千言"，以"俳优"和"小说"并提，揭示了二者之间的内在联系。

为什么"小说"会与诙谐结缘呢？

古代中国高度重视社会身份和等级秩序，连日常生活用语也含有社会等级的意味。重视等级和身份，人的行为必然受到严格的约束，一言一行都应与"礼"的观念一致；而"礼"是由若干非常细微的形式主义的规范组合成的。自然，古代也屡次发生不拘礼法的情形，《世说新语·任诞》记谢尚"脱帻著帽"，"酣饮于桓子野家"，杜甫《饮中八仙歌》说张旭"脱帽露顶王公前"，但如此这般来表示风度洒脱，也只有在一个礼法细微的国度才可能。

尊重礼法，导致了对喜剧性因素的轻视，于是用以消闲的"小说"便成了它合适的栖身之地。纪昀在《四库全书总目提要》中提醒读者：诙谐是"小说"的风格化标志之一。如《谈谐》提要："所记皆俳优嘲弄之语。视日华所作《诗话》，尤为猥杂。然古有《笑林》诸书，今虽不尽传，而《太平广记》所引数条，体亦如此，盖小说家有此一格也。"② 这可算是点睛之言。

① 胡应麟：《少室山房笔丛》，285页，上海，上海书店出版社，2001。
② 永瑢等撰：《四库全书总目》，1233页，北京，中华书局，1965。

第七章 “至唐人乃作意好奇”

唐人传奇与唐诗被并举为“一代之奇”。继魏、晋、南北朝志怪小说、轶事小说之后，唐人传奇又为中国小说史写下了光彩夺目的一页。

唐人传奇何以在唐代成熟并取得卓越成就？它在精神气质和艺术风貌上有什么足以将自身凸显出来的特征？这些正是本章所要回答的问题。

一 传奇释名

“传奇”一词，可以作为文体名称使用，也可以不作为文体名称使用，这给划定其外延造成了一些困难。我们的任务就是克服困难。

“传奇”名称的外延，有个演变的过程。它最初是唐代裴铏所著小说集的专名，或者如周绍良《〈传奇〉笺证稿》所证明的，它更早是元稹《莺莺传》的原名。到宋代，人们通常在两种意义上使用“传奇”这一名称：一是指唐代裴铏的小说集，如陈师道《后山诗话》：“范文正公为《岳阳楼记》，用对语说时景，世以为奇，尹师鲁读之，曰：‘《传奇》体尔！’《传奇》，唐裴铏所著小说也。”① 二是

① 清何文焕辑：《历代诗话》，310页，北京，中华书局，1981。明代胡应麟也确认“传奇”首先是指唐代裴铏的小说，其《少室山房笔丛》卷四一《庄岳委谈下》云：“传奇之名不知起自何代，陶宗仪谓唐为传奇，宋为戏诨，元为杂剧，非也。唐所谓‘传奇’自是小说书名，裴铏所撰，中如蓝桥等记，诗词家至今用之，然十九妖妄寓言也。裴晚唐人，高骈幕客，以骈好神仙，故撰此以惑之。其书颇事藻绘而体气俳弱，盖晚唐文类尔，然中绝无歌曲、乐府若今所谓戏剧者，何得以传奇为唐名？或以中事迹相类，后人取为戏剧张本，因展转为此称不可知。范文正记岳阳楼，宋人讥曰传奇体，则固以为文也。”见胡应麟：《少室山房笔丛》，424页，上海，上海书店出版社，2001。

指宋代说话四家中“小说”家门的一个题材类别，灌圃耐得翁《都城纪胜》、罗烨《醉翁谈录》、吴自牧《梦粱录》都罗列有“传奇”一目，其故事均为人世间的爱情。《梦粱录》将诸宫调中写人世恋爱题材的作品也称为传奇。

元代人曾泛称南戏、杂剧、诸宫调为传奇，这可能是就其题材具有奇异性而言的。南戏《小孙屠》第一出“副末开场”有“后行子弟，不知敷衍甚传奇”之语；元钟嗣成《录鬼簿》著录元杂剧作家与作品分类标目，题为“前辈已死名公才人，有所编传奇行于世者”。① 但元末的陶宗仪则已用“传奇”来特指唐代的传奇小说，他在《南村辍耕录》中说：“唐有传奇，宋有戏曲、唱诨、词说……”（卷二十五）“稗官废而传奇作，传奇作而戏曲继。”（卷二十七）② 将“传奇”区别于六朝小说（“稗官”）和宋代的戏曲、诸宫调，其文体意义已相当明晰。

明胡应麟在《少室山房笔丛·九流绪论下》里更确切地将“传奇”视为文言小说中与“志怪”、“杂录”等并列的一个类别。胡应麟的同时代人臧懋循在其《负苞堂文集》卷三《弹词小记》中还提出了“唐人传奇”这一[illegible]称。鲁迅称唐代小说中那些有意虚构，“叙述宛转，文辞华艳”[illegible]传奇，正是承胡应麟、臧懋循而来的。

明代嘉靖以后[illegible]来指称不限出数、各类角色都可以唱、篇幅较长[illegible]吕天成《曲品》卷上说：“金、元创名杂剧，[illegible]初李渔在《闲情偶寄》中具体解释说：“古人[illegible]者，因其事甚奇特，未经人见而传之，是以[illegible]”④ 他着眼于剧本情节的新奇。近人沿袭明[illegible]”遂亦成为戏曲中的一个专名。

---

① 钟嗣成等：[illegible]鬼簿（外四种）》，66 页，上海，上海古籍出版社，1978。

② 上海古籍出版社编：《宋元笔记小说大观》，6454 页，6479 页，上海，上海古籍出版社，2001。

③ 吕天成撰，吴书萌校注：《曲品》卷上，1 页，北京，中华书局，1990。

④ 李渔撰，杜书瀛评点：《闲情偶寄》卷一《词曲部上·脱窠臼》，24 页，北京，学苑出版社，1998。

可以看出，“传奇”一名的外延比较复杂。本书所讨论的“传奇”，仅指文言小说中的一个体类；超越这一范围的外延，不在我们的视野之中。

二 唐人传奇的文体特征

作为传奇小说，它在精神气质和艺术风貌上的特征是什么？或者换一种表述，就文体而言，唐人传奇有什么特征？

1. 传奇之“奇”与正史之“正”

传奇之“奇”与正史之“正”，这种字面上的对照关系恰好是其逻辑关系的表现。所谓正史，之所以是“正”，乃是因为它“非天下所以存亡”之事“不著”，是朝代兴衰的严肃记录，后世君臣可引以为鉴。在正史中，细腻的情感描写和日常生活铺叙是应力求避免的。《史记》避免不够，便被讥为过于好奇。而传奇小说却不大关心那套“天下所以存亡”之事，也不留意人世间的功业和勋名。它与“无关大体”（无关“天下所以存亡”的大体）的浪漫人生更为接近。其精神气质与正史完全不同，正史是“正”，传奇小说当然就是“奇”了。因此，结论是：唐人传奇之所以被称为“传奇”，乃是由于它的“无关大体”。

就具体的题材指向而言，传奇之“奇”与爱情、豪侠和隐逸三者的联系非常密切。

唐人传奇是在德宗至宪宗朝发展到鼎盛阶段的，而其基本标志之一便是爱情题材的作品骤然勃兴。清章学诚《文史通义》卷五《诗话》谈到唐人传奇时说：“大抵情钟男女，不外离合悲欢，红拂辞杨，绣襦报郑，韩李缘通落叶，崔张情导琴心，以及明珠生还，小玉死报。凡如此类，或附会疑似，或竟托子虚，虽情态万殊，而大致略似。”① 沈既济《任氏传》、许尧佐《柳氏传》、元稹《莺莺传》、白

① 章学诚著，叶瑛校注：《文史通义校注》，560～561页，北京，中华书局，1994。

行简《李娃传》、陈鸿《长恨歌传》、蒋防《霍小玉传》、沈亚之《湘中怨解》、李朝威《柳毅传》、佚名《韦安道》以及《玄怪录·崔书生》等，均为有声有色的爱情名篇。

“以武犯禁”的豪侠在先秦一度备受重视，司马迁的《史记》曾专设《游侠列传》。但秦汉以后，为侠者只有三条路可走：一是占山为王，成为《水浒传》世界的好汉；二是为清官效命；三是横行一方，实即土豪。自唐代确立官修正史的制度后，历代正史不再为侠士立传，这不仅因为行侠难以见容于大一统的天下，而且由于侠这一社会阶层确已不复存在。然而，有意味的是，唐人传奇与正史的趋向截然相反：在被正史所蔑视的爱情题材勃兴的同时，被大部分正史所摒弃的豪侠义士也成为光彩夺目的主角。冯燕风神高迈，“杀不谊，白不辜，真古豪矣”；吴保安与郭仲翔，高行侠举，其人际关系已从世俗的机变算计中超越出来；昆仑奴以打抱不平为核心内容；柳毅亦儒亦侠，梗概多气。女侠的出现在小说史上尤具划时代意义。红线、红拂、聂隐娘，这是女侠中的佼佼者；而那些以复仇为人生主题的女侠则似乎对后世影响更大。

正史总是为建功立业者立传，唐人传奇却鼓励读者去做隐士。沈既济《枕中记》、李公佐《南柯太守传》是表达这种见解的重要篇目。《枕中记》的卢生、《南柯太守传》的淳于棼都饱享了人生的荣华富贵，也备尝了失宠受辱的凄凉悲辛，大梦骤醒，他们的感受是什么呢？归结到一点，无非是人生的短促与人世的逼仄。有人以为人生很长，可以慢慢消受，殊不知卢生那个几十年荣辱的大梦做完，“主人蒸黍未熟，触类如故”。淳于棼在大槐安国叱咤风云，自以为那片天地非常宽广，谁知仅同区区蚁穴。既然人生是如此短暂，人世是如此逼仄，一切升沉、荣辱，又有什么值得营求、值得挂在心上的呢？卢生、淳于棼豁然悟道，便是由这一逻辑演绎出来的。

唐代后期的传奇将《枕中记》、《南柯太守传》的悟道具体化为求仙。诸多作品所设计的仙境，其实是山水诗的境界，本质上是对隐士生活的一个侧面的观照。这种“好游山水”、“永绝宦情”的心理，自然是乱世所造成的，但作家们热衷于用传奇小说来加以抒写，正说明它本来有着注重隐逸题材的传统。

爱情、豪侠、隐逸，这三种题材向来为正史所拒绝，或处于正史的边缘，而在唐人传奇中，它们却居于中心位置。这种反差是值得关注的，因为它们同属于叙事作品。叙事的正史和叙事的传奇在题材选择上容或有重合的部分，但其区别却是显而易见的。正、奇之别，题材选择的差异是一个重要的方面。

2. “嗜奇”、“好异”的想像

唐人传奇成熟于一种独特的社交氛围中。唐代士大夫的社交文化，其特点似不如魏晋显著，但至少有一点是可以指出的：那时的文化人除了爱切磋诗、文、赋之外，也爱谈说奇闻异事，诸如神仙、鬼怪、轶事等。他们不求事情的真实，而希望从中获得超越日常生活的幻想情趣。许多传奇作者对此都津津乐道，如《太平广记》卷二八《郗鉴》（出《纪闻》）、卷七四《俞叟》（出《宣室志》）、卷八三《张佐》（出《玄怪录》）、卷一二八《尼妙寂》（出《幽怪录》）、卷三四三《庐江冯媪》（出《异闻集》）、卷四八八《莺莺传》（元稹撰）、陈鸿《长恨歌传》、李公佐《古岳渎经》、《三水小牍·王知古》等都描述了当时士大夫热衷于“宵话奇言”、“征异话奇”、“各征其异说”、“宵话征异”的社交生活。在这种不乏浪漫色彩的社交氛围中，各个艺术家以六朝志怪为借鉴，以社会人生为参照，以佛道的想像为羽翼，从而创造了丰富多彩的幻想世界。

幻想伴随着虚构。因此，虚构成为唐人创作传奇的一个特征。明胡应麟《少室山房笔丛·二酉缀遗中》说：“凡变异之谈，盛于六朝，然多是传录舛讹，未必尽幻设语。至唐人乃作意好奇，假小说以寄笔端，如《毛颖》、《南柯》之类尚可，若《东阳夜怪录》称‘成自虚’，《玄怪录》‘元无有’，皆但可付之一笑，其文气亦卑下亡足论。”① 虽意存贬抑，但却准确地揭示出了唐人“作意好奇”这一文学现象。一些传奇作家往往有意在小说中留下虚构的痕迹，比如李公佐《谢小娥传》。谢小娥的父亲和丈夫被申春、申兰劫杀，他们向谢小娥托梦，理当直接点出申春、申兰的名字，可是他们偏不，而用

① 胡应麟：《少室山房笔丛》，371页，上海，上海书店出版社，2001。

“田中走，一日夫”隐申春，以“车中猴，东门草”隐申兰，以至于小娥好些年也弄不清仇人是谁。这显然不合情理。“此类由于记录者欲神其说，不必实有其事。”①“嗜奇”乃唐人传奇的基本特征之一。对于唐人传奇的某些虚构，用“不中情理”加以责备是不大合适的。

3. 传、记的辞章化

唐人传奇基本包括传、记两种体制。“传”较多地继承史家纪传体的传统，对人物的生平、出处、归宿等有相当完整的交代，文末通常还有一段论赞式的议论；“记”偏于继承志怪小说的传统，不大注意交代人物生平，而是截取人生的某一片段加以记叙。但无论是“传”，还是“记”，它们都属于“文、笔”中的“笔”，属于史书一脉。从这样的角度看，说唐人传奇受到史家影响是不必置疑的。

但是，尚未辞章化的传、记是不具备传奇小说品格的，或者说，只有与“文”融合的“笔”才算具备了传奇小说品格。于是，在传、记与辞章之间寻找区别和建立联系，就是我们的当务之急。

首先从六朝的文、笔之别说起。

南朝·梁昭明太子主编的《文选》，是一本影响极大的“文（诗、赋、骈文）选”。他在序文中介绍了他的编辑原则：一是不选经书，如《论语》、《孟子》等；不选子书，如《庄子》、《荀子》等；因为经书其体尊严，不宜加以删汰，而子书都“以立意为宗，不以能言为本”，即子书注重的是思想，而不是文章的形式、辞藻、声调。二是不选史书，因为“记事之史，系年之书，所以褒贬是非，纪别异同，方之篇翰，亦已不同”。② 历史著作经由对事实的记叙揭示历史演变的规律，表达作者的价值判断，仍以思想和见识为骨，与经、子属于同一类型。萧统钟情的是“事出于沉思，义归乎翰藻”

---

① 纪昀：《阅微草堂笔记》卷二十一，517页，上海，上海古籍出版社，1980。

② 郭绍虞主编、王文生副主编：《中国历代文论选》第一册，330页，上海，上海古籍出版社，1979。

的美文（诗、赋、骈文），这种美文所要达到的效果，是使读者“情灵摇荡”。这表明，“文”是一种抒情的文体类别。为了取得良好的抒情效果，它特别讲求形式、辞藻、声调。

毫无疑问，属于“笔”类的史书与属于“文”类的辞章是两种区别井然的文体，所以，我们看到，史书中通常排斥景物描写，排斥对人物意绪的渲染，排斥色彩清丽或绚烂的措词，而诗、赋、骈文则排斥对曲折人物经历的讲述，排斥重大的历史事件，排斥对哲理的原原本本的阐释，二者的区别使传、记与辞章分道扬镳，自成面目。而唐人传奇，它作为新型文体的特征之一，即将传、记辞章化，将文、笔融成一体，从而创造了一种新的文学样式。比如，《南柯太守传》、《补江总白猿传》以“传”命名，叙人记事，这都受赐于史书，但前者的结尾“假实证幻，余韵悠然”，① 后者着力于风景的描绘，则显然是仿效辞章。沈亚之的《秦梦记》，以“记”命名，叙奇搜异，这都受赐于志怪，然而，《秦梦记》虽安排了沈亚之在梦中娶秦穆公女儿弄玉的情节，但对这段“驸马”生活并未花费多少笔墨，而是以弄玉“声调远逸，能悲人”的箫声作为焦点，渲染由悼亡、伤别引发的感伤情调。后一方面主要受到诗的濡染。至于裴铏《传奇》，以骈文叙事写人，更明确显示出传、记辞章化的特点。可以有把握地说一句，传、记辞章化，这是唐人传奇文体成立的基本前提之一。就这一特征而言，我们不妨称唐人传奇为辞章化传奇。

以上我们从三个方面阐释了唐人传奇的文体特征，即：面向“无关大体”的浪漫人生；注重想像和虚构；传、记辞章化。这三个方面，在每一个传奇个体中不一定充分而全面地表现出来，但就传奇整体而言，这三个方面缺一不可，仅用其中一者或二者作为传奇小说成立的前提，都将是不妥当的。比如，有人将《庄子》中的《盗跖》、《说剑》等视为传奇，有人将《战国策》中的《苏秦以连横说秦》、《邹忌讽齐王纳谏》、《鲁仲连义不帝秦》等视为传奇，凡此种种，都因为对传奇的文体特征缺少清晰、准确的把握。

---

① 鲁迅：《中国小说史略》，54 页，上海，上海古籍出版社，1998。

三　传奇小说何以成熟于唐代

传奇小说成熟于唐代，说明其原因可以有不同角度。就传、记辞章化而言，透视唐人的小说观是较好的切入点；就想像、虚构的灵动、奇幻而言，我们理应重视佛道文化与通俗文学的影响；就面向“无关大体”的浪漫人生而言，对热衷于传奇的中唐文人的心态有所了解是必要的。我们试对这三个层面作一些考察。

1. 唐人的小说观

中国小说的概念是历史地发展的。从班固的《汉书·艺文志》，到唐初魏征、长孙无忌等的《隋书·经籍志》，正统的目录学家一直将“小说”划归子部，认为其体裁特征是“丛残小语”即笔记体，而以议论为核心，尽管是“浅薄不中义理”的议论。

唐代武后至玄宗时的著名史学家刘知几则是“史部”说的倡导者。其《史通·杂述》不仅将《搜神记》这样的笔记体志怪归入了“小说”；而且将许多首尾完整的野史别传也视为“小说”，如《楚汉春秋》、《竹林名士》、《列女传》等都始末俱详。他将“小说”从子部划入史部，其文体特征就不再是“以议论为宗”，而是“以叙事为宗”了。沿着这一认识发展，唐人传奇已呼之欲出。实际上，中唐顾况《戴氏广异记序》对《广异记》渊源的追溯就表明，视“小说”为“史氏别体”是一个普遍现象。

但野史别传终归与传奇有别。促使传奇顺利产生的更为重要的因素还在于：唐人对于藻绘带有克制不住的浓厚兴趣。文史结合，本是中国史学的一个优良传统，像司马迁这样的史学家，本身就是著名的文学家，他的《史记》，既是历史名著，又是文学作品。随着时代的变迁，学术的发展，史传和辞章在体制上的区别越来越明确，正如刘知几《史通·核才》所说：

> 昔尼父有言：“文胜质则史。”盖史者，当时之文也。然朴散淳销，时移世异，文之与史，皎然异辙。故以张衡之文，而不

闲于史；以陈寿之史，而不习于文。其有赋述《两都》、诗裁《八咏》而能编次汉册，勒成宋典，若斯人者，其流几何？①

刘知几认为，文、史既已分道扬镳，文人就不适合于作史；文人作史，往往在史传中逞弄文人习气，对此，刘知几非常反感，其《史通·杂说下》不客气地指出：

喉舌翰墨，其辞本异，而近世作者，撰彼口语，同诸笔文。斯皆以元瑜（阮瑀字）、孔璋（陈琳字）之才，而处丘明、子长之任。文之与史，何相乱之甚乎？②

《史通·论赞》更直接批评了本朝的文人修史之风：

大唐修《晋书》，作者皆当代词人。远弃史班，近宗徐（徐摛、徐陵父子）庾（庾信）。夫以饰彼轻薄之句，而编为史籍之文，无异加粉黛于壮夫，服绮纨于高士者矣。③

《史通·叙事》还具体讨论了文人修史在叙事方面的不足："芜音累句，云蒸泉涌。其为文也，大抵编字不支，捶句皆双，修短取均，奇偶相配。故应以一言蔽之者，辄足为二言，应以三句成文者，必分为四句，弥漫重沓，不知所裁。""其立言也，或虚加练饰，轻事雕彩；或体兼赋颂，词类俳优；文非文，史非史。"④

毫无疑问，刘知几是主张文史分家的。但他的激烈的抨击言词，

---

① （唐）刘知几撰，黄寿成校点：《史通》，75页，沈阳，辽宁教育出版社，1997。

② （唐）刘知几撰，黄寿成校点：《史通》，151页，沈阳，辽宁教育出版社，1997。

③ （唐）刘知几撰，黄寿成校点：《史通》，24页，沈阳，辽宁教育出版社，1997。

④ （唐）刘知几撰，黄寿成校点：《史通》，53页，55页，沈阳，辽宁教育出版社，1997。

倒是使我们清醒地意识到，在大多数唐代文人眼里，文史是不必分开的，他们在写作时也确实未将二者分开。这对于唐代史学的发展可能是不利的，但却为唐人传奇的兴盛提供了难得的机遇。六朝后期，“文”、“笔”的区分是比较严格的，沉思翰藻谓之“文”，纪事直达谓之“笔”；史是归于“笔”一类的。现在，将“文”、“笔”合一，便促使唐人在写作传奇时不再仅以“纪事直达”为满足，还应讲求沉思翰藻。正是这后一讲求，导致了唐人传奇藻思横溢、辞采丰美的特征。一个“史才、诗笔、议论”结合的划时代的文学品种出现了。

并且，由此我们不妨进一步推论：唐人传奇所上承的传统，不仅有“笔”（包括野史别传、志人小说、志怪小说），而且有“文”（包括诗、赋、论）。文笔结合的过程，即传、记辞章化的过程。

2. 佛道文化与通俗文学的影响

唐代佛、道思想，遍播士流，故传奇受其滋润，受益良多。

道教在激发唐传奇作家的虚构才能方面，起过不容忽视的作用。比如，道教的仙人多在山中，这诱发和促进了传奇作者对景物的关注，尤其是对奇异境界的关注。《太平广记》卷三八三《古元之》（出《玄怪录》）向读者推出了一个没有任何尘缘的国度——和神国：

> 其国无大山，高者不过数十丈，皆积碧珉。石际生青彩簵篆，异花珍果，软草香媚，好禽嘲哳。山顶皆平正如砥，清泉迸下者，三二百道。原野无凡树，悉生百果及相思石榴之辈。每果树花卉俱发，实色鲜红，翠叶于香丛之下，纷错满树，四时不改。惟一岁一度暗换花实，更生新嫩，人不知觉。田畴尽长大瓠，瓠中实以五谷，甘香珍美，非中国稻粱可比。人得足食，不假耕种……

所谓“和神”，就是“清虚泰静，少私寡欲”。古元之在昏醉中所见的和神国，正是作家理想中的能使人摆脱尘缘的隐居环境，所以，当他在和神国游历一番后，便“疏逸人事，都忘宦情，游行山水，自号知和子”去了。景物描写中寓含着道家的审美风范。

佛教对传奇作者虚构才能的激发，或许比道教更为重要。诸多佛教故事的细节已转化为传奇作品的血肉，融为一体，不可分割。比如《增壹阿含经》卷二八记目连降龙，“化为细身，入龙身内，从眼入耳出，耳入鼻出，钻噬其身”。①《中阿含经》一三一亦云：“魔王化作细形，入尊者大目犍连腹中。”② 裴铏由此获得灵感，在《聂隐娘》中，设计了聂隐娘“化为蠛蠓，潜入仆射肠中听伺”，又自“口中跃出”的新奇情节。

应该说，佛教对唐传奇的影响主要还不在局部，而是从整体上开阔了作家们的视野。甚至在一向为道家占据的神仙故事中，佛教也能大有作为。魏、晋、南北朝的神仙故事，用以证明成仙之艰难的材料，无非是他人的骂辱、野兽的恐吓、美女的诱惑等，目的是检验求仙者能否保持心灵的平静。唐代以求仙为题材的传奇，也注重展现成仙了道的艰难，但情节的构成更为玄虚荒漠。比如《太平广记》卷十六《杜子春》（出《续玄怪录》）。杜子春所经受的考验，种种磨难，基本上是以佛教的地狱作为参照的。风雨雷电，刀山剑树，猛虎毒龙，狻猊狮子，火坑镬汤，莫名其妙的胁迫，难以描述的恐怖，呈现出地狱般的震慑人心的威严。

民间通俗文学在唐人传奇发展进程中的促进作用，得到学术界的广泛强调，比如游国恩等主编的《中国文学史》和中国科学院文学研究所中国文学史编写组编写的《中国文学史》。二书都举《李娃传》与《一枝花话》的关系为例，说明唐代变文、俗赋、话本、词文等通俗文学对传奇创作的影响。但据程毅中考证，其一，说《一枝花话》的不一定是说话人，从前后语气、文法看来，倒更像是白居易自己在说；其二，白行简写作《李娃传》大概在《说一枝花话》之前。③ 所以，证据本身的说服力不是太强。不过，我们并不因此认

① 朱封鳌校释：《妙法莲华经文句校释》（上册），73页，北京，宗教文化出版社，2000。

② 中国佛教文化研究所点校：《中阿含经》（中册），532页，北京，宗教文化出版社，1999。

③ 程毅中：《唐代小说史话》，13页，北京，文化艺术出版社，1990。

为唐代的民间通俗文学未曾对唐人传奇有过一定启发。事实上，像唐初张鷟的《游仙窟》，杂用方言、隐语和韵散结合的形式，就借鉴了民间说唱。“句本《搜神记》产生于武德中，三十五篇故事中篇幅较长的占四之一。其中《梁元皓》、《王子珍》、《田昆仑》三篇都在千字以上，叙事非常曲折细致，明显含有传奇笔法。它们都是民间故事，作者也是民间文人。这个事实似乎表明民间说话对于唐传奇的形成起了不小的作用。”① 只是，我们不宜过分夸大民间通俗文学的这种影响（也许应该指出，受民间通俗文学影响至为显著的《游仙窟》在唐人传奇中是相当孤立的存在；唐人传奇与民间文学的差异毕竟是深刻而鲜明的）。

3. 中唐文人热衷于传奇小说

一种文学样式的成熟并趋于极盛，除了前人的艺术积累及作者对其体性特征的清楚认识等必要条件外，从人类文化生活的角度来考察，还在于它能够满足一定的社会环境所培育出的新的精神需求。

唐人传奇是在中唐臻于极盛的。经过漫长的生长发育阶段，传奇终于以其明艳的青春年华赢得了世人的赞许。在不长的时间内，佳作如云蒸霞蔚，取得了与唐诗并称的地位。于是，一个问题就呈现在我们面前：中唐社会的作者和读者们，何以会热衷于传奇这一文体？或者说，传奇满足了他们什么样的精神需求？

中唐是一个在诸多方面都使人感到充满矛盾的时代。在正宗文学的领域内，古文运动和新乐府运动声势浩大。古文运动的宗旨，按韩愈的说法，是要振兴儒学，即以儒学为规范，来整顿以君君、臣臣、父父、子子为核心的人伦纲纪；改革文体，变骈为散，那仅是外部形式。但实际上，韩愈这些人真正关心的倒是文体本身，振兴儒学只是宣传口号而已。至于新乐府运动，目的据说是为了改善政治。元稹《叙诗寄乐天书》谈到他写讽喻诗的动机，乃是由于宦官专权、藩镇

---

① 李剑国：《唐五代志怪传奇叙录·前言》，35页，天津，南开大学出版社，1993。

割据、百姓惨遭盘剥，他“心体悸震，若不可活，思欲发之”；① 白居易《新乐府序》说得更明白：“总而言之，为君、为臣、为民、为物、为事而作，不为文而作也。”有过这种文艺主张的元、白，其诗从总体上应该比较“醇粹”② 即合乎儒家规范吧？然而，杜牧《唐故平卢军节度巡官陇西李府君墓志铭》却引用李勘的议论严厉批评他们：

> 自元和以来，有元、白诗者，纤艳不逞，非庄士雅人，多为其所破坏，流于民间，疏于屏壁，子父女母，交口教授。淫言媟语，冬寒夏热，入人肌骨，不可除去。吾无位，不得用法以治之。③

李肇《国史补》卷下也说：“元和以后……学浅切于白居易，学淫靡于元稹，俱名为元和体。”④ 可见当时最为流传的元白诗与儒家诗学的要求是不一致的。而如此激愤地鄙薄元白的杜牧，却也如宋刘克庄《后村诗话后集》所说：“牧风情不浅，如《杜秋娘》、《张好好》诸篇，青楼薄幸之句，街吏平安之报，未知去元、白几何，以燕伐燕，元、白岂肯心服？”⑤

社会风气也一样带有矛盾的特征。一方面，当时的著名文人大力提倡返回淳朴，白居易《新乐府》小序之“惩厚葬”、“止淫奔”、“戒佚游”，立意于移风易俗，即是例证。另一方面，上层社会的风尚却日趋于浮华、奢侈。“长安风俗，自贞元侈于游宴，其后或侈于书法图画，或侈于博弈，或侈于卜祝，或侈于服食，各有所蔽也。”

---

① 元稹：《元稹集》，352页，北京，中华书局，1982。

② 郭绍虞主编：《中国历代文论选》（上册），421页，北京，中华书局，1962。

③ 杜牧著，欧阳灼校注：《杜牧集》，136页，长沙，岳麓书社，2001。

④ 李肇：《唐国史补》，57页，上海，上海古籍出版社，1979。

⑤ 刘克庄撰，王秀梅点校：《后村诗话》，66页，北京，中华书局，1983。

“京城贵游，尚牡丹三十余年矣，春暮车马若狂，以不耽玩为耻。”①所以杜牧《感怀》诗说：“至于贞元末，风流恣绮靡。”

上述矛盾特征的产生，原因是多方面的。一是唐帝国在安史之乱后，尽管逐渐由中衰转向中兴，但已失去了往日的雄风：士大夫文人不再有豪壮、高蹈的情怀，倒是多了几分对日常享受的兴趣与智慧；二是庶族文人的崛起：他们以其才情在帝王那里换得功名，“达则兼济天下”，青史留名，“穷则独善其身”，经营一己的闲适，他们与皇帝之间并无割舍不开的心理与利益的脐带；三是“对外之宣传，未必合于其衷心之底蕴”，② 嘴上所说与心中所想可以相互对立。

我们关心的是这种矛盾对文学的影响。中国传统文学的各种体裁并不处在同一等级上。文以载道，它必须代圣人立言，即韩愈《答李翊书》所标榜的“非圣人之志不敢存”，“将蕲至于古之立言者，则无望其速成，无诱于势利……仁义之人，其言蔼如也”。诗以言志，它所表达的应该是严肃的社会人生感慨，白居易《与元九书》以此为标准，痛斥南朝诗人，甚至对盛唐的李、杜也有微词：“李之作，才矣奇矣，人不逮矣，索其风雅比兴，十无一焉。杜诗最多，可传者千余首……然撮其《新安吏》、《石壕吏》、《潼关吏》、《塞芦子》、《留花门》之章，‘朱门酒肉臭，路有冻死骨’之句，亦不过三四十首。”③ 韩愈、白居易这群来自庶族的文人，将文以载道、诗以言志的特征推到极端，目的之一是增强号召力，提高庶族文人的政治地位。没有响亮的口号，宣传就缺乏鼓动性。因此，韩愈、白居易的偏颇的理论主张，在很大程度上是策略性的，他们并不打算始终信守诺言。明乎此，则韩愈“以文为戏”地写《毛颖传》，元、白一边说“文章合为时而著，歌诗合为事而作”，一边大写风情诗、艳诗、闲

① 李肇：《唐国史补》卷下、卷中，60～61页，45页，上海，上海古籍出版社，1979。

② 陈寅恪：《元白诗笺证稿》第五章《华原磬》，162页，上海，上海古籍出版社，1978。

③ 郭绍虞主编：《中国历代文论选》（上册），410页，北京，中华书局，1962。

适诗，就很好理解了。

然而，正宗的诗文毕竟其体尊严，实在不宜以俳谐出之，不宜过多地抒写“纤艳”的题材，韩愈和元、白为此遭到指责，在乎情理之中。而传奇作为一种新崛起的身份不高贵的文体，则不必有太多的约束，不妨大写特写“无关大体”的浪漫人生；至于部分传奇中故作庄重的讲大道理的议论，倒真可看成对大道理本身的调侃。扯掉道貌岸然的面具，传奇走向了“丽情”、“侠义”、“隐逸”的世界。传奇因此为文人们所钟情。

第八章　初期唐人传奇：唐初至代宗朝（618~779年）

如果用一种理想的范型来描述唐人传奇，可以说，“传、记辞章化”是唐人传奇最基本的文体特征。“唐人传奇融传、记与辞章为一体，建立了若干新的写作惯例：从选材上看，唐人传奇对想像世界和私人感情生活倾注了浓厚的兴趣；就艺术表达而言，唐人传奇在传、记的框架内穿插大量景物描写，注重形式、辞藻、声调的经营，不仅采用第三人称客观叙事和第三人称限知叙事，还不止一次地采用第一人称限知叙事。可以说，只有在融合了辞章的旨趣和表现手法后，传、记才成为了传奇。”① 作为一种理想的范型，唐人传奇的基本特征在其不同阶段或不同作品中，表现的充分程度是有所不同甚至是大为不同的。这一事实表明，对唐人传奇的审美发展作具体考察是一件必要而且重要的事情。只有这样，我们才能在还原历史的前提下，从另一侧面深入了解唐人传奇。

唐人传奇的发展，如仿照明代高棅《唐诗品汇》对唐诗的分法，大致可分四个时期：② 初期（618~779年），从唐高祖起，到唐代宗止，这是传奇产生及渐趋成熟的时期。盛期（780~820年），从唐德宗起，到唐宪宗止，这是传奇发展的鼎盛时期。中期（821~873年），从唐穆宗起，到唐懿宗止，这是传奇集创作大获丰收的时期。

---

① 陈文新：《再论唐人传奇的文体特征》，见《齐鲁学刊》2006年第1期。

② 关于唐人传奇的分期，本书参考了李宗为《唐人传奇》的有关论述，李著1985年11月由中华书局出版。

晚期（874～910年），从唐僖宗起，延续到五代初，这是传奇衰退、变异的时期。唐人传奇在其不同的发展阶段，不仅作品数量存在差异，在精神气质和艺术风貌方面也存在显著不同。

一 单篇传奇的问世

产生于唐初至代宗朝的单篇唐人传奇，现存的名作有王度《古镜记》、无名氏《补江总白猿传》、张鷟《游仙窟》、陈玄祐《离魂记》。唐晅《唐晅手记》、张说《梁四公记》、郭湜《高力士外传》等亦有可取之处。“单篇文字形式本来用于辞赋、散文、传记等，而用于述异语怪的小说，反映出把小说文章化，亦即自觉创作的产生。”①

1. 王度《古镜记》

《古镜记》是唐人传奇的开山之作。作者王度，② 两《唐书》里没有记载他的生平。约生于隋开皇初年，卒于唐武德年间。据《古镜记》自述，隋大业中，曾为御史，大业七年（611年）五月，自御史罢归河东。六月，归长安。大业八年冬，任著作郎，奉诏撰国史。九年秋出兼芮城令；冬，持节河北道，开仓粮赈给陕东。中唐顾况《戴氏广异记序》称王度为“国朝”人，可见他的《古镜记》作于唐初。

小说采用第一人称限知叙事，依次记叙了古镜的“灵异”：大业七年，王度在长乐坡程雄家以镜制伏狸精鹦鹉；大业八年，镜光与日蚀相应；八月望夜，古镜令铜镜无光；大业九年，胡僧言镜可照见肺腑；在芮城伏蛇妖，在河北以镜愈疾，等等，一共十二件异迹。就流

① 李剑国：《唐五代志怪传奇叙录》，34页，天津，南开大学出版社，1993。

② 据孙望《王度考》，载《学术月刊》1957年3～4月号。段熙仲则认为《古镜记》的作者是王勃的从兄王勔，见《文学遗产增刊》第十辑《〈古镜记〉的作者及其他》。

连于神怪世界而言，它仍带有六朝志怪的余风；但作为唐代传奇的先声，它又体现出从志怪发展到传奇的若干新的特征。首先，小说的主旨不限于搜奇记异，而是意味深长地抒发了作者的人生感慨。这面古镜除妖灭怪，神通广大，王度曾希望用它来造福于百姓；但镜精表示："百姓有罪，天与之疾"，它不能"反天救物"。甚至王度本人也不能长期拥有这面古镜。小说结尾写道："大业十三年七月十五日，匣中悲鸣，其声纤远，俄而渐大，若龙咆虎吼，良久乃定。开匣视之，即失镜矣。"这正是隋炀帝决定迁都江都的日子。隋王朝的灭亡与宝镜的失去二者对应，表达出作者救世无术的悲愤与绝望。

其次，较之六朝志怪，《古镜记》大增华艳，体制恢宏。小说中有关古镜从苏绰家传出一段情节，与刘悚《隋唐嘉话》所叙大致吻合，说明二者同出于当时的传闻。但《隋唐嘉话》淡淡叙来，笔墨简约；《古镜记》则从传闻出发，"有意综合六朝以来言镜异之说，以恢宏其文"，① 侈陈灵异，辞旨诙诡，注重细节，文采斐然。②

其三，《古镜记》创造了一种新的结构方式。小说所叙古镜的"灵异"，共有十二件，全是六朝志怪中的老话题；但以一面古镜为中心，以王度为线索，把许多独立的小故事连贯起来，组织成一篇复杂而又严谨的作品，却无疑是他的创获。这种结构，在文言小说发展史上影响颇大，《太平广记》卷五十《嵩岳嫁女》（出《纂异记》）、卷三〇九《蒋琛》（出《纂异记》）借一场盛会聚集诸多仙人，是对这种范型的继承和完善。

2. 佚名《补江总白猿传》

作为传奇小说，佚名《补江总白猿传》比《古镜记》成熟。故事说梁将欧阳纥携妻南征，其妻为白猿所劫夺，到救出来时，她已怀

---

① 汪辟疆校录：《唐人小说》，12页，上海，上海古籍出版社，1978。

② 王度《古镜记》给清代纪昀留下了深刻印象。《阅微草堂笔记》卷十："河城西村民，掘地得一镜。广丈馀，已触碎其半。见者人持一片去，置室中，每夕吐光。凡数家皆然。是亦王度神镜，应月盈亏之类。但残破之余，尚能如是，更异耳。"纪昀：《阅微草堂笔记》，222页，上海，上海古籍出版社，1980。

孕，不久生下一子，面貌像猴，聪悟绝人。后欧阳纥为陈武帝所杀，其子由好友江总收养，得免于难。

相传这篇小说是用来嘲笑欧阳询的。欧阳询即欧阳纥之子，唐朝有名的书法家。据说他长相像猴，同僚常以此取笑，而他也不甘示弱。刘悚《隋唐嘉话》卷中记载：

> 太宗宴近臣，戏以嘲谑。赵公无忌嘲欧阳率更曰："耸膊成山字，埋肩不出头。谁家麟阁上，画此一猕猴？"询应声云："缩头连背暖，绽裆畏肚寒。只由心溷溷，所以面团团。"帝改容曰："欧阳询岂不畏皇后闻？"赵公，后之兄也。①

玩笑一直开到皇帝面前，足见这不是一个暗藏心机的话题。影响所及，有人用文章来调侃他，不一定含有什么险恶用心。明胡应麟《少室山房笔丛·四部正讹下》愤愤不平地说："《白猿传》，唐人以谤欧阳询者。询状颇瘦削，类猿猱，故当时无名子造言以谤之。此书本题《补江总白猿传》，盖伪撰者托总为名，不惟诬询，兼以诬总。噫，亦巧矣！率更世但贵其书，而不知其忠孝节义，学问文章，皆唐初冠冕，至今了然史策，岂此辈能污哉！"② 这似乎把问题看得太严重了。

这篇小说用史家人物传记的体例志怪，不再是《古镜记》式的若干片断的连缀，而成为只含一个故事、首尾完整的单篇，为唐人传奇在文体方面走向成熟作出了贡献。清章学诚《文史通义》内篇五《诗话》说："小说出于稗官……唐人乃有单篇，别为'传奇'一类，专书一事始末，不复比类为书。"③ 仅视"单篇"的"专书一事始末"的唐人小说为传奇，这当然不够妥当，但可以表明，"专书一事始末"的传记体，在唐人传奇的发展进程中有着不容低估的重要性。

---

① 刘悚撰，程毅中点校：《隋唐嘉话》，23页，北京，中华书局，1979。
② 胡应麟：《少室山房笔丛》，320页，上海，上海书店出版社，2001。
③ 清章学诚著、叶瑛校注：《文史通义校注》，560页，北京，中华书局，1994。

《补江总白猿传》的情节主要包括失妻、寻妻、杀猿等几环，每一环节都能处理得波澜起伏。比如"失妻"部分，作者先让部人提醒欧阳纥："将军何为挈丽人经此？地有神，善窃少女，而美者尤所难免。宜谨护之。"再写"甚疑惧"的欧阳纥加强防守："夜勒兵环其庐，匿妇密室中，谨闭甚固，而以女奴十余伺守之。"然后交代："关扃如故"而其妻已失，四处寻找，绝无踪迹。这个窃妻者是谁呢？作者并不轻易说穿。直到欧阳纥再次入山，"神物"中计被捆绑于床头，这才挑明窃妻者是一头"大白猿"。关目安排，颇具匠心。

注重景物描写是《补江总白猿传》值得关注的特色之一。中国古代的历史散文拒绝写景，只在辞赋、骈文等体裁中才允许描摹山水自然。《补江总白猿传》一方面采用史家体制，另一方面又继承了辞赋、骈文的传统，开传、记辞章化之先河，有助于文体的解放。小说叙欧阳纥第一次入深山寻妻：

> 南望一山，葱秀迥出。至其下，有深溪环之，乃编木以度。绝岩翠竹之间，时见红彩，闻笑语音。扪萝引絙，而陟其上，则嘉树列植，间以名花；其下绿芜，丰软如毯。清迥岑寂，杳然殊境。

这段文字，不仅抒写出大自然带给我们的美感，而且以其诗情画意造成轻快、愉悦的氛围，显示了作者志异时的游戏心态。

《补江总白猿传》对后世保持了持续的影响力，《清平山堂话本》中的《陈巡检梅岭失妻记》（《古今小说》卷二〇作《陈从善梅岭失浑家》）、明瞿佑《剪灯新话》卷三的《申阳洞记》，都由这一故事衍变而来。至于宋初徐铉《稽神录》中的《窃猿妇人》一则，更是《补江总白猿传》的缩写。南宋周去非《岭外代答》卷十所载"桂林猴妖"，则系这一故事的变异。

3. 张鷟《游仙窟》

作于高宗调露元年的《游仙窟》是唐人传奇的一篇特殊作品。文章近乎骈俪，并大量穿插诗歌、俗语等，在唐人传奇中几乎找不到姊妹篇。其作者张鷟（约 658 ~ 约 730 年），字文成，即《灵怪集》作者张荐的祖父。自号浮休子，深州陆泽（今河北深县北）人。唐高宗调露初（679 年）登进士第，授歧王府参军、襄乐县尉，调长安尉，迁鸿胪丞。据两《唐书·张荐传》，他在当时文名籍甚，员半千曾对人说："张子之文，如青钱万选万中。"时目为"青钱学士"。新罗、日本等国，尤为钦慕他的文章，每次派使者来长安，"必出金宝购其文"。但他性情浮躁，不持士行，为宰相姚崇所厌恶。开元初，御史李全交弹劾他讪短时政，贬至岭南。不久内徙，任司门员外郎。著有《游仙窟》、《朝野佥载》、《龙筋凤髓判》等。《游仙窟》在国内久已失传，清末才由日本传抄回来。

《游仙窟》以第一人称叙述张鷟本人的一次艳遇。他在奉使河源途中，进入一个相传为"神仙窟"的大宅，受到十娘、五嫂款待，宴饮笑谑，诗书相酬，留宿一夜而去。据说这篇文章是因爱慕武则天而作。① 但这可能是日本人的讹传：因为武则天的男宠张易之、张昌宗姓张，他们的族祖名张行成，而张文成恰有《游仙窟》一文，于是牵合出这一段传说。

"游仙"实即狎妓。六朝志怪常写"凡"人入山遇仙，如《幽明录》中的"刘晨阮肇天台山遇仙"。而遇仙的高潮往往是：人间男子与女仙共宿。这容易使人联想到狎妓生活。到了唐代，文人们索性用"仙"来指妓女或艳冶女子。"神仙窟"就是妓院，十娘即妓女，五嫂的身份则近于鸨母。《游仙窟》说崔十娘是"博陵王之苗裔，清河公之旧族"，只能视为小说家的游戏之词。

《游仙窟》的风格以俗为特征。作品大量采用了民间文学手法，有的像俗赋，如描写崔十娘的美貌："容貌似旧，潘安仁之外孙；气调如兄，崔季珪之小妹。华容婀娜，天上无俦；玉体逶迤，人间少匹。"有的像民间歌谣，如十娘酬答张鷟的一首诗："好是他家好，人非着意人，何须漫相弄，几许费精神。"有的像俗谚："朝闻乌鹊语，真成好客来。""昨夜眼皮瞤，今朝见好人。"有的像民谣："但

① 约当中国的南北宋之际，日本西行法师传抄的《唐物语》一书，其第九章述及《游仙窟》本事，提出这一看法。

问意如何，相知不在枣（早）。”“儿今意正密，不忍即分梨（离）。”将六朝的“游仙”演绎成嫖娼，张鷟的放肆和天真从某一角度看有其可爱之处。

《游仙窟》的文体与唐代兴起的变文有较多共同点。用骈体文与诗赞结合来演述故事，是变文的特色，也是《游仙窟》的特色。二者之间可能存在影响与被影响的关系，而更大的可能是，它们同受影响于此前的故事赋和其他说唱文学。程毅中认为：“张鷟《游仙窟》在体制上有不少特点，只有从民间文学去找它的因由，才能得到比较合理的解释。”① 这意见是对的。此外，用骈文铺陈景物，较易见长，但以之叙事，则往往显得局促。张鷟才情轻艳，故能驭骈如散，流利顺畅，不愧为一代名家。晚唐裴铏的《传奇》和明代中篇传奇小说等颇受其影响。

4. 陈玄祐《离魂记》

《离魂记》是初期唐人传奇中一篇著名的爱情小说。作者陈玄祐，生平已不可考。他自称《离魂记》作于“大历末”，较《古镜记》（约在唐初）、《补江总白猿传》（约在高宗朝）、《游仙窟》（高宗调露元年）为晚。故事叙太原王宙与表妹倩娘相爱，后倩娘被许嫁他人，“宙阴恨悲恸”，托辞赴京，“诀别上船”。倩娘思念王宙，魂魄离躯，在半夜赶上他，结成夫妇。“凡五年，生两子。”倩娘思亲归宁，家中另有一倩娘病卧闺中，见面时，两倩娘“翕然而合为一体”。

离魂情节首见于刘义庆《幽明录·庞阿》。因爱慕而离魂，其情感强度应是巨大的，但这不是刘义庆关注的重点，他感兴趣的是：“天下遂有如此奇事！”《离魂记》不同。陈玄祐虽也写了“事”之“奇”，但尤其着力于写出爱的力量。倩娘追赶王宙、“徒行跣足而至”的情态和“寝梦相感”、“思将杀身奉报”的表白，王宙的“惊喜发狂”、“欣跃特甚”的举止，在在显示出这对青年男女情感的深度。

---

① 程毅中：《唐代小说史话》，105页，北京，文化艺术出版社，1990。

《离魂记》全文只有五百字，笔墨简练，富于表现力。作者还善于故设疑阵。小说前段写离魂的倩女，完全像是写她本人；可是当她五年后回家探望父母时，读者突然被告知：闺中另有一生病数年的倩娘。这到底是怎么回事？直到两个倩娘“合为一体”，我们才明白私奔的只是倩娘的魂，即所谓“离魂”。

《离魂记》标志着小说史上“离魂型”故事的成熟，在后世影响很大。北宋秦观曾以《调笑令》咏《离魂记》；元郑光祖《倩女离魂》杂剧则是据本篇改编的。清蒲松龄《聊斋志异·阿宝》中的孙子楚，也是凭借“离魂”的方式赢得了爱情。①

二 小说集所收传奇

这一时期的传奇集或者收录有传奇的小说集，主要有三部：牛肃《纪闻》（约乾元年间）、张荐《灵怪集》（约大历年间）、戴孚《广异记》（约大历末～建中初年）。

1. 牛肃《纪闻》

《纪闻》是唐代第一部出现传奇作品的小说集。《新唐书·艺文志》小说家类著录，十卷。原书已佚，《太平广记》采入一百二十条左右，有时引作《记闻》。牛肃生平不详。约生于武后末年，卒于代宗朝。曾任岳州刺史。《纪闻》中有一些关于他的家庭及社会关系的材料，如《晋阳人妾》（《太平广记》卷一百二十九）：“唐牛肃舅之尉晋阳也，县有人杀其妾。”《张氏》（《太平广记》卷四六三）：“濮州刺史李全璋妻张，牛肃之姨也。”《牛肃女》（《太平广记》卷二七一）：“牛肃长女曰应贞，适弘农杨唐源。”

《史记·封禅书》记怪异事而称“其详不可得而纪闻云”，当是《纪闻》书名所本。牛肃可能想告诉读者：书中故事并非出于作者虚构，而是根据当时的传闻；作者采取的是纪实的态度。所载共百余

① 参见纪昀：《阅微草堂笔记》卷十四“门人徐通判敬儒言”，349页，上海，上海古籍出版社，1980。本书论《阅微草堂笔记》的部分亦可供参考。

事，以玄宗朝居多。

《纪闻》中感人至深的首先是那些描叙真实人物的篇章，如《吴保安》（《太平广记》卷一六六），记吴保安弃家救赎郭仲翔，后来郭仲翔报恩的故事。两位朋友的生死交情，不仅在唐代传为美谈，在后世亦流传甚广，宋祁曾采其事入《新唐书·忠义传》。牛肃据实而写，笔致细腻，能令读者怦然心动。小说中的两封往还书信，尤其郭仲翔致吴保安的一封，情文并茂，堪称一流散文。

明冯梦龙编撰《古今小说》（《喻世明言》）第八卷《吴保安弃家赎友》，沈璟的传奇《埋剑记》，都以吴保安事为题材。

《裴伷先》（《太平广记》卷一四七）也取材于真人真事。裴伷先是裴炎之侄，因直陈武则天之过，被鞭挞至死，死而复生；几度流放边塞，濒临绝境，终幸免于难。后"唐室再造"，官至工部尚书东京留守。

小说旨在揭露武则天的阴险、狠毒与伪善。其中的一个关目是：补阙李秦授危言耸听地向武则天提到"代武者刘"的谶语，认为"刘者流也"，只有杀了流人才能根除祸患。武则天果然下令谋杀所有流人。待她确信流人已被诛杀完毕，又故意派使者下来安抚。在武则天所策划的这场周密谋杀中，裴伷先居然逃过劫难，情节曲折惊险之至。

《裴伷先》的题材颇受明清戏曲作家青睐。明许三阶据此创作了《节侠记》，许自昌又加以改订；清王翃也编了以它为蓝本的戏曲《词苑春秋》（一名《留生气》）。

《纪闻》中另有一些篇章则仿佛故示幻设之迹。《郗鉴》（《太平广记》卷二八）有意拿正史开玩笑，小说开篇便写：晋代的太尉郗鉴，"晋书虽言其人死，今则存"，翻正史旧案，构思尖新。又写那些神仙终日下棋，却棋艺不高，意在调侃一般人的神仙观念。《王无有》（《太平广记》卷三三三）以"无有"为主角姓名，与汉赋中的乌有先生、亡是公、子虚一样，无疑出于作者虚拟。

《田氏子》（《太平广记》卷四五〇）是一个精彩的讽刺小品。唐代盛行狐能为怪的传说，《朝野佥载》载："唐初以来，百姓多事狐神，房中祭祀以乞恩。食饮与人同之。事者非一主。当时有谚曰：

无狐魅，不成村。”① 在这种生存环境中，一些人过分戒备恐惧，遂至草木皆狐，闹出笑话：田家老仆人把一名过路的北村女子当做狐怪，给痛打了一顿；北村女子则把打她的田家仆人当做狐怪，连连求饶。情节的关键是误会，双方的心理状态颇为有趣。

《纪闻》的一些优秀篇章，故事性强，人物形象完整，已是相当成熟的传奇。一些作品取材于现实人生，这是传奇发展中一种值得肯定和重视的倾向。但更多作品还只能算是志怪，粗陈梗概，不大重视细节描写。

2. 张荐《灵怪集》

《灵怪集》稍晚于《纪闻》。《新唐书·艺文志》小说家类著录，二卷。作者张荐（744～804 年），字孝举，深州陆泽（今河北深县北）人，《游仙窟》作者张鷟之孙。大历末曾任史馆修撰兼阳翟尉，迁左拾遗、太常博士，贞元二十年病死于出使吐蕃途中的纥壁驿。顾况在《戴氏广异记序》里提到“李庾成、张孝举之徒，互相传说”，似即指他有《灵怪集》一书。《广异记序》约作于贞元、元和之际，《灵怪集》成书应当更早，李宗为《唐人传奇》推论“此书之成当在大历年中”，李剑国《唐五代志怪传奇叙录》则云：“本书当成于贞元四五年中，顾况于贞元五年至七八年间为《广异记》作序时本书已行世，故况有‘张孝举之徒互相传说’之语。”均可备一说。原书已佚，《太平广记》引有佚文十余条。

《许至雍》（《太平广记》卷二八三）描写生死不渝的夫妻之爱。许至雍与其妻两情甚笃，妻殁后，“至雍颇感叹，每风景闲夜，笙歌尽席，未尝不叹泣悲嗟”。后得吴巫赵十四之助，与妻鬼魂相见。生者与亡妇相见，这样的情节母题始见于六朝志怪，比如《搜神记》卷二《营陵道人》。生离死别，这是至为悲惨的事，所以，即使是六朝志怪，其笔触也意味浓至。但《灵怪集》无疑抒写得更为凄神寒骨。其中“泪痕皆血”的细节，是对于前人想像的进一步发挥。《文选》李少卿《答苏武书》：“战士为陵饮血。”注：“血即泪也。”晋

① 张鷟：《朝野佥载》，167 页，北京，中华书局，1979。

王嘉《拾遗记》卷七《魏》“薛灵芸”一则写道：“灵芸闻别父母，歔欷累日，泪下霑衣。至升车就路之时，以玉唾壶承泪，壶则红色。既发常山，及至京师，壶中泪凝如血。”泪和血之间还是一种比喻关系。张荐以描写出之，突出了伤心人的痛苦。

《郭翰》（《太平广记》卷六八）写织女与郭翰的婚外恋，是《灵怪集》中最长的一篇。牛郎织女一向以坚贞不渝著称，所以北宋秦观《鹊桥仙》感叹：“金风玉露一相逢，便胜却人间无数。”张荐却将织女设想成一个轻佻的女子，因“佳期阻旷，幽态盈怀”而背弃牛郎，下凡另寻新欢。清纪昀《阅微草堂笔记》卷二十二曾点名批评《灵怪集》：“纯构虚词，宛如实事；指其时地，撰以姓名，《灵怪集》所载郭翰遇织女事，则悖妄之甚矣。夫词人引用，渔猎百家，原不能一一核实；然过于诬罔，亦不可不知……”① 纪昀的话有他的道理。不过，中国传统的诗赋如宋玉《高唐赋》、《神女赋》一向不忌讳凡人与神仙的恋爱，张荐借鉴诗赋的构思，异想天开地为织女重新安排生活，开拓了唐人传奇的想像空间，应该说是有贡献的。沈亚之《秦梦记》即可能受到了《郭翰》的启发。

在写法上，《郭翰》一方面采用史家的纪传体，开头叙郭翰的身世人品，结尾交代“翰后官至侍御史而卒”；另一方面又承袭辞赋的手法，用骈俪文字来形容服饰用具之类，还穿插了几首诗。这些特征，依稀可见《汉武帝内传》的影响，加快了传、记辞章化的进程。后来的传奇作家经常仿效这种文体。

《灵怪集》中还有一些作品值得注意。如《姚康成》（《太平广记》卷三七一）叙“太原掌书记姚康成”“假邢君牙旧宅”过夜，夜闻三人谈艺，批评“时人所作，皆务一时巧丽，其于托情喻己，体物赋怀，皆失之矣”，并各赋一诗。至晓视之，这三人原来是“铁铫子一柄、破笛一管、一秃黍穰帚而已”。这类机锋侧出，假托物怪（或仙鬼）论文赋诗的写法，在唐人传奇中绵延不绝，如《广异记·张琎》、《玄怪录·元无有》、《传奇·萧旷》、《纂异记·韦鲍生妓》、

① 纪昀：《阅微草堂笔记》，523 页，上海，上海古籍出版社，1980。

《续玄怪录·柳归舜》以及无名氏《东阳夜怪录》等。① 《王生》(《太平广记》卷四五三)对狐怪似乎抱有几分敬畏与好感。其中的二野狐热心向学，并不无端惹人麻烦。王生恃强凌弱，野狐才实施报复，弄得王生倾家荡产。明冯梦龙《醒世恒言》第六回《小水湾天狐贻书》就是据本篇改编的。

3. 戴孚《广异记》

《广异记》是一部“十余万言”的巨著，共二十卷。原书已佚，《太平广记》引有佚文约三百条。近有中华书局方诗铭辑校本。作者戴孚，原籍谯郡(治所在今安徽亳县)。从顾况《戴氏广异记序》可知，他在肃宗至德二年(757年)与顾况同时登进士第，自校书郎终饶州录事参军，卒年57岁。佚文《王法智》(《太平广记》卷三〇五)提到他于大历六年(771年)在桐庐县令郑锋家听神仙诵诗；现存佚文也多记大历以前的事，由此推断，他创作《广异记》，当在大历、建中年间。

《广异记》所写几乎全是传统的志怪题材，最多的是鬼，其次是狐，手法也大体近于志怪。但部分作品铺叙曼衍，可视为尚存六朝遗风的传奇。《三卫》(《太平广记》卷三百)叙三卫替北海神女传书，以解除她丈夫华岳三郎对她的歧视，是其名作之一。北海龙君西伐华山一节，采用第三人称限知叙事，又多以四字句渲染气势，颇具特色。李朝威《柳毅传》直接受到本篇影响。

六朝志怪中的狐多扮演卑鄙角色，《广异记》却赋予她(他)们以可亲可近的人性，如《李麐》中的郑姓狐妇。她与李麐结为夫妻，生一子。郑死后，李复婚于萧氏，其子受到虐待。郑的鬼魂遂来到萧

---

① 纪昀《阅微草堂笔记》卷八曾对这种构思提出商榷：“余尝谓小说载异物能文翰者，惟鬼与狐差可信，鬼本人，狐近于人也。其他草木鸟兽，何自知声病。至于浑家门客并苍蝇草帚亦俱能诗，即属寓言，亦不应荒诞至此。”纪昀：《阅微草堂笔记》，149页，上海，上海古籍出版社，1980。又卷十八：“及孺爱先生言：尝亲见一蝇，飞入人耳中为祟，能作人言，惟病者闻之。或谓蝇之蠢蠢，岂能成魅？或魅化蝇形耳。此语近之。青衣童子之宣敕，浑家门客之吟诗，皆小说妄言，不足据也。”见上海古籍出版社1980年版，第465页。

家，逼他们承诺收养“小儿”，否则“必将为君之患”。母亲的一片深情，令读者不再视之为异类。

与张荐《灵怪集》相比，《广异记》的文笔较为逊色；与牛肃《纪闻》相比，《广异记》缺少现实题材。但它卷帙厚重，几乎涉及所有神怪题材，因而影响广泛：例如《颍阳里正》（《太平广记》卷三〇四）发展为《续玄怪录》的《李卫公靖》；《李参军》（《太平广记》卷四四八）可以看做沈既济《任氏传》的张本；《勤自励》（《太平广记》卷四二八）与《集异记·裴越客》、《续玄怪录·叶令女》情节相近，明冯梦龙又据之铺衍为《醒世恒言》第五卷《大树坡义虎送亲》；《宝珠》（《太平广记》卷四〇二）影响到元李好古的杂剧《张生煮海》等。

三　初期唐人传奇的审美追求

从唐初到代宗朝，其基本特点是从志怪向传奇过渡。这是一个艰难的发轫期。唐人传奇带着六朝志怪烙印在它身上的痕迹，步履蹒跚地走上了文坛。

这种过渡性，可以从精神气质、艺术风貌、作品数量等方面加以描述。

就精神气质而言，私人感情生活即“无关大体”的浪漫人生尚未成为此期传奇关注的焦点。在单篇传奇中，《古镜记》、《补江总白猿传》虽与人事相关，但并未跨越志怪的樊篱。张说的《梁四公记》以闯公、鱂公、䴙公、杰公为线索，记述远国殊方的奇禽异兽、珍宝珠玉等，其取材与《神异经》、《十洲记》、《博物记》相类。李舟的《李牟吹笛记》写李牟吹笛而遇异人，亦有志怪意味。郭湜的《高力士外传》属纪实性历史小说，凡玄宗怠政、安史作乱、玄宗幸蜀、马嵬兵变诸事，均事关军国。只有《游仙窟》写张鷟的艳遇，以一种天真的放肆笔调，涉及到“进士与妓女”这一在唐人传奇中格外显赫的话题。至于陈玄祐《离魂记》，当然是优美而动人的，但文辞简约，还不足以酿造一种氛围。

仙、鬼、妖怪构成此期小说集中最为庞大的形象系列，有关社会人生的情感尚未得到应有的表达。《纪闻》所写到的真人真事，以奇为归，倒与唐传奇的总的特色吻合，尤其是《吴保安》，状写义气，已开了颂扬豪侠的先例。《灵怪集》中的《许至雍》、《郭翰》等篇，或叙夫妻之爱，或讲人神之恋，亦粗具“负才则自放于丽情”的品格。① 但这些为数甚少的作品，尚不能蔚成壮阔的景观。

就艺术风貌而言，这一时期的小说家也做了有益的探索。

史传是中国叙事文学的正宗。小说作为叙事文学的一种，无论是文言小说还是白话长篇小说（也许白话短篇小说是个例外），都与史传存在不可分割的血缘关系。向史传的武库借宝遂成为此期小说家探索的重点之一。《补江总白猿传》、《灵怪集·郭翰》、《纪闻·吴保安》等采取纪传体的框架，并非偶然。

但小说毕竟与史传不同。史传的目的是展示历史，提供治国方略，因此文简而事繁常是许多史家所奉行的准则；小说的目的是娱人，以作文为中心，务求沉思翰藻，因此“吟咏性情”、“感荡性灵”成为小说家的追求。王度、牛肃、张荐、陈玄祐已经意识到“为文计，不为事计”的重要性，并努力寻找使传、记辞章化的艺术技巧或艺术表达方式：

其一，有意“幻设为文”。如刘知几《史通·杂说下》所说，中国的辞赋向来不排斥虚构，“自战国以下，词人属文，皆伪立客主，假相酬答。至于屈原《离骚》辞称遇渔父于江渚，宋玉《高唐赋》云梦神女于阳台”。② 但虚构的盛行还是在六朝，如阮籍《大人先生传》，刘伶《酒德颂》，陶潜《桃花源记》、《五柳先生传》皆属此类。这种虚构传统对《灵怪集·郭翰》、《补江总白猿传》等影响甚巨。

其二，“大归则究在文采与意想”。③ 中国文学注重修辞性。不仅古典诗重视韵律，在文章中也讲究韵律，而六朝骈文则将这种倾向

---

① 汪辟疆:《唐人小说·序》，1页，上海，上海古籍出版社，1978。

② 刘知几撰，黄寿成校点：《史通》，149页，沈阳，辽宁教育出版社，1997。

③ 鲁迅:《中国小说史略》，45页，上海，上海古籍出版社，1998。

发展到了高峰。《文心雕龙·原道》认为，人类可以通过创造文章的美而与宇宙本体达成协调的关系，更为那些重视文采的六朝作家寻找到了哲学的依据。经营细腻的文化生活，这在六朝也许是一种贵族趣味，但本时期的传奇作者，则意在炫耀才情，一种年轻人式的豪迈的炫耀。张荐《灵怪集》中大量的骈体描写和诗作，《补江总白猿传》的景物摹绘，无不笔调绚烂，气象开阔。

其三，以俳谐逞才。六朝笔记中已不乏诙谐的内容。《世说新语》专设《排调》一门；集成专书的则有邯郸淳《笑林》等。这一时期的传奇作者，更无拘无束地鼓荡起俳谐之风。《补江总白猿传》取笑欧阳询的长相，《郭翰》把神话中的织女塑造成放荡不羁的女性，《广异记》替名声极坏的狐精翻案，俳谐逞才，遣兴娱情，有了值得瞩目的收获。

其四，接受民间俗赋的滋养。赋是一种源远流长的文体。六朝时，从民间产生了俗赋。既有故事情节，又错杂使用骈文及五言诗。这种体制与风格，为张鷟《游仙窟》所继承和发展。或许有必要指出：唐人传奇基本上是一个以士大夫的教养为背景构筑起来的世界，一个充满书卷气的世界。这个世界的中心是士大夫的恋爱、士大夫的人生理想、士大夫的才情、士大夫的心灵颤动。因此，它在风度方面与民间文学有着深刻的差异；过分向俗倾斜的《游仙窟》也理所当然地被后起的传奇作家入了另册。它在唐代传奇中是一个孤立的存在。

从上面的概述可以看出，这一时期的传奇作家在文体方面上下求索，无论是史传，还是辞赋，无论是文人创作，还是民间体制，他们都尝试着“为我所用”。此外，《古镜记》和《游仙窟》采用第一人称叙事，《补江总白猿传》采用第三人称限知叙事，这无疑也是唐人有意识创作小说的标志之一。他们为唐人传奇的成熟及走向繁荣作出了贡献。但是，开拓者的成就毕竟是有限的：传奇数量从总体上说太少，不足以令人刮目相看。

第九章　盛期唐人传奇：德宗至宪宗朝（780～820年）

从唐德宗建中初（780年），到唐宪宗元和末（820年），这是唐人传奇的鼎盛时期。单篇传奇所达到的成就，构成了文言小说史上一个与唐诗并立的高峰。鲁迅《唐宋传奇集·序例》说："惟自大历以至大中中，作者云蒸，郁术文苑，沈既济许尧佐擢秀于前，蒋防元稹振采于后，而李公佐白行简陈鸿沈亚之辈，则其卓异也。"① 其中绝大部分名作都写于贞元、元和年间，只有蒋防的《霍小玉传》、沈亚之的《秦梦记》可能稍晚一些。

除了单篇外，这一时期还产生了两部小说集：牛僧孺《玄怪录》、陈邵《通幽记》。其中，《玄怪录》尤为著名。

这一时期的传奇创作，就文体特征而言，可以大体分为三类：一类以继承史家风范为主，注重情节的推进和事件的完整，我们称之为"偏于史笔的传奇"，如沈既济和陈鸿的传奇小说；一类以继承辞章家风范为主，注重场面的描写和情调的渲染，我们称之为"偏于辞章的传奇"，如沈亚之的创作；一类辞章与史笔兼重，如许尧佐、元稹、蒋防、李公佐、白行简、李景亮、李朝威、牛僧孺等人的传奇小说。传奇三派，蔚为壮观。

---

① 鲁迅校录：《唐宋传奇集》序列，1页，济南，齐鲁书社，1997。

一　偏于史笔的传奇

对盛期唐人传奇的考察，从偏于史笔的传奇开始。

1. 沈既济的传奇小说

沈既济（约749～约800年），苏州吴（今江苏苏州）人。《新唐书》有传，称他"经学该明"，有良史才。德宗朝宰相杨炎推荐他任左拾遗、史馆修撰。后杨炎获罪，他也于建中二年十月（781年）被贬为处州司户参军，后入朝任礼部员外郎，撰有《建中实录》。其传奇小说今存《枕中记》和《任氏传》。

《枕中记》（《太平广记》卷八三题作《吕翁》）写卢生得到道士吕翁的一个枕头，枕之入梦，在梦中登第入官，历任显要，五十余年，饱享了人世的富贵荣华，也备尝失宠受辱的辛酸滋味，一觉醒来，主人的黄粱米饭还未蒸熟。他由此感悟到功名的空虚。

《枕中记》以枕中荣华为主线，其构思受到《幽明录·杨林》的启发，但谋篇布局更近于《列子·周穆王》：周穆王在梦中始则"数十年不思其国"，继而"意迷精丧，请化人求还"，喜惧交错，卢生也是有时"大悦"，有时"惶骇不测"，情绪处于变动状态；周穆王醒来时，"所坐犹向者之处，侍御犹向者之人。视其前，则未清，肴未昲"，同样，"卢生欠伸而寤，见其身方偃于邸舍，吕翁坐其旁，主人蒸黍未熟，触类如故"。所以唐房千里《骰子选格序》将二者并提，宋洪迈《容斋四笔》卷一《西极化人》也认为《列子·周穆王》为《枕中记》所本。

黄粱梦的故事，表达了沈既济富贵无常的人生体验。在他看来，追求荣华富贵虽然并没有什么过错，但飞黄腾达者却往往不得善终。在现实的人事纷争中，不仅到手的东西可能失去，说不定还会重演华亭鹤唳之类的悲剧。历史已不止一次地提供了这方面的例证，而沈既济本人又在现实中体验到了：建中二年，贤相杨炎被贬崖州司马，随又中途赐死，沈既济也受到株连。于是，《枕中记》中出现了下述细节：卢生"号为贤相。同列害之，复诬与边将交结，所图不轨。制下狱。府吏引从至其门而急收之。生惶骇不测，谓妻子曰：'吾家山东，有良田五顷，足以御寒馁，何苦求禄？而今及此，思衣短褐，乘青驹，行邯郸道中，不可得也。'引刃自刎。"与其躁进而蹈汤火，不如站在险象环生的官场之外。卢生的悟道，不妨说是沈既济的悟道。

沈既济在当时以史才著称。赵璘《因话录》卷二："既济撰建中实录，体裁精简，虽宋、韩、范、裴亦不能过，自此之后，无有比者。"①《枕中记》也为时人称道，李肇《唐国史补》卷下："沈既济撰《枕中记》，庄生寓言之类；韩愈撰《毛颖传》，其文尤高，不下史迁。二篇真良史才也。"② 似乎并不把《枕中记》看做传奇。确实，《枕中记》文笔简练，并寓有劝戒意味，与一般的传奇有所不同。

《枕中记》是一篇备受关注的小说。在唐代，晚于它的同一类故事还有李公佐《南柯太守传》和无名氏《樱桃青衣》。后世将《枕中记》改编为戏剧者，元有马致远的杂剧《黄粱梦》，明有汤显祖的传奇剧《邯郸记》。至于"黄粱梦"或"邯郸梦"，更是人们耳熟能详的典故。

《任氏传》是沈既济的另一名作(《太平广记》卷四五二题作《任氏》)。写狐精变化成美妇任氏，与郑六相爱。豪家子弟韦崟见之，惊羡任氏美艳，强施暴力。任氏坚拒不从，并晓以大义，赢得韦崟的敬重。一年后任氏随郑六西行，途中为猎犬所害。

狐化为美女，这是六朝志怪中常见的故事。《搜神记》卷十八《阿紫》比较典型地写出了狐精的两个特征，即畏犬和狐精幻化的美女对男子极具诱惑力。并非偶合，任氏也畏犬，她最终就是被犬咬死的；她也对男性富于魅力，即所谓"善蛊惑，使人迷惑失智"。郑六即使在弄清她是狐以后，仍"想其艳冶，愿复一见"；韦崟是"多获佳丽"的豪家公子，一见亦"爱之发狂"。但任氏与传说中的坏狐精又根本不同。

---

① 赵璘:《因话录》，81 页，上海，上海古籍出版社，1979。

② 李肇:《唐国史补》，55 页，上海，上海古籍出版社，1979。

《任氏传》表现任氏的美貌，显示了卓越的写作技巧。写人物外貌，有两种途径，一是正面的工笔描绘，但“意态由来画不成”，效果并不理想；一是间接的渲染，写出“那美所激起的满意、倾倒、爱、喜悦，你就把美自身画出来了”。汉乐府《陌上桑》就是经由对行者、少年，甚至耕者、锄者为罗敷的外貌所倾倒的描写而烘托出其惊人之美的。《任氏传》将这一技巧发挥得尤为淋漓尽致：

> 崟姻族广茂，且夙从逸游，多识美丽。乃问曰：“孰若某美？”僮曰：“非其伦也！”崟遍比其佳者四五人，皆曰：“非其伦。”是时吴王之女有第六者，则崟之内妹，秾艳如神仙，中表素推第一。崟问曰：“孰与吴王家第六女美？”又曰：“非其伦也。”崟抚手大骇曰：“天下岂有斯人乎？”遽命汲水澡颈，巾首膏唇而往……就明而观之，殆过于所传矣。

在流动中表现美，美也更富于生气。后面还提到见多识广的市人张大，一见任氏，即惊为“天人”，进一步加深了读者的印象：“其容色之动人也如此。”

《任氏传》善以具体情节显现人物性格，而不依赖作者的抽象介绍。郑六初见任氏，便被任氏的美所吸引，但不明底细，“将挑而未敢”，只能“忽先之，忽后之”，一路相随；当他发现任氏也“时时盼睐，意有所受”时，这才以言相挑；二人心有灵犀一点通，遂“相顾大笑”。郑六的“好色”轻率，任氏的带几分野性的爽朗，都鲜明如见。其他如韦崟的“豪俊有义烈”，写来须眉俱活。

《任氏传》的故事在金代被改编为诸宫调《郑子遇妖狐》，已佚。在清代戏曲中，崔应阶的杂剧《情中幻》和无名氏的传奇《情中幻》也铺衍这一题材。至于清蒲松龄《聊斋志异》中的大量可亲可近的狐女，可说是任氏的嫡传。

沈既济的《枕中记》和《任氏传》，在唐人传奇的发展史上具有划时代的意义。它们标志着单篇唐人传奇的创作从此进入了高潮期。

2. 陈鸿的传奇小说

陈鸿，字大亮，生卒年不详。贞元二十一年（805 年）登太常第，长庆元年（821 年）为虞部员外郎，太和三年（829 年）官尚书主客郎中。撰有《大统纪》三十卷，今不存。其《长恨歌传》自云家住盩厔（周至），可能是这一带的人。他的传奇，现存《长恨歌传》、《开元升平源》、《东城老父传》。①

《长恨歌传》是为白居易《长恨歌》写的传，但二者仍有一些区别。《长恨歌》集中渲染“风情”，而《长恨歌传》则多了几许盛衰之感。以“开元中，泰阶平，四海无事”开始，用“时移事去，乐尽悲来”转折，再由“次问天宝十四载已还事”过渡到结尾，吊古伤今的惆怅情绪贯串始终，表现了对人世沧桑的敏感。

唐玄宗与杨贵妃之间的爱，愈深挚，愈美好，它的被毁灭也就愈能引发读者的悲剧感。《长恨歌传》写杨贵妃的得宠，一因“殊艳尤态”，一因“才智明慧”；而玄宗对她的钟情，已达到“虽有三夫人、九嫔、二十七世妇、八十一御妻，暨后宫才人、乐府妓女”而“无顾盼意”的程度。这就保证了李、杨爱情的纯洁。杨贵妃死后，传奇集中笔墨描写他们死抱痴情的精诚，缠绵哀怨，一往情深。

但唐玄宗与杨贵妃的爱情也有畸形的一面。这是由其特殊的社会身份所决定的。玄宗因宠眷杨妃，沉溺于朝欢暮乐的生活，不理朝政，封杨妃姊妹为“国夫人”，又任用其兄杨国忠为右相，最后导致了安史之乱的爆发。可以说，李、杨爱情本身就埋下了爱情被毁灭的种子：翠华南幸，一场兵变发生了，杨贵妃被缢死。这是畸形爱情的畸形结果。

这种畸形结果，本质上反映了人性与文化规范（或社会）的冲突。《红楼梦》说：“擅风情，秉月貌，便是败家的根本。”引申开来，皇帝多情，亦是亡国的根本。杜甫曾在《北征》诗中把杨贵妃

① 程毅中等认为《东城老父传》是陈鸿祖的作品，参见程毅中：《古小说简目》，46 页，北京，中华书局，1981。

比拟为褒姒、妲己，赞赏陈玄礼发动兵变；而陈鸿则给予李、杨以较多同情。尽管他没有指责陈玄礼，但将杨妃之死点染得凄然欲绝，意在表明这是一场意想不到的、令人难以承受的悲剧。陈鸿推测白居易写作《长恨歌》的动机，也将“多于情”、“感其事”置于首位，而认为“惩尤物，窒乱阶，垂于将来”只是副主题。

《长恨歌传》以帝王、后妃的爱情为题材，一向为人艳称。唐代的《明皇杂录》、《开天传信记》、《安禄山事迹》、《酉阳杂俎》等书中也有不少关于玄宗、杨妃的片断，宋乐史加以排比润饰，撰成《杨太真外传》二卷。北宋郑仅作有《调笑转踏》十二首，第十首咏太真。元白朴《梧桐雨》杂剧、清洪升《长生殿》传奇等，进一步扩大了这一题材的影响。

《东城老父传》以贾昌为传主，其人其事都是真实的。《李太白全集》卷二《古诗》之二十四：“大车扬飞尘，亭午暗阡陌。中贵多黄金，连云开甲宅。路逢斗鸡者，冠盖何辉赫。鼻息干虹蜺，行人皆怵惕。世无洗耳翁，谁知尧与跖。”据萧士赟说，这首诗即为讽刺贾昌辈而作。李白对贾昌辈只有挖苦和不满，而陈鸿以贾昌为主角，其情绪就复杂得多。

这篇小说的盛衰感慨较《长恨歌传》有过之而无不及。贾昌有过“富贵惊人”的岁月，以至当时的民谣说：“生儿不用识文字，斗鸡走马胜读书。贾家小儿年十三，富贵荣华代不如。能令金距期胜负，白罗绣衫随软舆。父死长安千里外，差夫持道挽丧车。”但安史之乱改变了他的命运，过去的荣华富贵突然间像焰火一般消失了。“昌还旧里。居室为兵掠，家无遗物。布衣憔悴，不复得入禁门矣。明日，复出长安南门，道见妻儿于招国里，菜色黯焉。儿荷薪，妻负故絮。”

面对剧变的人生境遇，贾昌痛感自我的渺小。他并没有胡作非为，相反，他“忠厚谨密”，“敏于伎，谨于心”，小心翼翼地对待生活。然而，他的努力所产生的效果是有限的，他事实上不能主宰自己。当他意识到人无论怎样努力，都可能突然陷入不幸时，他选择了出家为僧的道路，抛妻别子，在寂灭中去品味人生的辛酸。

盛衰无常是一个经久不衰的主题。在唐代,经历了安史之乱的诗人们,反复涉及这一内容。如张籍《法雄寺东楼》、元稹《行宫》等。陈鸿则用传奇来抒写,“辞意慷慨,长于吊古,追怀往事,如不胜情”①。

陈鸿以史笔作传奇，不尚繁缛，但个别片断亦文采烨烨，如小说写贾昌训鸡的得意神情和倜傥风度：“昌冠雕翠金华冠，锦袖绣襦袴，执铎拂道。群鸡叙立于广场，顾眄如神，指挥风生。树毛振翼，砺吻磨距，抑怒待胜，进退有期，随鞭指低昂，不失昌度。胜负既决，强者前，弱者后，随昌雁行，归于鸡坊。”袭用辞赋的铺排手法，在一定程度上体现了传、记辞章化的倾向。

二　偏重辞章的传奇（沈亚之的创作）

在唐代传奇小说写作中，辞章化程度最高的，非沈亚之莫属。

沈亚之，字下贤，生卒年不详。吴兴人。宋晁公武《郡斋读书志》“沈亚之集”条对其生平有比较详细的记载：“元和十年（815年）进士。泾原李汇辟掌书记。为秘书省正字。长庆初，补栎阳尉。四年（824年），为福建团练副使，事徐晦。后累进殿中丞御史、内供奉。太和三年（829年），柏耆宣慰德州，取为判官。耆罢，亚之贬南康尉，后终郢州掾。亚之以文词得名，狂躁贪冒，辅耆为恶，故及于贬。常游韩愈门，李贺、杜牧、李商隐俱有拟沈下贤诗，亦当时名辈所称云。”李贺在《送沈亚之歌》中称他为“吴兴才人”。他的传奇今存《冯燕传》、《异梦录》、《湘中怨解》及《秦梦记》。写于元和至太和年间。据说《感异记》（一题《沈警感异记》）也是他的作品。

《湘中怨解》(《太平广记》卷二九八题作《太学郑生》）旨在显示作者的诗赋才情。据沈亚之在文末交代，其目的是要写出一篇足以和南卓《烟中志》匹敌的作品。南卓是沈下贤的同时代人，其《烟中志》已佚，明抄本《绿窗新话》曾节引其文：

① 鲁迅:《中国小说史略》,48页,上海,上海古籍出版社,1998。

> 越溪渔者女，绝色能诗，尝有句云："珠帘半床月，青竹满林风。"有谢生续云："何事今宵景，无人解与同。"女喜而偶之。后七年，春日忽题云："春尽花随尽，其如自是花。"并谓生曰："逝水难驻，千万自保。"即以首枕生膝而逝。后二年，江上烟波溶洩，见女立于江中，曰："吾本水仙，谪居人间，今复为仙，后倘思郎，复谪下矣。"

沈亚之青睐这篇盛传一时的作品，并有意与之争胜。《湘中怨解》的情节与南卓的叙述相似，无甚新奇，但沈亚之补撰的《风光词》，确如作者自己所说："其词丽绝，世莫有属者。"足以与南卓之诗一竞高低。

《湘中怨解》长于渲染凄迷的氛围。郑生初见汜人，便是在一片晓月朦胧的背景下，缥缈、神秘，仿佛一切都失去了鲜明的轮廓。数年后，汜人与郑生告别，"相持啼泣"。她原本是"湘中蛟宫之娣"，现在谪限已满，要回去了。又过了十几年，适逢上巳日，郑生全家登岳阳楼张宴：

> 乐酣，生愁吟曰："情无垠兮荡洋洋。怀佳期兮属三湘。"声未终，有画舻浮漾而来。中为彩楼，高百余尺，其上施帏帐，栏笼画饰。帷褰，有弹弦鼓吹者，皆神仙娥眉，被服烟霓，裙袖皆广长。其中一人起舞，含嚬凄怨，形类汜人。舞而歌曰："泝青山兮江之隅。拖湘波兮袅绿裙。荷拳拳兮未舒。匪同归兮将焉如！"舞毕，敛袖，翔然凝望。楼中纵观方怡。须臾，风涛崩怒，遂迷所往。

据说清沈德潜在汉魏诗中格外推崇这样几句："步出东门行，遥望江南路；前日风雪中，故人从此去……"而唐钱起《省试湘灵鼓瑟》最使人感动的无疑是最后两句："曲终人不见，江上数峰青。"它们都在表面空荡的场景中，蕴含了无限丰富的向慕与期待。而这也是《湘中怨解》给读者的感受。

《异梦录》(《太平广记》卷二八二题作《邢凤》)所记是一个在当时广为流传的故事，唐段成式《酉阳杂俎》前集卷十四《诺皋记》(上)有一段梗概相近的记载。

《异梦录》的做梦者不是“士人”而是“无他能”的“帅家子”邢凤，他是陇西公的朋友。而沈亚之曾于元和十年“以记室从陇西公军泾州”，亲耳听陇西公讲述邢凤的“异梦”。随后在朋友们的怂恿下，写下了这篇传奇。作者娓娓动听地向读者叙述创作经历，又采取第一人称限知叙事，不仅使情节的推进、场面的转换比较自由，便于将叙述、描写、议论打成一片，也缩短了作者与读者的距离。记完邢凤的异梦，沈亚之又记录了姚合讲的另一个类似的故事，给小说增添了几许余韵。

《异梦录》描写人物，历历如绘，富于立体感，尤其注重渲染人物的诗人气质。其中有这样一个细节：邢凤与丽人相赏于形迹之外，分别时，“美人泫然良久”。自然，她的伤感，首先是由于《春阳曲》唤起了她对往日生活的忆念：九年过去了，当年父母教给她的弓弯舞已差不多“忘却”；然而，年年春色如故，物是人非，如何能不伤心，能不“断肠”？以这个富于诗人气质的女性作为传奇的中心，小说也充盈着哀怨的诗意。

《秦梦记》(《太平广记》卷二八二题作《沈亚之》)是沈亚之的代表作。弄玉在传说中是永远年轻美丽的女仙，沈亚之却设想：萧史已先于弄玉而死；秦穆公于是招沈亚之为驸马，一年后，弄玉“忽无疾卒”，沈亚之为她写了墓志铭和挽歌，出宫还家。沈亚之的梦到此就醒了。这种随意拿神仙开玩笑的想像，与张荐《灵怪集·郭翰》相似；而梦中娶公主，又接近于李公佐《南柯太守传》；至于写挽歌的情节，则是模仿《异梦录》所记王炎梦中为西施写挽歌的故事。转益多师，意在翻新。故汪辟疆《唐人小说》本篇叙录说：“此事本极幽渺，而事特顽艳。吴兴嗜奇，一至于此。”南宋刘克庄《后村诗话》前集卷一曾从命意上批评《秦梦记》，其言曰：“唐人叙述奇遇，如后土夫人事，托之韦郎；无双事，托之仙客；莺莺事虽元稹自叙，犹借张生为名。惟沈下贤《秦梦记》、牛僧孺《周秦行纪》、李群玉

《黄陵庙诗》，皆揽归其身，名检扫地矣。"① 今人李剑国不满于这一说法，反驳道："亚之自叙艳遇，非同张文成之《游仙窟》，心存猥念，自赋风流。亚之遭际穷蹇，数举而始中一第，从事边府，正字秘书，作尉栎阳，至长庆四年始擢团练副使，时已四十余矣。太和元年罢归游郊，感朱紫无缘，遂托梦以纾其闷。然得妻复失，见用被弃，明富贵难久，用泄其愤，亦犹《南柯》、《枕中》之意也。所谓'人间春月正怀乐，日暮东归何处去'，其情可见。后村讥以名检扫地，未测其旨耳。"② 这两种意见，过分着眼于小说的立意，似乎拘谨了些。大概沈亚之本人也感到构想太"奇"，所以在文末煞有介事地设问："呜呼！弄玉既仙矣，恶又死乎？"

《秦梦记》旨在写出人类那种面对生离死别的悲剧性感情。弄玉是美丽的，弄玉的才艺也非同寻常。生命的花卉本应在天地之间怒放，而如今，她凋谢了，被掩埋在潮湿的泥土中。她的"芳姝明媚"，她的"声调远逸，能悲人"的箫声，都永远消逝了。她将与草、虫为伴。此情此景，活着的亲人该是何等悲伤！小说叙沈亚之送葬归来，"以悼怅过戚"而大病一场，从感情的角度看，是真实的。秦穆公送别沈亚之一幕，也写得凄楚感伤。明杨慎《升庵诗话》卷八《唐人传奇小诗》云："诗盛于唐，其作者往往托于传奇小说神仙幽怪以传于后，而其诗大有妙绝千古、一字千金者。"③ 所举四例中，有《感异记》一首及本篇挽歌之后四句"旧日闻箫处"云云，由此也可见出其小说的诗心及魅力。

《冯燕传》的风格异于前述三篇。冯燕是一名游侠少年。他与武官张婴的妻子私通。张婴酒醉归来，冯燕躲在一边，示意张妻将他遗留在枕边的头巾取来，以便他逃走。张妻却将枕边佩刀递给他。冯燕恨张妻对丈夫太无情，将她杀了。官府认定张妻是张婴所杀，判张婴

① 刘克庄撰，王秀梅点校：《后村诗话》，12页，北京，中华书局，1983。

② 李剑国：《唐五代志怪传奇叙录》，445页，天津，南开大学出版社，1993。

③ 丁福保辑：《历代诗话续编》，803～804页，北京，中华书局，1983。

死罪。临刑时，冯燕突然出现，承认自己是杀人凶手。朝廷认为冯有义气，予以特赦。

这是唐代贞元年间发生在滑州的一件真事。沈亚之所采用的也是史家笔法：开头叙冯燕的出处，结尾附有作者的论赞，笔墨简洁。此外，《冯燕传》没有心理描写的成分，其中叙冯燕杀张妻，仅提到："燕指巾令其妻取，妻即刀授燕，燕熟视，断其妻颈，遂巾而去。"唐司空图据《冯燕传》而写的《冯燕歌》，却展示了冯燕的心理活动："冯君抚剑即迟疑，自顾平生心不欺。'尔能负彼必相负，假手他人复在谁。'窗间红艳犹可掬，熟视花钿情不足，唯将大义断胸襟，粉颈初回如切玉。"① 这都说明，沈亚之严守史家矩矱。

冯燕是被作为"古豪"来看待的。冯燕敢作敢当，胸怀坦荡，他的光明磊落，有助于读者摆脱委琐这一流行的"文化病"。沈亚之同时批评了冯燕私生活的不检点："淫惑之心，有甚水火，可不畏哉！"沈亚之的评议可视为这篇小说的副主题。

沈亚之是中唐古文作家之一，曾在韩愈门下十几年。他偏爱怪艳的风格。影响到传奇写作，不仅在题材选择上热衷于"叙恍惚之情，而好言仙鬼复死，尤与同时文人异趣"，② 在琢句时也爱使用冷僻词汇和新异句法。

沈亚之还是中唐的重要诗人之一。《唐书·文苑传·序》称韦应物、沈亚之、阎防、祖咏、薛能、郑谷等，皆班班有文；唐杜牧、李商隐集均有《拟沈下贤词》，可见他的诗自成风格。沈亚之的诗人气质，使他的传奇成为一种诗化的小说：小说中的主要人物，多擅诗，《湘中怨解》中的汜人，"能诵楚人《九歌》、《招魂》、《九辩》之书，亦常拟其调，赋为怨句，其词丽绝，世莫有属者"。《异梦录》中的"美人"，"好诗，而常缀此"。《秦梦记》中的沈亚之，索性就

① 司空图著，祖保泉、陶礼天笺校：《司空表圣诗文集笺校》，12页，合肥，安徽大学出版社，2002。

② 鲁迅：《中国小说史略》第八篇，48页，上海，上海古籍出版社，1998。

是作家本人。传奇以他们的名义，写了若干首诗，均堪讽诵。进一步，我们甚至可以说，沈亚之的传奇，其美感魅力的主要来源是诗一样的情调和氛围。如《异梦录》记陇西公所述邢凤之"异"，既不以情节为结构中心（没有一般传奇的悲欢离合），也不以性格刻画为重点（邢凤与丽人的个性均甚模糊），而着力渲染的是一片凄迷渺茫的氛围：沈亚之笔下的古装丽人、情调哀婉的《春阳曲》、舞罢"美人泫然良久"的表情，以及她杳如黄鹤去无踪的行迹，都足以诱发怅惘的意绪，字里行间流荡出一股若吊古、若感时的气氛。同样，他的《秦梦记》虽安排了沈亚之在梦中娶秦穆公女儿弄玉的情节，但对这段"驸马"生活并未花费多少笔墨；在少量的记"驸马"生活的笔墨中，写"乐"更少，倒是着意点出弄玉"喜凤箫，每吹箫，必下翠微宫高楼上，声调远逸，能悲人"的特点。以"悲人"为情绪基调，重点记沈亚之的一首挽歌、一篇墓志铭、二首与秦穆公及宫人的别诗以及这些作品所引发的感伤情调。悼亡、伤别，这些本属于古典诗的题材，就这样进入了传奇小说的领域。

三　辞章与史笔兼重

在唐人传奇的鼎盛期，兼重辞章与史笔的作品，其数量远较前两种类型为多，成就和影响比较大。其中，元稹和李公佐的创作尤其受到小说史家关注。

这种情况的出现是必然的。传奇小说成长的过程，从体制的角度说，就是传、记的辞章化过程。传、记是史家体制，而注重辞章，则受到六朝与"笔"相对的"文"的影响。一方面，我们可以将传奇小说的体制特征表述为文与笔的融合；另一方面，也可以表述为辞章与史笔兼重。这两种表述的内涵是一致的。而这种表述本身就已经说明：辞章与史笔兼重才是传奇小说的正宗路数，只强调其中一者并不恰当。我们试对有关的作品依次加以观照。

1. 许尧佐的传奇小说

许尧佐，生卒年不详。生平附见《新唐书》卷二百《许康佐传》："贞元中，举进士宏辞，连中之……其诸弟皆擢进士第，而尧佐最先进；又举宏辞，为太子校书郎。八年，康佐继之。尧佐位谏议大夫。"①《旧唐书》卷一九七《南蛮传》记其元和十一年以左赞善大夫副使南诏。元和十四年尚在世。② 其《柳氏传》中的诗人韩翊，即当时著名诗人韩翃；传奇提到韩翊"后累迁至中书舍人"，这是唐德宗贞元初年的事，据此，《柳氏传》大约作于贞元年间。《太平广记》卷四八五收入。

《柳氏传》写的是生活中的真实人物、真实事件。天宝年间，李生把歌妓柳氏赠给韩翊，"翊仰柳氏之色，柳氏慕翊之才"，两情皆获。次年，韩翊回家探亲，柳氏独居长安。天宝末年，安史之乱爆发，柳氏剪发毁形，避难于法灵寺，蕃将沙吒利恃功骄横，知柳氏貌美，将她劫回私第。时韩翊从军，任平卢、淄青节度使侯希逸的书记。侯希逸的部将虞侯许俊，设计夺回柳氏，韩、柳二人团聚。

韩翊与柳氏的恋情是不合常规的。柳氏本为李生幸姬，却属意于李生的朋友——诗人韩翊；妙在李生非但不忌妒，反主动提出把柳氏让给韩翊，并"以资三十万，佐翊之费"。这正是典型的唐人风范。唐人经常兴致勃勃地谈论"爱妾换马"，如李白《襄阳歌》："千金骏马换小妾，笑坐雕鞍歌落梅。"③ 李生不以爱妾换马，而成全一对才子佳人（即李生所谓"柳夫人容色非常，韩秀才文章特异"），那也是当时人津津乐道的佳话。

传奇的重心是展开这对才子佳人的悲欢离合。韩翊在战乱中打听

① 欧阳修、宋祁撰：《新唐书》，5723页，北京，中华书局，1975。

② 宋无名氏《宝刻类编》卷五收《阳翟县厅记》一文，是许尧佐元和十四年五月的作品。

③ 李白著，鲍方校点：《李白全集》，59页，上海，上海古籍出版社，1996。

柳氏的消息，寄的不是书信，而是一首诗："章台柳，章台柳！昔日青青今在否？纵使长条似旧垂，亦应攀折他人手。"而柳氏寄回的也是一首诗："杨柳枝，芳菲节，所恨年年赠离别。一叶随风忽报秋，纵使君来岂堪折！"韩翊担心柳氏落入他人之手，柳氏期待早日与韩翊团聚，意思是明白而诚恳的。

造成韩、柳分离的祸首是蕃将沙吒利。许尧佐用"窃"、"劫"来描叙他与柳氏的关系，还借侯希逸之笔，指斥他"凶恣挠法，凭恃微功，驱有志之妾，干无为之政"。其实，作者之所以厌恶他，关键还不在于他违法，而在于他以一介赳赳武夫，破坏才子佳人的恋情，太煞风景。

《柳氏传》取材于才子佳人的浪漫事迹，预示了一批现实的爱情题材的传奇即将崛起。稍后出现的《李娃传》、《霍小玉传》等，虽然艺术成就高于《柳氏传》，但许尧佐开其先声，功不可没。此外，在浪漫事迹中穿插豪侠，也成为后来传奇的一个常套，如《霍小玉传》、《无双传》等。

《柳氏传》的故事在孟棨《本事诗》里也有记载，基本情节相同。唐人已在诗中用为典实，如赵嘏《座上献元相公》："寂寞堂前日又曛，阳台去作不归云。从来闻说沙吒利，今日青娥属使君。"①元、明两代，据以改编的戏曲很多，今存明梅鼎祚《玉合记》一种；至清代，又发展成白话小说《章台柳》。

2. 元稹《莺莺传》

唐代以现实的浪漫事迹为题材的传奇，最为盛传的当数元稹的《莺莺传》（《太平广记》卷四八八收入）、蒋防的《霍小玉传》（《太平广记》卷四八七收入）。

元稹（779～831年），字微之，洛阳（今属河南）人。和白居易齐名，世称"元白"，其诗号"元和体"。所作多谱入弦歌，流传

① 赵嘏著，谭优学注：《赵嘏诗注》，144页，上海，上海古籍出版社，1985。

宫禁，当时宫中称他“元才子”。早年任监察御史，因不满于宦官仇士良等人，被贬为江陵士曹参军。元和十四年还京为膳部员外郎，转而借重宦官崔潭峻、魏弘简等的援引，历官中书舍人、翰林学士，以工部侍郎拜相。与裴度不和，次年出为同州刺史，移浙东观察使。唐文宗太和五年，卒于武昌节度使任上。今存《元氏长庆集》六十卷。两《唐书》皆有传。

元稹擅长古今体艳诗及悼亡诗。中国的古典诗，由于“礼法顾忌”的缘故，不敢多写男女关系。非正式的男女关系尤其不宜细加描述。元稹大胆进入这片前人较少涉足的领域，坦率抒写他作为当事人的情感，并取得了较高成就。这是他能够创作出《莺莺传》的条件之一。

元稹还是当时知名的古文作家。在现代一般人心目中，元和年间的文章正宗，非韩愈、柳宗元莫属，其实元稹、白居易的声望，在当时更高，《旧唐书》元稹、白居易合传说：“元和主盟，微之、乐天而已。”其赞语又称：“文章新体，建安、永明。沈、谢既往，元、白挺生。”① 这代表了中唐时期的流行见解。

元稹、白居易的古文，以详尽取胜，以至他们自己感到有失于繁缛，即白居易《和答诗序》所谓“词繁”。对于古文来说，繁缛的确不合适，但就传奇而言，却是一个毋庸置疑的优点。这是元稹能写出《莺莺传》的条件之二。

《莺莺传》赋予莺莺的是名门闺秀的身份：一个上流社会的少女。传奇由此出发，着力写她举止端庄、沉默寡言的闺秀风范。初见张生，“以郑之抑而见也，凝睇怨绝，若不胜其体者”，矜持得近乎傲慢。如她的丫环红娘所说：“崔之贞慎自保，虽所尊不可以非语犯之。”当她内心里爱上张生，还用“待月西厢下”一诗约张生私会，而张生果然跳墙而闯入西厢时，她并没有投入张生怀抱。那样做有失名门闺秀的身份。她反而显得比平时更为庄重，义正词严地吩咐张生“以礼自持，毋及于乱”，而真实的原因是她害怕行为不得体。

---

① 刘昫等：《旧唐书》，4360 页，北京，中华书局，1975。

但莺莺又是一个富于诗人气质的多情少女，即红娘所谓“善属文，往往沉吟章句，怨慕者久之”。因此易于为张生的“喻情诗”所动。就在“赖简”后数日，她终于克制不住对张生的钦慕而与他私下结合了，“曩时端庄，不复同矣”。

张生则是“多春思”的“风流才子”。他追求的是“物之尤者”，是不寻常的美色。一种渴慕之情使他忍受不了“因其德而求娶”的漫长程序，于是选择了“非礼”的途径来追求莺莺。这似乎有些轻佻，但这种事在当时是不算过错的，只要“为之者不惑”就行；或者如宋王性之《传奇辨正》所说：“微之所遇合，虽涉于流宕自放，然名辈风流余韵，照映后世，亦人间可喜事。而士之臻此者特鲜也。”①《莺莺传》之成为对后世影响最大的传奇，这可能是一个因素。

《莺莺传》的结局多次引起争议。宋代的何东白说崔、张“始相遇也，如是之笃；终相失也，如是之遽”，感到传奇的收煞太突然；但逍遥子（可能即赵令畤）认为，元稹已比较充分地写出了张生与莺莺不得已而分离的悲剧性情感：“崔之始相得，而终至相失，岂得已哉！如崔已他适，而张诡计以求见，崔知张之意，而潜赋诗已谢之，其情盖有未能忘者矣。乐天曰：‘天长地久有时尽，此恨绵绵无尽期。’岂独在彼者耶！”② 在他看来，崔、张始终是一对有情人，惟其如此，他们“终至相失”的结局才是悲剧性的。这个看法，导致了后世崔、张故事的两种结尾设计：一以金董解元《西厢记诸宫调》、元王实甫《西厢记》杂剧为代表，让有情人终成眷属；一以《不了缘》杂剧为代表，让崔、张永远处于不能相见的痛苦思念之中。这些情况表明，崔莺莺在后世读者中所引起的关注是别的小说人物所不能比拟的。

---

① 王性之是将元稹与张生混为一谈的。

② 赵令畤：《侯鲭录》卷五。见上海古籍出版社编：《宋元笔记小说大观》，2075～2076页，上海，上海古籍出版社，2001。

《莺莺传》又名《传奇》，也许它的原名就是《传奇》。① 后世因为文中有《会真诗》三十韵，又称《会真记》。这篇传奇约作于贞元二十年（804 年）九月。当时杨巨源写了《崔娘诗》，李绅写了《莺莺歌》，传奇与诗相辅相成，开创了传奇创作的新风气。

3. 蒋防《霍小玉传》

元稹仅以一篇《莺莺传》就在小说史上取得不朽的地位，与他情形相仿的是蒋防。蒋防，字子徵（一作子微）。义兴（今江苏宜兴）人。生卒年不详。《咸淳毗陵志》卷十六记载："蒋防，澄之后。年十八，父诫令作《秋河赋》，援笔即成。警句云：'连云梯以迴立，跨星桥而径渡。'于简遂妻以子。李绅即席令赋《鞲上鹰》，诗云：'几欲高飞天上去，谁人为解绿丝绦？'绅识其意，荐之。"② 长庆元年（821 年）任翰林学士。二年进司封员外郎，三年以司封员外郎知制诰。长庆四年，元稹、李绅得罪，蒋防也被贬为汀州刺史，后改连州刺史，又迁袁州刺史。当卒于开成元年以前。《全唐文》卷七一九录其文一卷，《唐诗纪事》录其诗四首。另有诗集一卷。

蒋防的传奇现存的只有《霍小玉传》。写陇西才子李益倾慕名妓霍小玉，与之结好，后又负约，聘望族卢氏之女。小玉痴情，多方探寻无果，忧愤成疾。后得黄衫豪士之助，得以与李益相见，面斥负心郎，气绝身死。明胡应麟推崇说："唐人小说纪闺阁事，绰有情致。此篇尤为唐人最精彩动人之传奇，故传诵弗衰。"③ 晚清别士《小说原理》还强调了其小说史意义："小说始见于《汉艺文志》，书虽散佚，以魏晋间之小说例之，想亦收拾遗文，隐喻托讽，不指一人一事

① 宋王性之《传奇辨正》、赵令畤《商调蝶恋花》鼓子词引用时都称《传奇》。

② 史能之：《（咸淳）重修毗陵志》，（《续修四库全书》699 册），161 页，上海，上海古籍出版社，1996。

③ 转引自汪辟疆《唐人小说·霍小玉传》叙录。据李剑国《唐五代志怪传奇叙录》289 页，此语实出《唐人说荟·红线传跋》，天津，南开大学出版社，1993。

言之，皆子史之支流也。唐人《霍小玉传》、《刘无双传》、《步非烟传》等篇，始就一人一事，纡徐委备，详其始末。”虽属举例性质，但也足见《霍小玉传》的重要。

这篇传奇是根据当时的一些传闻写成的。李益，字君虞，是与李贺齐名的诗人。新旧《唐书》都说他防闲妻妾过于苛酷，以至于时人“谓妒痴为李益疾”。《霍小玉传》写他对妻子心怀疑恶，猜忌万端，竟讼于公庭而遣之，三娶率皆如初，不全是虚构。

霍小玉的悲剧命运构成传奇的主体内容。而悲剧的产生，则与其妓女身份密切相关。妓女可能有丰裕的物质生活条件，也可能有良好的文化教养，但社会地位极低，能和奴婢一样地被人买卖或互赠，①已丧失基本的人身权利。“她们一生只有三条出路：就是老后为假母，续操旧业，嫁与人为妾媵，入空门为道士或女尼。”② 她们不能与士人建立正常的婚姻关系。据孙棨《北里志》“王团儿”条记载：妓女王宜之渴望从良嫁给孙棨，孙棨无奈之下，只好用两句诗拒绝她：“泥中莲子虽无染，移入家园未得无。”正由于妓女（哪怕像泥中莲子一样出污泥而不染）不得“移入家园”，所以，当霍小玉与李益定情之后，尽管李益对她一片深情，并且发誓“粉骨碎身，誓不相舍”，霍小玉仍然清醒地意识到她与李益之间的社会地位的悬殊，对李益的盟约不抱任何幻想。她只希望李益在30岁以前，和她共同度过八年的有限时光，此后李益“妙选高门，以谐秦晋”，她自己则“舍弃人事，剪发披缁”，在青灯古佛旁消磨一生。这确乎是一个“短愿”，即使真的实现，也依旧充满凄楚。然而，一个悲剧性的“短愿”，竟被更大的悲剧所毁灭。

霍小玉的性格与崔莺莺有所不同。崔莺莺自尊心极强，迹近高傲，虽“待张之意甚厚”，而从不形于言谈。霍小玉爱李益，心里爱，外面也表露出来。李益逾期未还，霍小玉先是“数访音信”，得不到可靠消息；继之以求神问卜，一样没有结果；最后“赂遗亲知，

① 参见《太平广记》卷二七三《杜牧》（出《唐阙史》）。

② 刘开荣：《唐代小说研究》，146页，上海，商务印书馆，1956。

使通消息”，耗尽家资，不得不典卖“箧中服玩之物”。就这样，她终于知道李生彻底负心了，她也彻底地绝望了，“冤愤益深，委顿床枕”。霍小玉也比崔莺莺刚烈。崔莺莺是温柔的，她以“蒲苇纫如丝”的摧而不折的坚韧来维护自己的尊严；霍小玉则宁可使用激烈的方式来声讨“坏人”。当黄衫豪士将李益挟持到小玉家时，她不是像莺莺那样柔中带刚地拒绝见面，而是抓住机会，痛斥负心郎。

李益是个负心郎，但他鲜明地区别于张生。张生知其不可为而不为，主动抛弃了莺莺。李益知其不可为而欲为，他对小玉表示的盟誓，都发自内心，并非虚与委蛇；但他欲为而不敢为，性格软弱，当受到来自家庭的压力时，就不再坚持自己的信念。他抛弃了小玉，却又始终对她怀有深情，小玉死后，他“为之缟素，旦夕哭泣甚哀”，埋葬的次日，又“至墓所，尽哀而返”。这个在夹缝中挣扎的人物，在一定程度上，也能引起读者同情。

《霍小玉传》以善写女性口吻著称，开头鲍十一娘说媒一段，尤具生气。她常得到李益的馈赠，当她知道李益“博求名妓，久而未谐”后，就用心替他物色；事情初见眉目，便匆匆登门道喜：

> 鲍笑曰：“苏姑子作好梦也未？有一仙人，谪在下界，不邀财货，但慕风流。如此色目，共十郎相当矣。”

雅中掺俗，笔致尖新，是生活语言而不是书卷中的语言。《霍小玉传》介绍鲍十一娘“性便辟，巧言语，豪家戚里，无不经过，追风挟策，推为渠帅”。她的寥寥几句言谈，就将其性格具体化了。

霍小玉的故事，明代汤显祖曾据以写成戏曲《紫箫记》，后又修订为《紫钗记》，是“临川四梦”之一。情节有所改动。清蔡应龙据汤显祖之记删订为《紫玉记》（一名《紫玉钗》）。其后潘炤作传奇《乌阑誓》，最后两出为《复凡》、《仙圆》，以才子佳人团圆作结，不免甜俗。

4. 李公佐的传奇小说

李公佐是这一时期传奇作家中现存单篇传奇数量最多的作者之一。他的创作热情持续时间较长，作品的质量较高，在小说史上占有不可忽视的地位。据周密《武林旧事》卷六《诸色伎艺人》，南宋小说说话人有以李公佐为艺名者，其声名之流播广远，可想而知。

李公佐的生平不详。据李公佐《南柯太守传》、《庐江冯媪传》、《古岳渎经》、《谢小娥传》以及杜光庭《神仙感遇传》卷三、《旧唐书》卷十八下《宣宗本纪》等有关记载，可粗略理出其生平和创作活动的线索：李公佐，字颛蒙，陇西郡（今甘肃省陇西县一带）人。约生于唐代宗大历年间（770年左右），卒于唐宣宗大中年间（850年左右）。曾中进士，官江西从事，元和八年（813年）罢。武宗会昌年间（841～846年），为扬州录事参军，参与李党审理过吴湘一案。宣宗即位后牛党执政，李公佐因吴湘案被牵连，大中二年（848年），以“不能守正，曲附权臣”的罪名被削官。他和白行简是好友，敦促白写出了《李娃传》。他现存的四篇传奇《南柯太守传》、《谢小娥传》、《庐江冯媪传》、《古岳渎经》全都写于贞元、元和年间。

《南柯太守传》（《太平广记》卷四七五题作《淳于棼》）是李公佐的名作。写淳于棼酒醉沉睡，梦入大槐安国，被招为驸马，享尽荣华富贵，后因威望日高，引起国主疑忌，终被遣归，梦醒方知“大槐安国”乃槐树下一大蚂蚁窝。它和沈既济《枕中记》的构思相近，均“以短梦中历尽一生”。但《枕中记》突出的是“长与短”的对比，梦中数十年，实际上还不够做一顿饭的时间；《南柯太守传》除了“长与短”的对比外，还强调了“大与小”的对比：淳于棼在大槐安国叱咤风云，自以为他活动的天地十分宽广，谁知不过区区蚁穴！

和人生如梦一样，人世的局促也是古代哲人常为之深发感喟的话题。《庄子·则阳》曾以调侃的口吻将人世喻为蜗角。大约产生于南北朝时的志怪小说《妖异记》,① 叙卢汾之梦，已粗具《南柯太守传》的雏形。宋张嵲《紫微集》卷九《读〈太平广记〉》之三说："梦里空惊岁月长，觉时追忆始堪伤：十年烜赫南柯守，竟日欢娱审雨堂。"将《妖异记》与《南柯太守传》并提，殊具文心。李公佐无疑受到了《妖异记》中审雨堂故事的启发。

但《南柯太守传》较《妖异记》有一些重要的发展。

首先，作品加强了对于现实的讽刺内容。淳于棼是个"嗜酒使气，不守细行"的"游侠之士"，颇有几分无赖色彩。他在梦中得以显达靠的是裙带关系——他娶了大槐安国的公主。驸马身份使他轻易成为南柯郡的太守，后又"锡食邑，锡爵位，居台甫"。所生五男二女，"荣耀显赫，一时之盛，代莫比之"。酒友周弁、田子华也得到援引，"递迁大位"。但公主一死，其命运便发生了戏剧性的逆转。在尔虞我诈的权力之争中，他初因"久镇外藩，结好中国"，"交游宾从，威福日盛"受到国王的"疑惮"；继因人们怀疑他觊觎王位，被软禁于私第；最终被逐出国门，遣返还乡。这种描写，既揭开了官场灰色的一角，又提醒读者，现实中的显达不过尔尔，并非真有过人的才学。小说结尾不无轻蔑地说："后之君子，幸以南柯为偶然，无以名位骄于天壤间。"

其次，李公佐写梦境，把握住了那种迷离恍惚的状态，细腻而真切。他入梦时，明明是"指古槐穴而去"，却"忽见山川风候草木道路"；现实中明晰的因果关系在梦中已不存在。但这种幻境又仍与某种真实的生活感受联在一起：他入梦时，"左右传车者传呼甚严，行者亦争辟于左右"；他出梦时，"所送二使者，甚无威势"，连他的问话也懒得回答。这正是世态炎凉的写照。

《南柯太守传》在唐代已被用做诗材文料。李商隐《为李贻孙上李相公启》："井觉蛙窥，蚁言树大。"皇甫枚《三水小牍·陈璠》叙

① 《太平广记》卷四七四《卢汾》（出《穷神秘苑》）一则，篇首冠以"《妖异记》曰"，程毅中认为《妖异记》"似北朝人所撰"，参见程毅中《古小说简目》，37页，北京，中华书局，1981。

陈瑶临刑赋诗："五年荣贵今何在？不异南柯一梦中。"宋人则从小说附会出所谓南柯太守墓。王象之《舆地纪胜》卷三七《扬州·古迹》引《广陵志》云："淳于棼家于广陵，宅南有古槐，梦槐安国王邀入穴中，令娶其女曰金枝公主，居修仪宫，命理南柯郡，觉乃一古槐耳。今俗呼棼墓为南柯太守墓。"以实证的眼光看待一个虚构的故事，不免荒唐。明汤显祖据以改编为戏曲《南柯记》，为著名的"临川四梦"之一。

《谢小娥传》（《太平广记》卷四九一收入）是李公佐的又一力作。写谢小娥之父与夫往来江湖做买卖，被强盗杀害。小娥访得凶手，受雇为役，伺机杀死了两个仇人，并报官府尽收其余党。

李公佐是将谢小娥作为一个奇女子来塑造的。她侠、智兼备，是唐人传奇中较早出现的女侠形象。故《虞初志》袁石公评曰："是极痛极惨事，得一小娥翻出一段极奇极快事。如此女郎，抹杀古今多少须眉丈夫。"汤若士评曰："一番坚忍沉毅力量，的是伟男子。"

《谢小娥传》采取第一人称限知叙事。李公佐既是小说作者，又是故事见证人。他几次与谢小娥见面，第一次是元和八年春，他帮助小娥猜出了谜底；第二次是元和十三年夏，谢小娥向他讲述了复仇经历。他以"余"的口气写作，营造出浓郁的真实感，就连那些故意虚构的部分看上去也像是真的。

清代王夫之的杂剧《龙舟会》，系据本篇改编。

《庐江冯媪传》（《太平广记》卷三四八收入）大体是参照六朝志怪《录异传·谢邈之》（《太平广记》卷三十八收入）而设计的：冯媪相当于邹览，她是故事的见证人；董江亡妻亡女与董江亡父亡母之间的纠葛构成阴间世界；董江是活着的人，相当于《谢邈之》中的那位母亲。不过，《庐江冯媪传》的凄凉氛围、情感强度却远胜于《谢邈之》。其关键在于，董江亡妻的处境较之那位鬼父更多悲剧意味：因她活着的丈夫要续弦，董江的亡父亡母逼她交出"筐筥刀尺祭祀旧物，以授新人"，而如果将"祭祀旧物"交出，她和女儿就失去了阴间生活所必需的用品。倘要使她免于这种悲惨结局，选择只有一个，即董江不再续弦。但是，当有人将其亡妻的痛苦告诉他后，董竟斥之为妖妄，当晚就成婚了。《谢邈之》中那位满怀慈爱的母亲，为了亡儿，“不复嫁”；这个无情的董江，却“竟就婚焉”，其亡妻就这样被遗弃了，在风雨如晦的阴间，她和她的女儿将如何度过那漫漫岁月？①

《古岳渎经》，《太平广记》卷四六七题作《李汤》，鲁迅《唐宋传奇集》据《辍耕录》改题为《古岳渎经》。

全文分两部分。前一部分，贞元丁丑岁，杨衡向李公佐讲述了一件异闻：永泰时，李汤为楚州刺史，闻渔人见龟山下水中有大铁锁，乃命数十人以及五十余头牛力挽之，风涛陡作，“见一兽，状有如猿，白首长鬐，雪牙金爪，闯然上岸，高五丈许。蹲踞之状若猿猴。但两目不能开，兀若昏昧……久，乃引颈伸欠，双目忽开，光彩若电。顾视人焉，欲发狂怒。观者奔走。兽亦徐徐引锁拽牛，入水去，竟不复出。时楚多知名士，与汤相顾愕栗，不知其由尔”。所谓“不知其由尔”，实是李公佐故意设下一个悬念。

后一部分，元和九年春，李公佐访古东吴，泛洞庭，登包山，入灵洞，探仙书，于石穴间得《古岳渎经》第八卷，文字奇古，编次蠹毁，颇不能解。公佐与道士焦君详读之，总算读懂了，这才知道李汤见到的水怪，原来是淮涡水神无支祁。谜底至此揭开。

《古岳渎经》情节简单，但叙事角度的选择颇为精致。小说开头叙李公佐于贞元丁丑岁遇弘农杨衡，“征异话奇”，属于第一人称限知叙事。接着杨衡向李公佐讲述水怪，采用全知叙事。故事讲完，又回到第一人称限知叙事。李公佐读到的“古岳渎经”，采用全知叙事。最后以第一人称限知叙事结束。第一人称限知叙事中穿插全知叙事，把一个简单的情节处理得扑朔迷离，这就见出才情了。

无支祁传说在后世有过几度演变。先是演变为僧伽降伏无支祁，明末《梼杌闲评》第一回又说是观音大士锁住了水怪支祁连。鲁迅《中国小说史略》认为孙悟空的“神变奋迅之状”也是由无支祁发展

---

① 参见纪昀《阅微草堂笔记》卷四“先太夫人外家曹氏”，见纪昀：《阅微草堂笔记》，66～67页，上海，上海古籍出版社，1980。

而来的。①

李公佐的传奇，除上述四篇外，明梅鼎祚《青泥莲花记》卷四《姚玉京》条还提到"唐李公佐撰《燕女坟记》"。原文已佚，其节要见于《类说》本《丽情集》。叙妓女姚玉京嫁襄州小校卫敬瑜，丈夫死后，坚贞守志，奉养公婆。其题材取自《南史》卷七四《张景仁传》。

就单篇传奇而言，李公佐不仅产量丰富，而且形成了自己的创作特点：

其一，李公佐传奇的题材，多有所本。《南柯太守传》之于《妖异记》，《庐江冯媪传》之于《谢邈之》，前后的承继关系脉络清晰。《谢小娥传》、《古岳渎经》则是根据传闻创作的。李公佐对旧题材的发掘集中在两方面，一是内涵的深化，如《南柯太守传》对现实的讽刺；一是细节点染的荒忽，如《谢小娥传》的故设谜语。总之，作意好奇，在"奇"上见笔力。

其二，李公佐的传奇多被讲述过。如《庐江冯媪传》的故事由高钺讲述；《古岳渎经》的故事由杨衡讲述；《谢小娥传》的故事由谢小娥讲述。据白行简《李娃传》，李公佐还听过李娃的故事；从他的"拊掌竦听"可以看出，李公佐对于那些洋溢着奇异情调的故事充满兴趣；他的传奇所展开的也正是一片奇异的世界。

其三，其传奇构想诡幻，以至于被李肇《国史补》批评为"文之妖"。所谓"妖"，就是"怪"，就是"反常"。《南柯太守传》之反常，照李肇的看法，主要在其构想——居然想到在蚁穴上做文章！其他如《古岳渎经》，亦如胡应麟《少室山房笔丛·四部正讹下》所

---

① 胡应麟《少室山房笔丛》卷三二《四部正讹下》论《古岳渎经》，有云："此文出唐小说，盖即六朝人踵《山海经》体而赝作者，或唐文士滑稽玩世之文，命名《岳渎》可见。以其说颇诡异，故后世或喜道之，宋太史景濂亦稍隐括集中，总之以文为戏耳。罗泌《路史》辩有无支祈，世又讹禹事为泗洲大圣，皆可笑。近衡岳禹碑盛传，其文体稍古，然与虞、夏诸书迥不类，恐亦好事所遗也。"见胡应麟：《少室山房笔丛》，316页，上海，上海书店出版社，2001。

云:“滑稽玩世”,“其说颇诡异”。①

其四,注重叙事技巧。《庐江冯媪传》的第三人称限知叙事,《谢小娥传》的第一人称限知叙事,《古岳渎经》的第一人称限知叙事中套全知叙事,决非率尔操觚,而是服务于“作意好奇”的总的艺术目标的。

5. 白行简的传奇小说

白行简也是这一时期传奇作品较多的作家。他在小说史上的影响,虽比不上李公佐,却超过了沈亚之。鲁迅《唐宋传奇集·序例》将白行简、李公佐、沈亚之、陈鸿同归于“卓异”一类。

白行简(776~826年),字知退。先世太原人,迁居下邽(今陕西渭南)。诗人白居易之弟。元和二年(807年)进士及第,授秘书省校书郎。元和十五年,授左拾遗,累迁主客员外郎,主客郎中。有诗文集二十卷,今不存。两《唐书》皆附见《白居易传》。《旧唐书》称他“文笔有兄风,辞赋尤称精密,文士皆师法之”。其传奇现存《李娃传》(《太平广记》卷四八四收入)、《三梦记》二篇。②

《李娃传》是与元稹《莺莺传》、蒋防《霍小玉传》成就相当的名作。《类说》本《异闻集》节录此文,题作《汧国夫人传》,也许是原名。写荥阳公子郑生耽恋名妓李娃,囊空财尽,流落凶肆。偶为其父荥阳公发现,恨其有辱家门,鞭挞几死,遂以乞讨为业。后为李娃相救,砺志读书,应试高中,与李娃结为伉俪。

李娃是一个较为复杂的人物。她以“阖一扉”、“凭一双鬟青衣立”的姿态亮相,亦即元稹《李娃行》所写的“髻鬟峨峨高一尺,门前立地看春风”,倚门卖笑,意在“诱引宾客”。涉世未深的荥阳

---

① 胡应麟:《少室山房笔丛》,316页,上海,上海书店出版社,2001。

② 《三梦记》的著作权尚有争议。如黄永年《〈三梦记〉辨伪》(《陕西师范大学学报》1979年第2期)以为,白居易诗《同李十一醉忆元九》、元稹诗《梁州梦》均未提及行简,且白诗并未提及曲江慈恩,可证《三梦记》非白行简作;李剑国以为,除第三梦张氏女事为伪托外,前两篇确系白行简之作,详见李剑国:《唐五代志怪传奇叙录》,343页,天津,南开大学出版社,1993。

郑生轻易便被她吸引住了。她当然也喜欢郑生，但洞明世事的李娃明了她与郑生之间的关系，一是嫖客，一是妓女，两人的恋情不会有什么结果。所以，她眼看着郑生“囊中尽空，乃鬻骏乘，及其家童”，并不阻止。在郑生“资财仆马荡然”时，她一方面“情弥笃”，另一方面又并非被迫地和鸨母一起，设计将郑生逐出了妓院。她主动熄灭了自己的感情之火，这对郑生是冷酷的，对她本人又何尝不是如此。她不觉得有负于郑生，在她看来，财与色的交换是等价的。她以色谋生，只能如此。

但她内心里一直潜伏着对郑生的爱。因此，当沦为乞丐的郑生在门外疾呼“饥冻之甚”时，她一下就辨别出来，并立刻“连步而出”。郑生“枯瘠疥疠，殆非人状”的情形使她震惊。她痛感对不起郑生，决心靠自己的努力恢复郑生的健康与社会地位，并不顾鸨母的阻止，毅然赎身与郑生同居。她的计划一一实现了：卒岁，郑生“平愈如初”；“二岁而业大就”；更一年，“遂一上登甲科”，继“应直言极谏科，策名第一，授成都府参军”。

李娃为郑生所做的一切，并不含有功利的考虑。如果一个妻子这样做，其中可能包含了为自己着想的因素；李娃是妓女，在那个年代，她绝不会想到嫁给郑生。现实没有这样的可能。因此，当郑生功成名就之时，她主动提出永远离开郑生，还劝郑生“结媛鼎族，以奉蒸尝。中外婚媾，无自黩也”。李娃是清醒的，并因其清醒而显得格外高贵。

郑生则是一个幼稚单纯的世家公子。他不谙世事，选择老练的李娃为初恋对象，经常受骗却一无所知。为了将他逐出妓院，李娃骗他说：“与郎相知一年，尚无孕嗣。常闻竹林神者，报应如响，将致荐酹求之，可乎？”又不是夫妻，求什么子嗣？而郑生竟“不知是计”。

“隽朗有词藻，迥然不群”是郑生性格的另一侧面。即使是做挽歌郎，他也能出类拔萃。东肆与西肆较阅哀歌一段，层层烘托，成功地渲染出了郑生的气质风度。

《李娃传》以其复杂而真实的人物性格和新颖的情节在小说史上占据了不可磨灭的地位。清末诗人陈衍《为林琴南题巴黎茶花女遗事后》曾将茶花女与李娃并提，写出了“汧国夫人定前身”的诗句。郑生也很早就成为掌故型人物。宋陶谷《清异录》卷上《人事门》：“或曰：‘不肖子倾产破业，所病不瘳，其终耐何?’司马安仁曰：‘为郑世尊而已。’又问：‘何谓?’曰：‘郑子以李娃故，行乞安邑，几为馁鬼，佛世尊欲与一切众生结胜因缘，遂于舍卫次第而乞。合二义以名之，非不肖子尚谁当乎?’”①《李娃传》故事，在元代被石君宝改编为杂剧《李亚仙花酒曲江池》，在明代又被薛近兖扩充为传奇剧《绣襦记》；至于小说、戏曲中“落难公子中状元”的模式，当亦滥觞于此。

《三梦记》共三则，每则记一梦。第一则是“所谓彼梦有所往而此遇之也”；第二则是“所谓此有所为而彼梦之者矣”；第三则是“所谓两相通梦者矣”。如鲁迅《中国小说史略》第八篇所说，“皆叙述简质，而事特瑰奇”。②

第一则叙刘幽求事，尤富情味。刘幽求夜归，经过一座佛堂，看见妻子与许多异性一起共食语笑，幽求以瓦砾投之，人群顿时消失。回到家，妻正睡觉。其妻云，她梦与众人在殿庭聚餐，有人从外投进瓦砾，遂醒。

刘幽求妻在梦中与人“儿女杂坐”，并“在坐中语笑”，颇有心理研究的价值。我们生活中的很多人，无论男女，是单婚而兼多恋的，他们只愿意有一次永久的婚姻，而同时希望这种婚姻关系并不妨碍他或她对于其他异性发生吸引，固然我们可以感觉到这种引力和在婚姻以内所经验到的引力在性质上是不一样的；同时他们大都知道，把这种引力多少加以控制，使不至于推车撞壁，是必要的。中国传统诗学由此提出了“发乎情，止乎礼义”的原则。“发乎情”，这是人的本性——一个人在婚姻以外不对其他异性发生和表示爱慕，不大可能；“止乎礼义”，这是文化规范——发生和表示爱慕，应当把握好

① 上海古籍出版社编：《宋元笔记小说大观》，19页，上海，上海古籍出版社，2001。

② 鲁迅：《中国小说史略》，50页，上海，上海古籍出版社，1998。

分寸，不能超过限度。刘幽求之妻的梦境既显示出多恋倾向，而又没有过分；刘幽求坦然地对待妻子的梦，近情近理，不作诛心的苛求。

刘幽求一则极为唐人所艳称：《河东记·独孤遐叔》（《太平广记》卷二八一）、《纂异记·张生》（《太平广记》卷二八二）均祖述其意，而扩其波澜。后世如明冯梦龙《醒世恒言》第二十五卷《独孤生归途闹梦》、清蒲松龄《聊斋志异·凤阳士人》等，也都同出于一源。

第二则叙元稹和白居易精诚相感。大意是说：

元和四年（809 年），元稹任监察御史，奉命出使剑外（今四川一带）。十多天后，白行简与白居易等人同游曲江，遍历慈恩佛舍，傍晚在李杓直家饮酒。席间，白居易推断微之已到梁州，兴之所至，在屋壁上题诗一首："春来无计破春愁，醉折花枝作酒筹。忽忆故人天际去，计程今日到梁州。"这一天是二十一日。又过了十多天，适逢梁州来使到达，捎来元稹的信，信后附有《寄梦诗》一篇："梦君兄弟曲江头，也入慈恩院里游。属吏唤人排马去，觉来身在古梁州。"时间也是二十一日。白行简感慨道："盖所谓此有所为而彼梦之者矣。"

上面这个故事，并不是虚构的佳话，而是真实的事件。白诗收入白居易《白氏长庆集》卷十四，题为《同李十一醉忆元九》；元诗收入元稹《元氏长庆集》卷十七，题为《梁州梦》。他们的友情如此深厚，以至精诚感应，"千里魂交"，真令人向慕不已。

6. 李景亮《李章武传》

在创作单篇传奇的作家中，李景亮与李朝威传世的小说较少。

李景亮，生卒年不详。据《唐会要》，他曾应贞元十年（794 年）详明政术可以理人科。现存传奇《李章武传》，《太平广记》卷三四〇收入。

《李章武传》叙李章武与华州王氏子妇相爱，离别八九年后，章武再来华州，王氏子妇已因相思成疾而去世。两人深情不断，人鬼相聚，以续前缘。这篇小说，《类说》本《异闻集》题作《碧玉槲叶》，是因为其中提到王氏子妇送给李章武一枚“其色绀碧，质又坚密，似玉而冷，状如小叶”的“靺鞨宝”，后章武召玉工“因其形，雕作槲叶象”。

王氏子妇的真实身份看来是妓女。传奇叙李章武于市北街见王氏子妇，“乃悦而私焉。居月余日，所计用直三万余，子妇所供费倍之”。王氏子妇自己也说：“我夫室犹如传舍，阅人多矣。其于往来见调者，皆殚财穷产，甘辞厚誓，未尝动心。”这都是妓女的生活方式。在她一生中，她惟一倾心相爱的是李章武。《李章武传》集中笔力描写一对情人的离别。因人鬼殊途，王氏子妇的亡魂只能在夜间与李见面，一旦启明星出，即必须返回“冥中”；而分手之后，可能就再无相见之日了。这样的诀别，足以使人心碎。

《李章武传》的故事与《广异记·韦璜》、《灵怪集·许至雍》、《通幽记·唐晅》相近，但李景亮写得格外感人，诚如汪辟疆所说：“唐稗志鬼异者，篇章颇多。此篇尤能摹写婉曲，故盛传于时。”“此文叙述婉曲，凄艳感人。蒲氏《志异》，专学此种。”① 李与王氏子妇赠答诗凡七首，清婉动人，颇有民歌风致。《全唐诗》卷八六六收入。

7. 李朝威《柳毅传》

李朝威，生平不详。其传奇现存《柳毅传》，《太平广记》卷四一九收入；《类说》本《异闻集》题作《洞庭灵姻传》，似是原题。写书生柳毅应举下第南归，路遇洞庭龙女牧羊于河边，遂代为传书，助其脱难，后几经周折，与龙女结为夫妇。

《柳毅传》虽以《广异记》中的三卫故事为蓝本，柳毅的形象却远胜三卫。三卫代北海神女传送书信，目的是得到重谢，北海神以“绢二匹”相酬，他便不高兴，“心怨二匹之少也”。其性情胆怯，听说华岳三郎要加害于他，竟“大惧”。柳毅却是路见不平，即锐意相

① 汪辟疆：《唐人小说》之《李章武传》叙录，70页，上海，上海古籍出版社，1978。

救，不怕危险，也不在乎能否得到报答。

柳毅那种“士可杀而不可辱”的浩然之气，尤令人敬重。他捎书到洞庭，洞庭君特设盛宴款待，柳毅“踧踖而受爵”，“愧揖不暇”，是个彬彬有礼的儒生；而当粗犷鲁莽的钱塘君强做媒人逼柳毅与龙女婚配时，柳毅“肃然而作，欻然而笑”，大义凛然地痛斥钱塘君的无礼，置生命安危于度外。“唯直是图，不遑避害”；“敢以不伏之气，胜王不道之气”，情怀壮烈，表现出侠士风骨。

龙女的形象也比北海神女丰满。三卫替北海神女传书，北海神派兵去华岳闹了一场，华岳三郎不再欺侮她，她也就心满意足了。龙女却挣脱旧的婚姻关系，进入了新的人生阶段。

也许有必要指出，龙女实际上是物怪，或者说是妖怪。六朝志怪中的妖，在世人心目中身份卑下，这一痕迹还隐隐约约地留在《柳毅传》内。龙女幻化成卢氏女与柳毅成婚，许久未道破自家真面目，直到生子以后，才对柳毅说穿。龙女之所以这样做，原因是：“始不言者，知君无重色之心。今乃言者，知君有感余之意。妇人匪薄，不足以确厚永心，故因君爱子，以托相生。未知君意如何？愁惧惊心，不能自解。”这种“愁惧”，仙女不可能有——在仙凡交往中仙女通常占据主导地位；鬼女不可能有——人对于女性的鬼一向平等相待（佛教中的鬼例外）；而只能是物怪化成的女子所特有的心理——因为人对物怪的基本感情态度是鄙夷。

钱塘君是古代小说中有声有色的莽夫形象之一。他是钱塘江水神，其性格也如钱塘江潮，奔放不羁，粗豪直率。据洞庭君说：“昔尧遭洪水九年者，乃此子一怒也。”他得知侄女被虐待的消息，当即怒不可遏，兴师报复：此一去，杀敌六十万，伤稼八百里，还吞食了“无情郎”。次日，在款待柳毅的宴席上，他“因酒作色”，威逼柳毅娶龙女为妻：“如可，则俱在云霄；如不可，则皆夷粪壤。”他的卤莽性格，写得太生动了。

钱塘君又是纯朴天真的。柳毅义正词严地斥责他，甚至用了“蠢然之躯”、“悍然之性”、“禽兽”一类极不入耳的话，而钱塘君非但不恼怒，还真诚道歉，和柳毅做了知心朋友。他是那种能为片言所折服，却绝不会屈服于任何强力的人。

《柳毅传》将灵怪、侠义、爱情三种题材结合，其想像世界因而更具“奇”“异”色彩。明胡应麟《少室山房笔丛·二酉缀遗中》说：“唐人小说，如柳毅传书洞庭事，极鄙诞不根，文士亟当唾去，而诗人往往好用之。夫诗中用事，本不论虚实，然此事特诳而不情。造言者至此，亦横议可诛者也。”① 其实，既然“诗人好用之”，就说明了它的雅致；至于“诳而不情”，对于“作意好奇”的传奇作家来说，那不能算是缺点。

《柳毅传》的故事，唐代的《灵应传》(《太平广记》卷四九二)已引为典实。宋有《柳毅大圣乐》官本杂剧，元有尚仲贤《柳毅传书》杂剧，明有许自昌《橘浦记》传奇剧、黄维楫《龙绡记》传奇剧、杨珽《龙膏记》传奇剧和佚名《传书记》传奇剧等，清有李渔《蜃中楼》传奇剧、何镛《乘龙佳话》传奇剧等。清蒲松龄在《聊斋志异·织成》后还附记有旧传洞庭君逊位柳毅一事。《柳毅传》的某些细节，如薛嘏经洞庭见彩船，也为宋刘斧《青琐高议》前集卷三《长桥怨》以及《聊斋志异·西湖主》等篇所模仿。其影响之大，仅次于元稹《莺莺传》。

自宋以降，因《柳毅传》而附会出柳毅井、柳毅泉等古迹，代不绝书。或在岳阳之洞庭湖，或在太湖之侧（因太湖有洞庭东山、洞庭西山，古亦称洞庭湖），均属好事之过。其中清初褚人获《坚瓠戊集》卷一《柳毅井》所载较有情趣：“洞庭东山有井，云是当年柳毅时所凿，周回橘树参差，月夜常见龙女与毅双双出游。天启辛酉，田子艺与王子同游，酒酣赋诗云：‘橘花垂荫碧阑干，此地曾经柳毅传。卿亦有书吾肯寄，辘轳肠断碧丝烟。’时林月渐明，隐隐见橘树中美人，掩映若隔烟雾，却前遥吟云：‘橘花如雪晚风清，迢递关山春梦惊。明月一天凉似水，不堪重省旧时情。’”② 虽属附会，却真能传达出几分与《柳毅传》相通的诗意。

---

① 胡应麟：《少室山房笔丛》，370页，上海，上海书店出版社，2001。
② 褚人获：《坚瓠集》第二册，7页，杭州，浙江人民出版社，1986。

四　《玄怪录》及《通幽记》

牛僧孺《玄怪录》是一部得风气之先的传奇集。它的问世，预示着传奇集创作的高潮即将到来。陈劭《通幽记》作为《玄怪录》的陪衬，也有其小说史意义。

1. 牛僧孺《玄怪录》

牛僧孺（780～848年），字思黯，安定鹑觚（今甘肃灵台县东北）人。永贞元年（805年）进士及第。元和三年（808年）贤良方正科对策第一。累官御史中丞。穆宗时以户部侍郎同中书门下平章事。文宗时，与李宗闵相结，权震天下，时称“牛李”。与李德裕交恶，互相倾轧，史称“牛李党争”。武宗时贬循州刺史。宣宗立，召还，为太子少师。卒赠太尉。僧孺少负才名，工诗，与白居易、刘禹锡均有唱和。诗集散佚，《全唐诗》仅录存十余首。性喜志怪，著传奇集《玄怪录》。

《玄怪录》原书十卷，久佚。《太平广记》中注明“出《玄怪录》”者共三十一则，但其中《淳于矜》一篇，实出南朝宋刘义庆《幽明录》；《窦玉》、《齐推女》、《崔绍》则是误落“续”字而将李复言《续玄怪录》注成了“出《玄怪录》”。现存明陈应翔刻本题《幽怪录》，分为四卷，共四十四篇，其中《尼妙寂》、《王国良》二篇应是李复言的作品。明胡应麟《少室山房笔丛·艺林学山一》：“牛僧孺所撰，本名《玄怪录》，近时乃竞刻为《幽怪》，不知始于何时。观用修所引，则弘正间已误矣。”① 今人程毅中以陈应翔刻本为基础，整理出《玄怪录》一书，中华书局1982年出版（与《续玄怪录》合编），共五十八篇，不完全是牛僧孺的作品。

牛僧孺所处的时代，传奇作者云起，“史才如沈既济、陈鸿，文

---

① 胡应麟：《少室山房笔丛》，199页，上海，上海书店出版社，2001。

人如白行简、沈亚之，一时兴到，偶记毫素”，“往往假小说以寄藻思”。① 牛僧孺与其他作者一样，“显扬笔妙”是其创作的主要动机之一。但沈既济、李公佐等不肯坦率承认“事状之虚”，时常言之凿凿地交代故事来源，以掩饰“幻设”之迹；而牛僧孺却“于显扬笔妙之余，时露其诡设之迹。如其书中之《元无有》一条，观其标题命名之旨，已自托于乌有亡是之伦”。② 胡应麟断言“唐人乃作意好奇”，《元无有》是其立论的重要依据。

牛僧孺是一位自成风格的传奇作家。其《玄怪录》特点分明，不难一一指出：

其一，想像自身的美感魅力是他关注的核心，而不大讲求寓意。幻设为文，六朝已形成风气，如阮籍《大人先生传》、陶潜《五柳先生传》等，概以寓意为主，文词为辅。唐代的一些传奇作品，如沈既济《枕中记》、李公佐《南柯太守传》，虽然“大归则究在文采与意想”，③ 但其中包含的人生感慨也是重要的。牛僧孺却根本不在乎寓意的有无，他似乎彻底陶醉在想像的乐趣中了。

可以举一个例子。《枕中记》、《南柯太守传》强调“大与小”、“长与短”的对比，一方面表现了作者对想像的兴趣，另一方面也表达了作者的人生见解。牛僧孺也多次写到“大与小”、“长与短”的相对性，目的仅是“假笔墨以寄才思”。《岑顺》（《太平广记》卷三六九）叙金象军与天那军对阵：“其下有鼠穴，化为城门，垒敌崔嵬，三奏金革，四门出兵，连旗万计，风驰云走，两阶列阵。”《张佐》（《太平广记》卷八三）叙薛君胄的两耳中跳出二童子，二童子的耳朵中有兜玄国，按照薛君胄的推论：二童子仅“长二三寸，岂复有国土？倘若有之，国人当尽焦螟耳”。事实却与推论截然相反：

① 汪辟疆：《唐人小说·玄怪录》按语，233 页，上海，上海古籍出版社，1978。

② 汪辟疆：《唐人小说·玄怪录》按语，233 页，上海，上海古籍出版社，1978。

③ 鲁迅：《中国小说史略》第八篇，45 页，上海，上海古籍出版社，1998。

兜玄国与中国大小相当；其人身高也跟薛君胄不相上下。《侯遹》（《太平广记》卷四百）叙一老翁“尽取遹妓妾十余人，投之书笈，亦不觉笈中之窄”。《巴邛人》（《太平广记》卷四十）叙“轻重亦如常橘”的“二大橘”中，“每橘有二老叟”。大与小的区别不再存在。牛僧孺构拟这些情节，意在炫奇耀异，并不打算寄寓什么见解或感慨。

想像的魅力有赖于对奇异境界的富于睿智的展示。牛僧孺能以不多的文字便将读者带入奇异的境界。如《元无有》（《太平广记》卷三六九）：“宝应中有元无有，常以仲春末，独行维扬郊野，值日晚，风雨大至。时兵荒后，人户多逃，遂入路旁空庄。须臾霁止，斜月方出。无有坐北窗，忽闻西廊有行人声……”在简括的环境描写中，突出荒凉的一面，这就为物怪的出场提供了背景，而一个“忽”字，更类似于电影的迅速变换镜头，增强了奇异感。与此相近，《崔书生》开头的描叙，则致力于渲染暮春景致的诗意，为女仙的光降做了铺垫，随后，也是用一个“忽”字，让玉卮娘子神秘地出现在崔生眼前。“忽”经常被牛僧孺用于小说中，他无疑意识到了“倏然而来”、“倏然而往”带给人的神秘莫测之感。《朱子语类》卷九九说：“神自是急底物事，缓词如何形容之！”① 神如此，怪亦如此，描述神、怪的作品只有把握住这一点才能写出其特征。

增强想像的美感魅力，另一方式是使用第三人称限知叙事。一个人来到陌生的世界，对他来说，所有的人物、事件、场景都是不清晰或不完全了解底细的。元无有不知道那吟诗的四人究竟是谁，刘讽也不了解那一群女子。以元无有、刘讽的眼睛去反映和观察一切，其效果之一是有意不给读者以清晰感，有意不使真相在读者面前大白。模糊有其自身的价值，它有助于产生神秘的氛围和制造悬念，从而激发读者的好奇心。潜伏在背景上的隐约可见的影子会产生恐怖和可畏的气氛，只让读者隐约可见的志怪天地则使它更加怪幻。牛僧孺的叙事技巧是高明的，而在叙事技巧方面最为精致、复杂、讲究的小说当属

---

① 朱熹：《朱子语类》卷九九，文渊阁四库全书本。

《张佐》。

其二，牛僧孺创作传奇，除了关注想像自身的美感外，还热衷于借此显露才藻。据宋赵彦卫《云麓漫钞》卷八，《玄怪录》是牛僧孺年轻时用来“温卷”的作品，旨在表现他的“史才、诗笔、议论”。① 《玄怪录》的写作时间还可讨论，但牛僧孺热衷于以传奇“显扬笔妙”却是毋庸置疑的。这促使他在下述几个方面作了努力：

《玄怪录》中托名小说人物所写的诗，即景抒情，颇有韵味。如《张佐》之薛君胄，“因暇登楼远望，忽有归思，赋诗曰：‘风软景和煦，异香馥林塘。登高一长望，信美非吾乡。’”绝非凡品。

牛僧孺广泛吸取辞赋、史传、民间文学等的营养，一方面继续推进传、记的辞章化，另一方面努力吸纳民间文学的优点。比如，他对女郎谈谑口吻的摹拟，便取得了在唐代首屈一指的成就。《刘讽》（《太平广记》卷三二九）以几个妇女的谈话为小说主体。作者并不一一介绍其姓名、身份、性情，读者却能真切感受到她们谈话的气氛和各自的神情。

其三，牛僧孺颇为留意人物性格的塑造。比如《崔书生》（《太平广记》卷六二）写崔书生与西王母第三女玉卮娘子的恋情。崔书生涉世未深，天真而浪漫。他在逻谷口养花，“忽有一女，自西乘马而来，青衣老少数人随后”。这个倏然而来的玉卮娘子，行踪颇有些诡秘，却根本没引起崔书生的警觉，他关心的只是“女有殊色”，只是如何去亲近她。崔母则阅历丰富，精明而务实。媳妇进家门一个多月后，“忽有人送食于女，甘香殊异”。这便引起了崔母的不安。因为，这不像普通人的作为。小说两用“忽”字，对比着写出崔书生与崔母的不同反应，笔力健拔。

《郭元振》（见《说郛》）在人物性格塑造方面颇见功力。这是一篇侠义故事。《古今说海》题作《乌将军记》。写郭元振诛除猪怪、拯救民女的事。他听说乌将军逼迫当地居民每年“必择处女之美者而嫁焉”，当即义愤填膺，发誓要救出处于绝境的少女。这种不计利

① 赵彦卫：《云麓漫钞》，111页，北京，古典文学出版社，1957。

钝成败的精神，正是典型的豪侠情操。小说还强调了郭元振高于流俗的识见。他为民除害，愚昧的乡人非但不感激他，反憎恨他“伤我明神”，要杀之“以祭乌将军”。郭元振一针见血地指出：“夫神，承天而为镇也，不若诸侯受命于天子而强理天下乎？”“使诸侯渔色于国中，天子不怒乎？残虐于人，天子不伐乎？诚使汝呼将军者，真明神也。神固无猪蹄，天岂使淫妖之兽乎？且淫妖之兽，天地之罪畜也。吾执正以诛之，岂不可乎？”这些话，不仅说得有理，令乡人“悟而喜”，还隐隐以替天行道者自居，暗示他必将飞黄腾达，与结尾处的“公之贵也，皆为大官之位”呼应，一石双鸟，文简意丰。

《郭元振》围绕“利”设计了一连串互相映照的细节。少女之父，“利乡人之五百缗”，竟忍心将女儿献给猪怪；郭元振救出少女，乡人凑钱酬谢他，“公不受”。少女恨父母之贪利薄情，感郭公之仗义疏财，宁肯做妾也要嫁他。这就从不同侧面凸显出了郭元振不同凡俗的形象。

《玄怪录》是伴随着单篇传奇的盛行而问世的传奇集，也是唐代最为显赫的传奇集。它所以盛行一时，与牛僧孺艺术上的刻意探索是分不开的。在其直接影响下，薛渔思《河东记》、张读《宣室志》、李复言《续玄怪录》等陆续问世。清蒲松龄《聊斋志异》“用传奇法，而以志怪”，① 这一特点在《玄怪录》中已经比较分明了。

2. 陈劭《通幽记》

陈劭，或作陈邵，生平不详。其《通幽记》原书已佚，《太平广记》引有佚文二十余则。所述故事的年代多在贞元以前，最晚的是贞元九年；根据唐传奇写作时间稍晚于故事时间的惯例，《通幽记》可能成书于贞元、元和年间。

《通幽记》多数作品近乎志怪，仅有少量铺叙宛转、文辞华艳的佳构。

《唐晅》（《太平广记》卷三二二）是较为著名的一篇，其篇末

① 鲁迅：《中国小说史略》，147页，上海，上海古籍出版社，1998。

云："事见《唐晅手记》。"可见本篇系据唐晅自述改写。汪辟疆《唐人小说》曾附录于李景亮《李章武传》后，评为"叙述曲折，哀婉动人"。这篇传奇借鉴张荐《灵怪集·许至雍》的构思，叙丈夫与妻子的亡魂相会。有关鬼的若干细节极富幻想的真实感，比如唐晅亡妻及其侍者食粥一段。文中穿插了唐晅的几首悼亡诗以及他和妻子之间的赠答诗，情调凄悲，能够表达出他们的深情与痛苦。

《赵旭》(《太平广记》卷六五)叙赵旭与仙女之间的风情。赵旭是那种"自放于丽情"的才子。他在梦中见到"一女子，衣青衣，挑笑牖间"，醒后便祈祷"愿觏仙姿，幸赐神契"；仙女忽然降临，他没有一丝忧恐，只是"忻欢交集"。这与《幽明录》所载刘晨、阮肇见到仙女时"忻怖交并"是不一样的。

《通幽记》组织情节的本领较弱，常有堆砌之弊；文笔亦冗杂拖沓。但陈劭穿插在小说中的诗不乏耐人寻味之作，如《武丘寺》(《太平广记》卷三三八)之《示幽独君》，皮日休、陆龟蒙都有和作。

五 盛期唐人传奇的审美追求

从德宗到宪宗朝，唐人传奇（尤其是单篇）取得了"与诗律可称一代之奇"的成就。① 笔者关心的是：它们整体上有什么特征？为小说史贡献了哪些新的东西？

考察这一时期传奇小说的审美追求，我们拟着眼于两个方面：整体的精神气质及其在艺术上对前辈的超越。就精神气质而言，其特征是对"无关大体"的浪漫人生的热烈关注；就艺术风貌而言，其特征是有意为小说"，创造了一系列新的叙事惯例。

1. 对"无关大体"的浪漫人生的热烈关注

这一时期传奇在精神气质方面的基本特征，首先表现在产生了一

① 《唐人说荟·例言》引洪迈语，见程国赋编著：《隋唐五代小说研究资料》，14页，上海，上海古籍出版社，2005。

批直抒出世情怀的作品，如沈既济的《枕中记》、李公佐的《南柯太守传》，都以隐逸号召世人。

《枕中记》、《南柯太守传》所抒写的出世情怀，在唐以前，一向由其他体裁来承担，比如阮籍的《大人先生传》、《咏怀》诗，陶渊明的《五柳先生传》、《归去来兮辞并序》等。沈既济、李公佐率先“假小说以寄笔端”，确乎别开生面。

对私人感情生活的描写更展开了令人耳目一新的格局：

其一，男女恋情具有了更多自由、浪漫的色彩。初期传奇中的《离魂记》，王宙与倩娘有过非正式的父母之命，这样，他们的感情仍是一种婚姻架构内的感情，而婚姻中的夫妻关系主要是一种伦理关系，责任比感情更加重要。他们维持到生命终点的正式夫妻关系更强化了这种伦理意味。相形之下，《柳氏传》之柳氏，《李章武传》之王氏子妇等，其行为则自始至终不以婚姻为归宿。柳氏以李生之幸姬，而属意于韩翊；一度被沙吒利“宠之专房”后，又重与韩翊聚首。她与韩翊之间，始终不存在正式的夫妻关系，维系二者的纽带是“翊仰柳氏之色，柳氏慕翊之才”的浪漫情怀。就连身为玄宗妃子的杨玉环，传奇写她的痴情也主要是在她死后——那时她与玄宗之间已不存在现实的婚姻关系。迷恋于夫妻生活之外的爱，而且把这种爱写到铭心刻骨的程度，这是一个特点。

其二，作家们开始以深刻的悲剧意识来感受这种伦理架构之外的恋情。唐人传奇写夫妻关系之外的恋情，确立了一个基本原则，即：这种恋情不对婚姻造成危害或妨碍。所以，我们不难理解一个事实：霍小玉从未要求过成为李益的妻子，崔莺莺也对张生的“始乱终弃”表示一定程度的谅解。这样一种恋情，其归属不是婚姻，也不与婚姻相冲突。可以说，它既不是合道德的，也不是反道德的，而仅仅是一种被许多人视为人生插曲的感情生活，因而并不重视。耐人寻味的是，唐人传奇却给了它一席不容忽视的位置：爱情的缺憾与人生的其他挫折如仕途之贬谪、家庭之变故一样，足以使人“情动于中而形于言”。初期传奇中的《离魂记》，已约略涉及男女情人被迫分开的“郁抑”、“悲痛”。而许尧佐《柳氏传》在处理一对情人暌隔的情节时，虽寥寥数语，却深沉悲怅。《李章武传》叙李章武与王氏子妇亡魂离别，《霍小玉传》写霍小玉对李益的期待，无不感人至深。《莺莺传》和《长恨歌传》也充溢着悲剧意味。①

《柳毅传》、《崔书生》等写的是神女、仙女与凡人之间的恋情，但他们也不例外地承受了巨大的失去情人的痛苦。就社会性而言，玉卮娘子与霍小玉等属于同一类型：玉卮娘子虽是一位女仙，但并非居高临下地出入于人世，倒是委屈求全时居多。“崔生以不告而娶，但启以婢媵”，她并不计较；崔母怀疑她是狐魅，玉卮娘子即伤心地向崔生辞行。她与《柳毅传》的龙女有几分相似。

盛期传奇中的豪侠义士是一类情怀壮烈的大丈夫形象，在他们身上，较多寄寓了作者追求崇高人格的情愫。其中，许俊和黄衫豪士以打抱不平为特色；冯燕则展开“好汉做事好汉当”，宁可自己去死，也不使他人受冤的光明磊落的胸襟；谢小娥矢志报仇，以女性而洋溢出豪侠气息；郭元振勇于拯人于水火，不计利钝成败；柳毅虽为儒生，却也充分地弘扬出豪宕之气。这些形象的出现，标志着豪侠在唐人传奇中已成为主角之一。

此期传奇在精神气质方面的特征，其形成不是偶然的，而与作家们生活的时代密切相关。可以说，这是一个不能令人振奋但也不会使人顿足捶胸的时代。导致唐王朝由盛转衰的安史之乱早已平定，士大夫阶层在经历了一场剧烈的震荡后，已不再如李白等人那样，把建功立业作为首要的追求；他们不再有那种天真烂漫的憧憬。与其关注广阔而虚渺的外在功业，不如退回到个人生活、自我心灵的一隅，品味日常的失意与玫瑰色的爱情。他们较少愤怒，更多的是叹惋，甚至在面对自身的人生挫折时，他们也偏于叹惋。他们摆脱了对功业的沉醉与迷恋，但并没有厌倦人生，相反，倒是多了几分对日常享受的兴趣与智慧。他们的情感由盛唐的豪迈激越一变而为中唐的光怪陆离、温婉细腻。这种与日常人生享受相伴随的浪漫情怀，正是史家视为

① 参见拙文：《元稹〈莺莺传〉辨》，见《江海学刊》1993 年第 4 期，153～156 页。

“无关大体”的那一部分。他们看重“无关大体”的恋情题材、豪侠题材和隐逸题材，其原因即存在于这一事实中。

2. “有意为小说”的诸种表征

在艺术追求方面，这一时期的传奇创作加强了“有意为小说”的倾向，并在传、记辞章化方面臻于胜境。其间若干规律性的东西值得总结。

所谓“有意为小说”，其内涵之一即有意虚构，着力创造一个丰富多彩的幻想世界。这具体呈现为三点：

其一，不拘束于“古书”的虚构，而向唐代的生活寻找灵感。著名的例子即关于李隆基与杨玉环的恋爱。“若依唐代文人作品之时代，一考此种故事之长成，在白歌陈传之前，故事大抵尚局限于人世，而不及于灵界，其畅述人天生死形魂离合之关系，似以《长恨歌》及传为创始。此故事既不限于现实之人世，遂更延长而优美。然则增加太真死后天上一段故事之作者，即是白陈诸人，洵为富于天才之文士矣。”① 他们以帝王后妃为幻想对象，附会修饰，曼衍滋繁，其摆脱羁绊的倜傥风度，在后世很少有人企及。

据程毅中《唐代小说史话》，沈亚之《秦梦记》也是据真人真事而想像发挥的。当时有一位西河公主，初嫁吴兴沈翚，生一子，沈死后，再嫁郭子仪的孙子郭铦。② 弄玉再嫁，与西河公主正相仿佛。沈亚之将自己虚拟为弄玉的后夫，也够天真放肆的了。

其二，虚构故事，目的不是或主要不是用来寓劝惩。李公佐如此，沈亚之亦然；牛僧孺则将这一倾向发展到极致，以至胡应麟在《少室山房笔丛·二酉缀遗中》批评他的作品“但可付之一笑”，③ 纪昀也在《四库全书总目提要》中说他的传奇集“无关风教，其完

---

① 陈寅恪：《元白诗笺证稿》第一章，13页，上海，上海古籍出版社，1978。

② 程毅中：《唐代小说史话》，158页，北京，文化艺术出版社，1990。

③ 胡应麟：《少室山房笔丛》，371页，上海，上海书店出版社，2001。

否亦不必深考也”。① 其实，关注想像自身的魅力，这种小说观应该得到鼓励。

其三，勇于幻设，不在乎是否合乎日常情理。《玄怪录》、《通幽记》一再描述“神仙感遇之事”，纪昀《阅微草堂笔记》卷九曾就这一现象发表意见：“古来传记所载，有寓言者，有托名者，有借抒恩怨者，有喜谈诙诡以诧异闻者，有点缀风流以为佳话者，有本无所取而寄情绮语，如诗人之拟艳词者，大都伪者十八九，真者十一二。此一二真者，又大都皆才鬼灵狐，花妖狐魅，而无一神仙。其称神仙必诡词。夫神正直而聪明，仙冲虚而清静，岂有名列丹台，身依紫府，复有荡姬佚女，参杂其间，动入桑中之会哉？”② 这是说牛僧孺、陈劭的构思显系“诡词”，违背生活逻辑。《玄怪录·元无有》一篇叙故杵、灯台、水桶、破铛四物吟诗，也被纪昀批评为“荒诞”不可信。而不求见信于人，这正是牛僧孺所以超逸群伦之处。

小说中穿插诗歌，这在六朝志怪中也偶尔能够见到。如《拾遗记》卷一叙帝子与皇娥并坐，皇娥倚瑟而歌；初期唐人传奇中穿插诗的现象又多了一些。盛期唐人传奇所取得的进展尤为可观：第一，诗的创作与传奇的创作相辅而行、诗人与小说家联手的盛况出现了：白居易作《长恨歌》，陈鸿作《长恨歌传》；元稹作《莺莺传》，李公佐作《莺莺歌》；此外，白行简作《李娃传》，元稹作《李娃行》。叙事诗与叙事的传奇相呼应，其结果之一是小说的抒情色彩分外浓郁。如果说《长恨歌》是一首小说化的诗，那么，《长恨歌传》就是一篇诗化的小说。第二，产生了像沈亚之这样以“诗才”为主要凭藉而进入传奇领地的作者，这是前所未有的。第三，诗在性格刻画和情节发展中的作用更大了。比如《莺莺传》末尾，莺莺已嫁他人，张生旧情不断，想再见她一面；莺莺知道张生的意思后，写了一首诗以“谢绝”他：“弃置今何道，当时且自亲。还将旧时意，怜取眼前人。”既抱怨张生，又对张生未能忘情，因相爱而体谅，并没有激烈

---

① 永瑢等：《四库全书总目》，1227页，北京，中华书局，1965。

② 纪昀：《阅微草堂笔记》，189页，上海，上海古籍出版社，1980。

地予以斥责。自行挣扎，自承痛苦，莺莺的人格有些像古诗中的焦仲卿妻。

把史家的传、记与注重描写的辞赋结合起来，在六朝志怪中偶然也能找到先例，如《搜神记》卷一《弦超》、《拾遗记》卷七《薛灵芸》等；初期唐人传奇中的《补江总白猿传》等已着意于风景的摹绘。但盛期唐人传奇的收获在广度和深度上都是空前的。骈散兼施的描写，极大地拓展了语言的表现力。《柳毅传》、《长恨歌传》、《玄怪录》等的文笔均是第一流的。而沈亚之的"怪艳"，《玄怪录》的诙诡，尤别具风味。传、记辞章化，揭开了传奇小说史的新篇章。

第十章　中期唐人传奇：穆宗至懿宗朝（821～873年）

从穆宗初到懿宗末（821～873年），这是唐人传奇发展的中期。其成就以传奇集为主，较为著名的有：薛用弱《集异记》、李复言《续玄怪录》、薛渔思《河东记》、郑还古《博异志》、卢肇《逸史》、无名氏《会昌解颐录》、陆勋《集异记》、李玫《纂异记》、张读《宣室志》、裴铏《传奇》、袁郊《甘泽谣》。单篇的著名传奇有：柳珵《上清传》、房千里《杨娼传》、韦瓘《周秦行纪》、薛调《无双传》。无名氏《东阳夜怪录》也可能是这一时期的作品。考察中期唐人传奇的精神气质，必须注意到一个事实，即：这一时期的知识精英，普遍有一种置身世纪末的痛苦；而就艺术风貌而言，“传奇”之“奇”的内涵又有了新的扩充或变迁，与此前相比，由人生内容之“奇”到情节之“奇”，风味已大有不同。

从穆宗初到懿宗末，这是一个“山雨欲来风满楼”的时代，在传奇的世界里，也弥漫着感慨深重的忧患意识。与盛期传奇集中抒发人生感慨和关于爱情的玫瑰色的情愫不同，此期作家对政治、对关乎国运的问题格外关心。伴随着咏史诗等富于讽刺意味的文学体制的兴盛，传奇亦多影射和抨击社会现实，李玫《纂异记》尤其锋芒毕露。

世纪末的情绪在传奇中多经由两条渠道流泻出来：一是抒发盛衰无常的感慨，名吊古而实伤今；一是着力渲染大风暴之前密云翳日、令人窒息的气氛。《传奇》、《甘泽谣》等可视为这方面的代表作。

侠士的形象在这一时期发展到了极致。对侠的兴趣和崇拜，产生于两种心理需要：一是心理上的安全需要。时局动荡，万方多难，身处乱世，随时可能遭遇不测。人们渴望出现那种所向无敌而又富于正义感的英雄，由他们来支撑这倾斜的世界。二是心理上的超越需要。文弱书生，碌碌百姓，太渺小了！但人们又向往那个生龙活虎、气势奔放的人生境界。在想像中设计自己，在展望中超越自己，虽是泡影，却毕竟是五光十色、富于魅力的泡影。唐代后期的社会现实，使士大夫的这两种心理需要急遽膨胀，侠士的形象也随之大放异彩，在《传奇》、《甘泽谣》中，我们便见到许多意气风发的豪侠。

人生无常，人把握不了自己的命运，李复言《续玄怪录》等经常表达这一痛苦的人生经验；在这种末世的灰暗阴影里，求仙意识迅速蔓延开来：这也如同陶潜在动荡不宁、死亡相藉的乱世而憧憬温馨芳菲的桃花源一样。无独有偶，此期传奇中的仙境也像桃花源那般诗意盎然，作者们写来总是妙笔生花（自然也不免雷同）。《博异志》、《集异记》中随处可见这类片断。

这一历史阶段的传奇，即使是爱情故事，也常与避乱求仙有关。盛期传奇也写仙女与人间男子的爱情，但多是“思凡”类型；此期则侧重描述仙女对“凡人”的度脱。《太平广记》卷十五《裴航》（出《传奇》）叙裴航历尽艰辛，终与云英“议姻好”，其指向是进入仙界。卷六九《马士良》（出《逸史》）叙马士良答应娶守护上仙灵药的谷神之女为妻，不仅躲过杀身之难，且得长寿。因此，对那些不知恋爱为何物的青年男性，作品在讽刺他们如同木偶的前提下，每每更痛心地惋惜他们错过了仙缘。如《太平广记》卷六八《封陟》（出《传奇》）、卷三五《杨真伯》（出《博异志》）。

此期传奇的另一重要情感内容是：前代文人特有的风神情趣得到了较为雅正、较为充分的展现。回忆过去，这是值得关注的心理现象。它是对失去了的美好生活的追怀；其背景正是现实的动荡。薛用弱《集异记》等娓娓动听地叙说开天盛世的掌故，是有特定的心理依据的。

一 《玄怪录》的三部续书

牛僧孺的《玄怪录》问世之后，盛行一时。受其影响，这一时期出现了三部颇有成就的续书：薛渔思《河东记》、张读《宣室志》、李复言《续玄怪录》。

1. 薛渔思《河东记》

《河东记》，晁公武《郡斋读书志》著录为三卷："唐薛渔思撰。亦记谲怪事，序云续牛僧孺之书。"洪迈《夷坚支志》癸集序则称"薛涣思之《河东记》"，未知孰是。作者生平未详。据《河东记》，作者约为太和、开成前后人，河东籍。原书已佚，《太平广记》引有佚文三十余则。其总体成就不高，但《独孤遐叔》、《申屠澄》、《板桥三娘子》等篇，值得关注。

《独孤遐叔》（《太平广记》卷二八一）模拟白行简《三梦记》中刘幽求一梦而有发展，对人物心理的把握非常准确。独孤遐叔是一介下第举子，从长安到偏远的剑南去求官，临行与新婚妻子（白氏女）约定，一年就回来。但因"羁栖不偶"，一耽延便是两年有余。妻子不知他的生死，也为自己的未来担忧。这种担忧，在梦中具体化为下述情节：白氏女"梦与姑妹之党，相与玩月，出金光门外，向一野寺，忽为凶暴者数十辈胁与杂坐饮酒"。白氏女的梦，说明她害怕灾难并感到灾难随时可能降临。

《独孤遐叔》写男主角归家一段，注意环境与心理的照应。他离家尚百里，因归心似箭，拿定主意当天赶回。结果天黑了，未能到家，又错过了旅店，只好在佛堂过夜。"时近清明，月色如画。系驴于庭外，入空堂中，有桃杏十余株。夜深，施衾帱于西窗下偃卧。方思明晨到家，因吟旧诗曰：'近家心转切，不敢问来人。'至夜分不寐。"一个久别思归的丈夫，他是不会有困意的。从这些描写中可以见出作者的功力。

《独孤遐叔》对后世影响颇大。明余公仁《燕居笔记》卷八《独孤遐叔记》、冯梦龙《醒世恒言》卷二五《独孤生归途闹梦》、叶宪祖《龙华梦》杂剧皆取材于本篇。①

《申屠澄》（《太平广记》卷四二九）叙贞元九年什邡尉申屠澄娶虎妇一事，以强烈的对比震撼了读者的心灵。"哮吼拏攫"原是虎女的本色，然而她努力做了一名十四五岁的女孩，"雪肤花脸，举止妍媚"，修容靓饰，姿态闲丽。她本应深藏于山林，但她思慕人类文化，博览群书，并能自如地引用《诗经》成语表达情意；嫁给申屠澄后，她"厚亲族，抚甥侄，洎僮仆厮养，无不欢心"。她甚至懂得："为妇之道，不可不知书；倘更作诗，反似妪妾耳。"因此谨守闺范，会作诗也不作诗。她的言行完全合乎伦理的要求，在人类社会的圈子里，深受尊敬与爱戴，她似乎应该满足了。令我们深感意外的是，她反而陷入了痛苦之中，希望回到山林去，过从前那种"临泉藉草憩息"的生活。她破例地写诗了，表达了她的山林之志，既而"思慕之深，尽日涕泣"，最终抛夫别子，恢复老虎的原形，"突门而去"。

虎女由仰慕人类文化到抛弃人类文化，这提出了一些发人深省的

① 纪昀曾对独孤生之梦作还原分析。《阅微草堂笔记》卷十五："魂与魄交而成梦，究不能明其所以然。先兄晴湖，尝咏高唐神女事曰：'他人梦见我，我固不得知；我梦见他人，人又乌知之？孱王自幻想，神女宁幽期？如何巫山上，云雨今犹疑。'足为瑶姬雪谤。然实有见人之梦者。奴子李星，尝月夜村外纳凉，遥见邻家少女掩映枣林间，以为守圃防盗，恐其翁姑及夫或同在，不敢呼与语。俄见其循塍西行半里许，入秫丛中。疑其有所期会，益不敢近，仅远望之。俄见穿秫丛出行数步，阻水而返，痴立良久，又循水北行百余步，阻泥泞又返，折而东北入豆田。诘屈行，颠踬者再。知其迷路，乃遥呼曰：'几嫂深夜往何处？迤北更无路，且陷淖中矣。'妇回顾应曰：'我不能出，几郎可领我还。'急赴之，已不睹矣。知为遇鬼，心惊骨栗，狂奔归家。乃见妇与其母坐门外墙下，言适纺倦睡去，梦至林野中，迷不能出，闻几郎在后唤我，乃霍然醒。与星所见，一一相符。盖疲苶之极，神不守舍，真阳飞越，遂至离魂。魄与形离，是即鬼类，与神识起灭自生幻象者不同，故人或得而见之。独孤生之梦游，正此类耳。"见纪昀：《阅微草堂笔记》，386～387页，上海，上海古籍出版社，1980。

问题：是人类文化自身的缺陷使然？还是因时局混乱有激而言？

清蒲松龄《聊斋志异》卷五《花姑子》受到《申屠澄》的影响。

《板桥三娘子》（《太平广记》卷二八六）写板桥三娘子用巫术将人变成驴，被赵季和看破；季和以其人之道还治其人之身，使三娘子也变成了一头驴，乘之“周游他处，未尝阻失，日行百里”。

《板桥三娘子》的故事，据杨宪益的看法，与希腊史诗《奥德赛》及罗马阿普列乌斯《变形记》的某些片断极相似，可能是唐时外国商人传入的。① 清蒲松龄《聊斋志异·造畜》一则，情节与《板桥三娘子》相仿。

《韦丹》（《太平广记》卷一一八）叙韦丹买放了一头“长数尺”的巨鳖——实为一条神龙，神龙报答他，“于天曹录得一生官禄行止所在”，后一一不爽。这种报恩故事本不新鲜，妙在传奇结尾的一段问答。韦丹问：元长史既然是神龙，为什么会被渔人抓住，差点死掉？葫芦先生回答：“迍难困厄，凡人之与圣人，神龙之与蝹蠕，皆一时不免也，又何得异焉？”薛渔思旨在揭示人的命运的偶然性。或许，这是有感于晚唐几位皇帝受制于宦官的情形而发的吧？

《聊斋志异·八大王》的构思大概受到本篇的启发。

《河东记》作为《玄怪录》的续书，艺术成就未能超越其前辈，但仍有其不可抹杀的重要性。第一，薛渔思所寄寓的某些见解对读者有所启发。第二，《河东记》采用了《玄怪录》没有写到的一些题材，如《板桥三娘子》、《胡媚儿》（《太平广记》卷二八六）之写法术。

2. 张读《宣室志》

张读，字圣用，《郡斋读书志》作“圣朋”，深州陆泽（今河北深县）人。约生于太和八年（834 年），大中六年（852 年）进士及第。《新唐书·张荐传》附有他的传：“大中时第进士，郑宣辟署宣州幕府。累迁礼部侍郎。中和初为吏部，选牒精允。调者丐留二年，

① 见杨宪益：《译余偶拾》，74～76 页，北京，三联书店，1983。

诏可，榜其事曹门。后兼弘文馆学士，判院事，卒。”他以礼部侍郎典贡举在乾符五年（878年）。张读是《游仙窟》作者张鷟的后裔，其祖父是《灵怪集》作者张荐，外祖父是《玄怪录》的作者牛僧孺，耳濡目染，喜欢奇幻故事。

《宣室志》现存十卷，补遗一卷，而《太平广记》中还有佚文，计二百余篇，与《广异记》、《独异志》同为保存较为完好的唐代小说集。中华书局1983年出版有《宣室志》点校本（与《独异志》合为一册）。宋晁公武《郡斋读书志》卷十三云：“纂辑仙鬼灵异事，名曰《宣室志》者，取汉文召见贾生论鬼神之义。”① 据《史记·屈原贾生列传》：“孝文帝方受釐，坐宣室。上因感鬼神事，而问鬼神之本，贾生因具道所以然之状。至夜半，文帝前席。”这就是李商隐《贾生》诗所说的“可怜夜半虚前席，不问苍生问鬼神”。张读以“宣室”名书，表明该书题材偏于神怪，如征应、果报、鬼魅、梦异、精怪、珠宝等。②

---

① 晁公武：《郡斋读书志》，361页，南京，江苏古籍出版社，1988。

② 《宣室志》中的若干志怪片断，曾被纪昀纳为谈资。如《阅微草堂笔记》卷十一：“海淀人捕得一巨鸟，状类苍鹅，而长喙利吻，目睛突出，眈眈可畏。非鹫非鹳，非鸨非鸧鹚，莫能名之，无敢买者。金海住先生时寓直澄怀园，独买而烹之，味不能佳。甫食一二脔，觉胸膈间冷如冰雪，坚如铁石；沃以烧春，亦无暖气。委顿数日，乃愈。或曰：‘张读《宣室志》载，俗传人死数日后，当有禽自柩中出，曰“杀”。有郑生者，尝在隰川，与郡官猎于野，网得巨鸟，色苍，高五尺馀；解而视之，忽然不见。里中人言有人死且数日，卜者言此日“杀”当去。其家伺而视之，果有巨鸟苍色自柩中出。’又‘《原化记》载，韦滂借宿人家，射落“杀”鬼，烹而食之，味极甘美。先生所食，或即“杀”鬼所化，故阴凝之气如是欤！’倪馀疆时方同直，闻之笑曰：‘是又一终南进士矣。’”见纪昀：《阅微草堂笔记》，254页，上海，上海古籍出版社，1980。又卷十六：“《宣室志》载陇西李生左乳患痈，一日痈溃，有雉自乳飞出，不知所之。《闻奇录》载崔尧封外甥李言吉左目患瘤，剖之有黄雀鸣噪而去。其事皆不可以理解。札阁学郎阿亲见其亲串家小婢项上生疮，疮中出一白蝙蝠。知唐人记二事非虚。岂但‘六合之外，存而不论’哉？”卷十七：“此与《宣室志》所载李甲家鼠报恩事相类。”见上海古籍出版社1980年版之392页、430页。

张读常有一些出人意外的想像。比如，在六朝志怪中，物怪通常被视为邪恶的化身。如果它们幻化为女性，诱惑男子，一旦被发觉，就会受到惩罚，或者被毫不留恋地舍弃。唐代前中期的小说如《广异记》虽然写出了可亲可羡的物怪，但充当恋爱女主角的仍多为仙女、神女。而《宣室志》却不仅让物怪幻化的女性扮演恋爱主角，而且有资格成为深情明慧的妻子。这类故事中较好的是《谢翱》(《太平广记》卷三六四)、《计真》(《太平广记》卷四五四)。

《计真》写人狐恋爱。狐女李氏"色甚殊，且聪敏柔婉"，与计真情爱甚笃，婚后生七子二女。临死，她以沉重的自卑心理向计真说明了她的真实身份。她自感与丈夫不配，请求丈夫看在孩子的分上，"无以枯骨为仇"，能够完整地掩埋她（它）的尸体。计真没有让她的冥冥中的灵魂失望，在她现出"一狐死被中"的原形后，仍"感悼之，为之敛葬之制皆如人礼"。《聊斋》的某些人狐恋爱故事，与此神情相仿。

《谢翱》中的物怪，大约是牡丹精。她"风貌闲丽"，听说谢翱"所居庭中，多牡丹"，故来与他"一醉"。她还具有少女的慧黠，当谢翱问她："女郎何为者？得不为他怪乎？"她笑而不答。"固请之，乃曰：'君但知非人则已，安用问耶？'"

谢翱与女郎之间，从一开始就带有不得常相聚的遗憾，而且每次见面的时间也极为短暂，似乎某种神秘力量在其间作祟。她一再伤感地题诗，如："相思无路莫相思，风里花开只片时；惆怅金闺却归处，晓莺啼断绿杨枝。"

谢翱对她爱得异常深挚，"虽知为怪，眷然不能忘"。每次分别后，都期待着重新聚首。然而，她竟一去不返；她被神秘的力量给逼走了！绝望的谢翱终因愁怨而病死。蒲松龄笔下的情痴，当与谢翱有血缘关系。

《陆颙》(《太平广记》卷四七六）是张读《宣室志》中的名篇。陆颙自幼嗜面食，吃得愈多身体愈瘦，原来肚子里有一条消面虫，"实天下之奇宝也"，被几个胡人用重金买走。他们来到海边，"投虫于鼎中炼之，七日不绝燎"，迫使海中仙人献出了至宝："一珠，径三寸许，奇光泛空，照数十步。”有了这颗珠，入海时，“其海水皆豁开数十步，鳞介之族，俱辟易回去。游龙宫，入蛟室，珍珠怪宝，惟意所择”。这个故事设想诡奇，“消面虫”一节影响到《聊斋志异·酒虫》；“煮海”一节则启发元李好古写出杂剧《沙门岛张生煮海》。

《宣室志》包含了多种作品类型。有的粗陈梗概，尚守六朝家法；有的铺陈缛丽，篇幅较长。就那些传奇体的小说而言，其特色是：其一，善于制造悬念。《韩生》（《太平广记》卷四三八）写韩生的一条狗，成精后与外犬勾结，欲害韩生全家。小说的序幕一拉开，读者便看到韩生家发生了种种难以理解的事；读者忍不住追问：谁在捣鬼？在成功地吸引住读者后，小说才引出黑犬——真正的罪魁祸首。《陆颙》写胡人突如其来地结交陆颙，甘辞厚币，不惜代价，太学中诸生闻之，怀疑胡人居心不良，劝陆颙“匿身郊野间，以避再来”。陆颙躲了才一个多月，胡人又寻上门来。层层烘染，似乎有什么灾难会突然降临，这就置读者于担惊受怕的期待状态。张读看来颇能把握读者的阅读心理。其二，《宣室志》开拓了幻想天地。《计真》、《王先生》、《陆颙》等篇都设想奇诡。其三，以志怪故事寓含对世态人情的讽刺。《李徵》（《太平广记》卷四二七）中的李徵，“性疏逸，恃才倨傲，不能屈迹卑僚，尝郁郁不乐。每同舍会，既酣，顾谓其群官曰：‘生乃与君等为伍耶？’”后来发狂变虎。这显然是对“恃才倨傲”者的讽刺。《杨叟》（《太平广记》卷四四五）中的杨叟，得了失心之疾，“是翁之病心也，盖以财产既多，其心为利所运，故心已离去其身，非食生人心，不可以补之”。这是对为富不仁者的讽刺。

3. 李复言《续玄怪录》

李复言，生平不详。据《钱方义》、《尼妙寂》、《梁革》篇中有关文句，他曾在太和二年求州郡贡举，太和四年游巴南，太和六年在长安。与白居易同时，有一李谅，字复言，是另一人，并非本书作者。①《续玄怪录》在宋初已有两种版本：一为十卷本，晁公武《郡斋读书志》卷十三著录，分“仙术”、“感应”二门；一为五卷本，《唐书·艺文志》及宋陈振孙《书录解题》著录。现存南宋临安府尹家书籍铺刻本为四卷，已非原书。其书名，宋刻本又作《续幽怪录》。

《续玄怪录》中名篇甚多，如《杜子春》（《太平广记》卷一六）、《张老》（《太平广记》卷十六）、《薛伟》（《太平广记》卷四七一）、《定婚店》（《太平广记》卷一五九）、《尼妙寂》（《太平广记》卷一二八）、《柳归舜》（《太平广记》卷十八）、《李靖》（《太平广记》卷四一八）等。在《玄怪录》的三部续书中，其成就最高。

《杜子春》写周隋时杜子春为仙人守药炉接受考验事。其题材源出于《大唐西域记》中“救命池”一节：一个隐士得到仙方，要找一位烈士（刚毅之士）替他看守坛场，不能出声。烈士在幻境中被杀，投生为男人，其妻要杀他的儿子，他情不自禁，大叫一声，招致空中火下。隐士赶紧拉他入池避难。《杜子春》的情节格局与之相同，但二者的区别却是更为重要的。

从命意看，《杜子春》提出了在当时至关重要的一个问题：面对迫在眉睫的社会动乱，人应该怎样安排自己？有两种选择：一是隐居避难，到深山里去过清苦的生活，《杜子春》把它具体化为泯除了所有人生欲望的求仙；一是留恋红尘富贵，最终被战乱所摧毁，《杜子春》把它具体化为与生俱来的七情。杜子春在老道人引导下，已经克服了“喜、怒、哀、惧、恶、欲”六种情感冲动；然而，当幻境中他两岁的儿子被人“持两足，以头扑于石上，应手而碎，血溅数步”时，他“不觉失声”，终于未能打破“爱”关，并因此失去成仙

① 卞孝萱曾作《〈续玄怪录〉作者及写作年代探索》（《江海学刊》1961年第10期）、《再谈〈续玄怪录〉》（《山西大学学报》1983年第4期）、《唐代小说与政治》（《中华文史论丛》1985年第1期）诸文详考李复言生平。据其考证，李谅（775～833年），字复言，贞元十六年进士及第，贞元末任左拾遗，元和至太和年间历任州县长官、祠部员外郎、考官郎中等职，官至岭南节度使。但其结论与《续玄怪录》偶有扞格。

的机会。逃避动乱、皈依宗教的渴求与人类自然欲望之间的冲突得到淋漓尽致的展现。面临祸患而又不能断然脱离红尘，人是多么的无可奈何啊！

从描写看，《杜子春》并未轻易将杜子春推到人生抉择的关口，倘是那样，就不免强其所难。杜子春的人格经历了漫长的陶冶过程。他年轻时只知挥霍享受，“落拓不事家产”，“资产荡尽，投于亲故，皆以不事事见弃”。在饥寒交迫中，老人（即道士）资助他三百万。“子春既富，荡心复炽”，一二年间，穷困如初。老人又资助他一千万。他发愤“从此谋身治生”，但意志薄弱，“纵适之情，又却如故。不一二年间，贫过旧日”。老人再资助他三千万。他不再挥霍，而是用这些钱来行“好事”。浪子回头，他的人格已相当健全。老人这才带他上了华山云台峰，检验他是否算得“仙才”。杜子春对七情的克制已非常人所及，但依然达不到“仙才”的标准。道士说：“嗟乎，仙才之难得也！吾药可重炼，而子之身犹为世界所容矣。勉之哉！”这沉重的慨叹，潜台词其实是：人命中注定了要为与生俱来的七情付出代价；即使置身乱世，人也还得活下去！

《太平广记》卷四四《萧洞玄》（出《河东记》）、卷三五六《韦自东》（出《传奇》）和《剧谈录·说方士》的描写与《杜子春》相类。《酉阳杂俎》续集卷四所载顾玄绩事亦同，段成式还特引《西域记》以资比勘。后世铺衍、借鉴这一题材的，明有《醒世恒言》卷十三《杜子春三入长安》，清有长篇小说《绿野仙踪》七十三回《守仙炉六友烧丹药》、戏曲《扬州梦》和《广陵仙》等。

李复言常写愿望与效果的两歧，似乎对人左右外在世界的可能性抱有强烈的怀疑。这也是末世人容易产生的想法。《李靖》是其中的代表作之一。李靖代龙行雨，本欲照顾久旱的家乡，以为“一滴不足濡，乃连下二十滴”，结果平地水深二丈，“大树或露梢而已，不复有人”。后“以兵权静寇难，功盖天下，而终不及于相”，也寓有人的命运不取决于个人努力这一意蕴。

《太平广记》中收有多个行雨故事，如卷三八三《曲阿人》（出《幽冥录》）记曲阿人乘露车代雷公洒水行雨，卷三九五《王忠政》

（出《唐年小录》）记雷神以小项瓶贮人间水行雨，卷三〇四《颍阳里正》（出《广异记》）记某人代神行雨，在自家居处倾瓶而泻，致使水漂其宅，家人尽死。这些故事都在《续玄怪录》之前，当对李复言有所影响。清杨潮观《李卫公替龙行雨》杂剧及褚人获《隋唐演义》第三回有关情节系据《李靖》敷演而成。

《定婚店》将人的命运中关键的一环——婚姻，也归结于偶然性；当事人自身的所有努力都无济于事。主管婚姻的老人告诉韦固，他的妻子将是卖菜陈婆才三岁的女儿。韦固入菜市查看，“有眇妪，抱三岁女来，弊陋亦甚”。这使韦固大为气愤：“吾士大夫之家，娶妇必敌，苟不能娶，即声伎之美者，或援立之，奈何婚眇妪之陋女？”忍不住派家奴去刺杀她。匆忙中仅中其眉间，女孩幸免于死。十四年后，韦固结婚，其妻眉间“常贴一花子”，问起来才知即韦固家奴刺伤所致。

明末周楫《西湖二集》卷一六《月下老错配本属前缘》入话演述定婚店故事。戏曲作品据以改编的有明刘东生《月下老世间配偶》杂剧、清南山逸史《翠钿缘》杂剧等。

《薛伟》叙乾元元年蜀州青城县主簿薛伟因热病而化鱼一事。李复言借用戴孚《广异记·张纵》（《太平广记》卷一三二）的情节，而着力表达“人是自身欲望的奴隶”这一题旨。张纵病中入冥，被罚去做鱼，“忽见罟师至河所下网，意中甚惧，不觉已入网中，为罟师所得”，完全是因外在力量的强大而失败。薛伟化鱼，不是失败于外力，而是失败于自身——自己克制不了自己的欲望：“俄而饥甚，求食不得，循舟而行，忽见赵干垂钓，其饵芳香，心亦知戒，不觉近口。曰：‘我人也，暂时为鱼，不能求食，乃吞其钩乎？’舍之而去。有顷，饥益甚，思曰：‘我是官人，戏而鱼服。纵吞其钩，赵干岂杀我？固当送我归县耳。’遂吞之。”于是成为他人餐桌上的一盘佳肴。为自身的欲望所驱使，因而产生侥幸心理；人是被自己打败的。①

---

① 清代纪昀《阅微草堂笔记》卷四“宋蒙泉言”将相似的情节改为顺叙，命意亦异，可参看。见纪昀：《阅微草堂笔记》，64页，上海，上海古籍出版社，1980。

明冯梦龙《醒世恒言》卷二六《薛录事鱼服证仙》演述薛伟故事而情节多有增饰。

《续玄怪录》在唐人传奇发展史上是一部重要作品。它对人生困境的正视，带有悲凉的意味。它对人生其他层面的观照，也足以引人注目。比如《辛公平上仙》，叙洪州高安县尉辛公平入冥见阴使迎驾上仙一事，即影射帝王之被谋害。①《张老》叙梁天监中扬州六合园叟神仙张老娶扬州曹掾韦恕女一事，在触目惊心的对照中调侃世态人情，可谓含而不露。最初出场的张老，乃“扬州六合园叟也”，平日“负秽镬地”，“躬执爨濯”，叫人瞧不起。在他死乞白赖与韦恕长女成婚后，“亲戚恶之”，示意他迁离扬州，于是，张老回到了王屋山下的故居。这是极写其陋。后来，韦恕“念其女，以为蓬头垢面，不可识也，令其男义方访之”。结果大出意外。张家庄的景致不必说了，张老本人则仪状伟然，容色芳嫩；其行也，“五云起于庭中，鸾凤飞翔，丝竹并作，张老及妹，各乘一凤，余从乘鹤者十数人，渐上空中，正东而去。望之已没，犹隐隐闻音乐之声”。这是极写其神异。《太平广记》卷十七《裴谌》（出《续玄怪录》）、卷十八《刘法师》（出《续玄怪录》）等同样于对比中见意趣。《延州妇人》以极淫来写锁骨菩萨的极圣，亦有意考验常人的阅读趣味。《续玄怪录》在美感魅力的追求上，也取得了新的收获：

其一，人物形象颇为丰满。如杜子春、薛伟、张老、李靖等，堪称栩栩如生。

其二，景物描写亦幻亦真，渲染出异于凡俗、恢诡秀异的氛围。如《张老》、《柳归舜》等篇。

其三，悬念已成为《续玄怪录》叙事中的一个引人注目的因素。《定婚店》先把一种至为荒唐的结局摆在读者面前，让你不由自主地否定它，也想看作家如何把故事推向这一结局。这样，你只好怀着摆

① 陈寅恪以为此篇影射宪宗被杀，见《顺宗实录与续玄怪录》，刊《北京大学四十周年纪念论文集》，卞孝萱以为系影射顺宗被杀，见《再谈〈续玄怪录〉》和《唐代小说与政治》二文。

脱不开的关心往下看。《薛伟》采用倒叙手法，亦引人入胜。

其四，善用对比加深读者的印象。李靖从善良的愿望出发，铸成的却是淹死一村人的大错；薛伟化鱼，准备吃他的恰恰是周围那些同僚；老人给韦固预示的婚姻看来决无可能，然而竟成为事实；张老在尘世是如此潦倒，在仙界却又是那般神圣；杜子春对七情的克制已使我们震惊，道士却叹惜“措大误余乃如是”……对比，与其说是一种技巧，不如说是一种人生现象、心理现象。在林林总总、纷纭万状的大千世界中，愿望与效果、自身与他人、理智与情感，总是以其尖锐的映衬而警醒着每一个人、每一颗心灵。李复言经由对比所要表达的，正是他身处末世的痛苦的人生感受。

二　两部《集异记》

薛用弱《集异记》与陆勋《集异记》是两部风格有异、成就不等的小说集。因二者书名相同，在此一并加以讨论。

1. 薛用弱《集异记》

薛用弱，字中胜，河东（今山西永济）人。生卒年不详。《新唐书·艺文志》说他长庆（821～824年）年间任光州刺史，皇甫枚《三水小牍·徐焕》说他“太和初自仪曹郎出守弋阳，为政严而不残”。光州即弋阳。两个说法看来有矛盾；或者，他长庆末、太和初均在弋阳任职。所撰《集异记》，原书三卷；通行本多为二卷十六条。在《太平广记》中，注明“出《集异记》”的约八十则，其中杂有六朝郭季产《集异记》和晚唐陆勋《集异记》的作品；中华书局1980年版《集异记》（与《博异志》合为一册）补编辑入佚文七十二则，未加考订，引用时须谨慎从事。

薛氏《集异记》极为清代纪昀所推崇。他在《四库全书总目提要》中说：“其叙述颇有文采，胜他小说之凡鄙，世所传狄仁杰集翠裘、王维郁轮袍、王积薪妇姑围棋、王之涣旗亭画壁诸事皆出此书。其《良常山新宫铭》，洪迈《容斋随笔》推为奇作。苏轼《与子过诗》所谓‘尔应奴隶蔡少霞，我亦伯仲山玄卿’者，即用其事。卷帙虽狭，而历代词人，恒所引据，亦小说家之表表者。”① 汪辟疆《唐人小说》本书叙录亦云：“此书虽为小说家言，然唐宋以来，其所以流传不废者，实以文辞雅饰，搜奇述异，隽永可观。其中如《徐佐卿》、《蔡少霞》、《王右丞》、《王涣之》诸条，词人援引，遂成典实。固唐人小说中之魁垒也。”

对开、天盛世的文人和艺术家的风神情韵加以追述，构成本书的一个重要内容。《王积薪》、《王维》、《王涣之》是其中的名篇。

《王涣之》记载盛唐诗人王涣之（当为王之涣）与王昌龄、高适旗亭听妓诵诗赌胜负的故事。作者并没有什么深奥的人生见解需要表达，平平淡淡，只是想说一件轶事，但又写得很认真。三位诗人开始时的“避席”与结尾时的被崇拜为“神仙”，略加比照，便分外生动。

旗亭赌胜一事，明胡应麟以为《集异记》所载失实。其《少室山房笔丛·二酉缀遗中》说：“《集异记》，河东薛用弱撰。中载王之涣酒楼事，大非实录，且昌龄、适集中，绝少与之涣倡酬诗。”又《庄岳委谈下》云：“唐妓女歌曲酒楼，恍忽与今俗类。薛用弱所记王昌龄、之涣、高适豪饮事，词人或间用之。考其故实，极为可笑。适五十始作诗，藉令酣燕狭斜，必当年少，何缘得以诗句与二王决赌？一也。又令适学诗后，则是龙标业为闾丘晓害，无缘复与高狎，二也。乐天《郑胪墓志》第言昌龄、之涣更唱迭和，绝不及高，高集亦无与涣之诗，三也。”② 胡应麟的考辨也许是对的，但传闻异词，姑妄记之，小说家不必太计较虚实。

《王积薪》叙玄宗末王积薪遇神仙教其下棋一事。安史之乱爆发后，翰林善围棋者王积薪随百司奔赴行在，宿于深山孤姥之家，“但有妇姑，止给水火”。房子里没有灯烛，“又妇姑各处东西室”，此情

① 永瑢等撰：《四库全书总目》，1209页，北京，中华书局，1965。

② 胡应麟：《少室山房笔丛》，366页，424页，上海，上海书店出版社，2001。

此景，她们居然下了一场围棋，那布局之妙连王积薪也领略不出。此等笔墨，旨在以“奇”示人。结尾以叙述掌故的口吻交代：“自是积薪之艺绝无其伦。”则又化奇幻为寻常。这是薛用弱所擅长的熔笔记与传奇于一炉的技巧：既有传奇的神秘，又有笔记的疏落；既有传奇的才气，又有笔记的书卷气。

《集异记》中也不乏神怪题材，《徐佐卿》、《蔡少霞》、《韦宥》等篇一向广为流传。

《徐佐卿》叙天宝十三年青城道士徐佐卿化鹤游沙苑，被玄宗射中一事。其情节并不繁复，但经过薛用弱的精心处理，悬念迭出，亦颇曲折，不难见出唐人作意好奇的共同特点。不过，这篇传奇（或者整部《集异记》）与《续玄怪录》、《传奇》一类作品在风度上的分别却是主要的：前者空灵、蕴藉，犹如秘籍典实，未沾染世俗生活的气息；后者细腻、显豁，正似三月桃花，烂漫得给人以扰攘和喧闹之感。《续玄怪录》等通常贯通了两端：一端奇诡怪异，充满神秘色彩；一端是世俗生活的情感和欲望。而《集异记》却排除了世俗的一面，在描述怪异时，又不忘记采用掌故式的笔墨，隽永雅正，读来如入修篁之中，一派清明幽深之境。

《蔡少霞》叙元和年间蔡少霞梦入仙境抄碑铭一事，情节单纯。但开头叙他入梦，创造了一片凄迷宁静的背景，他所抄的《苍龙溪新宫铭》严整瑰丽，尤为后世所称。苏轼仅凭记忆就能背出《新宫铭》的警句;① 洪迈还特地拟作了一篇《广州三清殿碑铭》；胡应麟《少室山房笔丛·二酉缀遗下》也认为：“唐人小说，诗文有致佳者。薛用弱《集异记》，文采尚出《玄怪》下，而山玄卿一铭殊工。盖唐三百年，如此铭者亦罕睹矣……精炼奥古，奇语甚多。洪景庐拟作一章，未堪伯仲也。”②

《韦宥》记元和间韦宥偶于江畔芦苇间见“新丝筝弦”，带回家

---

① 见宋洪迈《容斋随笔》卷十三《东坡罗浮诗》条。洪迈：《容斋随笔》，110页，长沙，岳麓书社，1994。

② 胡应麟：《少室山房笔丛》，372页，上海，上海书店出版社，1965。

命筝妓试安于乐器，因短二三寸，即置于一边。饭后来看，则已蜿蜒舒展，选蠕摇动，双目燎然。投之于江，“才及中流，风浪皆作。蒸云走电，咫尺昏晦。俄有白龙长百尺，拏攫升天”。小与大，平常与奇异，其对比既是小说的叙事程序，又是小说的意旨所在；龙的奋迅变怪，处出无常，就这样被突现出来了。

《集异记》在唐人传奇中是一部个性分明的作品。其一，大多数作者所瞩目的爱情与豪侠题材，薛用弱很少涉及。他偏爱的不是无关大体的浪漫人生，而是无关大体的飘逸人生。柔情侠骨，因浪漫而热烈；仙风道骨，因超拔而恬淡；至于前辈的轶闻韵事，亦无关于风情。他所品味的，是与王、孟、韦、柳诗境相近的美。其二，薛用弱也炫奇耀异，其悬念技巧是典型的传奇家法，但又钟情于笔记小说娓娓而谈的传统。《王积薪》、《徐佐卿》均为著例。其三，《集异记》较多描述雅正的文人情趣，就实质而言，乃是表达了动荡年代或末世知识分子的怀旧心理。薛用弱那些富于情味的描写，仍以真实的人生内容为背景，但他毕竟不同于李复言一类作家。李复言将自己的悲愤、绝望直接注入小说；薛用弱则花了一番陶炼工夫：他把今日的郁怒留在自己心中，而将往日的温馨奉献给读者。

2. 陆勋《集异记》

陆勋，据《全唐诗》李郢《题陆勋校书义兴禅居》、《旧唐书·懿宗纪》咸通十二年三月及《元和姓纂》等有关材料，他是以“强明严毅，所至称理”著称的元和名臣陆亘之子，历任校书郎、兵部员外郎、吏部郎中等职。所撰《集异记》，原书已佚，《太平广记》中注明“出《集异记》”的，一部分是他的作品。为区别于薛用弱的《集异记》，宋晁公武《郡斋读书志》卷十三称之为《陆氏集异记》：“唐陆勋纂，语怪之书也。凡三十二事，言犬怪者居三之一。”① 据此，《太平广记》中注明“出《集异记》”而又言犬怪的大体可以断定是陆勋所写；一共九条，俱见于《太平广记》卷四三七、四三八。

① 晁公武：《郡斋读书志》，360页，南京，江苏古籍出版社，1988。

这九条故事，从内容看，主要讲犬报恩或复仇；从文体看，粗陈梗概，接近六朝志怪。在内容和文体方面均有异于其他八条的是《胡志忠》。那个“冠带俨然而出”，后又“泣题其户”的志忠看来是志忠的鬼魂。志忠是君子，他以为正义一定能够战胜邪恶，结果两败俱伤。他的沉痛悔恨增加了故事的悲剧性。

《胡志忠》的文风很像西汉韩婴的《韩诗外传》，引诗证事，跳脱刚健，在唐人传奇中别具一格。

3. 几篇难定作者的小说

由于《集异记》版本的复杂性，有些作品很难确定究竟是薛用弱的，还是陆勋的，为谨慎起见，单独列为一类。

《贾人妻》(《太平广记》卷一九六）写贾人妻复仇的故事，其题材亦见于《国史补》卷中。与李肇的记载相比，《贾人妻》梗概虽同，却有几点重要差异：一是在叙事时间方面，李肇用的是“贞元中”，把故事处理成回忆，多了一些岁月苍凉的流逝感；《贾人妻》却是作为眼下的事来讲述的。二是《贾人妻》的情节更曲折，无论记言、叙事，均刻意皴染，并努力制造悬念。比如杀子一段，李肇直陈其事，《贾人妻》则不肯直说：

> （王立）方徘徊于庭，遽闻（其妻）却至。立迎门接俟，则曰：“更乳婴儿，以豁离恨。”就抚子，俄而复去，挥手而已。立回灯褰帐，小儿身首已离矣。

这里显然运用了传奇作者讲故事的技巧。三是《贾人妻》着力强调贾人妻功夫的神奇：“遂挈囊逾垣而去，身如飞鸟。立开门出送，则已不及矣！”而李肇仅用了四个字：“出门如风。”四是《贾人妻》突出了人物命运的戏剧性变化。在《国史补》中，长安客买妾，与他人买妾无多少区别；《贾人妻》中，王立遇贾人妻时，却正值他丢官，“资财荡尽，仆马丧失，穷悴颇甚，每丐食于佛祠”。潦倒已极，竟意外得一“美妇人”青盼，转眼间，妾有了，财产有了——唐传奇里许多书生因艳遇而缔仙缘，王立却因艳遇而成富家翁——这不是很有戏剧性吗？《贾人妻》异于《国史补》的四个方面，表明作者是写传奇的行家里手。

《贾人妻》在后世不乏嗣响。稍后的《原化记·崔慎思》（《太平广记》卷一九四）与之同一机杼；而《聊斋志异》的《侠女》、《细侯》二篇，当亦由此脱胎。

《僧晏通》（《太平广记》卷四五一）写狐怪变人的具体程序，想像奇诡，文字亦颇生动，明李昌祺《剪灯余话》卷三《胡媚娘传》即模仿此篇。

《李清》（《太平广记》卷三六）叙李清用长绳缒下云门山悬崖，进入神仙窟，因俗情未断，不得永栖真境。待他出洞，人间已过了数十年，他也由过去的豪富沦为一文不名的穷汉。这样的设想似乎说明：在一个失序的时代，人的命运难以把握、预料；谁知道明天会是什么样呢？明冯梦龙《醒世恒言》卷三八《李道人独步云门》即取材于此。

《崔韬》（《太平广记》卷四三三）写老虎化为丽女，与崔韬成婚；后又披虎皮，复原形，“食子及韬而去”。《聊斋志异·画皮》即由此发展而成。据这故事改编的作品有金诸宫调《崔韬逢雌虎》及元明杂剧《人头峰崔生盗虎皮》等。

《集异记》中还有若干可读之作，如《宫山僧》、《汪凤》等。前一篇曾被明凌濛初改编为拟话本《东廊僧怠招魔　黑衣盗奸生杀》，收入《拍案惊奇》。

三　不平之鸣：《纂异记》与《博异志》

李玫《纂异记》是一部具有强烈政治讽刺色彩的传奇集，而谷神子《博异志·序》亦自称其写作宗旨是：“非徒但资笑语，抑亦粗显箴规。或冀逆耳之辞，稍获周身之诫。”根据这种联系，我们将二者放在一起评述。

1. 李玫《纂异记》

李玫，生卒年不详。太和元年（827 年）习业于龙门天竺寺。①大中（847～860 年）、咸通（861～873 年）年间应试不第，但文名籍盛。据钱易《南部新书》壬集，他早年曾受王涯知遇之恩，做过歙州巡官。所作《纂异记》，原书已佚，《太平广记》引有佚文十三篇，其中《嵩岳嫁女》、《蒋琛》、《韦鲍生妓》、《浮梁县令》等被选入《虞初志》或《古今说海》，流传甚广。②

《许生》（《太平广记》卷三五〇）是《纂异记》的代表作之一，叙会昌元年许生在寿安甘棠馆遇见白衣叟和四丈夫鬼魂吟诗的事。小说以隐晦的笔法抒发了对“甘露之变”蒙难者的悼伤之情。唐文宗时，宦官仇士良专权。太和九年（835 年），宰相李训与凤翔节度使郑注等，密谋内外协势，一举诛除宦官集团。他们以左金吾卫石榴树上夜有甘露为名，诱使仇士良等人往观，拟趁机诛杀，因伏兵暴露而招致失败。仇士良率兵捕杀李训、舒元舆、王涯等，郑注也为监军宦官所杀，被株连者达数千人。史称“甘露之变”。《许生》记叙在“甘露之变”中蒙难的五位名人在阴间的一次聚会。其中四位如郑注、贾悚、李训、王涯未点出姓名，仅作了暗示，如郑注，死时为凤翔节度使，悼诗即称之为“沉痛将军”；李训，本传说他“形貌魁梧，神情洒落”，小说即写他“长大少髭髯”……第五位即诗人卢仝（别号玉川）则明确交代，以使所暗指的人物不致太隐晦。其中卢仝所朗诵的那首由李玫作的悼念“甘露四相”的诗，激楚苍凉，奔涌着愤慨之情；随后五人各赋“七言长句”一首，更流露出不胜今昔之感的忧伤。

《蒋琛》（《太平广记》卷三〇九）叙蒋琛在雪溪太湖见众水神聚

---

① 据《太平广记》卷三八八《齐君房》（出《纂异记》）。

② 成柏泉选注《古代文言短篇小说选注》三集（上海古籍出版社 1984 年版），据吴曾祺编《旧小说》收入“宋朝李玫”《纂异记》中的《三史王生》、《浮梁张令》二篇，实属大误。“宋朝李玫”应为“唐朝李玫”。

会吟诗作歌的事，也与“甘露之变”有关。小说抒写的情绪较为复杂。一方面，作者以屈原象征那些忠耿殉节的大臣，赞叹他们虽死犹生，虽败犹荣。因此，特别安排“屈大夫左持杯，右击盘，朗朗作歌”，豪迈悲壮地昭告世人：“贪名徇禄而随世磨灭者，虽正寝而死兮无得与吾俦。”但另一方面，李玫又隐隐作痛地感到，这些忠耿大臣的被害，是一切有良心的人所不能忍受的巨大悲剧，痛苦的悼念时时漫过激越的颂扬，成为主旋律。小说先让一位“皤皤美女唱‘公无渡河’歌”；又安排曹娥唱“怨江波”；“公无渡河”模拟妻子的口吻，“怨江波”模拟女儿的口吻，其情感基调则同为伤悼和悲怨。

从情节的组织来看，《蒋琛》是经由一场盛会而众神毕集，让不同时代的死于水的名人，一一远道赶来相聚；其核心内容则是几首出自历史人物或传说人物的诗——这与当时盛行的咏史诗产生于同一时期，而它们借历史来针砭现实的用意亦完全一致。这绝不是偶然的巧合。

以现实政治为背景的抒情性传奇，在《纂异记》中还有《嵩岳嫁女》、《徐玄之》等篇。《嵩岳嫁女》（《太平广记》卷五十）叙元和八年王母诸仙在嵩岳聚会嫁女的事。聚会中，叶静能在为唐玄宗献酒时唱了“一曲当时事”：“幽蓟烟尘别九重，贵妃汤殿罢歌钟。中宵扈从无全仗，大驾苍黄发六龙。妆匣尚留金翡翠，暖池犹浸玉芙蓉。荆榛一闭朝元路，惟有悲风吹晚松。”以唐玄宗被迫赐杨贵妃死为题材，无疑是有感于晚唐几位皇帝被宦官挟制的情形而发。《徐玄之》（《太平广记》卷四八七）借鉴《南柯太守传》的写法，象征性地描述蚁国的朝政：王子佚游无度，自致麻烦，反而委过于人，欲置徐玄之“肉刑”；太史令马知玄谠论直谏，竟被斩首……最后蚁国被焚，“靡有孑遗”。其结局似乎预示着唐王朝的未来，警戒中亦寓酸楚。《三史王生》（《太平广记》卷三一〇）以“性好夸炫”、说话随便的王生为主角，写他因在汉高祖庙调侃刘邦，梦中被刘邦派人抓去。但他不为威势所屈，反侃侃而谈，指斥刘邦“侮慢其君亲”，似也含有讽刺唐代宫廷中父子争权一类丑事的意味。

李玫多次应进士试，均以落第告终，其感受自较一般人深切。

《陈季卿》(《太平广记》卷七四)、《张生》(《太平广记》卷二八二)二篇，一记陈季卿于青龙寺中遇终南仙翁，乘竹叶舟归家的事；一记张生夜行，见其妻作歌的事（实为其妻梦中情事)，构思不同，但都抒写出落第者的辛酸。①

李玫的诗赋曾被康骈《剧谈录》推崇为“丽藻英词”，他的传奇也往往用大量题旨相似或相反相成的诗赋来加强其抒情色彩，《许生》、《蒋琛》、《嵩岳嫁女》、《陈季卿》均是如此。以聚会的方式编织情节，在很大程度上是为了给人物提供吟诗作赋的场合。

《纂异记》的强烈政治讽刺色彩使之有别于盛期唐人传奇而成为具有时代特征的传奇集。与其倾向相近的小说或小说集在晚唐并不鲜见，但《纂异记》在它们中间是首屈一指的。

2. 郑还古《博异志》

谷神子，据余嘉锡《四库提要辨证》卷一八的考订，即郑还古。元和（806~820年）年间进士，曾生活于青州、齐州一带，后迁居洛阳。历官太学博士、河中从事、吉州掾等职。所撰《博异志》，亦作《博异记》。原书已佚，今存一卷本只有十篇；《太平广记》所收佚文中有二十余篇不见于一卷本。书中故事年代最晚的是《李全质》:“会昌壬戌，济阴大水，谷神子与全质同舟，闻其说。”会昌壬戌即会昌二年（842年)。可见《博异志》成书时，郑还古年事已高。

郑还古的人生经历颇多坎坷，加以性情刚直、急躁，因而一肚皮不合时宜。唐赵璘《因话录》卷三载：“荥阳郑还古，少有俊才，嗜学，而天性孝友……姻族以此重之。而竟以刚躁，喜持论，不容于时，惜也。”②《诗话总龟》前集卷四四引卢瑰《抒情集》云：“郑还古，为河中从事，为同院所诽谤，贬吉州掾。道中为《望思台》诗云：‘谗语能令骨肉离，奸情难测事堪悲。何因掘得江充骨，捣作微

① 《陈季卿》，原注“出《慕异记》”。慕，应是纂字之误。
② 赵璘：《因话录》，85页，上海，上海古籍出版社，1979。

尘祭望思。’又云：‘吉州新置掾，驰驿到条山。薏苡殊非谤，羊肠未是艰。自惭多白发，争敢竞朱颜。苦有前生债，今朝不懊还。’”①愤世嫉俗之情溢于言表。其《博异志》自序用“粗显箴规”来概括其创作宗旨，不为无因。

郑还古爱用逆反常规的方式来构造情节。《张遵言》（《太平广记》卷三九〇）是一个报恩故事。张遵言优待一条白犬；它本是谪降人间的天神太白星精，后来帮助张遵言避过了灾祸。一个报恩者，又是天神，在通常的报恩故事中，总是给人如煦日和风之感。然而，在郑还古笔下，太白星精却是既冷酷（明知有十多人被无辜打死而不动心）又佻侻；郑还古如果不是要写出显贵们的无耻、卑鄙，他大可不必这样处理。

《薛淙》（《太平广记》卷三五七）叙天帝使者捉拿飞天夜叉的“异闻”。飞天夜叉求病僧把她藏起来，看上去既诚恳又可怜。在《宣室志》等传奇中，这是备受同情的一类形象。然而，郑还古却毫不容情地提醒读者：“此非人，乃飞天夜叉也。其党数千，相继诸天伤人，已八十万矣。”必须除掉。这故事流传极广，清纪昀在《阅微草堂笔记》中一再加以转述，如卷十三“族叔粲庵言”条、卷五“乌鲁木齐把总蔡良栋言”条、卷一“有额都统者”条、卷二“毛公又言”条则是仿《薛淙》而作。②

《李黄》（《太平广记》卷四五八）叙元和年间李黄和金吾参军李琯遇白蛇精的故事。那位“绰约有绝代之色”的“白衣之姝”，气质也好：“素裙粲然，凝质皎若，辞气闲雅，神仙不殊。”然而它却是狠毒的蛇怪。李黄上了它的当，落得身子被吸光，“惟有头存”。这故事是后来《白蛇传》的雏形。

《博异志》在艺术上达到了较高的境界。明顾元庆曾将《博异志》刻入《顾氏文房小说》，其跋语云：“唐人小史中，多造奇艳事

① 阮阅编：《诗话总龟》，423页，北京，人民文学出版社，1987。

② 见纪昀：《阅微草堂笔记》，304页、97页、7页、39页，上海，上海古籍出版社，1980。

为传志，自是一代才情，非后世可及。然怪深幽渺，无如《诺皋》、《博异》二种，此厥体中韩昌黎、李长吉也。”① 胡应麟《少室山房笔丛·二酉缀遗中》说：“余读之，词颇雅驯，盖亦晚唐稍能文者，视牛氏《玄怪》等录，觉胜之。”② 《四库全书总目提要·博异记》也说：“所记神怪之事，叙述雅赡，而所录诗歌颇工致，视他小说为胜。”③ 诸论自有过誉之处，如谓《博异志》胜过《玄怪录》；但《博异志》的长处，确实是较为显著的。比如郑还古善于从虚处传神。《薛淙》中天帝使者杀飞天夜叉一节，如果正面铺叙，将吃力不讨好，因为其激烈与紧张的程度，写少了不相称，写多了又太累赘；郑还古从侧面写，化实为虚，排荡摇曳，遂于影影绰绰中使人感到，在我们看不见的地方，有无限云烟。

如闻其声、如见其面的人物语言，也增强了《博异志》的魅力。《刘方玄》(《太平广记》卷三四五）记刘方玄夜宿巴陵古馆，偶然听到几名女鬼的言谈歌吟，具有浓郁的人情味。操秦地口音的女青衣的话，尤为亲切。《崔玄微》(《太平广记》卷四一六）以拟人手法记封十八姨（风）、石醋醋（石榴）、众位花精（分别姓杨、李、陶）的言谈；封十八姨的轻佻，石醋醋的倔强，既切合物性，又表现了人性，极有情致。这故事，段成式《酉阳杂俎》也收入了。明冯梦龙《醒世恒言》中《灌园叟晚逢仙女》的入话，据此写成。清李汝珍著《镜花缘》，亦曾借用这一故事而加以增饰敷衍。

四　乱世之音：《传奇》与《甘泽谣》等

裴铏《传奇》与袁郊《甘泽谣》是两部向来并称的传奇集。它们异常沉郁地表达了置身乱世的怨怒之情，其成就在唐人传奇中引人

① 丁锡根编著：《中国历代小说序跋集》，551 页，北京，人民文学出版社，1996。

② 胡应麟：《少室山房笔丛》366 页，上海，上海书店出版社，2001。

③ 永瑢等撰：《四库全书总目》，1209 页，北京，中华书局，1965。

注目。卢肇《逸史》、佚名《会昌解颐录》中也回响着乱世之音。

1. 裴铏《传奇》

裴铏，生卒年不详。据《全唐文》卷八〇五裴铏小传，他咸通（860 ~ 873 年）年间为静海节度使高骈掌书记，加侍御史内供奉衔；据《唐诗纪事》卷六七，他乾符五年（878 年）为成都节度副使加御史大夫衔。《传奇》是他早年的作品。其故事发生年代最晚的在宣宗大中（847 ~ 859 年）年间，没有咸通以后的故事，据此，本书当成于咸通中。原书三卷，已佚，《太平广记》收入二十余篇。上海古籍出版社 1980 年版周楞伽辑注本计有三十一篇。

《昆仑奴》（《太平广记》卷一九四）、《聂隐娘》是两篇以豪侠为题材而久负盛名的传奇。

《昆仑奴》写一个有异术的昆仑奴磨勒，见崔生与一品官的家妓红绡相爱，便设法使他们成为夫妇。

裴铏写昆仑奴，始终把他安置在居高临下、俯视芸芸众生的位置上。崔生是凡人，红绡女是凡人，一品官也是凡人。惟有昆仑奴是超凡的。凡人与凡人之间，其交往基本遵循现实的逻辑；而昆仑奴一旦介入，一切现实的逻辑便如用沙抟成的建筑物，顷刻崩溃。裴铏采用大量对比来凸显这个神秘的形象：

昆仑奴的身份是奴仆。在现实中，奴仆是低贱的，也被人认为是愚蠢的，所以当他发现崔生神迷意夺而关切地询问崔生时，崔生会不耐烦地说："汝辈何知，而问我襟怀间事！"然而，正如中国文学中的癫僧癞道往往是智慧与德行的最高象征，奴仆的身份所隐喻的正是超凡与异常。崔生猜不出的谜，他轻易地就猜出了；一品宅的猛犬，谁也奈不何，他片刻工夫便收拾掉了；一品宅高墙重重，他却能背负崔生与红绡妓，瞬间飞出，谁也没有发现。一品是凡人世界的尊官，连他也明白，不能像对待凡人一样对待磨勒。但他后来终于忍不住了，发誓要"为天下人除害"，于是一个凡人世界的显贵与超凡者的较量开始了。这当然算不得势均力敌的较量，因为磨勒不屑于与凡人世界的甲兵一决上下。那样的胜利只能贬低他。一品官害怕他报复，也未免小看了昆仑奴。

《昆仑奴》在后世一再被改编为戏曲。元有杨景言《磨勒盗红绡》杂剧（已佚），明有梅鼎祚《昆仑奴剑侠成仙》杂剧及梁辰鱼《红绡妓手语传情》杂剧。

《聂隐娘》记剑侠聂隐娘的故事。关于其作者，有两种说法。明杨仪传本《甘泽谣》收入此篇，而《太平广记》卷一九四则注云"出《传奇》"。本书依《太平广记》，算作裴铏的作品。

对于聂隐娘来说，是非感与道德感已无足轻重。她起初效力于魏博节度使，受命刺杀陈许节度使刘昌裔；刘昌裔能神算，派衙将中途迎接。隐娘"知魏帅之不及刘"，反而投靠刘昌裔，做了他的贴身侍卫，保护他免于魏帅派来的刺客之害。

聂隐娘被着力刻画的是她作为剑侠的功夫——侠而近乎仙的神通。裴铏采用层层递进的手法。先从速度的迅捷方面来写："一年后，刺猿狖，百无一失。""三年后，能飞，使刺鹰隼，无不中。"至四年，白日刺人于都市，人莫能见。然后从幻化的奇异方面来写：她骑的两头驴，一黑一白，原来是用纸剪成的；她与精精儿较量，我们只能看见"二幡子，一红一白，飘飘然如相击于床四隅；良久，见一人自空而踣，身首异处"。她还能化为蠛蠓——一种比蚊子还细小的飞虫，钻到人的肠中"听伺"外面的动静。

妙手空空儿是魏帅派来杀刘昌裔的刺客之一。据隐娘说，"空空儿之神术，人莫能窥其用，鬼莫得蹑其踪，能从空虚之入冥，善无形而灭影"，非隐娘所能及。但空空儿令读者永远不能忘怀的还是她的高傲——她跟人交手，从来不攻击第二次；隐娘正是利用她的这一性格，成功地避免了灾难。妙手空空儿的超世拔俗的高傲，使她成为一个不朽的艺术形象。

明凌濛初《初刻拍案惊奇》卷四《程元玉店肆代偿钱　十一娘云岗纵谈侠》入话叙聂隐娘事；戏曲中据本篇改编的有清尤侗《黑白卫》杂剧。

在《聂隐娘》和《昆仑奴》中，聂隐娘、昆仑奴是侠，也是仙。

聂隐娘总是“貌若当时”，不会衰老；昆仑奴呢，“后十余年，崔家有人见磨勒卖药于洛阳市，容颜如旧”。这正是仙的特征。

裴铏《传奇》中，大体有三种人能够成仙。一种即侠，除了聂隐娘、昆仑奴以外，其他如《崔炜》（《太平广记》卷三四）中的崔炜，“不事家产，多尚豪侠”；《韦自东》（《太平广记》卷三五六）中的韦自东，“义烈之士也”，“一生济人之急”；《薛昭》（《太平广记》卷六九题作《张云容》）中的薛昭，“以气义自负，常慕郭代公、李北海之为人”；《赵合》（《太平广记》卷三四七）中的赵合，“貌温气直，行义甚高”。他们后来一一入了仙界。一种是能为恋爱舍弃一切的“狂生”，《裴航》（《太平广记》卷五十）等篇的主角即由他们充当。一种是旁无杂念、矢志求道的高士，如《邓甲》（《太平广记》卷四五八）中的邓甲、《江叟》（《太平广记》卷四一六）中的江叟等。我们来看后两种类型。

《裴航》叙长庆年间裴航与仙女云英遇合的事。其旨趣可用“蓝桥便是神仙窟，何必崎岖上玉清”来概括——谁毫不迟疑地投身于爱情，谁就具备了仙的品格。在裴铏看来，爱情的世界即神仙的世界，所以，为他所偏爱的“狂生”追求爱情时总是无拘无束的。裴航见到同船的樊夫人，“乃国色也”，他也不管樊夫人是否已婚，就“赂侍妾袅烟”递去情诗一首，得不到酬答，又“求名酝珍果而献之”，樊夫人无奈，只好直言相告：“妾有夫在汉南……岂更有情留盼他人?”裴航虽然不再“干冒”，却也并未死心，樊夫人不辞而别，他还曾四处寻觅。之后，他见到云英，为云英的美所折服，想起樊夫人说过一句“玄霜捣尽见云英”的话，这才把痴情集中到云英身上来。他急切地提出要娶云英，并一心一意去寻访老妪所指定的聘物玉杵臼。“至京国，殊不以举事为意，但于坊曲、闹市、喧衢，而高声访其玉杵臼”，“或遇朋友，若不相识，众言为狂人”。终于在虢州药铺找到了，又不惜重价，“货仆货马”，买下了它。其痴情感动老妪，答应了他的求婚；可云英又要他捣药百日，“航即捧之”。最后，他如愿以偿娶了云英，同时升入仙界。

《江叟》中的江叟，“多读道书，广寻方术”，《许栖岩》（《太平广记》卷四七）中的许栖岩，“每晨夕，必瞻仰真像，朝祝灵仙，以希长生之福”，他们成仙，自是题中应有之义；裴铏作为小说家的出色之处，在于他所虚拟的成仙经历，互不雷同。许栖岩是因为得到了一匹龙马，乘之而至太白洞天、瑶华上宫；江叟得槐神指引，寻见鲍仙师，鲍仙师赠他玉笛，三年而得其音律：江叟的笛声，可“召洞中龙”，并最终帮助他童颜永驻。

从宋代起，《传奇》就非常有名。这与裴铏在艺术表达方面锐意出新有关。清梁绍壬《两般秋雨庵随笔》卷一云：“裴铏著小说多奇异，可以传示，故号《传奇》。”① 汪辟疆《唐人传奇》叙录说：“铏于唐末之时，文采典赡，拟诸皇甫枚、苏鹗之伦，未能轩轾。今其书既不可见，即就《太平广记》所录诸条观之，文奇事奇，藻丽之中，出以绵渺，则固一时巨手也。”

《传奇》写人物性格，常能抓住其主导因素，深入开掘，反复皴染；境遇的改变不造成性格的改变，而是进一步衬托出性格的稳定，使之愈加鲜明。陈鸾凤的坚毅，裴航的痴情，封陟的迂执，韦自东的刚烈，都是这样塑造出来的。

《传奇》的情节，以曲折著称。人生本来就是曲折的，诸多格言如“塞翁失马，焉知非福”，“祸兮福所倚，福兮祸所伏”，都蕴含了穿透生活的辩证法。而裴铏则将生活的辩证法充分地戏剧化了。不妨以《崔炜》为例。本篇叙崔炜入南越王赵佗墓及娶齐王女田夫人的事。故事拉开帷幕时，崔炜已因“不事家产，多尚豪侠”而“财业殚尽”，只能栖身于佛庙。尽管如此，他依旧侠骨铮铮，慨然助乞食老妪偿还瓮值。老妪用少许越井冈艾来酬谢他，说是什么赘疣都能治，“不独愈苦，兼获美艳”。老妪的话太令人难以置信了，故崔炜“笑而受之”——这是一个有身份的人虽不拿对方的话当真却也不忍使对方下不来台的宽厚大度的笑；读者呢，同样不相信老妪的艾有如此神通。然而，数日后，崔炜果真为一老僧治好了耳上赘疣。老僧无

① 梁绍壬：《两般秋雨庵随笔》，113页，乌鲁木齐，新疆人民出版社，1995。

以奉酬，荐崔炜给“藏镪巨万”的任翁疗“斯疾”，任翁病愈，盛情款留崔炜，欲以十万钱为酬金。至此，读者确信崔炜已时来运转，并期待他“兼获美艳”。正当我们作此预料时，裴铏却让崔炜突然面临杀身之祸——而且凶手就是任翁。“时任翁家事鬼曰独脚神，每三岁，必杀一人飨之。时已逼矣，求人不获。”任翁负心，拟杀崔炜。而崔炜还在等着酬金呢！读者既愤愤不平，又紧张至极。山穷水尽处，忽又柳暗花明。任翁之女私下叫崔炜逃走。慌乱中崔炜落入一大枯井，乃一巨穴，中有一数丈长的白蛇盘曲。它会吃掉崔炜吗？读者不能不朝这方面想。结果呢？它不但未加害于崔炜，反因崔炜为它治好了嘴上的疣，把他送到了南越王赵佗宫中。后又几经周折，终与田夫人成亲。故事的结局在开头就已点明：“不独愈苦，兼获美艳。”但具体的情节展开却险象环生，波澜迭起；读者的阅读期待一再落空。这便是“奇”！得失、祸福，本是司空见惯的人生现象，然而到了裴铏笔下，却成了不寻常的戏剧场景。

在题材方面，《传奇》实以爱情、豪侠、隐逸为骨，而在表层大都罩着成仙了道的外衣。女性形象不及盛期传奇丰满，但一些男主角塑造得比较成功，尤其是那些豪侠义士型的人物。

《传奇》的语言，以骈俪化为特征。“辞赋自相传宋玉所作《高唐赋》、《神女赋》及《登徒子好色赋》开始，形成一个描写男女（女方常是神仙）艳情的传统，伪托司马相如所作《美人赋》、蔡邕《青衣赋》、曹植《洛神赋》、谢灵运《江妃赋》、沈约《丽人赋》等都是这类作品。而像《美人赋》甚至还有一点色情描写。辞赋的体式特征，一是虚构人物和情节，二是用华美繁缛的文字进行人物形象和场景描写。”① 《传奇》的语言特点，无疑是承辞赋而来的。宋陈师道《后山诗话》说：

> 范文正公为《岳阳楼记》，用对语说时景，世以为奇。尹师

---

① 李剑国：《唐五代志怪传奇叙录·前言》，36页，天津，南开大学出版社，1993。

鲁读之，曰：“《传奇》体尔！”《传奇》，唐裴铏所著小说也。①

《传奇》的描写语言，多用对句，如《孙恪》：“良久，忽闻启关者，一女子，光容鉴物，艳丽惊人，珠初涤其月华，柳乍含其烟媚，兰芬灵濯，玉莹尘清。”《文箫》：“时文箫亦往观焉，睹一姝，幽兰自芳，美玉不艳，云孤碧落，月淡寒空。”《封陟》一篇，不仅场景描写用对句，连对话也用骈体。其辞章化倾向在唐代传奇中格外突出。

《传奇》的故事，在后世大量被改编为其他体裁，比如取材于《裴航》的，宋有官本杂剧《裴航相遇乐》，元有庾天锡杂剧《裴航遇云英》，明有龙膺《蓝桥记》及杨之炯《玉杵记》，清有黄兆森《裴航遇仙》等；明杨珽所作戏曲《龙膏记》传奇受到《张无颇》的启发。

2. 袁郊《甘泽谣》

袁郊，字子乾（又作之乾），一字子仪（又作之仪）。宪宗朝宰相袁滋之子。曾任祠部郎中、翰林学士、虢州刺史等职。所撰《甘泽谣》，有咸通九年（868 年）自序。其命名原因，宋晁公武《郡斋读书志》卷十三说：“《甘泽谣》一卷，右唐袁郊撰。载谲异事九章。咸通(860 ~ 873 年）中，久雨卧疾所著，故曰《甘泽谣》。”② 陈振孙《直斋书录解题》卷十一说：“咸通戊子（咸通九年）《自序》，以其春雨泽应，故有甘泽成谣之语，遂以名其书。”③ 今本为明人杨仪（字梦羽）所传，亦作九篇，惟缺《自序》，可能是一个辑本。

《红线》是《甘泽谣》中最为著名的一篇，写红线夜盗金盒以警告魏博节度使田承嗣的事。在小说中，红线的社会身份是潞州节度使薛嵩的侍女，与薛嵩之间是主奴关系，但二人相知之深却不同寻常。

---

① 何文焕辑：《历代诗话》，310 页，北京，中华书局，1981。

② 晁公武：《郡斋读书志》，363 页，南京，江苏古籍出版社，1988。

③ 陈振孙：《直斋书录解题》，320 页，上海，上海古籍出版社，1987。

袁郊用知音喻知己，以一个细节传达出这一信息：

> 时军中大宴，红线谓嵩曰："羯鼓之音调颇悲，其击者必有事也。"嵩亦明晓音律，曰："如汝所言。"乃召而问之，云："某妻昨夜亡，不敢乞假。"嵩遽遣放归。

音乐作为心灵的纽带，成功地使二者超越主奴界限而做了朋友。当薛嵩面临被魏博节度使田承嗣吞并的威胁，拄着拐杖，念念有词地在庭院深处慢步行走时，只有红线跟随；而且，她准确地猜出了薛嵩发愁的原因。

红线与聂隐娘都是女侠。论功夫，《红线》的渲染不及《聂隐娘传》，但在读者眼里，红线却比聂隐娘更具魅力。其原因在于，袁郊把握住了红线作为一名女侠的妩媚与轻妍。且看她夜盗金盒返回时的情形：

> 嵩乃返身闭户，背烛危坐。常时饮酒，不过数合，是夕举觞十余不醉。忽闻晓角吟风，一叶坠露，惊而试问，即红线回矣。

一个女侠，如果不具有美丽少女特有的风韵，其魅力亦仅同于男侠而已。红线之优于聂隐娘，其轻婉空灵是主要因素。

红线助薛嵩克服了危难，事后她说："两地保其城池，万人全其性命，使乱臣知惧，烈士安谋。某一妇人，功亦不小。""国家建极，庆且无疆。此辈（指拥兵割据的藩镇）背违天理，当尽弭患。"这其实是表达了袁郊对于晚唐时局的态度。《甘泽谣·魏先生》让自负雄才、觊觎天下的李密四处碰壁，《素娥》宣称"天之所授，不可废也"，在在表明，袁郊希望唐帝国继续存在。

《红线》颇讲究叙事技巧。红线深夜潜入魏博节度使田承嗣的处所，盗出其枕边金盒，借以警告他不要胡作非为。这是传奇的中心情节，但作者并未正面铺叙，而由红线追述；倒是对盗盒所产生的余波，细加点染，跌宕生姿。为什么这么写呢？因为侠客的神通，不过是那些套路；而薛嵩专使送还金盒，田承嗣失金盒后“一军忧疑”以及接金盒时“惊怛绝倒”的神情，却有效地映衬出了盗盒的艰难与红线的奇异。

《红线传》在后世广为流传。明梁辰鱼《红线女》杂剧及“禹航更生氏”《双红记》等即据此改编。清乐钧还专门写了一首《红线诗》，可以用做《红线》的论赞。

《陶岘》叙陶渊明后人陶岘与友人孟彦深、孟云卿、焦遂浮家泛宅、浪游江湖的事。其题材与《传奇·周邯》相近，均以一“文学豪俊之士”和一名善潜水的来自有色种族的奴仆为描写对象，但二者的旨趣差异甚大。《周邯》中的奴仆水精乐于为周邯“求宝”，即使面临危险也不退避，终被井中金龙抓去；裴铏借土地神之口批评周邯“肆其贪纵之心，纵使猾韧之徒，取宝无惮”，采取了惩戒的态度。陶岘却是袁郊所欣赏的名士，他因“生不逢时”而“自谓疏脱，不谋仕宦”，“逢奇遇兴，则穷其景物，兴尽而行”。他从南海郡守处得到三件宝：一是古剑，一是玉环，一是“善游水而勇健”的昆仑奴摩诃。“每遇水色可爱，则遗环剑，令摩诃下取，以为戏笑也。”把精力消耗在怡情悦性的享乐中。后途经西塞山，古剑和玉环被怪龙攫去，陶岘对摩诃说：“汝与环剑，吾之三宝。今者既亡环剑，汝将安用，必须为我力争也。”

> 摩诃不得已，被发大呼，目眦流血，穷命一入，不复出矣。久之，见摩诃支体磔裂，浮于水上，如有视于岘也。

陶岘的三宝就这样失去了，他再也不能重温过去的“戏笑”。面对百无聊赖的人生，他不由得“流涕水滨”。这泪是为他自己流的，而不是为摩诃流的。

陶岘的形象寄寓了袁郊不满于朝政的情绪。宋计有功编纂的《唐诗纪事》中收有他的几首诗，均含讥评时事的意味，如《月》：“嫦娥窃药出人间，藏在蟾宫不放还。后羿遍寻无觅处，谁知天上却容奸。”《云》：“楚甸尝闻旱魃侵，从龙应合解为霖。荒淫却入阳台梦，惑乱怀襄父子心。”袁郊让一个有“经济”之才的人将光阴消磨在“浪迹怡情”中，不难想见其内心的痛苦。

袁郊生活在一个朝政紊乱、危机四伏的年代，因而心境凄凉；影响到《甘泽谣》，便使读者感受到浓郁的悲怆情调。红线是作者笔下飘逸不群的女侠，但面对离别也和常人一样手足无措：像一个脆弱的孩子，她承受不住离别的伤感，遂假装醉酒，躲开了。可心头的哀怨是能躲开的吗？

《圆观》叙洛阳惠林寺僧圆观与李源的两世友情，情调也是悲怆的。圆观转世为王氏之子，这并未使他与李源的友情中断。他们在杭州天竺寺见面了。这似乎能给读者几分慰藉。但是，照圆观的说法，尽管二人深情不渝，却因“与公殊途”，不得“相近”，李源只能远望圆观，潸然泪下。一对朋友被某种神秘的力量阻隔，无法交流，“无由叙话”，这不伤心吗？圆观唱道：“身前身后事茫茫，欲话因缘恐断肠。吴越溪山寻已遍，却回烟棹上钱塘。”这首歌词不也流露出排解不开的绝望情绪吗？

《陶岘》、《许云封》等也弥漫着无名的深哀。《许云封》写韦应物与李謩外孙许云封相逢，追怀往事及吹笛的事。许云封初生时，正值天宝改元，玄宗东封，外祖父李謩供奉梨园，特邀翰林学士李白为之取名；十余岁即为杨贵妃诞辰演奏横笛，“会海南进荔枝，因以曲名《荔子香》。左右欢呼，声动山谷”。那是一段风光旖旎的岁月。安史之乱，沧海横流，“自后俱逢乱离，漂流南海近四十载”。由盛而衰，哀乐相形，一往情深，怎不大呼奈何！不妨将《许云封》当做一首感慨盛衰的诗来读。

就追求情节的奇幻而言，袁郊所倾注的兴趣似不如裴铏浓厚，但《甘泽谣》在设想超奇方面，自有不俗之处，比如《懒残》。本篇写天宝初衡山执役僧懒残的种种异事。“退食，即收所余而食，性懒而食残，故号懒残也。”普通人对他自然看不上眼，但在以反常为超常的李泌眼里，懒残却绝非“凡物”。谁说得对呢？衡山顶上突坠巨石，刺史“以十牛縻绊以挽之，又以数百人鼓噪以推之，力竭而愈固”；此时懒残出场，要单枪匹马地试试，被理所当然地嘲笑为疯子。“疯子”满不在乎，用脚蹬了一下，石头便滚走了。袁郊用这一情节暗示读者，此后懒残无论有什么神奇之举，都不必感到惊诧。不久，衡岳寺外虎豹成群，大家指望懒残去制服，被认为必胜的懒残去了，结果却是：“才出门，见一虎衔之而去。”看来袁郊不愿让读者猜出情节的走向，他随时可能叫我们大吃一惊。就在懒残被老虎衔走以后，作者又出人意料地加了一句：“懒残既去之后，虎豹亦绝踪迹。”读者总是赶不上袁郊的想像，每次读到新的情节，都获得一种不期而遇的乐趣。

《甘泽谣》笔墨简约，但意蕴丰厚。其细节的表现力之强，超过了《传奇》。比如《红线》写薛嵩与红线相知之深，仅用了听羯鼓之音一个细节。《陶岘》以不多的笔墨，塑造了一个在唐人传奇中很难遇见的形象，表现出袁郊把握复杂性格的才能。就文辞言，《甘泽谣》亦骀宕从容，有如轻裘缓带，风度宜人。比如托名陶岘写的那首诗，即颇有韵味，尤其是“鸦翻枫叶夕阳动，鹭立芦根秋水明”二句。清徐增《而庵诗话》曰：“夫鸦翻枫叶，而动者却是夕阳，鹭立芦花，而明者却是秋水，妙得禅家三昧！”①

也许应该一提的是，《甘泽谣》八篇作品，每篇都涉及音乐。魏先生（《魏先生》）究心乐章，素娥（《素娥》）通晓音律，陶岘能定八音，李泌（《懒残》）精通呗唱，韦驺（《韦驺》）善于长啸，圆观贯通音律，红线善弹阮咸，许云封善于吹笛。袁郊对音乐如此钟情，这在传奇作家中大概没有第二人。

3. 卢肇《逸史》

卢肇，字子发，袁州宜春人。会昌三年（843年）状元，辟为鄂岳从事。咸通年间历任秘书省著作郎、金部员外郎、集贤院直学士、歙州刺史等职，一度罢归宜春，卒于吉州刺史任上。著有《文标集》三卷，现存抄本；《卢子史录》已佚。所撰《逸史》，有卢肇大中元年（847年）自序，说《逸史》共四十五条。但仅《太平广记》即

① 王夫之等撰：《清诗话》，431页，上海，上海古籍出版社，1999。

引有佚文七十多条；加上其他书中的篇目，共八九十篇。可能大中元年后又陆续有所增补。

《逸史》虽以“史”为名，却并非记载史实，而以怪异题材为主，铺叙綦详，是一部“用传奇法，而以志怪”的小说集。

《太阴夫人》（《太平广记》卷六四）、《李林甫》（《太平广记》卷十九）以唐代两个奸相卢杞、李林甫为主角，写他们遇仙的事。值得注意的是，卢肇一方面说他们官迷心窍，品行有亏，另一方面又欣赏他们有仙骨。太阴夫人让卢杞在三件事中任选一件：一是做天仙，二是做地仙，三是做“人间宰相”。卢杞犹豫片刻，最后大喊道：“人间宰相！”李林甫可以在两件事中选择一件：或白日升天，或做“二十年宰相”。李林甫说：“我是宗室，少豪侠。二十年宰相，重权在己，安可以白日升天易之乎？计已决矣！”卢杞和李林甫都是荣华富贵的狂热追求者。就这点而言，卢肇是把握住了他们的人格特征的。

《华阳李尉》（《太平广记》卷一二二）、《乐生》（《太平广记》卷一二二）、《孟简》（《太平广记》卷一七二）等是几则冤狱故事。华阳李尉的妻子被剑南节度使张某夺去，李尉冤魂将张某揍死；卢肇似乎同情李尉，却又说他“庸而陋”，其妻改嫁张某并非被迫，后来还想保护张某躲过李尉的复仇之手。《孟简》中的刑部尚书李逊，据说是位“性仁恤，抚育百姓，抑挫冠冕”的循吏，而制造冤案的却正是他。卢肇好像为生活的复杂性所困惑，既不愿作简单化处理，又把握不住主次。写得较好的是《乐生》。副将某与乐生有矛盾，在裴郎中面前诬陷他。裴郎中因乐生申诉时“颜色颇厉”，更为恼怒，一口咬定他犯了大罪，责成桂州观察史杜式方置之死地而后已。杜式方明知乐生之冤，又怕得罪裴郎中，虽“颇甚悯恻”，还是判了乐生死刑。卢肇就这样揭开了官场阴森的一角。

4. 佚名《会昌解颐录》

《会昌解颐录》，《新唐书·艺文志》著录为四卷，《宋史·艺文志》作五卷，今仅存佚文十余篇，散见于《太平广记》、《说郛》及王铚《补侍儿小名录》诸书。《唐志》、《宋志》均无作者姓名，惟重编本《说郛》题为包湑撰，未知何据。

从书名看，这部小说集成于会昌（841～846 年）年间。题为“解颐”，意思是引读者一笑。但其中有些故事，却分明给人沉重之感。如《峡口道士》（《太平广记》卷四二六）。道士因得罪上帝，被贬谪在峡口做虎，限他吃满一千人。所有的船经过峡口，都必须预先准备一人以充虎料，而被逼送死的总是“单穷”者。

《黑叟》（《太平广记》卷四一）叙越州观察使皇甫政见神仙黑叟的事，嘲笑了唐人的佞佛。《会昌解颐录》作于唐武宗时，而唐武宗大反佛教，或者此篇为迎合之作，亦未可知。

《刘立》（《太平广记》卷三八八）写长葛尉刘立与妻杨氏琴瑟甚笃，杨氏死后，托生为赵氏女，与刘立重结隔世之好。这是一个较早的两世姻缘故事，与《峡口道士》相比，色调较为明朗。

《会昌解颐录》的情节缺少新鲜感。《峡口道士》中食人者与被食者共思两全之策的写法，来自戴孚《广异记·稽胡》（《太平广记》卷四二六）；《元自虚》兼仿《玄怪录·元无有》及《集异记·韦知微》；见于王铚《补侍儿小名录》的昆明池神女故事像是《柳毅传》的缩写，文笔也不够明快。

五　《杨娼传》、《无双传》与《东阳夜怪录》

房千里《杨娼传》、薛调《无双传》是在传奇集阵容异常整齐的背景下产生的两篇有影响的单篇传奇。无名氏《东阳夜怪录》也可能是这一时期的作品。

1. 房千里《杨娼传》

房千里，字鹄举，河南（今河南洛阳市）人。太和（827～835年）初进士及第，官至高州刺史。曾被贬至岭南，约十年之久，开成三年（838 年）北归。著有《南方异物志》、《投荒杂录》，各一卷，已佚。所作《杨娼传》，《太平广记》卷四九一收入，署房千里撰；明刻《虞初志》卷七署李群玉撰，无据。《全唐诗》录存其诗一首。

据范摅《云溪友议·南海非》记载，房千里有过一次令他失望的恋爱经历：房千里进士及第，漫游岭南。进士韦滂替他物色了一名十九岁的赵姓女子做妾。千里倦游归京，暂为南北之别，赵氏一再当着千里的面潸然落泪。千里走到襄州，适逢许浑将赴南方，乃以赵氏相托。许浑派人访赵，打算供给柴米之资，却得知赵已做了韦秀才的妾。许浑写了一首诗将这情形告诉千里，千里得知真相，哀恸欲绝。

《杨娼传》也许就是在读了许浑的诗后，为抒发感慨而作。长安名妓杨娼为岭南帅甲宠爱，携往南海。因帅妻妒悍，另置别馆。后被帅妻发现，欲置杨娼于死地。帅即暗中厚赠钱物将杨娼送回内地。中途，杨娼得知帅死，设灵位而哭，祭完即自杀。房千里在文末说："夫娼，以色事人者也。非其利则不合矣。而杨能报帅以死，义也；却帅之赂，廉也。虽为娼，差足多乎！"言外之意是责备赵氏的不义不廉。

《杨娼传》"质直无文，似非有意传奇之体"。① 确实，过分平稳的道德观念以及准此而行的杨娼，没有霍小玉、崔莺莺、李娃所挟带的活力与生气。作为爱情主角，她不够丰满。帅甲更不具备张生、郑生、李益那种才情与风度。惟帅甲之妻的妒悍，尚写得有声有色。

2. 薛调《无双传》

薛调（约830～约872年），河中宝鼎（今山西万荣）人。大中年间（847～859年）进士及第，咸通元年（860年）为右拾遗内供奉，咸通十一年（871年）自户部员外郎加驾部郎中，充翰林承旨学士，咸通十二年加知制诰。《唐语林》卷四《容止》载："调美姿貌，人号为生菩萨……为翰林学士，郭妃悦其貌，谓懿宗曰：'驸马盍若

① 汪辟疆：《唐人小说》本篇叙录，223页，上海，上海古籍出版社，1978。

薛调乎？' 顷之暴卒，时以为中鸩。卒年四十三。"① 死后追赠户部侍郎。

《无双传》一题《刘无双传》，《太平广记》卷四八六收入。写王仙客与表妹刘无双自幼相爱，由于无双之父在朱泚之乱中接受过伪职，父母被处死，无双被掠入内廷。王仙客求侠客古押衙设计救出无双，逃归故里，为夫妇五十年。事后，古押衙杀死所有知情者，他本人也随即自杀，以免走漏消息。

明胡应麟曾怀疑无双未必实有其人，其《少室山房笔丛·庄岳委谈》说："王仙客亦唐人小说，事大奇而不情，盖润饰之过。或乌有、无是之类不可知。"② 但范摅《云溪友议·襄阳杰》在"以类无双"下原注说："无双，即薛太保爱妾，至今图画观之。"鲁迅《唐宋传奇集·稗边小缀》由此得出结论："无双不但实有，且当时已极艳传。疑其事之前半，或与崔郊姑婢相类；调特改薛太尉家为禁中，以隐约其辞。后半则颇有增饰，稍乖事理矣。"③

《无双传》兼写恋爱与侠义。以"无双"标题，其实比起王仙客来，作者花在她身上的笔墨较少，不像霍小玉、崔莺莺等真正处于传奇的中心。倒是王仙客，他矢志不渝，感人肺腑，故薛调用"无双遭乱世籍没，而仙客之志，死而不夺"来概括他历经挫折而不改初衷的性格。

古押衙是作品中的另一重要人物。王仙客与他的关系，类似于燕太子丹之与荆轲。中国古代，"受人知者分人忧，受人恩者急人难，富人报人以财，贫人报人以义"是一个重要的道德原则，当他接受了王仙客"不可胜纪"的"缯采宝玉之赠"等恩惠后，便直截了当地提出："感郎君之深恩，愿粉身以答效。"古押衙体现了士为知己者死的道德理想；以这种道德理想为背景，茅山使者、舁篼人、塞鸿等"冤死"的十余人看上去就似乎无关紧要了。

---

① 王谠：《唐语林》，129页，北京，中华书局，1958。

② 胡应麟：《少室山房笔丛》，434页，上海，上海书店出版社，2001。

③ 鲁迅校录：《唐宋传奇集》，236页，济南，齐鲁书社，1997。

《无双传》的特色在于情节的曲折离奇。盛期唐人传奇，无论是《柳氏传》，还是《霍小玉传》，作者都未表现出如此浓厚的经营情节的兴趣。薛调则致力于情节的设置。仅以王仙客与无双的恋爱婚姻为例，真所谓“好事多磨”。小说开始，仙客与无双两小无猜，舅母甚爱王生，舅父刘震“抚仙客尤至”，仙客母临死向刘震提出，希望将无双嫁给仙客——这全都指向“合”的结局；然而当无双之母与刘震商量此事时，刘震的回答却是“向前亦未许之”。这是一折。京城发生兵变，刘震为避祸，于紧急中召仙客料理家事，亲口答应“我嫁与尔无双”；谁知风云突变，刘震一家被朱泚部从扣押，仙客婚事告吹。这是第二折。三年后，京师克复，仙客访舅氏消息，得知他们一家尚在人世，希望再度萌生；当晚却得悉，刘震因任过伪职，被处极刑，“无双已入掖廷矣”。希望随之破灭。这是第三折。无双与仙客意外取得联系，绝望中又露出一线希望；就在古押衙设法救援无双之时，突然传来消息：无双被杀！所有的努力都白费了。这是第四折。王仙客彻底绝望，读者也心灰意冷，此刻，作者才告诉我们：无双并非真死，她吃了古押衙从茅山寻来的奇药，当时昏迷，三天后复活。仙客与无双，一对患难恋人，终成眷属。

除了用故事自身的曲折吸引读者外，薛调还借助于一系列的技巧，尤其是第三人称限知叙事。比如，兵变发生后，仙客在城外等候刘震一家，可直到天黑，还未来到。这使仙客担忧，也令读者疑虑。仙客向“守门者”打听，得到的回答是：

> 朱太尉已作天子。午后有一人重载，领妇人四五辈，欲出此门。街中人皆识，云是租庸使刘尚书，门司不敢放出。近夜，追骑至，一时驱向北去矣。

“门者”知道的情况仅此而已。信息是模糊的，仿佛被云雾缠绕的山峰。惟其如此，才有制造悬念的效果。

《无双传》是晚唐单篇传奇的杰作。其题材也为后世剧作家所重视，宋元南戏中有《无双传》、《王仙客》，明代传奇中有陆采的《明珠记》。明凌濛初《二刻拍案惊奇》卷九《莽儿郎惊散新莺燕　龙香女认合玉蟾蜍》的入话亦据无双事敷衍。

3. 佚名《东阳夜怪录》

《东阳夜怪录》，《太平广记》卷四九〇收入，无出处及作者姓名，写作时间因而难以断定。小说开头交代：

> 前进士王洙，字学源，其先琅玡人。元和十三年春擢第。尝居邹鲁间名山习业。洙自云：前四年时，因随籍入贡，暮次荥阳逆旅。值彭城客秀才成自虚者，以家事不得就举，言旋归里。遇洙，因话辛勤往复之意。自虚，字致本，语及人间目睹之异。

《唐人说荟》、《虞初志》等据此题为王洙撰，理由并不充分。因为，这段话只说明故事是王洙讲述的，编录成文的不一定是他。但小说既然提到“元和十三年（818 年）”的事，其写作时间自然在这之后了。汪辟疆《唐人小说》叙录认为《东阳夜怪录》受到《玄怪录·元无有》的影响，“或即推本此文，而肆其波澜”。

《东阳夜怪录》叙秀才成自虚雪夜投宿渭南县东阳驿南佛舍，遇病僧智高（高公）；后又有卢倚马、朱中正、敬去文、奚锐金四人及苗介立、胃藏瓠、胃藏立兄弟来，相与交谈。次日清晨，自虚在佛舍内外看见橐驼、乌驴、老鸡、驳猫、二刺猬、牛、犬，才知道夜间所遇即此八怪。小说的主体是由卢倚马（驴）、朱中正（牛）、敬去文（狗）、奚锐金（鸡）、苗介立（猫）、胃藏立（刺猬）等所吟的即景抒情诗构成的。有些诗取喻奇辟，既关合动物自身的特点，又表达了小说作者的情愫，有机锋侧出之妙。近代诗人樊增祥《樊山诗集·蒲州道中阅题壁诗戏书其后》云：“敬文苗立总能诗，涂遍蒲东及绛西。”① 用之为典实，借以嘲讽喜欢舞文弄墨的文士。《东阳夜怪录》以文为戏，或许也寓有对自视甚高而才能平庸的诗人的调侃。

① 樊增祥：《樊山诗集》，790 页，上海，上海古籍出版社，2004。

《东阳夜怪录》篇幅太长，读来容易沉闷。明李昌祺《剪灯余话》卷三《武平灵怪录》模拟此作而压缩长度，正是有鉴于此。

六　“假小说以施诬蔑”

在唐人传奇的发展过程中，一些人利用其传布广泛的特点，用来攻击政敌，于是出现了《上清传》、《周秦行纪》等“假小说以施诬蔑”的畸形政治小说。①

1. 柳珵《上清传》

柳珵，生卒年未详。蒲州河东（今山西永济）人。祖父柳芳，仕肃宗朝；伯父柳登，唐穆宗长庆年间（821～824年）官散骑常侍。柳珵有《常侍言旨》一卷，记录柳芳提供的轶闻。所作《上清传》，原即附于《常侍言旨》之后；《资治通鉴考异》卷十九收入；亦见于《太平广记》卷二七五，题曰《上清》，注云“出《异闻集》”。《异闻集》是唐末屯田员外郎陈翰编的一部唐代传奇的选集，可见《上清传》长期以来被视为传奇小说。

《上清传》以上清为中心人物。她是宰相窦参的侍女。窦为政敌陆贽陷害致死，上清被没入内廷服杂役。因善于煎茶，常在德宗身边周旋，伺机申述窦参被害真相。窦参得到昭雪。上清出宫，嫁金忠义为妻。宋代史学家司马光曾在《资治通鉴考异》卷十九中指出《上清传》的情节不合理：“信如此说，则参为人所劫，德宗岂得反云‘蓄养侠刺’。况陆贽贤相，安肯为此。就使欲陷参，其术固多，岂肯为此儿戏，全不近人情。”

《上清传》出于陆贽政敌编造的可能性极大。从编造的角度来看，其技巧是较为高明的：第一，他把上清与窦参的关系写得那么动人，容易赢得读者的同情：上清的机智与忠诚，窦参的畏祸与痛苦，尤其是上清和窦参之间挚友似的相契，沥血倾心，缓急与共，这在重

① 鲁迅：《中国小说史略》，45页，上海，上海古籍出版社，1998。

视道德境界和同情弱者的文化氛围中，极具魅惑力。第二，柳理模拟人物的口吻，虽然达不到声口毕肖的程度，但也相当出色。像德宗骂陆贽的话："这獠奴！我脱却伊绿衫，便与紫衫着。又常唤伊作陆九。我任使窦参，方称意次，须教我枉杀却他。及至权入伊手，其为软弱，甚于泥团。"杂用口语，语意若断若续，正是发怒时的腔调。第三，柳理在小说结尾说："世以陆贽门生名位多显达者，世不可传说，故此事绝无人知。"好像写《上清传》要冒多大风险似的。这其实是故作姿态，藉以扩大舆论的影响。

2. 托名牛僧孺《周秦行纪》

《周秦行纪》以牛僧孺自叙的口吻写他某次夜行，误入一大宅，得与汉薄太后、戚夫人、王昭君，南朝齐潘妃，唐代杨贵妃等欢饮调笑，且与王昭君同宿。天明启行，回望宅宇不存。原来那是汉文帝之母薄太后的庙，早已荒毁。

《周秦行纪》的作者，《太平广记》卷四八九题为牛僧孺撰。但从宋代以降，学者们就普遍认为这是他人托名牛僧孺而作，意在对他进行政治陷害。其真正作者，或以为是韦瓘，或以为是皇甫松，尚无定论。①

无论是韦瓘伪造，还是皇甫松伪造，《周秦行纪》是一篇旨在陷害牛僧孺而嫁名于他的小说，这没有疑问。传奇设计了两个关键情节。一是牛僧孺所遇见的全是帝王后妃，并由昭君伴寝。薄太后劝昭君伴寝的理由是："昭君始嫁呼韩单于，复为殊累若单于妇，固自用。且苦寒地胡鬼何能为？昭君幸无辞。"意思是昭君没有理由也没有必要讲贞节。这是影射代宗皇后沈后。在安史之乱中，沈后曾两度被胡人掳去，失身于胡人。二是薄太后问："今天子为谁？"牛僧孺回答："今皇帝先帝长子。"太真笑道："沈婆儿做天子也，大奇！"杨贵妃说的"沈婆"，即沈后，"沈婆儿"即当时的德宗皇帝。用这

① 参见程毅中：《唐代小说史话》，184～187页，北京，文化艺术出版社，1990。

种戏谑口吻称呼皇上当然是大不恭。

署名李德裕的《周秦行纪论》（《李文饶外集》卷四《穷愁志》四）正是抓住上述两个情节给牛僧孺定罪的。他从牛僧孺的姓“应国家受命之谶”谈起，说牛僧孺设想“与帝王后妃冥遇”，是为了“证其身非人臣相”，有做皇帝的非分之想。“戏德宗为‘沈婆儿’，以代宗皇后为‘沈婆’，令人骨战。可谓无礼于其君甚矣！”李德裕还提出了对牛僧孺的惩处方案：“以太牢少长，咸置于法。”① 也就是灭族。其用心未免歹毒。

《周秦行纪》托名牛僧孺，在风格上也模拟《玄怪录》，与《刘讽》一篇尤为相近。比如，二者均是将几位性情不同的女性集中在一起饮酒、赋诗、谈论；薄太后见牛僧孺来，说：“今夜风月甚佳，偶有二女伴相寻。况又遇佳宾，不可不成一会。”呼左右：“屈两个小娘子出见秀才。”与蔡家娘子声口颇肖；《刘讽》中几位女子拿对方的丈夫开玩笑，《周秦行纪》亦然。这位作伪者肯定用心揣摩过《玄怪录》。

《周秦行纪》是政治斗争的产物。它的出现，对唐人传奇的健康发展是不利的：既开了作伪以嫁祸他人的风气，也使后人在研究唐人传奇时疑神疑鬼，滑入歧途，《白猿传》被认为是蓄意诬蔑欧阳询，《李娃传》被认为是影射郑亚、郑畋，② 当与《周秦行纪》的消极影响有关。

七　《异闻集》中的无名氏之作

《异闻集》是陈翰编的一部唐人传奇选集，既是唐人传奇成熟的

---

① 李德裕：《会昌一品集》，226页，上海，上海古籍出版社，1994。

② 南宋刘克庄《后村诗话》前集卷一云：“郑畋名相，父亚，亦名卿。或为《李娃传》，诬亚为元和，畋为元和之子。小说因谓畋与卢携并相不成，携诟畋身出倡妓。按畋与携皆李翱甥，畋母，携姨母也，安得如《娃传》及小说所云乎？唐人挟私忿腾虚谤，良可发千载一笑。亚为李德裕客，白敏中怨德裕，及亚父子。《娃传》必白氏子弟为之，托名行简，又嫁言天宝间事。”

产物，又进一步扩大了唐人传奇的影响。

陈翰，生卒年不详。《新唐书·艺文志》著录《异闻集》十卷，陈翰撰，原注："唐末屯田员外郎。"《唐尚书省郎官石柱题名》列为金部员外郎，今人岑仲勉《郎官石柱题名新考订》说，金部员外郎为大中（847~859年）初所官；清赵钺、劳格《唐郎官石柱题名考》卷一六据《韩允忠神道碑》考订他乾符元年（874年）任库部员外郎。

《异闻集》选入了大量唐传奇名作，如《古镜记》、《枕中记》、《离魂记》、《霍小玉传》、《南柯太守传》、《谢小娥传》、《任氏传》、《东城老父传》等，对这些作者姓名可考的传奇，我们已分别予以评述；另有一些篇章，作者不可考，难以确定创作年代，但其历史和审美的价值又不容我们放弃，只能在这里一并加以讨论。

1. 佚名《冥音录》

《冥音录》，《太平广记》卷四八九收入，不注作者及出处。明刻《虞初志》及清刻《唐人说荟》等书题朱庆余撰，不知何据。小说称李德裕为"故相"，当作于大中（847~859年）以后。其中有"上帝诛郑注，天下大酺"的话，看来与李玫《纂异记》的感情倾向恰好相反。

《冥音录》写李侃外妇崔氏，生二女。长女嫁丁玄夫，教她音乐，总不能"究其妙"。她有个姨母，"善鼓筝，为古今绝妙"，已去世。她经常想念这位姨母，"每至节朔，则举觞酹地，哀咽流涕"。这样过了八年。至开成五年（840年）四月三日夜，终于梦见姨母教她弹筝，学会了十支曲子。

《冥音录》的悲凉气氛使读者如有所失，但觉寒意逼人。崔氏长女令人哀悯的心境；传自冥府的十支曲子，"殆非生人之意。声调哀怨，幽幽然鸮啼鬼啸，闻之者莫不歔欷"。这种种局部的凄清意味汇聚成整体时，便如霜风凄紧，江草凄迷，令人百感凄恻，颇有读李贺诗之感。

作者的凄凉意绪似源于他对社会动乱的忧虑。姨母在向崔氏长女传授乐曲时，说冥府宫禁森严，冥音不得外传，但不久“地府当有大变”，故有机可乘。这像是以地府隐喻人间。

2. 佚名《秀师言记》

《秀师言记》，《太平广记》卷一六〇收入，注“出《异闻录》”。写建中（780～783年）末荐福寺僧神秀对李仁钧说，六年后李摄本府纠曹，将是神秀就刑的监刑官；又说李的表兄崔晤之女将成为他的妻子，后来一一应验。

《秀师言记》的主旨与李复言《续玄怪录·定婚店》等相近，旨在揭示命运的神秘性及人自身的无能为力，在他们看来，人无法抗拒也不必抗拒命运的安排。神秀自觉地安于命定的本分。他知道自己死于何时何地，死于谁手，但他不想逃避，只希望监刑官在他死后把他掩埋在瓦棺寺后的松林中。崔晤则对所谓命运满怀鄙夷，听说自己的女儿将嫁给表弟李仁钧，他不屑一顾地笑道：“我女纵薄命死，且何能嫁与田舍老翁作妇。”然而最终竟是事实。

人在命运脚下挣扎的卑微状态使作者痛心疾首。神秀提前六年请托李仁钧为其收藏骸骨，“泫然流涕者良久”；神秀既死，李仁钧不禁掩面哭泣；后来，当有人为他与崔晤之女牵红线时，李仁钧表情“悯然”。在命运脚下，人就如此卑微吗？

《秀师言记》文笔雅洁。崔晤、李仁钧和神秀的言谈，亦各具身份。

3. 佚名《韦仙翁》

《韦仙翁》，《太平广记》卷三七收入，注“出《异闻集》”。写大历（766～779年）中监察御史韦君受命入西岳太华山中寻访仙坛，遇见他的高祖——隋时入华山，已成仙；再去寻找时，却迷失旧路，只能“望山恸哭而返”。

《韦仙翁》中的仙人，日子过得似乎相当艰难。韦君高祖谈及他出山的缘由说：“尔祖母见在，尔有二祖姑，亦在山中。今遇寒食，故入郭，与渠辈求少脂粉耳，有一布襆，襆内有茯苓粉片，欲货此市买。”韦君随他入山，见“祖母年可七八十，姑各四十余，俱垂发，皆以木叶为衣。”这哪是神仙，分明是一群逃避战乱的百姓！从这种描写中我们不难感受到社会的动荡。

4. 佚名《独孤穆》

《独孤穆》，《太平广记》卷三四二收入，注“出《异闻录》”。写贞元（785～804 年）中河南独孤穆夜宿大仪县（今江苏江都县西），与隋炀帝孙女杨氏六娘子之鬼叙故旧之谊，并产生恋情。贞元十五年（799 年），独孤穆暴亡，与杨氏合葬。

《独孤穆》堪称唐人传奇中的一篇杰作。从人物关系来看，独孤穆是独孤盛之后。独孤盛，隋代车骑将军，隋末“江都之变”时，他在成象殿引左右十余名士兵护卫隋炀帝，为乱兵所杀。六娘子是隋炀帝第二子所生，“江都之变”时，她亲眼目睹了独孤盛的忠勇行为，“及乱兵入宫，贼党有欲相逼者，妾因辱骂之，遂为所害”。她与独孤穆之间，容易找到沟通的话题。

从情调来看，小说自始至终为抑塞之气所笼罩。六娘子的性格以悲郁为骨，她总是忘不了当年的深创巨痛，“悲不自胜”、“言多悲咽”、“悲不自堪”，以至她的侍女也提醒她：“言及旧事，但恐使人悲感。且独郎新至，岂可终夜啼泪相对乎？”周围人极力促成她与独孤穆的婚姻，但她以为：“本以独孤公忠烈之家，愿一相见，欲豁幽愤耳。岂可以尘土之质，厚诬君子？”后来总算应允了，可新婚的喜悦仍消释不了内心的悲恨。为什么呢？除了过去生活的阴影外，更因为她在地下的游魂又受到了凶鬼威胁。她请求独孤穆“挈我俱去，葬我洛阳北坂上，得与君相近，永有依托”。独孤穆没有辜负她的嘱托；她意外地得到了隆重的葬礼。这是小说结尾的一线亮色，可它穿不透浓重的悲凉之雾。

《独孤穆》曾给予蒲松龄以启迪。《聊斋志异·公孙九娘》的故事格局、人物性情，都有仿效《独孤穆》的痕迹。裴铏《传奇·颜濬》与《独孤穆》意境相似，未知谁先谁后。

八　中期唐人传奇的审美追求

中期唐人传奇，其审美追求有不少令人耳目一新的因素，这带来了传奇风格的变化。一些手法或方式，此前的传奇中已经运用过，但在这一时期又有发展和创造。

1. “用传奇法，而以志怪”

鲁迅《中国小说史略》第二十二篇谈到蒲松龄的创作时说：“《聊斋志异》虽亦如当时同类之书，不外记神仙狐鬼精魅故事，然描写委曲，叙次井然，用传奇法，而以志怪，变幻之状，如在目前……故读者耳目，为之一新。”① 这是就《聊斋志异》与明末清初志怪小说相比较而言的。我们如果将视野扩展到唐人传奇，不难发现，这一时期的小说作家已在这方面取得了不平凡的收获。

六朝志怪中关于行雨的描写，非常简略，如《太平广记》卷三八三《曲阿人》（出《幽明录》）：

> 令至辽东行雨，乘露车，中有水，东西灌洒。

初期唐人传奇如《广异记·颍阳里正》（《太平广记》卷三〇四）稍详细些：

> 其人抱某上驼背，以一瓶授之，诫云：“但正抱瓶，无令倾侧。”其物遂行。瓶中水纷纷作点而下。时天久旱，下视见其居处，恐雨不足，因而倾瓶。

至这一时期的《续玄怪录·李靖》（《太平广记》卷四一八），其笔墨之充沛，情景之逼真，不仅远超《幽明录》，也迈越《广异记》而

① 鲁迅：《中国小说史略》，147页，上海，上海古籍出版社，1998。

上之：

> （夫人）遂敕黄头被青骢马来。又命取雨器，乃一小瓶子，系于鞍前，诫曰："郎乘马，无漏衔勒，信其行，马躩地嘶鸣，即取瓶中水一滴，滴马鬃上，慎勿多也。"于是上马，腾腾而行，其足渐高，但讶其稳疾，不自知其云上也。风急如箭，雷霆起于步下。于是随所躩，辄滴之。既而电掣云开，下见所憩村，思曰："吾扰此村多矣，方德其人，计无以报。今久旱苗稼将悴，而雨在我手，宁复惜之？"顾一滴不足濡，乃连下二十滴。

真切细腻地展现了李靖代龙行雨的情形及心理活动。

《续玄怪录·李靖》只是一个例子。其他如《太平广记》卷四五一《僧晏通》（出《集异记》。明抄本出《纂异记》）之写狐幻化为美女，卷四五七《韦子春》（出《宣室志》）之写蛇怪，无不带着显著的"用传奇法"的烙印。

2. 情节之奇

如果说盛期传奇偏爱"无关大体"的浪漫人生之奇，而营造情节的兴趣相对较小，那么，这一时期正好换了个方向：伴随着爱情题材的作品急遽减少，苦心构思曲折情节的作家占据了小说界的核心位置。裴铏、李复言等是他们的代表。

裴铏、李复言的传奇，其结局往往在开头部分就暗示出来了，但这并未减弱情节的戏剧性，相反还有助于增强其戏剧性。据我看，其成功在于，在经营情节时，从开始到结局，抓住了下述几个关键：

第一，设计了一个中心人物，他的命运成为读者关注的焦点。如《裴航》中的裴航、《崔炜》中的崔炜、《定婚店》中的韦固。

第二，中心人物的目的或归宿明确，这既规定了小说的情节走向，又加强了小说的神秘感，如裴航的"蓝桥便是神仙窟"，"玄霜捣尽见云英"，崔炜的"不独愈苦，兼获美艳"，韦固的必娶"卖菜媪陈婆女"。

第三，目的被阻。人物不能得到他所追求的东西，如崔炜、裴航；或人物竭尽全力逃避其归宿，如韦固。人物的命运由此出现曲折，读者的好奇心被进一步激发起来。

第四，初步障碍被克服。如崔炜从任翁处脱难，裴航见到云英，韦固派人刺杀陈婆女而未遂。故事朝着既定方向推进，读者期待着预定结局的到来。

第五，目的再次被阻。这次被阻较第一次更难克服。突然出现的情况几乎使中心人物像是走近了与预定结局根本不同的终点。如韦固的娶刺史王泰女、裴航的寻不到玉杵臼、崔炜的落入蛇穴。

第六，突转。艺术中的突转可以将作品以惊心动魄的方式推向结尾，如崔炜被玉京子（蛇）送入南越王赵佗宫中，裴航与云英成亲而成仙，韦固娶的王泰女就是“陈婆女”。结局虽然早已预定，可结局最终到来时却令我们愕然：它既是合情合理的，又是出人意料的。

应该说明，我们归纳的几个关键环节只是就大略而言，事实上，在裴铏《传奇》中，目的被阻的次数经常超过两次；薛调《无双传》至少设计了四轮障碍。他们对于曲折情节的追求，给后世的通俗文学以巨大启示。

3. 佛道观念外化为小说结构

唐代佛、道观念流行，就它对传奇的影响而言，从好的方面说，一是拓宽了作家的想像天地，二是带来了新的结构方式。

因果是佛教的一个中心观念。佛家相信，人的灵魂从无始以来就存在着，按照人一生行为的善恶，定要受各种报应。现在一生所受的祸福，即是前一生的业报。《甘泽谣·红线》中的红线说：“某前世本男子，历江湖间，读神农药书，救世人灾患。时里有孕妇，忽患蛊症，某以芫花酒下之。妇人与腹中二子俱毙。是某一举杀三人。阴司见诛，降为女子。使身居贱隶，而气禀贼星……昨往魏郡……功亦不小。固可赎其前罪，还其本身。”这是因果论通俗化的一个例子。

因果论呈现为小说结构，常见的即是“善有善报，恶有恶报”。每一个结果都有相应的原因。裴铏《传奇》较多采用这种方式，由此出发，主要人物自身的努力（因）相当重要。裴航能否成仙，取决于他能否获得云英的爱情；而裴航能否获得云英的爱情，又取决于他的追求是否执著。在这种结构中，人物性格的刻画占据了重要地位。

李复言《续玄怪录》则多将“果”放在现在一生，而将“因”放在过去一生，所以，在现在一生里，“果”已经注定，无论你怎么努力也改变不了它。《定婚店》尤为典型。韦固只能娶“陈婆女”，他的一切抗争都无济于事。在这种结构中，人的卑微的处境格外怵目，情节则极有戏剧性。

道教的基本追求是成仙，即获得永恒的生命。它包括两个相反相成的命题：

正命题：成仙不难，只要你仗义行侠，或者虔心修炼，或者与女仙谈恋爱，这是裴铏《传奇》的套路。由于它与“善有善报”、相信当下努力有效的因果论合辙，不必再加解释。

反命题：成仙异常艰难，需要克服一切人世间的欲望和感情，这是任何人也做不到的，也就是说，人不可能成仙。无论你多么刚毅，也达不到这个目的。《续玄怪录·杜子春》等便是如此展开情节的。其结局因而注定了是悲剧。

4. 情景交融的意境

所谓意境，就是情景交融的艺术形象。其美感特征是“有风韵”、有“韵外之致”。以景寓情的景物描写在其中扮演了重要角色。在初期传奇、盛期传奇中，生机盎然的景物描写时有所见，中期传奇则不仅在量而且在质方面都有突破。《博异志》、《续玄怪录》、《传奇》里不乏这一类片断，《续玄怪录·柳归舜》、《博异志·许汉阳》的想像之丰富、状物之清丽，尤为可观。试看《柳归舜》的一个场景：

吴兴柳归舜，隋开皇二十年自江南抵巴陵，大风吹至君山下。因维舟登岸，寻小径，不觉行四五里，兴酣，逾越溪涧，不由径路，忽道傍有一大石，表里洞彻，圆而砥平，周匝六七亩。其外尽生翠竹，圆大如盎，高百余尺，叶曳白云，森罗映天，清风徐吹，戛为丝竹音。石中央又生一树，高百尺，条干偃阴，为五色，翠叶如盘，花径尺余，色深碧，蕊深红，异香成烟，著物霏霏。

清黄宗羲《景州诗集序》说："诗人萃天地之清气，以月露风云花鸟为其性情，其景与意不可分也。"① 郑板桥《题画·兰竹石》也说："非惟我爱竹石，即竹石亦爱我也。"② 景与情是合二为一的；从《柳归舜》的诗情画意中，我们感到了李复言摆脱尘世污浊的渴望。

意境的形成并不完全仰赖于写景，还有别的途径。王国维《宋元戏曲史》第十二章说："元剧最佳之处，不在其思想结构，而在其文章。其文章之妙，亦一言以蔽之，曰：有意境而已矣。何以谓之有意境？曰：写情则沁人心脾，写景则在人耳目，述事则如其口出是也。"③ 真切的人物关系及声口毕肖的言谈，也能创造出"清淡见滋味"的意境。除了首屈一指的《博异志·刘方玄》外，其他如薛用弱《集异记·王涣之》之写王涣之、《续玄怪录·柳归舜》之写鹦鹉、《河东记·申屠澄》之写虎女，如见其人，如闻其声，洵为传神之笔。

中期唐人传奇风格的流变是由一批具有个人风格的作家的创作体现出来的。面对如此庞大而复杂的整体，想用四个侧面来加以概括，无疑是不现实的。但抓住这四个侧面，却是我们宏观地把握这一时期小说审美特征的基点。

---

① 黄宗羲著、陈乃乾编：《黄梨洲文集》，338页，北京，中华书局，1959。

② 郑板桥著、吴泽顺编注：《郑板桥集》，349页，长沙，岳麓书社，2002。

③ 王国维撰、马美信疏证：《宋元戏曲史疏证》，177页，上海，复旦大学出版社，2004。

第十一章　晚期唐人传奇：僖宗初至五代初(874～910年)

从僖宗初到五代初（874～910年），这是唐人传奇发展的晚期，作品较少，而以传奇集为主，较著名的有：皇甫氏《原化记》、康骈《剧谈录》、高彦休《阙史》、柳祥（或李隐）《潇湘录》、皇甫枚《三水小牍》。较重要的单篇传奇有：无名氏《灵应传》、杜光庭《虬髯客传》。

毫不夸张地说，唐末五代初是一个天崩地解的时代。874～884年，王仙芝、黄巢横扫半个中国，唐王朝如枯木朽株，已失去力量；宦官和藩镇利用战乱之机争相扩大势力：当权宦官田令孜曾挟持唐僖宗西奔成都，一切专断，随心所欲地打击朝臣和地方官；藩镇之间互相争夺地盘，并把唐昭宗当做双陆象棋你抢我夺，以控制皇帝为政治资本。904年，朱温杀死唐昭宗，立李柷为帝——即昭宣帝；907年，朱温废昭宣帝，自立为帝，国号梁。从此，历史进入了五代十国时期。

生活在祸乱相继、人民流离的唐末，怅惘、痛苦、呼天抢地，都已成为寻常事。而一旦在静夜箫声中稍稍冷静下来，士大夫们便要反思：导致这天崩地裂的根源是什么？于是，思绪向各个角度展开，探询，设问，最后凝聚为情辞厚重的批判文字。《潇湘录》便呈现出这种风采。

动乱打破了正常秩序下的一系列规范，不仅功烈贞孝为许多人轻视，不仅终南捷径受到部分人调侃，连侠的若干规范也被逾越；此期引人注目的是盗侠形象。说不得好，说不得坏，“说不得正大光明，说不得混账恶赖”；盗侠没有早期侠士那种神圣的道德感和打抱不平的人生信仰，他们为作者所欣赏的是其“才俊”，这“才俊”使人可以无挂无碍，如云游空际，自由自在并不乏豪迈地消遣人生。

怀旧也是动乱年代知识分子的一大心理特征。皇甫枚在唐亡后追纪咸通中事，是一个例子；而高彦休（参寥子）著《阙史》，亦对前朝盛事由衷向往。

一　调侃崇高：《原化记》与《剧谈录》

皇甫氏《原化记》与康骈《剧谈录》均为笔记与传奇兼收的小说集，在题材、旨趣上也有相通处，如兴趣浓厚地称赏盗侠、调侃崇高。

1. 皇甫氏《原化记》

皇甫氏，名不详。所撰《原化记》，原书已佚，今存佚文五十余条。

《原化记》以盗侠故事较为精彩。《车中女子》（《太平广记》卷一九三）写开元年间的一位女侠。叙事采用吴郡某举人的视角：他入京应举，途中遇二少年和一“年可十七八，容色甚佳，花梳满髻，衣则纨素”的女子，少年借其马；次日，听说宫中财宝被盗，贼已逃走，仅这匹驮物的马被抓获。举人受到牵连，身陷监狱。女子救他一节是小说的高潮：

> 深夜，此人忿甚，悲惋何诉！仰望，忽见一物，如鸟飞下，觉至身边，乃人也。以手抚生，谓曰：“计甚惊怕，然某在，无虑也。”听其声，则向所遇女子也。云：“共君出矣。”以绢重系此人胸膊讫，绢一头系女人身。女人耸身腾上，飞出宫城，去门数十里乃下。

车中女子已没有许俊、黄衫豪士那种庄严的道德感和打抱不平的人生信仰，她为人所钦羡的是其“才俊”，她凭借这“才俊”随心所欲地游戏人生——包括与帝王的威权开玩笑。

《嘉兴绳技》(《太平广记》卷一九三）叙一囚犯借表演绳技之机逃出监狱的事。普通的绳技，乃“各系两头，然后于其上行立周旋”，他却“不用系著”，只需“抛向空中”就行：“初抛三二丈，次四五丈，仰直如人牵之。”“后乃抛高二十余丈，仰空不见端绪。此人随绳手寻，身足离地，抛绳虚空，其势如鸟，旁飞远飏，望空而去。脱身行狴，在此日焉。”《聊斋志异·偷桃》引绳上天的想像即滥觞于此。

《原化记》模拟前人创作的痕迹时时可见，如《崔慎思》(《太平广记》卷一九四）与《集异记·贾人妻》相仿；《采药民》(《太平广记》卷二五）系将陶渊明《桃花源记》、《传奇·崔炜》及《幽明录·刘晨阮肇》等拼凑而成；《画琵琶》(《太平广记》卷三一五）是刘敬叔《异苑·鲍父庙》的翻版；《吴堪》(《太平广记》卷八三）系《搜神后记》卷五白水素女故事的改编；《南阳士人》(《太平广记》卷四三二）化虎食人的情事与《续玄怪录·张逢》相类。但有些作品虽借鉴前人，却能更上层楼，别开生面。《京洛士人》的前半写京洛某士人偶在一槐树根瘤上系纸钱数张，数月后再来，“乃见画图影，旁挂纸钱实繁，复有以香醮奠之处”。构思与《鲍父庙》相近。后半写士人笑村人无知，欲伐树瘤，却意外遭到“容色屹然”的紫衣神的喝斥。紫衣神说：“始者君权以纸钱系树之后，咸曰神树，能致祸福，相与祈祀，冥司遂以某职受享酹。今有神也，何言无之？若必欲伐之，祸其至矣。”妖由人兴，人必须拜倒在自己所造的“神”的脚下，这不是一个深刻的哲理命题吗？

《义侠》(《太平广记》卷一九五）写刺客诛杀负心县令的事。其题材取自李肇《国史补》卷中《故囚报李勉》。比较而言，《义侠》更明确地以建构戏剧性情节为目标。从人物命运来看，昔日的囚犯一跃而为县令，当年的畿尉却成了书剑飘零的漫游者；从人物关系来看，《国史补》中的侠客是偶然出现的，《义侠》中的侠客却由故囚特意派来刺杀其恩人，而侠客反杀了忘恩负义的故囚夫妻。这一切都加强了情节的传奇性。

2. 康骈《剧谈录》

康骈，又作康軿，字驾言，池阳人。乾符五年（878 年）进士及第，六年举博学鸿词科，官至崇文馆校书郎。曾为宁国军节度使田頵幕僚。所作《剧谈录》，原书已佚，现存二卷本共四十二条，大部分见于《太平广记》。有《学津讨原》本、中华书局上海编辑所排印本。

《剧谈录》也以盗侠故事见长。《田膨郎》（《太平广记》卷一九六）叙唐文宗置于“寝殿帐中”的白玉枕，“一日忽失所在”。这个不凡的“窃贼”即田膨郎。“市廛军伍，行止不恒，勇力过人，且善超越。苟非便折其足，虽千兵万骑，亦将奔走。”但他最终还是被王敬弘的小仆给制服了。对田膨郎和小仆二人，作者确有抑扬，但不是从伦常的角度，而是从“才俊”的角度：田膨郎“才俊”稍逊一筹，作者因此更欣赏小仆，为他安排了飘然归蜀、如鹤远翔的结局；对田膨郎亦不乏敬意，小说借皇帝之口评论说：“此乃任侠之流，非常之窃盗。”

《潘将军》（《太平广记》卷一九六）的旨趣与《田膨郎》相近。“京国豪士潘将军”有一串无价之宝念珠，“贮之以绣囊玉合，置道场内，每月朔则出而拜之。一旦开合启囊，已亡珠矣，然而缄封若旧，他物亦无所失”。“窃贼”乃一“三鬟女子”。她行窃的动机说来有趣，仅是为了“与朋侪为戏”，其志不在珍宝，故不久即将玉念珠完璧归赵。作者喝彩说：“异哉！此非攘窃之盗也！”她的形象或许表达了这样的见解：盗侠的魅力在于能够随心所欲地游戏人生而不受能力的限制。

《剧谈录》成就不高。有些篇如《袁滋》（《太平广记》卷一七一）记袁滋之精察、《狄惟谦》（《太平广记》卷三九六）赞狄惟谦之英断爱民等，大概有事实依据，或采自传闻。其他如《王鲔》（《太平广记》卷三五二）记神鬼摄歌妓生魂，王鲔作法活之；《殷九霞》（《太平广记》卷二二四）记道士殷九霞的相术；《裴度》（《太平广记》卷一八三）记裴度在天津桥遇老人言其平定蔡州一事，均足征其见闻之广。

二　以议论为小说：《阙史》与《潇湘录》

高彦休《阙史》与柳祥（或李隐）《潇湘录》偏重于暴露现实，《潇湘录》更是一部具有离心倾向的作品，尽管这种与唐王朝的疏离倾向时隐时显，有时还以抨奸斥佞的方式表现出来。

1. 高彦休《阙史》

高彦休（854～？年），自号参寥子。乾符元年（874年）进士及第，做过淮南节度使高骈幕僚，曾任摄盐铁巡官、朝议郎、守京兆府咸阳县尉、柱国。黄巢入长安，避居江南。《阙史》即避难期间编次往日所记而成。今本共二卷，五十一篇。有《知不足斋丛书》本。《太平广记》所引《阙史》，文字多与今本不同，当出于原本。

《阙史》写人心险恶，给人大地即将沉沦之感。《薛氏子》（《太平广记》卷二三八）记一个道士利用薛氏二子的迷信及贪财心理骗取其钱物的经过。从外表看，这道士“草履雪髯，气质清古”；从言谈看，“雅谈高论，深味道腴”；他尤其擅长故作神秘，引薛氏二子入彀，竭力为他准备“结坛所须”的丝织品、金器，结果被他席卷而去。《儒林外史》第十五回洪憨仙骗胡公子，亦用此术。

《赵和》（《太平广记》卷一七二）记淮阴某农家借了西邻的钱，至期先还八百缗，仗着是世交，未收回借据，次日西邻就不认账了。后江阴令赵和假称抓到截江大盗，说西邻是大盗同伙，逼他交待钱财来源，这才使案情大白。

《崔碣》（《太平广记》卷一七二）记商人王可久出外经商，“值庞勋作乱，穽于寇域，逾期不归”。其妻被杨乾夫骗娶，财产也落入杨手。次年，王可久回家，不仅杨乾夫把他往死里打，连妻子也不认他；去告状，反被受贿的官员加以“诬人之罪”。尽管崔碣最终平反了这一冤案，然而世道之险恶，却令人感到悚惧。

《阙史》中也有色调不那么灰暗的作品，如《韦氏子》（《太平广记》卷三五一）记韦氏子爱妓早亡，任道士召来其亡魂，让他们相见。一年后，韦氏子因思念爱妓而死。凄艳中含几许优美，虽是悲剧，但它引发的不是对人的蔑视，而是尊重。

2. 柳祥（?）《潇湘录》

《潇湘录》与《大唐奇事记》也许是一本书。①《大唐奇事记》，《新唐书·艺文志》著录，十卷，李隐撰。注："咸通间人。"《潇湘录》，《新唐书·艺文志》著录，十卷，柳祥撰。洪迈《夷坚支志》癸集序说："惟柳祥《潇湘录》，大谬极陋，污人耳目，与李隐《大唐奇事》，只一书而妄名两人作。《唐志》随而兼列之，则失矣。"②从《太平广记》所引佚文看来，二书又并未混淆，仅《王常》一篇重出，卷七三注"出《奇事记》"，卷三〇三注"出《潇湘录》"。综合起来看，注"出《潇湘录》"的佚文质量较高。

《潇湘录》的显著特点是大量发表越轨的见解。《张安》（《太平广记》卷三〇一）叙江州张安"性落拓不羁，有时独醉，高歌市中，人或笑之，则益甚，以至于手舞足蹈，终不愧耻。时或冠带洁净，怀刺谒官吏，自称浮生子。后无疾而终"。这样一个人，却向州牧提出，要与"功臣烈士贞女孝妇"并立祠庙，并宣称"达人之道，高尚于功烈孝贞"。作者似乎认为，在建功立业的人生道路已被堵塞的时代，必须抛弃常态下的道德观念；他所谓"达人之道"，即摆脱规范，自由自在地生活。

以象征手法表达这种"达人之道"的，是《呼延冀》（《太平广记》卷三四四）。呼延冀携妻赴任，途中遇盗，将妻子寄居在一老翁家中。临别，他妻子说："我本与尔远涉川陆，赴一簿官，今不期又留我于此。君若不来迎我，我必奔出，必有纳我之人也。"果然，呼

① 参见李剑国：《唐五代志怪传奇叙录》，927～931页，天津，南开大学出版社，1993。

② 洪迈撰：《夷坚志》，1221页，北京，中华书局，1981。

延冀到任不久，就收到妻子来信，说她已改嫁“一少年子”。作者的言外之意是，他已不打算为唐王朝守节。

《潇湘录》中还有更为大胆的篇目。如《奴苍璧》（《太平广记》卷三〇三）直呼本朝皇帝之名（如“隆基”、“世民”），说安禄山是“奉命乱国”，又说“林甫知世不久将乱矣，遂潜恣酒色焉”，为叛乱者及奸相留地步，不免轻薄。故洪迈斥之为“大谬极陋，污人耳目”；胡应麟《少室山房笔丛·四部正讹下》也说此书是“唐人志怪中最鄙诞者”。①

三 皇甫枚《三水小牍》

《三水小牍》是这一时期出类拔萃的传奇集。作者皇甫枚，一作皇甫牧，字遵美，安定三水（今甘肃泾川北）人。懿宗咸通（860～873年）末年，曾做汝州鲁山县主簿。同年冬，由汝入秦。僖宗光启（885～887年）中，皇帝在梁州，他被调往行在。天祐庚午（910年），即后梁开平四年，唐已灭亡，他旅食晋汾，不肯奉朱梁正朔，因纪咸通间事而成《三水小牍》。三水为安定属邑，枚著籍三水，故名《三水小牍》。宋陈振孙《直斋书录解题》著录为三卷，明杨仪有二卷本，清卢文弨收入《抱经堂丛书》，今有中华书局补辑本。清周中孚《郑堂读书记》说：“是书虽多仙灵鬼异之事，然所载烈丈夫如董汉勋、烈妇人如李庭妻崔氏、殷保晦封夫人，皆凛凛有生气。《郑城令遇贼偷生》而下，即系之以崔氏之骂贼被杀，此与欧阳公传长乐老而以一妇人相形，意亦相似，可兴可观，有裨世教。”② 汪辟疆《唐人小说》叙录说：其书“虽多纪仙灵怪异，而每及义烈，皆凛凛有生气。是于侈陈灵异之余，隐寓垂诫之旨。至文辞雅饰，不失唐人轨范，又未可以猥琐诞妄视之也”。

《步飞烟》（《太平广记》卷四九一题作《非烟传》）在《三水小

① 胡应麟：《少室山房笔丛》，319页，上海，上海书店出版社，2001。
② 周中孚：《郑堂读书记（下册）》，660页，北京，商务印书馆，1940。

牍》中最为盛传。又作《飞烟传》。写武公业的爱妾步飞烟与邻居赵象相恋，为公业所知，缚之于柱上，“鞭楚血流”，飞烟不屈，当夜死去。

步飞烟的命运是不幸的。她“容止纤丽，若不胜绮罗；善秦声，好文墨，尤工击瓯，其韵与丝竹合”。她红颜薄命，很小年纪便成了孤儿，后来又为媒人欺骗，嫁给“粗悍、非良配”的河南府功曹参军武功业。即使如此，她仍然打算循规蹈矩地做武功业的“爱妾”。赵象是她的邻居，“大好才貌”，她曾“窥见”过，但并无非分之想，只是伤感自己“薄福”，恨不相逢未嫁时而已。

赵象的狂热追求终于使步飞烟心灵的天平失衡，她下决心越过不幸婚姻的栏杆。这是要承受巨大压力的。一方面，可能被丈夫发现，另一方面，当步飞烟拿定主意做婚外恋的女主角时，她自己在传统道德观的审判中受到了心灵分裂的折磨，其心理负担异常沉重。所以，我们看到，她对武功业的鞭挞虽毫不畏惧，但却一再对赵象表白，她不是那种放荡的、恣意妄为的女人。甚至在“尽缱绻之意”后，她还“执象手曰”：“今日相遇，乃前生姻缘耳。勿谓妾无玉洁松贞之志，放荡如斯。直以郎之风调，不能自固。愿深鉴之。”她内心里把贞节看得很重。惟其如此，皇甫枚才会说：“飞烟之罪，虽不可逭，察其心，亦可悲矣！”

《却要》（《太平广记》卷二七五）记湖南观察使李庾的女奴却要戏弄李庾四个儿子的事。却要“美容止，善辞令”。李庾的四个儿子想玩弄她，她分别约他们于同一天晚上在厅的四角等候，待四人“各趋一隅”，却要突然点着火把，敞开大厅的门，嘲弄说：“阿堵贫儿，争敢向这里觅宿处！”四兄弟羞惭地溜走，再“不敢失敬”。

与《步飞烟》的精细华美不同，《却要》采用的是漫画手法，简明扼要，迅速推进情节：遇大郎“持之求偶”，“却要取茵席授之”；“又逢二郎调之，却要复取茵席授之”；“又遇三郎束之，却要复取茵席授之”；“又四郎遇着”，“却要亦取茵席授之”。逸笔草草，点到为止；漫画手法加强了喜剧效果。

《却要》的故事可能与佛教有关。杨有仁编《太史升庵全集》卷七三载："佛经云：'西域多根树，东西南北中方不相见。国中有淫女，求偶者众多。初有一男求女，约中枝会；后有四男亦欲求之宿，女亦以言许，东西与南北，各各抱被去。至晓女不来。'"① 却要的计谋，或许即效法此女；但将一"淫女"置换成聪慧端庄的淑女，创造出的则是全新的主题。

《绿翘》（《太平广记》卷一三〇）中的鱼玄机，与步飞烟颇有相似处：她们都因陷溺于感情而违背了理性的引导。区别仅在于，步飞烟为此承担了巨大的悲剧性后果，她的不幸命运与心理痛苦赢得了同情；而鱼玄机却因占有欲太强，竟将无辜的绿翘毒打致死，她的冷酷与霸道使我们很难为她辩解。尽管这样，皇甫枚还是尊重她的感情，一再引用她的情诗，说明这导致她不能自拔的感情仍有可以理解的一面。

《王知古》（《太平广记》卷四五五题《张直方》）的知名度仅次于《步飞烟》。写咸通十三年王知古逢妖狐的事。卢龙军节度使张直方的幕客王知古，因打猎迷路，投宿于狐精之宅；狐精自称崔夫人，提出要把小女儿嫁给他；谈话中王知古说出自己的真实身份，狐精听到张直方的名字，大惧，把他赶了出去。张直方得知，率人马前去围猎，"凡获狐大小百余头以归"。

王知古的奇遇不是小说的正题，皇甫枚只是借以展开对张直方的调侃与嘲讽。张直方，这位"绮纨"出身的藩镇，专横跋扈，作威作福，连皇帝也不放在眼里。这样一个角色，皇甫枚不屑用严肃的笔墨去痛斥；张直方还够不上这个等级。作家寓庄于谐，让他到狐鬼的世界里去显威风。可笑的是，当王知古讲述了其奇遇后，张直方不仅无羞赧之情，反而沾沾自喜："山魈木魅，亦知人间有张直方耶?"皇甫枚让他以自命不凡的方式显示其恣肆横暴，无异于让他自嘲。

《王玄冲》写咸通十三年王玄冲登上莲花峰的事，其想像世界耐人寻味。华山有三峰，即莲花峰、玉女峰、松桧峰。《太平御览》卷三十九引《华山记》云："山顶有池，生千叶莲花，服之羽化，因名

① 转引自钱钟书：《管锥编》第二册，757页，北京，中华书局，1978。

华山。”本篇写王玄冲登莲花峰所见，或即由此发挥而成；但景物的意蕴已大不一样。《华山记》侧重于传奇，《王玄冲》却将沧桑巨变浓缩于此：当年的湖泊，如今移到了山顶；如今的高山，当年曾是碧波万顷，铁舟游弋。自然界尚且迁移不定，何况人世？这几乎是对唐末天翻地覆的时局的隐喻。

《三水小牍》中不乏冤报故事，即清周中孚《郑堂读书记》所说：“如坑蚕而遭奇祸，虐马而殒眢井，贤守令水旱祈祷必应，侯元违神君戒受诛，皆足见立言之旨。”《王公直》（《太平广记》卷一三三）写王公直因活埋蚕而被判死刑；《韦玭》（《太平广记》卷四三六）写习于虐马的韦玭被一匹白马逼入井中而死；《侯元》写乾符年间上党樵夫侯元遇神君教以道术，他恃道术作乱，被杀，在在可见小说家疾恶如仇的情怀。皇甫枚重视理性与秩序，神道设教，用心是好的。这类作品通常叙事“简劲”，与正宗传奇的写法不同。

四《灵应传》与《虬髯客传》

无名氏《灵应传》与杜光庭《虬髯客传》是这一时期两篇较好的单篇传奇，《虬髯客传》流传尤为广泛。

1. 佚名《灵应传》

《灵应传》，《太平广记》卷四九二收入，无作者名。写龙女九娘子初嫁象郡石龙少子，丈夫因血气方刚，不守法令，获天谴早亡。父母逼九娘子改嫁朝那小龙的季弟，她不从，父母竟同意朝那“纵兵相逼”。九娘子求助于泾原节度使周宝。周宝先派孟远领兵，“甚无机略”，又改派郑承符，这才打败了朝那。周宝是历史上的真实人物。《灵应传》称乾符五年（878年）节度使周宝，其作者当是僖、昭（874～904年）年间人。

小说的命意与《柳毅传》形成对照。《柳毅传》的龙女离婚再嫁，九娘子却为一个“世袭猛烈，血气方刚，宪法不拘，严父不禁，残虐视事，礼教蔑闻”的丈夫守节；《柳毅传》没有象征意味，龙女的浪漫与作者的才子风情对应，《灵应传》则以象征为基本品格，写九娘子的坚贞守节主要不是向读者推出一个恪守礼教的节妇，而是呼唤唐王朝治下的士大夫为这个摇摇欲坠的政权竭忠尽力——尽管皇帝有毛病。小说是面对着读书人宣扬气节的神圣。

郑承符是《灵应传》的另一主角。他智勇双全，在现实中却郁郁不得志，仅能在冥界一显身手。从郑承符在人世间的怀才不遇来看，唐王朝的衰落与崩溃简直是咎由自取。

《灵应传》的布局有些像《玄怪录·张佐》，第三人称叙事中套第一人称限知叙事：前半主要由九娘子陈述父母逼她改嫁的事由及战争状况，后半主要由郑承符追叙打败朝那的前后经过，作者的叙述起前后牵连及铺衍余波的作用。九娘子的自述引经据典，颇多赘词。

2. 杜光庭（?）《虬髯客传》

《虬髯客传》，《太平广记》卷一九三收入，题为《虬髯客》，注“出《虬髯传》”。引用书目作《虬髯客传》。其作者有三种说法：一是张说撰。元末明初陶宗仪编的《说郛》卷三四《豪异秘纂》中收录此篇，署名张说；明刻《虞初志》等亦同。二是裴铏撰。朱胜非《绀珠集》节录裴铏《传奇》“红拂妓”，有可能是由《虬髯客》删改而成。三是杜光庭撰。宋洪迈《容斋随笔》卷十二《王珪李靖》条称有杜光庭《虬髯客传》。《宋史·艺文志》著录杜光庭《虬须客传》，明《顾氏文房小说》本署杜光庭撰。

这三种说法，各有理由，但都不充足。《虬髯客传》末尾说：“乃知真人之兴也，非英雄所冀。况非英雄者乎？人臣之谬思乱者，乃螳臂之拒走轮耳。”这样的话，生活在开元盛世的张说没有必要讲。晚唐的裴铏有可能这样讲，但裴铏《传奇》骈俪倾向格外突出，把文辞简劲明快的《虬髯客传》放在里面，似不伦不类。唐末的杜光庭也可能这样讲，然而《道藏》恭八收杜光庭《神仙感遇传》，有《虬须客》一条，简略朴僿，文采殊逊于《虬髯客传》；且“虬髯”作“虬须”，与《宋史·艺文志》正同。“颇疑《道藏》为今传之祖本；流传宋初，又经文士之润饰(《太平广记》卷一九三所载之《虬髯客传》，已属改本），故详略互异如此。”① 今仍将作者权归属于杜光庭。

杜光庭（850～933年），字宾圣，一作圣宾，自号东瀛子。处州缙云（今浙江缙云县）人，一说长安（今陕西西安）人。咸通年间（860～873年），应试不第，入天台山为道士。唐僖宗时（874～888年），召为麟德殿文章应制。后避难入蜀，依王建父子，任前蜀左谏议大夫，封蔡国公，迁户部侍郎，进号传真天师。晚年隐居青城山。著有《广成集》、《历代忠谏书》、《道德经广圣义疏》、《录异记》、《壶中记》等。今存《录异记》、《墉城集录》、《神仙感遇传》等。

《虬髯客传》写隋末权臣杨素的侍妾红拂与胸有胆略的李靖私奔，二人在赴太原途中结识豪侠虬髯客；虬髯客有帝王之志，后见李世民有“真天子”之风，遂毅然赴海外开创基业，而以家财尽付李靖，嘱他辅佐世民。过了十余年，李靖成为唐朝开国元勋，虬髯客则在海外得手，成为扶余国主。这篇小说的主要成就是成功地塑造了“风尘三侠”（即李靖、红拂、虬髯客）的形象。李靖是这篇小说中头一个亮相的“侠”。作者经由与杨素的对比，展示他挺然秀出的精神风貌。杨素身居高位，却尸居余气，“无复知所负荷”，只知一味“奢贵自奉”。杜光庭用一个细节突出其“骄贵”的特征：“每公卿入言，宾客上谒，未尝不踞床而见，令美人捧出，侍婢罗列，颇僭于上。”而李靖呢？他身为“布衣”，心忧天下，不仅“仪形器宇”堪称“真丈夫”，并且见识超卓，气概豪迈，面对倨傲的杨素，剀切陈词，既从心理上征服了杨素，又引发了红拂的仰慕之情。

红拂原是杨素家妓，常执红拂，因以为名。李靖在杨素前侃侃而谈时，她“独目公”，随后又打听出李靖的住处，当夜私奔，与李靖结为夫妇。红拂的形象自身，包含了若干对比性的素质。首先，她是位十八九岁的佳丽，“观其肌肤、仪状、言词、气性，真天人也”。私奔李靖时，她却化装成“杖揭一囊”的“紫衣戴帽人”。其次，作

① 汪辟疆：《唐人传奇》本篇叙录，218页，上海，上海古籍出版社，1978。

为杨素家妓，在凡庸的人眼里，其人生境遇是再好不过的了，她却宁可投奔布衣李靖。这正显出她慧眼识人，见识不凡。再次，她是豪迈不拘细节的：在随李靖奔赴太原途中，下榻于灵石旅舍，红拂站在床前梳头，李靖洗刷马匹；这时虬髯客闯了进来，居然"取枕欹卧，看张梳头"，惹得李靖不满，而红拂却看出虬髯客非碌碌者，乃"熟视其面，一手握发，一手映身摇视公，令勿怒。急急梳头毕，敛衽前问其姓"。换了拘谨的闺秀，怕是早就无地自容了。但红拂又善于把握分寸：虬髯客斜卧在床上看她梳头，李靖怀疑他有非分之想，准备给他点颜色看，红拂自然也虑及于此，遂在弄清虬髯客"姓张"后，当即补上一句："妾亦姓张，合是妹。"并马上以妹妹的身份对虬髯客下拜。这就机智地确定了双方的名分，以防虬髯客产生特殊感情。上述几种对比性素质有机融合，便使红拂成为唐人传奇中有色有声的女侠之一。

《虬髯客传》写李靖、红拂，读者可以用凡人的尺度来衡量他们，但虬髯客则置身于凡人的圈子之外，神秘，神奇，不可测度。他有心逐鹿中原，听望气者说"太原有奇气"，遂专程来查访。对这个或许是天命所在的人物，小说理当写得奇特些：

食竟，余肉乱切送驴前食之，甚速。

言讫，乘驴而去，其行若飞，回顾已失。

这是一个不在常人视野之内的形象，虽隐约可见，却又缥缈无迹。他不会在凡人的世界里露出"庐山真面目"。

许多人认为《虬髯客传》宣扬了唐王朝的永恒性，似乎还不太准确。既然李世民可取隋而代之，别的"真命天子"照样可取唐而代之。小说安排红拂弃隋之重臣杨素而投奔唐太宗未来的佐命大臣李靖，其中就寓有对现政权的不信任，至少在客观上鼓励了唐末士人另择"真主"。明末清初的王猷定在《四照堂集》卷一二《戏论红拂奔李靖》中说："嗟乎！兴衰去就之际，苟失大势，虽以英雄处此，不能保婢妾之心。况其他乎！”以红拂隐喻明末叛臣，良有以也。《虬髯客传》宣传“天命”的用意，或许仅限于反对“庸庸之徒”的“造次思乱”，至于“真人”，却不妨承担起拨乱反正、使天下大治的重任。

《虬髯客传》的故事在明代备受青睐。凌濛初据以创作杂剧《虬髯翁》，张凤翼和张太和创作了同名传奇剧本《红拂记》。

五　晚期唐人传奇的审美追求

唐末是传奇的蜕变期。或者说，传奇小说从此进入了长期的低谷状态。这集中呈现为三个方面：

第一，从选材来看，“无关大体”的浪漫人生不再处于这一时期传奇的中心。高彦休、柳祥、皇甫枚、康骈等，似乎没有多少以文为戏的兴趣，不想在传奇中像沈亚之、牛僧孺、裴铏那样以写一个美丽的故事为宗旨。

第二，有些题材陈陈相因，新意不多。以皇甫氏《原化记》为例，其《周邯》（《太平广记》卷二三二）一篇系将裴铏《传奇·周邯》（《太平广记》卷四二二）缩写而成，内容无多大出入，只是将相州改为汴州，王泽改成邵泽，篇末祭龙的改成周邯而已，文字却更为简率。又如《原化记·萧颖士》据薛用弱《集异记·萧颖士》而加以改动，反而弄得不合情理。胡应麟《少室山房笔丛·二酉缀遗中》说：“《集异记》，河东薛用弱撰……萧颖士遇二少年，谓似鄱阳忠烈王。颖士实八世孙，闻言大骇。后会盱眙长勘发冢盗，乃知二少年实发鄱阳冢，忠烈貌如生，因知颖士状类，此理或然。而《原化记》称颖士遇老翁逆旅中，谓尝为萧八代祖书佐，见颖士貌酷肖，不觉咨叹。则《集异》所载诚有之，而《原化》因附会以为神仙。”① 其他如《原化记·葫芦生》（《太平广记》卷七七）之于卢肇《逸史·李藩》（《太平广记》卷一五三）、《原化记·画琵琶》（《太

① 胡应麟：《少室山房笔丛》，366页，上海，上海书店出版社，2001。

平广记》卷三一五）之于刘敬叔《异苑·鲍父庙》等，其因袭迹象均甚明显。

第三，以议论为小说，削弱了传奇的美感魅力。散文发展到唐末，出现了罗隐《谗书》这一类几乎全是抗争和愤激之谈的文章，在写法上，简单的故事与由此引申出的尖锐议论相结合，是常用的方式之一。罗隐的这种写法，也为一些传奇作家所采用。柳祥《潇湘录》便极为典型。作者的目的是要表达积郁内心的愤懑不平：或对执政者提出批评，或对某些传统观念提出质疑，或阐述治国的方略。应该说，其立论不乏新警之处，但用传奇来承担这一使命，并不恰当。

《三水小牍》不愧为这一时期最好的传奇集，但其多训诫的倾向却不足为训。《阙史》、《剧谈录》等也爱发劝惩之论。

第十二章　唐代笔记小说（含五代）

金克木曾在《燕口拾泥·唐宋的文史》中不无夸张意味地说："唐人的笔记是传奇，而宋人的笔记是掌故。"① 这话加以限定和解释后确有其道理。从轶事小说来看，神怪内容大量侵入；从志怪小说来看，传奇意味更为浓厚：或注重情节，或偏爱藻绘，典型的笔记小说并不多见。

我们说唐代笔记小说以传奇为骨，是指传奇精神和传奇风度濡染了笔记。

所谓传奇精神，指的是一种浪漫情怀。唐代社会弥漫着倜傥不羁的气氛，对才子佳人的恋爱，对嘲弄常规的豪侠，对敝屣人间富贵的隐士，抱有强烈的兴趣。他们那些集中抒发这种兴趣的作品，或为诗，或为传奇；当诗和传奇还不能使他们尽兴时，笔记小说也被拉来助阵。惟其如此，在为数众多的笔记小说集中，我们不难发现若干传奇小说或准传奇小说。比如在戴孚《广异记》中，近乎传奇的有四五十篇，约占全书篇目的七分之一。

所谓传奇风度，指的是与传奇小说相对应的才情和藻思。富于想像，文思婉转，可说是传奇小说的魅力所在。诗如此，传奇如此，就连替人写诗序，他们也依旧偏爱铺张的美、华艳的美。如清初贺贻孙《诗筏》所说，"唐人作唐人诗序，亦多夸词，不尽与作者痛痒相关"，他们决不愿为了准确而损失辞令，决不愿为了意旨之精而放弃藻采之美。这一特点延伸到笔记小说的写作中，就衍生出下述特点：作品充盈着诗情画意；不时可见文采熠熠的描写。与偏于简古的魏、

① 金克木：《燕口拾泥》，102 页，杭州，浙江文艺出版社，1988。

晋、南北朝笔记相比，唐代笔记显得较为绚丽，较为热烈。

当然，笔记毕竟是笔记。如果完全与传奇面目相同，笔记也就不存在了。作为一个有别于传奇的品种，它在题材选择及艺术表达方面的传统特点依旧是存在的，尽管有种种变异。

一　唐代志怪小说（含五代）

唐代志怪小说，以《酉阳杂俎》、《杜阳杂编》和《乾𦠆子》等较多为人称道。

1. 段成式《酉阳杂俎》

《酉阳杂俎》是唐代"博物"体的代表作，段成式撰。段成式（？~863年），字柯古，祖籍临淄邹平（今山东邹平），迁居荆州（今湖北江陵）。以父荫授秘书省校书郎，迁尚书郎。后历官太常博士、江州刺史。晚年寓居襄阳。博闻强记，学识渊博，尤精佛学。诗与李商隐、温庭筠齐名，因三人排行均为十六，故称他们的诗为"三十六体"；骈文亦为时所称。所撰《酉阳杂俎》，前集二十卷、续集十卷。前集写于唐会昌（841~846年）、大中（847~859年）年间，续集写于大中七年（853年）之后。《新唐书·艺文志》、《崇文总目》、《郡斋读书志》、《直斋书录解题》、《四库全书总目》均入小说家。有明脉望馆刻本(《四部丛刊》本据此影印)、《稗海》本、《津逮秘书》本、《学津讨原》本、《丛书集成初编》本等。1981年中华书局版方南生点校本附有校勘记、历代序跋、著录资料及段成式年谱等。书名中的"酉阳"，指小酉山（今湖南陉陵），据《方舆记》：昔秦人隐学于小酉山石穴中，有所藏书千卷。梁湘东王尤好聚书，故其赋曰："访酉阳之逸典。"成式以"酉阳"名书，意在表明家中藏书丰富。其书分类条叙事物，体例近于张华《博物志》。每类各有标目，虽然隐僻，却也自有其寓意，如道家以壶天、壶公称仙境、仙人，故段成史名其记道术的部分为《壶史》；诺皋是道家的太阴名，故志怪的部分名为《诺皋记》；印度贝多罗树的叶子，用水沤后可以代纸，印度人多用以写佛经，故其书抄佛经的部分名为《贝编》。其他如记叙丧葬的名《尸穸》，汇聚文身之事的名《黥》，讲养鹰之法的名《肉攫部》，亦新奇可喜。

志怪小说以“广异闻”为主要审美特征。古代士大夫把传统知识看做学问的根基，尽管是虚构的被视为低层次的“诡谈”，也受到重视——只要它确实是古人所提供的“异闻”。《酉阳杂俎》之所以久负盛名，正在于它包含了诸多“异闻”。后人也通常是从这一角度来肯定它的，如宋周登《酉阳杂俎·后序》：“其书类多仙佛诡怪、幽经秘录之所出。至于推析物理，《器奇》、《艺绝》、《广动植》等篇，则有前哲之所未知者。”宋邓复《酉阳杂俎·序》：“今考其论撰，盖有书生终身之所不能及者，信乎其为博矣。”《四库全书总目提要·酉阳杂俎》：“其书多诡怪不经之谈，荒渺无稽之物，而遗文秘籍，亦往往错出其中。故论者虽病其浮夸，而不能不相征引。自唐以来，推为小说之翘楚，莫或废也。”① 鲁迅《中国小说史略》第十篇：“抉择记叙，亦多古艳颖异”，“所涉既广，遂多珍异，为世爱玩，与传奇并驱争先矣”。②

《酉阳杂俎》的素材，有的出于前人著作，段成式对此有过说明，如卷十四：“成式因览历代怪书，偶疏所记，题曰《诺皋记》。街谈鄙俚，舆言风波，不足以辨九鼎之象，广七车之对，然游息之暇，足为鼓吹耳。”③ 由于段成式多见秘书，他所采撷的异闻以“古艳颖异”见称，如卷一：

---

① 永瑢等撰：《四库全书总目》，1214页，北京，中华书局，1965。

② 鲁迅：《中国小说史略》，60页，62页，上海，上海古籍出版社，1998。

③ 明代胡应麟也强调过这一事实：“盖《杂俎》虽唐人采摭，然所记大率本诸前代遗书，如任昉《述异记》二卷，皆杂录古书奇事，非作者自撰也。《酉阳》所摭书近率不存，故读者以为成式自撰。今考其所引道、释二典及《山海经》、《博物志》者，往往本书具存，即其他可见。……惟唐事多段自纪，熟玩《杂俎》自当得之。”见胡应麟：《少室山房笔丛》卷二五《艺林学山七》，244页，上海，上海书店出版社，2001。

旧言月中有桂、有蟾蜍，故异书言月桂高五百丈，下有一人常斫之，树创随合。人姓吴名刚，西河人，学仙有过，谪令伐树。

这是“吴刚”一典的出处。其他如卷二“夏启为东明公”条、卷四记飞头獠子等，都是令人耳目一新的“异闻”。

除了抄录秘书，段成式也采用了见闻所及的素材，如卷一二记“王勃每为碑颂，先磨墨数升，引被覆面而卧，忽起，一笔书之，初不窜点，时人谓之腹稿”。“腹稿”的典故出此。同卷又记：“明皇封禅泰山，张说为封禅使。说女婿郑镒，本九品官，旧例封禅后，自三公以下皆迁转一级，惟郑镒因说骤迁五品，兼赐绯服。因大脯次，玄宗见镒官位腾跃，怪而问之，镒无词以对。黄幡绰曰：‘此乃泰山之力也。’”后人称岳父为泰山，本此。他如卷一四“临清有妒妇津”等，亦被用为典实。①

《酉阳杂俎》的部分故事，别的唐代作家也写到过。如卷一四记古屏上妇人踏歌，略同于沈亚之《异梦录》；续集卷三记崔玄微助众花精战胜风神，亦见于郑还古《博异志·崔玄微》；卷二记剪纸为月之戏，与张读《宣室志·王先生》的一个片断相似(《酉阳杂俎》似应在前)；续集卷四记天宝年间中岳道士顾玄绩请人看守药炉，与《续玄怪录·杜子春》、《传奇·韦自东》等可连类而及。传闻异词，写法不同，两存之亦可资比勘。

《酉阳杂俎》中不乏情节曲折的故事，篇幅与传奇相当，如卷二“明经赵业”、“邢和璞”、“宝历中，荆州有卢山人”，卷九“韦行规自言少时游京西”、“建中初，士人韦生”等。不过段成式用的仍是志怪笔路，其“明经赵业”条结尾说：“赵著《魂游上清记》，叙事甚详悉。”《酉阳杂俎》转录时作了删除枝叶的处理。续集卷四记顾

① “顾非熊再生事”亦是一例。《阅微草堂笔记》卷九：“顾非熊再生事，见段成式《酉阳杂俎》，又见孙光宪《北梦琐言》；其父顾况集中，亦载是诗，当非诬造。”见纪昀：《阅微草堂笔记》，176 页，上海，上海古籍出版社，1980。

玄绩请人看守药炉，与《续玄怪录·杜子春》题材相同，均取于传闻，段成式与李复言的写法则迥然相异：第一，《酉阳杂俎》基本上没有细节描写；第二，《酉阳杂俎》用了与记顾玄绩事相等的篇幅来转述释玄奘《西域记》的烈士池故事，以说明顾玄绩事乃由烈士池故事演变而来。这显然是笔记的路数。

2. 苏鹗《杜阳杂编》

王嘉的《拾遗记》等作品，在志怪小说中以铺陈缛艳著称，形成了一种风格类型。苏鹗的《杜阳杂编》是唐代祖述《拾遗记》而成就较高的一种。

苏鹗，字德祥，武功（今属陕西）人，家居杜阳川上。光启二年（886 年）进士。著有《苏氏演义》十卷，于典制名物多所考订，陈振孙《直斋书录解题》称其“考究书传，订正名物，辨证讹谬，与李涪《刊误》、李济翁《资暇集》、邱光庭《兼明书》并驱”。《杜阳杂编》是他写的一部志怪小说，宋晁公武《郡斋读书志》认为苏鹗家居武功杜阳，遂因地以名其书。《新唐书·艺文志》、《郡斋读书志》、《直斋书录解题》小说家类著录，作三卷，《宋史·艺文志》、《四库全书总目》小说家类著录，作二卷。有《稗海》本、《说郛》本、《五朝小说》本、《唐人说荟》本、《学津讨原》本、《笔记小说大观》本、1955 年中华书局上海编辑所排印本（与《松窗杂录》、《桂苑丛谈》合刊）等，均为三卷。《历代小史》本作一卷。

《杜阳杂编》记代宗至懿宗十朝的杂事，而以记载奇技宝物为主。其中有不少名篇，如《玉辟邪》：

肃宗赐李辅国香玉辟邪二，各高一尺五寸，工巧殆非人工。其玉之香，可闻数百步，虽锁之于金函石柜中，不能掩其气。或以衣裾误拂，芬馥经年，纵浣濯数四，亦不消歇。辅国常置之坐侧。一日方巾栉，而辟邪一则大笑，一则悲号。辅国惊愕失据，而輾然者不已，悲号者更涕泣交下。辅国恶其怪，遂碎之为粉，没于厕中。自后常闻冤痛之声。其辅国所居安邑里，芬馥弥月犹在；盖春之为粉，愈香故也。不周岁而辅国死焉。辅国嬖奴慕容宫知异常物，隐屑二合，鱼朝恩不恶辅国之祸，以钱三十万买之。而朝恩将伏诛，其香化为白蝶，冲天而去。当时议者，以奇香异宝，非人臣之所蓄也。

纪昀《阅微草堂笔记》卷八对这一片断进行了还原分析："《杜阳杂编》记李辅国香玉辟邪事，殊怪异，多疑为小说荒唐。然世间实有香玉。先外祖母有一苍玉扇坠，云是曹化淳故物，自明内府窃出。制作朴略，随其形为双螭纠结状。有血斑数点，色如熔蜡。以手摩热，嗅之作沉香气；如不摩热，则不香。疑李辅国玉，亦不过如是，记事者点缀其词耳。"① 其推论对我们阅读《玉辟邪》颇有启发。在《杜阳杂编》中，我们看到，人物多是实有的，而所谓珍奇物品则远非我们的常识所能理解，其原因或许在于：珍奇物品在生活中确实存在，只是不那么"神异"而已，苏鹗则"点缀其词"，借一点因由创造出了奇幻的情境或故事。为了增强其奇幻色彩，他在交代来历时虚构了许多无可查考的国度，"如日林、大林、文单、吴明、拘弭、大轸、南昌、澌东、条支、鬼谷、河陵、兜离，《唐书》外国传皆无此名，诸帝本纪亦无其事"。② 有些国度虽有根据，却又并不出产某种珍宝，如《芸辉堂》篇记："元载造芸辉堂于私第。芸辉，香草名也，出于阗国。其香洁白如玉，入土不朽烂；舂之为屑，以涂其壁，故号芸辉。"《阅微草堂笔记》卷一一老辣而精当地指出："于阗即今和阗地，亦未闻此物（指芸辉香草）。惟西域有草名玛努，根似苍术，番僧焚以供佛，颇为珍贵；然色不白，亦不泥壁。均小说附会之词也。"③ 对苏鹗来说，他重视的是如何展开一个五彩斑斓的想像世界，自然不甘于被"实"束缚。

---

① 纪昀：《阅微草堂笔记》，170页，上海，上海古籍出版社，1980。

② 永瑢等撰：《四库全书总目》子部小说家类三《杜阳杂编》提要，1209页，北京，中华书局，1965。

③ 纪昀：《阅微草堂笔记》，259，上海，上海古籍出版社，1980。

《杜阳杂编》不是那种传记体的小说。人物性格的刻画，曲折情节的演绎，在传奇中的地位举足轻重；苏鹗却满不在乎地将它们搁到了一边。对美的热爱是超感觉的思念故园。一本正经的面容不会像表情丰富的面容那样使我们陶醉。如同人的表情不会雷同一样，在想像的世界中，既有人物和情节的位置，也有神秘事物的一席之地，所有超越日常现实的事物，都能使读者心醉神迷。苏鹗对此充满自信，毫不犹豫地贯彻了自己的艺术原则。《同昌公主》一篇，是有说服力的例证之一。该篇很长，曾为《古今说海》选入，改题为《同昌公主外传》。但实际上并非人物传记，小说只是以同昌公主为线索，展开对各种珍宝锦绣的描述。

《杜阳杂编》设想新奇，文词瑰丽，《四库全书总目提要·杜阳杂编》评论说："其中述奇技宝物，类涉不经，大抵祖述王嘉之《拾遗》，郭子横之《洞冥》，虽必举所闻之人以实之，殆亦俗语之为丹青也……然铺陈缛艳，词赋恒所取材，固小说家之以文采胜者。读者挹其葩藻，遂亦忘其夸饰，至今沿用，殆以是欤?"① 一部作品常为诗文作家所取材，或用做词藻、典故，其价值就得到了印证。

3. 其他志怪小说

除了《酉阳杂俎》、《杜阳杂编》外，唐代另有几部志怪小说，其中不乏散金碎玉，如唐临《冥报记》、李亢（伉）《独异志》、温庭筠《乾月巽子》等。五代徐铉《稽神录》、景涣《野人闲话》，也包含了若干可读之作。

《冥报记》，唐临撰。唐临，字本德，京兆长安（今陕西西安）人。武德（618~626年）初授右卫率府铠曹参军，高宗时历任御史大夫、刑部尚书等职，显庆四年（659年）贬为潮州刺史，卒时年60岁。据《法苑珠林》记载，《冥报记》作于唐高宗永徽（650~655年）年间。《旧唐书·经籍志》杂传类著录，作二卷。《新唐书·艺文志》小说家类、杂传记类皆著录。《直斋书录解题》、《宋史

① 永瑢等撰：《四库全书总目》，1209页，北京，中华书局，1965。

·艺文志》小说家类著录，作二卷。此书在中土久佚，在日本有高山寺本、三缘寺本、京都知恩寺本传世。高山寺本为最早抄本，分上、中、下三卷，有唐临自序。近世各种刊印本皆以此本为据。我国有《涵芬楼秘笈》本和方诗铭辑校本。

唐临继承刘义庆《宣验记》、王琰《冥祥记》的传统，创作了《冥报记》这部“释氏辅教之书”。其自序说得坦率：“昔晋高士谢敷、宋尚书令傅亮、太子中书舍人张演、齐司徒从事中郎陆果，或一时令望，或当代名家，并录《观世音冥验记》，及齐竟陵王萧子良作《冥验记》，王琰作《冥祥记》，皆所以征明善恶，劝戒将来，实使闻者深心感悟。临既慕其风旨，亦思以劝人，辄录所闻，集为此记。仍具陈所受及闻见缘由，言不饰文，事专扬确，庶人见者能留意焉。”《冥报记》宣扬佛法灵异、戒杀生等，均为《宣验记》、《冥祥记》的老话题。作者旨在说明因果报应，故描叙多粗略简率。但因它是唐代最早的志怪集，仍需提及。

《独异志》，唐李亢撰。李亢，《宋志》作李伉，《崇文总目》作李元，明抄本、《稗海》本作李冗。程毅中《唐代小说史话·附记》认为李亢应为李伉之讹。李伉，曾任夏州节度掌书记，开成五年(840年)在坊州撰《修秦文公庙记》，咸通六年（865年）为明州刺史。所撰《独异志》，《新唐书·艺文志》著录为十卷，现存明嘉靖抄本和《稗海》本为三卷，已非原本。《太平广记》中引有佚文。1980年中华书局张永钦、侯志明点校本附有补佚。

《独异志》以志怪为主，所记故事富于民间传说意味。如《张宝藏》叙张宝藏为唐太宗治愈痢疾，太宗“宣下宰臣，与五品官。魏征难之，逾月不进拟。上疾复发，问左右曰：‘吾前饮乳煎荜拨有效。’复命进之，一啜又平。因思曰：‘尝令与进方人五品官，不见除授，何也?’征惧曰：‘奉诏之际，未知文武二吏?’上怒曰：‘治得宰相，不妨已授三品官，我天子也，岂不及汝耶?’乃厉声曰：‘与三品文官，授鸿胪卿。’”这种故事洋溢着市井小民的风趣与质朴气息，却不具备起码的历史品格，经不住推敲。“又如《列子》海人狎鸥、愚公移山事，皆摭寓言为实事，尤为胶固。”① 作者的见识似乎比较浅陋，文笔亦显得粗糙。

《独异志》也收录了少量非志怪的琐闻，如后魏曹彰以妾换马一事，可能是转述前人的记载，但其存佚之功，仍不可没。

《乾𦠆子》，温庭筠撰。温是著名词人，和段成式是好友。成式作有《酉阳杂俎》，温则写有志怪小说《乾𦠆子》。书凡三卷，已佚。《说郛》本、《龙威秘书》本、《古今说部丛书》本等仅存八条，《太平广记》收有佚文三十余条。吴曾祺《旧小说》录十七条。

《乾𦠆子》之得名，晁公武《郡斋读书志》云：“序谓语怪以悦宾，无异𦠆味之适口，故以乾𦠆命篇。”以小说来怡情悦性，这是通脱的小说观。

温庭筠的小词华美艳冶，他的小说则以朴质的叙事为特点。作者也许认为，文各有体，笔记小说与华美艳冶的风格难以共存。所以，他在创作《乾𦠆子》时不像裴铏等传奇作家那样着意于词藻和细节的经营。比如《华州参军》（《太平广记》卷三四二），人物的经历是够曲折的：崔氏女爱上了柳参军，但她此前已被许配给表兄王氏子；她不愿嫁王，母亲疼爱她，让她偷偷与柳参军成婚。后被王氏子发现，告到官府，崔氏女被判给王家。不久，她约柳参军私奔，王氏子“复兴讼夺之”。过了两年，崔氏女病死，其鬼魂与柳参军团聚，王氏子得知，专程去察看究竟。“柳生与王生从容言事。二人相看不喻，大异之。相与造长安，发崔氏所葬验之。即江陵所施铅黄如新，衣服肌肉，且无损败，轻红亦然。柳与王相誓，却葬之，二人入终南山访道，遂不返焉。”

《华州参军》所继承的是《搜神记》等志怪的传统，而与典型的传奇小说风貌迥异。从题材看，它与《搜神记》卷一一《韩凭夫妇》等同类，而与《霍小玉传》、《莺莺传》等注重浪漫的爱情有别；从写法看，直叙其事，交代过程，对情调、氛围的渲染不感兴趣。这种

① 永瑢等撰：《四库全书总目》子部小说家类存目二《独异志》提要，1227页，北京，中华书局，1965。

差异是不容忽略的。

《华州参军》的构思在宋元话本《碾玉观音》中改头换面地重现，说明它具有较大的影响。

《陈义郎》（《太平广记》卷一二二）与《原化记·崔尉子》（《太平广记》卷一二一）属同一母题。《西游记》中的江流儿故事或许脱胎于此。《梁仲朋》、《曹朗》、《薛弘机》等也较有志怪情趣。

《稽神录》，徐铉撰。徐铉（916～991年），字鼎臣，广陵（今江苏扬州）人。早年仕吴，为校书郎。在南唐时历任知制诰、太子右谕德、中书舍人、翰林学士、吏部尚书等官。入宋为太子率更令，迁右散骑常侍，991年被贬为静难行军司马，卒。所撰《稽神录》，共六卷。《郡斋读书志》卷十三介绍说："记之事神怪。序称自乙未岁至乙卯，凡二十年，仅得百五十事。"① 乙未即后唐废帝清泰二年（935年），乙卯即周世宗显德二年（955年），为徐铉入宋以前所作。但《太平广记》采入二百余则，超过了其序所谓"百五十事"；小说中的故事时间，后唐同光以前，概用年号，后唐明宗以后，仅标甲子；又称南唐为江南，称南唐官员为伪官。这说明，入宋以后，徐铉又对该书作了修改和增补。原书十卷已残，今本均为六卷。有《津逮秘书》本、《四库全书》本、《学津讨原》本、《丛书集成初编》本等。

关于《稽神录》的题材来源，《郡斋读书志》卷十三载："杨大年云：江东布衣蒯亮好大言夸诞，铉喜之，馆于门下。《稽神录》中事，多亮所言。"②《宋史·徐铉传》也说："铉性简淡寡欲，质直无矫饰，不喜释氏而好神怪，有以此献者，所求必如其请……所著《稽神录》，多出于其客蒯亮。"③《稽神录》中有两条注明"闻之于亮"。

《稽神录》弥漫着乱世的悲凉气氛。《江南李令》述李令因"世乱年老，无复宦情"；《刘宣》记"戊寅岁，吴师征越，败于临安。

① 晁公武：《郡斋读书志》，364页，南京，江苏古籍出版社，1988。
② 晁公武：《郡斋读书志》，364页，南京，江苏古籍出版社，1988。
③ 脱脱等：《宋史》，13046页，13049页，北京，中华书局，1977。

裨将刘宣伤重，卧于死人中……越人割其尻肉，宣不敢动，后疮愈，肉不复生，臀竟小偏”；《华阴店妪》预料“京国将有乱，当不可复振”。诸如此类，都是那个混乱年代留下的侧影。

《稽神录》中名副其实的“异闻”不多。《望江李令》似《搜神记·秦巨伯》，《张谨》似《灵怪集·王生》，众多的因果报应故事不免与六朝志怪相像。有些设想又过于怪诞，违背虚构逻辑，如《陈寨》记陈寨为苏氏子治病，“劈为两半，悬堂之东壁，其心悬北檐下。寨方在堂中作法，所悬之心，遂为犬食”。陈寨乃取一驿吏之心“而活苏氏”。胡应麟《少室山房笔丛·二酉缀遗中》曾予以批评。①部分作品如《食黄精婢》、《青州客》等，入情入理，堪称佳作。

《稽神录》下开宋代志怪一脉，其影响甚大，尽管消极的作用偏多。

《野人闲话》，景焕撰。景焕，《宋史·艺文志》作耿焕，一名朴。所作《野人闲话》，《直斋书录解题》说：“记孟蜀时事。乾德三年序。”② 乾德三年（965 年），即蜀主降宋的那一年。作者虽已入宋，但其作《野人闲话》当在孟蜀时。原书已佚，抄本《说郛》卷十七录有佚文，多为寓劝惩之意的志怪故事。如《天自在》条宣称“此方人为恶日久，天将杀之”；《何昭翰》条记众贼杀县令何昭翰，“脔肉食之”，其实杀的是“贼首之子”，都旨在惩恶。而《颁令箴》一篇，记孟昶对各地官吏的规戒：“尔俸尔禄，民膏民脂。为民父母，莫不仁慈。”则属于扬善。

《王处回》是《野人闲话》中文笔较好的一篇；《黄筌》、《杨于度》等篇则记轶事。

二　唐代轶事小说（含五代）

唐代轶事小说，主要有“世说”体和“杂记”体两类，它们在

---

① 胡应麟：《少室山房笔丛》，367 页，上海，上海书店出版社，2001。

② 陈振孙：《直斋书录解题》，324 页，上海，上海古籍出版社，1987。

对传统的继承中又有变异、发展。兹分类加以阐述。

1. “世说”体的别趣

刘餗《隋唐嘉话》、刘肃《大唐新语》是两部《世说新语》式的笔记，与之体裁相近的还有李肇《国史补》等。它们在体裁和文字上略近于《世说新语》，但旨趣有别：刘义庆关注的是玄学的生活情调，不期有补于世；刘肃、李肇等却希望其作品“有裨劝戒”，作者的淑世之心甚为殷切。

刘餗，字鼎卿，彭城（今江苏徐州）人。史学家刘知几之子。曾在天宝（742～756年）年间做官，历集贤院学士，终右补阙。所撰《隋唐嘉话》，又名《国史异纂》、《国朝传记》。《说郛》本等作一卷，《顾氏文房小说》本等作三卷。近有1979年中华书局程毅中点校本，与《朝野佥载》合刊。

刘餗《隋唐嘉话·自序》说：“余自髫丱之年，便多闻往说，不足备之大典，故系之小说之末。”① 他的目的是记下那些可资谈助的掌故。从隋至唐开元年间，均有轶闻载入，而唐太宗一朝尤多。一部分是名副其实的“嘉话”，如：

> 卢尚书承庆，总章初考内外官。有一官督运，遭风失米，卢考之曰：“监运失粮，考中下。”其人容止自若，无一言而退。卢重其雅量，改注曰：“非力所及，考中中。”既无喜容，亦无愧词。又改曰：“宠辱不惊，可中上。”

这可入“雅量”门。

> 太宗将致樱桃于酅公，称“奉”则以尊，言“赐”又以卑，乃问之卢监。曰：“昔梁武帝遗齐巴陵王称‘饷’。”遂从之。

① 刘餗撰：《隋唐嘉话》，卷首，北京，中华书局，1979。

这可入“言语”门。

《隋唐嘉话》中也有一部分不能算是“嘉话”，它们所披露的是卑鄙行径或卑污灵魂，如：

> 炀帝善属文，而不欲人出其右，司隶薛道衡由是得罪。后因事诛之，曰：“更能作‘空梁落燕泥’否？”

这一类片断，读来不免令人心情抑郁。

《隋唐嘉话》的很多片断已成为典故，如“夺锦袍”、“唾面自干”等。记事简洁，继承了《世说新语》的传统；对话中间用口语，时有声口毕肖之处。

刘肃，籍贯生卒年不详。唐宪宗元和（806～820年）年间，任江都县、浔阳县主簿。所作《大唐新语》，《新唐书·艺文志》杂史类著录。《宋史·艺文志》别史类著录，改题《唐新语》。明人又改称为《唐世说新语》、《唐世说》。清修《四库全书》，恢复《大唐新语》原名。有明潘玄度刻本、王世贞刻本、《稗海》本、1957年古典文学出版社据《稗海》排印本、1984年中华书局点校本（许德楠、李鼎霞点校），均作十三卷。《说郛》本、《唐人说荟》本、《唐代丛书》本作一卷。该书记载武德（618～626年）至大历（766～779年）年间李唐皇室及士大夫阶层的传闻轶事，共分匡赞、规谏、极谏、刚正、公直、清廉、持法、政能、忠烈、节义、孝行、友悌、举贤、识量、容恕、知微、聪敏、文章、著述、从善、厘革、隐逸、褒锡、惩戒、劝励、酷忍、谐谑、记异、郊禅等三十门，计三百五十余条，仿《世说新语》体例，但类别名目不同。

刘肃《大唐新语·自序》阐述他的写作宗旨说：“今起自国初，迄于大历，事关政教，言涉文词，道可师模，志将存古。”因而所选取的大都是“有裨劝戒”的“轶文旧事”，① 与《世说新语》的“远

① 永瑢等撰：《四库全书总目》子部小说家类一《大唐新语》提要，1183页，北京，中华书局，1965。

实用而近娱乐”有别。

在写法上，《大唐新语》叙事完整，近于“杂史”，李秀才、崔思兢二事尤详备而具戏剧性。李秀才于二十年前用百钱买得一本诗集，是李播写的，他却署上了自己的名；二十年后，李播任蕲州长官，李秀才送来一卷诗，竟全是李播的旧作。骗局被揭穿后，李秀才坦然自若，反求李播将诗集奉送给他，以便他在旅途中抬高身份。临行，说是去“谒表丈卢尚书”。偏这卢尚书又是李播的表丈，于是李秀才请李播将诗集与表丈一并赠送。崔思兢一事则暴露了武则天治下酷吏横行的黑暗情景。就故事而言，曲折惊险，读来颇有几分读侦探小说的乐趣。

《大唐新语》中有“谐谑”一门，近乎《世说新语》的“排调”，不像“匡赞”、“规谏”等那么严肃。《四库全书总目提要》说：“其中谐谑一门，繁芜猥琐，未免自秽其书，有乖史家之体例，今退置小说家类，庶协其实。”① 这口气当然是批评，但同时也透露出一个信息：“谐谑”一门的小说情趣比较充分。如“益州每岁进柑子”一则，有嘲弄，有批评，但并不疾言厉色，只是叫长吏出了个无伤大雅的洋相。

《大唐新语》卷帙颇富，网罗了不少轶闻掌故，如关于“王、杨、卢、骆”的并称，杨炯“耻居王后，愧在卢前”的议论，历来盛传。“唐刘希夷”一则，对于读者理解刘希夷《代悲白头翁》诗的感伤情绪，颇有帮助。

李肇，生卒年不详。赵州赞皇（今河北赞皇县）人。曾任大理评事、太常寺协律郎、华州参军。元和十三年（818 年）自监察御史充翰林学士，历右补阙、司勋员外郎；长庆元年（821 年）贬澧州刺史，太和三年自中书舍人左迁将佐少监。所撰《国史补》，《新唐书·艺文志》杂史类著录，三卷，《四库全书》本题作《唐国史补》。书中所载，均为开元至长庆一百多年间的事。有《津逮秘书》本、

① 永瑢等撰：《四库全书总目》子部小说家类一《大唐新语》提要，1183 页，北京，中华书局，1965。

《学津讨原》本、《中国文学资料小丛书》本和1979年上海古籍出版社排印本。

《国史补》是唐代轶事小说的代表作。李肇自序称："昔刘悚集小说，涉南北朝至开元，著为《传记》。予自开元至长庆撰《国史补》，虑史氏或阙则补之意，续《传记》而有不为。言报应，叙鬼神，征梦卜，近帷箔，悉去之；纪事实，探物理，辨疑惑，示劝戒，采风俗，助谈笑，则书之。"①《传记》是刘悚《隋唐嘉话》的别名。《国史补》续《隋唐嘉话》而作，故记事从开元始；但李肇比较严格地排除了搜神纪异的内容，而以实际人生为主，或述典章，或记风俗，或写人情，或探物理，或叙笑谈，或示教诲。北宋欧阳修作《归田录》，即以是书为式。

《国史补》涉及的名人颇多，如李邕、崔颢、张说、李白、王维、张旭、安禄山、刘晏、严武、鱼朝恩、杨炎、卢杞、李泌、韦皋、顾况、韩愈、白居易、元稹、孟郊等。对这些人物，李肇虽未一一记下他们的籍贯、履历、社会关系，然而，往往一幅素描便如颊上三毛，传神阿堵，反而比史传给人的印象更加生动。如卷上《兖公答参军》：

> 陆兖公为同州刺史，有家僮遇参军不下马。参军怒，欲贾其事，鞭背见血。入白兖公，曰："卑吏犯公，请去官。"公从容谓曰："奴见官人不下马，打也得，不打也得。官人打了，去也得，不去也得。"参军不测而退。

陆兖公即陆象先，唐中宗至玄宗时人，景云中做过宰相，后封兖国公。他为政尚仁恕，曾说："天下本无事，庸人扰之为烦耳。"为后世传诵。在《兖公答参军》里，他的言语如此舒缓，与参军的气急败坏恰成对比：参军有意张大其事，而陆兖公却以为这算不了什么，这种如碧波万顷，挠之不浊的胸襟，庸人怎么可能理解呢？当然只有

---

① 李肇撰：《唐国史补》卷首，上海，上海古籍出版社，1979。

“不测而退”了。

《国史补》广泛流传的还是那些关于文士的掌故，如《李白脱靴事》、《张旭得笔法》、《王摩诘辨画》、《唐衢惟善哭》、《得草圣三昧》等。如唐衢善哭一条：

> 唐衢，周郑客也。有文学，老而无成。惟善哭，每一发声，音调哀切，闻者泣下。常游太原，遇享军，酒酣乃哭，满坐不乐，主人为之罢宴。

唐衢的怀才不遇在生活中有其典型性，因此，李肇淡化细节的写意式的处理，不是减弱了其魅力，而是赋予了这一题材以普遍意义，令后世失意文人更易引起共鸣。《得草圣三昧》记“长沙僧怀素好草书，自言得草圣三昧。弃笔堆积，埋于山下，号曰笔冢”。这就是“怀素笔冢”故实的出处。

李肇写《国史补》，务实而不务虚。但唐代文化对于“虚”、“实”的区别远不如宋代明晰，所以，即使在《国史补》中，也不乏俗语流为丹青的现象。如卷上《王积薪闻棋》、《淮水无支奇》、《乌鬼报王稹》、《韦丹驴易鼋》等。不过，李肇行文较为质朴，与采用同一题材的唐人传奇差异甚大，可资比较，如《王积薪闻棋》之与《集异记·王积薪》；《淮水无支奇》之与李公佐《古岳渎经》；《故囚报李勉》之与《原化记·义侠》；《妾报父冤事》之与《集异记·贾人妻》、《原化记·崔慎思》。

2. “杂记”体的三个重要专题

专题性“杂记”体轶事小说的产生，是唐代笔记创作的一个新现象。大体包括三个专题：关于唐玄宗的；关于歌妓的；关于诗歌创作本事的。

关于唐玄宗的轶事小说。唐玄宗的经历本身就像一部传奇。从治理国家这方面看，他初继皇帝位，便消除了太平公主的严重威胁，切实掌握了政权，尔后励精图治，在开元年间把唐王朝推到了极盛的顶点；但他后来一味享乐，重用奸相，宠信安禄山，导致安史之乱爆发，从此唐王朝踏上了衰落之路。从私生活方面看，他与杨贵妃的感情生活也如同一段佳话，但马嵬兵变，却迫使他做了负心郎。唐玄宗的生活历程，既给后人提供了理性思考的材料，也从感情上引起后人的怅惘歔欷，在回忆中品尝悲欢离合、盛衰无常的滋味。唐代几部以唐玄宗为主角的笔记，如《次柳氏旧闻》、《明皇杂录》，正是理性与感情交融的产物。

《次柳氏旧闻》，李德裕撰。李德裕（789～849年），字文饶，赵郡（今河北赵县）人。宰相李吉甫之子。不愿参加科举考试，以父荫补校书郎。穆宗时为翰林学士，敬宗时为浙西观察使。文宗时裴度曾荐为相，为牛党所抑，不得进。武宗时由淮南节度使入相，外定回鹘，内平泽潞，政绩颇著。宣宗即位后，牛党当政，被贬为崖州司户参军，卒于贬所。著有《会昌一品集》，一名《李文饶文集》。

《次柳氏旧闻》，《新唐书·艺文志》、《郡斋读书志》、《直斋书录解题》史部杂史类著录，《四库全书总目》入小说家类。有《顾氏文房小说》本、《唐开元小说六种》本等。《类说》本、《说郛》本、《学海类编》本题作《明皇十七事》。1985年上海古籍出版社排印本辑有佚文七则。据李德裕自序，唐玄宗的宦官高力士曾向柳芳讲述宫中事情，柳芳又向其子柳冕转述，柳冕又言之于李吉甫，李吉甫时常说给李德裕听。太和八年（834年）秋八月，李德裕根据回忆写成此书。因为素材得之于柳氏，故名《次柳氏旧闻》。

唐代知识阶层对玄宗少有憎恨之情。其原因，不仅在于他曾经为王朝的发达费心劳力，还在于他后期尽管耽于享乐，有些昏聩，但不残暴，不狡诈，不好货利，这在帝王中并不多见。所以，唐人提起这位大唐天子，惋惜与怀念之情居多。李德裕亦然。这从《次柳氏旧闻》的选材便看得出来：

> 玄宗西幸，车驾自延英门出，杨国忠请由左藏库而去，上从之。望见千余人持火炬以俟，上驻跸曰："何用此为？"国忠对曰："请焚库积，无为盗守。"上敛容曰："盗至若不得此，当厚

敛于民，不如与之，无重困吾赤子也。”命撤火炬而后行。闻者皆感激流涕，迭相谓曰：“吾君爱人如此，福未艾也。虽太王去豳，何以过此乎？”

其他如记玄宗常与诸王同食及与诸王在花萼楼饮宴等，娓娓道来，令人想起王夫之的一句话：“天不佑玄宗，而人不厌唐德。”

伴随着唐玄宗的另一主题是盛衰感慨。“花萼楼”一条尤其意味浓至。这是唐玄宗退朝后与诸王游宴作乐之处。“时天下无事，号太平者垂五十年。”因此，“花萼楼”是开元盛世的见证。安史之乱爆发，玄宗向西蜀逃亡。临行，“复登楼置酒，四顾凄怆”，眷恋不舍；“一少年心悟上意，自言颇工歌，亦善《水调》。使之登楼且歌，歌曰：‘山川满目泪沾衣，富贵荣华能几时。不见只今汾水上，惟有年年秋雁飞。’上闻之，潸然出涕……不待曲终而去。”同一座花萼楼，而今昔之异如此，能不伤心吗？

作为一部轶事小说，《次柳氏旧闻》的主要缺陷是违背了李德裕自序所说的“信而有征，可为实录”的原则。其中记玄宗好神仙，得见仙人张果；僧人三藏咒龙求雨；吴皇后梦金甲神投胎等，搜神猎异，与志怪相去不远。

《明皇杂录》，郑处诲撰。郑处诲，字延美，一作廷美，荥阳（今属河南）人。贞元时宰相郑余庆之孙。太和八年（834年）进士及第，官至检校刑部尚书、宣武军节度使。此书成于大中九年（855年）作者任校书郎时。《新唐书·艺文志》、《崇文总目》杂史类著录，作二卷。《郡斋读书志》杂史类著录，二卷，又《别录》一卷。《直斋书录解题》杂史类著录，一卷。《四库全书总目》改入小说家类，二卷，又《别录》一卷。《墨海金壶》本、《守山阁丛书》本、《丛书集成》本作二卷，并补遗一卷；《唐人说荟》本、《唐代丛书》本作一卷。1985年上海古籍出版社有排印本。

据《新唐书·郑处诲传》，他之所以撰《明皇杂录》，是因为李德裕《次柳氏旧闻》不够详备。确实，在记载开元、天宝间玄宗轶事的笔记中，《明皇杂录》的内容较为丰富。其感情基调与《次柳氏旧闻》相同，娓娓不倦地记叙了开元时期君臣相得、君圣臣贤的治世图景以及盛世人物风采，如刘晏咏王大娘戴竿、玄宗为苏颋覆被等。

《明皇杂录》明显不同于《次柳氏旧闻》的，是它加强了对玄宗后期朝政阴暗面的揭露。杨国忠的儿子杨暄，应明经试不及格，考官礼部侍郎达奚珣畏惧杨国忠，“致暄于上第”。杨暄寻为户部侍郎，达奚珣才由礼部侍郎转吏部侍郎，而“暄话于所亲，尚叹己之淹徊，而谓珣迁改疾速”（卷上)。李林甫将李适之、李霅父子迫害致死（卷上)；杨贵妃姊妹，连犊车也要“饰以金翠，间以珠玉，一车之费，不下数十万贯”（卷下)。读了这些记载，我们对天宝年间的生活图景，无疑会构拟得更为全面。

《明皇杂录》还有几则关于文学、艺术的掌故，如“杜甫后漂寓湘潭间，旅于衡州耒阳县，颇为令长所厌。甫投诗于宰，宰遂致牛炙白酒以遗，甫饮过多，一夕而卒。集中犹有赠聂耒阳诗也”（补遗)。向为研读杜诗者所重。

与《国史补》近似，《明皇杂录》也不免以虚为实之弊，如邢和璞算心术、夜光视鬼、张果变幻、三藏祈雨等，迹近志怪。至于某些素材得于传闻，与史实不符，如张九龄与李林甫争牛仙客实封一条，据叶梦得《避暑录话》考证，并非事实，① 倒是可以原谅的错误。正如《四库全书总目提要》所说：“小说所记，真伪相参，自古已然，不独处诲，在博考而慎取之，固不能以一二事之失实，遂废此一书也。”②

关于歌妓的轶事小说。唐代的冶游之风极盛。流风所及，不仅产生了为数众多的写进士与妓女恋爱的传奇，而且产生了几部以歌妓生活为叙述对象的专题笔记，如《教坊记》、《北里志》，开后世《青楼

---

① 永瑢等撰：《四库全书总目》子部小说家类一《明皇杂录》提要，1184页，北京，中华书局，1965。

② 永瑢等撰：《四库全书总目》子部小说家类一《明皇杂录》提要，1184页，北京，中华书局，1965。

记》、《板桥杂记》诸书之先河。

《教坊记》，崔令钦撰。崔令钦，唐玄宗开元年间曾任著作佐郎（一说是著作郎）、左金吾卫仓曹参军等官，肃宗时迁仓部郎中。安史之乱后，流寓江南，追思旧游，不可复得，感怀过去的歌舞盛况，因将旧日有关教坊的见闻写成《教坊记》。书凡一卷。《新唐书·艺文志》入甲部乐类，《崇文总目》、《四库全书总目》入小说家类。有《说郛》本、《古今说海》本等，均为节本，共十八则。1959 年中国戏剧出版社《中国古典戏曲论著集成》本以明抄《说郛》为底本，从《类说》辑佚文八则，共二十六则。另有 1958 年古典文学出版社排印本。

教坊是从唐代开始设置的管理宫廷音乐的官署，专管雅乐以外的音乐、歌唱、舞蹈、百戏的教习、排练、演出等事务。唐高祖武德初年设内教坊于禁中，武则天时改称“云韶府”，神龙年间恢复旧称。唐玄宗开元二年置内教坊于蓬莱宫侧，洛阳、长安又各设左右教坊。据《教坊记》载：右多善歌，左多善舞；色艺特佳者，选入宜春院，称为内人、前头人，其技艺水平比一般“搊弹家”为高。

如果说传奇中的妓女只是浪漫想像中的佳人，那么，轶事小说则如实展开她们的聪慧、不幸，也不回避对其邪恶及疵瑕的揭示。《教坊记》即是如此，像《筋斗裴承恩妹》记裴承恩妹嫁竿木侯氏，又与长人赵解愁私通，竟然“引解愁谋杀其夫”。这一类片断有助于读者全面了解青楼生活。其他如《鬻妻》记苏五奴妻张四娘姿色甚美，人多思通之，遂设法劝五奴多喝酒，快点醉。五奴说：“但多与我钱，吃䭔子亦醉，不烦酒也。”亦是生活一角的真实写照。蒲松龄《聊斋志异·潍水狐》一篇曾借用“饮䭔亦醉”讽刺人格卑下的县令。

崔令钦《教坊记·后序》郑重提出了声色亡国的命题，《四库全书总目提要》由此引申出“令钦此书，本以示戒，非以示劝”的结论。应该说，这不算牵强附会；但崔令钦的初衷，也许还是其前序讲得更为中肯：“今中原有事，漂寓江表，追思旧游，不可复得；粗有所识，即复疏之。”意在抒写对往日繁华的怀念，所以书中以掌故、趣事居多，《香火兄弟》、《眼破》、《踏谣娘》等都写得饶有趣味。

《北里志》，孙棨撰。孙棨，字文威，自号无为子，武强（今属河北）人。僖宗（874～888年）时入京应试，历任侍御史、翰林学士、中书舍人等职。《北里志》成书于僖宗中和四年（884年）。《郡斋读书志》、《直斋书录解题》、《宋史·艺文志》小说类著录。有《古今说海》本、《说郛》本、《丛书集成初编》本、1957年上海古典文学出版社排印本等。凡一卷，十三则，有自序，附录五则，有后记。

该书记载晚唐长安城北平康里歌妓生活以及士大夫冶游狎妓的故事。长安城北平康里，简称"北里"，因其地为妓院所在，后世即用为妓院的代称。孙棨《北里志·自序》说："予频随计吏，久寓京华，时亦偷游其中，固非兴致。每思物极则反，疑不能久，常欲记述其事，以为他时谈薮，顾非暇豫，而窃俟其叨忝耳。不谓泥蟠未伸，俄逢丧乱，銮舆巡省，崤函鲸鲵，逋窜山林，前志扫地尽矣。静思陈事，追念无因，而久罹惊危，心力减耗，向来闻见，不复尽记。聊以编次，为太平遗事云。"他写作《北里志》是要表达对承平光景的追怀和历经丧乱的忧虑。《俞洛真》等篇，读来如闻抽噎之声。

《北里志》叙事平实。作者有时调侃嫖客（传奇中的才子），如《王苏苏》记李标气量狭隘、性情急躁，跟苏苏的诙谐映衬，愈显得缺少才子风情；有时则调侃妓女，如《王莲莲》记王莲莲及其女弟"皆攫金特甚，诣其门者，或酬酢稍不至，多被尽留车服赁卫而返"。《牙娘》叙牙娘"性轻率，惟以伤人肌肤为事"等。这是一种现实主义地观照生活的态度。①

关于诗歌创作本事的轶事小说。源远流长的中国古典诗，至唐臻于极盛。唐代诗人或豪迈或超卓或飘逸或缠绵的形象永恒地浮现在中国古代文明的背景上。伴随着诗的盛世的到来，以记载诗人唱和与轶闻为主的轶事小说也走上文坛，并受到读者钟爱，其中影响较大的有《云溪友议》、《本事诗》等。

---

① 不是文艺理论中的"现实主义"。

《云溪友议》，范摅撰。范摅，两《唐书》无传。生活在唐僖宗时。自号五云溪人，故名其书为《云溪友议》。五云溪是绍兴若耶溪的别名，可能他是越州人。此书《新唐书·艺文志》、《郡斋读书志》、《崇文总目》小说家类著录，作三卷，《直斋书录解题》小说家类作十二卷。传本有二：一本分上、中、下三卷，每条各以三字标题，前有范摅自序，如《四部丛刊续编》本、《嘉业堂丛书》本；一本为十二卷，自序及标题并佚，如《稗海本》、《笔记小说大观》本、《丛书集成》本。还有一种节录的一卷本，如《说郛》本、《唐人说荟》本、《龙威秘书》本、《艺苑捃华》本。以《四部丛刊续编》三卷本较为完善，1957 年古典文学出版社即据以排印。书中所记皆中唐以后杂事，凡六十五条，其中诗话居十之七八，多是孟棨《本事诗》所未记载的，逸篇琐事，颇赖以传。考证唐诗的书，如宋计有功《唐诗纪事》，往往以此书为据。

《题红怨》是《云溪友议》中广为流传的篇章，一共记了两件事：第一件事，宫人题诗随水流出，顾况“闻而和之”，玄宗知道后，将大量宫女放出；孟棨《本事诗》的记载与之略有不同。第二件事：

> 卢渥舍人应举之岁，偶临御沟，见一红叶，命仆搴来。叶上乃有一绝句，置于巾箱，或呈于同志。及宣宗既省官人，初下诏许从百官司吏，独不许贡举人。渥后亦一任范阳，获其退宫人，睹红叶而吁嗟久之，曰：“当时偶题随流，不谓郎君收藏巾箧。”验其书迹，无不讶焉。诗曰：“流水何太急，深宫尽日闲。殷勤谢红叶，好去到人间。”

人生中竟有如此巧合的事情。一段美丽的佳话，不禁令人会心一笑。其他如朱庆余《闺意上张水部》本事，唐宪宗以戎昱诗止和戎之论，均广为人知。

《云溪友议》中带有志怪色彩的诗话只能视为传说而不能当成研究资料，如《苎萝遇》记王轩因题诗于西施石而见到西施；即使是叙轶闻的片断，也由于范摅“生于晚唐，以处士放浪山水，仰屋著书，不能常与中朝士大夫相接”，“不免草野传闻，近于街谈巷议”。①“如记安禄山生于邓州南阳，与姚汝能《禄山事迹》所记生于营州阿轧荦山者不同，殆传闻之误。记李白《蜀道难》为房琯、杜甫厄于严武而作，宋萧士赟《李诗补注》已驳之。他如陈子昂为射洪令段简所杀，在武后时；章仇兼琼判梓州，事在天宝以后。时代迥不相及……至于颂于頔之宽仁，诋李绅之狂悖，毁誉不免失当。”②作为轶事小说，其成就有限。

《云溪友议》中还有“以传奇为骨”、篇幅较长的作品，如《玉箫化》，很有名，元代乔吉的杂剧《玉箫女两世姻缘》及明代拟话本《石点头·玉箫女再世玉环缘》即以之为本。

《本事诗》，孟棨撰。孟棨，一作孟启，字初中，僖宗乾符二年（875年）进士，曾任尚书司勋郎中。《本事诗》有唐僖宗光启二年（886年）自序，称“大驾在褒中”，正是唐僖宗被田令孜裹胁逃往汉中的日子。书凡一卷。《新唐书·艺文志》、《郡斋读书志》总集类著录，《四库全书总目》入集部诗文评类。有《顾氏文房小说》本、《古今逸史》本、《津逮秘书》本、《说郛》（宛委山堂）本、《五朝小说》本、《唐人说荟》本、《唐代丛书》本、《龙威秘书》本、《艺苑捃华》本、《历代诗话》本、1957年古典文学出版社校勘本、1991年上海古籍出版社李学颖校点本等。

孟棨《本事诗》分为“情感、事感、高逸、怨愤、征异、征咎、嘲戏”七类，以男女之情（即“情感”）为首。乐昌公主破镜重圆、顾况红叶题诗、崔护求浆、韩翃柳氏的悲欢离合等，均为“情感”类的名篇。

孟棨《本事诗·序目》说：“其有出诸异传怪录，疑非是实者，

---

① 余嘉锡：《四库提要辨证》卷十七《云溪友议》，1029页，北京，中华书局，1980。

② 永瑢等撰：《四库全书总目》子部小说家类一《云溪友议》提要，1185～1186页，北京，中华书局，1965。

则略之；拙俗鄙俚，亦所不取。”① 可见孟棨断制谨严。其中也可能有失实之处，如说李白“饭颗山头逢杜甫”一诗是嘲笑杜甫太“拘束”，与李杜之间的深情厚谊不符。但就总体而言，《本事诗》的取材可信度较高。

《本事诗》以记叙本事为主，也注意刻画诗人们各自的风采。如《李白》记“谪仙人”之得名，同时展现了李白的飘逸与贺知章的豪放；《戎昱》记戎昱的机智，也写出了韩滉的宽仁。凡此种种，足以传为美谈。

3. 五代十国的轶事小说

五代十国是中国历史上的一个分裂时期。自907年后梁太祖称帝，到960年后周亡，五十四年间，中原一带竟换了五个小朝廷。其中后梁十七年，后唐十四年，后晋不足十二年，后汉不足五年，后周不足十年。朝廷更迭如此频繁，可见社会之不稳定。环绕中原地区的是十个小国，吴（892～937年）、南唐（937～975年）、前蜀（891～925年）、后蜀（926～965年）、吴越（893～978年）、楚（896～951年）、闽（893～945年）、南汉（905～971年）、南平（907～963年）、北汉（951～979年），南方诸国战争较少，经济、文化继续发展，其中南唐、吴越尤为繁盛。

五代十国是介于唐、宋之间的一个历史时期，其文化品格也是过渡性的。但它毕竟与唐、宋有别，既不是唐代拖得太长的尾巴，又不是宋代过于冗赘的铺垫，它承唐而启宋，仍有必要视其为一个相对独立的文学发展阶段。

在五代十国的轶事小说中，王定保《唐摭言》、孙光宪《北梦琐言》、王仁裕《开元天宝遗事》是较好的几部。

王定保（870～940年），族望系出琅玡，寄居南昌。唐昭宗宰相王抟从孙。光化三年（900年）进士及第。南游湖湘，依马殷，后入岭南事刘隐，曾为邕管巡官。940年，官南汉中书侍郎，同平章事，

① 丁福保辑：《历代诗话续编》，2页，北京，中华书局，1983。

卒。《唐摭言》成书于后梁贞明（915～920 年）年间。共十五卷。晁公武《郡斋读书志》称内容分六十三门，今本实分一百零三门。有《雅雨堂丛书》本、《四库全书》本、《丛书集成初编》本、《四部备要》本、1957 年古典文学出版社排印本等。

《唐摭言》记载科举制度下唐代文人的生活，弥补了正史所未详，披露了有唐文人的心灵一角。如卷七“王播”所记饭后钟事，对后世研究唐代文人心态颇有参考价值。

科举制度下读书人的命运充满了变数。或怀才不遇，如孟棨，“孟棨年长于魏公，放榜日，棨出行曲谢。沆泣曰：‘先辈吾师也。’沆泣，棨亦泣。”或因祸得福，如包谊曾唐突中书舍人刘太真，刘主持考试，“志在致其永弃”，但填写录取名单时，“不记他人惟记谊”，只得将包谊填上。（卷八）社会风气也为种种不可把握的偶然性所影响，世态炎凉以强烈的喜剧意味呈现出来。卷八《湛贲》所展开的就是这样一幅图景：

> 彭伉、湛贲俱袁州宜春人，伉妻即湛姨也。伉举进士擢第，湛犹为县吏。妻族为置贺宴，皆官人名士。伉居客之右，一座尽倾。湛至，命饭于后阁，湛无难色。其妻愤然责之曰：“男子不能自励，窘辱如此，复何为容！”湛感其言，孜孜学业，未数载，一举登第。伉常侮之。时伉方跨长耳纵游于郊郭，忽有僮驰报：“湛郎及第！”伉失声而坠。故袁人谑曰：“湛郎及第，彭伉落驴。”

这俨然是《儒林外史》的缩影。所以《四库全书总目提要》推重《唐摭言》说：“是书述有唐一代贡举之制特详，多史志所未及；其一切杂事，亦足以觇名场之风习，验士习之淳浇。法戒兼陈，可为永鉴，不似他家杂录但记异闻已也。”①

《唐摭言》是一部专题性的轶事小说。在以描写科举制度下的文

① 永瑢等撰：《四库全书总目》，1186 页，北京，中华书局，1965。

人生活为主体的文学作品中，它问世早，涉及面广，自有其不可取代的地位。

孙光宪（？~968年），字孟文，自号“葆光子”。贵平（今四川仁寿县）人。五代后唐时为陵州判官，后避地荆州，仕荆南高从诲为书记，历检校秘书少监，兼御史大夫。963年，荆南纳土归宋，仕宋为黄州刺史。平生好聚书，亲自抄写校雠，不惜以重金购求，藏书达数万卷。以文学自负，常有不得志之叹。能诗，《全五代诗》存其诗十七首；亦善词，为“花间派”作家。著有《荆台集》等，已佚。所作《北梦琐言》，《崇文书目》、《直斋书录解题》、《述古堂书目》及作者自序所言均为三十卷，《宋史·艺文志》、《文献通考》、《四库全书总目》作二十卷。有《稗海》本、《四库全书》本、《云自在龛丛书》本、《雅雨堂丛书》本、1959年中华书局排印本、1981年上海古籍出版社排印本等。此书作于光宪出仕荆南时，因《左传》有“畋于江南之梦”等语，而荆州在江北，故名《北梦琐言》。

《北梦琐言》广泛记载唐五代政治遗闻、士大夫言行和社会风习。孙光宪自序谈到他写这部小说的目的：“非但垂之空言，亦欲因事劝戒。”① 其褒贬倾向甚为分明。如《陈敬瑄》一则，既赞赏陈敬瑄宽容营妓的雅量，也隐约表达了对其豪侈的批评。扬其当扬而抑其当抑，决不含糊。

《北梦琐言·自序》还叙述了本书的题材来源：耳闻而非目见。作者“生自岷峨，官于荆郢，咸京故事，每愧面墙，游处之间，专于博访。”他对“耳闻”的材料从不轻信，“每聆一事，未敢孤信，三复参校，然始濡毫”。取材审慎，使其记载较为可信。在写法上，孙光宪严守笔记小说规范，对那些隐秘的事情，绝不做“细微曲折，摹绘如生”的描写。如卷八《荆十三娘义侠事》：

> 进士赵中行，家于温州，以豪侠为事。至苏州，旅止支山禅院僧房。有一女商荆十三娘，为亡夫设大祥斋，因慕赵，遂同载

① 孙光宪：《北梦琐言》，5页，上海，中华书局上海编辑所，1960。

归扬州。赵以气义耗荆之财，殊不介意。其友人李正郎第三十九，爱一妓，为其父母夺与诸葛殷，李怅恨不已。时诸葛与李用之幻惑高太尉，恣行威福，李惧祸，饮泣而已。偶语于荆娘，荆娘亦愤惋，谓李三十九郎曰："此小事，我能为郎报仇。但请过江，于润州北固山六月六日正午时待我。"李依之。后与赵进士同入浙中，不知所止。

一个豪侠故事，本不难写得有声有色。然而，笔记小说作者记叙一个听来的故事，他没有权利对他未曾目睹的生活细节作过多渲染。孙光宪严守文体藩篱，这是值得称道的。

王仁裕（880～956年），字德辇，天水（今属甘肃）人。少不知书，年二十五始就学，以文辞知名秦陇间。唐末为秦州节度判官。秦州入蜀，仕蜀为翰林学士。后唐平蜀，仁裕仕后唐；历后晋、后汉，累迁户部尚书、太子少保。相传他年轻时曾梦以西江水涤肠胃，见江中沙石皆为篆籀之文，从此文思日进。平生作诗逾万，蜀人称之为"诗窖子"。著有《西江集》，已佚，《全五代诗》录存其诗十五首。作有轶事小说《开元天宝遗事》、《玉堂闲话》、《见闻录》等。

《开元天宝遗事》，《郡斋读书志》著录四卷，一百五十九条，《直斋书录解题》著录二卷，一百五十九条，而今本为一百四十六条，或作一卷，如《续百川学海》本、《历代小史》本、《说郛》本、《五朝小说大观》本、《唐人说荟》本、《唐代丛书初集》本、《说库》本；或作二卷，如明建业张氏铜活字印本、1985年上海古籍出版社丁如明辑校《开元天宝遗事十种》本；或作四卷，如《顾氏文房小说》本、《丛书集成初编》本、《四库全书》本。《郡斋读书志》卷九云："仁裕仕蜀至翰林学士。蜀亡，仁裕至镐京，采摭民言，得开元天宝遗事一百五十九条。"① 该书杂记唐玄宗开元天宝年间的琐闻细事，尤留意于宫内外风俗习尚的记载。如七月七日乞巧、红丝结縭、金钱卜、斗花、秋千、灵鹊报喜等。部分记载失实，如

① 晁公武：《郡斋读书志》，253页，南京，江苏古籍出版社，1988。

《牵红丝娶妇》；据洪迈《容斋随笔》考证，郭元振贬死后十年，张嘉贞才为宰相，所以张嘉贞纳郭元振为婿的说法是不能成立的。但红丝结缡的故事盛传后世，系红丝已成为结婚的代称，还有人把它与《续玄怪录·定婚店》的故事合而为一。

《容斋随笔》还考证出另外三条"舛谬"的记载："一为姚崇在武后时已为宰相，而云开元初作翰林学士。""一为张九龄去位十年，杨国忠始得官，而云九龄不肯及其门；一为苏颋为宰相时，张九龄尚未达，而云九龄览其文卷，称为文阵雄帅。所驳诘皆为确当。"① 大概委巷流传，语多失实，王仁裕采摭于遗民之口，而未与国史相参证，不免于疏失舛误。但其中也有为史家重视的材料，北宋司马光编纂《资治通鉴》，就采用了张象指杨国忠为"冰山"一语。语出《依冰山》条。

《开元天宝遗事》记载故实，力避冗沓，三言两语，便将琐细的生活智慧与风俗画诗意奉献给读者。民俗风情，尤其是已经消逝的民俗风情，经过时间的淘洗，再加上"人间俯仰成今古"的回忆的修饰，往往给人一种眺望远山苍翠的美感。《开元天宝遗事》便属于这一类。其辞气娴雅清丽，颇有绝句风致，如《助娇花》："御苑新有千叶桃花，帝亲折一枝插于妃子宝冠上，曰：'此个花尤能助娇态也。'"《传书鸽》："张九龄少年时，家养群鸽，每与亲知书信往来，只以书系鸽足上，依所教之处飞往投之。九龄目之为飞奴。时人无不爱讶。"亲切、简明，意味颇为隽永。

《玉堂闲话》，《崇文总目》传记类著录，十卷，王仁裕撰。《宋史·艺文志》、《郡斋读书志》均作三卷。吴曾《能改斋漫录》卷十四引作范质《玉堂闲话》，吴曾祺编《旧小说》从之，存疑待考。原书已佚，《太平广记》及《资治通鉴考异》引有佚文。

《玉堂闲话》记载唐末五代轶闻，乱世的邪恶、恐怖成为小说的主要描述对象。这里有武夫的烧杀抢掠，如《王宰》；有官僚的贪赃

① 永瑢等撰：《四库全书总目》子部小说家类一《开元天宝遗事》提要，1187页，北京，中华书局，1965。

枉法，如《胡令》；有轻薄的国家重臣，如《冯宿》；有作恶行凶的盗贼，如《刘崇龟》……人心败坏到如此地步，民众承受着如此沉重的痛苦，这样的“国家”有什么继续存在的理由？王仁裕对那些邪恶者总是满怀鄙夷，用冷峻的笔墨来调侃他们；而对那些处于水深火热中的百姓，尤其是妇女，则充满同情，用心地记下有关她们的美谈，娓娓道来，如《歌者妇》、《村妇》、《邹仆妻》等。《歌者妇》表彰一个弱女子的浩然之气，尤为动人。

《玉堂闲话》搜罗传闻，不少故事实际上是前人作品的改头换面。《灌园婴女》与《续玄怪录·定婚店》相近；《江陵书生》与李公佐《古岳渎经》同类。作为轶事小说，这是一部品格不够典型的作品。

第十三章　宋代笔记小说（含金元）

中国笔记小说包括两种基本类型，即志怪小说和轶事小说。志怪小说在魏、晋、南北朝已臻于极盛，在唐、宋、元三代，处于漫长的低谷，至清代才又重新崛起。轶事小说以《世说新语》为代表，在南北朝也取得了极高成就，但在宋代又进入了一个新的高峰期。宋代轶事小说所确立的文体规范在明清两代具有更为普遍的意义。因此，讨论宋代笔记小说，对轶事小说的观照是重点所在。

一　宋代轶事小说的审美追求

宋代轶事小说的审美追求，主要体现在两个方面：对理性与智慧的钟情；建立了一套自成体系的叙事规范。

1. 对理性与智慧的钟情

与唐人传奇偏于“风流”有别，宋代轶事小说侧重于儒雅：传奇作家热衷于从强烈的不寻常的事件中获得诗意，轶事小说作家却乐于把历史和人生进展中看似寻常的掌故轶闻涂抹上一层优雅的韵致；传奇作家情绪热烈，不避偏激，轶事小说作家则较为中庸平和；传奇作家追求无关大体的浪漫人生，轶事小说作家则钟情于日常生活的理性与智慧。以下我们将经由与唐人传奇的比较来说明宋代轶事小说的特质。比较从两个层面上展开：对爱情，对生命力，二者的价值取向有何不同？

先比较二者对爱情的态度。

风光旖旎的爱情是唐人传奇的核心题材之一。在宋代轶事小说中，爱情被摆在什么位置上呢？

应该说，大部分轶事小说作家对爱情的见解都绝不迂腐，绝无道学气。东晋葛洪《西京杂记》叙及卓文君与司马相如的越礼放诞之事；南朝宋刘义庆《世说新语》韩寿偷香一事，后世传为佳话；宋代轶事小说也不回避男女之情，比如范公偁《过庭录》“刘贡父”，调侃中仍含欣赏之情。其他如张端《贵耳集》记某教授狎官妓事、周密《齐东野语》卷二十《台妓严蕊》等，都说明了作者的通达。

但宋代轶事小说作家对爱情的处理毕竟大不同于唐代传奇作家。

其一，轶事小说作家只把爱情视为整个人生的一个局部，它不能覆盖或取代人生的其他内涵更为丰富的侧面。像欧阳修、苏轼、沈括、陆游、周密等，大都具有稳重的现实感，注重情感的平衡、健全。他们既不将男女之大欲视为洪水猛兽，也不赞成将爱情摆在高于一切的位置。面对唐人传奇中连篇累牍的“佳话”，他们也许感到腻味，感到轻重失当，感到气力花得不是地方。所以，“佳话”在宋代轶事小说中分量不重，只能偶然见到；而唐代裴铏的《传奇》，三十一篇中就有十来篇以爱情为主或涉及男女爱情。宋代轶事小说作家更关心百姓日用、民俗淳浇、风土人情，关心原始儒家如孔子等曾关心的人格的修养、志趣的涵茹、言谈的幽默，一句话，那些有助于使我们的日常生活更完善的智慧，他们一概纳入心中眼底。

其二，轶事小说作家一般只把爱情视为心理、生理健全的人正当而平凡的欲求，爱情并不神秘。既然它只是“寻常境”，也就不必过分渲染，以至离生活的朴素面貌太远。纵观宋代的轶事小说，我们注意到若干现象，比如，它们写妓女与士人的交往，缠绵悱恻的意味较少，而仅视之为人生中的一次寻常际遇。何薳《春渚纪闻》卷六《东坡事实》载：

> 先生在黄日，每有宴集，醉墨淋漓，不惜与人。至于营妓供侍，扇书带画，亦时有之。有李琪者，小慧而颇知书札，坡亦每顾之喜。终未尝获公之赐。至公移汝郡，将祖行，酒酣奉觞再拜。取领巾乞书。公顾视之久，令琪磨砚墨浓，取笔大书云：

“东坡七岁黄州住，何事无言及李琪。”即掷笔袖手，与客谈笑。坐客相谓，语似凡易，又不终篇，何也？至将彻具，琪复拜请，坡大笑曰：“几忘出场。”继书曰：“恰似西川杜工部，海棠虽好不留诗。”一座击节，尽醉而散。(《营妓比海棠绝句》)

东坡喜不喜欢李琪呢？喜欢的。但这只是一种理智而平静的喜欢。比起荥阳郑生等人的热烈向慕，也许有人会感到这力度不够。然而这倒是生活的真面目。雪泥鸿爪，萍水相逢，人的一生中会有许多次动人情怀的两相邂逅：一片风景，一色清玩，一位新相知，来了，又去了。生活本身就是如此。我们以理性的爱去享受生活，才不会沉溺于某种情感之中。

其三，宋代轶事小说的作者，大多是在中年以后从事笔记创作的，这些承担过或承担着社会、家庭各种责任，饱经沧桑、儿孙满堂并具有学者气质的人，注重情感的中庸、健康，不会欣赏那种超越伦理界限、渲染男女风流的笔墨。而这种笔墨在唐人传奇中是存在的，如《灵怪集·郭翰》。

宋代轶事小说涉及男女之情，不迂腐但也不放肆，如《阅微草堂笔记》卷十所说：“若夫赠芍采兰，偶然越礼，人情物理，大抵不殊。”“妇则既有定偶，弗敢逾防。”① 他们大抵在伦理所许可的范围内活动，即“发乎情止乎礼义”。比较起来，轶事小说的态度是适中的，对于那些承担着社会、家庭各种责任的即将步入中年或已是中年的人，对于那些将要扮演重要人生角色的年轻人，轶事小说的稳健、中庸的品格是能发挥积极作用的。如果我们对轶事小说作家有什么不满的话，主要在于他们不知不觉地流露出近乎立法者的优越感。

在比较了唐人传奇与宋代轶事小说对待爱情的差异后，接下来讨论二者对生命力的不同态度。

唐人传奇迷恋隐士的高风逸调，迷恋豪侠的粗犷奔放，在很多情况下可视为对生命力的肯定。尽管侠偏于“狂”，隐偏于“狷”，但

---

① 纪昀：《阅微草堂笔记》，217页，上海，上海古籍出版社，1980。

无论“狂”还是“狷”，都蕴蓄着不同寻常的力度。在唐人传奇中，我们不难看到一些如夏木荫翳般不可摧折、如非洲舞蹈般不可节制的性格。

轶事小说对于生命力的自然舒展也是极为欣赏的，比如《世说新语》就在《德行》、《言语》等门中激赏文人名士的疏放豁达的风度及隐逸情调，李肇《国史补》肯定张建封对“狂率”的容忍和“刘颇偿瓮值”的侠义举动，宋代轶事小说也不止一次地推崇过迈越流俗的胸襟。

但是，由于轶事小说作家重视涵养，宋人轶事小说与唐人传奇在对待生命力的问题上，其总体区别仍是显而易见的：

其一，突出了智慧的重要性。

历史、社会、人生不是由生命力这惟一因素所决定的，因为人除了生命力之外，他还有较重要的思想，还有更重要的心灵。诚然，没有生命力便不会有任何成就。但生命力过于奔放，也会造成许多过失，于己于人都会有所损伤。与生命力一样，智慧、伦理也是不可缺少的。我们感到，如果说传奇小说更热衷于生命力的弘扬，轶事小说则较多关心智慧与伦理的健全。

魏、晋、南北朝是一个重视内在智慧的时代，风度、言行作为内在智慧的外现才成为众所欣赏的对象。魏晋风度的具体形态如药、酒、姿、容等，概由带玄学色彩的人格生发出来。所以，这时期的轶事小说以《世说新语》为代表，“乐旷多奇情”，“类以标格相高”。就著述方式而言，以类相从，体例严谨；笔墨简约，风格一致。这种对于轶事小说创作规律和审美形式的讲求，正是内在智慧向艺术拓展的结果。至于作者以空灵的胸襟、玄学的眼光所体会、所观察、所把握到的美，亦多富于“静”的哲学气质，这就与传奇小说多“动”而少“静”大不一样了。甚至轶事小说中的笑话类作品如《笑林》也以“举非违，显纰缪”，从反面启迪智慧为主。

宋代轶事小说也以表达人生智慧为核心。但已不是魏晋那种基于名理思辨的智慧，而是走向日常生活的掌故意味浓郁的智慧。或为“史官之所不记”的朝廷遗事，如欧阳修《归田录》；或多载“嘉言韵事”，如王谠《唐语林》；或详于各地风俗及民间杂事，如庄季裕《鸡肋编》、周去非《岭外代答》；或记岁时娱乐、市井琐细，如周密《武林旧事》……总之，日常生活的方方面面，均有涉及，并能对读者的情趣产生潜移默化的影响，使之臻于儒雅。

重视智慧的一个特征是教会读者辨疑。唐代裴铏的《传奇·崔炜》中，一老妪送给崔炜少许越井冈艾，说是无论什么赘疣，“只一炷”便可痊愈。果然，崔炜凭借它，无往而不成功。裴铏写得奇趣盎然，这就够了。传奇作家的目的就是以清新而美好的幻象来引起读者的快感，充实我们的心灵。但轶事小说并不青睐难以捉摸的想像和虚构，传达健全的物理与深厚的人情才是其主要任务。对比着裴铏的传奇，我们来看《东坡志林》卷三《记与欧公语》：

欧阳文忠公尝言：有患疾者，医问其得疾之由，曰：“乘船遇风，惊而得之。”医取多年柁牙，为柁工手汗所渍处，刮末，杂丹砂、茯神之流，饮之而愈。今《本草》注，《别药性论》云：“止汗用麻黄根节，及故竹扇为末，服之。”文忠因言：医以意用药多此比；初似儿戏，然或有验，殆未易致诘也。予因谓公：以笔墨烧灰饮学者，当治昏惰耶？推此而广之，则饮伯夷之盥水，可以疗贪；食比干之馂余，可以已佞；舐樊哙之盾，可以治怯；嗅西子之珥，可以疗恶疾矣。公遂大笑。元祐三年八月十七日，舟行入颍州界，坐念二十年前见文忠公于此；偶记一时谈笑之语，聊复识之。

“怪事异物说了非不好玩，但这须得如东坡姑妄言之的态度，也自有一种风趣。”① 而东坡的妙处还在于：他以风趣的言谈益人神智，启发我们用人生智慧来评判或推测某些“奇”事究竟有几分合理性。

其二，轶事小说写生命力的弘扬，力戒浮躁骄矜，虚张声势。

① 周作人：《知堂序跋·〈一蒉轩笔记〉序》，141页，长沙，岳麓书社，1987。

唐人传奇中的爱情男主角以及豪侠，多是“狂生”型的：自负不浅，风度翩翩，一眼看去就让人感到非等闲之辈。比如李公佐《南柯太守传》中的淳于棼，“嗜酒使气，不守细行”；裴铏《传奇·崔炜》中的崔炜“不事家产，多尚豪侠”；《韦自东》中的韦自东，不惜暴虎冯河，以“一生济人之急”为口头禅。作者对于他们任性放浪的生活是赞赏的。

至于宋代轶事小说作者，在他们身上，生命力已由“狂”转化为“逸”。从小说表达的情绪看，闲适优雅，清静澹泊，构成其主体部分；从艺术表现看，唐人传奇那种热烈的渲染在宋代轶事小说中分外少见，通常都是发纤秾于简古。概括地说，唐人传奇是对常识的超越，宋代轶事小说则以回归常识为目标。唐人传奇追求气势，宋代轶事小说则力求平和浑涵，自然也不免减弱了力度。

2. 宋代轶事小说的叙事规范

宋代轶事小说与唐人传奇，其品格的差异不仅体现在对常识的不同态度上，也体现在叙事规范上。我们将从叙事时间、叙事角度、叙事风度三方面略作探讨。

叙事时间。可以先看一个实例。唐代传奇小说《原化记·义侠》与唐代轶事小说《国史补》卷中《故囚报李勉》都记叙了“李汧公客邸遇侠客”的事，然而传奇的叙事时间是“顷”，即不久、方才；轶事小说却用“天下未有甲兵时”的交代把故事处理成遥远的回忆。这并不是由于《原化记》的写作较早，实际上它的问世晚于《国史补》。对于叙事时间的不同安排，反映了两种类型的作家对小说中生活的不同态度。

毫无疑问，注重回忆是轶事小说作家带总体特色的倾向，宋代更是如此。若干重要的轶事小说以“旧闻”、“旧事”为名，如朱弁《曲洧旧闻》、周密《武林旧事》等，都是这一共性的呈现。

回忆拉开了作者与生活的距离。轶事小说描述的是已经逝去的空间和时间中的人物、风俗、社会历史的一鳞半爪。那些他们为之迷恋过的“以往”，那些他们永远不会忘却的“记忆”。回忆使事实化为旧梦，轻盈然而着实令人怅惘，缥缈然而着实启人遐想。它当然能够唤起读者的某种情绪，或感伤，或欣慰，或宁静，或幽默，但绝不同于蒲松龄那种“孤愤”。其中充盈着岁月流逝的苍凉感以及经过时间淘洗的明净、温馨。

由于是从回忆的角度来叙事，轶事小说作家不屑于故为惊人之笔。而传奇作家由于逼视故事中的生活，常常口若悬河、神情夸张地加以描述，力求用强烈的传奇色彩吸引读者。比如唐代传奇《原化记·崔尉子》（《太平广记》一二一）与宋代轶事小说《鸡肋编》卷下《淮阴节妇》，故事属同一类型，讲的是丈夫在途中被坏人所害，妻人亦为坏人强占，若干年后，冤案揭穿，坏人受到惩罚。但二者的风格完全不同。《淮阴节妇》极平易地交代：

> 余家故书，有吕缙叔夏卿文集，载《淮阴节妇传》，云……此书吕氏既无，而余家者亦散于兵火，姓氏皆不能记，故叙其大略而已。

凭记忆转述，当然只能老老实实地粗陈梗概。而《崔尉子》却在细节上着意追求惊人的效果。传奇中出现了一样道具——下襟有火烧孔的衣衫。这是妻子为丈夫缝制的，“初熨之时误遗火所爇”，丈夫赴任时留给老家的双亲做纪念。十九年后，丈夫被害十九年了，其妻为坏人强占十九年了，他的遗腹子也有十八九岁了；其子入京应试，被神引到祖父祖母家，祖父祖母送给他这件衣衫；应试归来，衣衫为母亲发现，这才讲出事情真相。在一样道具上花如此多的笔墨，可见传奇作家的兴趣所在了。

叙事角度。关于叙事角度的选择，涉及的其实是这样一个问题：作者对于他笔下的人物及其生活，究竟是全知的，还是有限的了解？

传奇作者可以假定自己是全知的，笔下的人物没有什么隐秘可言。比如宋秦醇的《赵飞燕别传》叙赵后与昭仪争宠：

> 赵后知之，见昭仪益加宠幸，乃具汤浴请帝，既往后宫入

浴。后裸体以水沃帝，愈亲而帝愈不乐，不终浴而去。后泣曰：“爱在一身，无可奈何。”

这样的事，赵后与“帝”不会告诉他人，作者是怎么知道的？面对这样的质问，传奇作家是不会理睬的——因为小说中人物的私生活场景对传奇作家来说，不应成为秘密。传奇作家有权想像并细腻地加以描写。

但轶事小说作者自觉放弃了这一特权。他们意识到，“实”是保证轶事小说价值的重要前提。《语林》是魏晋时期一部著名的轶事小说，作者裴启曾因它而负盛名；后来却因谢安批评《语林》记事不实，这本书便为人废弃。这件事留给后世的印象一定很深。

由于轶事小说作家并不强作解人，并不一定要充当全知者，遇事可以存疑，可以提供多种情节发展的可能性，所以，其叙述不仅具有真实感，还能启发读者对生活观照得更全面些。比如沈括《梦溪笔谈》“神仙二事”。石姓黥卒是神仙吗？沈括未下结论，只是提出了两种可能性：也许是，也许不是；不是的可能性要大些。笔记作者的存疑，其前提是将读者视为具有同等理解力的朋友，故而态度平实，不夸饰，不炫耀，读来易于接受。同时，不将复杂的生活简化为明晰的单向情节，这也有利于启迪读者的智慧。

叙事风度。纪昀《阅微草堂笔记》卷十八描述过“才子之笔，务殚心巧；飞仙之笔，妙出天然”的境界。在他看来，所谓“天然”，即“如春云出岫，疏疏密密，意态自然，无杈桠怒张之状”，“如空江水净，烟水渺然，老鹤长唳，清飙远引，亦消尽纵横之气”。卷二四又特别倡导“无笔墨之痕”而反对“努力出棱，有心作态”。① 传奇体的《聊斋志异》正是纪昀所谓“才子之笔”，因此“纵横之气”、“务殚心巧”、“努力出棱，有心作态”，不妨视为他对传奇小说的批评；而“妙出天然”、“意态自然”、“无笔墨之痕”则

① 纪昀：《阅微草堂笔记》，455 页，522 页，上海，上海古籍出版社，1980。

可看做纪昀理想的笔记体风范。如果不把纪昀的意见当成价值判断，我们确实可以由此出发，去把握宋代轶事小说与唐人传奇叙事风度的差异。

唐传奇作家偏爱铺张的美、华艳的美，时常兴高采烈地把精力倾注在各种意象、情节的经营上。他们迷恋奇异的传闻与想像，着色纤秾，气势健旺，努力在每一个局部发挥得淋漓尽致。

轶事小说悬冲淡简约为风格鹄的，在魏、晋、南北朝即已形成传统。这可以经由对其代表作的分析得到大致印象。体现轶事小说最高成就的是《世说新语》。作者以其个人的审美体验为前提，以性灵的舒展为中心，将貌似散乱的多种生活事实熔铸为一个有其鲜明个性的整体。看上去，只是一段隽妙的言谈、一个精彩的细节，而且基本上是客观的记录，但这个选择和记录过程却始终受着“性简素”的刘义庆这一主体的引导，于是一切再现都化为表现，一切叙事都变为抒情，一切客观人生世象都化为主体的人生体验。

“简素”是富于含蕴的人格，一经辐射到叙事过程中，便转化为简约冲淡的艺术情趣。所谓简约，即“着墨不多，而一代人物，百年风尚，历历如睹”；① 所谓冲淡，亦即在平平常常中含有深意；或者说，以客观的叙写为主，随手写来，韵味悠长；题材广泛，细大不捐。而刘义庆对于简约冲淡的追求，进一层看，又是为了表现“玄韵”，愈简淡则愈玄远，愈追求玄远则愈讲求简淡。所以明胡应麟《少室山房笔丛·九流绪论下》说：“刘义庆《世说》十卷，读其语言，晋人面目气韵，恍惚生动；而简约玄澹，真致不穷，古今绝唱也。”②

轶事小说推崇简约冲淡的传统，在宋代得到进一步发扬。宋代轶事小说作者以不同的措词谈到他们的写作目的乃是为了“消闲”，比如王辟之《渑水燕谈录·序》：“今且老矣……闲接贤士大夫谈议，有可取者，辄记之，久而得三百六十余事，私编之为十卷，蓄之中

① 吕叔湘：《笔记文选读》，1页，上海，上海古籍出版社，1979。

② 胡应麟：《少室山房笔丛》，285页，上海，上海书店出版社，2001。

橐，以为南亩北窗、倚杖鼓腹之资，且用消阻志、遣余年耳。”欧阳修《归田录·自序》：“《归田录》者，朝廷之遗事，史官之所不记，与夫士大夫笑谈之余而可录者，录之以备闲居之览也。”周煇《清波杂志·自序》：“煇早侍先生长者，与聆前言往行，有可传者……暇日因笔之，非曰著述，长夏无所用心，贤于博弈云尔。”① 所谓“消闲”，并非无所用心，并非无聊，而是对于轶事小说文体规范的总体约束，它包括下述含义：

作品是写给自己看的，是写给亲朋好友看的；茶后酒边，聊资谈助；“因此只是随笔写去，如‘秀才撰写家书’，不太注意技巧。笔下清新活泼，自饶风致，不缺乏幽默感，也有说得很俏皮的话，则是作者性情的自然流露，不是做出来的”。② 在益人神智的同时，也呈露了作者个人的性情、涵养，但这种呈露不像传奇那样热烈豪迈，这是隐藏了激情的笔墨，虽说墨分五色，却需要细细地品味。

总的来看，宋代轶事小说与唐人传奇叙事风度的差异可概括为：传奇体繁，轶事体简；传奇作者追求描写的淋漓尽致，轶事小说作者讲究叙事的简淡妙远；传奇热烈，轶事小说恬逸；传奇重才气，轶事小说重书卷气。

二　宋代轶事小说的主要类型（含金元）

宋代的志怪小说，未脱前人窠臼，传奇小说亦成就不高，惟有轶事小说，“则公余琐记，林下闲谈，大都信笔直书，于朴实自然之中显露文采，蔚成一代风格”。其“文学价值是不逊于其史料价值的”。③

---

① 上海古籍出版社编：《宋元笔记小说大观》，1221页，602页，5009页，上海：上海古籍出版社，2001。

② 汪曾祺：《读一本新笔记体小说》，《光明日报》，1990年2月13日。

③ 刘叶秋：《古典小说笔记论丛·宋代笔记概述》，186页，天津，南开大学出版社，1985。

宋代轶事小说的发展，经历了一个过程。宋初作者，主要是一些五代旧臣，小说内容是追述唐五代故事，如郑文宝《南唐近事》、张洎《贾氏谈录》。仁宗以后，开始转向对本朝轶闻的记录，轶事小说创作进入高潮期，欧阳修《归田录》、王辟之《渑水燕谈录》等是较早出现的优秀作品。尔后作者云起，各种专题型的轶事小说陆续问世，或专记师友之间的谈论，如苏轼《东坡志林》、李廌《师友谈记》；或专记风土，如孟元老《东京梦华录》、吴自牧《梦粱录》、周密《武林旧事》；或以“世说”体编辑旧文，如王谠《唐语林》、孔平仲《续世说》。云蒸霞蔚，极为壮观。因品种丰富，我们只能选择若干代表作品分类评述。

1. 杂录型

杂录型轶事小说，涉及范围广泛，既有朝廷轶事，又有士大夫日常言行，多得之作者亲身见闻，读来可信而且亲切。其中较为出色的有欧阳修《归田录》、王辟之《渑水燕谈录》、陆游《老学庵笔记》等。

欧阳修（1007～1072年）是北宋著名文学家。著有《欧阳文忠集》、《新五代史》等。其《归田录》凡二卷，有《欧阳文忠公全集》本、《稗海》本、《说郛》本、《四库全书》本、《笔记小说大观》本、1981年中华书局点校本等。

《归田录》有宋英宗治平四年（1067年）九月欧阳修自序，表示他将休官归田，并提出《归田录》是一部“备闲居之览”的小说。其中记录朝廷轶闻，多属“细事”，像宋仁宗屡改年号的原因；曹彬征江南回，深自谦抑，诣阁门进榜子称：“奉敕江南勾当公事回”等，就算“大”了。事情虽小，也能传达出严峻的人生况味，如卷一“杨文公”：进谗言者虽无实据，却利用真宗的疑心，造成真宗对“刚劲寡合”的杨亿的猜忌，读后令人悚然。

谐谈、琐语在《归田录》中占了较大分量。据说《归田录》初成时，神宗索取，“时公已致仕在颍州，因其间所记有未欲广布者，因尽删去之，又恶其太少，则杂记戏笑不急之事，以充满其卷帙”。①但这部分在读者中的流布似更为广泛。卷一“开宝寺塔”记杰出的木工掌墨师预浩的“用心之精”；“卖油翁”记陈尧咨射箭与卖油翁酌油，其技艺之过人，俱缘手熟等，均为名篇。

欧阳修的散文，与韩愈比较，有一个变化，即由论道变为抒情。韩愈的散文，除《李愿归盘谷序》等少数几篇外，其他的如《原道》、《师说》、《杂说》等——旨在论道。他虽然反对六朝骈文，却仍然把抒情当成骈文的事。欧阳修才真正走上了以散文抒情的路子，其《醉翁亭记》、《秋声赋》、《丰乐亭记》等抒情色彩极浓。伴随着这一转变，欧阳修的散文以情韵见长，风神摇曳，委婉尽态，有些已近于明人小品，如《六一居士传》。拿欧阳修的抒情散文与他的轶事小说对读，也许还会有新的发现。

王辟之（1045～约1110年），字圣涂，青州（今山东益都）人。治平四年（1067年）进士。曾任忠州太守等官。出仕后，每于燕谈得一嘉话，“辄录之”，元祐初（1086～1093年）已成书②，绍圣二年（1095年）始序而刊之。原有三百六十余条，现存二百八十余条。有《稗海》本、《知不足斋丛书》本、《笔记小说大观》本、《丛书集成初编》本、中华书局1981年点校本（与欧阳修《归田录》合刊）等。

《渑水燕谈录》凡十卷，记绍圣以前杂事，分帝德、谠论、名臣、知人、奇节、忠孝、才识、高逸、官制、贡举、先兆、歌咏、书画、事志、杂录等十七类。其绍圣二年自序称：“齐国王辟之将归渑水之上，治先人旧庐，与田夫樵叟闲燕而谈说也。”因以名其书。

王辟之同年进士满中行《渑水燕谈录·题记》谈到该书的内容时说：“凡数百事，大抵进忠义，尊行节，不取怪诞无益之语，至于

① 王明清：《挥麈三录》，转引自《四库全书总目》子部小说家类一《归田录》提要，1190页，北京，中华书局，1965。

② 据满中行《渑水燕谈录·题记》，《渑水燕谈录》卷首，北京，中华书局，1981。

赋咏谈谑，虽若琐碎而皆有所发，读其书亦足知所存矣。”这不是泛泛的应酬话。卷二《名臣》记曹彬“凡降四国主”，“未尝杀一无辜”，“元功阴德，享报深厚”；记孙明复之恬退、李文定之贤及相国女之“尽妇道”；卷三《奇节》记于令仪之感化盗贼，无不含有维系人心的用意。

《渑水燕谈录》的素材得之于“谈议”，尽管作者未尝有意虚构，但有些故事显然不是真事。卷六《先兆》记冯当世少孤时梦中被呼为冯侍中，后果然，迹近志怪；就连卷九《杂录》记卢多逊挨骂恐怕也不会真有其事：因为卢多逊南迁途中挨骂，这事他自己不会告诉外人，而骂他的老妪又不知道其人便是卢多逊，谁是见证人？不过，人们憎恨卢多逊，就虚构逻辑而言，这故事是合情合理的。

陆游（1125～1210年），字务观，号放翁，越州山阴（今浙江绍兴）人。他是南宋最出色的诗人。有《剑南诗稿》、《渭南文集》、《入蜀记》等。

《老学庵笔记》是陆游作诗之余写的一部轶事小说，凡十卷。有《稗海》本、《津逮秘书》本、《学津讨原》本、《四库全书》本等。杂记南宋轶事（兼及北宋），考订诗文，间亦采民间传说。该书尽管没有正面记叙南宋政治生活，却从侧面让读者感受到南宋帝王的奢侈、秦桧势力之大以及岳飞被害后人民悲愤之深。比如卷二《不了事汉》：

> 秦会之当国，有殿前司军人施全者，伺其入朝，持斩马刀邀于望仙桥下斫之。断轿子一柱，而不能伤。诛死。其后秦每出，辄以亲兵五十人持梃卫之。初，斩全于市，观者甚众，有一人朗言曰：“此不了事汉，不斩何为！”闻者皆笑。

秦会之即南宋奸相秦桧。秦桧主议和，曾傲然地对主战派说：“诸公皆分大名以去，某但欲了天下事耳。”他很自负这句话，并修筑“了堂”，以诗为记，有“欲了世缘那得了”之句。秦桧说的“了事”，其实就是求和，就是苟安。

一语双关，本是中国传统的修辞手法。其特点是言在此而意在彼，移花接木，读来饶有风趣。“此不了事汉，不斩何为”也有双关意思，甚至有“三关”意思。一方面，这话是说施全刺秦不成，未能“了事”；另一方面，也是正话反说：“这个主战的爱国军人，难道不该杀吗？”也许还可以理解为：“秦桧身为宰相，却不能了却收复北方之事，不杀他，留着干什么？”听的人都笑了，因为这话表面上是骂施全，骨子里是骂秦桧，而且骂得如此机智，如此痛快！

陆游是一位爱国作家，他一生最大的渴望是领兵去打金人。因此，他对秦桧的主和异常不满，对施全的义举格外同情。这则笔记，为陆游的鲜明的倾向性提供了一个例证。

陆游文笔风趣。无论是品文论诗，还是考订俗语，或是记录时事，都注重揭示其喜剧意味。也许，与读者进行轻松幽默的智力游戏，或将无价值的东西撕开给人看，在作者是感到舒畅愉快的。有些话题，近于书斋中的学问，陆游也能写得风姿俊爽，如卷八《风尚》。在现实生活中，与风气抗争，看来很少有成功的。《风尚》展示的正是时俗的力量，时髦的力量，风尚的力量。当人们崇尚“《选》学”时，对于自然景物不肯明白道出，偏要将草称为“王孙”，将梅称为“驿使”，将月称为“望舒”，将山水称为“清晖”；谁不这样做，就别想在考试中获隽。而当人们崇尚三苏时，那种策士的风格又为人竞相仿效，以至出现了这样的俗语：“苏文熟，吃羊肉。苏文生，吃菜羹。”

又如卷八《老人讳老》。人类的普遍弱点之一是忌讳自己的短处。在某方面越有欠缺，便越敏感，以至神经兮兮，疑神疑鬼。老人讳老，就属于这种情形。上山时尽量加快速度，上马时不用人扶，都尚可理解，但别人好心好意地来扶，却大发脾气，误以为是存心打趣其老态，那就成为喜剧人物了。陆游说得好：如果是少壮者，扶与不扶皆可，有什么必要发怒呢？凡易在某事上发怒者，一定有其弱点在。陆游揭示出这一点，既见出他观察之入微，又见出其文心之细。

《老学庵笔记》中精彩片断很多，卷一《东坡食汤饼》写苏轼的旷达性情，卷六《李白识度甚浅》讨论李白的诗，卷七《孙王交情》

写孙少述与王安石的友情，卷八《白席》写民俗，卷九《不求闻达》讽刺表里不一或名实不符，都记人不求传神，记事不穷考据，但逸笔草草，自饶风趣，体现出陆游的诗人气质和清明的理性。《老学庵笔记》在杂录型轶事小说中是格外出色的一种。

2. 丛谈型

“丛谈”即“丛著”，指记事与考证并重的笔记，如沈括《梦溪笔谈》、庄绰《鸡肋编》等。其中的记事部分，应视为轶事小说。

沈括（1030～1094年），字存中，晚年自号梦溪翁。钱塘（今浙江杭州）人。嘉祐八年（1063年）进士。熙宁五年（1072年）提举司天监；八年（1075年）出使辽国，保全了宋的疆土；九年任翰林学士、三司使；其后出知延州，督民习射，收溃兵，斩败将，加强对西夏的防御。元丰五年（1082年）因永乐城（今陕西米脂附近）失陷，连累坐贬。晚年居润州（今江苏镇江），筑梦溪园，撰《梦溪笔谈》，计二十六卷。有元东山书院《古迂陈氏家藏梦溪笔谈》刻本、《稗海》本、《四库全书》本、1957年中华书局《新校正梦溪笔谈》（胡道静注）排印本等。

沈括在北宋以学问渊博著称，掌故、时政、天文、方志、律历、医药、卜算，无所不通。《梦溪笔谈》共九百余条，分十七目，所涉既广，见解亦精。李约瑟《中国科学技术史》曾按照现代学科的分类，将《梦溪笔谈》的内容分为“人事资料”、“自然学科”、“人文学科”三大类，依次为二百七十条、二百零七条、一百零七条；各大类又分若干小类，如“自然学科”包括“算学”、“天文学及历法”、“气象学”、“地质学及矿物学”等十五子目，依次为十一条、十九条、十八条、十七条等。于此可见其学术价值。

把《梦溪笔谈》中的部分作品独立出来，仅作为轶事小说来读，亦饶有趣味。沈括《梦溪笔谈·自序》说：“予退处林下，深居绝过从，思平日与客言者，时纪一事于笔，则若有所晤言，萧然移日，所与谈者，惟笔砚而已，谓之《笔谈》。圣谟国政，及事近宫省，皆不敢私记。至于系当日士大夫毁誉者，虽善亦不欲书，非止不言人恶而已。所录惟山间木荫，率意谈噱，不系人之利害者。下至闾巷之言，靡所不有。亦有得之于传闻者，其间不能无缺谬。以之为言则甚卑，以予为无意于言，可也。"① 沈括不过信笔记下他交游圈内的一群文人往日的闲谈而已。这可以说是令人销魂的回忆：一杯浓茶，一段沉香，公事之余，几位朋友一边品茶，一边谈笑聊天。这里没有什么程序，没有什么主题，想谈什么，便谈什么。话题是五光十色的，既有书画的鉴别，又有诗文的探讨，其他关于人事、关于药理、关于器物、关于技艺，谁懂得多，谁便多谈一些。他们各有所长，互相弥补，在这种融洽的气氛中，不知不觉间便度过了一个晚上，或一个节日，见识也随之增长了不少。时过境迁，这种友朋聚谈的场景已成为回忆，然后提笔追述，所有的雕琢矜持都用不上，只需信笔直书便足以令人陶醉。于是《梦溪笔谈》产生了——这就是我们读了沈括的序所体会到的。

由于《梦溪笔谈》是"无意于言"的产物，所以，虽然这部书广泛涉及科技材料，也有若干片断可视为考据文字，有些记叙又与事功相关，但绝没有迂腐的学究气，也无一点故作的庄重严肃，更不像传奇作家那样把什么都渲染得异乎寻常。其记叙仍如友朋相对，平易亲切。如卷十七《正午牡丹》：

> 欧阳公尝得一古画牡丹丛，其下有一猫。未知其精粗。丞相正肃吴公与欧公姻家，一见，曰："此正午牡丹也。何以明之？其花披哆而色燥，此日中时花也。猫眼黑睛如线，此正午猫眼也。有带露花，则房敛而色泽。猫眼早暮则睛圆，日渐中狭长，正午则如一线耳。"此亦善求古人笔意也。

这可算是格物，然而并不烦琐板滞；活泼轻快，明晰简洁，显出睿智而不拘泥的风度。

---

① 沈括撰、胡道静注：《新校正梦溪笔谈》，卷首，北京，中华书局，1957。

卷十三《雄州北城》是有关事功的一个片断。李允则在宋真宗、宋仁宗时以才略著称，史称其“在河北二十余年，事功最多，其方略设施，虽寓于游观亭传间，后人亦莫敢隳”。记载他的权谋，如果是一个传奇作家，定会大肆虚构，务为曲折惊险；沈括写来，却无一句玄妙话头，并特别点明能成奇功的计谋“未必皆奇策”。笔记作者的活泼平易的气象由此可见。

庄绰，字季裕，清源（治所在福建泉州）人。历任襄阳县尉、南雄州知州、鄂州太守等官。南渡前后人。元陈孝先《鸡肋编·跋》说：“绰博物洽闻，有《杜集援证》、《灸膏肓法》、《筮法新仪》行于世。闻其他著述尚多，惜未之见。”说明庄绰学问广博，有类沈括。《鸡肋编》凡三卷，有涵芬楼辑《宋人小说》本、咸丰刊《琳琅秘室丛书》本、《丛书集成初编》本、《说郛》本、1983 年中华书局标点本等。

鸡肋是用曹操的典故。《三国志·魏志·武帝纪》裴松之注引《九州春秋》说：曹操准备从汉中撤兵，出令曰“鸡肋”，下属不明意图所在。惟主簿杨修心领神会，他解释道：“夫鸡肋，弃之如可惜，食之无所得，以比汉中，知王欲还矣。”庄绰自序称“方其撅芦菔、凫茈而饿于墙壁之间，幸而得之，虽不及于兔肩，视牛骨为愈矣。予之此书，殆类于是，故以‘鸡肋’名之”。① 自谦其书为意味不大而又不忍舍弃的东西。

《鸡肋编》大体与《梦溪笔谈》相近，考据的详审则稍逊于沈括。其记事诸条，自具面目：

其一，庄绰长期任州郡官，奔走南北，故《鸡肋编》多记各地风俗及民间杂事，小小轶闻，本乡本土的人看了自是觉得亲切，他乡他土的人却也为其异乡风味所倾倒。如卷上《各地岁时习俗》：

余尝行役，元日至邓州顺阳县，家家闭户，无所得食。令仆

① 上海古籍出版社编：《宋元笔记小说大观》，3975 页，上海，上海古籍出版社，2001。

叩门籴米，其家辄叫怒，谓惊其家亲。卒不得。赖蔓菁根有大数斤者，煮之甘软，遂以充肠。

湖北以五月望日谓之“大端午”，泛舟竞渡。逐村之人各为一舟，各雇一人凶悍者于船首执旗，身挂楮钱。或争驶殴击，有致死者，则此人甘斗杀之刑。故官司特加禁焉。

民俗的一个特征是其地方性。某地的习俗，当地人觉得理所当然，外地人见了却忍俊不禁，或感到难以理解。庄绰以外来者的眼光观察民俗，增强了其奇异色彩。

各地、各民族的习俗不同，见得人情丰富，但也为交流增加了障碍，甚至生出麻烦。庄绰就因不通顺阳习俗，没法弄到食物。这在亲身经历的当时颇感烦恼，但事后回忆起来却别有一种值得回味之处。

其二，庄绰的父亲，元祐前后曾与苏轼、米芾、黄庭坚诸人交往，故庄绰亦多知旧闻，所记可与史传相参证；有的笑话发人深省，如卷中《自讳》。本来，正常的避讳是不必大惊小怪的，可一旦滥用或过分，就会闹出笑话。田登即是如此。上元节前，官府依照惯例要发布放灯告示，他忌讳“登”的同音字“灯”，竟将“灯”称为“火”，于是闹出了“州官放火”的“趣闻”。同卷又记徐申因讳“申”字而拒不办理案件，许先之因讳名而拒发军衣，张伯彦因与长官同名，紧张至极，反而闹出笑话，都是讳名太甚造成的喜剧。

卷上《迪功郎》尤具讽刺意味。在宋代的文职官阶中，迪功郎最低，从九品；“待阙”是候补的意思。由此我们可以知道，周曼的身份实在是不值一提的。但他那种盛气凌人的官腔，作威作福的口吻，却令我们“刮目相看”。他不许人称他“官人”，因为两宋时代，平民之间也有以“官人”相称的，称周曼为“官人”反而显得他不是“官人”了；他又自称“宣教郎”，犹如副职去掉“副”字一样，身价又高了一个档次；他对冒犯他的人是决不客气的，竟在和尚面前大耍威风，而且口口声声以“国家命官”自居。真是笑掉人的大牙了。

《鸡肋编》可读的篇章颇多，如卷上《儆子》记某小贩的趣事，卷中《南北风雨之殊》记风土之异，卷中《省记条与几乎赏》记南宋初年各种制度不完备的情形等，均足资谈助。

3. 小品型

苏轼《东坡志林》在记事中述怀抒感，是一部具有小品文风格的轶事小说。该书系由后人编集而成。东坡自儋耳内移过廉州，与郑靖老书，云："志林竟未成，但草得书传十三卷。"是苏轼本欲作《志林》，而生前尚未成书；后人辑录有关随笔，不完全符合坡公原意。今传本卷数不一，或为一卷，如《百川学海》本；或为五卷，如明万历赵开美刊刻本、《四库全书》本、《学津讨原》本、《宋人小说》本、《丛书集成初编》本；或为十二卷，如《稗海》本、《笔记小说大观》本。《丛书集成初编》本据《学津》本排印并附《稗海》本所多出的条目，较为完整。另有1981年中华书局王松龄点校本和1983年华东师范大学出版社排印本（与《仇池笔记》合刊）。

《东坡志林》的魅力在于它真切地展示了苏轼的性情。

苏轼最为人瞩目之处是他的旷达。他一生三次遭贬：元丰三年，因反对新法而谪居黄州；元祐年间，又被指为第二个王安石，外调杭州、定州等地；绍圣年间，新党再度上台，苏轼被一贬再贬，从惠州直到遥远的儋州（今海南省）。但宦途的忧患未能销蚀他对人生的热爱。他心地坦荡，在挫折与困境中创造了和谐明净的生活方式。卷一《记承天寺夜游》叙：

> 元丰六年十月十二日，夜，解衣欲睡，月色入户，欣然起行。念无与乐者，遂至承天寺寻张怀民，怀民亦未寝，相与步于中庭。庭下如积水空明，水中藻荇交横，盖竹柏影也。何夜无月？何处无竹柏？但少闲人如吾两人耳！

记月夜漫游，展现出一片近于陶渊明"采菊东篱下，悠然见南山"的空灵高旷之境。本篇作于被贬黄州的第四个年头，当时苏轼的正式官衔是责授检校尚书水部员外郎、充黄州团练副使，本州安置。水部员外郎本为水部副长官，但检校则是代理之意；团练副使名为地方军事助理官，实为挂名的闲职，再加“本州安置”字样，表示不得参与公事，近于流放。苏轼自称“闲人”，也真是闲人。

这是一段现实不断向心灵发来悲剧性刺激的时期。但对于苏轼来说，所有悲剧性的因素都似乎被消解了，他笔下所展露的心境是如此的宁静与超然：尽管寂寞无聊，但月光如久违的朋友般“入户”来与这位迁客做伴，以至他“欣然起行”；自己是落魄之人，身边连个能共同赏月的朋友都没有了，然而在承天寺，还有一个在这月夜“亦未寝”的知己张怀民；不仅如此，两人在月光如水的庭院中散步，与他们相伴的还有似水中藻荇交横的竹柏的投影。这是一个冰清玉洁的世界！与那些经纶世务、患得患失者相比，“闲人”苏轼是多么的平静、自在与豁达！

卷一《记游松风亭》讲述的是苏轼的一件轶事：绍圣元年(1094年)，年近六旬的苏轼被贬官岭南惠州。是年秋，寓居嘉祐寺。一次，他纵步于松风亭下，足力疲乏，意欲到树林边休息。抬头望去，距离尚远，焦急之情油然而生。焦虑之余，他忽然想到：“此间有什么歇不得处?”这样一想，遂“如挂钩之鱼，忽得解脱”，体验到一种完美的舒适，身体和灵魂的舒适，所有烦躁不安都消失得无影无踪了。这次经历给苏轼的启发很大，他由此明白了：“若人悟此，虽兵阵相接，鼓声如雷霆，进则死敌，退则死法，当恁么时也不妨熟歇。”以略带夸张的口吻表达了他的随缘自适的处世态度。

在苏轼的一生中，希望和失望，喧闹和寂寞，轩冕荣华和踽踽独处，长期交替更迭，如环无端，不知所终。正是这样的坎坷经历，形成了他独具特色的人生苦难意识和虚幻意识。苏轼心境的高妙之处，就是在世事纷扰的磨难之际，能淡化和消解生活的挫折、困苦，回到自我的心灵世界里滋养、休息。所以，同样是“人生如寄”，他人的作品往往给人以沉重的悲剧感，而苏轼却在对离合、忧喜、祸福、吉凶等的超越中，显出春意盎然的气象。《记游松风亭》再次展示了这位文化大师随缘自适、大智若愚的人生品格。

一面是飘逸，另一面则是深情：在回忆中，在思念中，他对朋友，对兄弟，对师长，对故乡，总是怀着富于哲理而又深挚的感情。“不思量，自难忘”，这样的话寻常人能说得出来吗？卷一《记游松江》就表达出一种似淡而实浓的情愫：苏轼叙述的语调，突出了“当年只道是寻常”这样一种感受，而当一切都成为回忆之后，岁月的流逝不仅增加了人生的苍凉感，也使往事更值得珍视。卷一《忆王子立》、《黎檬子》等同样是深情不能自已的回忆。

4. “笑林”型

自邯郸淳《笑林》问世之后，代有仿作。隋有侯白《启颜录》，唐有朱揆《谐噱录》，不绝如缕，未能造成较大声势。至宋代，笑话创作开始走向兴盛，品种增加，并形成了两种风格类型：一种以《艾子杂说》为代表，含有浓郁的讽世意味，为笑话注入了新的活力；一种仍然遵循《笑林》轨辙，包括高怿《群居解颐》、吕居仁《轩渠录》、天和子《善谑录》等。

《艾子杂说》，相传为苏轼所作。南宋陈振孙《直斋书录解题》：“《艾子》一卷，相传为东坡作，未必然也。”① 明陆灼《艾子后语·序》：“世皆知《艾子》为坡翁戏笔。”以艾子（托为战国齐宣王近臣）贯穿全书，故名为《艾子杂说》。凡一卷三十九条。有《东坡杂著五种》本、《顾氏文房小说》本、《说郛》本、《五朝小说大观》本、《丛书集成初编》本、《历代笑话集》本等。

《艾子杂说》改变了《笑林》“无所为而作”的宗旨，嘲讽世情，讥刺时病，与诸子笑话之注重寓意相近。如：

> 艾子浮于海，夜泊岛屿。中夜，闻水下有人哭声，复若人言，遂听之。其言曰：“昨日龙王有令，应水族有尾者斩。吾鼍也，故惧诛而哭；汝虾蟆无尾，何哭？”复闻有言曰：“吾今幸无尾，但恐更理会科斗时事也。”

---

① 陈振孙：《直斋书录解题》，329页，上海，上海古籍出版社，1987。

这是抨击朝廷株连无度，肆意加罪，令读者想起苏轼本人在乌台诗案中所受的打击。其他如“鬼怕恶人”、“一蟹不如一蟹”，都含有对世态人情的辛辣讽刺。

《群居解颐》等宋代笑话集，依然遵循“无所为而作”的传统。其中，吕本中《轩渠录》多写宋代真人真事，较有情致。有《历代笑话集》本等。

吕本中（1084～1145年），字居仁，世称东莱先生，寿州（治所在今安徽凤台）人。少以荫补承务郎。绍圣间，以元祐党人子弟免官。绍兴六年（1136年）赐进士出身。官至中书舍人兼侍讲，兼权直学士院，以忤秦桧罢官。有《童蒙训》、《紫微诗话》、《东莱先生诗集》等。他的《轩渠录》记述北宋名流的趣事，真能令人捧腹轩渠。如：苏轼做湖州知州，曾和客人一起游览道场山，叫随从退下后才进去。有个僧人靠在门框上熟睡，苏轼取笑说：“髡阃上困。”（和尚靠在门上睡觉）一位客人立即答道：为何不用“钉顶上钉”来对？利用谐音来开玩笑，表现出文人特有的机智。又如：

> 米元章喜洁。金陵人段拂字去尘登第，元章见其小录，喜曰：“观此名字，必洁人也。”亟请议亲，以女妻之。

以名取人，比以貌取人还要可笑。

5. “世说”型

宋代仿《世说新语》的轶事小说，如孔平仲《续世说》、王谠《唐语林》和李垕《南北史续世说》等，多摭拾旧闻，成就不高，但作为笔记小说的一种类型，承先启后，仍有其小说史意义。其中《唐语林》相对出色一些。

孔平仲，字义甫，一作毅父，临江新喻（今江西新余）人。生卒年不详。治平二年（1065年）进士。历任秘书丞、集贤校理、户部郎中、金部郎中等职，绍圣年间曾被贬为惠州别驾。著有《续世说》、《释稗》、《诗戏》、《珩璜新论》、《良史事证》等。《续世说》

凡十二卷，有《宛委别藏》本、《守山阁丛书》本、《粤雅堂丛书》本、《丛书集成初编》本、《四部备要》本等。此书共分三十八门，其中德行、言语、政事、文学等三十五门一仍《世说新语》之旧，不列豪爽一门，而新增直谏、邪谄、奸佞三门。取宋、齐、梁、陈、隋、唐等时代的人物事迹，分类加以编排；一部分事迹取之于正史如《南北史》、《旧唐书》、《旧五代史》等，一部分事迹取之于笔记如《隋唐嘉话》、《大唐新语》、《宋拾遗》等。南宋秦果《续世说·序》从“发史氏之英华”的角度确定《续世说》的价值，不经意地揭示了这部书偏重事件的特点以及在表现玄学生活情调方面的缺乏。

《续世说》在宋代一度失传，今传本似不完整。《四部备要》本有清钱熙祚跋语，曾举一例：“曾慥《类说》三十一录《续世说》，有‘江南李景宫中作高楼，众皆叹美，萧俨曰：“恨楼下无井，以此不及景阳楼!”’在‘张溥请复八馆条’上，今此条阙，疑传写失去。”这一则，可大体确定为《续世说》佚文。

王谠，字正甫，长安（今陕西西安）人，生卒年不详。宰相吕大防之婿。元祐（1086～1093年）年间，历任京东排岸司、少府监丞，后官至邠州通判。徽宗大观（1107～1110年）年间仍在世。所著《唐语林》，《宋史·艺文志》小说家类著录，十一卷，陈振孙《直斋书录解题》作八卷，与今本合。有《武英殿聚珍版丛书》本、《丛书集成初编》本、《说库》本、1987年中华书局周勋初校证本等。广雅书局重刻本增遗文一卷、孙星华校勘记二卷，《守山阁丛书》本附钱熙祚校勘记一卷。《唐语林》共分五十二门，其中三十五门一仍《世说新语》之旧，不列捷悟一门，而新增嗜好、俚俗、记事、任察、谀佞、威望、忠义、慰悦、汲引、委属、砭谈、僭乱、动植、书画、杂物、残忍、计策等十七门。《续世说》所记，自刘宋迄五代，贯通若干王朝，《唐语林》则限于唐代。王谠所引的书，多达五十种，根据《永乐大典》所保留的《原序目》，其中四十八种是：

> 《国史补》、《补国史》、《因话录》、《谈宾录》、《岚斋集》、《幽闲鼓吹》、《尚书故实》、《松窗录》、《庐陵官下记》、《次柳氏旧闻》、《桂苑谈丛》、《纪闻谈》、《东观奏记》、《贞陵遗事》、《常侍言旨》、《传载》、《云溪友议》、《续贞陵遗事》、《开天传

信记》、《戎幕闲谈》、《明皇杂录》、《异闻集》、《大唐说纂》、《刊误》、《卢氏杂说》、《剧谈录》、《玉泉笔端》、《金华子杂编》、《皮氏见闻》、《大唐新语》、《刘公嘉话》、《羯鼓录》、《芝田录》、《资暇集》、《杜阳杂编》、《本事诗》、《玉堂闲话》、《中朝故事》、《北梦琐言》、《唐会要》、《柳氏叙训》、《魏郑公故事》、《国朝传记》、《会昌解颐》、《洛中记异》、《乾𦠆子》、《闻奇录》、《贾氏谈录》。

遗佚的两种书目，《四库全书》馆臣以为即《虬须客传》和《封氏闻见记》，“这或许符合事实”。① 这五十种书，有几种在当时就很难得，如《玉泉子》、《洛中记异》；其他书在当时虽非僻书，但到《四库全书》加以著录时，亡佚的已有二十种之多。《唐语林》的存佚之功不可埋没。从所选用的书来看，大体限于杂史、传记、故事、小说的范围，即非正史；这几类著作，注重情趣而不太注重事件本身的重要性，所以从这些书中取材的《唐语林》也颇有魅力。如卷六记韩愈二妾，表现了这位唐代古文大家生活上的另一侧面，宋代文人为了维护韩愈的形象，纷纷攻击这条记载，企图否定其真实性，但近代学者在经过深入研究后，确信这条记载如实而具体地写出了韩文公的为人。② 值得提出的是，《唐语林》虽以取材旧籍为主，但并非简单地分类编辑，而是根据具体情况加以增损，在增损中寓创作之意。如卷四第五百二十条引《国史补》卷下《叙著名诗公》一文，不仅删去了“杜工部”、“戴容州”等人名，还增加了“张水部”、“李杜”等称呼及下列文字：

元和后，不以名称者：李太尉、韦中令、裴晋公、白太傅、贾仆射、路侍中、杜紫微；位卑名著者：贾长江、赵渭南；二人

① 周勋初：《唐人笔记小说考索》，262页，南京，江苏古籍出版社，1996。

② 这一段评介参考了周勋初的《唐人笔记小说考索》，262、266、268页，南京，江苏古籍出版社，1996。

连呼者：元、白。

之所以增加这一段，是因为《国史补》作者李肇生活年代较早，对元和以后的人物，在《国史补》时代尚未形成一致看法；王谠生活在宋代，社会舆论已达成稳定意见。这样一些由王谠增加的部分，应该题为“王谠撰”。

《唐语林》也存在问题。如卷三第三百四十一条引《大唐新语》，“突厥阿史那忠节”本为一人，王谠却在“忠节”前加上“与”字，把一人变成了两人。这些错误说明王谠学识欠佳，影响了《唐语林》的声誉。

李垕，四川眉山人，史学家李焘(《续资治通鉴长编》作者）之子，南宋淳熙二年（1175 年）任翰林院正字，历国史院编修官、实录院检讨官等职。所著《南北史续世说》，凡十卷，明以前未见著录，今存明万历俞安期翏翏堂重修本和竹书堂校录本，题唐陇西李垕撰，前有俞安期序。《四库全书总目》子部小说家类存目一著录，提要曰：“今考其书，惟取李延寿南北二史所载碎事，依《世说》门目编之，而增以博洽、介洁、兵策、骁勇、游戏、释教、言验、志怪、感动、痴弄、凶悖十一门，别无异闻可资考据。盖即安期辈依托为之，诡言宋本，其序中所设之疑，正以防后人之攻诘，明代伪书，往往如是，所谓欲盖而弥彰也。”① 宁稼雨著《中国志人小说史》，据王应麟《困学记闻》卷十三《考史》：“李仲信垕为《南北史续世说》，朱文公谓南北史凡《通鉴》所不取者皆小说也。”② 断言此书确为南宋时作品。《南北史续世说》成就不高，远在《唐语林》之下。

6. 都市生活的素描

宋代商业发达，都市繁荣，在这种背景下，产生了几种专记当时

---

① 永瑢等撰：《四库全书总目》，1216 页，北京，中华书局，1965。
② 宁稼雨：《中国志人小说史》，231 页，沈阳，辽宁人民出版社，1991。

都市生活与风俗习尚的轶事小说，如孟元老《东京梦华录》、吴自牧《梦粱录》、灌圃耐得翁《都城纪胜》、周密《武林旧事》等，在岁时风俗之外，兼及游观之盛，娱乐之资，不仅可用于考订史事，亦为都市文学滥觞。其中，周密的成就较为可观。

周密（1232～1298年），字公谨，号草窗、萧斋、苹洲、弁阳啸翁、四水潜夫等。祖籍山东济南，后寓居吴兴。曾任两浙转运司干办公事、义乌令等小官。宋亡不仕，潜心著述。今存《武林旧事》、《癸辛杂识》、《齐东野语》、《草窗韵语》、《苹洲渔笛谱》等，还编撰南宋词人佳作为《绝妙好词》。《癸辛杂识》、《齐东野语》亦为轶事小说，但所写并非都市题材，风格也与《武林旧事》不同。

《武林旧事》作于宋亡以后。明正德宋廷佐刊本、嘉靖陈珂翻刻本仅六卷，非全帙。清鲍廷博所刻《知不足斋丛书》本，系据仁豆山房惠氏藏本刊印，是《武林旧事》比较完善的版本，十卷，首有周密自序。其自序云："予囊于故家遗老得其梗概，及客修门，间闻退珰老监谈先朝旧事，辄（倾）耳谛听，如小儿观优，终日夕不少倦。既而曳裾贵邸，耳目益广，朝歌暮嬉，酣玩岁月，意谓人生正复若此，初不省承平乐事为难遇也。及时移物换，忧患飘零，追想昔游，殆如梦寐，而感慨系之矣……青灯永夜，时一展卷，恍然类昨日事，而一时朋游沦落，如晨星霜叶，而余亦老矣。噫，盛衰无常，年运既往，后之览者，能不兴忾我寤叹之悲乎！"于述旧谈往之中，渗透对故国的怀念之情，这是《武林旧事》的特色所在。周密对消逝了的一切，思忆绵绵，所以着眼于其盛，着眼于其美。《四库全书总目提要》以为："湖山歌舞，靡丽纷华，著其盛，正所以著其衰。"致力于发掘周密笔下的微言大义，似乎求之过深。但说"遗老故臣，恻恻兴亡之隐，实曲寄于言外"，还是颇为中肯的。

盛衰无常是整个人类无法逃避的悲剧。一个繁华时代的消失，一段美好青春的消失……得来不容易，消失时却又何其匆匆！那令人怅然的梦境一般的回首，是眷恋，是伤感，是对曾经有过的生活的追寻。只有这样去读《武林旧事》，才能品味出其深挚的情愫。

周密写《武林旧事》，以赅备雅饬为目标。其自序称欲"如吕荥阳《杂记》而加详，孟元老《梦华》而近雅”。吕希哲《岁时杂记》今已不存，“然周必大《平园集》尚载其序，称其‘上元一门，多至五十余条’，不为不富”，① 而周密还以为不够详细，则《武林旧事》之赅备可以想见。清鲍廷博跋《武林旧事》，曰：“南宋遗老周公谨氏入元后，追忆乾、淳旧事，撰述此书，凡朝廷典礼、山川风俗，与夫市肆节物、教坊乐部，无不备载，而于孝庙奉亲之事，尤致意焉。武林征掌故者，多就取材。”这评述是恰如其分的。

《武林旧事》的体例，仿孟元老《东京梦华录》，但词华典赡，并保存了南宋人的一些遗篇剩句。周密以“近雅”自律，也果然未使读者失望，《观潮》一篇，早已选入中学教材，不烦引述；兹录卷三《西湖游幸》的一段：

> 湖上御园，南有聚景、真珠、南屏，北有集芳、延祥、玉壶，然亦多幸聚景焉。
>
> 一日，御舟经断桥，桥旁有小酒肆，颇雅洁。中饰素屏，书《风入松》一词于上。光尧驻目称赏久之，宣问何人所作，乃太学生俞国宝醉笔也。其词云：
>
> > 一春常费买花钱，日日醉湖边。玉骢惯识西泠路，骄嘶过沽酒楼前。红杏香中歌舞，绿杨影里秋千。东风十里丽人天，花压鬓云偏。画船载取春归去，余情在湖水湖烟。明日重携残酒，来寻陌上花钿。
>
> 上笑曰：“此词甚好，但末句未免儒酸。”因为改定，云：“明日重扶残醉”，则迥不同矣。即日命解褐云。

比起北宋人的轶事小说来，周密的文笔较少信手拈来的本色之趣，但整洁雅正，章法井然，亦自有其长处。

除了《武林旧事》外，其他几部记叙都市生活的轶事小说亦各

① 永瑢等撰：《四库全书总目》史部地理类三《武林旧事》提要，626页，北京，中华书局，1965。

具风采。《东京梦华录》，又名《华胥梦觉》，南宋孟元老撰，十卷。有元刊本、明弘治重刻本、《津逮秘书》本、1956年上海古典文学出版社标点本等。作者初居汴京（今河南开封），南宋绍兴十七年（1147年）写成此书。书中对汴京内外城规模、河道桥梁分布、宫内门户殿阁坐落及各种商店、货摊、食品、酒楼、夜市和风土习俗等都有记载，反映出北宋城市经济和市民文化生活的发达。书中涉及宋代典章制度和讲唱文学的内容亦有资料价值。

《都城纪胜》等写的全是南宋都城临安（今浙江杭州）的情况。《都城纪胜》，题灌圃耐得翁撰。一卷，十四类。有《四库全书》本、《楝亭十二种》本、《武林掌故丛编》本、1965年上海古典文学出版社排印本等。其书记载临安街坊店铺、园林建筑等颇详尽，“瓦舍众伎”部分对杂剧、诸宫调、傀儡戏、说话等新兴民间艺术皆有所介绍。《梦粱录》，南宋吴自牧作，二十卷。有《四库全书》本、《知不足斋丛书》本、《学海类编》本、1956年上海古典文学出版社排印本等。广泛涉及临安的风俗、建置、物产等，第二十卷“妓乐”、“百戏伎艺”、“角抵”、“小说讲经”等记载了当时民间游艺、杂技、戏曲、口头文学的繁盛状况。《西湖老人繁胜录》，题西湖老人作。原书已佚，今本系从《永乐大典》中辑出。记载南宋都城临安游艺活动情况，为后代研究宋时市民文学与民间技艺提供了有价值的参考资料。

7. 门户之见的浸染

宋代党争剧烈，致使部分轶事小说叙事论人，存有门户之见，如刘延世《孙公谈圃》、叶梦得《避暑录话》等；发泄个人恩怨的作品，如魏泰《东轩笔录》，也可归入这一类型。

轶事小说以稳健的人生态度为其价值前提。发泄个人恩怨，表达门户之见，不会得到读者尊重。比如魏泰，为了泄愤，假梅尧臣之名，作《碧云騢》，以至于诋及范仲淹，连叶梦得也在《避暑录话》卷二中鄙薄他：“士大夫作小说，杂记所闻见，本以为游戏，而或者暴人之短，私为喜怒，此何理哉！世传《碧云騢》一卷，为梅圣俞作，皆历诋庆历以来公卿隐过，虽范文正亦不免。议者遂谓圣俞游诸公间，官竟不达，怼而为此以报之。君子成人之美，正使万有一不至，犹当为贤者讳，况未必有实；圣俞贤者，岂至是哉？后闻之，乃襄阳魏泰所为，嫁之圣俞也。此岂特累诸公，将以诬圣俞。欧文忠《归田录》，自言以唐李肇为法，而少异者，不记人之过恶；君子之用心，当如此也。"① 清纪昀作《阅微草堂笔记》，也郑重提出"不颠倒是非如《碧云騢》，不怀挟恩怨如《周秦行纪》"。②

尽管如此，在部分存门户之见或泄私愤的轶事小说中，也仍有一些可读的篇目。

魏泰，字道辅，号溪上丈人。襄阳（今属湖北）人。曾在试院中因上请忿争，差点打死主考官，被取消录取资格。他是曾布妻弟，倚势横行乡里，为人殊不足取。《潘子真诗话》称"道辅少与徐忠愍及山谷老人友善，博及群书，尤能谈朝野可喜事，亹亹终日"。实则他是典型的无聊文人。所撰《志怪集》、《括异志》、《倦游录》等，皆托之武人张师正而自为之序；又假梅尧臣之名作《碧云騢》，以发泄科举不得志的私愤。但他无行而有口，文章写得不错，故其书流传甚广。今存《临汉隐居诗话》、《东轩笔录》等。

《东轩笔录》，十五卷。有明嘉靖三十四年沈敕楚山书屋刻本、《稗海》本、《四库全书》本、《笔记小说大观》本、1983 年中华书局李裕民点校本等。涵芬楼据项氏宛委山堂本所刊《宋人小说》则分为四卷。《四库全书简明目录》说："泰为曾布之妇弟，故此书所记多尊熙宁新法，而抑元祐党籍。持论不甚可凭，而所记琐事尚有可采。"③ 有些片断很著名，如卷五《王安国》，写王安国、王安石、吕惠卿三个人物，各具面目，须眉毕现。

---

① 上海古籍出版社编：《宋元笔记小说大观》，2613 页，上海，上海古籍出版社，2001。参见胡应麟《少室山房笔丛》卷三二《四部正讹下》论《碧云騢》条。

② 纪昀：《阅微草堂笔记》，562 页，上海，上海古籍出版社，1980。

③ 永瑢等著：《四库全书简明目录》，540 页，上海，上海古籍出版社，1985。

《东轩笔录》与《临汉隐居诗话》虽别为二书，但其中互见的条目颇多，如苏舜钦自叹做诗被人比梅尧臣、写字被人比周越条；欧阳修即席赋晏太尉西园贺雪歌条；与王荆公评诗条；杨察谪守信州于饯筵做诗条；蜜翁翁对唐伯伯条，均见于《临汉隐居诗话》。《东轩笔录》写作较早，信口妄言，多有失实之处。《临汉隐居诗话》作于晚年。或许魏泰自悔少作，所以选出几条切实可凭的收入《临汉隐居诗话》，“以自盖前愆欤”？①

刘延世，字玉孟，一字述之，新喻（今江西新余）人。刘敞之侄。少负盛名。元祐初，游太学，不得志，筑堂讲学，名曰抱瓮。所作《孙公谈圃》，系纂录孙升之语而成，凡三卷。《直斋书录解题》、《文献通考》小说家类著录，有《百川学海》本、《学津讨原》本、《说库》本、《四库全书》本等。

孙升，字君孚，高邮（治所在今江苏高邮）人。元祐年间官中书舍人。绍圣初，谪汀州。当时朝廷有洛、蜀、朔三党，孙升属朔党。“蜀、洛相攻，人尽知之。朔党与苏、程皆无深仇，故其于蜀、洛，或离或合，或中立两党之间，或于两党并加排诋，其议论亦互有是非同异。如刘安世之为人，极不满王安石，亦并不满苏、程，是其一例。”孙升“不满王安石及苏、程，盖与刘安世同”。②《孙公谈圃》一书，大体代表了朔党的看法，“观其记王安石见王雱冥中受报事，则不满于安石。记苏轼以司马光荐将登政府，升言轼为翰林学士，其任已极，不可以加；如用文章为执政，则赵普、王旦、韩琦未尝以文称；王安石在翰林为称职，及居相位，天下多事，若以轼为辅佐，愿以安石为戒……则又不满于轼。记争吊司马光事，亦不满程子”。③

---

① 郭绍虞：《宋诗话考·临汉隐居诗话》，14页，北京，中华书局，1979。

② 余嘉锡：《四库提要辨证·孙公谈圃》，1059～1060页，北京，中华书局，1980。

③ 永瑢等撰：《四库全书总目》子部小说家类一《孙公谈圃》提要，1192页，北京，中华书局，1965。

《孙公谈圃》中较有趣味的是与党争无关的琐事，如卷上《孙莘老》：

孙莘老知福州时，民有欠市官钱，系狱甚众。有富人出钱五百万葺佛殿，请于莘老。莘老徐曰："汝辈所以施钱者何也?"众曰："愿得福耳!"莘老曰："佛殿未甚坏，佛又无露坐者，孰若以钱为狱囚偿官逋，使数百人释枷锁之苦，其得福岂不多乎?"富人不得已诺之。即日输钱，囹圄遂空。

孙觉，字莘老，高邮人，是北宋的一位循吏。《孙公谈圃》颇能写出他的风采。

叶梦得（1077～1148年），字少蕴，号石林居士，吴县（今属江苏）人，迁居湖州乌程（今浙江湖州）。绍圣四年（1097年）进士。历任丹徒尉、江东安抚制置大使等职，官终福建安抚使。著有《建康集》、《石林词》、《石林诗话》、《石林燕语》、《避暑录话》等。《宋史》称他多识前言往行，谈论亹亹不穷。

叶梦得是晁君诚的外孙，晁无咎的外甥，对元祐诸贤的故事比较熟悉。但他因阿附蔡京得官，其婿章冲又是章惇之孙，在党争剧烈之际，终于倒向绍述余党。所著《避暑录话》，晁公武《郡斋读书志》著录，作十五卷，当属笔误；《文献通考》作二卷，与今本同。有《津逮秘书》本、《四库全书》本等。涵芬楼据项氏宛委山堂本所刊《宋人小说》则分为四卷。《四库全书简明目录》评论说："梦得本蔡京之门客，又章惇之姻家，故是书所述，往往于熙宁、绍圣之弊政，阴为解释，殊乖公道。以梦得练习旧闻，又博通群籍，其所叙述辨论，亦颇有裨于考核，故仍录而存之。"① 其卷上"平山堂"一则，常为谈欧词者引用。其他如记晏殊好客；苏轼在黄州，夜饮江上作词，中有"小舟从此逝，江海寄余生"二句，次日，喧传苏轼"挐

① 永瑢等撰：《四库全书简明目录》，491页，上海，上海古籍出版社，1985。

舟长啸去矣”，郡守徐君猷往谒，“则子瞻鼻鼾如雷，犹未兴也”，等等，亦向为治文学史者重视。

以上我们分类评述了若干宋代轶事小说，这里需要说明三点：

其一，宋代轶事小说品种丰富，我们的概述，不免挂一漏万，但我们试图确定其小说史地位及文体规范，这一愿望与小说史实际是相符的。文言小说审美发展史，如果忽略宋代轶事小说一环，那是不合理的。

其二，宋代轶事小说，倘若要对之加以挑剔，其最大短处可能在于：从整体上看，它缺少壮阔的人生和艺术境界；仿佛诗中的七绝，精致，玲珑，然而毕竟气象不够宏伟。它在总体上不如唐人传奇。

其三，笔者所作的分类，其标准未能统一，如杂录型、丛谈型、“世说”型以体制的差异为依据；“都市生活的素描”以题材的特点为依据；“门户之见的浸染”以作品的倾向为依据。不过，标准虽不统一，在作了大体的分类后，对读者把握作品仍有帮助。不得已而求其次，比不作分类略胜一筹。

8. 附论金元轶事小说

金元轶事小说以“杂记”体为主，散兵游勇，不成阵势。其中，元杨瑀《山居新话》、郑元祐《遂昌杂录》、陶宗仪《辍耕录》等，叙事遣词，较有情致。

杨瑀（1285～1361年），字元诚，杭州人。天历（1328～1329年）中擢中瑞司典簿，以廉慎累迁建德路总管，官至中奉大夫、浙东道宣慰使、都元帅。所撰《山居新话》，《四库全书总目》入小说家类，四卷。《知不足斋丛书》本、《笔记小说大观》本均为一卷。《说郛》本、《武林往哲遗书》本、《八千卷楼丛刊》本题《山居新语》。卷末有作者至正二十年（1360年）后序，称“凡有益于世道、资于谈柄者，不论目之所击，耳之所闻，悉皆引据而书之”。杨维桢《山居新话·叙》也称道说：“其备古训，类《说苑》；摭拾国史之阙文，类《笔语》。其史断诗评，绳前人之愆；天灾人妖，垂世俗之警，视妖诡淫佚败世教者远矣，其得以说铃议之乎?”① 《聂以道断钞》一篇流传甚广。故事带有喜剧意味：一边是卖菜老母拾金不昧，逼儿子将拾到的十五锭钱还给失主；一边是失主机心太重，因舍不得给赏钱，谎称丢了三十锭，于是两人打起官司。结局是大快人心的：县尹聂以道在弄清事实真相后，借口所拾非所失，将十五锭钱给了卖菜老母，而将无理取闹的失主赶出衙门，“闻者莫不称善”。从《聂以道断钞》可以看出，《山居新话》叙事简朴，不乏趣味。

《山居新话》还有考据、志怪等文字，内容稍嫌芜杂。

郑元祐，字明德，遂昌（今属浙江）人，迁居钱塘（今浙江杭州）。幼颖悟，于书无所不读，至正（1341~1368年）间除平江路儒学教授，因病辞职，流寓平江，后擢升浙江儒学提举，卒于任所。他右臂脱骱，以左手写楷书，自名为尚左生。所作《遂昌杂录》，焦竑《国史经籍志》入子部小说家类，题《遂昌山樵杂录》，二卷；《千顷堂书目》题《遂昌山人杂录》；《钦定续文献通考》、《四库全书总目》题《遂昌杂录》，一卷。有《续百川学海》本、《古今说海》本、《说郛》本、《说库》本、《笔记小说大观》本等，均为一卷。杂记宋末轶闻及元代高士名臣遗事四十余则，虽卷帙颇狭，却不乏佳制，记郑所南、林景曦、邓剡、贾似道等人的条目，能写出各自的精神风貌。

陶宗仪，字九成，号南村。黄岩（今属浙江）人。元末举进士不第。家贫，以教授自给。洪武初屡征不就，晚年曾任教官。客居松江时，躬亲稼穑。闲则休于树阴，有所得，摘叶书之，贮于盎中。积十年，编为《南村辍耕录》三十卷。又节录历代小说笔记等为《说郛》，为世所重。兼善诗词，有《南村诗集》。

《南村辍耕录》，简称《辍耕录》，《明史·艺文志》小说家类著录，三十卷。焦竑《国史经籍志》、黄虞稷《千顷堂书目》同。有明刊成化十年本、玉兰草堂本、1923年武进陶湘影元刻本、《四部丛

① 上海古籍出版社编：《宋元笔记小说大观》，6089页，6052页，上海，上海古籍出版社，2001。

刊》本、《津逮秘书》本、《丛书集成初编》本、1959年中华书局排印本等。该书多记元代典章制度以及当时社会琐闻，也保存了不少关于诗词、小说、戏曲、音乐和绘画等方面的资料。琐闻的小说意味甚浓，如卷四《奇遇》记揭曼硕与水仙的夙缘，确实称得上奇遇。其构思对《剪灯新话·渭塘奇遇记》、《聊斋志异·王桂庵》当有影响，比如，《王桂庵》中“门前一树马缨花”的诗句，显然是从“庭前一树紫荆花”脱胎。只是这种片断已有志怪之嫌。

《辍耕录》中不乏情节曲折的篇章，如卷四《妻贤致贵》为《醒世恒言》卷十九《白玉娘忍苦成夫》所本；卷五《勘钉》写姚忠肃公审案的才能。这种故事多得之里巷，与六朝轶事小说风格不同。

从淑世或文献的角度看，《辍耕录》也不会令读者失望。邵亨贞《南村辍耕录疏》谓此书“实为载道之文”，“凡六合之内，朝野之间，天理人事，有关于风化者，皆采而录之，非徒作也”。① 如卷三《贞烈》写元兵南下时，王清蕙等汉族妇女义不受辱，便表现出弘扬民族精神的意图。《四库全书总目提要》则就其文献价值立论：此书“于有元一代法令制度及至正末东南兵乱之事，记录颇详。所考订书画文艺，亦多足备参证”。“故朱彝尊《静志居诗话》谓宗仪练习旧章，元代朝野旧事，实借此书以存，而许其有裨史学，则虽瑜不掩瑕，固亦论古者所不废矣。”② 所论甚为中肯。

三　宋代志怪小说（含金元）

宋代志怪小说，其总体成就既不如同时代的轶事小说，也不如魏、晋、南北朝志怪小说，但它的两个“标志性建筑”却足以留传于史册：一是《太平广记》的编纂，后世小说常得益于这部总集；二是洪迈的个人作品《夷坚志》，其卷帙之富，前无古人，后无来者。

---

① 上海古籍出版社编：《宋元笔记小说大观》，6124页，上海，上海古籍出版社，2001。

② 永瑢等撰：《四库全书总目》，1203页，北京，中华书局，1965。

1.《太平广记》的编纂及其影响

《太平广记》与《太平御览》、《文苑英华》、《册府元龟》合称为“宋朝四部大书”，是李昉等人奉宋太宗之命集体编纂的。从太平兴国二年（977年）三月开始，至次年八月结束，收集上自秦汉、下至宋初的野史小说共约七千则，成书五百卷，目录十卷，约近三百万字。

《太平广记》的命名，“太平”二字易于理解，因该书成于太平兴国年间；但“广记”二字，则不知何所取义。据钱钟书推测，有两种可能：一、“广记”即“广异记”之省。《太平广记》引用书目中有戴孚《广异记》，题材都是神仙鬼怪，《太平广记》亦以志怪搜神为主。二、取义于李翱《卓异记》序。李序云：“广记则随所闻见，杂载其事，不以次第。然皆是警惕在心，或可讽叹；且神仙鬼怪，未得谛言。非有所用，俾好生不杀，为仁之一途，无害于教化。故贻谋自广，不俟繁书，以见其意。”如此说来，则“广记”之“广”包括取材广泛及“贻谋自广”两层含义。①

《太平广记》按题材分为九十二大类：神仙、女仙、道术、方士、异人、异僧、释证、报应、征应、定数、感应、谶应、名贤、廉俭、气义、知人、精察、俊辩、器量、贡举、铨选、职官、权倖、将帅、骁勇、豪侠、博物、文章、才名、儒行、乐、书、画、算术、卜筮、医、相、伎巧、博戏、器玩、酒、食、交友、奢侈、诡诈、谄佞、谬误、治生、褊急、诙谐、嘲诮、嗤鄙、无赖、轻薄、酷暴、妇人、情感、童仆、奴婢、梦、巫、厌呪、幻术、妖妄、神、鬼、夜叉、神魂、妖怪、精怪、灵异、再生、悟前生、冢墓、铭记、雷、雨、山、石、水、宝、草木、龙、虎、畜兽、狐、蛇、禽鸟、水族、昆虫、蛮夷、杂传记、杂录等等。这种分类法虽然拆散了所引用的原书，但为分题材研究宋以前的文言小说提供了很大方便。

《太平广记》编成后，因卷帙繁重，又因为有人说这部书并非后

---

① 钱钟书：《管锥编》第二册，639页，北京，中华书局，1979。

学者所急需，就把版收了起来，在宋代已少流传，但并非绝无读者。比如，洪适有《还李举之〈太平广记〉》诗："稗官九百起虞初，过眼宁论所失诬。午睡黑甜君所赐，持还深愧一瓻无！"① 吴曾《能改斋漫录》多处征引此书以为考订之资；陈振孙《直斋书录解题》卷十一记"妄人多取《广记》中旧事，改窜首尾别为名字以投"洪迈。② 这些都是宋人读过《太平广记》的证据。至于罗烨《醉翁谈录》"小说开辟"称说话人必须"幼习《太平广记》"，虽属门面话，却也透露了几分实情。

《太平广记》的价值是多方面的。其一，李昉通过具体的编选分类，表达了他的小说观念：社会和自然界的所有奇异现象都可视为小说题材，小说与"异闻"是密不可分的。其二，《太平广记》共采用古籍四百七十五种，其中半数以上早已散佚，赖《太平广记》的收录得以保存下一部分。明代中后期的文言小说创作高潮，很大程度上即得益于《太平广记》所收作品的被广泛刊刻。其三，研究宋以前的文言小说，这是一部不可或缺的总集。

2. 宋人创作的志怪小说

黄休复《茅亭客话》与吴淑《江淮异人录》是两部内容单纯的志怪小说，前者专记蜀中异闻，后者专记侠客、术士一类异人，题材相对集中，跟一般的志怪书有所不同。

黄休复，字归本，宋初人。李畋称他为江夏黄氏，但陈振孙《直斋书录解题》认为他可能是蜀人。他著有《益州名画录》、《茅亭客话》。《茅亭客话》，《宋史·艺文志》小说家类著录，十卷，与今本合。有《续百川学海》本、《说郛》本、《宝颜堂秘笈》本、《稗海》本、《笔记小说大观》本等。

《茅亭客话》记五代前后蜀至宋真宗时蜀中异闻，既有掌故轶闻，又有志怪内容，以志怪居多。黄休复对炼丹服药及导引术兴致甚

① 洪适：《盘洲文集》卷四，文洲阁四库全书本。

② 陈振孙：《直斋书录解题》，336页，上海，上海古籍出版社，1987。

浓，网罗尤富，但并非一味迷信，如卷六《金相轮》一则，指出《北梦琐言》关于金相轮的记载之误，强调传闻之不可靠，客观上起了破除迷信的作用。卷四《勾生》写一段艳遇导致的悲剧，则含有警世的意味。

晁公武《郡斋读书志》说："茅亭，其所居也。暇日，宾客话言及虚无变化、谣俗卜筮，虽异端而合道旨属惩劝者，皆录之。"① 石京《茅亭客话·后序》也提到此书"可以为后世钦慕儆戒者昭昭然"。② 劝善惩恶是作者的重要写作目的。如卷九《景山人》在记叙了景焕"情性温雅，守道俭素"诸事后，结以：

> 山人园圃中养二斑鹅，婢夜见鹅粪中有光，明往告之，山人令以水淘之，获麸金二两余。吁！谁谓天盖高，何惩恶劝善如反掌耶！

这种感叹，其旨趣是不难把握的。

吴淑（947~1002 年），字正仪，润州丹阳（今属江苏）人。南唐时举进士，以校书郎直内史，从李煜归宋，任大理评事、职方员外郎等官。他是徐铉的女婿，写志怪可能与岳父的影响有关。曾参与《太平御览》、《太平广记》、《文苑英华》的编纂，是当时的著名学者。所作《江淮异人录》，《直斋书录解题》著录，二卷，《宋史》本传作三卷，今本一卷，凡二十五篇。有《知不足斋丛书》本、《龙威秘书》本、《古今说部丛书》本等。荟萃异人事迹为专书，这是小说史上的第一部。

"异人"之异，在于反常，既包括能力的反常，如卷下《耿先生》中的耿先生，可以雪为银；又包括行事的反常，如卷上《聂师道》中为群盗着想的聂师道。

---

① 晁公武：《郡斋读书志》，385 页，南京，江苏古籍出版社，1988。

② 上海古籍出版社编：《宋元笔记小说大观》，461 页，上海，上海古籍出版社，2001。

“异人”不能只有反常的一面。光是反常，就会使读者觉得格格不入，耿先生“至于男女大欲，亦略同于常人，后亦竟以疾终”；潘扆“后亦以病卒”。卷上《潘扆》诸如此类的交代即旨在贴近读者。而将反常与“同于常”结合，达到了“诞而近情”的艺术境地的，当数卷下《洪州书生》：锄强扶弱，打抱不平，这是其“近情”的一面，而来去无踪，还能用药化人头为水，则又极为诞幻。从洪州书生，我们看到了后世武侠小说中剑侠的影子。

王明清《投辖录》、洪迈《夷坚志》是产生于南宋的两部志怪小说，《夷坚志》尤为著名。

王明清（1127～1202年后），字仲言，汝阴（今安徽阜阳）人。北宋学者王铚之子。曾任滁州来安县令、朝请大夫主管台州崇道观、签书宁国军节度判官、泰州通判、浙西参议官、某府知府等职。著有《投辖录》、《摭青杂说》、《挥麈录》、《玉照新志》等，后三部为轶事小说。《投辖录》成书于绍兴已卯年（1159年）十月，有《说郛》本、《五朝小说大观》本等。

《投辖录》篇幅不大，才五十条，但包含了好几个广泛流传的故事，如《章丞相》、《赵诜之》二条，南宋末年方回的《虚谷闲抄·禁街遇丽》即据之改写，蒲松龄《聊斋志异·天宫》亦借鉴其构思；《玉条脱》一条，《说郛》卷十一署为廉布作，题为《大桶张氏》，文字大同小异，《聊斋志异·窦氏》与之相似；《猪嘴道人》叙猪嘴道人助李瓛事，是《聊斋志异·青娥》的蓝本。《投辖录》偶亦涉及历史人物及其活动，如《沈元用》、《林灵素》等，有助于我们了解北宋末年的社会生活。

洪迈（1123～1202年），字景庐，别号容斋，又号野处，鄱阳（今江西波阳）人。绍兴十五年（1145年）进士，授两浙转运使，迁左司员外郎。高宗时使金，不惧要挟，差点被扣留。孝宗朝拜翰林学士，出知绍兴府。宁宗朝以端明殿学士致仕，卒谥文敏。据《宋史》本传载，洪迈幼而强记，博极群书，自经史百家，乃至稗官小说，无不涉猎。著述甚丰，除《夷坚志》外，还有《容斋随笔》等，编有《万首唐人绝句》。

《夷坚志》为洪迈晚年所著，书名取《列子·汤问》“夷坚闻而志之”语意，以记载传闻的怪异之事为主。原有四百二十卷，① 分初志、支志、三志、四志；每志又分十集，按甲、乙、丙、丁等顺序编次。甲至癸二百卷，支甲至支癸一百卷，三甲至三癸一百卷，四甲四乙各十卷。但《宋史·艺文志》仅录甲乙丙六十卷，丁戊己庚八十卷，说明元时书已散佚。《宛委别藏》本七十九卷，《笔记小说大观》本五十卷，《十万卷楼丛书》本、《丛书集成初编》本各八十卷。1981年，中华书局据涵芬楼编印的《新校辑补夷坚志》加以标点校定（何卓校点），包括初志、支志、三志，及补遗共二百零六卷，另从《永乐大典》等书辑出佚文二十八则，作为“三补”，约为原书的一半，是目前收录篇目最为完备的本子。

《夷坚志》的写作，意在遣兴娱情，洪迈贪多务得，不加抉择，有些提供素材的人，遂将前代志怪故事稍加改动，投送给他，致使《夷坚志》新意较少。据洪迈《夷坚支甲序》，当时已有人指出他“所登载颇有与昔人传记相似处，殆好事者饰说剽掠，借为谈助”。《夷坚志》因其“广异闻”的价值有限，影响了它在小说史上的地位。②

---

① 《夷坚志》以卷帙浩繁著称。胡应麟《少室山房笔丛》卷二《经籍会通二》云：“小说昉自《燕丹》，东方朔、郭宪浸盛，至洪迈《夷坚志》四百二十卷极矣。”见上海书店出版社2001年版22页。

② 胡应麟以为今传《夷坚志》杂有伪作。其言曰：“洪景庐《夷坚志》四百二十卷，今传止五十卷，他不可考。惟王景文《夷坚别志》序尚可以知其纂辑之概，因录之。序曰：‘志怪之书甚伙，至鄱阳《夷坚志》出则尽超之。余平生所书略类洪公，始读《左传》、《史记》、《汉书》，稍得其记事之法而无所施，因志怪发之，久之习熟、调利滋溉，玩不能释。闲自观览，要不为无补于世，而古今文章之关键亦间有相通者，而以是为无益而中画，愈衷所见闻益之，事三百七十、卷二十四，今书之目也。余心尚未艾，久之则将浸及于《夷坚》矣。凡《夷坚》所有而复见者删之，更生佛之类是也；凡《夷坚》所有而未备者补之，黄元道之类是也。其名仍为《夷坚》而别志之，辨于鄱阳也。得岁月者纪岁月，得其所者纪其所，得其人者纪其人，三者并书之备矣，阙一二亦书，皆阙则弗书。丑而不欲著姓名者婉见之，如《夷坚》确梦之类是也；丑而姓名不可不著者显揭之，如《夷坚》人牛之类是也。其称某人云，又某人得诸某人云，若己所见，各识其所自来，皆循《夷坚》之规弗易也。其异也者，笔力瞠乎其后矣。’（观此序，则洪志义例可推，其叙事当亦可喜，今所传甚猥浅，盖残缺之中又杂以伪矣。）”见胡应麟：《少室山房笔丛》卷二九《九流绪论下》，286页，上海，上海书店出版社，2001。

披沙拣金，《夷坚志》中自有值得珍视的新鲜题材，如甲志卷十五《伊阳古瓶》。伊阳古瓶与今日的保温瓶有几分相似。设想“有鬼执火以燎”，仍是志怪套路，于稚拙中显出古趣。其他如丙志卷一三《蓝姐》写一个婢女“遇难不慑怯，仓卒有奇智”，机警捉贼的故事；丁志卷九《陕西刘生》记北人忠义之风，不谈狐说鬼，留下了社会人生的一鳞半爪。

赵与时《宾退录》卷八所载《夷坚志·戊志序》是一段不能忽略的佚文：

> 在闽泮时，叶晦叔颇搜索奇闻，来助纪录。尝言：“近有估客航海，不觉入巨鱼腹中。腹正宽，经日未死。适木工数辈在，取斧斨斫鱼胁。鱼觉痛，跃入大洋。举船人及鱼皆死。”予戏难之曰：“一舟尽没，何人谈此事于世乎？”晦叔大笑，不知所答。予固惧未能免此也。①

一个故事必须有一个讲述人。而笔记小说中的故事讲述者，同时还应是故事的见证人，或提供一个见证人，以保证其真实性。洪迈向晦叔质疑，其要害正是：你的故事见证人是谁？晦叔“不知所答”，因为他提供不出见证人。其实，一个虚构的故事，本来不需要见证人，但中国古代的笔记小说理论，没有明确赋予作家虚构的权利。事实上运用了虚构却又不能坦率承认，其处境不免尴尬。洪迈以“予固惧未能免此也”解嘲，意在以幽默的方式表明：《夷坚志》中的许多故事纯属虚构或大体上属于虚构，不必考究其是否实有。

《夷坚志》产生于说话艺术兴盛的南宋，为洪迈提供故事的人中大约有不少是说话艺术的爱好者或熟悉者，因此，其中的故事颇多市井趣味。这从它们受到明清时代通俗小说作家青睐的情形可见一斑，如甲志卷四《吴小员外》为《警世通言》卷三十《金明池吴清逢爱

① 上海古籍出版社编：《宋元笔记小说大观》，4216页，上海，上海古籍出版社，2001。

爱》所本；甲志卷十二《林积阴德》为《清平山堂话本》之《阴骘积善》所本；甲志卷十九《毛烈阴狱》为《二刻拍案惊奇》卷十六《迟取券毛烈赖原钱　失还魂牙侩索剩命》所本；丙志卷三《杨抽马》为《二刻拍案惊奇》卷三十三《杨抽马甘请杖　富家郎浪受惊》所本；丁志卷九《太原意娘》为《古今小说》卷二十四《杨思温燕山逢故人》所本；丁志卷十一《王从事妻》为《石点头》第十卷《王孺人离合团鱼梦》所本，《拍案惊奇》第二十七卷则取之为头回；支乙卷五《杨戬馆客》为《二刻拍案惊奇》卷三十四《任君用恣乐深闺　杨太尉戏宫馆客》所本；支景卷三《王武功妾》为《清平山堂话本》之《简帖和尚》所本；支戊卷九《董汉州孙女》为《二刻拍案惊奇》卷七《吕使君情媾宦家妻　吴太守义配儒门女》所本；志补卷五《湖州姜客》为《拍案惊奇》卷十《恶船家计赚假尸银　狠仆人误投真命状》所本；志补卷八《吴约知县》、《李将仕》为《二刻拍案惊奇》卷十四《赵县君乔送黄柑　吴宣教干偿白镪》所本；志补卷八《王朝议》为《二刻拍案惊奇》卷八《沈将仕三千买笑钱　王朝议一夜迷魂阵》所本；志补卷十一《满少卿》为《二刻拍案惊奇》卷十一《满少卿饥附饱飏　焦文姬生仇死报》所本；志补卷十一《徐信妻》为《警世通言》卷十二《范鳅儿双镜重圆》之入话所本；志补卷十九《蔡州小道人》为《二刻拍案惊奇》卷二《小道人一着饶天下　女棋童两局注终身》所本。《夷坚志》大量被改编为通俗小说，这有助于我们理解其风格特征。尝鼎一脔，试对丁志卷十一《王从事妻》加以解读：小说将背景设计为“四方盗寇未定”的“绍兴初”，旨在将奸人拐卖妇女的情节演绎得自然一些。关键词是“拐卖妇女”，王从事夫妻的悲欢离合只是这一关键词的陪衬或烘托。仅凭阅读常识我们也能意识到，这是一个来自市井的话题，也是市井百姓感兴趣的话题。当然，这话题已经轶出传统志怪的范围，但如果将“怪”理解成“反常”的话，写这种“反常”的生活事件，也未尝不可说是《夷坚志》的题内应有之意。

3. 金元志怪小说

金元志怪小说，以元好问《续夷坚志》较为出色；其他如《湖海新闻夷坚续志》、《异闻总录》、《江湖记闻》等，偶有可读之作。

元好问（1190～1257年），字裕之，号遗山，秀容（今山西忻县）人。祖系出自北魏拓跋氏。他是金代成就卓著的作家，文备众体，兼擅诗、词、文、赋，七律尤见功力。有《遗山先生文集》。所撰《续夷坚志》，钱大昕《元史新编艺文志》小说家类著录，四卷，题元好问撰。孙德谦《金史艺文略》著录同。《四库全书总目》作二卷。单行本有清嘉庆巾箱本、上海扫叶山房石印本等，另有《得月簃丛书》本、《笔记小说大观》本、《丛书集成初编》本及《元遗山先生全集》本。凡四卷，内容、体例均与洪迈《夷坚志》相近。

元人宋无跋《续夷坚志》，称赞这部书“恶善惩劝，纤细必录，可以知风俗而见人心”。这是事实，比如卷一《包女得嫁》：

> 世俗传包希文以正直主东岳速报司，山野小民，无不知者。庚子秋，太安界南征兵，掠一妇还，云是希文孙女，颇有姿色。倡家欲高价买之，妇守死不行。主家利其财，捶楚备至，妇遂病。邻里嗟惜，而不能救。里中一女巫，私谓人云：“我能脱此妇，令适良人。”即诣主家，闭目吁气，屈伸良久，作神降之态。少之，瞑目咄咤，呼主人者出，大骂之。主人具香火俯伏请罪，问何所触尊神。巫又大骂云：“我速报司也！汝何敢以我孙女为倡？限汝十日，不嫁之良家，吾灭汝门矣！”主家百拜谢过，不数日嫁之。

这使我们看到，在动乱的年代里，公道还在，良心还在。女巫当然是一个平凡的人物，她的“神降之态”也纯属“装模作样”，然而，她的那种道德感、同情心和处事智慧却使读者感到神圣和高贵。其他如卷一《戴十妻梁氏》等，也表达了朴实而可取的人生见解。卷二《天赐夫人》则可能对《聊斋志异·陆判》一类小说有影响。

《湖海新闻夷坚续志》，原书不著撰人。黄虞稷《千顷堂书目》卷十二著录《续夷坚志》二十卷，元吴元复撰。吴元复或即作者，他字山谦，鄱阳人，宋德祐中进士，入元不仕。该书传本有两系：一为通行本即《适园丛书》本，四卷；一为元刻本，前集十二卷，后集六卷或不分卷。分类编排，且大类下又分小类。所收多为宋代或宋以前故事，只有少量元代故事，与书名中的“新闻”二字不符。

《异闻总录》和《江湖记闻》是两部志怪小说选集。前书编者佚名，凡四卷，作品多辑自唐宋小说，不注出处；后书《百川书志》卷八著录，十六卷，题“元大观郭霄凤云翼编”，所辑故事略存梗概而已，无足称道。

第十四章　宋代传奇的衰落及其新变

宋人传奇的衰落是就辞章化传奇而言，而新变则是就话本体传奇而言，这是小说史家向来关注的两个文学现象。其原因是什么？辞章化传奇的衰落有何表征？话本体传奇在审美追求上表现出什么新的特点？是否成功？这些都是不应回避的问题，我们将从时代风会、精神气质、艺术表达等层面加以讨论并尽力作出解答。

一　“率俚儒野老之谈”

所谓宋代的辞章化传奇，是指从唐人传奇一脉延伸出来的宋代传奇，鲁迅《唐宋传奇集》所选的宋代传奇主要属于这类作品。关于这一类传奇成就不高的原因，胡应麟《少室山房笔丛·九流绪论下》有过讨论：“小说，唐人以前，记述多虚，而藻绘可观；宋人以后，论次多实，而彩艳殊乏。盖唐以前出文人才士之手，而宋以后率俚儒野老之谈故也。”① 这是对的。但宋代的文坛名流为何冷落传奇？这就涉及唐宋文人不同的审美风尚了。概括言之，有下述三点区别：

其一，唐代文人偏嗜怪异，宋代文人爱好掌故。

唐宋知识精英在趣味方面的差异，从他们撰写的历史著作可以得到清晰印象。唐代史学理论家刘知几，他的《史通·采撰》极力反对以“神鬼怪物”入史，然而大量志异却正是唐修史书(《隋书》、《晋书》、《南史》、《北史》）的共同特征，清赵翼《廿二史札记》卷八《晋书所记怪异》说：“采异闻入史传，惟《晋书》及南、北史最

① 胡应麟:《少室山房笔丛》，283 页，上海，上海书店出版社，2001。

多，而《晋书》中僭伪诸国为尤甚。”① 他还引述了一系列例证。

宋人撰写的史书(《新唐书》、《新五代史》、《资治通鉴》）均以前史为蓝本，如《新唐书》以《旧唐书》为蓝本，《新五代史》以《旧五代史》为蓝本，因而必有增删。《廿二史札记》卷十七《新书增旧书处》说：“新书（《新唐书》）之增于《旧书》（《旧唐书》）者有二种，一则有关于当日之事势，古来之政要，及本人之贤否，所不可不载者；一则琐言碎事，但资博雅而已。”② 《新书增旧书琐言碎事》条罗列了数十个例子，几乎全是掌故：

> 《李贺传》，（增）每日出游，使童奴背古锦囊，有得即投入。其母探知之，曰：“是儿呕出心肝乃已。”

> 《胡证传》，（增）裴度未显时，饮酒店，为武士所窘。证突入座上豪饮，取铁灯檠，手合其跗，谓诸人曰：“我欲为令，不釂者以此击之。”众叩头请去，度乃得免。③

宋代文人中还有一个不应忽略的现象：他们亦涉猎唐人传奇，但却化故事为掌故，改变了其美感指向。如苏轼《仇池笔记》载：

> 退之诗曰：“且可勤买抛青春。”《国史补》云：“酒有郢之富水（春），乌程之若下（春），荥阳之土窟春，富平之不冻春，剑南之烧春。”杜子美诗云：“闻道云安曲米春。”裴铏作《传

① 赵翼著、王树民校证：《廿二史札记校证》，161页，北京，中华书局，1984。

② 赵翼著、王树民校证：《廿二史札记校证》，358页，北京，中华书局，1984。

③ 赵翼著、王树民校证：《廿二史札记校证》，369～370页，北京，中华书局，1984。

奇》，亦有酒名松醪春，乃知唐人名酒多以春。①

关于裴铏《传奇》，东坡记忆有误。《传奇》中《裴航》一篇无松醪春酒名，有此名者见《郑德璘》，即篇末老叟赠诗所谓“昔日江头菱芡人，蒙君数饮松醪春”。但东坡读过《传奇》是毫无疑问的，然而他重视的并非其奇异的故事，倒是松醪春酒名，此中意味颇耐咀嚼。

与此相关，唐代文人聚会时乐于征奇话异，宋代文人则多谈履历见闻，前者展开一片绚丽的梦一般的想像王国，后者却是平淡的日常生活的情思，所以，唐人听故事以“征异”为目的，如元稹《莺莺传》所说：“贞元岁九月，执事李公垂宿于予靖安里第，语及于是，公垂卓然称异，遂为《莺莺歌》以传之。”② 宋人则比较平静，在会心一笑中增长见闻和见识，有时也谈神说鬼，但正如苏轼所表白的，姑妄言之，姑妄听之，不一定相信，更不会“卓然称异”了。唐人的社交生活具有传奇的品格，宋人的社交生活则更多笔记的风味。

其二，唐代文人尚才情，好华丽，宋代文人尚见地，喜严谨。

唐宋精英文化的这种差异首先体现在考试科目的设计方面，如唐代科举重诗赋，诗赋偏于才情和华丽；宋代科举重策论，策论重视见地和严谨。而本书想强调的是，这种差异在文艺批评方面显现得格外清晰。比如唐代司空图的《诗品》，反复使用花的意象，以“落花无言，人淡如菊”喻“典雅”，以“雾余水畔，红杏在林”喻“绮丽”，以“如逢花开，如瞻岁新”喻“自然”，以“如渌满酒，花时返秋”喻“含蓄”，以“明漪绝底，奇花初胎”喻“精神”，以“水流花开，清露未晞”喻“缜密”，以“杳霭流玉，悠悠花香”喻“委曲”，以“风云变态，花草精神”喻“形容”，以“花覆茅檐，疏雨相过”喻“旷达”，当然各有道理，然而相互之间，并非区别井然，有的不妨调换位置，诚所谓“藻彩洵应接不暇，意旨多梗塞难

① 苏轼著、华东师范大学古籍研究所点校：《东坡志林·仇池笔记》，210页，上海，华东师范大学出版社，1983。

② 鲁迅校录：《唐宋传奇集》，90页，济南，齐鲁书社，1997。

通，只宜视为佳诗，不求甚解而吟赏之”。① 宋人的文艺批评如同朋友交换意见，不事藻彩，但努力切中肯綮。比如欧阳修《六一诗话》有这样一条：

> 圣俞尝云：“诗句义理虽通，语涉浅俗而可笑者，亦其病也。如有《赠渔父》一联云：‘眼前不见市朝事，耳畔惟闻风水声。’说者云患肝肾风。又有《咏诗》者云：‘尽日觅不得，有时还自来。’本谓诗之好句难得耳，而说者云，此是人家失却猫儿诗，人皆以为笑也。”②

梅尧臣（圣俞）意在说明：诗不光要求义理通达，还要求措辞不涉浅俗；他的意思表达得平实而清晰。

唐宋文艺批评的区别，是两代文人个性气质的总体差异的一幅剪影。唐代文人生活在带有几许缥缈的经过想像加工的世界里，他们首先重视的不是对客体的把握，而是自我的展示，其文艺批评与其说是品评，不如说是流露——个人审美偏嗜的流露。宋代文人则生活在一个实实在在、平平常常的世界里，他们格外关心的是如何与客体保持和谐，是相互之间亲切的沟通，他们以一种朋友谈天的方式来发表意见，平易浅近，诙谐含蓄，包含着参禅似的机智与颖悟。这里占主导地位的不是才气而是智慧。

与此相关，唐人偏爱热烈，宋人偏爱闲淡。唐代诗人常有轶出日常规范的言行，宋代作家则对规范抱有更多的敬畏之情；唐代诗人可在诗中大写艳情（如元稹等），宋代作家则悄悄地将艳情塞入词中，尔后又将词摒弃在自己的作品集之外；唐人做诗，满腔热情地设色敷染者多，宋人却高倡绚烂之极归于平淡——为唐人所漠视的陶渊明就是在宋代被推崇到伟大诗人的高度的。总之，尚才气者不免激情洋溢，尚涵养者绝不故立崖岸。唐人具有年轻人的气派，宋人则显得老

① 钱钟书：《谈艺录》（增订本），371 页，北京，中华书局，1984。
② 何文焕辑：《历代诗话》，268 页，北京，中华书局，1981。

成持重。

其三，唐代文人不忌讳夸大其词，而宋代文人则以稳重著称。

唐宋文人的这一差异也许与境遇不同有关。宋代文人多政治家、哲学家：仕途得意而显于庙堂的，如杨亿、刘筠、钱惟演、欧阳修、王安石、范成大、辛弃疾；哲学家如邵雍、周敦颐、程颢、程颐、张载、朱熹、陆九渊等，在社会生活中亦声望极高。唐代文人的境遇没有如此美妙：诗做得很好，又喜谈政治，但却不免于啼饥号寒者，大有人在；学者如颜师古、孔颖达、贾公彦等，一生事业惟注疏，更加局促。唐宋文人的境遇之别，加强了他们各自的倾向：唐人爱作少年似的夸大其词的事情，稳重如杜甫，也曾对神仙和游侠表现出热烈的兴趣；宋人则常常对生活保持相当的冷静，因为一个哲学家、政治家如果过于热情，会被人怀疑是否具有作为政治家、哲学家所必需的涵养。

激情与才气，渗透在想像中，极易凝结为传奇；所以鲁迅《唐宋传奇集·序例》说："（唐人）餍于诗赋，旁求新途，藻思横流，小说斯灿。"① 智慧与冷静，贯彻在人生中，已具笔记的品格，因此明人所编的《五朝小说》的序言在就宋人笔记发表意见时认为："惟宋则出士大夫手，非公余纂录，即林下闲谈。所述皆生平父兄师友相与谈说，或履历见闻、疑误考证；故一语一笑，想见先辈风流。其事可补正史之亡，裨掌故之阙。"②

从上述三个方面，可以导出一个结论：宋代的"文人才士"不屑于写作传奇；于是，弥补这个空缺的就只能是"俚儒野老"。事实也正是如此。比较重要的传奇作家如刘斧、李献民、秦醇、张实等，社会地位都较为低下，才气与学养均不充分。至于欧阳修、苏轼、沈括、陆游这一类著名文人，他们的兴趣几乎全集中于诗文及笔记，传

---

① 鲁迅校录：《唐宋传奇集》序例，1页，济南，齐鲁书社，1997。

② 丁锡根编著：《中国历代小说序跋集》，1790页，北京，人民文学出版社，1996。

奇从未成为他们关注的重心。①

二　诗向历史倾斜

宋代辞章化传奇衰落的表征，核心是“方巾气太重”：从文字风格来看，贫乏冗弱，板滞拘谨，无复绰约跌宕之致；从情感抒写来看，大多严冷有余，理学家的风度掩盖了抒情诗人的气质。如果说唐人传奇是历史向诗倾斜的话，那么，相当数量的宋人传奇则是诗向历史倾斜。有三个事实值得关注：

其一，多托往事而避近闻。

宋代传奇作者的想像范围局限在两个圈子里：一是据当时传闻，略加点缀，即成传奇。由于作者并不有意识发挥其想像才能，故少绰约之致，如王明清《摭青杂说》中的若干篇目，实近于今日小报上的叙事文章。一是靠历史资料编故事。两宋时期，取材于历史的传奇小说，数量相当可观。乐史《绿珠传》、秦醇《赵飞燕别传》取材于隋唐以前；无名氏《隋遗录》、《海山记》、《迷楼记》、《开河记》取材于隋代；乐史《杨太真外传》、秦醇《骊山记》、无名氏《梅妃传》等取材于唐代，阵容相当可观。从对题材的处理而言，可大致分三种情况：或摭拾旧闻，编织成篇，作者的精力花在材料的搜集与排比上，如乐史《绿珠传》、《杨太真外传》和张实《流红记》；或从历史上的某一因由生发。比如无名氏《梅妃传》：梅妃之事，不见史传，唐人笔记亦未见称引，但唐明皇李隆基则实有其人，后妃争宠亦寻常之事，于是便有了梅妃与杨贵妃争风吃醋的幻想情节。无名氏《王榭传》亦属借端生发之作。《隋遗录》等作品，则界于上述两种

---

①　宋代的文坛名流，也有偶然涉笔传奇小说的，如苏轼曾改写《甘泽谣·圆观》篇；苏辙写了两篇《梦仙记》，见《夷坚支志》癸集卷七《苏文定梦游仙》，《栾城集》未收；稍早的苏舜钦写过一篇《爱爱歌序》，颇为出色，却大遭攻击，未收入《苏学士文集》。传奇小说在宋代上流社会的确是备受冷落的。

路数之间。从风格来看，秦醇、张实注重文采，尚承唐人余绪，当然已没有那种神韵；乐史以学者综述事迹的方式写传奇，板滞有余；《迷楼记》等写隋炀帝的作品，颇受说话影响，不妨称之为话本体传奇或通俗传奇。

其二，篇末垂诫，亦如唐人，而增其严冷。

中国的史家有两个基本的立足点：一是实，不实则无以取信于读者；二是涵盖总体的道德原则。“历史显然不仅仅是对一系列事件的罗列，它还意味着一种尝试，即把所报告的种种孤立事件联系起来，从混乱而不连贯的往事中找出某种道理和意义。”① 而中国古代的部分史家则似乎在动笔前就对道德因果已经明了：作恶的食恶果，行善的得善终。作者的叙事只是为了证明这个道理，议论则对这个道理加以强调，司马光《上〈资治通鉴〉表》说得坦率：“专取关国家盛衰，系生民休戚，善可为法，恶可为戒者，为编年一书，使先后有伦，精粗不杂。”②

诗向历史倾斜，于是严峻的道德感渗入传奇中，于是宋代传奇的议论就不像唐人传奇那样跌宕有致并富于抒情意味，而是平稳庄重，使读者感到压抑。这一点，《绿珠传》可为例证：

> 噫！石崇之败，虽自绿珠始，亦其来有渐矣。崇常刺荆州，劫夺远使，沉杀商客，以致巨富。又遗王恺鸩鸟，共为鸩毒之事。有此阴谋，加以每邀客宴集，令美人行酒，客饮不尽者，使黄门斩美人。王丞相与大将军，尝共访崇。丞相素不能饮，辄自勉强，至于沉醉。至大将军，故不饮以观其气色，已斩三人。君子曰：“祸福无门，惟人自召。”崇心不义，举动杀人，乌得无报也……
>
> 绿珠之殁，已数百年矣，诗人尚咏之不已，其故何哉？盖一

① ［美］王靖宇：《〈左传〉与传统小说论集》第二篇，38页，北京，北京大学出版社，1989。

② 司马光编纂：《资治通鉴》第四册，935页，长沙，岳麓书社，1991。

婢子，不知书而能感主恩，奋不顾身，其志烈懔懔，诚足使后人仰慕歌咏也。至有享厚禄，盗高位，亡仁义之行，怀反复之情，暮三朝四，惟利是务，节操反不若一妇人，岂不愧哉？今为此传，非徒述美丽，窒祸源，且欲惩戒辜恩背义之类也。

乐史的议论，在宋初有其合理性。唐末五代，由于长期动乱，传统的道德原则被肆意践踏：武夫们贪暴放纵，明争暗夺，文人们弃弱奉强，浮沉取容。冯道在五代被推崇为圣人。他历事四朝，得到许多阶勋官爵，可他不以为耻，反以为荣，作《长乐老自叙》，自谓孝于家，忠于国，做子做弟做人臣做师长做夫做父，都深感满意。道德沦丧至此，“则天下国家可从而知也”。因此，重振道德是宋初文人意识到的历史使命，理学的兴起，便旨在重塑士大夫的人格；乐史的议论也以此为宗旨。但正如历史的合理性未能保证理学具有永恒的积极价值，乐史的做法在传奇发展的长河中起的主要是消极作用。

论及宋人传奇严冷的一面，不可不注意其中写恋爱（含婚姻、艳遇）题材的作品。唐人传奇兴盛的突出标志是恋爱题材的勃兴，那是一个流光溢彩、荡漾着情思与才气的世界。而宋人传奇，即使写恋爱，也有可能以方巾气面对读者。《谭意歌》是一个例子。谭意歌身为长沙名妓，她最迫切的人生追求却是从良。她之所以恋爱，是为了实现从良的目的。当她事实上的丈夫张正字“内逼慈亲之教，外为物议之非”，结亲高门时，得知消息的意歌首先不是因为感情被辜负而痛苦，她考虑的是，在失去丈夫之后，如何做一位称职的母亲。她给张正字写信说：

有义则合，常风服于前书；无故见离，深自伤于微弱。盟顾可欺则不复道。稚子今已三岁，方能移步，期于成人，此犹可待。妾囊中尚有数百缗，当售附郭之田亩，日与老农耕耨别穰，卧漏复毳，凿井灌园。教其子知诗书之训，礼义之重；愿其有成，终身休庇妾之此身，如此而已……

这些话当然都很有道理，但如此冷静、理智，倒叫读者无从表示对她的同情了。她似乎并未用情感应对生活。

尤其令读者惊讶的是今本《青琐高议》所收清虚子《甘棠遗事》和蔡子醇《甘棠遗事后序》。这两篇都记温琬的事。温琬的母亲是妓女，而由姨父母抚养成人的温琬却酷爱诗书，不仅能一字不漏地默诵《孟子》，还明了其中义理。十四岁时，被迫落入娼籍。她设法除籍为民，还说服母亲，一同隐居汴京。此后，她一意读书、研究，著有《孟子解义》八卷，诗六百首，《南轩杂录》若干卷。这样一个人物，用传奇这种体裁来写，确乎是出人意外了。

其三，以事件为中心的叙事结构。

首先，宋人传奇通常以事件为中心，也稍稍顾及性格的刻画，《梅妃传》、《隋炀帝海山记》等，人物形象尚称鲜明，但极难见到氛围的渲染，而这是构成抒情特征的重要因素。无名氏《梅妃传》要算好的，如：

> 后上（指玄宗）暑昼寝，仿佛见（梅）妃隔竹间泣，含涕障袂，如花朦雾露状。妃曰："昔陛下蒙尘，妾死乱兵之手，哀妾者埋骨池东梅株旁。"上骇然流汗而寤。登时令往太液池发视之，不获。上益不乐。忽悟温泉池侧有梅十余株，岂在是乎？上自命驾，令发视。才数株，得尸，裹以锦裀，盛以酒槽，附土三尺许。上大恸，左右莫能仰视。

但比起唐代写杨贵妃死后玄宗感伤之情的小说，《梅妃传》就比较寻常了。

其次，缺少经营细节的兴趣，似乎只要说清事情的过程就够了。绿珠是中国古代著名的美女之一。唐代托名牛僧孺的传奇《周秦行纪》以戚夫人、王昭君、杨贵妃、潘妃、绿珠等众多女子为描写对象，绿珠并不处于小说的中心，但《周秦行纪》写她，仍能点染得风姿绰约：

别有善笛女子，短发，丽服，貌甚美，而且多媚，潘妃偕来。太后以接坐居之，时令吹笛，往往亦及酒。太后顾而问曰："识此否？石家绿珠也。潘妃养作妹，故潘妃与俱来。"太后因曰："绿珠岂能无诗乎？"绿珠乃谢而作诗曰："此日人非昔日人，笛声空怨赵王伦。红残翠碎花楼下，金谷千年更不春。"

这是一个活生生的绿珠。乐史《绿珠传》以绿珠为传主，反而枯瘠得多，写到绿珠的风韵，仅"绿珠吹笛，又善舞明君"二句。绿珠之死，本该泼墨淋漓，使激情与才情同时倾泻，乐史却惜墨如金，似乎毫无感慨。他写道：

（石）崇谓绿珠曰："我今为尔获罪。"绿珠泣曰："愿效死于君前！"崇故止之，于是坠楼。

笔路窘仄，无丝毫舒展气象；而描述生离死别，竟平静如古井之水，真叫人难以置信。

再次，叙事角度、叙事时间的安排单调板滞。凡方巾气重的宋人传奇，基本采用第三人称全知叙事，几乎全为顺叙。比起唐人传奇来，呈现全局性的退化趋势。文学史告诉我们：世界上不存在没有形式的"内容"，或没有内容的"形式"，因此，宋人传奇形式的退化意味着内容的同步退化：由无关大体的浪漫人生向枯涩的很少人生情趣的题材退化，即鲁迅《中国小说史略》所谓"士习拘谨"。① 传奇与拘谨是格格不入的。

三　话本体传奇的世俗化追求

宋人传奇的创作，存在一个富于趣味的呈对比状态的事实，即：一方面我们看见部分作者以超常的理智处理题材；另一方面又有一部

---

① 鲁迅：《中国小说史略》，67页，上海，上海古籍出版社，1998。

分作者深受宋代说话影响，以世俗化追求为其使命。这两类作者似乎水火不容，其实不尽然。他们的共同特点是都忽略了热烈而真纯的感情。所以，不难理解，同一个秦醇，他的《谭意歌》是理智而方巾气的，他的《温泉记》、《骊山记》却是色情而世俗的。他的人格呈分裂状态，宛如两个作者似的。

上一节我们考察了前一种情形，这一节我们便来考察第二种情形。

市民文艺在宋代崛起的标志是说话艺术的兴盛。世俗化追求是促使它蓬勃发展的核心因素。宋元说话，不仅其服务对象主要是市民，其艺人也大都来自于市民。宋周密《武林旧事》卷六《诸色伎艺人》所罗列的民间艺术家，擅长“讲史”的有乔万卷、许贡士、张解元、武书生、刘进士等，并非真有功名，只是说明他们虽置身下层，却也博览群书；擅长“小说”的有粥张三、酒李郎、故衣毛三、枣儿徐荣、爊肝朱、掇绦张茂等，则显而易见来自都市社会的下层。这样一群说话人，其说书的目的，如凌濛初《二拍》卷十二所坦率承认的：“从来说的书，不过谈些风月，述些异闻，图个好听。最有益的，论些世情，说些因果，等听了的触着心里，把平日邪路念头化将转来，这个就是说书的一片道学心肠。”① 道德与娱乐杂糅，而道德归根结底还是从属于娱乐，所以，说话人不奢望与正宗的雅文学并肩，他们所仰仗的是《太平广记》、《夷坚志》、《琇莹集》、《绿窗新话》等在高品位文化圈子里只能归于末流的作品，南宋罗烨《醉翁谈录·小说开辟》这样介绍说话人的学识：

> 夫小说者，虽为末学，尤务多闻。非庸常浅识之流，有博览该通之理。幼习《太平广记》，长攻历代书史。烟粉奇传，素蕴胸次之间；风月须知，只在唇吻之上。《夷坚志》无有不览，《琇莹集》所载皆通，动哨中哨，莫非《东山笑林》，引倬底倬，须还《绿窗新话》。论才词有欧、苏、黄、陈佳句；说古诗是

① 凌濛初著：《二刻拍案惊奇》，245 页，上海，上海古籍出版社，1983。

李、杜、韩、柳篇章。①

虽然也提到“历代书史”及欧、苏、黄、陈、李、杜、韩、柳，但不过从中寻找素材而已。一句话，说话人没有诗文作家那种兼济天下的抱负，甚至也没有唐代传奇作家与宋代轶事小说作家那种表达士大夫浪漫情趣和处世智慧的追求。他们心甘情愿地将其艺术的基本品格划归于“俗”，即郑振铎《中国俗文学史》所说：“不登大雅之堂，不为学士大夫所重视，而流行于民间，成为大众所嗜好、所喜悦的东西。”②

值得注意的是，部分传奇作家扮演了为说话人编写蓝本的角色。南宋罗烨的《醉翁谈录》和皇都风月主人的《绿窗新话》大量摘录古代的传奇故事，无疑是说话人的蓝本书；就连北宋刘斧所编撰的《青琐高议》，也可能是说话人的蓝本书，理由是：（1）有证据表明，其中有些故事确实被宋代说话人讲述过，如《青琐高议》别集卷四《张浩》，《醉翁谈录》题名《张浩私通李莺莺》，《宝文堂书目》著录有宋元话本《宿香亭记》，《警世通言》有《宿香亭张浩遇莺莺》；（2）每篇的题目之下，附有七字的副标题，如前集卷五《流红记》下附“红叶题诗娶韩氏”，卷十《王幼玉记》下附“幼玉思柳富而死”，别集卷二《谭意歌》下附“记英奴才华秀色”，《张浩》下附“花下与李氏结婚”，大约是备说话人写广告之用；③（3）文字俚俗，并用了不少口语词汇。

部分传奇作家为说话人编写蓝本的事实提示我们，在宋代，传奇已与俗文学合流。这种类型的传奇，乃话本与传奇的结合体，可名之为话本体传奇。

---

① 罗烨著：《醉翁谈录》，3页，沈阳，辽宁教育出版社，1998。

② 郑振铎著：《中国俗文学史》，1页，北京，商务印书馆，2005。

③ 清俞樾：《九九消夏录》卷十二《平话》：“宋刘斧所著《青琐高议》，每条各有七字标目，如‘张乖崖明断分财’、‘回处士磨镜题诗’之类，颇与平话体例相近。”见俞樾：《九九消夏录》，141页，北京，中华书局，1995。

与唐人传奇相比，话本体传奇呈现出四个引人注目的特点：

其一，为取悦于市民而创造了大量放诞不检的青年女性形象。

宋元说话的宗旨是娱乐，为有闲的市民提供娱乐，因而需要热闹有趣的故事。表现在题材选择上，宋元说话涉及最多的是“公案”和“风情”，尤其热衷于将“公案”与“风情”编织在一起；表现在人物塑造上，宋元说话常赋予青年女性放诞不检的性格，以满足听众的秽亵心理。其放诞不检与唐人传奇中的浪漫迥然不同。她们是主动型的，而非接受型的。比如《闹樊楼多情周胜仙》中的周胜仙。她是贩海商人周大郎的女儿，一天上茶坊去玩耍，在那里看到了范二郎，心里喜欢他，却苦于找不到机会交谈。于是她借口卖糖水的要暗算她，故意大叫，向范二郎传递信息：“好好，你却来暗算我！你道我是兀谁?”“我是曹门里周大郎的女儿，我的小名叫作胜仙小娘子，年一十八岁，不曾吃人暗算。你今却来暗算我！我是不曾嫁的女孩儿。”唐人传奇中有这样无拘无束的放肆女性吗？

宋人传奇却推出了一群这样的女子。《青琐高议》别集卷四《张浩》，可视为元稹《莺莺传》的翻案之作。男主角叫张浩，女主角姓李。李莺莺的性格是针对崔莺莺而塑造的。她到张浩的园子里赏牡丹，与张浩相遇。看似偶然，实则有意，她不加掩饰地对张浩说：“某之此来，诚欲见君。”希望他赠她“一物为信”，以此确定二人的婚姻关系，“亦用以取信于父母”。李氏的父母不同意这门婚事，她派人转告张浩，叫他别担心，又约他私下相见，“解衣就枕”。后来索性以自杀要挟父母帮她成其好事。在她身上，泼辣较风流给人的印象更深。

在唐人传奇中，杨贵妃的形象以风韵和深情为核心，是浪漫世界的爱情主角；宋人传奇却把她拉入卑污的三角关系中，画成了市井荡妇模样。《青琐高议》前集卷六《骊山记》叙贵妃日与安禄山嬉游，一日，醉戏无礼尤甚，引手抓妃乳间；又一日，妃出浴，对镜匀面，裙腰上微露一乳，玄宗扪弄曰：“软温新剥鸡头肉。”禄山对曰：“润滑初来塞上酥。”贵妃大笑道：“信是胡奴只识酥。”禄山出守渔阳，临行还“抱妃泣，久不止”。后举兵反叛，亦意在与贵妃“同欢”。

杨玉环快要成为《金瓶梅》世界中的人物了。

李氏、杨玉环等形象的出现，改变了传奇在唐代形成的基本品格；世俗化倾向已成为宋人传奇的特征之一。

其二，天真稚拙的想像取代了唐人传奇的书卷气。

宋元话本的想像是稚拙的，具有浓郁的民间趣味：活泼却不免浅陋。唐人传奇的想像则是超拔的，空灵蕴藉，未染上日常生活的凡近之气；尽管也不免奇特，却以前人的文化积累作为生发的基础，洋溢出浓郁的书卷气。所以唐人传奇之"奇"与宋元话本之"奇"实在是大不相同的。

宋人话本体传奇的想像与宋元话本属于同一类型：天真活泼而不免稚拙。比如男女恋爱主角，在唐人传奇中，无论她的社会身份如何，总要保持几分尊贵和韵致，感情生活的推进也大体遵循与其尊贵和韵致相协调的节奏。然而宋人传奇却热衷于直奔"苟合"的目标，推动情节进展的方式也表现出地道的市民趣味。比如北宋无名氏所作的《鸳鸯灯传》。原文未见传本，仅《蕙亩拾英集》存有梗概。南宋陈元靓《岁时广记》卷一二《约宠姬》引《蕙亩拾英集》云：

> 近世有《鸳鸯灯传》，事意可取，第缀缉繁冗，出于闾阎，读之使人绝倒。今一切略去，掇其大概而载之云。
>
> 天圣二年元夕，有贵家出游，停车慈孝寺侧。顷而有一美妇人，降车登殿。抽怀袖间，取红绡帕裹一香囊，持于香上，默祝久之。出门登车，掷之于地。时有张生者，美丈夫贵公子也，因游偶得之，持归玩。见红帕上有细字，书三章。其一曰："囊香著郎衣，轻绡著郎手。此意不及绡，共郎永长久。"其二曰："囊里真香谁见窃，丝纹滴血染成红。殷勤遗下轻绡意，好付才郎怀袖中。"其三曰："金珠富贵吾家事，常渴佳期乃寂寥。偶用至诚求雅合，良媒未必胜红绡。"又章后细书云："有情者得此物，如不相忘，愿与妾面，请来年上元夜于相蓝后门相待，车前有鸳鸯灯者是也。"生咏叹久之，作诗继之。其一曰："香来著吾怀，先想纤纤手。果遇赠香人，经年何恨久。"其二曰：

“浓麝应同谅体腻，轻绡料比杏腮红。虽然未近来春约，也胜襄王魂梦中。”其三曰：“自得佳人遗赠物，书窗终日独无寥。未能得会真仙面，时赏囊香与绛绡。”翌年元宵，生如所约，认鸳鸯灯，果得之。因获遇乾明寺。妇人乃贵人李公偏室，故皆不详载其名也。①

《蕙亩拾英集》说《鸳鸯灯传》“出于闾阎，读之令人绝倒”，的确如此。一个侯门侍妾，因“常渴佳期”而与人预定来年的艳遇，已属荒唐；而她采用的求偶方式则是掷香囊于地，无论谁拾得都将是她的情人。这种匪夷所思的想像，只能用市井趣味来解释。南宋罗烨《醉翁谈录》壬集卷一“负心类”载有《红绡密约张生负李氏娘》，还写到李氏与梁越英争风吃醋以及包公断案的情节，如果《醉翁谈录》所载与《蕙亩拾英集》所载均出于《鸳鸯灯传》原文，那就更能见出其想像之天真稚拙了。

其三，人物对话杂用口语。

宋元说话首先是诉诸人们听觉的艺术，它在语言方面必须通俗化、生活化。当宋代的传奇作者将说话人口述的故事用文言加以转叙时，通常都尽量抹去口语的痕迹，但仍然留下了驳杂不纯的斑点，如王明清《摭青杂说·盐商义嫁》（《说郛》卷三七）：“女常呼项为阿爹，因谓项曰：‘儿受阿爹厚恩，死无以报，阿爹许嫁我以好人，人不知来历，亦不肯娶我。今此官人，亦是一个周旋底人，又是尉职，或能获贼，便可报仇，兼差遣在澧州，亦可以到彼知得家人存亡。’项曰：‘汝自意如此，吾岂可固执，但去后或有不是处，不干我事。’女曰：‘此事儿甘心情愿也。’遂许之。”

其四，直接描写人物心理。

中国正宗的叙事体裁——史传，一向排斥直接心理描写。其理由是，人物的内心活动，他自己没有泄漏，作者从何知之？既然如此，

① 陈元靓：《岁时广记》（《续修四库全书》885册），234～235页，上海，上海古籍出版社，1996。

为了取信于读者，那就只能描写人物外在的言行。唐人传奇也谨守这一规范。但说话人却无视这一原则，他们创造了一个新的无所不知的惯例：说话人不仅知道故事中人物的外在言行，连他们的思虑也一清二楚。他们开拓出一片新的叙事空间。尝鼎一脔，不妨看看《错斩崔宁》。刘贵醉酒归来，敲门时，其妾陈二姐正打盹，开门晚了些，于是刘贵编了个玩笑话吓唬她，说是用十五贯的价钱把她卖了：

> 那小娘子听了，欲待不信，又见十五贯钱堆在面前；欲待信来，他平日与我没半句言语，大娘子又过得好，怎么便下得这等狠心辣手。狐疑不绝……那小娘子好生摆脱不下："不知他卖我与甚色样人家？我须先去爹娘家说知。就是他明日有人来要我，寻到我家，也须有个下落。"……

心理活动被直接描写出来，这是值得小说史家关注的一个现象。

宋代的话本体传奇也采用了这种新的叙事惯例，人物内心世界不再成为描写的禁区。如李献民《云斋广录》卷五《西蜀异遇》："生复避于亭上，沉思久之：以谓娼家也，则标韵潇洒，态有余妍，固非风尘之列；以谓良家也，则行无侍姬，入无来径，亦何由而至此？"①无名氏《苏小卿》："渐独坐自念曰：'我当日共伊花间叙别，指山为誓，永不别嫁，今已为娼。'"这在正史和唐人传奇中是没有先例的。

宋代话本体传奇的上述四个特点，使它的品格更近于话本而与唐人传奇风度大别。就这一点而言，说辞章化传奇"到唐亡时就绝了"，有一定的合理性。历史的事实是：宋代的辞章化传奇不足以与唐代的辞章化传奇相提并论，而宋代的话本体传奇又与辞章化传奇路数迥异。话本体传奇延续的不是唐人传奇的血脉。

---

① 李献民撰，程毅中、程有庆点校：《云斋广录》，25页，北京，中华书局，1997。

第十五章　宋代传奇小说

宋代传奇小说就总的趋势说，是在一条向下的滑坡上运行。北宋前期作者，以乐史为代表，用史家笔法，方巾气较重，偏于征实；钱易、苏舜钦等亦颇重要。北宋后期至南宋前期，以夏噩、王山、秦醇、张实、柳师尹、沈辽等为代表，所作以话本体传奇居多。南宋后期，传奇创作趋于沉寂。其整体水准不高，尽管仍有可读之作。

下面根据作品的署名情况，以“有名氏之作”、“无名氏之作”、“几部重要选集”为序加以评述。

一　有名氏之作

两宋有名氏可考的传奇小说作者，以乐史和秦醇最为重要，而他们又恰好代表了两种不同的创作倾向，其小说不妨说就是宋代传奇的一个缩影。其他作者，如钱易、苏舜钦、胡微之、张实、夏噩、王山、柳师尹、沈辽，也各有其贡献。

1. 乐史《绿珠传》、《杨太真外传》

乐史（930～1007年），字子正，抚州宜黄（今属江西）人。由南唐入宋，为著作佐郎，出知陵州。以献赋召为三馆编修，迁著作郎，直史馆，后转太常博士，出知舒、黄、商三州，再入文馆，掌西京勘磨司，赐金紫。著作甚富，有《太平寰宇记》二百卷，征引群书至百余种，考据精核。撰有传奇小说多种，以《绿珠传》、《杨太真外传》较为著名。

《绿珠传》写晋代富豪石崇之妾绿珠跳楼殉主的故事。赵王司马伦专权时，其党羽孙秀指名向石崇索取绿珠，为石崇拒绝。后石崇被逮，绿珠坠楼自尽。

《绿珠传》系以《语林》、《世说新语》及《晋书》中的旧文为本，稍加排比而成。乐史叙孙秀使人求绿珠一节，仅在旧文基础上增加了“妇人侍侧”及“皆蕴兰麝而披罗縠”、“君侯服御丽矣”三句，但却删掉了“使者曰：‘君侯博古知今……’”至“崇竟不许”等三十余字。《绿珠传》与旧文的关系由此可见一斑。

乐史精于地理学，《绿珠传》亦常拳拳于山水。如关于双角山、金谷涧、绿珠江、昭君村，乐史均详加铺叙，“又皆出于地志杂书者也”，① 仍是纂辑旧文，述而不作。

《绿珠传》连篇累牍的议论是它区别于唐人传奇的标志之一。唐人也发议论，但词气通脱，抒情意味较浓，不似乐史，冷峻而又喋喋不休。宋人传奇以训诫为宗旨，乐史是始作俑者。

《杨太真外传》，上下共二卷，系摭采《明皇杂录》、《开天传信记》、《安禄山事迹》、《酉阳杂俎》、《长恨歌传》等排比润饰而成。有关唐明皇、杨贵妃的逸事，略备于此。清周中孚《郑堂读书记》补逸卷二十八说：“今按其书，博采诸传记小说而成，复加考核而为之注，末系以论断。自唐以后，载杨妃事者不一书，当以是编为最详。”② 收罗全备，其功亦不可没。有了《杨太真外传》，“其他唐末五季之侈谈太真逸事者，皆可废也”。③

《杨太真外传》虽有中心人物，但并无中心情节。小说的魅力，主要是靠一系列的掌故形成的，这使它更近于轶事小说而与唐人传奇不同。如：

---

① 宋晁载之：《续谈助·绿珠传》，转引自侯忠义编：《中国文言小说参考资料》，340页，北京，北京大学出版社，1985。

② 周中孚：《郑堂读书记（补逸）》，662页，上海，商务印书馆，1940。

③ 汪辟疆：《唐人小说》之《长恨歌传》叙录，148页，上海，上海古籍出版社，1978。

> 至乾元元年，贺怀智又上言，曰："昔上夏日与亲王棋，令臣独弹琵琶，贵妃立于局前观之。上数枰子将输，贵妃放康国猧子上局乱之，上大悦。时风吹贵妃领巾于臣巾上，回身方落。及归，觉满身香气。乃卸头帻，贮于锦囊中。今辄进所贮幞头。"上皇发囊，且曰："此瑞龙脑香也。吾曾施于暖池玉莲朵，再幸尚有香气宛然。况乎丝缕润腻之物哉？"遂凄怆不已。

"埋玉树著土中，使人情何能已已。"玄宗的感伤之情，与轶事小说常写的因回首往事而惆怅哀婉的情调相通。

《杨太真外传》对后世小说、戏曲影响至巨。元白朴《梧桐雨》杂剧、清褚人获《隋唐演义》及洪升《长生殿》传奇等，无不取材于此。

2. 钱易《越娘记》、《王榭》

钱易（968～1026年），字希白，钱塘（今浙江杭州）人。咸平二年（999年）登进士甲科。景德三年（1006年）举贤良方正，除秘书丞、通判信州。历任开封知县、鸿胪少卿等职，官至翰林学士。著有《洞微志》及《南部新书》等。

《越娘记》见《青琐高议》别集卷三，题钱希白内翰撰，题下注云："梦托杨舜俞改葬。"写一个人鬼遇合的故事。大意是：书生杨舜俞自京往蔡，夜行至凤楼坡，遇见一位衣衫褴褛而有"出世色"的女子，此即越娘。越娘原为越州人，随丈夫来到北方。不幸战乱连年，丈夫死于战事，越娘被一武人霸占，不久，武人亦死于战事。越娘昼伏夜行，欲回故乡，为群盗所劫；越娘不甘受辱，"自缢于古木"，群盗乃埋之于此。舜俞见其貌美聪慧，以诗挑之，越娘婉拒，请舜俞将其尸骨迁葬于京西高地。舜俞游蔡回，履行诺言；后三日越娘来，二人"情若夫妻"。因人鬼殊途，越娘怕损害杨的身体，"请从此别"。舜俞思念不已，因爱而生恨，遂召道士作法擒缚越娘；见越娘惨遭"捶挞"，又求道士赦之。一夕梦见越娘，来道珍重。其墓人呼为越娘墓。

人鬼遇合是一个源远流长的题材，唐人所作的《独孤穆》，《聊斋志异》中的《公孙九娘》，都是这一类型中动人心弦的作品。与这两篇名作相比，《越娘记》在描写舜俞与越娘的感情方面，不免拘谨。作者以人鬼殊途为理由，安排越娘疏远舜俞，并让越娘将不明人鬼殊途之理的舜俞谴责了一通。经过这样的处理，一往情深的杨舜俞却在理智上失去了立足之地。如此贬低男主角，是因为作者关注的本来就不是男女之情，他要用人鬼殊途之理节制或压制浪漫的恋情。

作品的核心旨趣是写唐末五代的战乱留在世人心头的阴影。越娘的苦难身世是战乱造成的，她对此感受太深了，所以她一再说："宁作治世犬，莫作乱离人。""今之穷民，胜当时之卿相也。"小说中有两段话是刻意将乱世与治世对比着说的。一段出自越娘之口，说的是乱世的情形；一段出自杨舜俞之口，说的是治世的情形，两相对照，更见出乱世的恐怖。作者要突出这一层主旨，所以在写越娘时，总是突出她烙印着乱世痕迹的悲怨情怀。就实现这一艺术目标而言，《越娘记》是成功的。

南宋罗烨《醉翁谈录》烟粉类话本名目中有《杨圣俞》，宋元戏文之《凤凰坡越娘背灯》、元尚仲贤《越娘背灯》杂剧，皆演述这一故事。清代乐钧《耳食录》中《段生》一篇，亦受《越娘记》影响。

《王榭》见今本《青琐高议》别集卷四，有注云："风涛飘入乌衣国。"本篇原载刘斧《青琐摭遗》。南宋胡仔《苕溪渔隐丛话》后集卷一二《刘梦得》引《艺苑雌黄》云："比观刘斧《摭遗》载《乌衣传》，乃以王谢为一人姓名，其言既怪诞，遂托名钱希白，终篇又取梦得诗实其事，希白不应如此之谬，是直刘斧之妄言耳。大抵小说所载事，多不足信，而《青琐摭遗》诞妄尤多。"① 据此，则《王榭》原名《乌衣传》（南宋吴曾《能改斋漫录》卷四《辨误·王

① 胡仔纂集，廖德明校点：《苕溪渔隐丛话》（下），93页，北京，人民文学出版社，1962。

谢燕》亦云："近世小说尤可笑者，莫如刘斧《摭遗集》所载《乌衣传》。")①，"榭"一作"谢"，作者署为钱希白。本书将《王榭》的著作权归于钱易。

小说叙唐代金陵人王榭以从事海外贸易为业，因飓风覆舟，被飘至乌衣国。登岸，为乌衣翁媪引至其家，并称榭为主人郎。翁有女甚美，许配王榭。久之，榭怀乡欲归，乌衣国王令榭乘飞云轩，由翁媪护送，"合目，但闻风声怒涛，既久，开目，已至其家。"见梁上有双燕呢喃，方悟所止之处为燕子国。燕子为客，故称榭为主人郎。

唐代诗人刘禹锡写过一首《乌衣巷》诗："朱雀桥边野草花，乌衣巷口夕阳斜。旧时王谢堂前燕，飞入寻常百姓家。"钱易以王榭（或作"王谢"）为人名，又以乌衣为燕子国号，构想出一个"风涛飘入乌衣国"的故事，其中似乎不无感慨。他是吴越王的子孙，钱俶归宋，钱易诸人也宛如"飞入寻常百姓家"的"旧时王谢堂前燕"了；呼他人为主人郎，滋味不一定好受。

《王榭》很早就引起了读者关注，宋人张敦颐《六朝事迹类编》已将此文引为典据。

《青琐高议》后集卷六收《桑维翰》一篇，亦题"钱希白内翰作"。写桑维翰大拜，因与姜岵秀才年轻时有隙，遂诬以谋反罪斩之。姜诉于天帝，并与同样被桑冤杀的唐赞一起来索桑命，不久桑死。《新五代史》称桑权势极重，"素以威严自持，晋之老将大臣，见者无不屈服"，小说写他恃权跋扈，可谓事出有因。但他事实上是被叛降契丹的将领张彦泽所杀，姜、唐索命的情节乃出于虚构。小说的细节描写较为精彩。

3. 苏舜钦《爱爱歌序》

苏舜钦（1008～1048年），字子美，原籍梓州铜山（今四川中江），实居河南开封。曾任长垣知县、大理评事。庆历"新政"时期，由范仲淹推荐任集贤校理，后被诬陷除名，退居苏州沧浪亭，寄

① 吴曾：《能改斋漫录》（上册），81页，北京，中华书局，1960。

情园林山水。诗与梅尧臣齐名，时称“苏梅”。有《苏学士集》。

《爱爱歌序》是苏舜钦《爱爱歌》前的序，或者说，是一篇以诗序形式出现的传奇小说。原作已佚。张邦基《侍儿小名录拾遗》引作苏子美《爱爱集》，保存的文字较为完整。爱爱与张逞的感情，属于那种既不能说好也不能说坏的感情。张逞身为豪华公子，不光花钱散漫，有“玩”的物质条件，而且通晓音律，还能玩出点艺术氛围。“京都伟丽之观”，他处处争先，真有一种“金谷、郿坞，索性豪华到底”的气象。但换一个角度来看，张逞沉溺在与一个“奔妾”朝欢暮乐的生活中，他是有负于父母的养育和教诲的。父母将他“捕去”，正是意料之中的事。徐积在《爱爱歌序》中给张逞作的鉴定是：“爱爱所奔，即江宁富人张氏也。张氏纳奔妾于外，弃父母而不归，以至其父捕去。此乃不孝之大者，固不得齿为人类，虽夷狄禽兽之不若也。”① 这也是一般规矩人对张逞的看法。张逞的为人如此荒唐，爱爱何以会倾慕不已？徐积认为，如果不是别有苦衷，爱爱选择张逞就不值得同情；苏舜钦之作，“其辞淫漫而序事不得爱爱本心，甚无以示后学”，是一篇失败的作品。那么，爱爱的苦衷是什么呢？徐积《爱爱歌序》说：爱爱之所以随张逞私奔，是因为置身于娼妓之家，要保全自身清白“不为其党所污”，只能走这条路。这是她与其他“义烈之女”“迹异”之处。而就其出污泥而不染并最终守节而死来看，她与其他“义烈之女”无疑是“心同”的。徐积所说的，就是所谓“本心”。

徐积明确地以“节烈”来阐释“爱爱本心”，他自己为此非常得意，认为这才能够“解学者之惑”。但是，感情的逻辑未必和道理的逻辑完全一致，爱爱的感情更不一定能用道理来规范。理性和理智从来不是生活的惟一支配者。尤其是在恋爱中，感情有它自身的运行轨迹，或与理性并行，或与理性对立，或与理性大体协调，但很少绝对从属于理性。徐积企图抹杀这一事实，因而显得专断、鲁莽；苏舜钦

① 徐积：《节孝先生文集》卷十三《爱爱歌》并序。转引自程毅中编：《古体小说钞》（宋元卷），93页，北京，中华书局，1995。

尊重并表现出了这一事实，因而成为一个值得推重的传奇作者。

从《爱爱歌序》现存的佚文来看，小说文笔清丽，字里行间荡漾着几许如春草绵绵的情思，堪称佳作。《醉翁谈录》传奇类话本中有《爱爱词》一种，所叙当即杨爱爱故事。

4. 胡微之《芙蓉城传》

胡微之，生平不详。微，一作徽。所作《王迥子高芙蓉城传》，取材于北宋盛行的王迥（字子高）遇仙女周瑶英的传说。原作已佚，仅见《绿窗新话》（不注出处及撰人）及《施顾注苏诗》、《集注分类东坡先生诗》引有残文。《绿窗新话》卷上《王子高遇芙蓉仙》,①略存小说梗概。

《芙蓉城传》所写的王子高，乃北宋时人，与苏轼是亲戚。苏轼元丰元年（1078年）作《芙蓉城》诗，其引云："世传王迥子高与仙人周瑶英游芙蓉城。元丰元年三月，余始识子高，问之信然。乃作此诗，极其情而归之正，亦变风止乎礼义之意也。"这样说来，王子高遇仙似乎真有其事。其实，说"止乎礼义"，就暗示所谓遇仙不过是艳遇的另一种说法。当时许多人也以为王子高在私生活方面不太检点，如朱彧《萍洲可谈》卷一《奇俊王家郎》载："朝士王迥，美姿容，有才思，少年时不甚持重，间为狎邪辈所诬，播人乐府，今《六么》所歌'奇俊王家郎'者，乃迥也。元丰中，蔡持正举之可任监司，神宗忽云：'此乃奇俊王家郎乎？'持正叩头谢罪。"② 连皇帝都知道王子高"奇俊"，可见他给时人留下的印象。《芙蓉城传》将艳遇转换为遇仙，借鉴了宋玉《高唐赋》和唐人《后土夫人传》等作品，在北宋传奇中，还能给人一些新鲜感。

---

① 题中之"高"及正文中"王子高"之"高"，原文均作"乔"，此据《施顾注苏诗》等改作"高"。

② 上海古籍出版社编：《宋元笔记小说大观》，2298页，上海，上海古籍出版社，2001。

5. 张实《流红记》

张实，字子京，魏陵人。约生活于北宋中期。所作《流红记》，见《青琐高议》前集卷五。《绿窗新话》节录此记，题《韩夫人题叶成亲》。

唐代有两个红叶题诗故事：一见于《云溪友议》，男主角是卢渥，后来与宫女成婚；一见于《本事诗》（亦见于《云溪友议》），男主角是顾况，题诗而并未成亲。张实将两个故事合并在一起，改男主角姓名为于祐，增加了一些曲折。

小说大体情节是：唐僖宗时，书生于祐在御沟中拾得一片从宫中漂出的红叶，上题一绝："流水何太急，深宫尽日闲。殷勤谢红叶，好去到人间。"于祐喜其句意新美，乃藏于书笥，终日味咏。复题诗二句于红叶，置御沟上游流入宫内。后于祐累举不第，往依河中贵人韩泳。值宫中遣出宫女二十余人，韩泳乃为于祐聘韩氏为妻。韩氏见于祐书笥中红叶，谓诗即她作；又出所得红叶，诗乃于祐所作。二人相对感泣，乃叹姻缘前定。

《流红记》的文笔偶有佳处。结尾大谈"天理可合，虽胡越之远，亦可合也。天理不可，则虽比屋邻居，不可得也。悦于得，好于求者，观此可以为诫也"，立意平淡。设想于祐得到题诗的红叶后"自此思念，精神俱耗"，"数月来，眠食俱废"，修饰过分，反成做作。

后人引用红叶题诗典故，多据《流红记》。明王骥德作传奇剧《题红记》，祝长生作传奇剧《红叶记》，大加增饰，去本事甚远。

6. 夏噩《王魁传》

夏噩，字公酉，越州（今浙江绍兴）人。嘉祐二年（1057 年）以明州观察推官登才识兼茂明于体用科，授光禄寺丞。后知长洲县，嘉祐六年，两浙路提点刑狱王道古奏其私贷民钱，被削职。治平二年（1065 年）游衡阳，曾作诗赠名妓王幼玉。李献民《云斋广录》卷六《王魁歌引》云："故太学生王魁，嘉祐中行艺显著，藉藉有声。

先丞相文公爱其美才，奏赋宸廷，为天下第一。中间坎壈失志，情随物迁，遂欲反正自持，投迹功名之会，而卒致妖衅，以殒厥身，可胜惜哉！贤良夏噩尝传其事，余故作歌以伤悼之云尔。”据此，夏噩作传奇小说《王魁传》，当属事实。原作已佚，《类说》卷三四《摭遗》所收《王魁传》，不注作者姓名，约四百七十余字，粗存梗概。《侍儿小名录拾遗》亦引《摭遗》，节略更甚，才二百三十余字。叙北宋王魁下第失意时，得妓女桂英资助，深为感动，曾北望海神庙发誓：“吾与桂英誓不相负，若生离异，神当殛之。”后大魁天下，抛弃桂英。桂英愤而自杀，死后鬼魂显灵，逼死王魁。

王魁之“魁”，即状元的意思，其真实姓名乃王俊民。他是嘉祐六年（1061 年）状元，据张师正《括异志》卷三《王廷评》记载，王俊民中状元授官不久，即患精神病，梦女子索命而死；他曾与某妓女有解不开的恩怨。王俊民患精神病无疑是事实，但《括异志》对其死因和死的方式的说明，可能是错的。周密《齐东野语》卷六《王魁传》引有王俊民的朋友初虞世的一段为王俊民辩诬的文字，强调王俊民是服药不当，中毒而死，从无狎妓弃妓之事。①

摆脱对真人真事的纠缠来看《王魁传》，我们发现，它提出了一个重要的社会问题。中唐以前，朝廷的重要职位主要被门阀贵族所占据；中唐以后，经由科举考试而发迹的文人成为上流社会的主体。科举考试的功能之一是促进社会阶层的变动。“今日蓬门士子，明日庙堂重臣”，这已经不是想像，而是事实。“十年寒窗无人问，一举成名天下知。”这种情形不是特例，而是很多。相当一部分进士是从贫寒中奋斗出来的。在他们发迹之前，有的已有糟糠之妻，有的得到过种种渠道的帮助，而登第之后，又不一定能以涌泉报滴水之恩，甚至还有知恩不报或忘恩负义的人，于是，有关读书人负心的故事开始成为一个重要的情节母题。夏噩《王魁传》是其中较早的一篇。它写王魁抛弃桂英，当时的考虑是：一、“科名若此，以一娼玷辱”；二、

① 上海古籍出版社编：《宋元笔记小说大观》，660 页，5502～5504 页，上海，上海古籍出版社，2001。

“家有严君不容”。的确，大魁天下的状元娶妓女为妻，岂不令人笑掉大牙？他父亲怎么会接受这样的儿媳？小说对人物心理的把握，大体是准确的。

南宋罗烨编撰的《醉翁谈录》辛集卷二收有《王魁负心　桂英死报》一篇，语言浅易俚俗，风格近于话本，大约经过了后人的修改。对于这一文本，我们将在讨论《醉翁谈录》时一并予以评述。

王魁故事在书生负心类作品中流播格外广远。洪迈《夷坚志》有《满少卿》一文（见今本《夷坚志补》卷一一），写满少卿抛弃焦氏女，被焦氏鬼魂杀死，结尾特意交代：“此事略类王魁。”宋元南戏中的《王魁负桂英》、元尚仲贤的杂剧《海神庙王魁负桂英》、明代王玉峰的《焚香记》传奇（今存）等，绵延相续，显示了这一题材的巨大生命力。

7. 王山《盈盈传》

王山，大名（今河北大名东北）人。仁宗皇祐五年（1053年）应省试不第，余不详。著有《笔奁录》七卷，已佚。洪迈《夷坚三志己》卷一有《吴女盈盈》、《长安李妹》两篇，《吴女盈盈》末注：“山（王山）有《笔奁录》详记所遇。”《长安李妹》末注：“亦见《笔奁录》。”①《夷坚志》系节略梗概，已非原文。

《吴女盈盈》原文较完整地保留在北宋李献民编《云斋广录》卷九，题为《盈盈传》。《盈盈传》以第一人称自述王山与盈盈的一段情缘。皇祐（1049～1053年）年间龙图阁学士田公节制东海，王山下第来游，于公宴中遇吴女盈盈。盈盈能歌善舞，长于弹筝，因爱好词章，从王山学词一月。王山归魏，一年后，盈盈托人寄来《伤春词》，王作长歌答之。又一年，王山游山东，知盈盈已去世。有王通判告王山云，盈盈梦红裳美人传玉女命，邀其掌奏牍，不久卒。嘉祐五年（1060年），王登泰山，一夕为女奴召至一宫殿，盈盈伴宿，天明置酒泣别，感怆不已。

---

① 洪迈撰：《夷坚志》，1309页，1310页，北京，中华书局，1981。

《盈盈传》颇有沈亚之传奇的风调。青春与生命的凋谢是一个令人黯然神伤的话题。盈盈去世时还不到十八岁，偏偏她又是一个感觉敏锐、感情细腻的人，时常因芳时不再、烟景难留之类的景物变化而伤感。这样一个富于诗人气质的人，她在我们这个彩云易散、琉璃易碎的人间不可能停留太久。从这样的角度来看盈盈的《伤春词》，我们不仅体会到她对青春与生命的深挚眷恋，以及因其徒然的眷恋而产生的无从排解的忧伤；而且，我们预感到她将不久于人世，果然，一年后，她便去了另一个世界。

盈盈《伤春词》"一旦碎花魂，葬花骨"诸句可以引读者联想到《红楼梦》中的黛玉及其《葬花吟》，二者的意象及含蕴确乎是相近的。

8. 柳师尹《王幼玉传》

柳师尹，卫县（今河南淇县东）人。约生活于北宋中期。所作《王幼玉记》，见《青琐高议》前集卷十。写衡阳名娼王幼玉与东都人柳富一见钟情，因故未能结合，抑郁而死。幼玉渴望从良，但由于种种阻力，她的追求最终失败。临终前，她剪下秀发一缕、手指甲数个，托侍儿转交远在异地的柳富；辞世之后，又托梦柳富，愿来世再续前缘。王幼玉的悲剧形象，与霍小玉等相比，有其特色。

柳富则写得较为虚渺。小说称他为"豪俊之士"，但实在看不出他有何"豪俊"之处，只见他时而"洒涕"，时而"伤感"，却从未想办法克服困难。他与幼玉一见倾心，"风前月下，执手恋恋，两不相舍"，互有嫁娶之意。但在家中频频促归后，他也就忍痛割爱，别幼玉而去。临行虽曾焚香结盟，但家中事务一多，他也就顾不得如约南下了。正是由于他迟迟不能履约，导致幼玉相思成疾而死。他与《霍小玉传》中的李益相近，只是作者不忍指斥他而已。

9. 沈辽《任社娘传》

沈辽（1023～1085 年），字睿达，钱塘（今浙江杭州）人。《梦溪笔谈》作者沈括之侄。应举不第。熙宁（1068～1077 年）初为审官西院主簿，因与长官不合罢去。后以太常寺奉礼郎监杭州军资库，寻摄华亭县，坐事流放永州，赦迁池州。筑室齐山之上，名曰云巢。著有《云巢编》十卷。

《任社娘传》见《云巢编》卷八。吴越名娼任社娘，“妙丽善歌舞，性甚巧；其以意中人，人辄不自解”。乾兴年间侍郎陶穀出使吴越，吴越王令社娘诱惑陶穀。社娘扮作阍者女，骗陶为她写了“好姻缘”歌。次日，吴越王于山亭宴请陶，陶打听任氏在何处，吴越王使社娘出拜，陶穀方知中计。吴越王厚赐社娘。社娘年老，以其巨额资产建佛寺仁王院。小说叙社娘“诈为阍者女”一段，颇为精彩。

陶穀出使为歌妓填词一事，当时有多种传闻。郑文宝《南唐近事》卷二和文莹《玉壶清话》卷四说是陶穀出使南唐时为歌妓秦弱兰而作；胡仔《苕溪渔隐丛话》卷二十四云：“小词《春光好》‘待得鸾胶续断弦，是何年’之句，《江南野录》谓是曹翰使江南赠娼妓词，《本事曲》谓是陶穀使钱唐赠驿女词，《冷斋夜话》谓是陶穀使江南赠韩熙载歌妓词，是一词而有三说也。”① 但今本《江南野史》、《冷斋夜话》和赵万里辑本《时贤本事曲子集》均不载此词。沈辽在传末说：“余初闻乐章事，云在胡中，盖不信之。然其词意可考者，宜在他国。及得仁王院近事，有客言其始终，颇异乎所闻，因为叙之。”在多种传闻中，沈辽选择了他认为较可信的一种。作者长于细节描写，渲染任社娘“出于天资”的妩媚，颇为生动。在宋人传奇中，《任社娘传》是较为出色的。

后世以陶穀事为题材的作品，著名者有元戴善甫《陶学士醉写风光好》杂剧。该剧以秦弱兰为女主角，但第四折演陶、秦在吴越重会，大约也参考了《任社娘传》。

---

① 胡仔：《苕溪渔隐丛话（前集）》，166 页，北京，人民文学出版社，1962。

10. 秦醇《赵飞燕别传》、《谭意歌》等

秦醇，字子复，一作子履，亳州谯（今安徽亳县）人。时代不详。刘斧编的《青琐高议》中收有他的四篇传奇，即《谭意歌》、《赵飞燕别传》、《骊山记》、《温泉记》。

《谭意歌》叙良家女子谭意歌，父母双亡，流落为娼。颇有文才、姿色，常与名公吟诗属对。与汝州民张正字相悦，婚约甚坚，而张迫于母命，竟另娶；三年后，张妻殁，再迎意歌。意歌以明媒正娶为条件，重归于好。后其子成进士，意歌"终身为命妇。夫妻偕老，子孙繁茂"。

鲁迅《唐宋传奇集·稗边小缀》认为："秦醇此传，亦不似别有所本，殆窃取《莺莺传》、《霍小玉传》等为前半，而以团圆结之尔。"① 小说与《霍小玉传》的关系更为密切。不仅张正字的性格近于李益，场面的设计及描写亦模拟蒋作。

《赵飞燕别传》一题《赵后别传》、《赵后遗事》，系据旧题为汉伶玄所作《赵飞燕外传》改写，描叙汉成帝皇后赵飞燕、昭仪赵合德的荒淫故事。两篇大体构架相似，但在命意、细节、文字等方面存在差异：

其一，命意不同。托名伶玄的《赵飞燕外传》，旨在表达盛衰无常的感慨。秦醇《赵飞燕别传》则在劝善惩恶的道德旗帜下表达了作者对色情的兴趣。一方面，秦醇以压抑不住的兴致细述汉成帝、赵飞燕、昭仪的荒淫无度的生涯；另一方面，他又附和传统的伦理道德，谴责他们，甚至令昭仪受"冥谴"，被"罚为巨鼋，居北海之阴水穴间，受千岁水寒之苦"。这与《赵飞燕外传》坦率承认好色是"慧男子"行径大不一样，而道德的惩戒亦不如"感之以盛衰奄忽之变"来得自然。

其二，《赵飞燕外传》写汉成帝诸人的放荡，虽亦流于病态，但不像秦醇《别传》竭力将飞燕、昭仪写得穷凶极恶：飞燕诈托有孕，

---

① 鲁迅校录：《唐宋传奇集》，246页，济南，齐鲁书社，1997。

以高价买民间婴儿冒充；昭仪甚至歹毒到“宫人凡孕子者，皆杀之”。其凶悍淫荡，无以复加。

其三，托名伶玄的《外传》，语言“淳质古健”，而秦醇《别传》则较为通俗平易。

上述的三个差异，说明一点：秦醇《别传》是一篇典型的话本体传奇。

如果说《赵飞燕别传》已显示出秦醇作为话本体传奇作者的风格特征的话，《骊山记》和《温泉记》则是更有说服力的例证。《骊山记》记北宋名士张俞与友人偕游骊山，遇一田翁，翁出示骊山宫殿图，为张俞细述有关明皇贵妃的往事。其主体部分所叙即杨贵妃与安禄山的私情，故《绿窗新话》卷上摘引此段，题为《杨贵妃私安禄山》。杨贵妃在一场三角恋爱中扮演了淫妇的角色。

《温泉记》的情节与《骊山记》相关，写张俞题咏骊山之后的事。他夜宿温汤市邸，被冥吏召去，见太真仙妃。太真赐张俞浴于温泉，妃亦自浴，又对榻而寝。张俞情不可遏，欲与妃合，妃以“吾有爱子心，子有私吾意，宿契未合，终不可得”婉拒。梦觉，太真梦中所赠百合香宛在。《温泉记》仿宋玉《高唐赋》而作，表达一种期待艳遇的情怀。但对色情的兴趣如此浓烈，仅从《高唐赋》的传统找不到合理解释，只有与宋代说话联系起来加以考察，才能给予令人信服的说明。

二　无名氏之作

宋代无名氏的传奇小说，与有名氏的创作一样，也可分为两种类型：一类是话本体传奇，如《张浩》、《苏小卿》；一类是辞章化传奇，但与唐人传奇相比，方巾气较重，如《梅妃传》、《李师师外传》。关于隋炀帝的几篇，除《隋遗录》外，大体上属于第一类。

1. 关于隋炀帝的几篇传奇

宋代传奇多讲古事，仅以隋炀帝传说为题材的就有好几部，如

《隋遗录》、《迷楼记》、《海山记》，《开河记》叙麻叔谋奉隋炀帝之命开运河到被腰斩的始末，亦与炀帝有关。① 这几篇传奇，为后世历史小说的创作提供了重要素材，长篇如《隋唐志传》、《隋炀帝艳史》、《隋唐演义》、《隋史遗文》，短篇如《醒世恒言》第二十四卷《隋炀帝逸游召谴》等，概由它们演变而成。

《隋遗录》，凡上下二卷，原名《南部烟花录》，又称《大业拾遗记》。旧题唐颜师古撰。胡应麟《少室山房笔丛·四部正讹下》说："《隋遗录》，一名《南部烟花录》，文绝鄙俗，而称颜师古，殊可笑也。"② 传奇中载陈后主诗云："夕阳如有意，偏向小窗明。"实为唐人方域诗；下卷记隋炀帝与萧后夜话，有"侬家事一切已托杨素了"之语，此时杨素早已死去，颜师古不会如此疏谬。

小说记大业十二至十四年间隋炀帝幸江都时宫中秘事。卷上的主要事件和人物有：炀帝幸宫女、麻叔谋开河、何妥进牛车、梦遇陈后主及司花女袁宝儿、殿脚女吴绛仙、宫婢罗罗之事；卷下的主要事件和人物有：与萧妃夜语、建迷楼、赐吴绛仙合欢果、与杳娘萧妃拆字及宫婢雅娘、来梦儿之事。

在中国古代小说中，帝王经常扮演两种角色：一是充当好色之徒，他沉湎后宫，胡作非为；小说家一方面借这个人物制造戏剧性，另一方面又通过批判他而使作者本人获得优越的道德立足点，《醒世恒言》第二十三卷《金海陵纵欲亡身》是一个标本。二是以"有风情"的文人的化身出现，怜香惜玉，荡佚不检；作者乐于向他认同，因为这样一个人物，散发出的正是作者所自诩的"辞人才子"的气息，《隋遗录》便属于这种情形。作者意在为"辞人才子"提供"谈柄"，隋炀帝是被当做风流天子来写的，他的种种恣纵之举，是韵事

① 这四篇小说，李剑国《唐五代志怪传奇叙录》指为唐代作品，其理由有："隋炀之事晚唐盛传，文士颇喜道之"；"才人美女相对必赋诗吟歌，意尽方休，全系唐人作风"，等等。详见555～563页，894～903页，天津，南开大学出版社，1993。本书仍遵从惯例，归于宋代。

② 胡应麟：《少室山房笔丛》，319页，上海，上海书店出版社，2001。

而非俗恶的行为。

《隋遗录》的情节，多与史实不符；掌故似的片断太多，又使它缺少中心，但文笔明丽，情致绰约，不乏纤婉的想像与细致的描写。

《隋炀帝海山记》凡上下二卷。见《青琐高议》后集卷五。当为北宋人所作。

传奇的内容由两个侧面组成：一是铺陈隋炀帝的奢靡之迹，如辟西苑、天下贡鸟兽草木、起十六院、凿五湖北海等，均在上篇。作者努力模仿唐代苏鹗的《杜阳杂编》，但才气不足，显得力不从心。二是对昏君逆臣加以指责，所叙情事集中在下篇，如炀帝梦陈后主、玉李杨梅茂盛、北海射鲤、牛庆儿梦帝焚、东幸维扬、龙舟闻歌、袁充推天象、王义上书、炀帝遇害等。在隋炀帝灭亡前夕，矮人王义上书，阐明一个道理：炀帝大势之去是他穷兵黩武、拒谏饰非、奢侈糜烂所致。王义的辞气异常痛切，代表了作者的看法。

《海山记》的想像，天真有余，可能来自于民间传说。比如传奇写天下人望归于李渊，采用了天人感应的思路：诸如杨梅枯死（象征炀帝之死）、鲤（李）长角成龙（天子）等，均属同一类型。推论起来，民间传说中的朝代兴亡，必然伴随着一系列奇异的自然现象，否则不是太乏味了吗?《四库全书总目提要》卷一四三谓《海山记》等“同出依托”,① 其把握是准确的。

《迷楼记》，见原本《说郛》卷三十二。又题《炀帝迷楼记》、《隋炀帝迷楼记》。一卷。可能为北宋人所作。

《迷楼记》专叙炀帝晚年沉迷女色的情事。近侍高昌推荐巧匠项升建成一座幽房曲室、玉栏朱楹的宫室，炀帝大喜，谓“神仙游其中，亦当迷惑”，称之为迷楼。遂选美女数千置其中，每一幸数月不出。大夫何稠献御童女车，帝于车中御女，名“任意车”。上官时又进乌铜镜，御女情景皆入镜中。帝迷色疲惫，矮民王义谏之，不听。宫女无数，被闲置者极多，宫女侯夫人因而自尽。大业九年，闻宫人夜歌“河南杨柳谢，河北李花荣”云云，炀帝预感隋将灭亡。后唐

---

① 永瑢等撰：《四库全书总目》，1216页，北京，中华书局，1965。

王提兵入京，焚烧迷楼。

传奇从沉迷女色这一侧面刻画了隋炀帝的平庸性格。

第一，他无节制地追逐女色，而不明白他的身体承受不了。而且，越到晚年，“沉迷”越甚，经常在迷楼中，一呆就是个把月，结果他很快就受到了惩罚：终日疲惫不堪。

第二，隋炀帝不懂，过度耗费民力不利于统治的稳固。他的垮台与其荒淫是有关系的。

《迷楼记》交代迷楼的地理位置在长安，这是一个常识错误，所以清周中孚《郑堂读书记》说它是“宋人之不学者为之”。①

《开河记》，见原本《说郛》卷四十四。一题《炀帝开河记》、《隋炀帝开河记》。一卷。写隋炀帝命征北大总管麻叔谋开掘直达广陵的河道，以备游幸；麻叔谋借机贪污受贿，滥杀民夫，蒸食民间小儿，最后事发被诛。其中颇多荒诞不经之谈。

《开河记》对隋炀帝的描写，较之于麻叔谋，似更传神。比如小说交代隋炀帝开河的动机：

> （炀帝）时游木兰庭，命袁宝儿歌《柳枝词》。因观殿壁上有《广陵图》，帝瞪目视之。移时不能举步。时萧后在侧，谓帝曰：“知他是甚图画，何消皇帝如此挂怀。”帝曰：“朕不爱此画，只为思旧游之处。”于是帝以左手凭后肩，右手指图上山水及人烟村落寺宇，历历皆如目前。

于是想到了游幸广陵，于是想到了开河。炀帝不是寻常的昏君，他能说善道，文章也写得好，其风雅以病态的方式表现出来，便是昏暴。这样来写炀帝，就使他成了黑格尔所说的“这一个”。唐代开元间诗人王泠然《汴堤柳》云：“隋家天子忆扬州，厌坐深宫傍海游。穿地凿山开御路，鸣笳擂鼓泛清流。流从巩北分河口，直到淮南种官柳。功成力尽人旋亡，代谢年移树空有。当时彩女侍君王，绣帐旌门对柳

① 周中孚：《郑堂读书记》，1247页，上海，商务印书馆，1940。

行。青叶交垂连幔色，白花飞度染衣香……”① 王泠然的诗，可与《开河记》的描写相互发明。

历史上的隋炀帝是个耐人寻味的人物，司马光《资治通鉴》唐纪八贞观二年六月，唐太宗说：“朕观《隋炀帝集》，文辞奥博，亦知是尧、舜而非桀、纣，然行事何其反也！”② 欧阳修《集古录跋尾·唐景阳井铭》亦云：“其石槛《铭》，有序称‘余’者，晋王广也……炀帝躬自灭陈，目见叔宝事，又尝自铭以为戒如此，及身为淫乱，则又过之。”③ 其言行的歧异极具戏剧性。这或许就是宋人对隋炀帝格外感兴趣的原因所在吧。

2. 其他无名氏的传奇

除开写隋炀帝的几篇传奇，其他无名氏的作品究竟有多少，尚无准确统计。但可以负责任地说一句，《张浩》、《苏小卿》、《梅妃传》、《李师师外传》等是其中较为出色的或有代表性的几篇。

《张浩》见今本《青琐高议》别集卷四，题注“花下与李氏结婚”。南宋初皇都风月主人编《绿窗新话》卷上收入本篇，题为《张浩私通李莺莺》。

小说明显带有依仿《莺莺传》的痕迹，如开头写张浩一节，张浩的几句关键言词，都是从《莺莺传》脱胎而出。作者对《莺莺传》太熟悉了。

《张浩》在某种意义上又可视为《莺莺传》的翻案之作，这突出表现在李氏形象的塑造上。崔莺莺在处理与张生的关系时，时常想到不要有失身份，李氏却从无这种顾虑。她主动向张浩表示愿结百年之好，她主动逾墙与张浩私下结合，她甚至以投井自杀胁迫父母认可这桩婚事。适值张浩迫于叔父之命，另外订婚孙氏，李氏竟亲自诣府上诉，终由府尹作伐，与张浩结婚。

---

① 曹寅编：《全唐诗》卷一一五，文渊阁四库全书本。
② 司马光：《资治通鉴》，1321 页，北京，团结出版社，1997。
③ 欧阳修：《欧阳修全集》，1165 页，北京，中国书店，1986。

明冯梦龙编撰的《警世通言》第二十九卷《宿香亭张浩遇莺莺》，据考为南宋后期的话本；① 晁氏《宝文堂书目》著录有《宿香亭记》，当即此篇。一篇传奇小说被当时人改编为话本，且情节安排、人物性格大体保持一致，表明二者在品格上相近，颇合市民阶层的口味。其中若干片断，因使用白话的缘故，意思更为明白晓畅，有助于我们阅读《张浩》。

《永乐大典》卷二四〇五引有《苏小卿》一篇，出《醉翁谈录·烟花奇遇》，不著撰人。《醉翁谈录》今存金盈之、罗烨二本，但金本系杂记琐闻，罗本多收唐宋传奇，且"烟花奇遇"的标目，与罗本"烟粉欢合"、"烟花品藻"等分类相近，准此推论，《苏小卿》当属罗本佚文。

《苏小卿》写苏小卿与双渐的故事。闾江知县苏寺丞之女小卿，游园时邂逅郡吏双渐，爱其才貌，合欢于花间，嘱双渐回家读书，取得功名后再来求婚。双渐苦志二载，功业一成。打听小卿消息，知她父母双亡，流落青楼。双渐偕友往游妓馆，忽遇小卿。时小卿已为司理院薛官人包占，将置为妾。两年后，双卿任满归京，夜泊豫章城下，忽见小卿在画舸中品弄琵琶，"遂自歌而挑之"。小卿随双渐潜逃，后得偕老。

在传奇中，苏小卿虽被赋予宦家千金的身份，并能吟诗作赋，但将她视为风尘女子却无疑更合适一些。比如，初见双渐，她便胁迫这个才貌俱佳的异性与她苟合。如此形象，如果不是风尘女子，或者，如果小说作者不是以风尘女子为原型来构拟所谓"佳人"，这样的描写就很难得到合理解释。

惟其实际上是一介风尘女子，所以，当她父母双亡之后，便顺理成章地成了名副其实的妓女。她自己说明沦入青楼的缘故说："妾先人前任闾江县苏寺丞也，因染疾不禄。妾随母至扬州，母又厌世。不能自养，遂落于娼流，终不为乐"。她虽有些不乐，却也安于这种命

① 参见胡士莹：《话本小说概论》第七章第四节，229 页，北京，中华书局，1980。

运，并对自己在青楼中获得的声名感到自豪，所谓“妾之名兮世所闻，钱塘苏小真仙属”是也。（有意味的是，“苏小小”或“苏小”是六朝南齐时钱塘名妓，而我们的主角名“苏小卿”，用双渐的诗句表示，即“苏小从来字小卿”。二者之间的重合不是偶然的。）

苏小卿选择人生归宿的举措颇令人难解。比如，她初见双渐，二人已有“一霎欢情”，她却并不急于和双渐订立婚约；两年后，双渐与她在妓院重逢，那时她虽为司理薛官人包占，但仍有相对的自主权，她不趁此时与双渐重续旧约，却在正式成为薛司理小妾后，冒险随双渐私奔。这种难解之处，其实是出于作者的“别有用心”。寻常的嫖娼已引不起作者的兴趣，他热衷于写那种因偷偷摸摸而带有刺激性的男女关系。读者不难发现，双渐与苏小卿的交往始终属于“偷情”：“乱花深处偶相逢，一托深心许为婿”，那时苏小卿还是深闺处女；青楼重逢，又有薛司理碍事，苏小卿只能将双渐藏于小室，伺机寻欢；后来苏小卿随双渐私奔，“拐带”二字双渐一辈子摆脱不了。作者对偷情的这种隐秘而强烈的兴趣构成推进小说情节的基本动力，也从根源上赋予了《苏小卿》俗文学的品格。

《苏小卿》骈散相间，诗文并用，而以通俗语言作为行文基调。于华丽中见浅俗，于堆砌中见平易，正是话本体传奇的本色。所插入的两首长诗，颇受白居易叙事诗的影响。

苏小卿故事自南宋以降即广泛流传，以作赚词出名的张五牛曾将之改编为《双渐小卿怨诸宫调》，董解元《西厢记诸宫调》提到《双渐豫章城》，《水浒传》第五十一回讲到白秀英在勾栏说唱《豫章城双渐赶苏卿》。宋元戏文、金院本、元杂剧、明传奇中均有写这一题材的剧作，如元王实甫《苏小卿双渐泛茶船》杂剧（仅存一折）、明无名氏《三生记》传奇及《茶船记》传奇等，惜多已失传。

《梅妃传》，① 南宋尤袤《遂初堂书目》著录。全文始见于《说

① 李剑国认为《梅妃传》是唐人曹邺的作品，详见李剑国《唐五代志怪传奇叙录》，547～552页，天津，南开大学出版社，1993。但宋初乐史撰《杨太真外传》，搜罗相关资料极为完备，而叙事无一字及于梅妃，可证《梅妃传》当在《杨太真外传》之后问世。

郛》卷三十八，亦见于明顾元庆《顾氏文房小说》（顾本不著撰人）。《唐人说荟》题为曹邺作。文末有无名氏跋，称“此传得自万卷朱遵度家，大中二年七月所书，字亦媚好……唯叶少蕴与余得之，后世之传，或在此本”。① 朱遵度是五代末宋初人，少蕴是叶梦得之字，为南北宋之际人，两人相差年代太远，不可能发生交往。估计是南宋人所作，传与跋均出于一人之手。

《梅妃传》是宋人传奇的名篇之一，以叙梅妃遗事为主。妃姓江名采蘋，莆田人。开元间高力士出使闽粤，将之选入玄宗后宫，大受宠幸。性喜梅，玄宗赐名梅妃，又戏呼梅精。杨太真入宫，梅妃遭嫉，玄宗被迫将她迁置于上阳东宫，偶然密叙旧爱，太真亦寻衅大闹。梅妃赋《楼东赋》以抒幽恨，玄宗览而怆然。安史乱起，明皇西幸，太真被缢于马嵬坡，梅妃亦死于乱兵之中。乱平，玄宗于梅树下得梅妃遗骸，以妃礼葬之。从《梅妃传》对后世的影响来看，其命意之新颖，主要在两个方面：

其一，它表达了一种异于唐人的审美观。“环肥燕瘦”，杨贵妃体态丰腴，因此唐明皇将她比为海棠花。这种美是唐人所崇拜的。但《梅妃传》却将她戏谑地称为“肥婢”，并以对比的方式展示了梅妃的轻盈淡雅的美：“性喜梅”，其风标亦似梅花，明秀凄艳。扬清瘦之梅而抑富贵的海棠，这是《梅妃传》的一点重要意思。

其二，《梅妃传》表达了一种偏于严肃的历史观。发生在唐玄宗晚年的安史之乱，曾促使中晚唐的许多文人思索，试图在唐玄宗的所作所为与安史之乱间建立因果联系，如李商隐《华清宫》：“当日不来高处舞，可能天下有胡尘！”② 杜牧《过华清宫》：“霓裳一曲千峰上，舞破中原始下来。”③ 但唐人毕竟通脱，对于从往事中寻找某种道理和意义的兴趣，远不及从一连串巨变中发现诗意的兴趣浓厚，白

---

① 丁锡根编著：《中国历代小说序跋集》，580 页，北京，人民文学出版社，1996。

② 曹寅等编：《全唐诗》卷 539，文渊阁四库全书本。

③ 曹寅等编：《全唐诗》卷 521，文渊阁四库全书本。

居易《长恨歌》便是例证。种种朝章国政，治乱安危，本可大发宏论，而白居易懒于理会，仅“汉皇重色思倾朝国”，“从此君王不早朝”，“遂令天下父母心，不重生男重生女”数句，点到即止，不再发挥；全诗以“长恨”为宗旨，对马嵬死别前的繁华富贵，铺叙有限，而对马嵬死别后的愁恨悲哀的描写，占了全诗三分之二的篇幅，“临邛道士鸿都客”以下，写方士在仙山见太真一事，纯属幻设，白居易竟用了四十六句。极抒“长恨”，这是《长恨歌》的宗旨，也是唐代大部分以李、杨爱情为题材的小说的宗旨，如《长恨歌传》、《次柳氏旧闻》、《明皇杂录》等。

但宋代读书人关注的焦点却是往事中所包含的教训。“以议论为诗”是用诗来讲道理；轶事小说强调理性与智慧，也有浓郁的理性色彩；传奇亦然。在大多数宋人眼里，唐明皇宠爱杨贵妃，乃是造成天下大乱的原因，《梅妃传》将他“耄而忮忍，至一日杀三子，如轻断蝼蚁之命”的举动与宠爱杨氏并提，即意在说明李、杨之间的关系并不美好。而将杨贵妃塑造成一个占有欲极强、骄悍跋扈的形象，正是为了强化这一命题。至于这种描写客观上揭露了宫廷生活的黑暗及后妃争宠的冷酷性，恐怕是作者意外的收获。

《梅妃传》抒情色彩较浓。写梅妃的幽怨与才情，如泣如诉，优于《谭意歌》等篇。明人吴世美曾据以创作《惊鸿记》杂剧，清洪升《长生殿》传奇及褚人获《隋唐演义》等也采用了其情节。

《李师师外传》,① 见清胡珽刊《琳琅秘室丛书》。据宋张端义《贵耳集》卷下，南宋时有一本《李师师小传》行世，南宋刘克庄《后村诗话》前集卷二也提到一本《李师师传》，但这两本书，元明两朝均无人提及。至清初，钱曾《读书敏求记》卷四诗文评类《文心雕龙》解题才提到钱功甫藏有《李师师外传》一卷，清人胡珽于

① 邓之诚、罗忼烈、薛洪勣认为《李师师外传》是明代作品，详见薛洪勣的《〈李师师外传〉应是明清作品》，载《明清小说研究》1990 年第 3、4 期（合刊），181 ~ 189 页。本书仍将《李师师外传》视为宋末作品。参见李剑国《宋代志怪传奇叙录》，387 ~ 393 页，天津，南开大学出版社，1997。

咸丰间刊入《琳琅秘室丛书》，胡刊本后有琴六居士黄廷鉴跋，误将《读书敏求记》所提及的《李师师外传》写成《李师师小传》。其后《香艳丛书》、《旧小说》亦收入《李师师外传》。鲁迅辑录《唐宋传奇集》，将《李师师外传》列为宋人作品。作者不详。

李师师是北宋末年汴京名妓，《贵耳集》、《大宋宣和遗事》、《青泥莲花记》、《瓮天脞语》等记有其事，但情节互有出入，褒贬亦不尽相同。《李师师外传》专叙徽宗狎幸李师师及李师师为徽宗殉节的事。作者有意用一个身份卑贱的妓女来与所谓高贵的达官对照，以鞭挞那些丧失民族气节的败类，很有分量。

《外传》叙事，颇见匠心。小说赋予师师重文士而轻商人的性格，徽宗狎幸时偏又诡称"大贾赵乙"，于是师师的出场就别有意味：一边是皇帝"延伫以待"，一边是师师迟迟不出场，"独未见师师出拜"，"独未见师师出侍"，"而师师终未出见"，"而师师终未一见"，"又良久"，始"见姥拥一姬姗姗而来"。这有一石双鸟的效果：既突出了师师的性格，又通过"千呼万唤始出来"的铺垫，使读者未见其人，就已感受到了她的魅力。徽宗的空虚生活及其想方设法寻找娱乐、追求刺激的心理，亦刻画入微，分外传神。

三　几部重要选集

在宋代话本体传奇的世俗化追求日渐鲜明的演进过程中，产生了几部重要的小说选集。它们既是话本体传奇兴盛的产物，又反过来推进了话本体传奇的发展。如果我们打算比较完整地了解宋代话本体传奇，就不能不了解这几部选集，它们是：《青琐高议》、《云斋广录》、《绿窗新话》和《醉翁谈录》。

1. 《青琐高议》

这是北宋刘斧编撰的一部兼收传奇、志怪、杂事的小说选集。刘斧，生平不详。《青琐高议》书前有"资政殿大学士孙副枢序"，说到"刘斧秀才自京来杭谒予"。孙副枢当即孙沔，仁宗至和元年至嘉祐元年间（1054～1056年）以资政殿学士出知杭州。《青琐高议》后集称王安石为荆公、称司马光为温公，则刘斧至哲宗元祐（1086～1093年）后仍在世。据后集卷三《巨鱼记》，其父曾为通州狱吏。

《青琐高议》最早著录于《郡斋读书志》小说类，十八卷，叙云："右不题撰人。载皇朝杂事及名士所撰记传，然其所书辞意颇鄙浅。"①《文献通考·经籍考》小说家类据以著录。《通志·艺文略》、《宋史·艺文志》小说类均著录为刘斧撰，十八卷。今传本共二十七卷，包括前后集各十卷、别集七卷。二十七卷本与原书之为十八卷颇不相合，《四库全书总目提要》以为前后集多出两卷，可能是坊贾传刻有所窜入，鲁迅以为今本别集可能即刘斧的另一部小说集《青琐摭遗》，程毅中《宋元小说研究》对鲁迅的意见颇表怀疑，② 李剑国则以为："今本二十七卷绝不是在原书十八卷基础上又有所增益，而是重编本，可能是南宋书坊所为。"③ 1983年上海古籍出版社重印标点本增补程毅中所辑《青琐高议》佚文三十六则。

《青琐高议》选录前人著作，不全是宋人作品（如《李诞女》选自《搜神记》，《郑路女》选自《玉泉子》），但以宋人作品为主。所收宋人传奇根据其署名情况可分两类：一类题有撰人，如《流红记》（张实撰）、《温泉记》、《赵飞燕别传》、《谭意歌》（均为秦醇撰）、《孙氏记》（丘濬撰）、《希夷先生传》（庞觉撰）、《王幼玉记》（柳师尹撰）、《桑维翰》、《越娘记》（均为钱希白撰）、《温琬》（清虚子撰）、《甘棠遗事后序》（蔡子醇述）、《用城记》（杜默撰）。一类未题撰人，如《骊山记》（据推断当为秦醇作）、《王榭》（据考为钱希白作）、《书仙传》、《琼奴记》、《范敏》、《朱蛇记》、《仁鹿记》、《西池春游》、《张浩》、《从政延寿》、《桃源三夫人》等。未题撰人的作品，也不一定是刘斧自撰。为论述方便，除已考出作者的篇目

① 晁公武：《郡斋读书志》，389页，南京，江苏古籍出版社，1988。

② 程毅中：《宋元小说研究》，68页，南京，江苏古籍出版社，1998。

③ 李剑国：《宋代志怪传奇叙录》，181页，天津，南开大学出版社，1997。

外，一概视为无名氏之作。

《青琐高议》称刘斧“吐论明白，有足称道”，则刘斧似为说话人或书会才人一流人物；书中各卷大体分类，每篇题下均有七字标目，俨然话本体制。有理由推断，《青琐高议》大约是备说话人取资的参考书或底本，故其趣味与宋元话本相近。《郡斋读书志》称此书“辞意颇鄙浅”；王士祯《青琐高议跋》称之为“《剪灯新话》之前茅”，“如此俚鄙而能传后世，事固有不可解者”；《四库全书总目提要》断言“其为里巷俗书”。这些都代表持有雅正趣味的部分文人学者的意见。换一个角度，把这部书放在话本体传奇发展的环节中来考察，则其小说史意义不容忽视。它是宋人传奇的审美追求发生异动的一个重要标志。

《青琐高议》所收传奇，在推进情节时经常采用民间文学套路。比如以投诗择偶，即见于《书仙传》（载《青琐高议》前集卷二）。①无名氏《隋炀帝海山记》以“杨梅虽茂，终不敌玉李之盛”的自然界景物及鲤鱼有“角”的情事喻杨隋之衰、李唐之兴，亦颇具民间传说的风味。

《青琐高议》对“才子”的艳遇倾注了浓厚兴趣。所谓“才子”，并非上流社会的文人学士，而是书会才人。贾仲明《书录鬼簿后》说：“丑斋继先钟君所编《录鬼簿》，载其前辈玉京书会、燕赵才人，四方名公士大夫编撰当代时行传奇、乐章、隐语”。如胡士莹所说：“才人是对名公而言；名公是指‘居要路’，‘高才重名’的‘公卿显宦’。而才人则是指‘门第卑微，职位不振’，接近市民阶层的文人。”② 也就是胡应麟所谓“俚儒”。他们有一定的文化素养，但不高；在其社交圈中，民间艺人及青楼女子占有显著位置。这样一种境遇，使他们的人生与艳遇的关系异常密切，即所谓“大丈夫生

① 《书仙记》文末云：“长安小隐永元之善丹青，因图其状，使余作记。时庆历甲申上元日记。”庆历甲申即庆历四年（1044 年），时刘斧尚年少，则本篇作者非刘斧可知。

② 胡士莹：《话本小说概论》第二章，70 页，北京，中华书局，1980。

当眠烟卧月，占柳怜花，眼前长有奇花，手内且将醇酎，则吾无忧矣。”① 他们对感情生活的理解较为粗浅，有意无意间将笔下女子（无论身份如何）视同青楼女子，两性的交往多直指“解衣就枕”甚或一直局限在这一范围内。《张浩》（《青琐高议》别集卷一）、《范敏》（《青琐高议》后集卷六）、《西池春游》（《青琐高议》别集卷一）等篇均是如此。在这类作品中，《范敏》较为值得注意。叙书生范敏迷路，投宿一樵者家，遇李氏美妇的故事。李氏本为唐庄宗宫内的笛部首，死后被凶鬼田权霸占为侧室；李氏爱慕范敏，因而与田权之间爆发激烈冲突。其情其景，作者写来却俨如青楼中的争风吃醋。一个值得注意的细节是：田权杀了范敏的马，“又把他衣服贳酒”，还派小童转告范敏：“人间之娼室，亦须财赂。今十余日在此费耗兼不多。”从这解释来看，作者确乎是将这场人鬼幽会视同青楼经历的。小说中种种混乱场面及李氏泼辣无畏的性格，亦令人联想到此等去处。

《青琐高议》中的一些作品，在开头部分让人物连篇累牍地吟诗作词，延缓情节的进展，其功能类似于宋元话本的入话，大约是备定场之用。如《西池春游》（《青琐高议》别集卷一）。小说写侯诚叔游西池，与狐女独孤氏相遇，后入京同居，俨如夫妇。初次相遇，独孤氏遣青衣遗侯生书，“视之，乃诗一首也”；第二次，“复以书一封投诚”，“诚叔归视其书，亦诗也”；第三次，仍然是“有诗与君”；直到第四次，方进入“与姬就枕”的正题。前面所叙种种，不具有实质性的情节意义。

《青琐高议》在叙事方式上与中国史传文学相异，而与宋元话本相同之处还可举出一些。比如直接心理描写。《西池春游》：“诚叔默念：池西游人多不往，彼妇人独步而望，固可疑。”“（诚叔）自疑：‘岂其妖也？’所可验，臂粉仍存，香在怀抱。”又如人物对话杂用口语，《范敏》：“俄有一人衣冠甚伟，趋来夺介胄者（即田权）戟折之，推其人仆地，骂曰：‘魍魉幽囚于此千余年，犹不知过，尚敢辱

① 《青琐高议》别集卷一《西池春游》侯生语。

人乎？你自家里人引诱他方人至此，不然，彼何缘而来也？此尔不教诲他人之罪也。’将军曰：‘我今夜誓不相立，须杀李氏。’妇人大呼曰：‘好歹共你入地狱对会，你杀叔案底尚在，今又胁我为妇。我乃帝王家宫人，得甚罪？’将军乃止。”这些例证表明，《青琐高议》中的传奇小说与宋元话本密切相关。

《青琐高议》中为数不少的作品被改编为话本，如《朱蛇记》系《清平山堂话本·李元吴江救朱蛇》的蓝本；《张浩》发展为《警世通言》卷二十九《宿香亭张浩遇莺莺》；《越娘记》大约即是《醉翁谈录》所录话本《杨舜俞》的本事；《希夷先生传》演变为《喻世明言》卷一四《陈希夷四辞朝命》。明清稗丛亦常选收《青琐高议》中的作品，如《绿窗女史》收入《远烟记》（卷七）、《小莲记》（卷七）；《青泥莲花记》收入《曹文姬》（卷二）、《王幼玉记》（卷五）、《山南乐妓》、《胡文瑗》（卷七）、《温琬》、《甘棠遗事后序》、《李云娘》、《崔兰英》（卷一三）；《才鬼记》收入《荔枝诗》、《温泉记》（卷八）、《唐庄宗内乐》（卷九）；《艳异续编》收入《书仙传》、《王幼玉记》（卷六）；《情史》收入《王幼玉》（卷十）、《于祐》（卷一二）、《谭意歌》（卷一三）、《书仙》（卷一九）；《剪灯丛话》收入《流红记》、《远烟记》（卷一）、《王幼玉记》（卷六）、《陈希夷传》（卷七）、《小莲记》（卷八）。① 洪迈《夷坚三志己》卷二《程喜真非人》载：“新淦人王生，虽为闾阎庶人，而稍知书，最喜观《灵怪集》、《青琐高议》、《神异志》等书。”《青琐高议》大受“稍知书”的读者青睐，难怪说话人或拟话本作者会予以关注，明清稗丛的编者会大量收录了。

2.《云斋广录》

《云斋广录》是李献民撰，还是李献民编撰或辑录，学术界尚存争议。笔者赞同程毅中《古体小说钞》（宋元卷）题解的意见，李献

① 明清稗丛所收《青琐高议》作品，参见李剑国的《宋代志怪传奇叙录》，188页，天津，南开大学出版社，1997。

民所做的事只是“辑录成书”，证据有二：一是《云斋广录》书前有政和辛卯（1111 年）自序，谓：“尝接士大夫绪余之论，得清新奇异之事颇多，今编而成集，用广其传，以资谈宴。”他明确说是“编而成集”。二是《云斋广录》卷九所收《盈盈传》，据考证系从王山《笔奁录》中选入，作为一个例证，它表明《云斋广录》不是李献民的创作。① 李献民，字彦文，廪延（今属河南延津）人。北宋末人。生平不详。

《云斋广录》兼收传奇、杂事。《宋史·艺文志》作《云斋新说》，《邵氏闻见后录》引作《云斋小书》。《郡斋读书志》（衢本）卷一三小说类著录《云斋广录》十卷，叙云：“右皇朝政和中李献民撰。分九门，记一时奇丽杂事，鄙陋无所稽考之言为多。”今存九卷，分六门，似非完本。

据李献民《云斋广录》自序，在笔记与传奇二者中，他偏爱传奇一脉。《云斋广录》分类辑录宋代作品，卷一“士林清话”选录名人轶事，卷二、卷三“诗话录”载宋诗本事，这两类近于轶事小说。卷四“灵怪新说”收《嘉陵居士》、《甘陵异事》；卷五、卷六“丽情新说”收《西蜀异遇》、《丁生佳梦》、《四和香》、《双桃记》、《王魁歌》并引；卷七“奇异新说”收《钱塘异梦》、《玉尺记》、《无鬼论》、《丰山庙》；卷八“神仙新说”收《华阳仙姻》（上、下）、《居士遇仙》；卷九无分类标目，收《盈盈传》（附《寄盈盈歌》）。卷四至卷九共十四篇，除《王魁歌》并引是为夏噩《王魁传》配诗外，其余十三篇均为传奇小说。李献民分类辑录传奇作品，大约受宋元说话分类的影响。

《云斋广录》与《青琐高议》总体风格相近。《郡斋读书志》称其“鄙陋无所稽考”。《四库全书总目提要》卷一四四云：“所载皆一时艳异杂事，文既冗沓，语尤猥亵。”“其书大致与刘斧《青琐高议》

① 李剑国则认为：“（除《盈盈传》外）前八卷都是李献民自撰，风格统一。”见李剑国的《宋代志怪传奇叙录》，211 页，天津，南开大学出版社，1997。

相类。然斧书虽俗，犹时有劝戒，此则纯乎诲淫而已。"① 清末潘祖荫《滂喜斋藏书记》卷二著录《云斋广录》，叙云："其书荒诞不经，分门亦近琐碎。"② 这些都是从雅文化视角作出的评价。如将《云斋广录》作为准俗文学来看，其"鄙陋"、"冗沓"正是题中应有之义。

《四库全书总目提要》指斥《云斋广录》"诲淫"，翻译成我们的表述，可以说，李献民对艳情或风情倾注了极大兴趣。一些作品中的女主角，不需挑逗即欲与异性共枕，构成人物性格设计的一大特色。如《双桃记》写廪延女子王萧娘一见李生，即"有意于彼"，并托媒妪约李生越墙相会。至期，李生越墙而至，立即上演了"翠罗微解"的节目。二人之放肆，在未来的岁月中，竟达到了"情欲所使，都无避忌，所不知者父母"的程度。《四和香》写一位丽人，初与孙敏邂逅，便"倾慕风采，虽不待援琴之挑，而已有窃香之志"。她主动亲近孙敏，申诉款曲，约他来日相见；"相见，皆不胜其喜"，又是"相与就枕，云情雨意，不可具道"之类。萧娘、丽人等形象，直接影响元明通俗传奇小说中女性性格的塑造。尤其是萧娘，小说写她后来被父母许嫁刘氏之子，她毅然在婚前自杀。以身殉情，照盖棺论定的惯例，自是贞妇无疑。将"荡娃"与"贞妇"合一，这种写法，直启《娇红记》、《剪灯新话》等的法门，构成通俗传奇小说在人物塑造方面的一个特色。

《双桃记》中还出现了"佳人"一语。所谓"佳人"，就是美女。但宋元以降的俗文学，在界定佳人时，除强调容貌"艳丽"外，还要求一定的文化素养，而吟诗作词则是其文化素养的外在表现。《云斋广录》中的艳冶女子，大都能诗，《甘陵异事》中的灯檠精，每来必以情歌相赠；《西蜀异遇》中的宋媛，善以小词道相思，情诗亦写得不错；《四和香》中的丽人，曾以诗道缱绻之情；《钱塘异梦》中的苏小小，诗、词兼擅；《华阳仙姻》中的诸葛氏，能以诗预示未

① 永瑢等撰：《四库全书总目》，1228页，北京，中华书局，1965。

② 潘祖荫：《滂喜斋藏书记》，(《续修四库全书》926册)，446页，上海，上海古籍出版社，1996。

来。写诗成为"佳人"的必修课，这是传奇小说通俗化过程中日渐鲜明的一个特点。《云斋广录》是元明"诗文小说"的滥觞。

《云斋广录》所收传奇，某些写作手法和《青琐高议》相通，如较多采用直接心理描写，但人物对话杂用口语的情形则极为少见。大约随着情诗情词大量进入传奇，口语因其不太协调而缩小了势力范围。

《云斋广录》的部分作品曾被改编为话本。《醉翁谈录》著录话本有《无鬼论》、《李达道》和《钱塘佳梦》，《无鬼论》演"奇异新说"之《无鬼论》，《李达道》演《西蜀异遇》，《钱塘佳梦》演《钱塘异梦》。也有被改编为戏曲的，如白朴杂剧《苏小小月夜钱塘梦》即演司马槱与苏小小情事。

3.《绿窗新话》

南宋皇都风月主人编，兼收传奇、杂事、志怪，凡二卷。一题《绿窗新语》。皇都风月主人，生平不详，也许是杭州的一位书会才人。本书未见宋人著录，但罗烨《醉翁谈录》甲集卷一《小说开辟》在列举说话人的参考书时提到《绿窗新话》。

本书大约编辑于南宋初年。从引书情况来看，唐以前较少，约十种，如《列仙传》、《博物志》、《洞冥记》等；唐五代约采三十余种，如《幽（玄）怪录》、《逸史》、《传奇》、《异闻集》、《甘泽谣》、《云溪友议》、《杜阳杂编》等；宋人书近三十种，如《丽情集》、《青琐高议》、《南部新书》、《唐宋遗史》、《玉壶清话》、《冷斋夜话》等；所引宋人著述，凡作者可考者，均出于北宋，只有杨湜（一作偍）《古今词话》可能成书于南宋绍兴间。

从编辑处理来看，《绿窗新话》有三点值得注意：

其一，作者引录原书，一般只节取梗概。全书一百五十四篇，分上下两卷，文字简略。这也许是说话参考书的一个特点：只需提供主要情节，具体的发挥有赖于各个说话人。

其二，各篇标目一律用七字，且往往前后相对，宛如偶句，如《灼灼染泪寄裴质》与《盼盼陈词媚涪翁》，《曹大家高才著史》与

《蔡文姬博学知音》。这种整饬的标目方式，一方面便于说话人取用为广告词，另一方面作为通俗读物，有助于提高销量。明代《国色天香》、《绣谷春容》等书的编选，应该受到过《绿窗新话》的影响。这部选本对于加快传奇小说的通俗化进程，起了明显作用。

其三，全书所选，以男女风情故事为主。这种题材方面的偏重，表明女性的感情生活在小说领域越来越重要，它在话本和传奇中都不容置疑地占有第一把交椅。

《绿窗新话》所采故事，其中一部分作品的原著已经散佚，赖《绿窗新话》才得以为后世所知。这类资料是弥足珍贵的，如《邢凤遇西湖水仙》、《金彦游春遇会娘》、《郭华买脂慕粉郎》等。据1957年古典文学出版社《绿窗新话》排印本周夷《后记》，《王尹判道士犯奸》是《拍案惊奇》卷十七《西山观设箓度亡魂　开封府备棺追活命》的本事，《苏守判和尚犯奸》是《欢喜冤家·一宵缘约赴两情人》的本事，这两篇本事，除《绿窗新话》外，他书都未载录。《王子高遇芙蓉仙》即宋元戏文《王子高》的本事，一般都从施注苏诗中追索其出处，却不知它来源于《绿窗新话》。《金彦游春遇会娘》即《醉翁谈录》所录宋人话本名目《锦庄春游》的本事，注出《剡玉小说》；《剡玉小说》未见著录，《锦庄春游》也已佚失，这就更显出《绿窗新话》的重要了。

4. 《醉翁谈录》

南宋罗烨编撰，兼收传奇、笔记、话本。一题《新编醉翁谈录》。二十卷。编者罗烨，号醉翁，庐陵（今江西吉安）人。生平不详。本书未见著录，惟明人李诩《戒庵老人漫笔》卷六《子言小说名》引有《醉翁谈录》数语，见今本甲集卷一《舌耕叙引·小说引子》。《汲古阁珍藏秘本书目》及《千顷堂书目》所著录之《醉翁谈录》，乃南宋金盈之所著同名书，问世时间早于罗著。金本曾刻入《宛委别藏》、《碧琳琅馆丛书》、《芋园丛书》、《适园丛书》，有上海古典文学出版社1958年版排印本。罗本则国内久已失传，近世发现于日本，1941年影印流传，称“观澜阁藏孤本宋椠”，上海古典文学出版社1957

年据以排印。由甲至癸,分为十集,每集二卷,共二十卷。

该书甲集卷一《小说开辟》分“灵怪”、“烟粉”、“传奇”、“公案”、“杆棒”、“妖术”等类列举小说篇目,“传奇”一类,有《莺莺传》、《爱爱词》、《张康题壁》、《钱榆骂海》、《鸳鸯灯》、《夜游湖》、《紫香囊》、《徐都尉》、《惠娘魄偶》、《王魁负心》、《桃叶渡》、《牡丹记》、《花萼楼》、《章台柳》、《卓文君》、《李亚仙》、《崔护觅水》、《唐辅采莲》,这些作品,凡本事可考者,均为恋爱题材,即《小说引子》所谓“春浓花艳佳人胆”,《小说开辟》所谓“闺情云雨共偷期”。罗烨在《小说引子》中还有“编成风月三千卷,散与知音论古今”的话,足见他对“风月”故事的兴趣。

《醉翁谈录》中共收二十余篇唐宋传奇。其中唐传奇十篇,编入“遇仙奇会”、“神仙佳会”、“重圆故事”等类,但已非唐传奇原貌,如李娃故事题作《李亚仙不负郑元和》,李亚仙、郑元和之称不见于白行简《李娃传》,而是宋人增饰、改动所致。宋人传奇编入“私情公案”、“夤缘奇遇”、“烟粉欢合”,“花衢实录”、“重圆故事”等类,大都不为其他宋人书所载;少数作品亦收入其他宋人书,但以此书所载为详。如辛集卷二所收《王魁负心桂英死报》较夏噩原作即有诸多敷衍增饰,并显示出传奇小说进一步通俗化的趋向。

壬集卷一所收《红绡密约张生负李氏娘》与《蕙亩拾英集》所收北宋无名氏《鸳鸯灯传》相比,市井趣味更加鲜明。《蕙亩拾英集》所收,只叙李公侧室由于“常渴佳期”而掷绡寻觅外遇,张生拾绡,二人遂于乾明寺幽会。《红绡密约张生负李氏娘》除以上情事外,还讲述了这一场艳遇所招致的别的情事:李氏偷带金珠宝物随张生私奔到苏州。张生将家财挥霍一空后,到秀州寻父,不遇,滞留于妓女梁越英家,结为夫妇。李氏得知这一消息,遂上告包公衙门。包公判张生(名张资)娶李氏为正室,越英为偏室。小说所写女子私奔、浪子挥霍、二女争夫之类,全是市井所热衷的话题。称张生为“张官人”、“张解元”,称张父为“张大夫”,亦是市井声口。传奇小说演变至此,已成为地道的俗文学。其艺术追求与唐人传奇是背道而驰的。

《苏小卿》不见于今本《醉翁谈录》，当属罗本佚文。胡士莹《话本小说概论》附录《宋元话本钩沉》收入《苏小卿》，并指出："《醉翁谈录》是记录南宋末年说话人情况的书，其中所收虽多传奇文，然往往为说话人采作底本。如辛集卷一'神仙嘉会'类的《裴航遇云英于蓝桥》即《清平山堂话本》中的《蓝桥记》。卷二'负约'类《王魁负心桂英死报》与《王魁》话本情节全同。癸集卷一'不负心'类的《李亚仙不负郑元和》，节抄《李娃传》，而话本《李亚仙记》亦全从《李娃传》生发而来。本篇（指《苏小卿》）虽非话本，可能是从当时说话人口头说唱记录下来的。"① 以话本套路来写传奇小说，传奇小说的风味自然也同于话本了。

从以上的举例我们已经可以看出，话本体传奇的作者往往是书会才人或说话人，作为艺人，他们与歌妓属于同一社交圈。这些小说中的所谓"才子佳人"，往往就是书会才人与歌妓的写照或间接写照。这样一个作者阶层，他们在设计情节、表达褒贬时，往往自觉或不自觉地自我袒护。试以妓女与读书人恋爱的题材为例略作解剖。唐人传奇中的《霍小玉传》、《李娃传》是处理这一题材的名篇。霍小玉在与李益热恋时，她提出的最大愿望是：让二十二岁的李益和她一起生活八年，到三十岁时再正式与名门闺秀结婚。李娃精心照顾郑生，扶助他在考试中高中，成为朝廷命官，这时，李娃主动与郑生疏远，请他"结媛鼎族"。霍小玉和李娃从未打算成为李益或郑生的妻子，因为她们明白，妓女的社会身份是如此卑贱，与农夫也不能平起平坐，更何况士大夫！她们的考虑与主流社会的价值观念吻合。而宋代的话本体传奇却令我们大为惊诧地看到，娼妓开口就要与读书人结婚，读书人如果不答应或毁约，便是负心，便不得好死。如《王魁负心桂英死报》。这样一种情节设计，未免过分抬举妓女。

《醉翁谈录》还有一些特点令研究者发生兴趣。比如，"才子佳人"由私通而结合，已几乎成为惯例。"烟粉欢合"类的《静女私通陈彦臣》和《梁意娘》，均属于这类故事。又如，写书生不负心而在

---

① 胡士莹：《话本小说概论》，355 页，北京，中华书局，1980。

发迹后娶妓女为妻的作品也出现了，如《林叔茂私挈楚娘》。还有，被主流社会放逐的柳永成了书会才人所青睐的人物，如“花衢实录”类的《柳屯田耆卿》。这一类小说不必详细介绍，但了解它们，无疑有助于我们理清元明传奇小说演变的脉络。它们的小说史意义是重要的。《青琐高议》、《云斋广录》、《绿窗新话》和《醉翁谈录》之被视为重要小说选集，也是从这一角度立论的。

四　附论辽金元传奇

辽是契丹族在我国北方和东北地区建立的一个王朝，共延续209年（916~1125年），其中有一个多世纪与北宋相对峙。金由女真族所建立（1115~1234年），灭辽不久，又灭北宋，占据了大半个中国，对南宋形成压迫态势。辽金两朝的传奇小说，作品少，影响亦微。元朝传奇小说亦未出现花繁叶茂的景观，但《娇红记》一篇，精心营构，不乏动人之处；而从文言小说审美发展的角度看，《娇红记》标志着中篇传奇小说正式出现，其小说史意义尤其值得关注。《焚椒录》、《春梦录》、《平江纪事》等亦有可圈点之处。

1. 王鼎《焚椒录》

《焚椒录》是辽代惟一可视为小说的作品。作者王鼎（？~1106年），字虚中，涿州人。辽道宗清宁五年（1059年）进士，累迁翰林学士，升观书殿学士。以怨望罢官，流放镇州。后复职。事迹见《辽史·文学传》。《焚椒录》叙辽道宗懿德皇后萧观音事。萧观音姿容端丽，性情婉顺，“能歌诗，而弹筝、琵琶尤为当时第一”，为道宗所宠爱，清宁元年（1055年）册封为皇后。道宗喜乘骏马在深林峻谷间飞驰，萧谏之，“上虽嘉纳，心颇厌远，故咸雍（1065~1074年）之末，稀见幸御”。“因作词曰《回心院》，被之管弦，以寓望幸之意。”其时宫廷艺人惟赵惟一能奏此曲。大臣耶律乙辛与皇后家不和，指使叛臣重元家侍婢单登，骗萧后手书淫诗《十香词》，以之作为萧后与赵惟一私通的证据。耶律乙辛得萧后手书，遂密奏道宗，道宗听信谗言，“即日族诛惟一”，“敕后自尽”。

王鼎作《焚椒录》，意在为萧观音辩诬。但从《焚椒录》的记叙来看，萧观音的所为确易启人疑窦。比如，她在被道宗冷落期间，作《回心院》词十首，一再重复“拂象床，待君王”、“换香枕，待君寝”、“铺翠被，待君睡”之类的言词，已让人感到有失皇后身份。《十香词》是彻头彻尾的淫诗，如：“红绡一幅强，轻阑白玉光。试开胸探取，尤比檀酥香。”“解带色已战，触手心愈忙。那识罗裙内，消魂别有香。”这种淫诗，萧观音竟“读而喜之”，“手书一纸”。后面还缀上她作的绝句《怀古》。这首《怀古》，陷害她的人解释说：“‘宫中只数赵家妆’，‘惟有知情一片月’，是以二句中包含‘赵惟一’三字也。”实际上，读者也可能产生这种联想。所以，连王鼎本人，也只好在《焚椒录》中感叹：“假令不作《回心院》，则《十香词》安得诬出后手乎？至于《怀古》一诗，则天实为之。”

王鼎作《焚椒录》，“直书其事”，并非有意创作小说，故《四库全书》列入杂史类存目。但所叙宫闱秘事，纤悉毕录，只能视为传奇家法。

2. 宋梅洞《娇红记》

产生于元代的《娇红记》，其作者是谁尚存争议。明宣宗宣德十年（1435年），丘汝乘为刘兑《娇红记》杂剧作序，云：“元清江宋梅洞尝著《娇红记》一编，事俱而文深，非人莫能读。”1935年，郑振铎为上海生活书店编辑《世界文库》第三册时，选刊《娇红传》，即据丘汝乘《娇红记》杂剧序，署为“元·宋梅洞作”，为学术界广泛认可。

此外，还有无名氏、“元儒虞伯生”、“卢伯生”、“中州李诩”诸说。玉峰主人《钟情丽集》：“未知其作者何人。”明高儒《百川书志》（书前有嘉靖十九年序）卷六：“《娇红记》二卷，元儒邵庵虞伯生编辑，闽南三山明人赵元晖集览。”①（吕天成《曲品》及祁彪

① 高儒：《百川书志》，90页，上海，古典文学出版社，1957。

佳《远山堂曲品》说《娇红记》作者为“卢伯生”，当是“虞伯生”之讹。）明末《剪灯丛话》卷一、《绿窗女史》卷五选录《娇红记》，均署为“中州李诩”。诸种说法，日本学者伊藤漱平曾在《〈娇红记〉成书经纬：其变迁及流传过程》一文中加以辨析①，确认“宋梅洞著”较为可信。

宋梅洞，名远，号梅洞。祖籍淦川（今江西清江）。约生于13世纪中期，卒于14世纪初年。元初与滕宾、周景、萧列、刘将孙邂逅古洪，题樟镇华光阁志别，作《意难忘》词，今存《元草堂诗余》卷中。清顾嗣立所编《元诗选》，收有他的两首诗。《娇红记》应是元初作品。

《娇红记》写申纯与王娇娘生死不渝的爱情。北宋宣和年间，成都才子申纯因“荐而不第”，出游遣怀，在母舅王通判家见到“色夺图画中人”、“天然殊莹”的表妹娇娘，相互爱慕，私订终身。申纯归家，“朝夕惟娇娘是念，乃遣媒人往舅妗家求婚”，母舅以“朝廷立法，内兄弟不许成婚”为由加以拒绝。申纯伤感成疾，假托“为鬼物所侵，必当远遁，方可苟安”，来娇娘家避难。居数月，“与娇娘情意周洽，逾于平昔”。王通判侍妾飞红，“喜谑浪，善应对，快谈论”，常有事没事来找申纯，引起娇娘疑心。飞红与娇娘闹翻，蓄意报复，在申、娇幽会时，邀娇娘之母前往观赏牡丹，以坏其好事。申生自知处境不妙，只得告归。次年，申纯兄弟连捷，以报喜名义前往母舅任所。娇娘因苦于不能与申纯相见，乃屈事飞红，飞红被感动，设法成全申、娇。又过了一两年，王通判终于改变初衷，允诺将娇娘许配申纯。不料某帅府公子久慕娇娘艳名，“帅遂遣媒求婚。王初拒之，再四逼以威势，赂以货财，不得已，遂许之”。申纯无可奈何，与娇娘洒泪而别。娇娘因忧伤过度去世，申纯得悉讣音，亦殉情自缢。

《娇红记》仿效《莺莺传》的地方甚多。比如，申纯的性格就与

① 此文由谢碧霞从英文译成中文，载台北《中外文学》第13卷12期，90～111页，1985。

张生相似，才见娇娘一面，便“功名之心顿释，日夕惟思慕娇娘”。娇娘亦可与莺莺比况。她虽深爱申纯，但因有种种顾虑，在二人交往的前期，欲亲故疏，欲近故远，时亲时疏，时近时远，实亲似疏，实近似远，造成一波三折的戏剧性。自然，娇娘与莺莺的行为动机略有不同。崔莺莺是顾惜名门闺秀的身份，娇娘则是怕申纯不能正式娶她为妻。她的反反复复，是有充分的心理依据的，并非作者故作惊人之笔。

从娇娘与崔莺莺行为动机的不同，我们发现，《娇红记》虽然模仿《莺莺传》，但宋远和元稹对婚姻的看法大为不同。按照通常的社会准则，“妻者齐也”，她与丈夫具有对等的地位。这种对等地位的获得，一方面依赖家世背景，即所谓“门当户对”，另一方面（也是更主要的方面）依赖“父母之命，媒妁之言”，即用某种仪式或程序加强婚姻的庄重性，其中含有道德意味和法律意味，可成为女子婚后身份的证实与保障。白居易《井底引银瓶》诗说：“聘则为妻奔则妾。”妻、妾的区别就是基于这种社会公认的习惯法来确认的。元稹承认这种习惯法，他笔下的莺莺也承认这种习惯法，因此，莺莺在与张生私下结合后，她甚至没有勇气要求张生一定娶她，她只是说：“始乱之，终弃之，固其宜矣。愚不敢恨。必也君乱之，君终之，君之惠也。”后来，莺莺“委身于人，张亦有所娶”，元稹并不在婚姻与私下结合之间建立必然联系。

宋远的看法与元稹迥异。在私下结合与未来的婚姻之间，他赞成建立一种必然联系。这或许是通俗艺术中的情节惯例。宋代的话本体传奇中，先私通再结婚的“才子佳人”甚多，金人董解元的《西厢记》诸宫调与元人王实甫的《西厢记》杂剧，都一致安排张君瑞、崔莺莺先私下结合后成为夫妻。这样的情节套路，从情节母题看，显示的是通俗艺术的特点。

《娇红记》是在宋代话本体传奇的影响下产生的一部写才子佳人的杰作。其超越宋人同类旧作之处有两点：一是其情节推进曲折有致，并大体上合理合情。二是不取大团圆结局。他虽然赞同申纯与娇娘结婚，但却强调：外在的社会力量是如此强大，他们的追求必然被粉碎。以巨大而频繁的挫折来反衬二人感情的深挚，有效地实现了为感情占地步的目的。申纯和娇娘殉情而死，连王通判也深自悔责，并将二人“合葬于濯锦江边”。至此，作者意犹未尽，又慨叹道：“所谓穀则异室，死则同穴者，此也。人之年少而遭此祸，盖为父母者不为之察其心，而观其志也。岂不哀哉！岂不痛哉！”

《娇红记》在《莺莺传》之外，以一种新的处理恋爱题材的方式，成为传奇小说中的又一经典。明代的中篇传奇小说经常将《莺莺传》与《娇红记》相提并论，如《钟情丽集》，男女主角便以《莺莺传》、《娇红记》作为恋爱指导。这表明了一点：作者心目中的榜样即这两篇小说。事实上，《钟情丽集》更多仿效《娇红记》。无论是以细节描写展示人物心理，还是穿插大量诗词以形成某种风格，《娇红记》都是足供效法的榜样。

《娇红记》在文言小说审美发展史上的重要性在于，它标志着中篇传奇小说的正式诞生。宋代的《西池春游》（《青琐高议》别集卷一）似有从短篇扩展为中篇的趋势，但仍是短篇。《娇红记》全文约一万八千字，穿插诗词韵文约六十首，其规模完全合乎现代读者对中篇小说的要求。

3. 郑禧《春梦录》

《春梦录》是郑禧所作自述其恋爱经历的一篇传奇小说。郑禧，字天趣，温州（今属浙江）人，进士及第，任黄岩州同知。《春梦录》见原本《说郛》卷四二。叙才女吴氏，“生长儒家，才色俱丽，琴棋诗书，靡不通究”，她爱慕郑禧之才，愿为侧室。其母逼她嫁给不学无术的周生，吴氏拒不从命，惨遭毒打，忧愤成疾而死。临死她对侍婢梅蕊说：“我爱郑郎，生也为郑郎，死也为郑郎，我死之后，可以郑诗词书翰密藏棺中以成我意。”郑禧为其深情所感动，乃具录二人往来词翰，题为《春梦录》。

《春梦录》的写法较为特别。先以序文叙述郑禧与吴氏之间交往的情形，然后“具录往来词翰”，作为小说主体。这种体例，略近于《云斋广录》卷六所选《王魁歌》并引：“引”略述情节，“歌”发表感慨。但二者仍有不同：其一，《王魁歌》之“引”用第三人称叙述，《春梦录》用第一人称自述；其二，《王魁歌》是为他人感慨，《春梦录》中的词翰却是郑禧与恋人各自写给对方的情书。以通信体作自传，这种新的体例使读者感到亲切。

《春梦录》坦率记叙本人的恋爱经历，这种情形在中国文学中极为罕见。自然，也不排除这可能是一个虚构的故事。

4.《平江纪事》等

高德基所著《平江纪事》是一本体例杂乱的书。高德基，元末平江人，曾任建德路总管。《平江纪事》一卷，记平江（吴郡）古迹，其中有几篇可视为传奇小说，故《四库全书总目提要》卷七十云：“所载皆吴郡古迹，而亦兼及神仙鬼怪、诙谐谣谚之事，可裨图志佚闻……其体不全为地志，亦不全为小说。例颇不纯，无类可隶。以其多述古迹，姑附之地理类杂记中焉。”① 书中记杨彦采、陆升之二人夜游莲塘，遇一女鬼弹唱西施故事，实为传奇小说。四十卷本《艳异编》卷三十九收入，题作《莲塘二姬》（但实止一姬）；《剪灯丛话》、《绿窗女史》则题作元人徐观撰《莲塘二姬传》。小说为女鬼设计的身份是“大都乐籍供奉女”，故杨、陆有“求其歌以侑觞”之举。她一连唱了七首感慨西施和吴越兴亡的诗，唱完，“掀篷揽衣，跃入水中。彦采大惊，汗背而觉，一梦境也”。小说至此结束，其魅力在于渲染出了一种氛围和情调，与沈亚之传奇略相近似，虽然没有那种神秘感。

《姚月华小传》、《紫竹小传》等也可能是元代的作品。《姚月华小传》，明刻本《广艳异编》卷八、《续艳异编》卷四收录。《才调集》卷十收有姚月华诗两首，元辛文房《唐才子传》卷二《李季兰传》提到姚月华之名。小说叙姚月华与邻舟书生杨达诗简往来，一往情深；别后，杨达至姚家旧院寻觅月华，但见落英满地……颇有“曲终人不见，江上数峰青”的韵味。《紫竹小传》，《广艳异编》、

① 永瑢等撰：《四库全书总目》，626页，北京，中华书局，1965。

《续艳异编》等书收录，旧题元伊世珍编之《琅嬛记》亦多次引用。叙才女紫竹与秀才方乔倾心相爱，“其父稍有所闻，遂召乔而以紫竹妻焉”。所录“往来诗词甚多”，占去小说大半篇幅。

第十六章　明代传奇小说

传奇小说在明代的重振是一件令人欣慰的事。古文的传奇化，传奇小说集的陆续问世，中篇传奇小说的大量产生，构成这一时期传奇小说创作较为壮丽的景观。

试分类加以考察。

一　古文的传奇化

中国古代的叙事性古文是从正史的人物列传发展来的。早期多以汇编成书的方式存在，如刘向的《列女传》、《列士传》、《孝子传》，嵇康的《高士传》，均为广泛流传之作。唐代的韩愈、柳宗元发起古文运动，单篇叙事古文日渐增多，如柳宗元《李赤传》、《种树郭橐驼传》、《梓人传》、《河间妇传》、《宋清传》，欧阳修《六一居士传》，苏轼《方山子传》，陆游《姚平仲小传》等。但知识阶层大量创作单篇叙事古文，却是在明、清两代。

所谓古文的传奇化，主要是就其题材选择和艺术表达而言。从题材选择来看，中国的正史负有“资治”的使命，只能记叙那些与天下兴亡有关的事件，即使是一个重要的历史人物，也并非他生活中的所有言行都可纳入正史。如果一个史家耽于趣味，热衷于记叙人物的“闲事琐语”，其作品也许因此备受偏爱，却不免被批评为“有乖史法”，即将正史写成了“小说”。比如《南史》卷三九《刘瑱传》，记鄱阳王被诛，其妃刘氏忧伤成疾，刘氏之兄刘瑱乃命陈郡殷蒨画鄱阳王生前与其所宠备极亲昵，“如欲偶寝”的情状，刘氏看了，骂道：“斫老奴晚！”从此悲伤之情逐渐减弱，病也好了。钱钟书就此评道：

> 《南史》瑱传未及其他；此事虽资谈助，然单凭以立传入国史，似太便宜若人。《晋书》出于官修，多采小说；《南史》、《北史》为一家之言，于南、北朝断代诸书所补益者，亦每属没正经、无关系之闲事琐语，其有乖史法在此，而词人喜渔猎李延寿二《史》，又缘于此也。①

由此一例可见，“闲事琐语”如行侠、恋爱之类，是正史所忌讳的。(《史记》多载侠客，意在抒愤，魏晋以降，史家几视侠客如仇。《史记》又载司马相如、卓文君越礼放诞情事，亦颇遭后世非议。）此外，孔子所不语的“怪、力、乱、神”，也同样为史家所不取。司马迁在《史记·五帝本纪》中指出：只有排除志怪题材，才能保持“雅驯”的风格。②

就艺术表达而言，正史记叙历史事实旨在揭示治理天下国家的原理，即“文以载道”之“道”。在实现载道的目的之外，一切多余的话都不必说。因此，正史的记叙不能太细腻，作者的兴趣不能专注于辞藻。刘知几《史通·叙事》说：

> 夫国史之美者，以叙事为工；而叙事之工者，以简要为主。简之时义大矣哉！③

为了强调措辞简洁而叙事明晰的史家品格，刘知几致力于区别“文”、“史”：辞赋可以“加练饰”、“事雕彩”，而史家如果也这样

---

① 钱钟书：《管锥编》第二册，723页，北京，中华书局，1979。

② 司马迁《史记·五帝本纪》云：“而百家言黄帝，其文不雅驯，荐绅先生难言之。”参见司马迁《史记》第一卷，第46页，北京，中华书局，1959。

③ 刘知几撰，黄寿成校点：《史通》，50页，沈阳，辽宁教育出版社，1997。

做，就不免“词类俳优”，丧失了应有的风度。

从题材选择和艺术表达着眼，我们注意到，元明之际的宋濂、高启，由于置身于一个钟爱卓荦不群的英雄和豪侠勇武之士的时代，他们的叙事性古文一致表现出传奇化的趋向，宋濂的《秦士录》、《王冕传》、《记李歌》、《李疑传》、《杜环小传》，高启的《南宫生传》、《书博鸡者事》、《胡应炎传》，都选择了磊落、豪放、孤傲、侠义的人物作为描写对象，衡量人物价值的尺度也偏离了儒家规范；在艺术表达上风格恣肆，注重与历史进程无关的细节，轶出了“雅洁”所限定的范围。这是传奇化的古文。永乐至成化（1402~1486年）年间，整个时代的文化特征，可用“乡愿”来形容。由朱元璋尤其是朱棣钦定的御用理学，一方面阉割了知识分子的批判精神，另一方面缺少高水准的理论建树；它与这一时期大体良好的社会经济状况和士大夫阶层较为平稳的仕途相互呼应，培植了延续数十年的追求四平八稳的时代精神。在这样的背景下，传奇化古文几近销声匿迹。弘治、正德以降，随着士大夫阶层批判精神与理想主义情怀的弘扬，思想界与文学界沉寂的局面被打破，阳明心学风靡天下，前后七子意气风发。在叙事性古文中，陆续出现了一些颇有传奇风味的佳制，如马中锡《中山狼传》、董玘《东游记异》等，但尚未形成壮观的场景。16世纪中叶，中国文化思想开始发生重大异动，其标志是阳明心学的分化。泰州学派所倡导的具有近代色彩的自然人性论，导致了对个人判断的重视，儒家道德和正统观念的约束力大为松弛。这样一种精神生活氛围，有力地推进了古文传奇化的进程。宋懋澄《九籥别集》中传奇化古文比比皆是，其他如蔡羽《辽阳海神传》，胡汝嘉《韦十一娘传》，袁宏道《徐文长传》、《醉叟传》、《拙效传》，袁中道《一瓢道人传》、《回君传》，无名氏《小青传》等，亦属佳作。

1. 宋濂《秦士录》等

宋濂的传奇化古文以《秦士录》、《王冕传》较为精彩。《秦士录》写秦人邓弼，字伯翊，体力雄壮过人，性格放佚不羁，文武双全，满怀英雄抱负，却无由实现，只能郁郁老死于山中。小说长于细节描写，邓弼在酒楼上嘲弄萧、冯二书生以及在东门外舞剑砍马的场面，使人如闻其声，如见其形。邓弼的阳刚之气，足以与唐人传奇中的虬髯客相提并论。

这种阳刚之气也贯注在《王冕传》中。对一代大儒王冕，宋濂仅用一百五十余字交代其求学经历及刻苦精神，而用大量篇幅表现其孤傲得近于古怪、豪放得近于狂诞的名士派头。著作郎李孝光，想推荐王冕担任府史职务，被王冕骂了一顿："吾有田可耕，有书可读，肯朝夕抱案立庭下备奴使哉?"另一次，部使者巡视州郡，骑在马上想见王冕，王冕紧闭小楼，不予理睬。使者只得掉转马头，走了不到一百步远，王冕靠着门窗，撮口发出清越的啸声，使者听了，十分羞愧。记叙这一类情节，字里行间洋溢出作者的欣喜之情。

《杜环小传》、《李疑传》、《记李歌》也是传奇化古文。《杜环小传》写杜环热情收留和精心奉养因家破人亡而来相投的张氏。写法上注重对比，谭敬先对于故交的老母闭门不纳，冷淡无情，常伯章任亲生母亲长期流落异乡而不闻不问，见面后又弃置不顾，愈衬托出杜环慷慨好友、惜老怜贫的品格。宋濂是把杜环当做"重然诺，好周人急"的义侠来写的，所以他在结尾说："吾观杜环事，虽古所称义烈之士何以过。而世俗恒谓今人不逮古人，不亦诬天下士也哉!"《李疑传》中的李疑，也是一个"有古义勇风"的人物。《记李歌》则塑造了一位性格泼辣而有主见的妓女。

2. 高启《南宫生传》等

高启的《南宫生传》、《书博鸡者事》大刀阔斧地刻画了两个个性奇异的人。"南宫生，吴人，伟躯干，博涉书传，少任侠，喜击剑走马，尤善弹，指飞鸟下之。家素厚藏，生用周养宾客；及与少年饮博游戏，尽丧其资。"① 这俨然是一个从唐人传奇的豪侠群中走来的人物。

尤可注意的是"博鸡者"。他"素无赖，不事产业，日抱鸡呼少

---

① 高启：《高青丘集》，908 页，上海，上海古籍出版社，1985。

年博市中。任气好斗，诸为里侠者皆下之”。① 这样的主角，在恪守儒家矩矱的文人笔下，常是被贬斥的对象；不然，那他就得像周处一样弃邪归正，成为忠臣孝子。然而高启并不从弃邪归正的角度来把握和描写他，而是从“任气好斗”的“侠”气出发，直接导向他与土豪的较量。“博鸡者”不仅惩治了诬陷袁守的土豪，接下来，他还上诉行御史台，成功地使袁守复官。他上诉的方式也与他的“素无赖”相呼应：“连楮为巨幅，广二丈，大书一‘屈’字，以两竿夹揭之”，“与其徒日张‘屈’字，走金陵市中”。这样一个目无法纪的好汉，这种近乎“无赖”的抗争方式，与平稳正统的儒家道德无缘。惟其如此，写博鸡者制服土豪的正义行为才成为“侠”的赞歌而不是服务于道德说教。高启是轻视“头巾气”的。

3. 马中锡《中山狼传》

《中山狼传》是马中锡久负盛名的一篇作品。马中锡(1446～1512年),字天禄，号东田，故城（今属河北）人。成化十一年（1475年）进士，授刑科给事中。因揭发万贵妃弟万通及太监汪直，两受杖责，连续九年不得升迁。后历任大理寺少卿、右副都御史，直至兵部侍郎，因得罪太监刘瑾，被捕下狱，削职为民。刘瑾伏诛后他出任大同巡抚，正德六年（1511 年）为右都御史，率禁军镇压刘六、刘七起义；他主张招抚，遭同僚中伤，下狱致死。《明史》本传称他“居官廉，所至革弊任怨”。所作诗文，后人编为《东田漫稿》六卷、《别本东田集》十五卷。

《中山狼传》见《东田漫稿》。写战国赵简子大猎于中山，中山狼中箭，求救于路过此地的东郭先生。东郭先生信奉墨家哲学，以“兼爱”为本，因藏狼于袋中，骗走赵简子。事后，狼非但不知恩图报，反欲以东郭先生充饥。东郭先生无奈，相约征询“三老”的意见。老杏、老牸都认为东郭应被狼吃。幸杖藜老人赶到，将狼骗入袋中，准备杀死了事，谁知东郭先生竟迟疑不决。杖藜老人笑道：“禽

① 高启：《高青丘集》，946 页，上海：上海古籍出版社，1985。

兽负恩如是，而犹不忍杀。子固仁者，然愚亦甚矣。从井以救人，解衣以活友，于彼计则得，其如就死地何！先生其此类乎？仁陷于愚，固君子之所不与也。”东郭这才醒悟。

中山狼的故事，民间流传已久。《宋人小说百种》、《古今说海》等书中收有宋人谢良所作《中山狼传》。马中锡借用这一题材，以寓言手法塑造了中山狼和东郭先生这两个形象。中山狼残暴、贪婪，具有狼的特性；而能言善辩、忘恩负义，又具有某些人的特征。它引经据典、赌咒许愿向人求救的情态与“鼓吻奋爪”、以怨报德的嘴脸，给读者留下深刻印象。东郭先生不问是非，一味“兼爱”，也具有典型性。

《中山狼传》相传是为讽刺李梦阳而作。正德元年（1506年），李梦阳代韩文草拟弹劾刘瑾的奏疏，被逮下狱，刘瑾必欲置之死地。李梦阳托人带信给康海，请求营救。康海与刘瑾同为陕西老乡。这之前，刘瑾想与康海套近乎，康海反应冷淡；这次康海来刘家为人说情，刘瑾喜出望外，次日即释放了李梦阳。刘瑾倒台后，康海被指为刘党，受到撤职处分，据说李梦阳忘恩负义，未替康海辩白。康海有《读中山狼传》诗：“平生爱物未筹量，那计当年救此狼。”① 可见康海救人，而人又负恩反噬，大约确有其事。（不过，这“人”不一定是李梦阳，因为康、李友谊维系终生，并未中断，故《四库全书总目提要·别本东田集》认为中山狼影射李梦阳之说为“附会”。）康海本人以及他的朋友王九思都曾据《中山狼传》写成《中山狼》杂剧，陈与郊、汪廷讷亦有同名杂剧。

《中山狼传》的寓意清楚明白：狼总是要吃人的；对于吃人的狼，不应抱有任何同情和幻想。它使我们想起另外两则寓言：一则是《伊索寓言》中的《农夫和蛇》，一则是明初刘基《郁离子》中的《僧人救虎》。看来，对于邪恶者不能讲慈悲，乃是古今中外哲人的共识。

---

① 王士祯：《池北偶谈》卷十四，348页，北京，中华书局，1982。

4. 董玘《东游纪异》

《东游纪异》也带有寓言意味。作者董玘（1483～1546年），字文玉，会稽（今浙江绍兴）人。弘治十八年（1505年）进士。授编修，官吏部侍郎。因反对宦官刘瑾专权，贬成安知县。有《中峰集》。刘瑾是明代臭名昭著的宦官之一，他任司礼太监，独揽朝政，其兄刘景祥则充锦衣卫指挥使。他们气焰嚣张，迫害朝臣，一时昏天黑地。正德五年（1510年）刘景祥病死。《东游纪异》即以隐喻手法描述其丧礼情形。小说叙正德五年六月，作者与友人黄某出游，至东华门，因惊讶于禁门之侧游人竟如此之多，遂尾随其后，以察究竟。忽浓雾四塞，咫尺不辨人马，误入狐穴之中，见数十狐环绕一死狐悲号。老狐常化人形出游，熟悉士大夫阶层的庆吊之礼，临死嘱群狐以人礼办理丧事。因无人吊丧，群狐向洞穴中的百兽之长白额虎告状，虎怒，"于是不狐吊者辄噬之"。众人迫不得已而来，吊者如市，"尽衣冠流也"，"受帛而出，皆有德色"。作者愤惋莫名，叹曰："可怪哉，世其有是耶？彼深山穷谷，魑魅罔象之所游，虎豹狐狸之出入，乃其所也；禁门之侧，胡为而有之焉？"作品中的死狐喻刘景祥，白额虎喻刘瑾。刘瑾于同年八月被诛，《东游纪异》结尾说："越数夕，积雾开，初日旭，黄子复邀予往过焉，则狐穴隐灭，居民如故。"即喻此事。

5. 蔡羽《辽阳海神传》

《辽阳海神传》是一篇较早显示出16世纪思想异动的传奇小说。作者蔡羽（？～1541年），字九逵，自号林屋山人、左虚子。吴县（今江苏苏州）人。弘治五年（1492年）始应乡试，一再受挫。由国子生授南京翰林孔目。好古文辞，颇为自负，有人称其诗似李贺，羽不以为然，以为己诗当出魏晋上。《明史》有传。著有《太薮外史》、《林屋集》、《南馆集》。

《辽阳海神传》叙正德初年，徽州人程士贤兄弟携重资商于辽阳，数年间，本钱耗尽，耻于还乡，"遂受佣他商"。"二人联屋而居，抑郁愤懑，殆不聊生”。至正德十三年，因与海神相恋，言及往年贸易耗折事，海神答应相助。正德十四年后，程士贤独自经营，获利极多。先以银十余两购黄檗、大黄各千余斤。数日后，疫疠流行，二药踊贵，卖得五百余金。又以五百余金购彩缎四百余匹。朱宸濠发动叛乱，朝廷急需军装，缎价腾跃，“遂三倍而售”。又以千金购布六十余匹。次年三月，武宗驾崩，天下服丧，布价顿高，又获利三倍。如是屡屡，不能悉记。四五年间，“辗转数万，殆过昔年所丧十倍矣”。嘉靖三年，因“大数已终”，海神别去。嘉靖七年，蔡羽在京师闻海神事，疑信参半。嘉靖十五年，闻程士贤亲言其事，“具有原委，且年已六秩，容色仅如四十许人，足征其遇异人无疑，而昔闻不谬也”，乃作《辽阳海神传》。据此，则蔡羽虽可能年长于董玘，但《辽阳海神传》的写作无疑晚于《东游纪异》。

这篇小说以人神相恋的志怪题材，反映了明代中叶商人的生活及其思想意识。程士贤因本钱亏折而羞于还乡，又因海神救助而屡屡经商得手，其间的悲欢苦乐，极具真实感。而海神的出现，则表达了商人们期盼准确预测市场行情的幻想。小说情节离奇，想像丰富，描写海神光临一节，尤以细致见长。

《辽阳海神传》流播甚广，明末凌濛初据以改编为拟话本《叠居奇程客得助　三救厄海神显灵》，收入《二刻拍案惊奇》中。

6. 胡汝嘉《韦十一娘传》

《韦十一娘传》是一篇豪侠题材的小说。作者胡汝嘉，字懋礼，号秋宇，金陵（今江苏南京）人。嘉靖进士。顾起元《客座赘语》卷八《秋宇先生著述》说他：“在翰林日，以言忤政府，出为藩参。先生文雅风流，不操常律。所著小说书数种，多奇艳，间亦有闺阁之靡，人所不忍言。如《兰芽》等传者，今皆秘不传。所著女侠《韦十一娘传》，记程德瑜云云，托以诟当事者也。”① 还著有《红线记》杂剧等。

① 顾起元：《客座赘语》卷八，257页，北京，中华书局，1987。

《韦十一娘传》收入《删补文苑楂橘》等书，叙商人程德瑜遇侠女韦十一娘事。胡汝嘉熟悉历代剑侠故事，故特意设计了韦十一娘“纵谈侠”一段。他写这篇小说，如顾起元所说，旨在斥责当时的掌权者，这一意图在具体情节中得到了贯彻。如程德瑜问韦十一娘最恨什么，韦答道：“世之为守令而虐使小民，贪其贿又戕其命者；世之为监司而张大威权，悦奉己而害正直者；将帅殖货，不勤戎务，而因偾国事者；宰相树私党去异己，而使贤不肖倒置者：此皆吾术所必诛者也。若夫舞文之吏，武断之豪，则有刑宰主之；忤逆之子，负心之徒，则有雷部司之，我不与也。”以小说来批评时政，与《东游纪异》相通。

唐代写女侠的传奇小说颇多，如《甘泽谣·红线》、《传奇·聂隐娘》、《原化记·崔慎思》、《集异记·贾人妻》、《剧谈录·潘将军》、《原化记·车中女子》等，《韦十一娘传》欲角逐其中，自难擅胜场；但在明代，这却是一篇引人注目的写女侠的作品。明末凌濛初据以改编为拟话本《程元玉店肆代偿钱　十一娘云岗纵谈侠》，收入《初刻拍案惊奇》。

7. 袁宏道《徐文长传》等

袁宏道（1568～1610年），字中郎，号石公，公安（今属湖北）人。万历十六年（1588年）举人，万历二十年（1592年）进士，历官吴县令、顺天府教授、国子监助教、礼部主事，终稽勋郎中。与兄宗道、弟中道并称“公安三袁”，是公安派中成就最高的作家。有《袁中郎全集》。其《徐文长传》、《醉叟传》、《拙效传》等，属于鲁迅《中国小说史略》所说为异人童奴作传的传奇小说。

《徐文长传》是明代徐渭（字文长）的传记。徐渭诗、文、书、画兼工，通音律，善杂剧，但袁宏道对缕述他的各种成就并无兴趣，而致力于渲染他的“狂生”气质。在中国文化中，由于没有制约世俗权贵的宗教权威，这一重任便由“狂生”承担起来。作为一种精神象征，“狂生”形象具有震慑世俗权贵的力量。胡宗宪身为总督，威震东南，军人们见了，个个“膝语蛇行”，不敢抬头，惟有徐渭以一秀才傲之，任意谈笑，毫无忌惮。胡宗宪尊重徐渭，便是在内心深处敬重“狂生”的表现。

袁宏道为徐渭立传，淋漓尽致地写出其“狂生”气质，这是本文的高明所在。如果只是留意于“狂生”的种种细节方面的失误，不仅会丧失对“狂生”形象的理解力，也丧失了对中国文化的某一层面的理解力。

《醉叟传》叙醉叟的种种情事。中国传统文学常赋予隐士、酒徒、高僧等形象准宗教意味。在摆脱人世的纷纭、追求性灵的自适方面，这些人仿佛代表着最高的智慧。他们的举动当然是违背常情的，有时癫，有时狂，有时醉酒，有时昏睡，却自有其神奇和不凡在。这位“醉叟”正是如此。他不吃五谷杂粮，惟吃蜈蚣、蜘蛛之类；他不拘世俗礼节，往往信口浪谈，时有一二语精妙入微；他竹篮中“有若告身者”，“或言曾为彼中万户”；他居无定所，“口中常提万法归一，一归何处”……袁宏道实在测不出其底蕴之深，故以存疑的语调缕述事实，并不强做解人。然而，奇异的外在言行往往伴随着超常的内在智慧，在云遮雾障的背后，一定有无限的景致。

《拙效传》也渗透着道家智慧。小说叙家有四仆，一名冬，一名东，一名戚，一名奎，均笨拙愚钝。作者意在强调拙的好处：“余家狡狯之仆，往往得过”，“相继逐去，资身无策”，惟四拙“颇能守法”，“坐而衣食”，主人“惟恐其失所”。这样的命意，隐约可见庄周的神韵。

8. 袁中道《一瓢道人传》等

袁中道（1570～1623 年），字小修，公安（今属湖北）人。袁宏道之弟。万历四十四年（1616 年）始举进士，授徽州府教授，选国子博士，官至南京吏部郎中。有《珂雪斋集》。其《一瓢道人传》、《回君传》等是鲁迅《中国小说史略》所谓为异人作传的传奇小说。

《一瓢道人传》写一个不按常规生活的人。此人放浪形骸，蔑视礼法，却俨如得道一般，获得完满结局。这颇出常情之外，故有人问中道：“审有道者，不宜淫且盗；淫且盗者，又不宜脱然生死。予大有疑，以问子。”但中道以为，不能以常情来论仙、佛。“夫济颠之酒也，三丰之肉也，锁首之淫也，寒山拾得之诟也，皆非天眼，莫能知也；古之诸佛，固有隐于猪狗中者，况人类乎？”外在形迹是次要的，关键是内在品格。借用禅宗话头为自然主义张目，与袁宏道《醉叟传》命意相通。

一瓢道人的传说在明清之际甚为风行，张潮编《虞初新志》，卷三收严首升《一瓢子传》和陈周《游一瓢传》，均演述其事，情节大同小异。

《回君传》中的王回，性情纵恣，嗜酒如狂，热衷于突梯滑稽之乐。他为此荡尽田产，甚至置妻、儿于不顾。这样的人物进入小说世界，带来了一股纵横决荡的气势，具有晚明的时代色彩。

9. 《小青传》等

晚明传奇小说中，散金碎玉颇多，如《小青传》、《五异人传》等，兹略举一二，聊以示例。

《小青传》作于万历四十年（1612 年），署戋戋居士撰，有抄本传世。《情史类略》、《虞初新志》收入，文字略有异同。关于《小青传》的作者，有谭生和支小白两种说法。关于小青，有实有其人和出于虚构两种意见。小青的丈夫，或坐实为冯云将。持谭生作及小青虚构说最力的，当属钱谦益。其《列朝诗集小传》闰集羽素兰传附小青传，略云：“又有所谓小青者，本无其人。邑（指常熟）子谭生造传及诗，与朋侪为戏曰：‘小青者，离情字，正书‘心’旁似‘小’字也。或言姓钟，合之成‘钟情’字也。’……以事出虞山（常熟），故附著于此。”① 周亮工《书影》卷四则以为小青或实有其人，《小青传》可能出于支小白之手。陈寅恪《柳如是别传》第四章《河东君过访半野堂及其前后之关系》详加考证，结论是：《小青传》之“虎林某生”即冯云将，钱谦益“与云将交谊甚笃”，“因讳其娶

① 钱谦益撰，钱陆灿编，《列朝诗集小传》，813 页，台北，明文书局，1991。

同姓为妾”云云。①

《小青传》叙扬州娼家女小青，才貌超群，十六岁时，杭州一贵家公子冯某买之为妾；因大妇酷虐，被软禁于西湖别墅。亲戚杨夫人欲助之逃走，但她自认薄命，甘于承受。终因抑郁寡欢，过早病死，年仅十八岁。

红颜薄命是个永恒的主题。青春的摧折，生命之流的突然中断，这是令人异常悲伤的事情。一个美丽的、才情不俗的女孩子，突然在这个世界上消失了，能不为之黯然神伤吗？《小青传》所表达的情愫可作如是观。小青的早逝令作者不胜其悲，惋惜她不能如杜丽娘那样在牡丹亭畔重生。

并非偶合，小青有一首读《牡丹亭》的绝句：

> 冷雨幽窗不可听，挑灯闲看《牡丹亭》。
> 人间亦有痴于我，岂独伤心是小青。

人间自是有情痴。在这一点上，她和杜丽娘太相近了。杜丽娘游后花园，曾感叹：“却原来姹紫嫣红开遍，似这般，都付与断井颓垣。”表面是说风景待人欣赏，其实是说自己独处深闺，这美丽的容颜不知为谁而存在。杜丽娘的伤感在小青这里进一步演变为悲伤。她“风期异艳，绰约自好”，却嫁给憨跳不韵、不知怜香惜玉为何物的某生，致使小青横遭妒妇摧残，才十八岁便成为一缕断魂。她所能做的惟一的努力是将其真容经由画师之手留在人世，然而，就连她的画像也差点被妒妇烧掉。无怪张潮会感慨系之地评道：“红颜薄命，千古伤心。读至送鸩、焚诗处，恨不粉妒妇之骨以饲狗也！”②

《小青传》继承了唐人传奇的某些写法，文笔清丽，情调哀婉，如同一首意味深长的诗。它吸引人的不是曲折的情节，而是连读者的

① 陈寅恪：《柳如是别传》，448页，上海，上海古籍出版社，1980。

② 张潮编：《虞初新志》卷一《小青传》篇末评语，21页，石家庄，河北人民出版社，1985。

心灵仿佛也会被笼罩的氛围。它的出现，似乎预示着，辞章化传奇小说将再度崛起。

《小青传》在清初影响甚大，据以改编为戏曲者，有徐野君《春波影》、吴炳《疗妒羹》等；徐震《女才子书·小青传》亦据此改写。

《五异人传》是张岱为家族中五个性格奇异的亲人写的传记，虽属写实，却别具传奇小说风味。他在阐述其写作动机时说："余家瑞阳之癖于钱，髯张之癖于酒，紫渊之癖于气，燕客之癖于木，伯凝之癖于书史，其一往深情，小则成疵，大则成癖。五人者皆无意于传，而五人之负癖若此，盖亦不得不传之者矣。作《五异人传》。"张岱在"癖"与"深情"之间直接建立联系，写"癖"即写一种独具个性的人生态度，这使《五异人传》别有情韵。

晚明的传奇化古文，如陈继儒《范牧之别传》、边大绶《虎口余生记》等，也时见精彩。

二　"三灯丛话"及其他

传奇小说集在明代的陆续问世较之古文的传奇化更引人注目，"三灯丛话"（瞿佑《剪灯新话》、李昌祺《剪灯余话》、邵景詹《觅灯因话》）则是其中的代表作。凌云翰《剪灯新话·序》说："昔陈鸿作《长恨传》并《东城老父传》，时人称其雄才，咸推许之。及观牛僧孺之《玄怪录》，刘斧之《青琐集》，则又述奇记异，其事之有无不必论，而其制作之体，则亦工矣。乡友瞿宗吉氏著《剪灯新话》，无乃类是乎？"凌云翰说得不错，瞿佑、李昌祺等一方面继承了唐人辞章化传奇的传统，另一方面也接受了宋代话本体传奇如《青琐高议》的滋养，就其基本品格而言，话本体传奇的色彩更鲜明一些。

传奇小说集的写作在明代曾一度受挫。《剪灯新话》约成书于洪武十一年（1378年），刊行于宣德初年（1426～1435年）；《剪灯余话》约成书于永乐十八年（1420年），刊行于宣德八年（1433年）。

可以说，从明朝开国到宣德年间，这是传奇小说集创作的旺期。但好景不长，由于朝廷和社会舆论的干预，传奇小说集的创作迅速进入低谷。正统七年（1442年）二月，朝廷颁布了焚毁《剪灯新话》等小说的禁令，据清顾炎武《日知录之余》卷四《禁小说》：

> 《实录》："正统七年，二月辛未，国子监祭酒李时勉言：'近有俗儒，假托怪异之事，饰以无根之言，如《剪灯新话》之类，不唯市井轻浮之徒，争相诵习，至于经生儒士，多舍正学不讲，日夜记忆，以资谈论；若不严禁，恐邪说异端，日新月盛，惑乱人心；乞敕礼部，行文内外衙门，及调提学校佥事御史，并按察司官，巡历去处，凡遇此等书籍，即令焚毁，有印卖及藏习者，问罪如律，庶俾人知正道，不为邪妄所惑。'从之。"①

从社会舆论来看，传奇小说受到的批评亦甚严厉。陆容《菽园杂记》卷十三载："《剪灯新话》，钱塘瞿长史宗吉所作。《剪灯余话》，江西李布政昌祺所作。皆无稽之言也。今各有刻板行世。闻都御史韩公雍巡抚江西时，尝进庐陵国初以来诸名公于乡贤祠。李公素著耿介廉慎之称，特以作此书见黜。清议之严，亦可畏矣。"这是传奇作家的"身后"事。生前如何呢？沈德符《万历野获编》卷二十五载："闻邱（浚）少年作《钟情丽集》，以寄身桑濮奇遇，为时所薄，故又作《五伦》以掩之，未知果否？但《丽集》亦学究腐谈，无一俊语，即不掩亦可。"② 由此可见"清议"的压力之大。与此同时，这一时代的思想家也大声疾呼要对俗文学加以防范，比如当时声望最高的理学家薛瑄（1389～1464年），所著《读书录》"尝言乐有雅郑，书亦有之：小学、四书、六经、濂洛关闽诸圣贤之书，雅也，嗜者常少，以

---

① 顾炎武著，黄汝成集释：《日知录集释》，1255～1256页，长沙，岳麓书社，1994。

② 沈德符：《万历野获编》，641页，上海，上海古籍出版社，1959。按，《钟情丽集》当非邱浚所作，参见本书第十六章第三节。

其味之淡也；百家小说、淫词绮语、怪诞不经之书，郑也，莫不喜谈而乐道之，盖不待教督而好之矣，以其味之甘也。淡则人心平而天理存，甘则人心迷而人欲肆”①。在这种社会氛围中，文坛名流或社会地位较高的读书人不写传奇小说是合情合理的。（不妨一提的是，赵弼的《效颦集》成书于宣德年间，但直到嘉靖年间才刊刻问世。）至于与书坊往来甚至靠写通俗读物赚钱的下层文人，其写作一般不会受到朝廷注意，主流社会的舆论压力对他们不那么直接，从而可以继续其写作生涯。但毫无疑问，由于他们功力较差，又受营利动机的驱使，所写作品实与《剪灯新话》等不属于一类，如雷燮《奇见异闻笔坡丛脞》二卷（有弘治十七年即1504年坊刻本），用语通俗，屡见病句。又如这一时期的中篇传奇小说，可能是作为面向市井的畅销读物来写的，只宜另作一类加以讨论。

时至嘉靖年间，随着社会精神生活氛围的逐渐宽松，唐人传奇又开始在社会上流布，各种选本陆续问世。如陆楫辑《古今说海》一百四十二卷（有嘉靖二十三年即1544年陆氏俨山书院刻本），分说选、说渊、说略、说纂四部，其中说渊部所收六十四篇传奇，除两篇宋人作品、两篇明人作品外，大多为唐代小说名篇。王世贞编《剑侠传》，四卷三十三篇。其中唐代事凡十九篇，如《聂隐娘》、《昆仑奴》、《红线》、《扶余国主》（即《虬髯客》）、《嘉兴绳技》、《车中女子》、《宣慈寺门子》、《贾人妻》等；宋代事十一篇，如《洪州书生》、《荆十三娘》等，均为剑侠故事。王世贞编《艳异编》，正编四十卷续编十九卷，以故事的“艳”、“异”为采录标准，所选颇多传奇名作。还有《文苑楂橘》、《广艳异编》等。这些选集大都体例不严，真伪错杂，但迅速扩大了唐人传奇的影响，促成了“剪灯”类传奇小说创作的再度复苏。

这一时期传奇小说理论研究亦有重大进展，与班固、刘知几、纪昀并称为四大文言小说理论家的胡应麟所取得的成就尤为卓越。其

---

① 纪昀等撰：《四库全书总目》卷九三《读书录》提要，790页，北京，中华书局，1965。

《少室山房笔丛·九流绪论下》将文言小说划分为六类，确认“《飞燕》、《太真》、《崔莺》、《霍玉》之类”属于“传奇”;① 在传奇小说中，他又将唐人传奇和宋人传奇作了区分，并就《霍小玉传》等具体作品发表了真知灼见。他的研究成果对晚明人当有所启发。

在传奇风韵弥漫天下的晚明，传奇小说集的创作再度兴盛。嘉兴隐者钓鸳湖客撰《志余谈异》成书于万历初年（1573～1620年）；邵景詹撰《觅灯因话》约成书于万历二十年（1592年）。它们当然不是一流作品，但明清传奇小说至《聊斋志异》而臻于极境，这些小说集所起的承先启后的作用是不应忽略的。

1. 瞿佑《剪灯新话》

瞿佑（1347～1433年），② “佑”一作“祐”，字宗吉，号存斋，钱塘（今浙江杭州）人。年十四，和杨维桢《香奁八题》诗，为杨所叹赏。明洪武中，以荐历仁和、临安、宜阳训导，升周王府长史。永乐间，以诗蒙祸，被谪戍保安十年，遇赦放归。著作颇丰，有《香台集》、《咏物诗》、《存斋遗稿》、《乐府遗音》、《归田诗话》等二十余种，大都散佚。《剪灯新话》是他流传最广的作品，正集四卷，附录一卷，共二十二篇。

瞿佑是传奇小说作者，也是诗人。清初朱彝尊《静志居诗话》对他的诗很不恭维。在朱彝尊眼里，瞿佑的诗太乏风骨，缺少力量和气度。但明郎瑛《七修类稿》卷三十三却认为，身经战乱的瞿佑，其诗正不乏梗概之气：“尝闻其《旅事》一律云：‘过却春光独掩门，浇愁漫有酒盈樽。孤灯听雨心多感，一剑横空气尚存。射虎何年随李广？闻鸡中夜舞刘琨。平生家国萦怀抱，湿尽青衫总泪痕。’读此亦知先生也，噫！”③

---

① 胡应麟著：《少室山房笔丛》，282页，上海，上海书店出版社，2001。

② 瞿佑生卒年据程毅中先生的考订。见程毅中：《明代小说丛稿》，1页，北京，人民文学出版社，2006。

③ 郎瑛撰：《七修类稿》，360页，上海，上海书店出版社，2001。

朱彝尊和郎瑛各强调了瞿佑的一个侧面。这一事实表明，在元明之际的社会动乱中，瞿佑并不是单一型的人物。他见过风起云涌、雷霆震怒的巨变，建功立业的热切愿望也曾激励他以李广、刘琨自勉。他的抱负是宏伟的，而最终却化为泡影，留给他的只有横空的剑气和湿透青衫的泪痕，伴随他的只有浇愁的盈樽之酒。巨大的期望带来的是沉重的失落。钱谦益《列朝诗集小传》说他“有《漫兴》诗及《书生叹》诸篇，至今贫士失职者，皆讽咏焉”。① 他的不平之鸣，曾感动过许多有相同遭遇的读书人。而他之所以沦落不偶，又在于他是一介“贫士”，一介徒有抱负却不善投机取巧的“贫士”。

《剪灯新话》反反复复地抒写了瞿佑因“失职”产生的忧愤。《令狐生冥梦录》（卷二）叙一向为非作歹的乌老死后，“家人广为佛事，多焚楮币，冥官喜之”，让乌老复活；冥间的昏暗激怒了“左枝右梧，未免儿啼女哭；东涂西抹，不救命蹇时乖”的“穷儒”令狐譔，他愤愤不平地写诗指斥道：“一陌金钱便返魂，公私随处可通门！鬼神有德开生路，日月无光照覆盆。贫者何缘蒙佛力？富家容易受天恩。早知善恶都无报，多积黄金遗子孙！”这表达的当然是瞿佑对现实的牢骚：钱能够买到一切，包括生命，“贫士”则只能在饥饿线上挣扎，还谈什么飞黄腾达！

《修文舍人传》（卷四）更直接地表达了对富者通显、贫士失职的不公平现实的愤慨之情。博学多闻的夏颜，生前潦倒失意，而死后在冥司却大受重用，被任为修文舍人，“颇极清要”。同一个人，为何穷通如此不同？夏颜解释说：

> 冥司用人，选擢甚精，必当其才，必称其职，然后官位可居，爵禄可致，非若人间可以贿赂而通，可以门第而进，可以外貌而滥充，可以虚名而躐等也。

---

① 钱谦益撰，钱陆灿编：《列朝诗集小传》，230页，台北，明文书局，1991。

以冥司与人间对比，这种构思，意在反衬人间的黑暗，加强斥责的力度。

瞿佑的忧愤不只与他的“失职”有关，还与他伤心的爱情经历有关。其传奇《秋香亭记》，据凌云翰《剪灯新话·序》说，是一篇自传性的小说。写商生和他的表妹采采互相眷恋，情意深挚，父母也已首肯。不幸战乱爆发，“生父挈家南归临安，展转会稽、四明以避乱；女家亦北徙金陵。音耗不通者十载”。战乱平息后，商生“遣旧使老苍头往金陵物色之，则女以甲辰年适太原王氏，有子矣”。这出恋爱悲剧，如采采所说：“只怨干戈不怨天。”

战乱毁灭了瞿佑的爱情，加上“失职”的忧伤，便凝结成对战乱、对横行一时的武夫们的敌视情绪。《翠翠传》（卷三）明晰地传达出这一意蕴。金定与刘翠翠，本是一对恩爱夫妻。可是结婚不到一年，刘翠翠便为张士诚部将李将军“所掳”，致使金定因“感疾而先殂”，翠翠亦“含冤而继殒”。李将军正是一“自少失学，乘乱崛起”的武夫，瞿佑比之为劫掠韩翃宠姬柳氏的蕃将沙吒利，厌恶之情溢于言表。《爱卿传》（卷三）也郁结着同样的情愫。家资巨万的赵子与“色貌才艺，独步一时”的罗爱爱结为夫妇，甚相得。“至正十六年，张士诚陷平江。十七年，达丞相檄苗军师杨完者为江浙参政，拒之于嘉兴。不戢军士，大掠居民。赵子之居，为刘万户者所据，见爱卿之姿色，欲逼纳之。爱卿以甘言绐之，沐浴入阁，以罗巾自缢而死。”他们的幸福就这样毁于一旦。

身为文人而又痛感文人在战乱中的备受凌辱，不得已乃从想像中追求虚幻的满足。《水宫庆会录》（卷一）叙潮州士人余善文为广利王制上梁文，“一挥而就，文不加点”，大为诸神所重。当赤鲟公不满于善文以一介白衣而预庆殿之会时，广渊王训斥道：“文士在座，汝乌得多言？姑退！”赤鲟公无疑是对武夫的影射。在《龙堂灵会录》（卷四）中，闻子述登吴江龙王堂，题古风一章，“词旨既佳，笔势又妙”，遂被龙王邀为座上客。故作得意之笔，以抬高文人身份，背后隐藏的其实是辛酸与痛苦。

如钱谦益《列朝诗集小传·瞿佑》所说，“多偎翠倚红之语”也是《剪灯新话》的特征之一。这与作者"风情丽逸"的个性有关。《剪灯新话》写到了各种类型的爱情。有现实的，如《爱卿传》、《翠翠传》；有人与鬼的，如《金凤钗记》、《滕穆醉游聚景园记》……其中，《渭塘奇遇记》（卷二）叙王生与肆翁之女梦中缔结姻缘，构思尤其精巧，对《聊斋志异·王桂庵》有直接影响。小说中王生写了一首自记其梦的长诗，诗中说："风流元有种，慧黠更多才。""才子能知尔，愚夫可语哉！"可见小说旨在展示才子风情。再如《爱卿传》：

> 罗爱爱，嘉兴名娼也，色貌才艺，独步一时。而又性识通敏，工于诗词，以是人皆敬而慕之，称为爱卿。佳篇丽什，传播人口。风流之士，咸修饰以求狎，懵学之辈，自视缺然。

在瞿佑所描绘的爱情世界里，只有才子能叱咤风云。泛泛而论，以为他提倡自由恋爱，那就偏题了。

《剪灯新话》在文言小说发展史上占有重要地位。

其一，瞿佑恢复了唐人传奇取材于当下人生的传统。这个传统，在宋元一度中断；《剪灯新话》则向现实敞开了怀抱，其情感内容，是瞿佑人生感受的或直接或间接的抒发。小说对时代背景的交代，地点、年月、事件，往往非常准确，如《三山福地志》（卷一）："至正末，山东大乱，自实为群盗所劫，家计一空。时陈有定据守福建，七闽颇安。"《华亭逢故人记》（卷一）："至正末，张氏据有浙西，松江为属郡……吴元年，国兵围姑苏，未拔。"这表明，瞿佑关注的是他生活的时代，他并不热心于从古籍中寻找灵感。

其二，《剪灯新话》恢复了唐人传奇面向"无关大体"的浪漫人生的传统。瞿佑写爱情最多，其次是隐士，与唐人传奇相比，显然欠缺的是对侠的描绘。但他确曾热切呼唤过豪侠，如《秋香亭记》："（瞿佑）记其始末，以附于古今传奇之后。使多情者览之，则章台柳折，佳人之恨无穷；仗义者闻之，则茅山药成，侠士之心有在。又安知其终如此而已也！"他幻想有一位许俊似的侠客为他夺回恋人。

从总体上看，鲁迅《中国小说史略》的话还是对的：其“文题意境，并抚唐人”。①

其三，《剪灯新话》模拟唐人传奇，不无形迹太似之处。如《华亭逢故人记》之仿效李玫《纂异记·李生》，《龙堂灵会录》之仿效《纂异记·蒋琛》，均为著例。但瞿佑在艺术表现上也时见颖异。如《金凤钗记》（卷一）虽受《离魂记》、《齐推女》启发，但境界焕然一新。《太虚司法传》（卷四）所写“不怕鬼”的主题，相关名作甚多，瞿佑仍能别开生面。他写吴楚狂士冯大异“恃才傲物，不信鬼神”，因而遭到报复。一次，他被“头有二角，举体青色”的夜叉逼入一座废寺，虽“蹶然仆地”，仍傲然不屈。情节诙谐风趣，而大异的倔强性情亦活现于纸上。

其四，由于吸取了唐人传奇的滋养，《剪灯新话》将话本体传奇推进到了一个新的阶段。这个问题，我们将和《剪灯余话》一起讨论。

2. 李昌祺《剪灯余话》

李昌祺（1376～1452年），名祯，以字行。庐陵（今江西吉安）人。少负才名。明永乐癸未进士，授翰林庶吉士，参与编修《永乐大典》，以赅博著称。后以礼部主客郎中权知部事，外调任广西、河南左布政使。居官刚严方直。能诗文，有《侨庵诗余》、《容膝轩草》、《运甓漫稿》等。仿瞿佑《剪灯新话》作《剪灯余话》，凡四卷二十篇。

发挥道德训诫是《剪灯余话》中起主导作用的内容之一。罗汝敬《剪灯余话·序》说：“兹所记，若饼师妇之贞，谭氏妇之节，何思明之廉介，吉复卿之交谊，贾、祖两女之雅操，真、文二生之俊杰识时，举有关于风化，而足为世劝者。”

在罗序列举的例证中，“饼师妇之贞”、“谭氏妇之节”分别见于卷一《长安夜行录》和《月夜弹琴记》。虽都托于往事，但构思方式

① 鲁迅著：《中国小说史略》，146页，上海，上海古籍出版社，1998。

并不相同。《长安夜行录》故翻陈案，试图改写《本事诗》的记载以塑造一个贞妇的形象。唐孟棨《本事诗》“情感第一”载：

宁王曼贵盛，宠妓数十人，皆绝艺上色。宅左有卖饼者妻，纤白明媚。王一见注目，厚遗其夫取之，宠惜逾等。环岁，因问之：“汝复忆饼师否?”默然不对。王召饼师，使见之，其妻注视，双泪垂颊，若不胜情。时王座客十余人，皆当时文士，无不凄异。王命赋诗，王右丞维诗先成：“莫以今时宠，宁忘昔日恩。看花满眼泪，不共楚王言。”①

李昌祺觉得，这样的事情有伤风化，于是，他设想巫马期仁在某个夜晚与“卖饼者妻”之魂相遇，由她来说明事实真相：“妾夫故儒者，知有安史之祸，隐于饼以自晦。妾亦躬操井臼，涤器当垆，不敢以为耻也。王过，见而悦之，妾夫不能庇其伉俪，遂为所夺。从入邸中，妾即以死自誓，终日不食，竟日不言，王使人开喻百端，莫之顾也。一夕，召妾，托以程姬之疾，获免。如此者月余，王无奈何，叱遣归家。”巫马期仁敬佩她的人品，说：“若尔守义，实为可嘉，正须直笔，以励风俗。”这不妨看做李昌祺的自白。

《长安夜行录》还借饼师妇之口揭示了“唐诸王之骄淫”：“若岐王进膳，不设几案，令诸妓各捧一器，品尝之。申王遇冷不向火，置两手于妓怀中，须臾间易数人……如此之类，难以悉举，无非穷极奢淫，灭弃礼法。”“刺恶”与“奖善”相辅相成。

宋谭节妇是以死反抗元兵暴行的真实历史人物。《月夜弹琴记》在表达对她的叹慕之余，另外虚构了节妇侍儿钟碧桃作为烘托。但以节妇名义咏的集句诗三十首，则多感慨人世沧桑、红颜薄命，与节妇的壮烈不甚吻合。

“何思明之廉介”见于《何思明游酆都录》（卷一）。何思明耿介正直，以理学自任，“酷不喜老、佛”。后魂游酆都，见地狱内凶

① 丁福保辑：《历代诗话续编》，5页，北京，中华书局，1983。

贼赃滥之徒尽受惩罚，始悟非毁老、释太过。还阳后，“所至以清慎自将，并无瑕玷，号称廉洁”。

“吉复卿之交谊”见《两川都辖院志》（卷一）。“复卿气豪，勇于为义”，先是直言谏赵得夫、姜彦益二友勿昵妓女，二友不听，弄得资财荡然，复“各以二万假之”；后二友相继殒没，复卿“缯衣漆棺，敛皆如礼”，“又出四万缗付二家，责其族人为之经纪，使不失所”。

李昌祺重视风教，同时也对才子风情津津乐道。李昌祺所欣赏的才子风情是才情、艳情与温文尔雅风度的融会。才情是不用说的，《剪灯余话》对每一位才子、佳人照例有几句极示推崇的交代，比如《田洙遇薛涛联句记》（卷二）中的田洙：“清雅有标致，书画琴棋，靡所不晓。诸生日与嬉游，爱之逾于同气，凡远近名山胜境，吟赏殆遍。”《江庙泥神记》（卷四）中的谢琏：“仪容秀整，风韵清高，略无寒儒迂腐态，群众咸喜之，相与弈棋饮酒，谈笑赋诗，唯恐生之或去也。”甚至《秋千会记》（卷四）中的蒙古青年拜住亦善填词。李昌祺在编织情节时亦有意安排和鼓励主角吟诗作赋。薛涛对田洙说：“闻君倜傥俊才，雅能赋咏，何至作儒生酸乎？妾虽不敏，亦颇解吟事，今既遇赏音，而高山流水，何惜一奏！”于是二人连篇累牍地吟诗。由于男女主角时常大发诗兴，穿插进许多诗词，因此《余话》的篇数虽和《剪灯新话》相等，字数却几乎超过一倍。艳情即所谓男欢女爱。《剪灯余话》常对欢爱场景大加铺叙，甚至不避淫秽。

欣赏才子的风情，与嘲讽凡夫俗子，这是同一命题的展开。李昌祺常把才子与俗流放在天平两端，以俗流之轻衬出才子之重。《连理树记》（卷二）叙蓬莱择婿，“只好天台云里种，莫教移近俗人栽”。《鸾鸾传》（卷二）叙赵鸾鸾初嫁缪氏，“缪虽富室，而子弟村朴，目不知书，鸾既嫁，而郁郁不得志”，后适才子柳颖，方琴瑟和谐。在《凤尾草记》（卷三）里，“女”期盼为才子龙生妇，而不愿嫁给“商家郎”或“耕家子”：“纵金玉满堂，田连阡陌，不愿也。”“子纵无官，不为命妇，亦不失为士君子妻。万一流落俗子手中，有死而已！”《琼奴传》（卷三）正面展开文士与俗流武夫的冲突：才子徐苕郎与佳人沈琼奴本为天造地设的一对，却遭到“生居富室，懒事诗书”的刘汉老之父的诬陷，“徐阖室役辽阳，沈全家戍岭表”，致使两家“南北不相闻”。后因偶然机遇得以见面，又为欲逼娶琼奴的武夫“吴指挥者缉知，以逃军为名，捕苕（郎）于役，杖杀之”。有情人终未成眷属，这场悲剧将武夫俗流推上了道德的审判台。

有一个现象值得关注：尽管李昌祺笔下的男女爱情主角（女鬼或女神排除在外）风流缱绻，似乎无拘无束，但他们（尤其是她们）却又同时是恪守道德操守的典范。这是经由一系列特殊的情节设计体现出来的：

其一，男女主角“风流”的前提是有过“父母之命”，虽然在许多情况下“父母之命”只是意向而没有形诸正式的聘礼。如《连理树记》：上官守愚之子粹奴与贾虚中女蓬莱，“同读书学画，深相爱重，贾妻戏之曰：‘使蓬莱他日得婿如粹舍足矣。’归以告，守愚曰：‘吾意正然。’遣媒言议，各已许诺。”

其二，婚事不谐，是由其他原因造成，并非当事人负心所致。如《鸾鸾传》：“会颖家坐事，日就零替，鸾母悔之，以适缪氏。”《凤尾草记》：“会生姑与练妯娌参商，阳为怂恿，阴实沮之，故生父母犹豫。”

其三，女主角即使曾嫁过人，或者落入歹人之手，也决不至于失节。比如：鸾鸾先嫁缪生，缪生死，改嫁柳颖，依然处女，原来缪氏天阉，不能行夫妇之事。又如《芙蓉屏记》（卷四）：船夫谋害崔英，掳掠其妻王氏，但意在逼王氏为儿媳，因此王氏并未受到强奸的威胁。

其四，女主角既是才妇，又是贤妻。比如：鸾鸾“既归之后，孝敬奉于舅姑，雍和友于娣姒，遇婢仆以恩惠为先，相夫子以勤俭为本；乡邻之贫乏者，则随力相周；亲戚之往还者，则以礼相待。由是内外交誉，称道其贤”。

其五，当他们必须在生命与“节”、“义”之间作出选择时，能毫不犹豫地以生命的毁灭来达到崇高的伦理境界。《连理树记》叙元末动乱，盗杀上官粹一家，欲逼娶蓬莱，蓬莱举刀自刎。《鸾鸾传》

叙柳颖为"贼"所杀，"邻舍奔告鸾，鸾走哭，负其尸以归，亲舐其血而手敛之，积薪焚颖，焰既炽，鸾亦投火中死焉"。李昌祺感叹道："节义，人之大闲也，士君子讲之熟矣，一旦临利害，遇患难，鲜能允蹈之者。鸾幽女妇，乃能战乱中全节不污，卒之夫死于忠，妻死于义。唯其读书达礼，而赋质之良，天理民彝，有不可泯。世之抱琵琶过别船者，闻鸾之风，其真可愧哉！"

勃兰兑斯说过："在文学表现的所有感情中，爱情最引人注意；而且，一般来说，给读者留下的印象最深。了解人们对爱情的看法及表现方式对理解一个时代的精神是个重要因素。从一个时代对爱情的观念中我们可以得出一把尺子，可以用它来极其精确地量出该时代整个感情生活的强度、性质和温度。"① 在《离骚》中，我们看到男女爱情成为象征；唐传奇作家则把爱情处理为相当纯粹也相当自然的感情生活；而在李昌祺笔下，风流韵事却以儒家伦常作为依托：一方面是极端地风流，另一方面又是极端地循规蹈矩。这种情形令我们联想到元代的《娇红记》和宋代的一部分话本体传奇。

除了风教与风情，李昌祺对元明之际的战乱也给予了较多关注。他生于1376年，那时明朝的统治早已稳固，战乱的硝烟早已飘散，他不可能有瞿佑那样的切肤之痛。然而这时代毕竟离他不远，故老相传，还能引发他的想像。他将大部分爱情悲剧置于战乱的背景中，这样安排既有利于情节的推进，又借此抒发了士大夫们常有的废兴之感，比如卷二《秋夕访琵琶亭记》托为陈友谅婕妤郑婉娥做的一首《念奴娇》，着眼于不变的江山与变化的人事之间的对照，令人不胜欷歔，油然而生幻灭之感。这表现了李昌祺作为诗人的敏感。

《青城舞剑录》（卷二）写得尤有气魄。真、文二生俊杰识时，隐居青城，"陈友谅闻其往来光、黄间，具书礼请之，不至，翩然入蜀。既而明玉珍居四川，素闻二人名，物色不可得"。英雄回首即神仙。他们豪迈地自比于五代末的陈抟，并认为陈抟较汉初三杰之首的

① 勃兰兑斯：《十九世纪文学主流》第三册《法国的反动》第十节，221页，北京，人民文学出版社，1986。

张良“有过无不及”。李昌祺以隐为高，大概是有感于明初开国功臣刘基等的遇害以及自身的遭贬，似不宜徒以虚语视之。

3. “二话”的共同特征

“剪灯”二话标志着话本体传奇在明代的崛起。作为话本体传奇，它们的特征是：

其一，小说中的所谓“佳人”，放荡不羁，与“三言”“二拍”中的市井妇女风貌相近。《剪灯新话》卷一《金凤钗记》，叙崔兴哥未婚妻兴娘死后，她的妹妹庆娘“续前缘”嫁给了兴哥。但在正式结婚前，他们已私下成亲，而庆娘是主动者。她主动来到崔生的房间，主动“挽生就寝”。“生以其父待之厚，辞曰：‘不敢。’拒之甚厉，至于再三。女忽赪尔而怒曰：‘吾父以子侄之礼待汝，置汝门下，汝乃于深夜诱我至此，将欲何为？我将诉之于父，讼汝于官，必不舍汝矣。’生惧，不得已而从焉。”这与宋代话本体传奇中胁迫意中人同居的女子，可谓如出一辙。当然，《金凤钗记》把庆娘的行为写成是受了她姐姐兴娘之魂的支配，但这种转换并未改变情节的实质。写得尤其坦率的是《联芳楼记》（《剪灯新话》卷一）。昆山郑生，“气韵温和，性质俊雅”，一日泊舟于吴郡富室薛姓二女兰英与蕙英所居楼下，“夏月于船首澡浴，二女于窗隙窥见之”，竟“缒之上楼”，“相携入寝，尽缱绻之意焉”。

《剪灯余话》所倾注的兴趣更为浓厚。《田洙遇薛涛联句记》中，薛涛请田洙“入寝室，自荐枕席，鱼水欢情，极其缱绻”。《凤尾草记》中，“女”尚是深闺处女，龙生代拟的情诗却写到“嫩蕊折时飘蝶粉，芳心破处点猩红”，且“缕缕为详诗意”，她听了，还称赏不置。

其二，一方面写佳人如写娼女，另一方面又要求她们成为杀身成仁的节妇。从一个极端到另一个极端，正常的生活和心理领域（这是唐人传奇所关注的）被忽略了，造成了大片的人生空白。假如我们将这种难以置信的描写去掉，小说剩下的内容就不多了。

其三，文笔繁冗，即鲁迅《中国小说史略》所说的“冗弱”。①

当然，繁不一定就是短处。实际上，由于瞿佑、李昌祺追求缕缕细说的美感，触景生情，不厌其详，在艺术上已形成某种优势。瞿佑的文笔似较为当行出色。比如《剪灯新话》卷二《三山福地志》。小说写自实一家于大年三十盼钱米的情形，委婉尽态，比宋代的话本体传奇成熟多了。我们说《剪灯新话》的问世意味着话本体传奇的新生，其理由正在于：它在接纳唐人传奇某些因素的基础上，把话本体传奇的艺术水准提高了一个层次。

4. 赵弼《效颦集》

在“剪灯”二话中，立意劝惩，以善有善报、恶有恶报为宗旨的传奇已有数篇，像《三山福地志》(《新话》卷一)、《令狐生冥梦录》(《新话》卷二)、《富贵发迹司志》(《新话》卷三)、《何思明游酆都录》(《余话》卷一)、《两川都辖院志》(《余话》卷一）等。余波所及，产生了赵弼这样专谈报应的传奇作家。

赵弼，字辅之，号雪航，福建南平人，曾任汉阳县儒学教谕。生活于永乐、宣德年间（1403～1435 年)。所作《效颦集》，凡二十五篇，分上、中、下三卷，有作者宣德三年（1428 年）自序。系仿洪

① 鲁迅著：《中国小说史略》，146 页，上海，上海古籍出版社，1998。鲁迅谓《剪灯新话》文笔“冗弱”，与胡应麟的判断大体一致。胡氏《少室山房笔丛》卷四一《庄岳委谈下》云：“自《花间》、《草堂》之流也，而极于《西厢》、《琵琶》；自《玄怪》、《树萱》之流也，而极于《剪灯》、《秉烛》。然《西厢》、《琵琶》虽词场最下伎俩，在厥体中要为绝到，若今所传《新》、《余》二话，则鄙陋之甚者也。二书骤读之类村学究小知声律者，不足当大雅一噱，夷考其人，实皆国朝名士手笔，《新话》则瞿广文宗吉，《余话》则李方伯昌祺也。瞿，国初钱塘人，所著诗集、诗话今传，格律卑弱亡论，而才情缥缈，工语绝多，词尤婉缛，今诗词附见《新话》者乃无复字句可观。李诗律殊精诣，宣、成间亶称作手，今《皇明风雅》所选十数篇，气骨铮铮，侪流罕及，而诗见《余话》者亦绝不足言。昔唐人尝以《南柯》得名，黄粱擅誉，二书律之，惭沮甚矣。”见胡应麟：《少室山房笔丛》，435 页，上海，上海书店出版社，2001。

迈《夷坚志》和瞿佑《剪灯新话》而作，杂记宋代、元末及明洪武、永乐、洪熙三朝轶事，而以元至正间事最富。多谈报应以寓劝惩，文笔亦较拙劣。中卷所收《续东窗事犯传》及《钟离叟妪传》较为可观。

《续东窗事犯传》与《何思明游酆都录》构思相似。写锦城士人胡迪偶读《秦桧东窗传》，赫然大怒，痛恨秦桧之奸，指斥天曹地府不能惩恶扬善；随后在梦中应阎王之召，魂游地府，亲眼看到了善恶之报。

《钟离叟妪传》与《京本通俗小说》中的《拗相公》内容相同，可能是直接采取宋元话本的故事情节予以增删移易而成。文笔变简洁了，但在叙事的多姿多彩方面则远为逊色。比如，话本对于王安石的白眼及执拗性格有绘声绘色的描绘，在《钟离叟妪传》里，这种高度喜剧性、富于小说趣味的描写，都不见了。赵弼只从话本那里传承了故事脉络和劝善惩恶的主题。

5. 陶辅《花影集》

陶辅（1441～？年），字廷弼，号夕川，又号安理斋、海萍道人，凤阳（今属安徽）人。以祖先军功，荫为应天卫指挥，后辞官，寄情于山水。著有《花影集》、《桑榆漫志》等。

《花影集》共四卷二十篇。书前有嘉靖二年（1523年）作者自作《花影集引》。据此引，则《花影集》的主体部分完成于弘治初年（1488～1505年），正是社会舆论猛烈抨击“剪灯”二话的年代，他“掷而不睹者三四十年”，或许是迫于外在的压力；嘉靖二年，他八十三岁，欲将《花影集》公诸于世，大概是因为社会环境已较为宽松的缘故。

《刘方三义传》、《节义传》、《心坚金石传》是《花影集》中流传颇广的三篇，均以爱情婚姻题材寓劝义劝孝之旨。情节曲折，大约是受话本小说影响所致。如《心坚金石传》叙松江府庠生李彦直与邻女丽容相爱，私订终身。好容易得到父母认可，偏又遇上参政阿鲁台在民间挑选歌妓，丽容被征，以舟送往京城。彦直徒步追随，筋疲力尽，终至气绝身亡。丽容亦自缢殉情。阿鲁台怒焚女尸，于心中得一大如手指、色如金、坚如玉的人形物，宛如李彦直；李尸中亦有丽容人形。阿鲁台囊以异锦，函以香木，名为“心坚金石之宝”，献给右相伯颜。伯颜开视，但见败血两具。阿鲁台因此得罪，下狱而死。《心坚金石传》曾被《绣谷春容》、《燕居笔记》、《情史》、《百家公案》收入，还被改编成戏曲《霞笺记》。《刘方三义传》为《醒世恒言》卷十《刘小官雌雄兄弟》所本，以之为本事的戏曲作品有明叶宪祖《三义成姻》、范文若《雌雄旦》、王元寿《题燕诗》、黄中正《双燕记》等。

《花影集》中另有几篇作品应稍予注意。《丐叟歌诗》写李自然家业兴衰，故事并不曲折，但开头一段叙事与《金瓶梅词话》第九十二回陈经济投靠晏公庙任道士当徒弟的情节非常接近，连地点都相同；《邮亭午梦》等以小说论政治，《闲评清会录》等以小说寓哲理，表现出一定程度的探索精神。

6. 钓鸳湖客《志余谈异》

钓鸳湖客，真实姓名不详，活动于明代嘉靖、万历年间，嘉兴（今属浙江）人。所著《鸳渚志余雪窗谈异》，简称《志余谈异》，凡二卷三十篇，约成书于万历五年至十五年间（1577～1587年）。此书未见著录，今吉林大学图书馆藏影抄油印本存二十八篇。

《志余谈异》取材于嘉兴一带的名人轶闻和社会事件。历史题材多以名人为主角，如《西子泛雪传》写西施，《东坡三过记》写苏轼，《羞墓记》写朱买臣。其中，《东坡三过记》仿《甘泽谣·圆观》，传达出几许人生感慨。现实题材颇多劝戒意味，《王翠珠传》意在“戒嫖”；《醒迷余录》意在“醒迷”；《德政感禽录》意在赞美清官。

《志余谈异》约一半作品分别被《国色天香》、《绣谷春容》、《万锦情林》、《燕居笔记》、《续艳异编》、《情史》、《古今清谈万选》等选录；《大士诛邪记》被凌濛初改编为拟话本《盐官邑老魔魅色会骸山大士诛邪》，收入《初刻拍案惊奇》。

7. 邵景詹《觅灯因话》

在明代后期的传奇小说集中，邵景詹《觅灯因话》是最为引人注目的一种。

邵景詹，生平不详。据《觅灯因话》小引自述，他号自好子，书斋名遥青阁。《觅灯因话》作于万历二十年（1592年），共两卷八篇，系仿瞿佑《剪灯新话》而作。

《觅灯因话》卷一《翠娥语录》有段关于魏晋风度的议论。邵景詹对魏晋风度的概括是否准确，姑置不论，重要之处在于，当晚明士大夫奉行个人主义，追求"浮靡"、"放旷"时，他大声疾呼，不加掩饰地对之加以指斥。他的自序说《觅灯因话》"非幽冥果报之事，则至道名理之谈"，有"补于正"，不是敷衍世人的门面话。

本来，感情与道德的矛盾是任何时代都存在的。当道德成为不可变通的教条而过分束缚感情时，道德是虚伪的、可恶的；当感情恣意宣泄，诱发出人生命中各种卑劣的欲望，甚至造成社会矛盾急遽激化时，道德和伦理又是一剂少不得的药。道德的核心是"利他"，是用高尚的人格克服自我的欲望。从《觅灯因话》中的八篇小说来看，作者对于儒家的人格境界是钦佩之至的：施济的救拔穷愁（卷一《桂迁感梦录》），孙恭人的贞贤（卷一《孙恭人传》），郭雉真的坚贞不屈（卷一《贞烈墓记》），妓女翠娥的"甘心对冰雪，不爱艳阳春"（卷一《翠娥语录》），唐珏的忠义（卷二《唐义士传》）等，他都予以精心刻画；与之形成对照，他也鞭笞了刘生的奸诈（《桂迁感梦录》），姚公子的豪奢挥霍（卷一《姚公子传》），官吏的险恶残暴（《贞烈墓记》），杨琏真伽的贪求无已（《唐义士传》），铁胡二生的淫亵（卷二《卧法师入定录》）。高尚人格与私欲的矛盾构成《觅灯因话》的内容主体。

但"利他"并非人的本性，完美的道德不可能轻易树立，而必然要经过一番灵魂的挣扎。《桂迁感梦录》所展示的正是人如何战胜贪欲的内心纠葛。桂迁落魄之时，蒙施济救拔；后施氏资产萧然，已门庭奕然的桂迁却讳言前负，故意窘辱施济之子。当桂迁遭到刘生算计，痛苦不堪之余，这才推己及人，幡然悔悟。卷二《丁县丞传》中的丁县丞，也是在经历了曲折的人生体验后，才终身立定脚跟，“所至以清白称”的。

《觅灯因话》与白话小说关系颇深。八篇作品中，《桂迁感梦录》被冯梦龙改写成拟话本《桂员外途穷忏悔》，见《警世通言》第二十五卷；《姚公子传》被凌濛初改写成拟话本《痴公子狠使噪脾钱　贤丈人智赚回头婿》，见《二刻拍案惊奇》第二十二卷；《孙恭人传》与《英烈传》第三十二、三十三回中有关孙氏的情节略同，未知孰先孰后；《唐义士传》被周清源改写成拟话本《会稽道中义士》，见《西湖二集》第二十六卷；《卧法师入定录》被凌濛初改写成拟话本《乔兑换胡子宣淫　显报施卧师入定》，见《初刻拍案惊奇》第三十二卷。明清白话小说的读者对象，有士君子，更多的还是“众人”——以市民为核心的消费群。对这个消费群来说，不仅作品的文字不宜艰涩，艰涩了便不能为他们所理解；意蕴也不宜独到深沉，独到深沉的人文智慧是他们所把握不了也不会有兴趣的。扶正祛邪，惩恶扬善，明明白白的因果报应，浅显直接的神道设教，才是他们愿意接近并能够欣赏的。明清白话小说的作家和评论家常以“教化者”自居，宣扬“警世”、“喻世”、“醒世”，这与其说是一种内在的道德使命感，毋宁说是由特定读者群的反馈所致：消费者热衷于获得道德化的情感愉悦，创作者于是在这方面尽量予以满足。《觅灯因话》所以为冯梦龙、凌濛初、周清源等赏识，是与邵景詹的简明的道德命题分不开的。只是，邵景詹的态度较为严肃，而冯梦龙、凌濛初则可能并不那么认真，吸引他们的是因果报应中所包含的戏剧性。

邵景詹对辞采不感兴趣。他在自序中公开反对“逞文字之藻”，而把精力花在曲折故事的设计和描述上。其风格以质朴见长。

8. 宋懋澄《九籥别集》

宋懋澄（约 1569 ~ 1620 年），字幼清，号稚源，一作自源，又号九籥生，华亭（今上海松江县）人。年轻时喜交游，慕古烈士风，私习兵法，散财结客，欲建不世之功。中年后专意习文。万历四十年

(1612年)中举，但其后三应进士试不第。他深受泰州学派影响，遇人必抵掌论时事，慨然有用世之意，并因此遭人嫉恨，遂归故里。好藏书，尤多秘本及名人手抄本，万历间与王圻、施大经、俞汝楫并为四大藏书家。能诗文，以秀逸风格抒豪宕不羁之情，发“无计挽斜晖”之叹，不乏可读之作。懋澄是明末重要的文言小说作家，其《将迁居金陵议》一文拿稗官、百家言与诸史相提并论，足见他对小说的重视。其著作专辟稗编，收载文言小说约四十篇。他的小说流传甚广，《情史》、《安雅堂集》、《带经堂集》、《池北偶谈》等书均有选载。所作《九籥集》、《九籥别集》，前一种因较多对现实不满之情及“异端”因素，清中叶后被列为禁书。今人王利器据其所藏旧抄残本校录的《九籥集》，包括《九籥集文》、《九籥别集》、《九籥集》诗辑录及附录，1984年3月由中国社会科学出版社出版。

《负情侬传》、《珠衫》及《刘东山》是宋懋澄的传奇小说名篇。《负情侬传》见于《九籥别集》卷四，冯梦龙《警世通言》卷三十二《杜十娘怒沉百宝箱》即据此改编。该作叙万历年间，浙东李生就学于北京国子监，与才貌绝世的教坊女杜十娘相爱，所携金钱挥霍一空，被鸨母斥逐。十娘设计赎身，潜携金资随李生南下。行至瓜洲，新安某盐商以巧言及利害关系打动李生，约定以千金买下十娘。十娘哀愤莫名，当着李生与新安盐商的面，将巨量金银珠宝抛入江中，随即投水自杀。

《负情侬传》大体遵循现实生活的逻辑。杜十娘是个妓女，她所爱的李生又是个贵家子弟，这就决定了她的“从良”追求最终必然成为悲剧。因为：第一，在一般人心里，风月场中的妓女，其卖笑生涯排除了她们作为爱情主角的纯洁性，“水性杨花”是对她们的概括描述。新安盐商劝李生卖掉杜十娘，理由之一正是：“丽人之才，素行不测。焉知不借君以为梯航，而密践他约于前途？则震泽之烟波，钱塘之风浪，鱼腹鲸齿，乃公子一抔三尺也。”第二，一个贵家子弟(李生之父系按察使)，他可以有偶然的浪漫举动，但成年累月与妓女厮混甚至娶她，则是人生的奇耻大辱。因此，当李生“沉湎狭邪积有日月”后，他的父亲便“怒生漂零，作书绝其归路”，新安盐商为了夺走李十娘，也恐吓李生："父与色孰亲？欢与害孰切？"权衡利弊，李生终于答应将杜十娘以千金之价卖给了新安盐商。

杜十娘是小说所塑造的情怀壮烈的悲剧形象。她爱李生，也希望李生还报以同等的爱，在爱情中获得人的尊严。她储藏百宝，却一直瞒着李生，就是要维护爱情的纯洁性。但她的希望最终落空了。在李生眼里，她依旧是下贱的妓女，依旧可以随便买卖。十娘当然能凭藉百宝弥合她与李生的关系，但是她不愿意；借助金钱的力量所挽回的，不是爱情，只是交易。为了维护做人的尊严，十娘用生命来证明她心灵的高贵。

《负情侬传》注重细节描写。"怒沉百宝箱"一节尤层次分明，皴染充分。

《珠衫》，一般称《珍珠衫》或《珍珠衫记》，《古今小说》卷一《蒋兴哥重会珍珠衫》即据此改编。

《珠衫》的可贵是没有戴上假正经的面具，而真实展现了人的复杂性。楚商妻本来是"贞妇"，"夫妇之爱甚笃"，因丈夫久不还家，在他人处心积虑的引诱下，与新安人苟合，"相爱逾于夫妇"。她已经由"贞妇"变成"淫妇"，这是事实；但"一夜夫妻百日恩"，她对丈夫仍有很深的感情：在他们离婚后，当她得知前夫被讼，可能被判死刑时，当即哭求主审此案的后夫手下留情，并愿意回到前夫身边。不过，作者认为楚商妻的"失贞"尽管可以原谅，却必须受到适当惩罚，在她重回前夫身边时，"楚人已继娶，前妇归，反为侧室"。她的社会地位被降了一级。

对新安人，作者的态度要严厉得多。新安人偶然见到楚商之妻，不能自制，遂假手媒婆，以卖珠宝首饰为由，千方百计勾引对方。这样蓄意为非作歹，作者认为，理应得到报应。小说结尾说："新安人以念妇故，再往楚中，道遭盗劫，及至，不见妇，愁忿，病剧不能归。乃召其妻，妻至，会夫已物故。楚人所置后室，即新安人妻也。"作者虽然觉得这一结局过于巧合，但还是表示认可，这显然是道德感情在起作用。

珍珠衫是小说中关合诸多情节的核心道具。新安人与楚商之妻

“相爱逾于夫妇”，新安人欲返乡，楚商之妻以珍珠衫相赠，“幸为君里衣，如妾得近体也”。“新安人自庆极遇，珠衫未尝去体，顾之辄泪。”次年，新安人与楚商适同住一旅馆，“相得颇欢，戏道生平隐事”，并出示珠衣为证。楚商归家，即与妻子离婚，岳父请问缘故，楚商曰：“第还珠衫，则复相见。”岳父归述楚商之语，“妇人内惭欲死。”小说以《珠衫》为题，可谓画龙点睛。

《刘东山传》见《九籥别集》卷二，凌濛初《初刻拍案惊奇》卷三《刘东山夸技顺城门　十八兄踪奇村酒肆》及李渔《秦淮健儿传》即据此改写。叙三辅捉盗人刘东山“发矢未尝空落，自号连珠箭”，遂自命不凡，大言欺人。某少年不满其张狂，故意捉弄他，逼他“膝行至马前，献金乞命”。小说所表明的“强中更有强中手”的旨趣并不新鲜，但作者写得相当风趣。一是采用了夸张的对比。前面写刘东山的自负不凡：

> 其人谓东山：“近日群盗出没良、鄚间，卿挟重资，奈何独来独往？”东山须眉开动，唇齿奋扬，举右手拇指笑曰：“二十年张弓追讨，今番收拾，定不辱寞。”

这是何等气概！可当他领教了一个“语动温谨”而本事高强的少年壮士的功夫后，却是：

> 东山下鞍，解腰间囊，膝行至马前，献金乞命。

这与此前的刘东山几乎判若两人。由漫画手法造成的喜剧性，别是一种情趣。二是借鉴了古典诗在空白处传神的手法。对刘东山是实写，对少年壮士也是实写，但对十八兄，却只虚点一笔。在刘东山眼里，少年壮士已是身手不凡；而据少年壮士说，真正技压群雄的是从未露面的“十八兄”。“东山微叩：‘十八兄是何人？’众客大笑，直高咏曰：‘杨柳桃花相间出，不知若个是春风？’”这就拓宽了意境，颇能引人遐想。

宋懋澄还有几篇刻画名士风采的传奇小说。如《袁微之传》写落拓文人袁微之与妓女薛素素的离合，《顾思之传》写“狂士”顾思之的玩世不恭，亦时见珠玉。

三　中篇传奇小说

中篇传奇小说是继承元宋梅洞《娇红记》的传统而形成的一个系列。据现存材料，明代第一个创作中篇传奇小说的，是《剪灯余话》的作者李昌祺。永乐十八年（1420 年），他自序其《剪灯余话》，透露出一个信息：李昌祺写的第一篇传奇小说《贾云华还魂记》是中篇，时间是永乐十年（1412 年），那时，他还未见到瞿佑的《剪灯新话》；七年后，他读到瞿著，爱慕不已，竟陆续写出了二十篇仿《新话》之作，并不再从事中篇传奇小说的写作。

李昌祺对短篇传奇小说的喜爱何以会超过对中篇传奇小说的喜爱？照我的看法，这取决于两个品种的雅俗差异。短篇传奇小说自然也写男欢女爱，但对某些隐秘场景决不会大肆渲染，而此等处却常是中篇传奇小说的重心所在。李昌祺之写传奇小说，如其自序所说，本意是如同宋玉之赋《高唐》，注重的是“意在言外”的寄托和“修辞缛丽”的美感。如果对某些场景处理得太实，就不再有“意在言外”的效果。寄托有赖于一定程度的距离感。也许是出于这种考虑，李昌祺仅仅留下了一个中篇。这表明：中篇传奇小说与一个追求“意在言外”的作者之间，存在难以协调的矛盾。

永乐十年李昌祺写下《贾云华还魂记》，此后数十年间（1412～1480 年），中篇传奇小说大体上是一片空白。其所以如此，一个可能的解释是：短篇传奇小说以其魅力拥有较多的作者和读者，中篇传奇小说未引起人们足够的关注。

明代中篇传奇小说的兴盛是在弘治（1488～1505 年）以后。玉峰主人的《钟情丽集》可能产生于成化末弘治初，①《龙会兰池录》、

① 陈益源认为《钟情丽集》撰于成化二十二年（1486 年），见陈益源《元明中篇传奇小说研究》，66 页，香港，香港学峰文化事业公司，1997。

《双卿笔记》、《丽史》、《荔镜传》、《怀春雅集》问世于弘治、正德间，至迟不晚于嘉靖初；嘉靖至万历年间（1522～1620年）先后产生了《花神三妙传》、《寻芳雅集》、《天缘奇遇》、《双双传》、《五金鱼传》。① 弘治以后中篇小说的创作进入繁荣期，其原因在于：一是正统七年（1442年）朝廷颁布了焚毁《剪灯新话》等小说的禁令，数十年过去，紧张气氛有所缓和；二是中篇传奇小说作为一种畅销读物，因其可以赢利得到了书坊主的青睐；三是弘治以后，民风不如此前淳朴，色情小说易于流行。其中，第二个原因尤为重要。

明代中篇传奇小说，依据其问世时间和风格流变，可大体分为三个阶段。《贾云华还魂记》代表第一个阶段，其特点是：虽以《娇红记》为典范，却努力给男女主角安排一个团圆结局，还魂情节就是为达到团圆结局而设计的。《钟情丽集》及弘治、正德间问世的《龙会兰池录》等代表第二个阶段，大体依循《娇红记》轨辙，模拟痕迹至为明显。嘉靖、万历间的《花神三妙传》等代表第三个阶段，大量色情描写构成其显著特征，对《金瓶梅》这一类白话小说当有直接影响。

以下试作具体考察。

1. 李昌祺《贾云华还魂记》

《贾云华还魂记》，全文约一万五千字，穿插诗词四十九首，书信二封，祭文一篇。写元至正年间，襄阳才子魏鹏（字寓言）与杭州贾平章之女娉娉（字云华）一见钟情，相互倾慕，私订终身。两家本有指腹为婚之盟，但贾母不愿女儿远嫁他方，致使婚事不成，云华伤心成疾而死，魏鹏亦誓不再娶。阴君感魏生高义，允许云华借尸还魂，二人终得团圆。

据李昌祺《剪灯余话》自序，《贾云华还魂记》系仿睦人桂衡《柔柔传》而作。《柔柔传》已佚，无从比勘。从作品的具体描述来

---

① 关于各中篇传奇小说问世时间的考证，可参考陈益源《元明中篇传奇小说研究》。

看，李作实与《娇红记》一脉相承，若干细节如出一辙。如云华因吃春鸿、兰苕的醋，和二人闹翻，二人怀恨，便在魏、贾于后花园下棋取乐时，故意邀莫夫人前往观赏园中的并蒂莲。《娇红记》中娇娘与飞红之间的纠葛，已采用这种架构。

《贾云华还魂记》与《娇红记》的主要区别是易悲剧结局为团圆结局。贾云华曾对魏鹏说："妾自遇兄来，忘餐废事，心动神疲，夜寐夙兴，惟君子是念。顾以葑菲，得侍房帷，偕老百年，乃深幸也。第恐天不与人方便，不能善始令终，张珙、申纯，足为明鉴。"申纯是《娇红记》的男主角，他与王娇娘的恋情以悲剧告终。既然贾云华有这样的忧虑，李昌祺又怎能让她不幸而言中呢？

李昌祺对《娇红记》的评价颇耐人寻味。一次，云华发现魏鹏所读书中有《娇红记》一册，笑谓侍妾兰苕曰："郎君观此书，得无坏心术乎？"另一人物福福则斥娇娘为"淫奔之女"。看得出来，李昌祺眼中的《娇红记》是属于"淫书"一类的。既然如此，他何以又兴致勃勃地加以仿效呢？《剪灯余话》自序说，其宗旨是寄意于言外，以见"修辞"之"缛丽"，即表现才思和才情。这大约是实话。所录诗、文、书信，颇有精心之作。试举一例。《娇红记》曾写到申纯因醉卧而不知娇娘光临，以致娇娘疑心他感情不真：

> 是日生侍舅从邻家饮，至暮醉归。且思娇早间别图之言，疑娇之不复至也，又沉醉睡熟。娇步至窗外，低声唤生者数次，生不能知。娇怅恨而回，大疑生之诞己也，直欲要以盟誓。

这本是个抒发感慨的绝好机会，但娇娘居然没有做诗。李昌祺在这样的空白处发现了用武之地。《贾云华还魂记》重衍了酒醉的细节：

> 迨暮月明，夫人睡熟，娉乘便赴约，不意生酣寝，酒气逼人，呼之不应，乃怅然行于阶下，徐入生室，取宣毫，写绝句一首于生练裙上，投笔而去。诗曰：
>
> 暮雨朝云少定踪，空劳神女下巫峰。

襄王自是无情者，醉卧月明花影中。

对比《娇红记》，李作用笔空灵，确胜一筹。云华的绝句，切近题旨，意象亦疏朗隽逸。接下来，魏鹏和诗填词，以寄云华，俱见才情。不妨一提的是，《金瓶梅词话》第八十二回写陈经济醉卧，潘金莲扑空，不胜烦恼地在壁上题诗一首，即仿李作。

《贾云华还魂记》在明代中后期广为人知，东传朝鲜，对该国汉文小说影响甚巨。明末周清源曾据以改编为拟话本《洒雪堂巧结良缘》，收入《西湖二集》。梅孝己的剧作《洒雪堂传奇》亦取材于本篇。

2. 玉峰主人《钟情丽集》

玉峰主人，真实姓名不详。或以为玉峰主人即丘濬（1421～1495年），① 当非事实。理由是：一、吏部尚书王恕在弘治六年（1493年）左右上奏攻击丘濬，里面只提到他作有《五伦全备记》；二、成化二十三年（1487年），简庵居士为《钟情丽集》作序，称“余友玉峰生”系“弱冠之士”，这一年丘濬已六十七岁。《钟情丽集》有弘治十六年（1503年）刊本，乐庵中人序作于成化二十二年（1486年），小说或许即写定于此时。

《钟情丽集》写辜辂与黎瑜娘一见钟情，私订终身，蒙祖姑成全，两家订立婚约。后黎父悔婚，将瑜娘改许符氏。瑜娘随辜辂私奔，拜堂成亲，符氏上告官府，两人判离。后又再度出逃，再行婚礼。结局是辜生高中，宦途顺遂，与瑜娘白头偕老。据《国色天香》所录，全文约二万七千字，穿插诗、文、词、赋等计一百五十余首。

黎瑜娘喜读《西厢》、《娇红》等书，她的性格也与崔莺莺、王娇娘相仿，与王娇娘尤其相似。她以身相许，说：“事若不遂，当以死相谢。”锦帐初交，血渍生裙，瑜娘剪而收之，说：“留此以为他

① 陶辅《桑榆漫志》、沈德符《万历野获编》、欣欣子《金瓶梅词话·序》等均持此说。

日之验。”诸如此类，宛如《娇红记》的影本。小说中偶有别出心裁的细节。辜辂画莺于壁，题诗道：“迁乔公子汇新衣，独自飞来独自啼。可惜上林如许树，何缘借得一枝栖？”寓有凤求凰之意。瑜娘得知，暗中和诗一首：“金衣今已换缁衣，开口如啼却不啼。自是傍墙飞不起，休悲无树借君栖。”借题抒怀，不乏风趣。明赵于礼将《钟情丽集》改编为戏曲，更名《画莺记》，颇有眼力。

《钟情丽集》自身成就不高，但在明代中篇传奇小说的发展历程中，占有显赫位置。它上承《贾云华还魂记》，下启《龙会兰池录》等一大批仿作，在中篇传奇小说创作高潮到来前夕，得风气之先。它同时也显示出，中篇传奇小说创作的总体趋势是陈陈相因，作家素质之低与作品素质之低令人惊讶。

3. 无名氏《龙会兰池录》

《龙会兰池录》，《国色天香》卷一、《绣谷春容》卷二收录。全文约一万七千字，穿插诗词骈文六十余则。

小说取材于戏曲《拜月亭》、《幽闺记》，写蒋世隆与黄瑞兰事。宋南渡年间，中都路（今北京市）书生蒋世隆与宦家女黄瑞兰在战乱中相遇，结为夫妇。黄父找到女儿，强逼瑞兰回家。瑞兰思念世隆，焚香拜月，祈祷上苍“保佑蒋生”。后世隆高中状元，二人团圆。

从表达方式看，《龙会兰池录》受《娇红记》、《贾云华还魂记》、《钟情丽集》的影响至为明显：一是小说得名于下述细节：世隆赴临安应试，知瑞兰未嫁，遂画兰花一轴，“上有青龙栖而不得之状”（“兰”谐“瑞兰”，“龙”谐“世隆”，“栖”谐“妻”），设法卖入黄府，向瑞兰暗示他的到来及意图。这一细节是对《钟情丽集》“画莺”的模仿。二是详叙男女主角在潇湘镇的会合，增加了世隆挑瑞兰野合，百般劝诱而终于得逞，以及好色太过、罹患重病等情事，表现出对色情的浓厚兴趣。三是热衷于传书递简，诗词骈文连篇累牍，甚至妨碍了情节的顺畅展开。

作为由戏曲改编为小说的例证，《龙会兰池录》另有一重比较研究的价值。

4. 无名氏《双卿笔记》

《双卿笔记》，《国色天香》卷五收录。全文约一万二千字，穿插诗词十七首，书信五封。所谓“双卿”，即“两位佳丽”的意思。平江吴邑才子华国文初娶张端（字正卿）为妻。后在岳父家见到张端之妹张从（字顺卿），由使女香兰穿针引线，二人亦欲结连理。华生求助于张端，设计说服父母认可，张从也嫁给了华生。

《双卿笔记》在表达上较此前的中篇传奇更加通俗化：其一，大量采用直接心理描写。如：

> 生知其心坚实，即送出阁。（张）从至阁门之外，思：“前日香兰出迟，已既次发而笑之，今自留连许久，虽无所私，其迹实似，恐见兰无以为言。”越趄难进。生不知，以为更欲有所语己。正欲近之，（张）从见之，恐益露其情，促步归房。

一个出房的细节，写出如此丰富的层次，直接心理描写是发挥了作用的。其二，大量使用口语。如张从对香兰说的几句话：“这贱人，险些被你误惊一场。”“叫他不必提起吊丧之事。那人虽死，我相公嫌他，不如只说敬来问安，岂不更美？”“是固是矣，但汝将去，不必说是我的。”这种措词，置于明代白话小说中，也不见得有生涩之感。

5. 无名氏《丽史》

《丽史》未见著录，赖收入《清源金氏族谱》而得以保存。官桂铨于福建省图书馆发现后，撰文在《文献》1993 年第 3 期予以披露。全文约一万字，穿插诗词十六首、书信三封。《丽史》叙泉州书生伊楚玉与凌翁之女凌无金先私下约会，后正式订婚。因凌母毁约，改纳故里亲侄为婿，无金自杀未果，削发为尼。伊楚玉虽奉父命改娶乔珍珍，却并无夫妻之实。珍珍体谅丈夫，极力促成无金与楚玉联姻。楚玉在寇乱中遇害，无金自杀殉夫。楚玉之子伊樠成人后助元朝军队平叛，生擒呐兀那，报了杀父之仇。洪武七年，朱元璋辟伊樠为贤良方正。

《丽史》包含了两重主题：一重主题沿袭《娇红记》的传统，写男女艳情，以侍婢穿针引线、男女私订终身、悔婚导致波折之类描写为主；一重主题是宣传伦理道德，以无金殉夫、伊樠报国、义仆伊力战死等情事为主。本来，《娇红记》和《贾云华还魂记》已力图把恋爱中的"淫奔之女"处理为婚姻中的贞妇，但伦理主题尚未达到喧宾夺主的程度，而《丽史》中的两重主题则至少平分秋色，造成了小说情调的不够协调。《丽史》之流传不广，这可能是一个原因。

6. 难定作者的《荔镜传》

《荔镜传》作者，有宋人张渺和明人李景诸说，均无坚实依据。杜略《韵闻漫访钞》云其作者为王鸿飞。鸿飞号一介，正德间苏州人，喜搜集民间艳事以著传奇。其说待考。《荔镜传》的初名也许是《荔枝奇逢》。全书二卷，约二万七千字，穿插诗词歌赋八十余则。《荔镜传》所写为闽南民间盛传的"陈三五娘"故事。南宋端宗年间，泉州陈必卿（陈三）与潮州王碧琚（五娘子）原有婚约，因泉、潮相距太远，王父将碧琚改许安抚之子林玳。某年元宵节，陈、王二人偶遇，一见钟情；仲夏，碧琚以并蒂双荔掷给路过楼前的必卿。必卿乔装为磨镜者进入王家，故将王家宝镜毁坏，并改名甘荔，卖身为奴以偿镜值。必卿设法亲近碧琚，又得益春撮合，感情日笃。迫于林玳逼婚等种种压力，二人私奔，几经周折，始得如愿成婚。

《荔镜传》明显模拟《钟情丽集》。《钟情丽集》有辜辂画莺题诗的细节，《荔镜传》也写道："因画'莺柳'一图，莺欲投柳而不可得之状，并歌一韵。"小说中的若干诗句，如"淇园芳草水云迷，如何借得一枝宿"、"莺啼露滴满珠林，说向嫦娥兴不禁"、"彼此珍重御罗记，几重莺声兴未阑"，也与莺柳图多少有点呼应的意味。《荔镜传》的核心关目"投荔"则可能受惠于瞿佑《剪灯新话》卷一《联芳楼记》：薛氏兰英、蕙英从楼上窗隙间窥见郑生，曾"以荔枝一双投下”。这都显示了《荔镜传》的模拟迹象。

《荔镜传》与闽南民间“陈三五娘”故事的因缘也许更值得关注。一方面，它采用了原故事的主体构架；另一方面，某些细节的点染别具民间文学风味，如，女主角奔逃途中，“忽坠所带（戴）三丹花，后此山出三丹甚众”，故得名为坠花山云云。此等笔墨，洋溢出浓郁的民俗情趣。

7. 难定作者的《怀春雅集》

《怀春雅集》的作者，高儒编《百川书志》卷六小史类云：“国朝三山凤池卢民表著，又称秋月著。”万历本《金瓶梅词话》欣欣子序则称是“前代骚人”“卢梅湖”所著。卢民表和卢梅湖也许是同一人，生平不详。

《怀春雅集》全文约二万七千字，穿插诗词二百二十余首。叙书生苏道春游赏元宵灯会，邂逅才女潘玉贞，思慕不已，乃执贽就学于潘门，以亲近玉贞。玉贞得知苏生来意，在经历了长时间心理矛盾后，才让苏生一亲芳泽。婚后，苏生以武将戍边，因战功升都元帅；继而战事不利，与副元帅黄中同为外敌墨郢王所掳。苏生父母得悉儿子已死，不欲玉贞年轻守寡，玉贞则坚守贞节，绝不改嫁；苏生志在杀身成仁，墨郢王感其忠义，送苏、黄回国，并纳币献地求和。朝廷封苏生为魏国公，赠玉贞为魏国夫人。

与《丽史》情形相仿，《怀春雅集》亦包含双重主题：上半部分写男女风情，与《钟情丽集》等笔调一致；下半部分则去风情而扬忠烈，宛如教化小说。

《怀春雅集》问世不久，即被改写为《融春集》，改写者不详。其人物、情节与《怀春雅集》多有差异。

8. 无名氏《花神三妙传》

《花神三妙传》，作者不详。据《国色天香》所录，全文约二万五千字，穿插诗词书信等计四十八首（篇）。写元朝白景云（号潢源）与赵锦娘、李琼姐、陈奇姐三表姊妹的艳事，以猥亵笔墨始，以说节教义终，劝百讽一，仍只是一部秽书。其大体情节，从十三个小标目即可了解："白锦琼奇会遇"；"白生锦娘佳会"；"饮宴赏月流连"；"白生琼姐佳会"；"三妙寄情倡和"；"白生奇姐佳会"；"四美连床夜雨"；"庆节上寿会饮"；"凉亭水阁风流"；"玉椀卜缔姻娅"；"锦娘割股救亲"；"奇姐临难死节"；"碧梧双凤和鸣"。

《花神三妙传》以其铺张的色情描写将中篇传奇小说导入恶俗一路，万历年间的《绣榻野史》不无理由地将它与"各样的春意图儿"并列。这就是《花神三妙传》的盖棺定论。

《花神三妙传》曾被清人改头换面，作为章回小说印行。其回目是：

第一卷　钱锦琼奇会遇　钱生锦娘欢偶
第二卷　饮宴赏月流连　钱生琼姐佳期
第三卷　钱生奇姐情合　四美连床夜雨
第四卷　庆节上寿会饮　凉亭水阁风流
第五卷　玉椀卜缔姻娅　锦娘割股救亲
第六卷　奇姐临难死节　碧梧双凤和鸣

依样画葫芦，不能视为改编或改写。

9. 无名氏《寻芳雅集》

《寻芳雅集》，又名《三奇志》、《三奇传》、《三奇合传》，作者不详，约成书于嘉靖年间。据《国色天香》所录，全文约二万二千字，穿插诗词书信等共八十首（篇）。叙元末湖州书生吴廷璋（号寻芳主人）与王娇鸾、王娇凤之间的艳事，王父宠妾柳巫云先在其间作梗，后又帮忙撮合。

在《寻芳雅集》中，吴廷璋与王娇凤之间有这样一场对话：

> 生因指(《烈女传》)曰："此书不若《西厢》可人。"凤曰："《西厢》，邪曲耳。"生曰："《娇红传》何如?"凤曰："能坏心术。且二子人品，不足于人久矣，况顾慕之耶!"生曰："崔氏才名，脍炙人口；娇红节义，至今凛然。虽其始遇以情，而盘结

艰难间，卒以义终其身，正妇人而丈夫也，何可轻訾。较之昭君偶虏，卓氏当垆，西子败国忘家，则其人品之高下，二子又何如哉?”

这段话可从不同角度加以阐释。就刻画人物性格而言，王娇凤的自重、吴廷璋的好色，从其言谈中已略可见出一二。就作家设计这一对话的目的而言，据我推测，娇凤的话，实际上代表了某一层面的社会舆论，廷璋的话，则代表作者的辩解。作者以男女主角（尤其是女主角）后来的节义为其早年的溺于情欲辩护，并非真要唱一曲节义的赞歌，只是借以抵挡社会舆论。就这段话所透露的“用典”信息来看，作者希望我们参照《西厢记》、《娇红传》来阅读《寻芳雅集》，以求得对小说的充分了解。

冯梦龙编撰《警世通言》，卷三十四《王娇鸾百年长恨》的男主角为周廷章，女主角为王娇鸾、王娇凤，当是从《寻芳雅集》脱胎而出，虽然结局不同，二者之间在诸多细节如拾帕、还帕、大量以诗酬简等方面也相同或相似。

10. 无名氏《天缘奇遇》

《天缘奇遇》，作者不详。据《国色天香》所录，全文约二万三千字，穿插诗词书信等计七十三首（篇）。叙元代吴中才子祁羽狄的“奇遇”：他先后与吴妙娘、周三茶、廉氏三姊妹、素兰、余金园、玉胜、陆娇元等女子谈情说爱。后中探花，拜高官，富贵两全。他急流勇退，建西池六院，享受笙歌不绝的艳冶生活。最后，玉香仙子光降，谓祁生所遇“全皆蓬岛仙姬”，“今俗缘已尽，皆当随公上升”。遂携妻妾入终南山，得道成仙。

《天缘奇遇》的布局近于一部长篇小说，其写法亦与明代后期的章回小说笔路相同。中篇传奇小说已成为“许多不正经的话”的藏纳之处。嗣后的《李生六一天缘》和《传奇雅集》等，秉承同样旨趣，满纸污言秽语，不拟予以评介。

11. 无名氏《刘生觅莲记》

《刘生觅莲记》，作者不详。据《国色天香》所录，全文约四万字，穿插诗、词、骈文一百一十余首。写江东书生刘一春与才女孙碧莲事。十八岁时，刘从凤巢谷知微翁处得到“觅莲得新藕，折桂获灵苗”两句预示未来婚姻的谶语，不解其意。他与一美艳才女多次偶遇，后来才知她叫孙碧莲（原名芳桃）。刘先结侍女素梅（原名桂红）之心，在素梅等帮衬下，与碧莲恋情日深。二人虽有私期暗约之举，但能以礼自持。奸邪小人耿汝和向刘生父执告状，欲坏刘、孙好事，未能得逞。后刘生中举，平土贼之乱有功，舅妗将侍婢云香（本名苗秀灵）送给刘生；北上途中，与孙碧莲完婚。谶语应验。

《刘生觅莲记》行文洁净，无污言秽语。小说曾提及刘生见《天缘奇遇》的事，他的评价是：“兽心狗行，丧尽天真，为此话者，其无后乎？”碧莲也明确说过：“女（汝）欲以绛桃、碧桃、三春、三红之事待我，如伤风败俗诸话本乎？”“瑜娘之遇辜生，吾不为也。崔莺之遇张生，吾不敢也。娇娘之遇申生，吾不愿也。伍娘之遇陈生，吾不屑也。”《刘生觅莲记》的作者，熟悉此前的所有中篇传奇小说，但他刻意改变风气，其艺术追求，与《觅灯因话》的作者邵景詹相通。

《刘生觅莲记》注重描写人物在恋爱过程中的心理、言行，取得了一定成就。比如，碧莲访刘生未遇，留下一枚戒指，刘生归来，见之，“沉思”道：“留一戒指，不知寓何意？或戒我休折野花乎？或戒我休生妄想乎？或戒我休忘此情乎？或戒我休荒书史乎？或戒我休得苦心头乎？或戒我休得急心性乎？或戒我休得遽思归乎？或戒我休对人前说破乎？”七上八下，浮想联翩。这样的心理描写自不免幼稚，但较之其他中篇，无疑要出色一些。又如，碧莲“心中有事”，受相思之苦，但当素梅问她时，又不愿老实承认，只是推说天气倦人。先提出操琴解闷，素梅摆好琴，她刚调了调弦，就说：“指力倦，琴音散，不若以棋较胜负。”素梅又换上棋枰。棋未下毕，她又“推枰而起，自理绣工”。不一会，又说“眼昏，不便针线”，要“暖酒较手技”。喝到一半，又借口“恐醉”，不喝了。“此情无计可消除”，把一个女孩恋爱中的心理特征较为传神地描绘出来了。

《刘生觅莲记》设计了一个奸邪小人耿汝和，颇值得注意。他横插一杠，在发现刘生、碧莲约会的事后，借此要挟碧莲，想占便宜。这与明末清初才子佳人小说中专事破坏的小人已有几分相似之处，在中篇传奇小说中并不多见。

12. 梅禹金《双双传》

《双双传》，《风流十传》、《燕居笔记》收录。《风流十传》跋语称“江都梅禹金撰之”。陈益源确信此“梅禹金”即梅鼎祚，① 薛洪勣则以为“此人当非梅鼎祚，生平不详”。② 孙楷第先生则持存疑态度：“按梅鼎祚字禹金，宣城人，此云江都人，误；或另为一人，未必即为梅鼎祚。”③ 梅鼎祚（1549～1615 年），字禹金，号胜乐道人。宣城（今属安徽）人。与汤显祖友善。少即以诗称，长与同县沈懋学齐名。懋学取上第，禹金遂弃举子业，肆力诗文。有《鹿裘石室集》、《汉魏诗乘》等。所作传奇剧今知有三种，现存《玉合记》、《长命缕》二种。《玉合记》系据唐许尧佐传奇小说《柳氏传》改编。剧中人物无论男仆女婢，无不骈四俪六，出口成章，被视为骈俪派代表作。另有杂剧《昆仑奴剑侠成仙》，系据唐裴铏《传奇·昆仑奴》改编。亦藻绘凝重，喜用典故。

《双双传》全文约一万八千字，穿插诗词近六十首。写明初濮阳里高仲容、高叔达两兄弟与秦琼英、秦谦谦两姊妹的恋情。仲容与琼英，叔达与谦谦，两对恋人互换信物，互许终身，感情深厚。郭太尉之子郭隆运与富家子弟姚蓁唆使无赖强行逼婚，甚至日夜抄缉监视。

---

① 详见陈益源：《元明中篇传奇小说研究》，207～213 页，香港，香港学峰文化事业公司，1997。

② 见薛洪勣：《传奇小说史》，261 页，杭州，浙江古籍出版社，1998。

③ 见孙楷第著：《戏曲小说著录解题》卷一《闲情野史八卷》条，24 页，北京，人民文学出版社，1990。

赖豪侠鱼觐日仗义相助，四人才得以逃往深山定居。

《双双传》表现出作者对古代小说名著的良好鉴赏力和对人物、事件的判断力。比如元稹《莺莺传》，一般读者都视张生为负心郎，断言他与莺莺情好不终，谦谦却以为："崔有'为郎憔悴却羞郎'之思，张亦未尝不注意惓惓。胡可遂薄其鲜终也?"能在《莺莺传》中读出这一层意蕴，绝非寻常眼光。① 又如，司马相如与卓文君，人们津津乐道的是他们的"越礼放诞"，谦谦则注意到卓文君"卒有《白头》之吟"，婚前的热恋并不能保证婚姻的天长地久。谦谦又说："贾充女可称得所，何至青琐一见，不察其人，而遽悦之?藉令更有美姿如韩掾者，外国奇香，又不知付谁氏子矣!"不满于这种以外貌取人的一见钟情，含蓄地提倡男女双方从多方面互相了解，已有某种近代意味。

《双双传》之出类拔萃，尤其体现在后半部的情节设计上。在爱情进展的过程中，赋予男主角以科名和显宦身份已成为中篇传奇小说的惯例，女主角往往也得到某种封赠。浓郁的富贵气充塞作品，就艺术品格言便是俗气。《双双传》打破了这种惯例。两对夫妇定居深山老林，飘然远引，一片桃花源呈现在读者面前，就艺术品格言便是有韵味。余公仁批补《燕居笔记》，下集卷三收入《高氏双双传》，其批语说：

> 此传，后半尤胜前半。何也?……"弃屋宇，驾舟抵大江，历淮过颍川，结庐于箕山之上"，此等气象，为人所罕及，非大豪杰不能也。若于他传，则竟登科成名而已，此故套也。两生、二女郎，殆上天降下之仙子耶，岂恋人间功名富贵哉!予故曰：后半更胜前半。②

---

① 参见本书论《莺莺传》部分。

② 《燕居笔记》第四册，《古本小说集成》本，1901~1902页，上海，上海古籍出版社，1994。

这些话，说得平实而又中肯。

就描写、叙事的真切而言，后半部由于摆脱了大量填充诗词的套路，也远较前半部出色。秦家被包围，高家兄弟与秦家姊妹在被监视的困境中设法于雨夜相见，借墙缝通话，这一片断的处理即以白描见长：

> 及期，夜雨，雨声如雷。两生冒雨而进，郭、姚守者或仆或倚，或半睡或枕藉于阛阓。两生轻步，不张盖，不举火，跣足匍匐，从西垣掘一小隙，隔墙与女郎相见。女郎亦不张盖，不举火，乱踏泥泞，倾身墙隙。两下中心摇摇，全凭隙边传语，奈雨声搅乱，不能明听，又恐守者知觉，彷徨不宁，以致仲语，谦以为叔，应之不已；琼语，叔以为谦，绸缪益甚……望见邻寺火光，两生惊散，回首背墙，惟一味雨声沸腾，昏黑无见，面水如流，衣发如洗，更兼泥泞积水，举步如涉河渡海。两生狼狈而归，忧愁感慨。

这样的描叙显示出作者欲真实展现生活的意图。中篇传奇小说被老套的艳情故事所束缚，对生活真实一向漠然。《双双传》逐渐挣脱程式化的格局，预示着新的艺术前景。尽管其白描能力依然有限，但其白描努力却至为可贵。

13. 中篇传奇小说的审美追求

探讨明代中篇传奇小说的审美追求，必须把握几个关键环节：它的由来、它的文化品格以及它对后世的影响。

就其由来而言，正如孙楷第先生所指出的：“以文缀诗，形式上反与宋金诸宫调及小令之以词为主附以说白者有相似之处。”① 考察元明中篇传奇小说的身世，注意宋金诸宫调尤其是董解元《西厢记

① 孙楷第：《日本东京所见小说书目》卷六，126 页，北京，人民文学出版社，1958。

诸宫调》在题材处理、人物刻画等方面的特征，是一个首选切入点。

董解元《西厢记诸宫调》系据元稹《莺莺传》改编，但二者之间实有诸多不同：第一，董解元在卷一开头所塑造的作家自我形象是个活跃于秦楼楚馆的放荡不羁的才子，与《莺莺传》对元稹的定位不同。“这世为人，白甚不欢洽？”“秦楼楚馆鸳鸯幄，风流稍是有声价。教惺惺浪儿们都伏咱。不曾胡来，俏倬是生涯。”一个“俏倬是生涯”的艺人，正是所谓“才子”。第二，《西厢记诸宫调》将张君瑞与崔莺莺的关系确定为偷情；其拟想中的读者或观众主要是风流浪子。卷一：“曲儿甜，腔儿雅，裁剪就雪月风花，唱一本儿倚翠偷期话。”“穷缀作，腌对付，怕曲儿拧到风流处，教普天下颠不剌的浪儿们许。”这与《莺莺传》设定的读者群是不同的。第三，董解元写张生，明显有自寓意味，卷六甚至呼张生为张解元；这位张解元之于莺莺，实同于一般人对妓女的态度。卷一写他初见莺莺，便“手撩着衣袂，大踏步走至根（跟）前”。“思想那清河君瑞，也是个风魔汉。”卷四写他误以月光下的红娘为莺莺，也不招呼一声，就“抱定款惜轻怜”。第四，《西厢记诸宫调》虽一再交代莺莺是相国小姐，但从更具暗示性的笔墨来看，莺莺的身份倒更令人想到妓女，如卷一莺莺亮相：“手撚粉香春睡起，倚门立地怨春风。”仿佛倚门卖笑者的情态。第五，董解元确认张君瑞与莺莺是一对标准的才子佳人。如卷六：“一对儿佳人才子，年纪又敌头。经今半载，双双每夜书帏里宿。”而照宋元时代书会才人的看法，“才子佳人”=书会才人+青楼女子。

中篇传奇小说以元宋梅洞《娇红记》为起点，其题材处理、人物刻画的路数确与《西厢记诸宫调》相近；穿插大量诗词，也可视为对诸宫调唱叹部分的移植。它所关注的题材相当狭窄，仅限于艳情；它对白描不甚重视，因为艳情不太适合于真切地摹绘，诸宫调也未提供这样的艺术传统；它的人物带有病态意味，实质上的妓女与名义上的名门闺秀身份不能吻合。明代第一部中篇传奇小说是李昌祺的《贾云华还魂记》，尽管其作者有相当好的文化素养，但当他依循《娇红记》的轨范来创作时，仍不免出现类似的情形，文学传统的惯性力量是不以人的意志为转移的。

就文化品格而言，弘治、正德以降的中篇传奇小说，实为通俗读物。其传播途径，一是单行出版，一是选入各种通俗类书，如《国色天香》、《燕居笔记》等。“此等读物，在明时盖极普通。诸体小说之外，间以书翰，诗话，琐记，笑林，用意在雅俗共赏。”① 以明末刊本《燕居笔记》（当为何大抡编）为例，书分上下两层，上层收《天缘奇遇》、《钟情丽集》、《花神三妙传》、《拥炉娇红》、《怀春雅集》等五部中篇传奇小说；下层除收诗词歌赋、文书联曲外，另有短篇小说二十六篇，乃《游会稽山记》、《金凤钗记》、《联芳楼记》、《滕穆醉游聚景园记》、《牡丹灯记》、《渭塘奇遇记》、《江庙泥神记》、《虾蟆牡丹记》、《周秦行纪》、《田洙遇薛涛联句》、《心坚金石传》、《节义双全传》、《刘方三义传》、《吴媚娘传》、《续东窗事犯传》、《琼奴传》、《爱卿传》、《雕传》、《张于湖宿女贞观》、《红莲女淫女禅师》、《杜丽娘慕色还魂》、《古杭红梅记》、《绿珠坠楼记》、《柳耆卿玩江楼记》等，多为传奇小说。从《燕居笔记》所选小说的题材来看，艳情居于核心位置。何以会如此？“食色性也”，以艳情为中心，畅销的可能性较大。

面向市场的中篇传奇小说，其作者的文化层次总体上是不高的。玉峰主人、梅禹金等署名作者，情况稍好一些；大多数作者宁可“佚名”，很可能是书坊老板或其聘用的“俚儒”。他们无心于“十年磨一剑”，粗制滥造，情节和语言（包括诗词）雷同之处比比皆是，人物性格亦大体相仿。为了刺激读者的阅读兴趣，一些作者求助于色情描写，“不计其数”地批发“佳人”，笔墨污秽不堪，以致在中篇传奇小说作者内部也招致了反弹。《刘生觅莲记》、《双双传》等致力于改变这种恶习，尤其是《双双传》，它所预示的艺术前景是令人振奋的。套用闻一多评《春江花月夜》的表述，可以说，这是中篇传奇小说的“自赎”。

就中篇传奇小说在小说史上的影响来看，可以划分为两个层面：

---

① 孙楷第：《日本东京所见小说书目》卷六，127 页，北京，人民文学出版社，1958。

第一个层面是对才子佳人小说的影响。王重民《中国善本书提要》子部小说类设《绣谷春容十二卷》一条。提要指出：《龙会兰池全录》、《申厚卿娇红记》等“直开后来才子佳人派之源”。① 李梦生为《古本小说集成》之《五金鱼传》撰写前言，亦云：“明中叶，文人创作中篇传奇故事增多，著名的如《艳异编》、《绣谷春容》、《国色天香》、《燕居笔记》等总集中所收的《刘生觅莲记》、《怀春雅集》、《钟情丽集》、《花神三妙传》、《天缘奇遇》等，《五金鱼传》亦为其一。这些小说多描写才子佳人的患难离合，以大团圆作结，不仅为当时盛行的话本小说提供了素材，也直接影响与推动了明末清初以天花藏主人等为代表的长篇白话才子佳人小说的繁荣，这是很值得重视的。”才子佳人小说移植中篇传奇小说的人物格局和情节路数，包括一些短处也有所传承。《红楼梦》第五十四回借贾母之口批评才子佳人故事“就是一套子，左不过是些佳人才子，最没趣儿”。所以没趣，原因在于：一、“把人家女儿说的这么坏，还说是‘佳人’！编的连影儿也没有了。”二、不合情理。“奶妈子丫头伏侍小姐的人也不少，怎么这些书上，凡有这样的事，就只小姐和紧跟的一个丫头知道？你们想想，那些人都是管做什么的？”② 这样的批评，用于中篇传奇小说也是适合的。

第二个层面是对色情小说的影响。明中叶后的色情小说，按语言形式来划分，或用文言，如《如意君传》、《痴婆子传》，③ 或用白话，如《绣榻野史》、《春灯闹》，甚至包括长篇的《金瓶梅》，它们主要受《花神三妙传》、《天缘奇遇》这类中篇传奇小说的影响，数量众多，一度泛滥成灾。

以上我们从中篇传奇小说的由来，它的文化品格以及对小说史的影响等方面考察了其审美追求。它与青楼文化的潜在联系注定了它的

① 王重民：《中国善本书提要》，399页，上海，上海古籍出版社，1983。

② 曹雪芹著，陈文新、王炜辑评：《红楼梦》百家汇评本，370页，武汉，长江文艺出版社，2005。

③ 这类作品，当然也属于文言小说，但其处理题材的方式与白话小说一致，而与传奇小说反而大为不同，实系白话小说附庸。另外，对于一味铺张污言秽语的作品，本书也不打算给予太多篇幅，提一提就够了。

世俗化格调，比较而言，它与唐代的辞章化传奇区别甚大（尽管里面用了很多诗词，但中篇传奇小说实无“诗心”），而与宋代话本体传奇存在诸多可沟通之处。其自身的美感魅力是有限的。不过，作为中国小说史发展的一个环节，明代的中篇传奇小说则不宜忽视。其重要性在于：它对才子佳人小说及《金瓶梅》一类小说起了催生作用，换句话说，它催生了明清时代的人情小说或世情小说。明万历以后，世情小说与历史演义、英雄传奇和神魔小说并立，且在未来的发展中诞生了《红楼梦》这样具有世界意义的杰作。我们自然不能将秋实的荣誉完全归于春花，但春花无疑也是有其贡献的。

第十七章 明代笔记小说

明代的笔记小说，在中国文言小说史上所占份额不重。就志怪小说而言，它不能与魏、晋、南北朝志怪小说相提并论，与唐、宋、清相比，也瞠乎其后；轶事小说中的“世说”型与“杂记”型，也未取得引人注目的成就。但明代笔记小说仍有它足以自豪的地方：一是小品型的笔记卓尔不群，如张岱的《陶庵梦忆》；二是笑话崛起，涌现出冯梦龙、江盈科等笑话大家。这两方面将是我们关注的重点。

一 神情疲惫的志怪小说

明代志怪小说，稍好一些的有祝允明《志怪录》、《语怪编》、陆粲《庚巳编》、徐祯卿《翦胜野闻》、陆奎章《香奁四友传》等，杨仪《高坡异纂》、闵文振《涉异志》、钱希言《狯园》、王同轨《耳谈》、郑仲夔《耳新》、董斯张《广博物志》等书中，亦有散金碎玉。

1. 祝允明《语怪编》等

祝允明（1460～1526年），字希哲，号枝山、枝指生。长洲（今江苏苏州）人。弘治五年（1492年）举人，官广东兴宁令，迁应天府通判。为人狂放，与唐寅、文徵明、徐祯卿并称“吴中四才子”。能诗文，尤工书法，著有《怀星堂集》、《前闻集》等。所撰《语怪编》，一名《枝山志怪录》，四编四十卷，黄虞稷《千顷堂书目》子部小说类著录。焦竑《国史经籍志》题《语怪四编》，作一卷。今存《广百川学海》本、《烟霞小说》本、《续说郛》本、《五朝小说》本等，凡一卷十四则。其《语怪四编题识》说他志怪分三种情况：“时暇书之；有兴书之；事奇警热闹不落莫书之。"① 但真正"奇警"的片断，在《语怪编》中甚少，写人鬼艳遇也是老话题。《济渎贷银》写神放债，这是商品经济发达时代的想像，较有新意。

《志怪录》，《四库全书总目》小说家类著录，五卷。《续文献通考》著录同。今存明刻本五卷，《纪录汇编》本、《古今名贤汇编》本等作一卷，凡四十五则。祝允明弘治二年（1489 年）《自序》说明了志怪小说的两种好处：劝惩和娱乐。《雷书》、《乙未地震白毛生》、《天堕草船》等记自然界的"变异"，与教人"知所以趋避"的宗旨吻合。而《海神请读书人》、《长桥美女》等篇娓娓道来，"恍语惚说"，供娱乐的意味更为明显。

2. 陆粲《庚巳编》

陆粲（1494～1551 年），字子余，长洲（今江苏苏州）人。嘉靖五年（1526 年）进士，官工科给事中。挺劲敢言，因争张福达狱，触怒皇帝，下诏狱廷杖。继而草书论张璁、桂萼，被贬为贵州都镇驿丞。寻迁永新知县。在任以治盗著称。因牵挂母亲之故，请求去职，母亲去世后，粲亦未终丧而卒。著有《陆子余集》八卷、《左传附注》五卷、《春秋胡氏传辨疑》二卷。《庚巳编》是陆粲的一部志怪小说集。现存传本有十卷本，如《纪录汇编》本、《丛书集成初编》本；有四卷本，如《烟霞小说》本、《古今说部丛书》本、《说库》本；有一卷本，如《古今名贤汇语》本、《续说郛》本、《五朝小说》本等，系节录本。《庚巳编》多记神鬼妖狐变异谶应之谈，兼及琐事异闻。书中故事，颇具魏晋志怪遗风：《罗江神祠》（卷二）记盛昶毁祠，蔑视妖神，与《搜神记》中的《宋大贤》、《安阳亭书生》等相类；《芭蕉女子》（卷五）写芭蕉树幻化为怪，惑死数僧，传承了《幽明录》等塑造植物怪的传统。《玄坛黑虎》（卷四）较少因袭痕迹，故事虽诞幻，赌徒的心理却异常真实。《聊斋志异·促

① 丁锡根编著：《中国历代小说序跋集》，124 页，北京，人民文学出版社，1996。

织》可能从这里受到了启发。

3. 徐祯卿《翦胜野闻》等

徐祯卿（1479～1511年），吴县（今江苏苏州）人，弘治进士，官国子监博士。与李梦阳等并称“前七子”。所撰《翦胜野闻》，焦竑《国史经籍志》入制书类，《续钦定通考》、《四库全书总目》入小说家类。有《广百川学海》本、《顾氏明朝四十家小说》本、《说库》本等。一卷。所记皆明太祖初年之事。如朱元璋微时，郭子兴曾以事闭之于空室中，绝食浆，马皇后私自以饼送他充饥。一日为郭氏亲信所窥，“遂纳怀中，肉有腐痕”。部分条目颇多神异色彩。如“刘基昔尝携客泛于西湖，抵暮，仰天而言曰：‘天子气在吴头楚尾，后十年当兴，我其辅之。’”又记朱元璋洗手于柏子潭，“有五蛇扰而就之”，原来是五条白龙；此日作战，朱遂“手刃甚众”云。渲染明太祖的真龙天子气象，与民间传说关系甚为密切。

陆奎章，字子翰，江苏武进人。曾任武康知县、宁波教授。所作《香奁四友传》，《千顷堂书目》入子部小说类，作一卷，《钦定续通考》、《四库全书总目》同，作二卷。前后传共二卷八篇。前传四友为金亮（镜）、木理（梳）、房施（脂）、白华（粉）；后传四友为周准（尺）、齐铦（剪）、金贯（针）、索纫（线）。末附《偶人传》一篇。唐代韩愈曾为毛笔立《毛颖传》，司空图曾为镜立《金炯传》；明代的支立曾为布衾、木枕、纸帐、蒲席、瓦炉、竹床、杉几、茶瓯、灯檠、酒壶十物立《十处士传》；《香奁四友传》亦属同类之作。作者在《后序》中自称前传四辈（镜、梳、脂、粉）“止系于妇容，非崇本之论”，“遂取有用于妇功者得尺、剪、针、线四辈，续为之后传，以端香奁之习焉”。其写法近于寓言，如铅粉色白，故姓白；常用于涂饰脸部，故云：“性颇轻浮琐屑，少所蕴藉，好为皎皎之行”；杨贵妃之姊虢国夫人不施脂粉，自炫美艳，常素面朝见玄宗，故云：“当天宝时，尝以干虢国夫人，欲因以荐于贵妃，夫人掩面曰：‘毋污我！’”游情翰墨，借事托喻，用笔颇为纤巧。明代邵天和《香奁四友传·序》称其“虽寓言于物，而实托义于人焉”，“毋徒视为游情翰墨之具而已，则未必无补云”。徐淮《题〈香奁四友传〉后》亦赞此书“说理明白，遣辞高古”，“若春蚕作茧，随物成形”。《四库全书总目提要》则谓其“词意儇薄，了无可取。盖明初淳实之风，至是已渐漓矣”。① 见仁见智，意见颇不统一。

二　“杂记”型、“世说”型与小品型

1. “杂记”型轶事小说

明代的“杂记”型轶事小说，以陆容《菽园杂记》最为出色，顾元庆《云林遗事》、杨循吉《苏谈》等，亦属可读之作。

陆容（1436～1494年），字文量，号式斋，太仓（今属江苏）人。成化二年（1466年）进士。曾授南京主事，后迁兵部职方郎中，官至浙江参政。据《明史·文苑传》，陆容少时即与张泰、陆釴齐名。泰亦太仓人，釴则昆山人，俱在娄江之东，所以当时被目为“娄东三凤”。所作《菽园杂记》，十五卷。今存明刻本、清嘉庆十五年（1810年）《墨海金壶》本、1985年中华书局佚之点校本等。《四库全书总目》子部小说家类二著录，其提要曰：“是编乃其札录之文，于明代朝野故实，叙述颇详，多可与史相考证；旁及谈谐杂事，皆并列简编；盖自唐宋以来，说部之体如是也。”“核其大致，可采者较多。王鏊尝语其门人曰：‘本朝纪事之书，当以陆文量为第一。’即指此书也。虽无双之誉，奖借过深，要其所以取之者，必有在矣。”② 它在明代轶事小说中的地位，可用“出类拔萃”加以形容。不仅论史实，谈学术，有其独到见解，叙掌故，述轶闻，亦简洁明了，别具一种韵味。如卷二：

沈质文卿居太仓，家甚贫，以授徒为生。一夕寒不成寐，穿

① 永瑢等撰：《四库全书总目》，1234页，北京，中华书局，1965。

② 永瑢等撰：《四库全书总目》，1204页，北京，中华书局，1965。

窬者穿其壁。文卿知之，口占云："风寒月黑夜迢迢，辜负劳心此一遭。只有破书三四束，也堪将去教儿曹。"穿壁者一笑而去。视"世上如今半是君"之句，颇为优柔矣。

"世上如今半是君"一语见唐李涉《井栏砂宿遇夜客》诗。李涉诗共四句："暮雨潇潇江上村，绿林豪客夜知闻。他时不用逃名姓，世上如今半是君。"李诗豪宕，沈诗幽默，两相比照，更见情趣。又如卷九"乡民有子患疮疹"一则，连类而及，揭开卑鄙者的共同伎俩；它所传达的人生智慧，是朴素而亲切的。

《菽园杂记》所收载的故事，一部分对通俗小说影响甚大，如卷三"洪武中，京民史某与一友为火计"条为《欢喜冤家》第七回《陈之美巧计骗多娇》所本；同卷"洪武中，京城一校尉之妻有美姿"条为《欢喜冤家》第八回《铁念三激怒诛淫妇》所本。卷四"高文义公谷无子"，也潜在地蕴含着浓郁的民间情趣。不过，经过陆容的描述，其意味便清纯多了。这里正见出作者的笔力。

顾元庆（1487～1565年），字大有，长洲（今江苏苏州）人。家阳山大石下，人称大石先生。编刊《顾氏文房小说》、《明朝四十家小说》，著有《瘗鹤铭考》、《山房清事》、《夷白斋诗话》等。所撰《云林遗事》，《八千卷楼书目》子部小说家类著录，有《明朝四十家小说》本、《续说郛》本、《五朝小说》本、《借月山房汇钞》本等。此书专记元末画家倪瓒轶事，倪瓒号云林子，故名《云林遗事》。分高逸、诗画、洁癖、游寓、饮食五门，从不同侧面展示了倪瓒的风采。

杨循吉（1458～1546年），字君谦，号南峰，吴郡（今江苏苏州）人。成化二十年（1484年）进士，官礼部主事，弘治初以病乞归。有《松鹤堂集》及杂著十余种。所撰《苏谈》，《千顷堂书目》子部小说类著录，一卷；《续通考》入传记类，无卷数。有《明朝四十家小说》本、《纪录汇编》本、《学海类编》本、《五朝小说》本、《古今说部丛书》本、《说库》本、《丛书集成初编》本。此书凡三十四则，专记苏州轶闻，故名《苏谈》。况钟、周忱、姚广孝等人事迹均有记述，社会风习亦多所展现。

2. “世说”型轶事小说

明代《世说新语》一脉的轶事小说，主要产生于中后期，如何良俊《何氏语林》、李绍文《明世说新语》、曹臣《舌华录》、郑仲夔《兰畹居清言》等，其中《何氏语林》与《舌华录》较为著名。

何良俊（1506～1573年），字元朗，号柘湖，华亭（今上海松江）人。曾任南京翰林院孔目。好谈兵，善音律。有《柘湖集》、《四友斋丛说》等。所纂《何氏语林》，《明史·艺文志》小说家类著录，三十卷，题《语林》；《千顷堂书目》、《四库全书总目》著录，三十卷，题《何氏语林》。有明嘉靖二十九年何氏清森阁刻本、明嘉靖华亭何氏缮经堂刊本、明嘉靖文徵明序刻本、明万历张文柱刻本、乾隆茂清书屋刻本等。其书名得之于裴启《语林》，其义例、门目则以刘义庆《世说新语》为蓝本，全书三十八门，除“言志”、“博识”为自增外，其他悉仍《世说新语》门目之旧。辑录自两汉至元代文人言行，计二千七百余条。每门各有自序，以阐明门目含义及编纂意图。其“言语”门序言曰：

> 余撰《语林》，颇仿刘义庆《世说》。然《世说》之诠事也，以玄虚为准；其选言也，以简远为宗；非此弗录。余惧后世典籍渐亡，旧闻放失，苟或泥此，所遗实多，故披览群籍，随事疏记，不得尽如《世说》。其或辞多浮长，则稍为删润云耳。

虽曰“不得尽如《世说》”，但统观全书，仍偏于简澹隽雅。编纂者剪裁熔铸，亦颇精审，“虽未能抗驾临川，并驱千古，要其语有根柢，终非明人小说所可比也”。①“方正”门载：

> 宋太宗一日谓宰臣曰：“朕何如唐太宗？”众皆曰：“陛下尧

① 永瑢等撰：《四库全书总目》，1204页，北京，中华书局，1965。

> 舜也，何太宗可比。”李文正独无言。徐诵白乐天诗曰：“怨女三千放出宫，死囚四百来归狱。”太宗曰：“朕不如也。”

李文正即李昉，太宗朝官拜平章事。众人皆阿谀太宗，惟独他能委婉地指出太宗的短处，一个立朝有节的大臣形象，寥寥数语，便呈现在读者面前。

曹臣，字荩之，安徽歙县人，一说苏州人。所纂《舌华录》，《千顷堂书目》子部小说类著录，《钦定续通考》、《四库全书总目》入子部杂家类。有明万历刻本、《笔记小说大观》本、1934年上海新文化书社排印本、1935年上海大达图书供应社排印本等。该书系采录《世说新语》等数十种书中古今人的问答隽语，分类编辑而成。凡十八类：慧语、名语、豪语、狂语、傲语、冷语、谐语、谑语、清语、韵语、俊语、讽语、讥语、愤语、辩语、颖语、浇语、凄语。每类都冠有曹臣友人吴苑作的小序。

《舌华录·凡例》说：“采古人书不敢一字增损，唯近书有不成语者，小有改易。盖吾改语不改事，罪之者庶可不甚。”其编纂态度是谨慎的。但曹臣的改易，仍有可议之处。如“俊语”的一则：

> 平康姬马湘兰，甚有声价，一孝廉往造之，不出。积十余年，孝廉成进士，为南御史。偶湘兰坐株连，当审。御史见之曰：“尔如此面孔，徒负往日虚名。”湘兰答曰：“惟往日之虚名，受今日之实祸。”御史怜而释之。

与《舌华录》同时，江盈科《雪涛谐史》亦叙此事，比较起来，便胜过《舌华录》，特转录于下：“金陵平康有马妓曰马湘兰者，当少年时，甚有身价。一孝廉往造之，不肯出。迟回十余年，湘兰色稍减，而前孝廉成进士，仕为南京御史。马妓适株连入院听审，御史见之曰：‘尔如此面孔，往日乃负虚名。’湘兰曰：‘惟其有往日之虚名，所以有今日之实祸。’御史曰：‘观此妓，能作此语，果是名下无虞。'遂释之。"①《雪涛谐史》中，湘兰与御史的对答摇曳生姿，颇为隽永，曹臣的文笔则显得板实，且语意有欠明晰。

从总体上看，明代"世说"型小说以摭拾旧闻为主，尽管作品不少，但成就并不太高。为读者提供新的富于玄远意味的掌故是决定轶事小说价值的要素。

3. 小品型轶事小说

明代小品型的轶事小说，当以张岱的《陶庵梦忆》为代表作。

张岱（1597～1679年），字宗子，又字石公，号陶庵，又号蝶庵。山阴（今浙江绍兴）人。出身仕宦之家，但一生不曾做官。明亡，入山隐居著书。有《陶庵梦忆》、《琅嬛文集》、《西湖梦寻》、《石匮书》等。《陶庵梦忆》成书于顺治三年（1646年）之后，八卷一百二十余则。今存乾隆五十九年（1794年）刊本、《粤雅堂丛书》本、1982年上海古籍出版社马兴荣点校本（与《西湖梦寻》合刊）、杭州西湖书社弥松颐校注本和上海书店影印世界书局本等。

作为一个世家子弟，张岱的前半生是在奢华中度过的。他写过一篇《自为墓志铭》，极精确地勾勒出他那段"繁华"的生活经历："少为纨绔子弟，极爱繁华，好精舍，好美婢，好娈童，好鲜衣，好美食，好骏马，好华灯，好烟火，好梨园，好鼓吹，好古董，好花鸟，兼以茶淫橘虐，书蠹诗魔。劳碌半生，皆成梦幻。"②《梦忆》的主要内容，也就是张岱在《自为墓志铭》中所说的那些繁华往事。其《陶庵梦忆·自序》以为，今日的落魄都是昔日豪华的报应。往昔的簪履、轻暖、甘旨、温柔、爽垲、香艳、舆从等等都一去不复返了，今日的"种种罪案，从种种果报中见之"。张岱果真认为这一切都是因果报应所致吗？似乎又未必。否则为何"偶拈一则，如游旧径，如见故人，城郭人民，翻用自喜"呢？其实，读者从字里行间感受最深的还是作者那无尽的感愤和对故国的一往情深。故伍崇曜跋

① 陈文新编注：《快谈四书》，334页，武汉，湖北辞书出版社，1998。
② 张岱著：《琅嬛文集》，199页，长沙，岳麓书社，1985。

《陶庵梦忆》，便特意指出："昔孟元老撰《梦华录》，吴自牧撰《梦粱录》，均于地老天荒、沧桑而后，不胜身世之感，兹编实与之同。"强调其"采薇"、"麦秀"的感慨，可谓知音。

《陶庵梦忆》对明末茶楼酒肆、歌馆舞榭、说书演戏、放灯迎神、养马斗鸡、打猎阅武、山水风景、人物古迹、工艺书画等社会生活和风俗人情都有所反映。写家乐的如《朱云崃女戏》、《张氏声伎》、《阮圆海戏》；写华灯的如《世美堂灯》、《绍兴灯景》、《龙山放灯》；写美食的如《乳酪》、《方物》、《蟹会》、《天镜园》、《樊江陈氏橘》、《鹿苑寺方柿》、《品山堂鱼宕》；写精舍的如《筠枝亭》、《石介园》、《梅花书屋》、《不二斋》、《于园》、《巘花阁》等。从描述的语调看，张岱的优点是坦率，并不出于某种目的而修饰自己。比如，张岱性豪侈，这一性情便未加遮掩地呈现在《包涵所》中。奢侈的近义词是豪奢，繁华的近义词是豪华。这种语义的迁移传达出一个信息：在传统的中国社会中，富于韵味和气派的奢华不会没有人喝彩。尤其是在某些场合，如雅集、节令，刻意的节俭会被讥讽为寒酸，而风流倜傥的挥霍则会被赞赏为豪放。不过，这种意思很少有人明白说出，而张岱则毫无遮拦地写了出来。张岱的确坦率得可爱。

《陶庵梦忆》还保存了若干小说戏曲史料，如《柳敬亭说书》、《及时雨》、《水浒牌》等记述水浒故事的流传情况；《不系园》是迄今所知小说《金瓶梅》被改编为戏曲演出的最早记载。另如《目莲戏》、《朱楚生》等，记录了晚明戏曲演出情况。其中，《柳敬亭说书》尤其值得讨论一番。

柳敬亭是明末清初著名的说书艺人，曾入南明将领左良玉幕府。当时对他的评价颇有争议。吴伟业作《柳敬亭传》，推许他"善用权谲，为人排患解纷"，是足以与鲁仲连相提并论的"纵横士"，风骨不凡，气度汪洋。黄宗羲则以为，柳敬亭其实"琐琐不足道"，他作《柳敬亭传》，辨正说："偶见《梅村集》中张南垣、柳敬亭二传，张言其艺而合于道，柳言其参宁南军事，比之鲁仲连之排难解纷，此等处皆失轻重。亦如弇州志刻工章文，与伯虎、徵明比拟不伦，皆是倒却文章家架子。余因改二传。其人本琐琐不足道，使后生知文章体式耳！”又说：“钱牧斋尝谓人曰：柳敬亭何所优长？人曰说书。牧斋曰：非也，其长在尺牍耳。盖敬亭极喜写书调文，别字满纸，故牧斋以此谐之。嗟乎，宁南身为大将，而以倡优为腹心，其所授摄官，皆市井若己者，不亡何待乎？”①

吴伟业与黄宗羲的分歧，集中在一点，即：柳敬亭是否具有“纵横家”的才具。吴伟业投赞成票，黄宗羲投否决票，但所讲的话都与艺人柳敬亭无关。宋太祖说：李煜好个翰林学士，可惜无才做人主耳！郑板桥说：杜牧之、温飞卿为天子，亦足破国亡身，幸好做了文人。这些议论表明，弄政治和弄艺术，所需要的才具是不同的。柳敬亭自与“纵横家”的头衔不符，但并不影响他的一流艺人的地位。不必将二者混为一谈。

明白了上述意思，我们对张岱便格外佩服了。张岱始终将柳敬亭作为说书艺人来看待，写他说书的风采，说书的魅力，说书的韵味；拿他与王月生相比，也着眼于其表演受欢迎的程度。这样来写柳敬亭，才真正把握住了对象的特点。

三　笑话的崛起

笑话创作在明代中后期蔚然成风，不仅作品众多，现在可知的就有近四十种，而且产生了几位笑话大家，如江盈科、赵南星、冯梦龙等。他们把中国笑话推进到一个新的阶段。

1. 江盈科和他的笑话创作

江盈科（1555～1605年），字进之，自号绿萝山人。桃源（今属湖南）人。万历壬辰（1592年）进士。历任长洲县令、吏部考功主事、大理寺正，官至四川提学副使。与袁宏道、袁中道友谊很深，堪称“公安派”的一员健将。

---

① 黄宗羲著，陈乃乾编：《黄梨洲文集》，87、88页，北京，中华书局，1959。

作为“公安派”的一员健将，江盈科也喜欢写诗，但他格外引人注目的还是他的笑话创作。除了《雪涛谐史》二卷一百六十则外，另有《雪涛小说》十四则、《谈言》十一则，亦以笑话为主。有明末刊本、《历代笑话集》本等。这三种笑话集的特点各有不同。《谈言》侧重于搜集前代笑话，笑话的主角多实有其人，如黄可、武恭、崔涯、张祜、李东阳、李靓、李渊材、石动筩，均有案可查；《雪涛小说》侧重于搜集民间故事，其中的主角多用“楚人”、“姑苏人”、“里中有病脚疮者”、“医人”代指，明显属于虚构；《雪涛谐史》相当数量采自江盈科的见闻，其主角多是他的同时代人，有些还是他交情颇深的朋友，如袁宏道、罗汝鹏、梁见龙、冯景贞、陈琮、罗念庵、叶月潭等。

《谈言》和《雪涛小说》二种，政治讽刺的色彩极浓，作者义愤填膺的神情，时常闪现于字里行间。如《谈言·李西涯》。西涯即李东阳。太监刘瑾控制朝廷期间，肆意摧残政敌。所有的大学士都提出辞呈，惟有李东阳例外，而在位又无所匡救。如此政客，还以太平宰相自居，真令人齿冷。

与《谈言》和《雪涛小说》不同，《雪涛谐史》是较为纯粹的笑话。周作人《〈明清笑话集〉引言》在论及中国笑话尤其是明清笑话的几点特色时指出：“第一点我们可以看出来，笑话里所嘲骂的有许多不通的俗师和庸医……第二点可说得的是，吝啬的，特别是不请客或吃白食的人，很成为嘲笑的对象，此外则是说大话的，怕老婆的也都在内。第三点是嘲笑愚昧的，这一项里包括着民间故事的《呆女婿》一类，数量应当不小，虽然我们抄的还不见那么多。第四点是说官府的事。”①

对照《雪涛谐史》来看周作人归纳的几点特色，我们感到似不甚吻合。其原因也许在于：一是周作人的归纳主要依据四种明清笑话：赵南星的《笑赞》、冯梦龙的《笑府》、陈皋谟的《笑倒》、石成金的《笑得好》；他似乎未读过《雪涛谐史》。二是《雪涛谐史》

---

① 周作人著：《知堂序跋》，588页，长沙，岳麓书社，1987。

具有相当鲜明的文人笑话的品格，与周作人讨论的民间笑话，风味颇有不同。如：

罗念庵中状元后，不觉常有喜色。其夫人问曰："状元几年一个？"曰："三年一个。"夫人曰："若如此，也不靠你一个，何故喜久之？"念庵自语人曰："某十年胸中，遣状元二字不脱。"此见念庵不欺人处。而国家科名，即豪杰不能不膻嗜，亦可见矣。①

余邑孝廉陈琮，性洒落。曾构别墅一所，地名二里冈，虽云附郭，然邑之北邙也，前后冢累累错置，不可枚数。或造君颦蹙曰："目中每见此辈，定不乐。"孝廉笑曰："不然，目中日日见此辈，乃使人不敢不乐。"

"罗念庵"一则，清沈起凤在《谐铎》卷九《村姬毒舌》中曾加以仿效。陈永斋向人炫耀状元的身份，村姬挖苦道："吾谓状元，是千古第一人，原来只三年一个！此等角色，也向人喋喋不休，大是怪事！""罗念庵"与《村姬毒舌》，就调侃"古今多少男子，低首于科名之下"而言，二者是一致的；但比较起来，江盈科的辞气要婉转得多，这可说是温柔敦厚的诗人风度在笑话中的呈现。至于"陈琮"一则，也许正如江盈科的朋友潘之恒所说："此可入《世说》，何云《谐史》乎？"但不可否认，陈琮的回答饶有情趣，入《谐史》是当之无愧的；只是由于风趣中还含有深厚的人生哲理，所以比寻常的笑话更耐咀嚼。曹臣《舌华录·慧语》曾辑入本篇。

---

① 《雪涛谐史》的记载得之传闻，与事实可能有出入。《明史·儒林传》载：罗洪先，字达夫，号念庵，吉水人。"嘉靖八年进士第一，授修撰，即请告归。外舅太仆卿曾直喜曰：'幸吾婿成大名。'洪先曰：'儒者事业有大于此者。此三年一人，安足喜也。'"参见陈文新主编：《中国文学编年史·明中期卷》，74页，长沙：湖南人民出版社，2006。

《雪涛谐史》取材于见闻，记叙人物言行，常能达到传神的效果。如：

> 余举进士，时报捷者索重赏，家君贫无以应，受困此辈，殊觉情懑。汝鹏慰之曰：“且耐烦，养坏了儿子，说不得。”闻者皆笑。

儿子考中进士，就一个农家子弟而言，那是很有出息的。一句“养坏了儿子”，超乎情理之外，形成反跌，极为生动有趣。曹臣《舌华录·谐语》选入此条，改为：“公且耐，生儿不肖奈何?”韵味就差多了。

《雪涛谐史》附有潘之恒的评语。潘之恒，字景升，别号天都外史（或天都逸士）、冰华生（或冰华居士），安徽歙县人，侨寓金陵（今江苏南京）。工诗。嘉靖年间官中书舍人。著有《名山注》、《涉江诗选》、《鸾啸集》、《亘史》等。其评语，或连类而及，或引而申之，有助于读者欣赏原作。

2. 赵南星和他的《笑赞》

赵南星（1550～1627年），字梦白，号侪鹤，别号清都散客。高邑（今河北元氏）人。明万历甲戌进士，历任淮宁府推官、户部主事、吏部考功、文选员外郎。因触犯权贵，革职家居三十年。天启初复任考功郎中，官至吏部尚书。为东林党重要人物，和邹元标、顾宪成号为“三君”。宦官魏忠贤得势时，被遣戍代州，病卒。追谥忠毅。工散曲，小令亦佳。所作《芳茹园乐府》，杂取村谣俚谚以抒发其慷慨不平之气，酣畅淋漓。为诗厌薄前后七子，但未能出其窠臼。文颇恣肆。有《赵忠毅集》、《味檗斋文集》、《史韵》、《学庸正统》等。所撰《笑赞》，凡一卷七十二则，附录一则，有《味檗斋遗书》本、《明清笑话四种》本、《历代笑话集》本。从作者题词可见，赵南星这部《笑赞》是“有所为”而作的。

《笑赞》的体例颇有特点：每则由两部分组成，前一部分是故事，后一部分是作者的评赞。叙赞结合，相得益彰，个别事物往往被赋予了普遍烽的意义。如：

> 宋欧阳修做考试官，得举子刘烨卷云：“天地轧，万物茁，圣人发。”欧阳修以朱笔横抹之，士人增作四句曰：“试官刷。”
>
> 赞曰：俗云“文章中试官”，非虚言也。刘烨之卷，如遇爱者，即古今之奇作也。近时一贵人，批韩文云：“退之不甚读书，作文亦欠用心。”以其无轧茁语也。爱瘿瘤者以细颈为丑，文章何常之有。虽然，永叔名人，其所刷者，或亦有见也。

刘烨的考卷在欧阳修那里碰了壁，但倘若让喜欢“轧茁语”的“近时一贵人”来判卷，说不定刘烨还会高中。这说明了什么呢？说明“文章中试官”：科举考试中的得意者，不一定真有学问，其成功在于正好投合了考官口味；而失意者倒可能满腹真才实学，却因不合有司绳尺而名落孙山。赵南星的赞，发挥的正是这个意思。

《笑赞》与江盈科《谈言》、《雪涛小说》一样，也充盈着政治讽刺的意味。比如，“以叶自障”的故事在《笑林》中只是个轻松的生活笑话，而赵南星却将它发展为风格沉郁的“隐身草”：有人隐蔽地掠夺他人，有人明目张胆地掠夺他人，对于这类货色，赵南星寓怒骂于嬉笑之中，堪称文章好手。

晚明士大夫常有新鲜、开明的见解，赵南星亦然。“郡人赵士杰半夜睡醒，语其妻曰：‘我梦中与他家妇女交接，不知妇女亦有此梦否？’其妻曰：‘男子妇人，有甚差别。’世杰遂将其妻打了一顿。至今留下俗语云：‘赵士杰，半夜起来打差别。’”故事中的赵士杰看来是个男性中心论者，生活中的许多男子在处理事情时也易于认同赵士杰的态度。但赵南星则站在男女平等的立场上发表评论说：“道学家守不妄语为良知，此人夫妻半夜论心，似非妄语；然在夫则可，在妻则不可，何也？此事若问李卓吾，定有奇解。”其实，不必问李卓吾，赵南星的这则笑话自身就蕴含着惊世骇俗的奇解。

3. 冯梦龙和他的笑话创作

冯梦龙（1574～1646年），字犹龙，一字耳犹，自号顾曲散人、姑苏词奴、墨憨斋主人等，别署龙子犹。长洲（今江苏苏州）人。崇祯三年补贡生，曾任寿宁知县。清兵渡江，参加过抗清活动，清顺治二年死于故乡。少负才名，与兄冯梦桂、弟冯梦熊并称"吴下三冯"。受李贽等人影响很深，十分重视小说、戏曲和通俗文学，毕生从事此类作品的编写、整理和刊行工作。编撰有白话短篇小说集《喻世明言》（又称《古今小说》）、《警世通言》、《醒世恒言》，世称"三言"。编有民歌集《挂枝儿》、《山歌》，散曲集《太霞新奏》等，并改写了长篇小说《平妖传》、《新列国志》，整理修改了传奇剧本《新灌园》、《女丈夫》、《酒家佣》、《杀狗记》、《邯郸记》等数种，合称《墨憨斋定本传奇》。又曾创作《双雄记》传奇，今存。著有《古今谭概》、《笑府》、《广笑府》等笑话集。

《古今谭概》，黄虞稷《千顷堂书目》子部小说类著录，三十四卷；《续文献通考》、《四库全书总目》入子部杂家类，三十六卷，题《谭概》。有明阊门叶昆池刻本、文学古籍刊行社影印叶昆池本、《历代笑话集》本等。《古今谭概》可说是笑谈的集大成之作。冯梦龙从一百余种史籍、笔记中精选出两千三百余则笑话，分类编排，计有三十六部：迂腐部、怪诞部、痴绝部、专愚部、谬误部、无术部、苦海部、不韵部、癖嗜部、越情部、佻达部、矜嫚部、贫俭部、汰侈部、贪秽部、鸷忍部（卞急、忿嫉、神勇、绝力附）、容悦部、颜甲部、闺诫部、委蜕部、谲知部、儇弄部、机警部、酬嘲部、塞语部、雅浪部、文戏部、巧言部、谈资部、微词部、口碑部、灵迹部、荒唐部、妖异部、非族部、杂志部。广泛搜集材料并有条有理地分类加以编排，冯梦龙用力之勤，不难想见。

冯梦龙编纂《古今谭概》的宗旨，其友人梅之熉在《叙谭概》一文中有所披露。在梅之熉看来，《古今谭概》几乎可视为冯梦龙的不平之鸣。但冯梦龙本人对梅之熉的议论未予认可，他说："不然，子不见夫鹦鹆乎？学语不成，亦足自娱。吾无学无识，且胆销而志冷矣。世何可深谭？谭其一二无害者是谓概。”似乎他编纂《古今谭概》仅是为了自娱。然而，弦外有音，话中有话。只有将不平之鸣与自娱两方面结合起来，才能准确地把握这部笑话集。

《古今谭概》三十六部，每部各有小引一篇，或犀利，或诙谐，颇耐咀嚼。如《容悦部》，其小引以尖锐明快见长：

> 南荒有兽，名曰猈猺，见人衣冠鲜采，辄跪拜而随之，虽驱击，不痛不去，身有奇臭，惟膝骨脆美，谓之媚骨，土人以为珍馔。余谓凡善谄者，皆有媚骨者也。汲黯不拜大将军，大将军贤之。王祥不拜司马晋王，晋王重之。朱序不拜苻坚，苻坚宥之。薛廷珪不拜朱温，朱温礼之。张令浚私拜田令孜，卒为所轻。陶穀拜赵点检，竟遭摈弃。谄人者，亦何益哉！

《容悦部》的故事全是对谄媚者的讽刺，如《势利》条：“有吴生者，老而趋势，偶赴广席，见布衣者后至，略酬其揖，意色殊傲。已而主人恭甚，私询之，乃张伯起也，更欲殷勤致礼。张笑曰：‘适已领过半揖，但乞补还，勿复为劳。’”一冷一暖，前倨后恭；对身份低的人倨傲，对身份高的人谄媚，如此势利鬼，真是“身有奇臭”了。

《痴绝部》等部所收更近于传统笑话，如《蠢子》：“吴蠢子年三十，倚父为生，父年五十矣。遇星家推父寿当八十，子当六十二。蠢子泣曰：‘我父寿止八十，我到六十以后，那二年靠谁养活？’”其可怜、可笑的情态，令读者忍俊不禁。这类笑话在全书中占有相当比重。

《古今谭概》的书名后来几经更易，故有《古今笑》、《笑史》等别名；而更名的目的，主要是为了打开销路。李渔《古今笑史·序》云：“同一书也，始名《谭概》而问者寥寥，易名《古今笑》而雅俗并嗜，购之唯恨不早。”反复更改书名以迎合市场，这件事本身也可当做一则笑话来看。

《笑府》二卷，题墨憨斋主人编。今存明刊本、清刻本、日本藤井孙兵卫刻本等。全书分类编排，有腐流、殊禀、刺俗、形体、谬误、闺风、杂语等门目。《广笑府》十三卷，附隐语一卷，题墨憨斋主人纂集。有明刊本、襟霞阁主人重刊本、《国学珍本文库》本等。全书分类编排，有儒箴、官箴、九流、方外、口腹、风怀、贪吝、尚气、偏驳、嘲谑、讽谏、形体、杂记等门目。与《古今谭概》多记实人实事不同，《笑府》、《广笑府》中的人物、故事多属虚拟，其审美品格更近于《笑林》。如：

一官府生辰，吏曹闻其属鼠，醵黄金铸一鼠为寿。官喜曰："汝知奶奶生辰亦在日下乎，奶奶是属牛的。"（《笑府·刺俗》）

一人不甚识字，至江心寺，见壁间写《江心赋》一篇，急走出曰："江心贼在此，不可惹他。"寺僧留之曰："此是赋，不是贼。"其人摇头曰："你虽说赋，我看他终是有些贼形。"（《广笑府》卷七《贪吝·江心贼》）

贪得无厌，为富不仁，这都是传统笑话一再讽刺的对象，现实生活中也经常有人重复表演。因此，这类笑话格外富于喜剧性，能引发读者的会心一笑。

《广笑府》卷一《儒箴》所收《赋诗》一篇，别具一种幽默感。书手之可笑，除了他开口便是"衙门气"外，还在于他心眼太"实"，过分拘泥于日常生活的真实。一定要将"清光一片照姑苏"写成"清光照姑苏等处"，这还是诗么？

4. 其他笑话作品

除了江盈科、赵南星、冯梦龙的创作之外，另有几部笑话作品也值得一提，如李贽《山中一夕话》、陆灼《艾子后语》、张夷令《迂仙别记》、钟惺《谐丛》、潘游龙《笑禅录》等。如：

一人溺入水中，其子呼人急救，许以谢仪。其父在水中伸头曰："是三分便来救，要多的不必来！"（《山中一夕话·笑倒》）

有公会而分宜（严嵩）子世蕃后至，坐间客曰：“何为来迟？”蕃曰：“偶伤风耳。”王元美唱《琵琶》语曰：“爹居相位，怎说得伤风？”（《谐丛》）

第一则讽刺人爱钱胜于爱命，死到临头还讨价还价；第二则以“伤风败俗”之“伤风”谐“伤风感冒”之“伤风”，借以讽刺奸相严嵩，都不乏机智和情趣。

潘游龙《笑禅录》则以体例的独出心裁而引人注目。他利用佛家语录的形式，前“举”后“颂”，中间插入一个“说”，以讲述笑话。如：

［举］临济示众云：“有一无位真人，常向汝等面门出入，初心未证据者看看。”时有僧问：“如何是无位真人？”济下禅床擒住，这僧拟议，济托开云：“无位真人是甚干屎橛？”

［说］一人晚向寺中借宿，云：“我有个世世用不尽的物件，送与宝寺。”寺僧喜而留之，且为加敬。至次早，请问：“世世用不尽的是么物件？”其人指佛前一树破帘子云：“此以之作剔灯棒，可世世用不尽。”

［颂曰］人人有个用不尽，说出那值半文钱；无位真人何处是，一灯不灭最玄玄。

“举”所提到的这则禅宗公案本是意味深长的。在实际生活中，一般人观看时，似乎周围的事物上面都有一个标签，一旦从标签上认出它们是什么，就不再作进一步审视。在实用性视觉中，一旦我们认出贴在事物上面的标签，就不再关心事物本身。无论哲学、逻辑学还是科学，所做的事情都是用标签将世界嵌入标本室，似乎人生只是哲学的、逻辑的、科学的，其实生活中更多一些心理体验的成分。为了创造如莺飞草长、杂花生树般生机勃勃的生活，禅宗致力于撕下林林总总的人为标签。临济为何不容僧人“拟议”呢？因为“拟议”就是逻辑和语言的干预，就是贴标签，而一旦被贴上标签，“无位真人”

便毫无价值了，只是干屎橛而已。

《笑禅录》的“举”引了禅宗公案，但作者并不关心公案的内蕴，他只是由“无位真人是甚干屎橛”，关合“一人晚向寺中借宿”所打的诳语，构成富于喜剧意味的叠印，讽刺了某种生活现象。将生活中的某些喜剧与禅宗的说法联系起来，机锋侧出，饶有韵味。对禅宗缺少了解的读者能够欣赏其中的生活喜剧，对禅宗有所了解的读者则可进一步领略禅宗公案（或妙语）与生活两相对照所产生的幽默情趣。作品具有双重审美功能。就这一点而言，《笑禅录》是胜过许多笑话集的。

第十八章 《聊斋志异》前的清代传奇

清代是中国文言小说取得全面收获的时期，传奇小说与志怪小说的成就尤为卓著。其中，传奇小说以《聊斋志异》为代表，其追随者有沈起凤《谐铎》、和邦额《夜谈随录》、长白浩歌子《萤窗异草》；晚清宣鼎的《夜雨秋灯录》，王韬的《遁窟谰言》、《淞隐漫录》、《淞滨琐话》等，亦步《聊斋》后尘。

传奇体小说是在明末至康熙年间臻于极盛的。宋、元、明三代，辞章化传奇虽绵延不断，但未能形成较大声势。历史运行到明末，辞章化传奇进入一个新的发展周期。明清之际的传奇小说家如徐芳、王猷定、魏禧、侯方域等，仅就见于《虞初新志》中的作品而言，亦足以占据一席位置。至康熙年间，中国文学史上最为杰出的传奇小说家蒲松龄脱颖而出，他以一部《聊斋志异》奠定了他本人在小说史上的地位，也奠定了清代传奇小说的地位。

明末清初传奇小说的繁荣，与其历史机遇是密不可分的。

一 清代传奇小说兴盛的历史机遇

明末清初传奇小说兴盛的历史机遇，可从三个方面来加以观照：

其一，从传奇的题材选择来看，由于它以文采风流为宗旨，特别关注爱情、豪侠、隐逸，因而要求意识形态领域有相对充分的自由，少一些拘束，多一些洒脱。或者，虽然整个意识形态领域正统气味很浓，但士大夫的文采风流却由于某些特殊原因而受到一定程度的鼓励和宽容。

明代末期，一方面，东林党和复社强调节操几乎到了偏激的程度；另一方面，党社部分成员喜以名士自居，流连声色，欣赏畸人，豪纵倜傥，不为时俗拘牵。张溥和陈子龙是晚明党社中举足轻重的人物，而他们恰是名妓柳如是最初相好和选择下嫁的对象。这既显示了柳如是对政治的浓厚兴趣，又表现出党社名流的“名士风流”。吴应箕更是典型的“狂生”。《明季南略》卷四《贵池吴应箕传》记他与“乡人”的区别：“乡之人视郡邑已阔远，绝不达国事。次尾则喜游通都间，钩致京朝兴罢，朋党始末具晓之。乡人好曲谨，拱揖问答，咸有尺寸。次尾独轻脱率己意，人斋講曲膻，而或踞坐自若，或解袜系爬搔也。又高言指斥，辞气涌射，屈一座人，人皆目为狂生，率辟去。”① 孔尚任《桃花扇》曾具体描写侯方域等高歌放谈、访翠眠香的浪漫场景。

晚明社会风气与唐传奇兴盛的贞元、元和年间有相近之处，“风流滋绮靡”，乐于为奇人奇情喝彩；明清易代，尽管清初三大儒深恶讲求趣、韵的浪漫风气，但未能遏制住这种风气的延续。清初与明末，在许多方面仍有相通之处。《四库全书总目提要》别集存目七赵宦光《牒草》条：“有明中叶以后，山人墨客，标榜成风。稍能书画诗文者，下则厕食客之班，上则饰隐君之号，借士大夫以为利，士大夫亦借以为名。”② 这类山人墨客在清初的上流社会中依旧大受推奖，比如李渔。光绪间《兰溪县志》卷五《文学门·李渔传》介绍他：“倾动一时。所交多名流才望，即妇孺皆知有李笠翁。”清初文人对于文采风流的浓厚兴趣，为传奇体小说的繁荣提供了一个适宜的环境。

其二，从传奇小说的情感力度来看，由于它强调“发愤以抒情”，因而，社会生活发生剧烈变化、知识阶层的整体情绪处于亢奋状态的背景，对于其繁荣有着直接影响。

明末清初是汉族士大夫的心灵备受煎熬的时代。清贵族入主中原，对他们是一个双重悲剧：这不是通常的改朝换代，而是异族入主

① 计六奇：《明季南略》，268页，北京，中华书局，1984。

② 永瑢等撰：《四库全书总目》，1626页，北京，中华书局，1965。

神州。因此，不仅那些受过明王朝恩宠的在朝人士创巨痛深，即使是从未出仕明王朝的在野人士也被卷进了感情的漩涡。受这一双重悲剧的刺激，顾炎武《日知录》卷十三提出了“天下兴亡，匹夫有责”的口号。在他看来，“君臣之分所关者在身，华夷之防所系者在天下”，“易姓改号，谓之亡国，仁义充塞，而至于率兽食人……谓之亡天下”。“保国者，其君其臣，肉食者谋之；保天下者，匹夫之贱，与有责焉耳矣。”① 他认为，反抗清朝统治，比一般不事二姓的感恩行动要深刻得多，是关乎天下即民族存亡的大事。确实，这一时期知识分子的民族情感是空前高昂的，一切别的情感都退居到次要地位。人们衡量一个人，首先就看他能否保持节操。

悲剧时代的民族情绪，其基本色调是凄凉。这种凄凉色调浸染了社会生活的多个层面，以至于成为时代的情感特征，随时可以察觉、体验得到。当时一些影响极大的遗民，均歌哭无端，比如归庄，明亡后，他佯狂终身：时而缁衣僧帽，时而敝衣过膝，鬓发齐腮，每至名山大川，则凭吊古今，痛哭流涕，见者多惊怪。白耷山人阎尔梅，每遇历史上的名臣，如屈原、张良等人的旧迹，辄留连数日，行吟歌哭，并几次破帽蹇驴独往京郊哭明王陵墓，徘徊穷野，神情恍惚，近似疯癫。八大山人朱耷往往“忽大笑痛哭竟日”。并非巧合，这一时期的传奇小说家，同样或自己善哭，或对悲慨的性格格外关注，似乎成了时尚。如王猷定《汤琵琶传》：“汤应曾，邳州人，善弹琵琶，故人呼为‘汤琵琶’云。贫无妻，事母甚孝，所居有石楠树，构茅屋，奉母朝夕。幼好音律，闻歌声辄哭。已学歌，歌罢又哭。其母问曰：‘儿何悲？’应曾曰：‘儿无所悲也，心自凄动耳。’”似“无所悲”而“心自凄动”，这与徐芳所说“吾侪如鸟中子规，自是天地间愁种”（王晫《今世说》卷三《言语》），情形相似。其他如吴伟业《柳敬亭传》叙柳敬亭长于“谈”，张燕筑、沈公宪长于“歌”，“三人者，酒酣，悲吟击节，意凄怆伤怀。凡北人流离在南者，闻之无不

---

① 顾炎武著，黄汝成集释：《日知录集释》，471页，长沙，岳麓书社，1994。

流涕”。周亮工《盛此公传》之盛此公，“好为诗，酒后呜呜吟不已”；方亨咸《武风子传》之武风子，“披发佯狂，垢形秽语，日歌哭行市中”；尤侗《瑶宫花史小传》之何月儿，与人“相对，多作断肠哀怨之语”；顾彩《焚琴子传》之焚琴子，“为人磊落不羁，伤心善哭”，都不妨视为一代知识分子的心灵写照。

《聊斋志异》的作者蒲松龄，当他开始传奇小说的创作时，明清之际那种强烈的民族意识已明显降温。原因之一是康熙初年全国实现了真正统一，汉族士大夫出仕清朝，已不存在节操问题；二是康熙帝大力提倡理学，推重士大夫风范，其本意是改变官场风气，却也因此将与民族感情相关的节操扭到了服务于清朝统治的轨道上；三是清廷实行了残酷的文字狱，加强对汉族士大夫思想、言论的钳制。

尽管康熙年间意识形态领域发生了重大变化，但民族意识并未销声匿迹。就是在蒲松龄的作品中，一方面有歌颂清统治者的拟表、拟判等文字，另一方面也有《林氏》、《乱离》、《野狗》、《公孙大娘》、《林四娘》等传奇小说，或明显或隐约地表示了对清朝某种程度的不满以及夹杂着人生幻灭感的怀古之情。更重要的是，由于在人生道路上屡经挫折，蒲松龄的心中充溢着悲愤和“块垒愁”。这种悲愤与明清之际的民族情感当然不同，但其间情调上的凄凉、沉郁是一致的。因此他有可能把握住明末清初传奇小说兴盛的契机，将文学史描绘得更加灿烂。

其三，从传奇小说的艺术表现来看，它是具有独特审美规范的文学样式，在形象描绘、语言风格等方面都与别的体裁有所不同，换句话说，传奇小说有自已的传统；从这个角度看，一个传奇小说家不可能凭空或一蹴而就地创作出划时代的作品，他有赖于前人的积累和周围的环境。蒲松龄之成为这一时期最杰出的传奇小说家，不是一个偶然现象。较早或同时的若干作家给他的启示和激发不能忽略：

一是张潮(《虞初新志》的编者）等人对传奇小说审美规范的认识。1. 张潮认为，传奇小说多借“才子、佳人、英雄、神仙”等“幽奇”题材抒写“感愤”。《虞初新志·凡例十则》云：“鄙人性好幽奇，衷多感愤。故神仙英杰，寓意《四怀》；外史奇文，写心一启

（予向有才子、佳人、英雄、神仙《四怀诗》及《征选外史启》）。生平罕逢秘本，不惮假抄；偶尔得遇异书，辄为求购。"① 虽然是从选家的角度谈看法，但与创作是相通的。《虞初新志·总跋》又说："予辑是书竟，不禁喟然而叹也，曰：嗟乎！古人有言：'非穷愁不能著书以自见于后世。'夫人以穷愁而著书，则其书之所蕴，必多抑郁无聊之意以寓乎其间。读者亦何乐闻此如怨如慕、如泣如诉之音乎？予不幸，于己卯岁误堕坑井中，而肺腑中山不以其困也而贯之，犹时时相噱啮，既无有有道丈人相助举手，又不获遇聂隐娘辈一泣愬之，唯暂学'羼提波罗蜜'，俟之身后而已。于斯时也，苟非得一二奇书消磨岁月，其殆将何以处此乎？然则予第假读书一途以度此穷愁，非敢曰唯穷愁始能从事于铅椠也。"② 以"穷愁"与"聂隐娘辈"相联系，大可玩味。蒲松龄《聊斋自志》自道家门，说是借"幽冥之录"抒发"孤愤"，与张潮的见解一脉相承。2. 张潮认为，传奇小说铺叙宜"详"。《虞初新志·凡例十则》："一事而两见者，叙事固无异同，行文必有详略。如《大铁椎传》，一见于宁都魏叔子，一见于新安王不庵。二公之文，真如赵璧隋珠，不相上下。顾魏详而王略，则登魏而逸王。只期便于览观，非敢意为轩轾。"③ 传统古文作家看重文体之间的界限，比如词曲的话不能入诗，小说的话不能入文，甚至佛经语、宋人语录之语也不能入文；散文贵简，贵洁，贵雅，贵健，而简洁是雅健的前提。张潮却推崇繁，推崇详，这就将传奇小说与叙事古文区别开来。古文太矜持，传奇小说则不必拿身份。张潮的这一观点，当然不足以惊世骇俗，但确实冲破了叙事古文规范的束缚。其他如钮琇好"点缀敷衍"，也反映了时代风气。蒲松龄写作《聊斋志异》，铺叙綦详、热衷藻绘构成一个特征，以至于为纪昀所挑剔，连袁枚也批评《聊斋》过于"繁衍"。

二是艺术形象描绘的经验积累。《聊斋》"用传奇法，而以志

① 张潮辑：《虞初新志》，卷首，石家庄，河北人民出版社，1985。
② 张潮辑：《虞初新志》，卷首，石家庄，河北人民出版社，1985。
③ 张潮辑：《虞初新志》，卷首，石家庄，河北人民出版社，1985。

怪”，多写仙、鬼、怪（尤其是狐狸），这涉及幻化描写的传统；而仙、鬼、怪所扮演的社会角色，大抵是佳人、豪侠、隐士，这又关系到畸人性格的刻画。因此，我们的考察应该兼顾两个方面。蒲松龄的幻化描写，照鲁迅《中国小说史略》的看法，与明末小说家路数有别：“明末志怪群书，大抵简略，又多荒怪，诞而不情，《聊斋志异》独于详尽之外，示以平常，使花妖狐魅，多具人情，和易可亲，忘为异类，而又偶见鹘突，知复非人；如《狐谐》言博兴万福于济南娶狐女，而女雅善谈谐，颠倒一坐，后忽别去，悉如常人；《黄英》记马子才得陶氏黄英为妇，实乃菊精，居积取盈，与人无异，然其弟醉倒，忽化菊花，则变怪即骤现也。”① 但从感情寄托的角度来看，《聊斋》与明末清初的志怪性传奇却又非常接近，即都经常发挥人不如兽、狐鬼可亲等愤世嫉俗的意想。以《虞初新志》所收的作品为例，卷七《义犬记》：“予既悲客，又甚羡客之有是犬也而胜人也。”卷十《烈狐传》：“狐淫兽也，以淫媚人，死于狐者，不知其几矣。乃是狐竟能以节死！呜呼！可与贞白女子争烈矣！”其他如卷十一《义牛传》、卷十二《孝犬传》也均以“世之人不若者众矣”为宗旨。这种构思虽较《聊斋》粗糙，但其内在精神则是一致的；蒲松龄写了那么多可亲可敬的狐女鬼友，绝不是飞来峰，其继承发展，有迹可寻。

《虞初新志》展示的主要是畸人的群像。佳人系列有小青（佚名《小青传》）、董小宛（张明弼《冒姬董小宛传》）、陈小怜（杜浚《陈小怜传》）、柳如是（徐芳《柳夫人小传》）、王翠翘（余怀《王翠翘传》）、陈圆圆（陆次云《圆圆传》）、崔莹（黄周星《补张灵、崔莹合传》）、李香（侯方域《李姬传》）、姗姗（黄永《姗姗传》）等。豪侠系列有大铁椎（魏禧《大铁椎传》）、徐霞客（钱谦益《徐霞客传》）、柳敬亭（吴伟业《柳敬亭传》）、汪十四（徐士俊《汪十四传》）、李一足（王猷定《李一足传》）、髯樵（顾彩《髯樵传》）、二剑侠（王士祯《剑侠传》）、王义士（陈鼎《王义士传》）、髯参军

① 鲁迅：《中国小说史略》，147 页，上海，上海古籍出版社，1998。

（徐瑶《髯参军传》）、吴六奇（钮琇《记吴六奇将军事》）、名捕妇（姚伯祥《名捕传》）等。隐逸系列有武恬（方亨咸《武风子传》）、卖酒者（魏禧《卖酒者传》）、一瓢子（严首升《一瓢子传》）、卖花老人（宗元鼎《卖花老人传》）、鲁颠（朱一是《鲁颠传》）、高眬（朱一是《花隐道人传》）、爱铁道人（陈鼎《爱铁道人传》）、八大山人（陈鼎《八大山人传》）、陈洪绶（毛奇龄《陈老莲别传》）、刘酒（周亮工《刘酒传》）等。《聊斋志异》的基本形象系列与之是一致的。

《虞初新志》写佳人，写豪侠，写隐逸，以"奇"作为他们的共同点。张潮的篇末评语一再对此加以强调，如："叙次生动，觉奇人奇情跃跃纸上。"（《徐霞客传》）"古今盲而能文者，自左卜以下，推吾家张籍，今得此公，亦不寂寞矣。然诸人仅工诗文，而此公复能书，则尤奇也。"（《盛此公传》）"吾乡有此异人，大足为新安生色。而文之夭矫奇恣，尤堪与汪十四相副也。"（《汪十四传》）蒲松龄的传奇集以"志异"为名，除了包含志怪的含义外，也包含了对于畸人的重视。明末清初传奇小说家积累起来的形象描绘的经验对于蒲松龄是有启发意义的。

《虞初新志》中的佳人以名妓格外出色，而名妓与名士之间的关系，既涉及男女风情，又兼具师友之谊，所以给人风流倜傥之感。比如柳如是与钱谦益："柳既归宗伯，相得欢甚，题花咏柳，殆无虚日。每宗伯句就，遣鬟矜示柳，击钵之顷，蛮笺已至；风追电蹑，未尝肯地步让。或柳句先就，亦走鬟报赏，宗伯毕力尽气，经营惨淡，思压其上，比出相视，亦正得匹敌也。"（徐芳《柳夫人小传》）

这种以才情为依托的缘分，后来蒲松龄屡予渲染。陈寅恪《柳如是别传》第三章指出："河东君及其同时名姝，多善吟咏，工书画，与吴越党社胜流交游，以男女之情兼师友之谊，记载流传，今古乐道。推原其故，虽由于诸人天资明慧，虚心向学所使然，但亦因其非闺房之闭处，无礼法之拘牵，遂得从容与一时名士往来，受其影响，有以致之也。清初淄川蒲留仙松龄《聊斋志异》所记诸狐女，大都妍质清言，风流放诞，盖留仙以齐鲁之文士，不满其社会环境之限制，遂发遐思，聊托灵怪以写其理想中之女性耳。实则自明季吴越胜流观之，此辈狐女，乃真实之人，且为篱壁间物，不待寓意游戏之文，于梦寐中以求之也。若河东君者，工吟善谑，往来飘忽，尤与留仙所述之物语仿佛近似。"① 蒲松龄的创作动机是否一定在于不满于齐鲁的"社会环境"，还可存疑；但《聊斋》狐女与明末清初传奇小说中的名妓之间的相似，确是一清二楚的。

《虞初新志》中的名士痴于情、深于情。董小宛殁后，"辟疆哭之曰：'吾不知姬死而吾死也！'""千古神伤，实堪令奉倩、安仁阁笔也。"（张明弼《冒姬董小宛传》）张灵因思念天各一方的崔莹，呕血不止，三日后去世。（黄周星《补张灵、崔莹合传》）太恨生因情痴而得心疾。（徐瑶《太恨生传》）蒲松龄所迷恋的情痴与之属于同一类型。

《虞初新志》中的豪侠、隐士，畛域不甚分明：或由侠而隐，或亦隐亦侠，他们之间并无截然的区别。陈寅恪为陈垣《明季滇黔佛教考》作序，说："明社既屋，其地之学人端士，相率遁逃于禅，以全其气节，今日追述当时政治之变迁，以考其人之出处本末，虽曰宗教史，未尝不可作政治史读也。"惟其如此，所以隐居是性情激烈的一种表示，这就通于侠了。比如花隐道人，"慕朱家、郭解为人，尚侠轻财，急人困。然砥行，慎交游"；明末乱起，"知事不可为"，遂"蠖伏自污"。髯参军数救人于危难之中，然反感"某相国"，不期于用世。能够概括这些人行为特征的是八个字：寓悲愤于狂诞之中。爱铁道人事事与常人异："冬夏无衣裤，唯以尺布掩下体。不火食，所食者，瓜蓏蔬果。""性爱铁，见铁辄喜，必膜拜，向人乞之。头项肩臂以至胸背腰足，皆悬败铁，行路则铮铮然如披铠。"但在这种看似矫揉造作的举止背后，却是深重的亡国之痛；佯狂不仕体现的是凛然的民族节操；作为其气节象征的一个细节是："嗜饮，市人争醉以酒。妇人持酒与，则倾泼不饮。或诘之，则厉声曰：'若不闻孟圣人云：男女不亲授受乎？'"狗皮道士等与之相近。《聊斋》的男主角亦

① 陈寅恪：《柳如是别传》，75 页，上海，上海古籍出版社，1980。

多“狂生”，豪放不羁，无视礼法，虽然情感内涵已有不同，但其在生活中的外延则是相近的。上述诸例可以说明，明末清初的传奇小说尽管不如《聊斋》成熟，但为蒲松龄提供了攀登高峰的台阶。

二 古文家的传奇

明末弥漫天下的传奇风韵，易代之后，仍未衰歇。但应该指出：在蒲松龄之前，清初文坛上没有产生以传奇小说创作为其基本文学事业的作家。他们被人称为传奇小说的作品，常常是由叙事性的古文或笔记变异而成。古文或笔记何以在他们手中被有意无意地写成了传奇呢？黄宗羲《论文管见》的一段话泄露了此中秘密：

> 叙事须有风韵，不可担板。今人见此，遂以为小说家伎俩。不观《晋书》、《南北史》列传，每写一二无关系之事，使其人之精神生动，此颊上三毫也。史迁《伯夷》、《孟子》、《屈贾》等传，俱以风韵胜，其填《尚书》、《国策》者，稍觉担板矣。①

偏爱“风韵”而不太看重文体之间的区别，小说情趣侵入古文或笔记的领地，就不足为怪了。

清初古文家汪琬《钝翁前后类稿》卷四八《跋王于一遗集》的一段话也不宜草草读过：

> 小说家与史家异。古文辞之有传也，记事也，此即史家之体也。前代之文，有近于小说者，盖自柳子厚始，如《河间》《李赤》二传、《谪龙说》之属皆然。然子厚文气高洁，故犹未觉其

---

① 黄宗羲著，陈乃乾编：《黄梨洲文集》，481页，北京，中华书局，1959。

流宕也。至于今日，则遂以小说为古文辞矣。①

汪琬是反对“以小说为古文辞”的。但他这种强烈的不满却正表明，当时用传奇笔法写叙事古文的，确乎不乏其人。

《虞初新志》所收的传奇小说，大多出于古文家之手，如魏禧、王猷定、侯方域、徐芳、周亮工等。其创作年代明显早于《聊斋志异》。

1. 王猷定《汤琵琶传》等

王猷定（1598～约1662年），字于一，号轸石，江西南昌人。明末贡生。曾参史可法军幕。入清，绝意仕进。晚寓浙中西湖僧舍。工诗。尤长古文，勃勃多奇气。有《四照堂集》。《虞初新志》收录他的《汤琵琶传》（卷一）、《李一足传》（卷八）、《孝贼传》（卷八）、《义虎记》（卷四）等作品，一向被视为传奇小说。李良年《秋锦山房集》卷三《论文口号》之六云：“于一文章在人口，暮年萧瑟转唏嘘。‘琵琶’‘一足’荒唐甚，留补《齐谐》志怪书。”② 批评它们荒诞无稽，只能算是小说，而不是严格的古文。撇开李良年的贬抑态度，他倒是准确地揭示了这些作品的文体特性。

《汤琵琶传》叙明末清初琵琶艺人汤应曾，所弹古调有惊天地、泣鬼神之效，却“世鲜知音”。一老猿变成的孀妇为其琵琶哀曲所感动，愿嫁他，并为他孝养老母。汤辞家前往湘鄂，一夜舟泊洞庭，有老猿跳入舟中哀号，天明，抱琵琶入水而没。汤归家，知妻已死，自此颓唐自放，流落淮浦，不知所终。

《汤琵琶传》传达出作者满怀抑塞凄凉的情绪。他写“沦落不偶

---

① 钱钟书《林纾的翻译》一文提到：“其实方苞早批评明末遗老的‘古文’有‘杂小说’的毛病，其他古文家也都提出‘忌小说’的警告。”并在此处加了一条注释，详细列举了陈令升、彭士望、李良年、汪琬等人的相关评论。参见《钱钟书散文》，295页，杭州，浙江文艺出版社，1997。

② 李良年：《秋锦山房集》（《四库全书存目丛书》集部251册），43页，济南，齐鲁书社，1997。

而叹息于知音”的汤应曾，不仅突出了他“无所悲而心自凄动”的特殊性格，不仅交代了其演奏“使闻者始而奋，既而恐，终而涕泣之无从也”的魅力，还构想了一段传奇性的情节：他惟一的知音，不在人间，而是一只老猿；老猿幻化为孀妇，与汤结为患难夫妻，却因汤应曾长年在外飘泊，思念成疾而死。于是他惟一的知音失去了，于是他“惆怅不复弹”。

《李一足传》叙一足幼时，其父为里豪殴死；一足成年后，与弟持梃奋击里豪，并因此亡命他乡。明亡，一日端坐而逝。小说着力刻画一足“亦孝子，亦侠客，亦文人，亦隐者，亦术士，亦仙人”的形象，① 与《汤琵琶传》一样，弥漫着浓郁的神秘氛围，如：

> 其弟自母丧，不知所在。一日欲寄弟以书，属韩氏兄弟投汴之通衢。韩如其言，俄一客衣白袷，幅巾草履，貌与一足相似，近前揖曰：“我张太羹也，兄书已得达。”言讫不见。

这都是令人深感奇怪的：本来姓李，为何忽然姓张了？好容易见面，理当畅叙别情，怎么仅讲那么一句？“言讫不见”，行踪飘忽，愈显得荒诞。神秘，这是王猷定所钟情的一种美。

2. 黄周星《补张灵、崔莹合传》

黄周星（1611～1680 年），字景虞，号九烟、而庵，上元（今江苏南京）人。一说江夏（今湖北武昌）人。明毅宗崇祯十三年（1640 年）进士。授户部给事中，不就职。明亡不仕，隐居于浙江湖州府南浔镇，更名黄人，字略似，号半非，又别号圃庵、汰沃主人、笑苍道人等。七十岁时自沉南浔河而死，以表达对时事的愤激之情。有《九烟先生遗集》等。《虞初新志》卷十三收入他的《补张灵、崔莹合传》。

---

① 《李一足传》篇末张潮评语，见张潮编：《虞初新志》，143 页，石家庄，河北人民出版社，1985。

张灵是唐寅、祝允明的同时代人，与唐、祝交谊颇深。朱承爵《存余堂诗话》、俞弁《逸老堂诗话》卷上、王世贞《艺苑卮言》卷六、钱谦益《列朝诗集小传》丙集等对其人其诗均有所记载，《补张灵、崔莹合传》即据以敷衍，并参考了若干民间稗乘如《十美图》。小说叙明正德间吴县才子张灵，放浪形骸，以为古今才子佳人惟太白、莺莺足以当之。与乘船路过此地的崔素琼一见钟情，别后日夜思念，忧郁而死。崔专程来吴吊唁张灵，自缢以殉。唐寅将二人合葬，题云“明才子张梦晋佳人崔素琼合葬之墓”。一张一崔，与《西厢记》中的张生、崔莺莺对应。但《补张灵、崔莹合传》的命意则大不同于《西厢记》，而隐隐约约具有某种象征意味。作者在结尾感慨说：“张以情死，崔以情殉，初非有一词半缕之成约，而慷慨从容，等泰山于鸿毛，徒以才色相怜之故。推此志也，凛凛生气，日月争光，又远出琴心犊鼻之上矣！”仿刘安评屈原之语立论，似有意引导读者作比兴的解读。小说中的不少片断，只有在赋予象征意味的前提下，才会感到自然，如“张以情死”一节：

> 至是忽闻六如至，乃从榻间跃起，急叩豫章佳人状。六如出所摹“素琼图”示之。灵一见，诧为天人，急捧至案间，顶礼跪拜。自陈“才子张灵拜谒”云云。已闻莹已入宫，乃抚图痛哭。六如复出莹所题《行乞图》示之。灵读罢，益痛哭，大呼：“佳人崔素琼！”随踣地呕血不止。家人拥至榻前，病愈甚。三日后，邀六如与诀曰：“已矣唐君！吾今真死矣！死后，乞以此图殉葬。”索笔书片纸云：“张灵，字梦晋，风流放诞人也，以情死。”遂掷笔而逝。

如以日常生活作为参照系，我们会感到笔墨有夸大其词之嫌；但如以明清易代之际诸多遗民（如归庄等）歌哭无端的举止为参照，便觉得恰到好处。也许，《补张灵、崔莹合传》寄寓了黄周星对故国故君的一份忠贞之情。

3. 徐芳《雷州盗记》等

徐芳，字仲光，号拙庵、愚山子。江西建昌府南城人。崇祯十三年（1640 年）进士，曾任山西泽州知州。明亡，隐居不仕。著有《诺皋广记》、《松明阁诗选》、《悬榻编》等。《虞初新志》收录了他的《神钺记》（卷四）、《柳夫人小传》（卷五）、《换心记》（卷五）、《乞者王翁传》（卷五）、《雷州盗记》（卷五）、《化虎记》（卷七）、《义犬记》（卷七）、《奇女子传》（卷七）等作品。

徐芳生当明清易代之际，地覆天翻，其心理结构的时代特征异常鲜明：一是对于节操（包括忠、孝、节、义等伦理规范）的热烈呼唤，如《神钺记》之惩"不孝子"，《柳夫人小传》之赞殉节，《义犬记》之倡义；一是愤世嫉俗，尤痛恨那些把国家弄糟的达官贵人，而将同情与赞美奉献给卑贱者甚至异类。《乞者王翁传》在介绍了王姓乞丐拾金不昧的举动后，大笔一振，议论道：

> 今之读书明礼义，据地豪盛，长喙铦距，择弱肉而食之，至于冤楚死丧，宛转当前而不顾者，盖有之矣，况彼遗而我遇，取之自然者乎？吾故不敢鄙夷于乞而直翁之。夫乞而贤，即翁之可也。

言外大有愤世之意。

《雷州盗记》可视为对温庭筠《乾𦠆子·陈义郎》、皇甫氏《原化记·崔尉子》的反仿。情节颇为单纯："崇祯初，金陵人某以部曹出守，舟入江遇盗。知其守也，杀之，并歼其从者，独留其妻女。以众中一最黠者为伪守，持牒往，而群诡为仆，人莫能察也。抵郡逾月，甚廉干，有治状，雷人相庆得贤太守。"后案发被擒。

作者的旨意是什么呢？无非说做官的比强盗还坏。这话当然太偏激，但明末官场如此腐败，往往使人很难平心静气地表达意见。这样解读《雷州盗记》，方能切中其旨趣。

4. 周亮工《盛此公传》等

周亮工（1612~1672 年），字元亮，一字缄斋，号栎园，又称栎下老人，学者称栎下先生。祥符（今河南开封）人。明崇祯十三年（1640 年）进士，官至监察御史。明亡，南奔福王。清兵下江南，投降，历任福建左布政使、户部右侍郎等。曾被劾入狱，旋于顺治十八年（1661 年）获释复职；又因事拟绞，遇赦获免。亮工博学多才，工诗文，热心于著述和刻书。有《赖古堂文集》、《诗集》、《书影》等。《虞初新志》收录了他的《盛此公传》（卷一）、《书戚三郎事》（卷七）、《书钿阁女子图章前》（卷十五）、《书王安节、王宓草印谱前》（卷十五）、《书姜次生印章前》（卷十五）、《因树屋书影》节选（卷十六）、《刘酒传》（卷十六）、《唐仲言传》（卷十六）、《李公起传》（卷十六）。

《盛此公传》叙南陵人盛于斯见天下将乱，散金结客，欲大有作为，遂“为广陵儿所绐”，损失了大量家产；后因病目盲，仍潜心于读书作文，且书法较从前更胜。小说写盛此公的性情、风采，用笔如颊上三毫，能以少许胜人多许，如：

> 抗爽好交。邑里人才智咸出此公下，此公乃以为无足语，去而之秣陵，欲尽交东南士；东南士亦愿交此公。此公以为：“世且乱，吾当见天子，慷慨言当世事。彼经生何足语，会求其人于屠狗间。”于是益散金结客，遂为广陵儿所绐。

一个慷慨自负、以英雄自许却被小人所玩弄的书生形象，在作者惋惜的语调中真切地呈现在读者眼前。不拔高，不虚饰，而又依然洋溢着关切之情，作者的笔力堪称雄健。

周亮工热心于为那些有一技之长的民间艺术家立传，如《书钿阁女子图章前》记“工图章”的钿阁女子，《书王安节、王宓草印谱前》记工印谱的王氏兄弟，《书姜次生印章前》记“酒外惟寄意图章；得酒辄醉，醉辄呜呜歌元人《会稽太守词》”的姜次生；《刘酒传》记“刘酒自画之外，无非酒者，其名酒，其款酒，其死亦酒”（文末张潮评语）。诸如此类，俱见作者目光所注，不在上层，而在民间。

《书戚三郎事》选自《书影》卷五，叙清初江阴城溃，戚三郎身受重伤，被弃于关帝庙前，其妻被掳走；因二人笃信关帝，乐善好施，得关帝默佑，终于团圆。小说情节曲折，含蓄地抨击了清兵杀戮抢掠的罪行。场面描写亦颇见功力，如戚氏夫妇数经周折终于相见的情形：

> 戚见妇，惊悸错愕，未敢往就，摇摇不知悲。其子见母出，突奔母怀，仰视大痛。妇亦俯捧儿，哭失声。戚至是始血泪迸落。

戚三郎经历了太多的失望与挫折，他没有想到此生还能真的见到妻子，一种恍然如梦的感觉使他不敢断然相信眼前的情境竟是实实在在的，故“惊悸错愕，未敢往就，摇摇不知悲”。而其子年幼，单纯的心灵未受思虑干扰，故一见即“突奔母怀，仰视大痛”。身为母亲，“俯捧儿，哭失声”则是合情合理的连锁反应。这样一些细微的差别，周亮工能准确描绘出来，亦足见其笔力不俗。

5. 侯方域《马伶传》等

侯方域（1618～1654年），字朝宗，河南商丘人。早年以诗与时文名海内，与方以智、陈贞慧、冒襄称明末“四公子”。曾主盟复社，致书痛斥阉党阮大铖，因遭受迫害，四处逃避。入清后，不耐寂寞，应顺治八年乡试，中副榜。其古文流畅通达，气势颇盛，但深厚蕴藉不足。与魏禧、汪琬齐名。亦能诗。有《壮悔堂文集》、《四忆堂诗集》。《虞初新志》收录他的《马伶传》（卷三）、《郭老仆墓志铭》（卷六）、《李姬传》（卷十三）。

《马伶传》记金陵梨园部一位姓马的演员（马伶）在一次竞赛中饰演严嵩，输给一位姓李的演员（李伶）。马伶发愤图强，求为宰相顾秉谦门卒，“察其举止，聆其言语，久乃得之”。三年后，再与李伶较艺，“李伶忽失声，匍匐称弟子”。

这一故事有着明显的政治蕴涵。在明末社会生活中，东林党与魏阉的对立构成其主体内容。按照美国学者司徒琳《南明史》的描述，东林党主要是一群“理想主义”者，而依附权阉魏忠贤的则主要是一群“现实主义”者。前者言词犀利，后者应事老练。在如何克服人性弱点的问题上，前者大致认为人人可臻于至善——至少可以很大改善——经过灵魂的或意志的悔过而达到。他们改造人的举止修养的入门是伦理的教诲和劝戒。而后者对同事或上司做人的短处无论怎样都更倾向于容忍。他们办事顺利的捷径是对此多所迁就或有意利用。二者的矛盾在不间断的冲突中愈演愈烈，终于成为水火不容的两大派系。

侯方域是复社四公子之一。复社的立场与东林党一致，可视为东林党的后裔。昆山人顾秉谦则因依附魏忠贤而登相位，是魏忠贤的党羽。侯方域写《马伶传》，即意在讥弹顾秉谦。试想：扮演严嵩的马伶，正是以顾秉谦作为标本，刻意向他模仿，才使表演达到了极致，这不恰好说明，顾秉谦就是严嵩第二吗？所以侯方域说：“见昆山犹之见分宜也。”（严嵩是江西分宜人）

当然，就一般读者而言，体会到的则是另一种意义，即：只要专注于某一项事业，就一定能有所成就；艺术家应该多观察生活，体验生活，以提高自己的表演水平。故张潮评曰：“予素不解弈，不解歌，自恨甚拙，因从学于人。虽不能工，然亦自觉有入门处。乃知艺无学而不成者。观马伶事益信。”

《李姬传》记侯方域与李姬的情缘，作为孔尚任《桃花扇》的重要参考资料，为众多读者所熟知。在对李姬的记叙中，侯方域突出了她虽为青楼女子，却甚注重名节的性格特点。比如，阉党阮大铖托王将军以重金拉拢方域，李姬私下对方域说：“妾少从假母识阳羡君（指复社四公子之一陈贞慧），其人有高义，闻吴君尤铮铮。今皆与公子善。奈何以阮公负至交乎？且以公子之世望，安事阮公？公子读万卷书，所见岂后于贱妾耶？”又曾因歌《琵琶词》而提及“尝昵董卓”的蔡邕，劝方域“终自爱”，勿与阉党同流合污。这些地方，都见出侯方域作品的主旨所在。

6. 魏禧《大铁椎传》等

魏禧（1624～1680年），字叔子，一字冰叔，号裕斋，又号勺庭。江西宁都人。明末诸生。明亡，绝意仕进，隐居翠微峰。为“易堂九子”之首，与兄际瑞、弟礼号称“三魏”。有《魏叔子集》。《虞初新志》收入了他的《姜贞毅先生传》（卷一）、《大铁椎传》（卷一）、《卖酒者传》（卷三）、《吴孝子传》（卷八）等作品。

魏禧、侯方域、汪琬是清初齐名的三大古文家，而魏禧的风格较为奔放。这与他的文学主张有关。在《甘健斋轴圆稿序》中，他划分了三种文：“简劲明切，作家之文也；波澜激荡，才士之文也；纡徐敦厚，儒者之文也。”① 和多数古文家一样，他也赋予“儒者之文”以最高地位，但他并未因此抑制自己对于气势的兴趣。由于追求“气盛”，魏禧的叙事性古文便自然轶入了传奇小说一途。《大铁椎传》是其名篇。一个剑侠式的人物，胆识兼具，却“泯泯然不见功名于世”，作者藉此表达了他对人不能尽其才的明末现实的悲愤。大铁椎与“诸响马”决斗的场面，气盛言宜，尤其精彩。

《卖酒者传》以“匪惟长者，抑亦智士”的“卖酒者”为传主，着力在琐屑的小事中展现传主风采，写出了人物的个性。《姜贞毅先生传》以“为朝廷任大事”的姜埰为焦点，笔力遒劲，字里行间流动着无限感慨。

7. 其他传奇性叙事古文

在《虞初新志》中，除了以上篇目外，另有一些作品也较为出色，如张明弼《冒姬董小宛传》、吴伟业《柳敬亭传》、余怀《王翠翘传》、彭士望《九牛坝观牴戏记》、王晫《看花述异记》等；有些

---

① 郭绍虞主编：《中国历代文论选》第三册，312页，上海，上海古籍出版社，1980。

作品，因产生年代稍晚（略与《聊斋志异》同时），未能收入《虞初新志》，亦堪称珍品，如严虞惇《艳囮》、墅西逸叟《过墟志感》等。它们为《聊斋志异》的生长，创造了一个合适的生态环境。

张明弼（1584～1652年），字公亮，号琴牧子，江苏金坛人。明末复社成员。明亡不仕。有《萤芝集》、《榕城集》等。所作《冒姬董小宛传》，记董小宛和冒辟疆事，颇受后世瞩目。

彭士望（1610～1683年），字躬庵，一字树庐，江西南昌人。明末黄道周蒙冤下狱，士望竭力营救，险遭不测。明亡，与魏禧兄弟同隐于翠微峰，为"易堂九子"之一。有《耻躬堂集》。《九牛坝观牴戏记》见《易堂九子文钞·彭躬庵文钞》，《虞初新志》卷二亦收入。

本篇具体详实地记述了乡村中的一次杂技表演，并由此而生发出无限感慨。

中国传统文学，倘要根据作者的动机来划分，可以大体上分为两类：骂世文学和淑世文学。创作淑世文学的，受儒家的熏陶较深，希望他的作品发挥移风易俗的作用，如班固、杜甫、高明、纪昀等；创作骂世文学的，受道家影响较大，旨在抨击和讽刺生活的阴暗面，他们往往不避偏激，有种纵酒放歌、牢骚发尽的意味，如屈原、司马迁、李白、蒲松龄等。《九牛坝观牴戏记》属于骂世文学一类。彭士望所写的这些闯荡江湖的艺人，在他那个时代，是被视为社会不安定因素的。负有守土之责的官员，有必要密切关注其动向，并对其活动范围加以限制。所以，张潮编《虞初新志》，虽然选了本篇，但却在评语中郑重指出："此技即俗所谓'踹索'者。予尝谓此等人必能作贼，有守土之责者，宜禁止之；纵不欲绝其衣食之路，或毋许入城，听于乡间搬演可耳。"张潮的这种顾虑，对于意在寄愤的彭士望来说，则不必放在心上。骂世的作家，不妨说些过头话。

彭士望想发什么牢骚呢？简单地说，即批评居上位者不重视人才。王安石曾在《读孟尝君传》中鄙薄孟尝君说："鸡鸣狗盗之出其门，此士之所以不至也。"① 彭士望却以为"鸡鸣狗盗之出其门，益

① 吴楚材、吴调侯选注，安平秋总校：《古文观止》，479页，北京，中华书局，1987。

足以致天下奇士”。何以这样说呢？彭士望举“千金市死马之骨”的典故来证明这一点。他以为，这些闯荡江湖的艺人，当然只是“鸡鸣狗盗”这一等级的人才，不过，倘若国家能礼遇他们，那么，更出色的人才就会踊跃报效国家。这情形正和燕昭王礼遇郭隗相仿。一个不能为“奇士”提供用武之地的社会是很糟糕的。比如，宋代的张元、吴昊，都是陕西才士，宋朝不能用他们，致使他们为西夏所用，成为威胁宋朝的劲敌。彭士望举张元、吴昊的例子，也许是有感于明末才士无路的状况。

小说叙事明净而描写细腻，表现出把握场面的能力。

严虞惇（1650~1713年），字宝成，号思庵。江苏常熟人。康熙进士，历任翰林院编修、大理寺副、太仆寺少卿等职。有《严太仆集》。所作《艳囮》二则，题“严思庵先生闲笔”。有《说库》本、《香艳丛书》本。据其文末跋语，故事来源于扬州旅店主人。

小说的背景是明清易代之际。“明万历之末，上倦于勤，不坐朝，不阅章奏，辇下诸公亦泄泄沓沓然，间有陶情花柳者。一时教坊妇女，竞尚容色，投时好以博资财，后且联布羽党，设局诓骗，妙选姿色出众者一人为囮，名曰打乖儿。其共事者，男曰帮闲，女曰连手。必择见影生情撮空立办者，与之共事，事成计力分财，而为囮者独得其半。于是构成机巧，变幻百出，不可究诘。”正文共有二则，第一则写京师名妓罗小凤骗徐少司空之子，第二则写小凤之嫂罗二娘骗陈锡元兼及罗小凤结局。情节曲折，叙事生动，具有较高的技巧。《说库》收入《艳囮》，其提要曰：“此述明季京师妖伎罗二娘、罗小凤以色饵人事，用意之巧妙，布阵之迷离，文能曲曲达出，亦平康中别开生面之骗局也。”所评颇为恰切。

《过墟志感》，作者墅西逸叟，主要活动于康熙年间。《申报馆丛书》本、《虞初广志》本题为《过墟志》。《虞阳说苑甲编》本题《过墟志感》，二卷，首有《过墟志感序》，落款为“康熙岁次丙辰中秋望墅西逸叟书于坐忘轩”。序云：“昌黎传圬者王承福，述其言曰：吾入富贵之家，有一至者焉，又往过则为墟矣。有再至三至者焉，又往过则为墟矣。盖丰悴去来，盈虚倚伏，是乃天道。又况积不善之家，尤招祸速而报不爽哉。”序文点明了小说的主旨：既寓盛衰无常之意，又兼示因果报应之不爽。小说的描写确实贯彻了这一主旨：黄家盛时，“高闬厚垣，楼房盘亘，其厅亭壮丽，拟严文靖相国家规制”。黄家衰时，竟至“墓木已刊，一望皆原隰，黄氏兆域，无由别识”。一盛一衰，对比分明。作者将黄氏的衰败归因于其人品卑劣：黄亮功之祖黄元，“积资累万者，非由躬稼穑，亲服贾，勤苦中得，乃敲人骨，吸人髓，敛怨两世而积也”；黄亮功之父黄洪，“恃其拳勇，酗酒渔色，乡人目为黄二伤司，谓触之祸立至也”。黄亮功本人，“比祖、父稍为敛迹，然计升斗，权分毫，刻剥穷民，专图利己”。祖孙父子，为人如此，其家业之衰败，照作者的看法，正是因果昭彰，理所当然。

同治年间，毛祥麟编著《墨余录》，卷五收入本篇，但改题为《孀姝奇遇》。“孀姝”指刘三秀，很显然，毛氏并不聚焦于黄家兴衰，而更为关注黄亮功的孀妇刘三秀。这表明，《过墟志感》包含了另一重主题，即对人物离奇命运的兴趣：刘三秀初嫁黄亮功，刘兄之子七舍暴戾无礼，一再加害于刘，致使她被清兵掳走。刘被掳后，为“入关时”“从龙第一功臣”选中，不久成为王妃。“刘以失节妇，贵在王后之下，一品夫人之上，乃倾侧摧挫于难妇宫婢中而得之。噫，奇矣！”因祸而得福，因种种摧挫而出人头地，其命运因其反常而显得离奇。

小说长于刻画人物性格。如刘三秀的二兄刘肇周，“狡黠嗜利”，阴险可畏。黄亮功谋娶刘三秀，三秀长兄力阻，肇周却为了四十两银子的酬金，借口朝廷正搜采民女，自作主张将三秀匆匆嫁黄。三秀被掳，长兄生怕她失节，肇周却写信“盛言王厚恩，选其寒微，不遗荆布”，“妹固女中智士，匹夫小谅，宜所不为”，怂恿她早“膺奇福”，“使我两兄亦叨庇荫”。一伯一仲，在对比中显出性格的差异。

再如刘三秀。她心高气傲，不为人下。被掳后，某王命刘侍寝，刘“大号且泣”，抗拒不从，并非为了守节，而意在获得一种身份，即她给女儿信中所说：“彼若辱我下陈，使以鞭箠，非口唾其面，即头撞其胸，虽粉吾骨不辞也。吾秉性高抗，不肯下人，拼却一死，彼且奈何我?”所以，当“王赐刘金凤冠一品命服”后，她便不再忸怩。工于心计，才干明敏，“遇事无不咄嗟立办”也是她的性格特征之一。“时值岁饥，乡间富家囤米者，往往为穷民攘夺，刘反用穷民力，竟无攘者。”原因在于，她广施小恩小惠：“杀鸡宰豕，遍召乡里贫农，得二百余人，饫以酒肉，呼至前，举其积年债券，尽为烧之”，“复开仓廪，人给米二斗，麦半之，棉花五斤，菽五斤”，故众人皆愿为之效力。《过墟志感》写出这样性格复杂的人物，仅此一点，也足以自豪了。

三 笔记中的传奇

古文家有意无意地创作出传奇小说，几位笔记作者如钮琇、王士祯等也是如此。他们不愿谨守志怪小说或轶事小说的规范，热衷于在写作时“点缀敷衍”，结果跨越了文体畛域。

1. 钮琇《觚剩》

钮琇（？～1704年），字玉樵，吴江（今属江苏）人。康熙贡生。曾官河南项城、陕西白水、广东高明等县知县。工诗文。有《临野堂集》。《觚剩》是钮琇的一部笔记小说集，撰于他任职高明知县之时，其中正编成于康熙三十九年（1700年），共八卷，包括《吴觚》三卷，《燕觚》、《豫觚》、《秦觚》各一卷，《粤觚》二卷；续编成于康熙四十一年（1702年），共四卷，包括《言觚》、《人觚》、《事觚》、《物觚》各一卷。正、续编计有三百余则，涉及面虽广，但如《觚剩·自序》所说：“言其大略，盖有三焉”：一为“筑摧易水，歌起悲风”，侧重记述抗清志士的事迹，收录其佚文，因此曾被清朝官方认为多有“违悖”；二为“维美昭于绣管，斯艳发乎香奁”，侧重记述女性的品格、遭遇；三为“心苟通乎大造，将何幻而非真”，侧重记述“怪”、“幻”的事物。在二、三两类中包含了较多的传奇小说。

钮琇笔下的女性，不乏悲剧人物。不少女子美丽聪慧，多才多艺，却所如不偶，所托非人。睐娘的命运尤为坎坷（卷三《睐娘》)。她出身于阀阅仕宦之家，聪慧颖异，丽质天生，从小便深得父母钟爱。然而，她的美好的人生图景不久就被明末的战乱毁坏了：她不得不远离父母到其姑倩娘家避难；孰料寡居的倩娘与“无行”的潘生有染，“耻睐之独为君子也”，先是引诱胁迫睐娘与潘生苟合，不成，又欺骗睐娘父母，瞒天过海，将睐娘嫁给了潘生。此后，睐娘便在潘生的“叱詈”、“鞭挞”和其公婆“悍虐”的淫威之下艰难度日，最后，她选择了死亡，选择了这种惊心动魄的只能有一次的解脱方式。

钮琇也钟情于带有畸人色彩的女性。《觚剩》卷三《吴觚下·姜楚兰》之姜楚兰，高自标置，以“情”为重，超出寻常歌妓；计赚武夫刘泽清，亦豪亦慧，行迹又颇似红拂。续编卷三《事觚·双双》之蒋四娘也许更为超世拔俗：在一般人眼里，状元是值得钦羡的，而蒋四娘却将某状元视为“鸡犬”，视为庸夫，毅然舍之而去，无所疑虑地追寻其“风流之趣”、“宴笑之欢”；宁与才鬼坐对，亦不做陋状元的“雕笼鹦鹉”。她根本不把主流社会的价值观放在眼里。

《觚剩》还描述了几位“闺帏奇杰”。或长于词翰，“辞能却敌”，比如“献诗保寨”的郭贞顺（续编卷二《人觚·献诗保寨》)；或弓马娴熟，侠骨柔情，比如为汪参政一家“奋卫长途”的云娘（卷三《吴觚下·云娘》)。

《四库全书总目提要》对《觚剩》描写女性的作品，略有非议，认为钮琇“往往点缀敷衍，以成佳话，不能尽核其实也”。① 作为对一部轶事小说的批评，《提要》自有其理由。《睐娘》等篇，既注意人物性情的细腻刻画，也注意故事的新鲜曲折，还注意赋予作品以诗一样浓郁的抒情色彩。这是唐人传奇的套路而非笔记的写法。但倘若索性拿这些作品当传奇小说来读，就不仅没有遗憾，还会庆幸为意外的收获。

《觚剩》的志怪故事，就旨趣而言，大致可分为两类：

其一，暗寓针砭，对世态人情，对清廷官吏，多有热讽冷嘲。比

---

① 永瑢等撰：《四库全书总目》，1232 页，北京，中华书局，1965。

如卷四《燕觚·鬼徒》，分明是讽刺清廷官吏不通文墨，少知仁义，而喜卤莽啖噬百姓。联系到钮琇描写女性悲剧多以明清之际的战乱为背景，联系到他对志士、遗民的仰慕之忱，可见他对清贵族是蔑视和厌恶的。卷五《觚剩·李通判》则对失节仕清的民族败类给予辛辣的挖苦。

其二，作意好奇，无所寄托。比如卷六《秦觚·神僧》。其中一个关目是写神僧的“袖里乾坤大”。“剪纸为月”，唐代张读《宣室志·王先生》及段成式《酉阳杂俎》已经写到，但以手画门而招来众歌妓，则是钮琇的增饰。《聊斋志异》卷七《巩仙》写某道士“袖里乾坤大”，可能受到钮琇的启发。其他如卷六《秦觚·屈曼》之写隐形术，卷二《吴觚·蛟桥幻遇》之写仙女，续编卷三《事觚·海天行》之写奇遇，《猿风鹰火》之写法术，续编卷四《雁翎刀》之写怪物，亦皆运笔缥缈，“奇思迭出”，开拓出一片想像的世界。

除了女性题材和志怪题材外，《觚剩》还比较多地写到名士风度。《粤觚上·雪遘》是其中的名篇。① 吴六奇的名士风度，主要从三个细节体现出来：第一，虽为乞丐，但“手不曳杖，口若衔枚，敝衣枵腹，面无饥寒之色，人皆称为铁丐”。颇有以豪杰自命的气概。第二，善饮。“举瓯立尽”；“尽三十余瓯无醉容”。大有高阳酒徒之风。第三，查伊璜赠他絮袍，不久即以之换钱沽饮，“露肘跣足，昂首独行”，极为旷达超脱。这种潇洒出尘、纵横慷慨的名士风度，并不寓有傲世或避世意味，其魅力来源于摆脱凡近或迂腐的韵致。此外，如《河东君》写钱谦益与柳如是的日常生活，《西台笃行》记李伯熙之“不羁”，《英雄举动》述熊廷弼与冯梦龙不拘形迹的交往，亦各具风采。

2. 王士祯《池北偶谈》

王士祯（1634～1711年），字子真，一字贻上，号阮亭，又号渔

① 张潮编《虞初新志》题为《记吴六奇将军事》，《聊斋志异·大力将军》亦写同一题材。

洋山人。新城（今山东桓台）人。十七岁举秀才，县府院三试皆第一；十八岁中举；顺治十五年（1658年）成进士。历任扬州府推官、礼部主事、国史副总裁，官至刑部尚书。谥文简。本名士禛，死后因避雍正（胤禛）讳，改称士正，乾隆时诏命改为士祯。年二十三即以《秋柳》诗闻名海内。后名位愈高，领袖康熙一代诗坛。论诗创神韵说，以"不着一字，尽得风流"为诗的最高境界。又能词，也以神韵为主。有《带经堂集》等。又曾自选其诗为《渔洋山人精华录》，风行一时。另有笔记《居易录》、《池北偶谈》等多种。还选有《古诗选》、《十种唐诗选》、《唐贤三昧集》、《唐人万首绝句选》等。

《池北偶谈》共二十六卷。士祯家有池北书库，因取以名书。又因书库旁有石帆亭，作者常与宾客聚谈其内，故又名《石帆亭纪谈》。书成于康熙三十年（1691年），有康熙三十八年临汀郡署刊本、康熙辛巳家刻《渔洋全集》本、光绪二十二年慎记书庄石印本、《清代笔记丛刊》本、《笔记小说大观》本等。书凡四编，其中《谈故》四卷，着重记叙明清典制、科甲；《谈献》六卷，着重记叙明清名臣言行；《谈艺》九卷，评论诗文，采录佳句，保存许多有关明末清初的文艺史料；最后七卷为《谈异》，专记神怪奇异之事，可视为志怪小说。书中部分故事，如《林四娘》、《啖石》、《男子生子》、《小猎犬》、《五羖大夫》等，其题材也曾为蒲松龄《聊斋志异》所采用，但二人的写法大为不同：蒲松龄乐于渲染细节，描写场景，仿佛作者亲眼看到了现场，属于传奇小说笔法；王士祯限于记述传闻，故略述梗概，不加描摹，依然谨守志怪小说轨范。《池北偶谈》中的《剑侠传》二则流播最广，其写法已近乎传奇小说。第一则写剑侠劫取某中丞的不义之财，并截其夫人头发以示警诫，在一定程度上表达了人们铲除不平事的愿望，故张潮评曰："予尝遇中山狼，恨今世无剑侠，一往愬之。读此乃知尚有异人，第不知于我有缘否也?"第二则先写新城县崔懋路遇女侠作为引子：

新城令崔懋，以康熙戊辰往济南。至章丘西之新店，遇一妇人，可三十余，高髻如宫妆。髻上加毡笠，锦衣官鞋，结束为急装，腰剑。骑黑卫，极神骏。妇人神采四射，其行甚驶。试问何人，停骑漫应曰："不知何许人。""将往何处？"又漫应曰："去处去。"顷刻东逝，疾若飞隼。

她是什么人？想干什么？何以有如许神通？都不必解释。解释清楚，一切了然，那还有什么意味？这种处理方式令人想起王士祯所钟爱的神韵——古淡闲远，注重怀古氛围或异国情调。以这种情调为依托，王士祯正式展开女侠的故事：顺治初年，某县役押送官银去济南，夜宿旅店，虽严加看护，仍被一"著红绡头"的男子劫走。众人求救于庵中尼姑，"尼笑曰：'此奴敢来此作狡狯，罪合死。吾当为一决！'顾妪入，牵一黑卫出，取剑臂之，跨卫向南山径去，其行如飞，倏忽不见。市人集观者数百人。移时，尼徒步手人头，驱卫返，驴背负木夹函数千金，殊无所苦。入门，呼役曰：'来！视汝木夹，官封如故乎？'验之良是。掷人头地上，曰：'视此贼不错杀却否？'众聚观，果红绡头人也。罗拜谢去。比东归，再往访之，庵已空无人矣。"神龙见首不见尾，给人神秘莫测之感。

《剑侠传》对后世影响颇大。姜泣群辑《虞初广志》，卷八所收阙名《记异僧普涛》叙普涛为人"蔑视大众，于阮亭独敬礼有加"，自称"余即世所传剑侠也"，嘱王兰皋"勿语阮亭，渠贵人，且为当世诗学正宗，不愿使形诸歌咏，致留后人口实"。凡此可见，《记异僧普涛》系据王士祯《剑侠传》生发而成。《剑侠传》还常被用作古文范本。

第十九章 《聊斋志异》的抒情精神与审美追求

《聊斋志异》奠定了蒲松龄在中国文言小说史尤其是传奇小说史上的崇高地位。蒲松龄（1640～1715年），字留仙，一字剑臣，别号柳泉居士。淄川（今山东淄博）人。其祖辈有蒲生池、蒲生汶等人登第入仕。其父蒲槃，因年逾二十尚未考上秀才，加之家境贫困，遂弃儒从商。蒲松龄于十九岁时以县、府、道三个第一名“补博士弟子员，文名籍籍诸生间”（张元《柳泉蒲先生墓表》）。后屡试不第，其中康熙二十六年（1687年）乡试，系因“越幅被黜”。康熙五十一年（1712年），以七十二岁高龄，援例补岁贡生。在漫长的应考岁月中，他主要靠做幕宾和坐馆为生：康熙九年（1670年）入宝应知县孙蕙幕，次年辞职还乡；康熙十二年（1673年）始，在本邑王敷政家坐馆；康熙十四年（1675年）至唐梦赉家做西宾；康熙十七年（1678年）到刑部侍郎高珩家坐馆；次年到本邑大族毕际有家坐馆，宾主甚相得。康熙二十七年（1688年）暮春，在毕家与神韵派领袖王士祯相识。约在康熙四十八年（1709年），才离开毕家还乡。

《聊斋志异》是蒲松龄的代表作。他在康熙元年（1662年）二十二岁时已开始撰写狐鬼故事；康熙十八年春，蒲松龄初次将手稿结集成书，名为《聊斋志异》，高珩作序。此后又屡有增补，直至康熙三十九年前后和康熙四十六年，还有少量补作。《聊斋志异》的写作历时四十余年，倾注了蒲松龄大半生心力。它约包括五百篇小说。版本甚多，主要有雍正间抄本六卷四百八十五篇，题名《异史·聊斋焚余存稿》（1990 年中国书店影印本、1993 年安徽文艺出版社盛伟校释本）、蒲氏手稿本半部（1955 年北京文学古籍刊行社影印本）、乾隆十六年铸雪斋抄本十二卷（1974 年上海人民出版社影印本、1979 年上海古籍出版社标点排印本）、1963 年山东周村发现之二十四卷抄本、乾隆三十一年青柯亭刻本十六卷、张友鹤会校会注会评本（1962 年中华书局上海编辑所排印本、1978 年上海古籍出版社重印本）、任笃行《全校会注集评聊斋志异》本（2000 年齐鲁书社排印本）等。本书引用《聊斋志异》及清人评点，仍据张友鹤“三会本”。

蒲松龄亦能诗、文、词、赋、戏曲，善作俚曲。有《聊斋文集》、《聊斋诗集》、《聊斋词集》。戏曲作品有《闱窘》（附南吕宫〔九转货郎儿〕）、《钟妹庆寿》、《闹饭》三种。俚曲有《禳妒咒》、《磨难曲》等十一种，合刊为《聊斋俚曲》。另有《农桑经》、《省身语录》等有关农业、医药等的通俗读物多种。一说长篇小说《醒世姻缘传》亦为他所作。

就传奇小说的发展历程而言，蒲松龄是在得天独厚的历史条件下创作《聊斋志异》的。一方面，大批才学兼富的古文作家（如王猷定、徐芳、魏禧）及笔记作家（如钮琇、王士祯）进入辞章化传奇创作领域，使其水准迅速超过了宋、元、明三代，而直逼唐人；另一方面，流行于宋、明的话本体传奇，尽管自身素质不高，但也提供了可资借鉴的经验。蒲松龄将辞章化传奇与话本体传奇的某些素质创造性地融合为一，终于攀登上了“一览众山小”的高峰。

与王猷定、钮琇等作家一样，蒲松龄也不大在乎文体规范：在《聊斋志异》中，既有篇幅较长的传奇体小说，也有寥寥数语的志怪片断；既以非人间的怪异为主，也不排除现实中的趣闻。他为此曾受到纪昀的批评（纪昀的批评也自有其道理），但瑕不掩瑜，这不妨碍他的名字彪炳于史册。并且，换一个角度看，正因为蒲松龄敢于冲决文体规范，才取得了异乎寻常的成就。（本章讨论《聊斋志异》，兼顾传奇小说之外的其他作品。）

蒲松龄《聊斋自志》说：“才非干宝，雅爱搜神；情类黄州，喜人谈鬼。”“集腋成裘，妄续幽冥之录；浮白载笔，仅成孤愤之书。”

这明确地告诉读者，蒲松龄在描绘非人间的题材时，自觉地用以抒写“孤愤”，其作品的抒情特征异常鲜明。我们对《聊斋志异》的解读即由此切入。

一 《聊斋志异》所展示的情感世界

《聊斋志异》的文体特色是“用传奇法，而以志怪”。

“用传奇法，而以志怪”，就技巧而言，是说蒲松龄在描绘非人间的题材时，既瑰异，又真切，委曲细腻，把事物摹绘得如在眼前一般。在这方面，蒲松龄继承了唐代的若干传奇小说集如《玄怪录》、《传奇》的传统而发扬光大，境界拓展得更为宽阔。

“用传奇法，而以志怪”，更在于传奇精神向志怪题材的渗透。唐人传奇以三类题材为核心：才子佳人的遇合，一种浪漫的超凡脱俗的爱情；豪侠义士；与隐逸相联系的敝屣人间富贵的高风逸调。而这三类题材的共同指向是：展示主体的才情、风趣和性灵。可以说，唐人传奇是一片寄托唐代文人浪漫情怀的天地；传奇精神即抒情精神。

蒲松龄进一步发展了唐人传奇尊重和表达主体情感的倾向。本节试图在与前人传奇小说的比较中揭示蒲松龄的个性。

1. 恋爱题材与知己情结

才子佳人遇合的浪漫传统是由唐人传奇建立起来的。

唐人传奇所建立的描写才子佳人遇合的传统，一直为后世传奇体作家所继承。宋代是传奇小说走向衰落的时期。但从现存的《绿珠传》、《杨太真外传》、《赵飞燕外传》、《梅妃传》、《谭意歌》看来，文采风流依旧是被瞩目的重点，尽管浪漫和豪迈的程度都有所降低。元代小说创作进入低谷，只有清江宋梅洞的《娇红记》堪入名著行列，却也恰好是个爱情故事。明代传奇小说以《剪灯新话》最为著名，而它正如钱谦益《列朝诗集小传》所说：“多偎红倚翠之语。”①

① 钱谦益撰，钱陆灿编：《列朝诗集小传》，229页，台北，明文书局，1991。

其中《秋香亭记》甚至写的就是作者本人的爱情悲剧。传奇体小说的创作在清初再度出现高潮，其代表作即蒲松龄的《聊斋志异》。据统计，《聊斋志异》中以爱情为题材和涉及爱情的作品，占四分之一左右，即达一百二十篇。这一数字是惊人的。

一个作家的魅力，往往在于他的特质，在于他的作品有和别人很不相同的地方。如果仅仅追随前辈，亦步亦趋，作品数量再多也是不足称道的。那么，蒲松龄的爱情题材小说，哪些地方是他个人的，是他与前辈不同之处？沿着这个追问去探讨，我以为，引入比兴手法来写他的知己情结，最能显示他与前辈的差异。

以男女遇合象征其他相对重大的社会生活内容在中国古典诗词中可谓源远流长。“导夫先路”的首先是屈原的《离骚》。这首长诗写屈原再三追求理想中的女性而一一成为泡影。它实际上是隐喻屈原对理想的君臣关系的期待、渴望以及理想的幻灭。自此以后，男女遇合的象征模式便为众多的诗人所采用。李商隐的《海客》诗用牛郎织女的典故来暗示他与牛、李两党的关系，王安石的《君难托》以丈夫的中途变心比喻宋神宗对他未能自始至终给予支持，刘基的《美女篇》以“望幸良独难”来象征他在政治生活中怀才不遇的处境，种种例证，不胜枚举。但在小说中运用比兴手法，《聊斋志异》之前，尚不多见。

知己情结在蒲松龄的人生中占有引人注目的位置。蒲松龄是富于才华的，在科场上也曾有过一度的辉煌记录：十九岁时初应童子试，以县、府、道三试第一补博士弟子员，文名籍籍诸生间，但此后数十年间却屡试不第。个中原因，除了偶然因“闱中越幅被黜”外，主要是文宗们不赏识他的八股文。而蒲松龄对自己的这类文字却是期许甚高的。《聊斋志异》卷三《白于玉》中吴青庵“秋闱被黜”，但仍自信“富贵所固有，不可知者迟早耳”，不妨视为作家的自白。高自期许而不为人赏识，这就提出了一个知己难得的问题。

人生难得一知己，这本是中国古代哲人的共同慨叹，蒲松龄又用自己辛酸的人生经历证实了这一点。难怪他经常以此为话头了。《聊斋文集》卷五《与韩刺史樾依书，寄定州》：“弟素不达时务，惟思世无知己，则顿足欲骂……”《聊斋诗集》卷一《中秋微雨，宿希梅斋》之二：“与君共洒穷途泪，世上何人解怜才！”卷一《寄孙树百》之三：“楚陂犹然策良马，叶公元不爱真龙。”卷二《偶感》：“此生所恨无知己，纵不成名未足哀。”卷三《送喻方伯》：“卞和抱荆璞，献上章华台。楚王愤不顾，弃之等尘埃。”《聊斋词集》中的《大江东去》（寄王如水）、《水调歌头》（饮李希梅斋中作），《聊斋志异》中的《司文郎》、《素秋》、《叶生》等篇都抒写了这种不遇知音的悲愤。

知己难得更显出知己的可贵。在蒲松龄那里，知己之感已深切到刻骨铭心的程度。片言褒赏常使他终身感激。他早年曾得淄川知县费祎祉嘉许，后来写《折狱》一文，本是公案题材，蒲松龄在文末的议论却出人意表地转到知己之感方面。《胭脂》也是一篇折狱小说，大多数读者只注意其中“听讼之不可以不慎”的主旨，而忽视了作品对施愚山爱才的性格侧面的强调。作家曾自呈“文艺”请黄大宗师过目，得到赞许，于是蒲松龄毕恭毕敬写了《又呈昆圃黄大宗师》。康熙三十二年，任山东布政使的喻成龙，见蒲松龄诗，颇倾慕，派专人请他到幕中住了数日；康熙三十三年，喻成龙离任，蒲松龄赋五古长篇一首，说喻“虚衷真爱士”，对自己的赏识有如“暖律吹寒灰”。（《聊斋诗集》卷三《送喻方伯》）诗集中这类表达知己之感的言辞还有多处。如卷二《答汪令公见招》之二：“偃蹇自拼人不伍，忽逢青眼涕沾巾！”之三：“倘逐紫鳞藏壑去，拟随黄雀报珠来。”卷二《偶感》：“穷途已尽行焉往？青眼忽逢涕欲来。一字褒疑华衮赐，千秋业付后人猜。”卷二《送别张明府》小序：“柴桑之钝子，谬增价于品题；而葵藿之愚忱，益衔恩于覆载！”

古代作家的诗文，大都是缘事而发，实有所指。蒲松龄的诗文亦然。由于其中所涉及到的是现实人物，用语措词不免较为拘束，而在《聊斋志异》的若干纯属虚构的篇章中，作家摆脱了现实的人事关系，熔自己的审美理想、现实感受于一炉，遂创造出更为激动人心的境界。卷一《叶生》如泣如诉地描写一个“魂从知己”的故事。“文章词赋，冠绝当时，而所如不偶，困于名场”的叶生，意外得到县令丁乘鹤的赏识、资助和游扬，其感激之情是不可言喻的。他渴望以“闱战”的成功来酬答知己。然而，尽管他的文章掷地有声，令丁乘鹤“击节称叹”，却照样被主试官吏黜落。于是，凄人心魄的悲剧迅速达到高潮：先是叶生因为“愧负知己”一病不起，赍恨而殁；紧接着其魂灵竟远随解任的丁乘鹤，跨越山山水水而去！“魂从知己”，从常识来看当然不可信，但与叶生同等痴情的蒲松龄则深信不疑：“魂从知己，竟忘死耶？闻者疑之，余深信焉。同心倩女，至离枕上之魂；千里良朋，犹识梦中之路。而况茧丝蝇迹，呕学士之心肝；流水高山，通我曹之性命者哉！嗟乎！……天下之昂藏沦落如叶生其人者，亦复不少，顾安得令威复来，而生死从之也哉！噫！”深情郁勃，一唱三叹，寄寓着蒲松龄对费祎祉等人没齿不忘的感戴之情。他以倩女离魂喻知己之感，还提示读者：对蒲松龄笔下的一部分爱情小说，应当从这个角度去理解。

采用比兴手法抒写知己之感的至少有卷三《连城》、卷九《乔女》、卷十《瑞云》等。《连城》的宗旨，正如冯镇峦所评：“知己是一篇眼目。”少负才名的乔大年以其诗受到史孝廉之女连城的赏识，遂视之为知己，不仅割胸肉救连城一命，甚至在连城病逝后，甘愿与之同死，其人生已臻于“士为知己者死”的境界。蒲松龄在文末感叹道：“一笑之知，许之以身，世人或议其痴；彼田横五百人，岂尽愚哉？此知希之贵，贤豪所以感结而不能自已也。顾茫茫海内，遂使锦绣才人，仅倾心于娥眉之一笑也。悲夫！”作家本人怀才不遇的悲愤之情，显然寓含在其中。

如果说，《连城》因借助于一个色彩烂漫的爱情故事，迷离淡冶，颇多诗意，那么，《乔女》则以质朴见长。“壑一鼻，跛一足”，既黑且丑，守寡在家的乔女，其生命的价值看来是贱而又贱了；令人意想不到的是：家底殷实、挑选续弦颇为苛求的孟生却深深地钟情于她，为她的高洁的“德”所感动。虽然乔女最终并未嫁给孟生，但正如她自己所说：“孟生能知我”，“固已心许之矣”。知己之感已珍藏在她的心中。

小说的重点是写乔女报答知己的撼人心魄的“痴”情。“居无何，孟暴疾卒”——孟生的亡故使其家庭濒临崩溃：“孟故无戚党，死后，村中无赖，悉凭陵之，家具携取一空，方谋瓜分其田产。家人亦各草窃以去，惟一妪抱儿哭帷中。”根据礼教，“非孟戚属”的乔女是不宜过问的，但她未顾忌这些，如春潮般汹涌在心头的是强烈到可以超出于生命之上的知己之感。她先是“踵门”求援于孟的友人林生，请他“以片纸告邑宰”；在堂堂五尺男儿林生被无赖辈吓得“闭户不敢复行”时，乔女却无所畏惧，“锐身自诣官”；县令乱耍威风，将她“诃逐而出”，她也并不气馁，又“哭诉于缙绅之门”。多么艰难的人生历程！反反复复，历经折磨，她终于使诸无赖受到惩治。此后，她便竭尽全力为孟生抚养孤儿。如此“侠烈”，真无愧于蒲松龄的赞叹：“知己之感，许之以身，此烈男子之所为也。彼女子何知，而奇伟如是？若遇九方皋，直牡视之矣。”

《瑞云》从一个特殊侧面写出了真知己的境界：不以妍媸易念，不因贵贱变心，“天长地久有时尽”，知己之情无绝期。小说的故事极为奇幻：本来容貌如仙的瑞云，经和生手指一点，竟“连颧彻准”，黑如墨渍。这确乎是“出于幻域”了。但由瑞云的容貌变丑所激起的各种各样的反应却是真实的人情世态的展现：嫖客们不再光顾；鸨母视之为下等奴婢。正是在这种人情世态的反衬下，贺生娶瑞云而归，不在乎任何讪笑的行为，才具有“痴”的意味。他不像《连城》中的乔生那样为知己者死，却也同样感人。

《聊斋志异》写知己之感的篇章不算特别多，但精金美玉，几乎每篇都足以传诵。其所以成功，不只是由于蒲松龄自身有着深切的感受，还因为中国古代的知识阶层普遍敏感于这一问题，在旧时代的文学创作中，已经积淀了丰富厚重的基础。抒写知己之感很久以来便是中国古典诗的一个重要主题。而蒲松龄在用小说表达这一主题时，采取比兴手法，既将自身的体验融入其中，又不局限于狭小的个人身世之感的范围，富于魅力地把它处理为具有相对永恒性的一般人生问题，因而能引起读者广泛而深切的共鸣。

从表达知己之感的角度看，蒲松龄的爱情题材小说还有一个值得注意的特点，即在《聊斋志异》中，爱情常常发挥着调节器的作用，纯真美丽的女性是衡量男子价值的重要尺度，只有“绝慧”、“工诗”而又怀才不遇的“狂生”才有可能得到少女们的青睐。① 这样的情节安排，显然地，意在对作家自我的才情在虚构的故事中予以认可，以补偿他在现实生活中失去的一切。蒲松龄的这一旨趣，经由某些细节鲜明地表现出来。比如卷三《连琐》。性情胆怯的连琐最初对杨于畏颇存戒惧，后因杨隔墙为她续诗，且续得很妙，她便主动来到杨的房间，还不无歉意地解释说：“君子固风雅士，妾乃多所畏避。”卷十一《香玉》中，牡丹花精香玉最初本来很害怕黄生，只因见了黄生题的一首精致的五绝，便主动相就。但明伦就此评道：“可知是诗符摄得来。骚士究竟占便宜。”“骚士占便宜”的确是《聊斋志异》人物设计的一个特点。小说中那些花妖狐魅幻化成的少女，如婴宁、小谢、小翠、白秋练等，都是作为“骚士”的知己而出现的。她们归真返璞，一任性灵自由舒展，充分发挥了确认“骚士”价值的作用。

综合上面的描述，我们可以得到这样一个结论：大量描写流光溢彩的爱情是中国传奇小说的共同特征，蒲松龄的创作个性在于：他在这类题材的创作中引入诗词中的比兴手法，藉以抒写他的知己情结，

① 《聊斋志异》的这种构思特点给纪昀留下了深刻印象，以致他时常忍俊不禁地加以反仿，或曰调侃式的模仿，比如《阅微草堂笔记》卷一的一则：“沧州潘班，善书画，自称黄叶道人。尝夜宿友人斋中，闻壁间小语曰：‘君今夕毋留人共寝，当出就君。’班大骇，移出。友人曰：‘室旧有此怪，一婉娈女子，不为害也。’后友人私语所亲曰：‘潘君其终困青衿乎？此怪非鬼非狐，不审何物，遇粗俗人不出，遇富贵人亦不出，惟遇才士之沦落者，始一出荐枕耳。’后潘果坎壈以终。越十余年，忽夜闻斋中啜泣声。次日，大风折一老杏树，其怪乃绝。外祖张雪峰先生尝戏曰：‘此怪大佳，其意识在绮罗人上。’”见纪昀著：《阅微草堂笔记》，18～19 页，上海，上海古籍出版社，1980。

从而成为不可取代的“这一个”。①

2. 豪侠题材与理想的生命形态

在小说中大量描写豪侠义士，这一传统也是唐人传奇建立起来的。

宋代传奇小说写侠缺少应有的宏伟气象；明代瞿佑的《剪灯新话·秋香亭记》虽热切地期待昆仑奴似的豪侠出现，但未从正面予以刻画；李昌祺《剪灯余话》则不乏对侠的浓墨重彩的描绘。比如《青城舞剑录》的碧线，便是唐传奇中的女剑侠红线之流；《武平灵怪录》里“豪侠不羁，用财如粪土”的齐仲和，《芙蓉屏》里侠义无私的高纳麟，也给读者留下了较深的印象。

《聊斋志异》的主角是“狂生”、狐女，而他们大都具有侠的风采。或昂扬乐观，倜傥卓异，乐于在狐鬼的天地里一发豪兴，比如《章阿端》中的“卫辉戚生”；或恩怨分明，言必信，行必果，比如《大力将军》中的查伊璜、吴六一，《田七郎》中的田七郎；或矢志复仇，“利与害非所计及也”，女侠的复仇尤其惊心动魄。商三官亲自杀了害死父亲的仇人。（《商三官》）细侯为了回到满生身边，甚至手刃了“抱中儿”——她和那个骗娶她的“龌龊商”所生的孩子。

① 纪昀对《聊斋志异》爱情题材作品可能造成的负面影响颇为警惕。《阅微草堂笔记》卷十三载：“董秋原言：东昌一书生，夜行郊外。忽见甲第甚宏壮，私念此某氏墓，安有是宅，殆狐魅所化欤？稔闻《聊斋志异》青凤、水仙诸事，冀有所遇，踯躅不行。俄有车马从西来，服饰甚华，一中年妇揭帏指生曰：‘此郎即大佳，可延入。’生视车后一幼女，妙丽如神仙，大喜过望。既入门，即有二婢出邀。生既审为狐，不问氏族，随之入。亦不见主人出，但供张甚盛，饮馔丰美而已。生候合卺，心摇摇如悬旌。至夕，箫鼓喧阗，一老翁搴帘揖曰：‘新婿入赘，已到门。先生文士，定习婚仪，敢屈为傧相，三党有光。’生大失望，然原未议婚，无可复语；又饫其酒食，难以遽辞。草草为成礼，不别而归。家人以失生一昼夜，方四出觅访。生愤愤道所遇，闻者莫不拊掌曰：‘非狐戏君，乃君自戏也。’”见纪昀：《阅微草堂笔记》，303页，上海，上海古籍出版社，1980。纪昀的意思是：读者万不可迷恋《聊斋志异》所写的那种艳遇。作者也许别有怀抱，读者不必见诸实事。

(《细侯》)这无疑是对唐人传奇的发扬光大。

但《聊斋志异》豪侠题材的魅力，绝不仅仅在于它沿着唐人传奇的轨迹平稳运行。蒲松龄是一个具有强烈历史意识的作家。所谓历史意识，即他不仅了解自己的时代，也了解文学的传统，在时代和传统的双重背景下，他敏锐地意识到自己在时间中的地位，自己应该从背景中浮出来。新颖总比重复好。一个作家如果只去适应过去的种种标准，他又有什么必要写一部新作品呢?

蒲松龄是实现了他的创新目的的。他笔下的豪侠题材尽管是传统的，但他藉以表达的对理想的生命形态的向往之情却是新鲜的。如果说《商三官》、《伍秋月》、《窦氏》、《向杲》、《席方平》等作品中刚烈顽强、不屈不挠地介入社会人生的豪侠具有较多继承的意味，那么，《青凤》、《陆判》、《章阿端》、《小谢》、《秦生》中纵逸不羁、自然纯朴、富于浪漫情怀和少年壮志的豪侠则更多创新的色彩。对后一类作品的考察正是我们的兴趣所在。而理解蒲松龄对“狂”的钟情又是解读这类作品的关键。

《论语·子路》有云:“狂者进取。”“狂”首先指一种积极进取的人生态度，带有鲜明的入世性质。蒲松龄的人生态度便是如此。《聊斋诗集》卷一《树百问余可仿古时何人，作此答之》:“重门洞豁见中藏，意气轩轩更发扬。他日勋名上麟阁，风规雅似郭汾阳。”对这首诗有两种不同的理解，或以为是以郭子仪比孙树百，或以为是以郭子仪自比，但不管是哪一种阐释，都可见蒲松龄那种书生意气和向往于建功立业的人生期待。《聊斋诗集》卷一《壮士行》也是这种抱负的侧面抒写:对生活、对前途、对功名，怀有不加掩饰的希望。这种抱负，作为一种人生理想，带有极强的少年人不知世事艰难的青春色彩，当这种抱负经由情感的渲染和想像的发挥而渗透到作品中时，则具体展现为“豪放”、“磊落”、“倜傥不羁”等个性风度，也就是《聊斋诗集》续录《久废吟咏，忽得树老家报……》所云“英雄性不羁”。

《聊斋志异》描写了大量“性不羁”的“狂生”。在恐怖的狐鬼世界里，在令人“口噤闭而不言”的阴森气氛中，他们反倒兴会淋漓，情绪热烈。例如卷一《狐嫁女》中的殷天官：“少贫，有胆略。邑有故家之第，广数十亩，楼宇连亘。常见怪异，以故废无居人；久之，蓬蒿渐满，白昼亦无敢入者。会公与诸生饮，或戏云：‘有能寄此一宿者，共醵为筵。’公跃起曰：‘是亦何难！’携一席往。”这种摧枯拉朽的气概，这种意气雄放的生命形态，所体现的正是侠的精神。

其他如卷一《青凤》中的耿去病、卷二《陆判》中的朱尔旦、卷四《捉鬼射狐》中的李著明、卷四《胡四相公》中的“莱芜张虚一”、卷五《章阿端》中的“卫辉戚生”等，也都是这类豪放自纵、性情不羁的“狂生”：荒亭空宅，杂草蓊郁，鬼鸣狐啸，怪异迭现——而这些“狂生”却能无所芥蒂地进入其中，他们欣赏着其中的怪异，以其面对怪异的坦然风度征服了狐鬼，结果，情节的进展大大出乎人们的意料：狐鬼世界的恐怖阴森往往只是“鄙琐者自怪之耳”，实际上倒是光风霁月、富于诗意的。且看殷天官进入那座“常见怪异”、“蓬蒿渐满”的“故家之第”后的情形：殷天官处变不惊，以安闲镇静的风度面对突发事件，结果，群狐非但不与天官为难，还钦迟不已地奉之为座上宾。这说明豪迈的人生气概是可以改变我们生活的色调的。《小谢》、《陆判》等篇所展开的也是类似的令人回味的情景。陶望三与小谢、秋容的患难与共的爱情，陆判与朱尔旦的超出于形迹外的友谊……不是亲切得很吗？蒲松龄以此表达了他的一片情愫：对于“不羁”的“狂生”来说，没有什么是真正可怕的；恰恰是在“鄙琐者”所不敢涉足的生活领域内，他们可以大有作为。这里，“狂生”的无所疑惧的豪情与“英雄”的积极奋发的人生态度无疑是相通的。

在《聊斋志异》中，“狂生”的“不羁”风度还时常和酒联系在一起。这是因为：一、“狂”作为一种豪放自纵、富于激情、富于胆略的性格，在生活中常常衍化成奔放、洒脱的状态，因而与酒结下了不解之醒。汉代郦食其谒见刘邦时自称“高阳酒徒”，即意在表明自己气度不凡。二、由于“狂”总是与耿介、方正、浪漫情调等密切相关，具有这种个性的人，一旦在社会生活中碰壁，便情不自禁地在艺术的天地里追求自由、放达的境界，即使处于顺境，也不妨壮思腾飞，欲揽明月，借酒力超越凡近。蒲松龄是深知个中因缘的，所以对酒充满了亲切之感。他在诗中一再写到饮酒的豪兴，把这作为生命力的一种爆发，郁闷和失意全部消解于其中，而憧憬和展望，也在放歌纵饮的节拍中得以自然流露。如《聊斋诗集》卷一《希梅斋小饮》："樽酒狂歌树影横，壮怀喜遇故人倾。竹溪水暖流春恨，梅阁香寒解宿酲。"卷一《九日同如水登高，时定甫欲北上》之二："临风倚剑开尊酒，及尔论交天地间。"之三："何人作赋怀王粲？此日登临忆孟嘉。一醉只须眠绿柳，满头无用插黄花。搔残短发风吹帽，卧趁斜阳云作家。莫向尊前惜沉醉，瓶空稚子夜能赊。"卷二《伤刘孔集》："相将共杯酌，豪饮能十壶。"卷二《遣怀》之二："雅士长贫诗作累，豪襟欲纵酒为徒。"卷二《九日同邱行素兄弟、父子登豹山》："酒如庄列增人放，海样乾坤任我闲。知己相逢无好景，茱萸相对一开颜。"卷四《二月四日，往哭孙嗣服，三台在目，因忆二十许时，两人载酒登临，歌呼竟日；曾几何时，故人已谢世矣！适值辰日，不能尽哀，因托于词》："第一峰头蜡屐过，醉挝羯鼓发高歌。少年狂辄逢欢剧，强酒君能较我多。"卷四《重阳载酒柳亭作》："我醉颠狂歌落梅，曲肘支颐卧莓苔。"卷五《十二日孙圣佐见招赏菊》："登堂把酒对黄花，老子颠狂意兴嘉。喜涉东篱晤良友，年年九月到君家。"《聊斋诗集》续录《九日与定甫兄弟饮西园，和壁间韵，即呈如水》之一："倒冠歌舞狂生醉，戏马台前独振衣。"之二："滥醉离亭平野暮，月明空翠上罗衣。"

蒲松龄这种与酒相依为命的情感，评点家但明伦也体会到了。《聊斋志异》卷一《考城隍》"有花有酒春常在，无烛无灯夜自明"句下，但评云："至有花有酒二语，亦自写其胸襟尔。"在蒲松龄笔下，那些他所欣赏的"狂生"，无不有着极高的酒兴。如卷一《娇娜》：孔生与公子下帷攻读，"相约五日一饮"。《狐嫁女》：殷天官贸然闯入狐的天地，参与的一项重要活动即是饮酒。《青凤》对"狂放不羁"的耿去病的处理亦然。卷二《陆判》："性豪放"的朱尔旦与陆判每聚必饮。卷七《郭秀才》由饮酒引出一片飘逸不凡的意趣。

卷十《神女》写米生因饮酒后的孟浪举动，竟得与神女缔结良缘。从这种情节安排也可感受到蒲松龄的激赏之情。

卷二《酒友》中的车生也是个颇多豪侠气概的男子汉，他“家不中资”，却“耽饮，夜非浮三白不能寝也，以故床头樽常不空”。后来竟因此与狐成了“酒友”：“一夜睡醒，转侧间，似有人共卧者”，“摸之，则茸茸有物，似猫而巨；烛之，狐也，酣醉而大卧”。车生看看自己的酒瓶，“则空矣”，知道是狐喝掉了，忍不住笑道：“此我酒友也。”“不忍惊，覆衣加臂，与之共寝。”这是多么坦荡的胸襟，这是多么真率的心灵！在人际交往中不含一丝机心，这是豪侠精神的题中应有之意，也属于“豪放不羁”的范畴。

从不含机心、真率旷达的角度看，《黄英》值得我们注意。本篇有个富于象征意味的意象：醉陶。黄英之弟陶生在一次大醉之后，恢复原形，卧地化为菊，“短干粉朵，嗅之有酒香，名之‘醉陶’，浇以酒则茂”。这个意象来源于对陶渊明的理解。据萧统《陶渊明传》，陶渊明对酒和菊花别具深情，任彭泽令时，“公田悉令吏种秫，曰：‘吾常得醉于酒，足矣。’”“尝九月九日出宅边菊丛中坐，久之，满手把菊，忽值弘送酒至，即便就酌，醉而归。”由此可见菊花和酒在陶渊明生活中的位置：它们与陶的真率、旷达联系在一起。

小说中的黄英、陶三郎姊弟是作为陶渊明的后代出场的。他们身上，自然秉承着乃祖气质。黄英的丈夫马子才，安贫乐道，耿介清高，虽然在对待财富一事上略显迂腐，但在人际交往中则充分表现出不含机心的旷达风度。比如，他在知晓黄英的菊精身份后，不仅无丝毫疑忌，反而“益爱敬之”，所以能始终保持幸福的家庭：生一女，“后女长成，嫁于世家，黄英终老，亦无他异”。与马子才形成对照，《葛巾》中的常大用，癖好牡丹，却不够旷达。牡丹花精幻化的女子葛巾、玉版，在与常大用及其弟成婚后，感情和谐，“家又日益富”；遗憾的是，常大用机心太重，他根据种种疑点判断二女可能是“花妖”，于是多方试探。结局是悲剧性的：葛巾、玉版痛感在猜疑中无法共同生活，遂离之而去。他们所生的儿子也化为虚无。蒲松龄藉此表明了一点：“不含机心”者，与狐鬼精魅也能融洽地生活；反之，则会受到惩罚，或结局难堪。

“不含机心”是蒲松龄所向往的人性境界。就这一点而言，一些烂漫可爱的女子如婴宁、小谢、小翠、花姑子、房文淑，其重要性可与“狂生”相提并论。归真返璞，没有尘俗的卑琐龌龊，无拘无束，一任性灵自由舒展，这些形象无疑是作家所向往的人性境界在艺术中的展现。蒲松龄在表现她们时，着力渲染其超尘拔俗的爽朗豪放，赋予作品浓郁的抒情意味。

3. 隐逸题材与操守的砥砺

隐逸题材在唐人传奇中也是一个较为重要的类别。

唐人传奇对隐士理想的迷恋在宋人传奇中似乎很难见到，但在明代瞿佑和李昌祺笔下又焕发出了不寻常的光彩。《剪灯新话·天台访隐录》仿照陶渊明《桃花源记》的笔墨推出了南宋末年隐居天台山的读书人陶上舍，并借他的一阕《金缕词》劝导世人“向林间啸傲山间宿。耕绿野，饭黄犊”。《剪灯余话·秋夕访琵琶亭记》全篇笼罩着一股悲凉情绪：不变的江山与变化的人事之间的对照，令人不胜唏嘘，油然而生幻灭之感。所以沈韶最终看破红尘，遁入深山。《青城舞剑录》宣称“英雄回首即神仙”，并认为五代末的隐士陈抟较之汉初三杰之首的张良“有过无不及”。

《聊斋志异》以抒写“孤愤”为宗旨。有意味的是，蒲松龄《聊斋自志》将信将疑地说他自己是和尚转世，可见他对佛教是并不拒绝的。《仙人岛》、《蒋太史》、《成仙》、《白于玉》、《罗祖》等都以人世情缘为可笑，以现实生活为空幻，其主角一律选择了或出家为僧、或入山修道、或飘然仙去的人生道路。

但《聊斋志异》隐逸题材的卓越之处，还在于蒲松龄将它与品格的砥砺联系在一起，而不是仅仅引导读者出世。

蒲松龄对于“拙”的人格有特别的好感。所谓“拙”，指的是宁折不弯、固守节操的品质。《聊斋诗集》不止一次地表达过追求高风亮节的信念，如卷一《杂诗》：“西施颦眉黛，翩翩若惊鸿。宁不知其美？新态殊难工。”卷四《拙叟行》：“生无逢世才，一拙心所安。

我自有故步，无须羡邯郸。世好新奇矜聚鹬，我惟古钝（钝，另本作拙）仍峨冠。古道不应遂泯没，自有知己与我同咸酸。何况世态原无定，安能俯仰随人为悲欢？君不见：衣服妍媸随时眼，我欲学长世已短！”卷四《襄城李璞园先生遥寄佳章，愧无以报，作此奉答，聊托神交之义云尔》：“举世爱巧我独拙。”续录《六月初三日闻沈燕及讣音》：“每至相逢手重持，君疏我拙两相知。”堂堂正正，廉隅自重，可以失去一切，惟独不能失去人格。以“拙”于逢迎为人格的立足点，蒲松龄藉隐逸题材开辟了一片新的艺术天地。

《聊斋志异》卷一《长清僧》便集中描写了这种“拙”的人格精神。这是一个因借躯还魂导致人生境遇大为改变的故事。道行高洁的长清僧，死后灵魂飘出，至河南界，适逢某故绅子从马上摔下身亡，魂与尸“相值”，“翕然而合”，又活过来了。灵魂是“长清僧”的，而身体则是“故绅子”的。“长清僧”的人生境遇因而大为改变：“入门，则粉白黛绿者，纷集顾问。”有财产，有奴仆，有宏楼巨阁。“长清僧”只要稍“巧”一点，以“故绅子”的身份出现，那么，妻妾、奴婢、财产，一切都理所当然属于他了。但“长清僧”不屑于这些，他守定本来面目，一口咬定：“我僧也。”他严格按照僧人的方式生活：“饷以脱粟则食，酒肉则拒。夜独宿，不受妻妾奉。”“诸仆纷来，钱簿谷籍，杂请会计”，他一概“托以病倦，悉卸绝之”。后仍回到山东长清县那座僧寺去了。蒲松龄写这个故事，当然不是劝说富贵中人去当和尚，去过看破红尘后的生活；他着力突出的是“拙”的人格力量：它可以抵御“纷华靡丽之乡”的种种诱惑。故事所象征的人生意义具有广泛的针对性：凡能在世俗的名利之前固守节操的仁人志士，凡是具有“富贵不能淫，威武不能屈，贫贱不能移”的浩然之气的人，不妨说都有守“拙”的信念存于胸中。蒲松龄在小说结尾特别提醒读者：“人死则魂散，其千里而不散者，性定故耳。予于僧，不异之乎其再生，而异之乎其人纷华靡丽之乡，而能绝人以逃世也。若眼睛一闪，而兰麝熏心，有求死不得者矣，况僧乎哉！”中国士大夫重视名节的传统已渗透到蒲松龄的心灵中，并外化为小说中的性格塑造。

马骥（卷四《罗刹海市》）、贾奉雉（卷十《贾奉雉》）等也都是够“拙”的。《罗刹海市》的一个片断很值得注意。“有‘俊人’之号”的马骥来到美丑颠倒的罗刹国后，竟被视为妖怪，所到之处，吓得人们“群哗而走”。一次，他酒后兴起，“把剑起舞”，“以煤涂面作张飞”，不料当地人却“以为美”，怂恿他说，如“以张飞见宰相，宰相必乐用之，厚禄不难致”。马骥大不以为然，满含嘲讽之意地答道：“嘻！游戏犹可，何能易面目图荣显？”不“易面目图荣显”，即绝不为了富贵荣华而丧失节操。贾奉雉亦风标不俗。他“才名冠一时”，却屡试不售。后来“戏于落卷中，集其葛冗泛滥、不可告人之句，连缀成文”，应试的结果竟是高中。当他回头再读这些文章时，“一读一汗”，自觉无颜见人，遂隐居到深山去了。他对隐居的选择，表明了他的人格追求的自觉性。这样的笔墨，虽无岳峙潮回的顿挫，但确实给人排奡郁勃之感。长清僧、贾奉雉等人的隐居，与唐、宋、明传奇小说中的隐居，其意味是大不相同的。

二　韵与气的融合：《聊斋志异》的风度与力度

中国的白话小说和文言小说，源于两个不同的系统。白话小说源于民间的“说话”，一经问世便镀上了商品的烙印，为了推销自己，曲折的情节和通俗化的叙述方式便成为题中应有之意。而文言小说一支的传奇却是传、记辞章化的结果，成熟于诗情盎然的唐代。其作者不把它视为商品，而自觉地以之抒写性灵，展示情趣，因此，抒情性便成为辞章化传奇的鲜明特征。伴随着这一特征，辞章化传奇往往追求一种醇厚典雅的风度，或曰书卷气；忌俗，亦排斥鲁莽和过分的狂悍。越是优秀的辞章化传奇，在风度上越是讲究。《聊斋志异》便是如此。

书卷气的基点是雅。没有雅，便无从谈书卷气。雅正、雅淡意味着士大夫的政治态度、处世哲学和人生修养；雅致、雅兴、雅怀等等，标志着文人生活的特色。那么，蒲松龄是如何赋予作品以高雅风度的呢？

雅与俗之分比较突出地呈现在人物设计上。蒲松龄所着力刻画和极为欣赏的，通常是那些体现了士大夫禀赋的文人骚客，例如俞恂九、俞谨庵(《素秋》)，贾奉雉、郎秀才(《贾奉雉》)，于去恶、方子晋、陶圣俞(《于去恶》)，陶望三(《小谢》) 等。蒲松龄当然也涉笔许多其他阶层的人物，如商人、妓女、媒婆、武士，但或者被他“雅”化了，或被用来作为“雅”的必要衬托，或在具有玄远意味的渲染中，树立起作家自身的士大夫形象。总之，“雅”的氛围弥漫在《聊斋志异》中。

比如蒲松龄对于商人形象的处理。《聊斋志异》写到商人或以商人为主角的有数十篇，粗略划分，其成分包括三类：小贩、一般商人和“文学士”出身的商人。而作家显然着力雕琢过的却是“文学士”出身的商人。蒲松龄赋予他们的，纯是书生意气。卷三《雷曹》中的乐云鹤忠于友情，风骨秀拔，后因家计艰难，感慨说：“人生富贵须及时，戚戚终岁，恐先狗马填沟壑，负此生矣，不如早自图也。”于是弃文从贾。蒲松龄对他的这一人生选择欣赏备至：“乐子文章名一世，忽觉苍苍之位置我者不在是，遂弃毛锥如脱屣，此与燕颔投笔者，何以少异?”“燕颔投笔”，这是古代读书人抒写壮怀时常用的典故，用它来比喻弃文从贾，就不是对“从贾”的一般颂扬（一般颂扬在“三言”、“二拍”中也是存在的)，而是从书生意气的角度来称道，这确乎更多一些萧瑟豪荡的士大夫意味。卷四《罗刹海市》中的“贾人子”马骥，情形又有不同：乐云鹤是豪迈地弃文从贾，而马骥则是在经商后并不放弃他引以自豪的文业，并因才华横溢大得龙君赏识。其他如卷九《刘夫人》中的廉生，“少笃学”，后受刘夫人之托外出经商，依旧“嗜读，操筹不忘书卷；所与游，皆文学士”。卷十一《白秋练》中的慕蟾宫，年十六，父“以文业迂，使去而学贾”，而他“每舟中无事，辄便吟诵”。这些“文学士”出身的商人，构成一个洋溢着士大夫的古典精神和人生情趣的世界。

去读而贾，贾又不忘文业，这样的安排或许与蒲松龄的家世有些关系。据《蒲氏世系表》，他的父亲蒲槃便有下述经历：“少力学而家苦贫。操童子业，至二十余不得售，遂去而贾。数年间，乡中称为素封。然权子母之余，不忘经史，其博洽淹贯，宿儒不能及也。”但这只是原因之一。就艺术的考虑而言，蒲松龄设计一批“文学士”出身的商人，对形成作品的温润气象具有重要作用。

蒲松龄对“雅”的好感还有力地渗透到某些细微处。有些形象，他们的身份模模糊糊，如《黄英》中的马子才、《葛巾》中的常大用、《石清虚》中的邢云飞等，是士人？是小商？是贵家子？是贫民？不清楚。蒲松龄也认为这无关宏旨，重要的是他们有“雅癖”：马子才好菊，常大用好牡丹，邢云飞好石。有些人物，其实并无多少人格缺陷，仅由于“不知风雅”，便大受嘲弄，如卷十一《嘉平公子》中的“嘉平某公子”。在情节构造中以是否风雅作为臧否的主要标尺，足以见出蒲氏的趣味。

《聊斋志异》对于场景等的设计也注意给人清远之感。境界的清远之感不是由物理学上的清远决定的。具体到文学作品的清远与否，可以说，并不决定于题材的选择。远山苍翠，固然易于清远，但更需要主体能够超脱于红尘，所以，陶渊明“悠然见南山”，主要不在于南山的存在，而在于“采菊东篱下”的诗人万尘息吹，一真孤露，与自然达成了默契。权势名利，固然易于凡近，但也存乎主体的不能绝俗，所以，潘岳与石崇等人谄事贾谧，每候其出，辄望尘而拜，关键不是因为“尘”的存在，而是由于这些委琐的心灵丧失了尊严和光彩。联系到《聊斋志异》，蒲松龄写才士的倜傥洒脱，写音乐的轻盈荡漾，写伎艺，写风景，直接表现了他的修养、素质，无不具有高风绝尘、从容放逸的意味，但即使涉笔亵事，也大都一片澄澈，比如卷十一《晚霞》写阿端与晚霞在峡蝶部童子协助下的一次类于“野合”的幽欢：

> 童挽（阿端）出，南启一户；折而西，又辟双扉。见莲花数十亩，皆生平地上；叶大如席，花大如盖，落瓣堆梗下盈尺。童引入其中，曰：“姑坐此。”遂去。少时，一美人拨莲花而入，则晚霞也。相见惊喜，各道相思，略述生平。遂以石压荷盖令侧，雅可幛蔽；又匀铺莲瓣而藉之，忻与狎寝。

天然妙境，清新出尘，诚如冯镇峦所评：“视桑间野合，濮上于飞者，有仙凡之别。”“人间所谓兰闺洞房，贱如粪壤。”

人物的雅化和境界的清远构成了《聊斋志异》的高雅风度。韵则是这种风度的进一步升华。

韵本来指音韵。到了魏晋时期，在人物品藻的风气中，韵被用来指一个人的情调、个性，有清远、通达、放旷之美。人物品藻的这种见解，转到绘画上，就要求人物画表现一个人的风姿神貌。转到文学上，“要求审美意象‘简古’、‘澹泊’、‘平淡’”，“包含有比较深的意蕴，即所谓‘余意’、‘真味’、‘至味’、‘深远无穷之味’”。① 一句话，要求作品在平淡简易中有意到笔不到的深度。它在《聊斋志异》中具体呈现为：一、意境的天然浑成；二、“言有尽而意无穷”。杜甫诗云“篇终接浑茫”，正可形容这种归趣难穷的气象。

所谓意境的天然浑成，指作家心灵活跃，如寒塘度鹤，不可拘泥，但随意命笔，默以神会，一切的凭虚创构都自然成为情思的表象。不妨读几篇以表达某种审美意绪或诗情为宗旨的小说，如卷五《荷花三娘子》（写荷花之神韵），卷十《葛巾》（写牡丹花之风雅），卷十一《香玉》（写白牡丹之性情）。这三篇的共同点是：用美人比花；写美人旨在写花。但用美人比花早已是个陈旧的比喻，唐玄宗就曾戏谑地称杨贵妃为海棠花，清初王晫《看花述异记》更全篇以“美人是花真身，花是美人小影”立意，叙作者看花而与诸位美人邂逅的韵事。不过，王晫的描写，只是把每一种花与历史上和他瓜葛较深的美女牵连起来，在他笔下，花和美人缺乏灵性，花自是花，美人自是美人，不能经由客观的外在色相的描绘构成意绪、心灵与直感相交融的意境。蒲松龄不然。他于花的表象中渗入精神，以缠绵悱恻的情思透过物、我之壁，从而消除一切隔阂，刊落一切芜杂，把自己对每一种花的独特审美感受融入对一女性的生意盎然的描绘之中。例如《香玉》对于白牡丹精幻化出的香玉的刻画。“牡丹高丈余，花时璀

① 叶朗：《中国美学史大纲》，220、313 页，上海，上海人民出版社，1985。

璨似锦”——蒲松龄由此出发来写香玉的装束、举止、神情：身着“素衣”，与白牡丹的色彩相符；进门时“盈盈而入”，与花枝的摇曳多姿吻合；自道“妾弱质不堪复戕”，暗示出花易凋零。更进一层，蒲松龄以白牡丹“花时璀璨似锦”所给人的热烈印象为基点，赋予香玉多情的性格，并自始至终以此为描写香玉的中心。小说的高潮是：本来已经枯萎的白牡丹，因感于黄生的情意，又再度萌芽：

> 生视花芽，日益肥茂，春尽，盈二尺许。归后，以金遗道士，嘱令朝夕培养之。次年四月至宫，则花一朵，含苞未放；方流连间，花摇摇欲拆；少时已开，花大如盘，俨然有小美人坐蕊中，裁三四指许；转瞬飘然欲下，则香玉也。笑曰：“妾忍风雨以待君，君来何迟也！”遂入室。

这是赋花，又是写人。但明伦评得好：“种则情种，根则情根，苞则情苞，蕊则情蕊。忍风雨以待君二句，无限深情，一时全绽。”是情的“绽”，也是花的“绽”，形神合一，不给人丝毫“隔”的感觉。

所谓“篇终接混茫”，所谓“言有尽而意无穷”，都指向“含不尽之意见于言外”这一美的极致。天地氤氲秀结，四时朝暮垂垂，宇宙、社会、人生，无不以其无限中的有限或有限中的无限，诱发着人类心智的眷恋与向往。可以说，耐人品味，这是生命魅力的源泉，也是“韵”的核心所在。就这点而言，《聊斋志异》中首先引起我们注意的是那些精要天然的短章，如《快刀》、《沂水秀才》、《鸮鸟》、《雨钱》、《潍水狐》、《镜听》、《孙必振》、《三朝元老》、《狐联》等。《鸮鸟》写“益都令董、莱芜令范、新城令孙”以令语劝谏“奇贪”的“长山杨令”，杨也以令语敷衍三人，正相持不下之际：

> 忽一少年傲然而入，袍服华整，举手作礼。共挽坐，酌以大斗。少年笑曰：“酒且勿饮。闻诸公雅令，愿献刍荛。”众请之。少年曰：“天上有玉帝，地下有黄帝，有一古人洪武朱皇帝。手执三尺剑，道是‘贪官剥皮’。”众大笑。杨恚骂曰：“何处狂生

敢尔!”命隶执之。少年跃登几上,化为鹞,冲帘飞出,集庭树间,回顾室中,作笑声。主人击之,且飞且笑而去。

蒲松龄讽刺贪官污吏的篇章颇多,篇幅较长而又著名的有《梦狼》、《席方平》、《促织》、《伍秋月》、《红玉》、《商三官》、《向杲》等。这些小说以情辞愤激见长。《鹞鸟》则以蕴藉、轻快取胜。作者不再执著于实际的惩罚,而只是驾着一片情感的流云,在精神上、气度上居高临下地俯视邪恶。并不回避现实人生,也不排斥历史感,但更重视浑涵广阔的气象;激情不再流溢在外,也没有了剑拔弩张的冲突,因果性、个性化变得无足轻重;然而从中不仅可体味出作家的悠然神情和坦荡从容的人生态度,还可明显感到邪恶势力的委琐、卑鄙、不堪一击,正义的力量得到了轻松而神圣的展示。

“夫长篇之有神韵,正如高岸深谷之能微远。”从技巧的角度来看,化实境为虚境,推远山入烟云,也许是使长篇具有韵味的有效手段。蒲松龄明了这一点,因而,他非常注意结尾的设计,如卷二《凤阳士人》:“三郎愕然问故,士以梦告。三郎大异之。盖是夜,三郎亦梦遇姊泣诉,愤激投石也。三梦相符,但不知丽人何许耳。”卷二《巧娘》:“高邮翁紫霞,客于广而闻之。地名遗脱,亦未知所终矣。”都故设疑团,令读者悬想。

然而,技巧决不是无往而不胜的法宝。一切技巧的功能,都是有限的,只有活泼动荡的人生,才足以构成艺术的探究无穷的底蕴。从把握人生这个角度来看《聊斋志异》,蒲松龄既擅长以刻意写实的手法直触人生世相,也擅长通过象征来追索人生的真谛,情深思苦,寄恨八荒,大有“念天地之悠悠,独怆然而涕下”之慨。也惟其是以象征表达人生,所以“幽妙以为理,想像以为事,惝恍以为情”,也就不流于粗莽直露,倒是更多一些雄深雅健的意味。

蒲松龄笔下的象征主要采取了两种方式:意象的象征;变形的象征。而以变形的象征用得最为普遍,也最具审美价值。其象征意义是由形象的变形而产生的。所谓形象的变形,不是指狐鬼精灵的超自然的神奇力量;赋予狐鬼等以神奇性只是古代搜奇叙异传统的延续,目的是加强情节的紧张性、神秘性，有助于创造异乎寻常的情境或氛围，增加欣赏的快感，或者故意夸大其词，借以取得调侃、诙谐的效果。我们所说的变形，是指狐鬼与人的关系的变化。在许多人看来，狐鬼总是邪恶的、恐怖的，与人处于对立的位置。因而，它们的出现，往往伴随着人的敌意、戒备，即使是在蒲松龄的时代，也依然如此，例如关于林四娘，林云铭《林四娘记》中的陈宝钥，对女鬼林四娘，起初便深怀敌意；在王士祯《池北偶谈》里，陈宝钥对她虽非满怀敌意，却也心存戒惧；而蒲松龄《林四娘》中的陈宝钥，却完全是另一种态度："公意其鬼，而心好之。"亲切，融洽，丝毫没有通常的人鬼交往时的紧张和仇视。尤其重要的是，在蒲氏笔下，人对狐鬼精魅的亲切感不是个别例外，而是普遍现象，殷天官、耿去病、朱尔旦、张于旦、"广平冯生"等，无一不对狐鬼充满友好之情；而狐鬼也同样善意地与他们交往。

人与狐鬼精魅关系的这种变化，当然可以造成新的特殊的因果关系，构成新奇有趣的故事，但蒲松龄的目的却是借以寓托生活的哲理，内心的"孤愤"。余集《〈聊斋志异〉序》说得好：

> 嗟夫！世固有服声被色，俨然人类，叩其所藏，有鬼蜮之不足比，而豺虎之难与方者。下堂见虿，出门逢蠡，纷纷沓沓，莫可穷诘，惜无禹鼎铸其情状，镯镂决其阴霾，不得已而涉想于杳冥荒怪之域，以为异类有情，或者尚堪晤对；鬼谋虽远，庶其警彼贪淫。呜呼！先生之志荒，而先生之心苦矣！

正是凭借总体关系的变形，蒲松龄才有力地表达出了"人不如鬼"、"人不如怪"这类批判现实丑类的命题，从而激发和引导读者去深思，去熟虑，而不是仅将《聊斋志异》"媲美齐谐"。一些司空见惯的生活现象，经过蒲松龄的艺术处理，具有了振聋发聩的力量。比如描写张虚一经历的《胡四相公》。张虚一是学使张道一的仲兄，因生计艰难，"往视弟，愿望颇奢，月余而归，甚违初意，咨嗟马上，嗒若丧偶"。就在他垂头丧气之际，其狐友胡四相公却遣人送给他满箧白银。但明伦感慨地评了一句："兄弟之情，何遂不及于朋友？况学使而不及一狐哉？""人不如狐"，这是《聊斋志异》富于批判锋芒的象征意蕴。蒲松龄在《莲香》中也曾写道："天下所难得者非人身哉？奈何具此身者往往而置之，遂至觍然而生不如狐，泯然而死不如鬼！"这种议论，可谓一语破的。

意象的象征也可称为"局部性象征"。其特点是：小说中的某一意象在作品中处于核心位置，理解它的象征意蕴往往是理解作品的关键，换句话说，这些象征性意象左右着小说的场面、人物、结构。《罗刹海市》是一个著例。小说中并列着两个意象："罗刹"和"海市"。罗刹是佛教中的恶鬼，罗刹国即鬼国，蒲松龄用以象征他所生活于其中的现实；海市是海市龙宫的简称，取义于古代有关海市蜃楼的记载，用以象征蒲松龄所幻想的社会。沿着这两个对比鲜明的意象，我们看到了两个完全不同的世界。于是，反差出现了，现实的丑恶愈显其丑，理想的美好愈显其美，作家对现实的批判和在现实中体验到的巨大失望因此更具分量。

类似于《罗刹海市》的这种意象的象征，还有《席方平》，其中的冥府无疑是专制政体下官府的写照；《考弊司》，其中的考弊司可视为旧时代某些污浊官府的缩影等等。从情节构成的角度看，其中的象征性意象，虽然或隐或显地在内容上支配了整个作品，但并不必然地具体参与情节的运行。而另一些意象则不然，离开了它们，情节将无法推进；同时，我们又不能将它们仅仅视为情节的一环，它们带有高于其具体片断的富于涵盖性的意蕴。例如卷七《青娥》中的神铲。它在小说中发挥了两个作用：一、它自身与情节扭结在一起，推动着情节的进展，如果没有这把小铲，故事将不复成立；二、它又具有明显的象征意味。古语说："精诚所至，金石为开。"这把小铲，正是霍桓的精诚之心凝结而成的，正是追求理想爱情的执著精神的象征，以小铲的象征含义为中心，《青娥》集中展现了霍桓对爱情的始终不渝的追求。

与小铲作用相近的象征性意象，在《聊斋志异》中很多，如《促织》中成名之子化成的蟋蟀，《向杲》中向杲化成的老虎，《阿宝》中孙子楚化成的鹦鹉等。由于它们不再只是自然物，而是凝结着厚重的人格内涵，因而生气远出，有助于小说形成杳而弥深的境界。

从上述分析可以看出：在蒲松龄那里，象征不只是一种技巧，不只是笔墨趣味，而是借助这一技巧，展示出浩莽深沉的主体，笔墨中融入了社会人生。因此，经由象征而渗透在字里行间的韵，就不是冗弱的、纤细的，而是力中见韵，健拔中见韵，或者用传统的说法，这是气与韵的完美融合。这样的韵，才真是“言有尽而意无穷”，达到了技而进乎道的境界，达到了内在生命与外在情趣的沟通。

三　文体：以抒情为基点的多样化追求

按照流行的说法，文体的含义有三种：首先，指传统的文学体裁。它的形式的要求，规范化的标准，艺术传达的普遍特征。文体的第二种含义，乃是指文学语言：语言形式、语言结构、语言表达。实质上，它又转而表现为个人风格化的追求与批评。从根本上说，文体应被理解为特定的把握生活的方式。这是文体规范的第三种含义。我们采取第三种含义，但并非与第一、第二种毫不相干。这是因为，语言的个人风格化与体裁总是有一定联系的；它往往是对体裁规范的继承、变异或发展，并由此表现出作家把握生活的独特方式。

从《聊斋志异》的情况来看，蒲松龄对文体风格的追求有两大特点：一是追求多样性，力避单一的文体风格；二是以抒情为基点，力求富于诗意地展开他的绚丽多彩的精神世界。

1. 多样化的文体风格

《聊斋志异》的文体风格，大要有三个方面：

其一，文言的醇雅，生活的韵味。《聊斋志异》是文言小说。其体式是充分文言化的，它的句式，它的爱用典故的表现手段，它的叙述层次，都受着文言这种语言形式的制约。从小说的叙述层次来看，《聊斋志异》较多继承了《左传》、《史记》以来的文言叙事作品的传统，而与通俗文学如白话小说、俚曲等差异显著。一个富于说服力的特征是，古代白话小说只使用顺叙手法，《聊斋志异》却经常使用“先是”、“初”等承接词，而这种承接词无例外地只用于插叙或倒叙。从修辞特点看，《聊斋志异》较多使用典故。以卷十《仇大娘》为例，小说写仇福、仇禄二人“负锸营筑”，意外掘出一扑满银子，却不直书银子，而用“不动尊”代替；与此形成对照，《聊斋俚曲集·翻魇殃》（亦为蒲松龄所作，人物事件与《仇大娘》一样，不过《仇大娘》中的仇大娘在《翻魇殃》中称为“仇大姐”）的用语则是：“瞧了瞧，都是银子。”从句式看，《仇大娘》是标准的文言文：“大娘闻之，忿气塞吭，曰：‘家无成人，遂任人蹂躏至此！吾家田产，诸贼何得赚去！”其中，“遂任人蹂躏至此”尤为典型的文言句式。《翻魇殃》与此对应的一段是：“仇大姐怒冲冲，兄弟俩是顽童，没了老子就着人家尽着弄。不惟土地全唠去，老婆也哄着换了铜！这个还要甚么命！我要去伸冤告状，也叫他不得从容。”

由于《聊斋志异》在章法、修辞、句式等方面的特点，作品自然地具有文言的醇雅。在这种醇雅的文体氛围中，蒲松龄还对场景、人物适当地做了一些修饰性处理，使其风格特征更为鲜明。如《翻魇殃》写二相公仇禄被骗游范公子园林，误入范公子内院：“忽然抬头望里看，朱红格扇一亭台，里边有个美人在。二相公扯腿就跑，那里头大骂奴才。”“有个美人在”、“扯腿就跑”、“大骂奴才”的描绘挟带着火辣辣的世俗生活气息，纯是俚曲风味。而在《仇大娘》中则是：“至一院落，闻女子笑声。方停步间，一婢出，窥见之，旋踵即返。禄始骇奔。”“闻女子笑声”，这种表述颇为含蓄雅致，冯镇峦于此评了一句：“唐人云：花间笑语声。”正是看出了这句描写的诗的意境。而从“方停步间”到“禄始骇奔”，人物的举动也不像俚曲写的那样匆促，不至于与诗的意境格格不入。

但蒲松龄更使人佩服之处还在于，他不仅追求文言的醇雅（要做到这点并不太难，因为，文言在经过历代作家反复运用之后，已经形成了若干优点，如简洁典雅等。一个比较有出息的作家，只要多用些锤炼功夫，即能臻于此境），而且力求在醇雅的文言中，灌注进生活的新鲜与清野。这是很难达到的境界。文言的传统极为深厚，这既使它具有某些长处，却也不可避免地与生活拉开了距离，处理得不好，便呈僵硬、笨拙之态。许多文言小说都不免此弊，故成就有限；《聊斋志异》却在赋予语言以生活的韵味方面造诣极高：其叙述描写语言，往往能逼真地展开生活一角的面貌；其人物语言，高度的个性化，口吻毕肖。

《聊斋志异》所以能饶有生活的韵味，从较为普遍的情况来看，有两个基本前提：第一，蒲松龄所选择描写的情景，是充分生活化的，内容本身提供了可能性。与明末志怪群书的诞而不情相区别，《聊斋志异》的花妖狐魅多具人情，和易可亲，实际上无异于现实的人，如聂小倩、青凤、婴宁、小翠等。同样，阴司地府等非人世界其实也是参照人类社会而设置的，如《席方平》中的城隍、郡司、冥府，由低到高，恰好是官府尊卑秩序的写照；席方平在冥府受刑的描写，也是仿照世间的情形而展开的。当蒲松龄用文言来描绘富有生活实感的对象时，就有可能如生活一般朴茂疏野了。第二，蒲松龄虽用文言，但力避晦涩，尽量使它具有口语的浅显流畅。如卷二《胡四姐》："尚生，泰山人。独居清斋。会值秋夜，银河高耿，明月在天，徘徊花阴，颇存遐想。忽一女子逾垣来，笑曰：'秀才何思之深?'生就视，容华若仙。"这里，几乎没有口语词汇："会"、"逾垣"、"就视"是典型的文言词语；"何思之深"是文言句式；但写景绘人，明白如话。在某些作品中，蒲松龄还有意引入口语、谚语，如《蛇人》："世无百年不散之筵。"《张鸿渐》："一日夫妻，百日恩义。"《连城》："丑妇终须见姑嫜。"《颜氏》："闺中人，身不到场屋，便以功名富贵似汝厨下汲水炊白粥；若冠加于顶，恐亦犹人耳!"这些口语或谚语，虽以文言的句式出现，仍不失其生活的亲切感。

其二，远继《尚书》，近承竟陵，宛曲有致，幽深入微。蒲松龄对明末竟陵派的文章是用心揣摩过的。《聊斋文集》卷三《〈帝京景物略选〉小引》对竟陵派的代表作推崇备至。其所以推崇，又在于这些作品：写景如生；文体幽深孤峭。或者这样说：《帝京景物略》以幽深孤峭的文体传达出了被描写对象的神韵。因为，没有这种文体，也就不可能有这样的艺术表现力，是文体首先引起了蒲松龄的兴趣。

幽深孤峭确能概括《帝京景物略》的文体风格。初读之，觉生涩拗口，“或不能句”；反复涵泳，“其奇渐露”，则感到别有滋味。不过，蒲松龄虽然极为欣赏这种文体，但在继承中仍有所去取：“取”竟陵派文章之“幽深”而“去”其“孤峭”，努力在平易流畅中具幽深之美；短而不促，折而不断，曲径通幽。如《聊斋志异》卷二《红玉》：“一夜，相如坐月下，忽见东邻女自墙上来窥。视之，美。近之，微笑。招以手，不来亦不去。固请之，乃梯而过，遂共寝处。”卷十一《晚霞》：“童男女皆双舞，身长短、年大小、服色黄白，皆取诸同。”所有这些，都不以雄浑见长，也不以劲健动人，而有类于司空图《二十四诗品》所说的“委曲”：“登彼太行，翠绕羊肠。”“似往已回，如幽匪藏。”①

这种“委曲”之美，处理得不好，易流于柔弱，故有必要与古拙之美结合。蒲松龄在这方面显然刻意追求过。卷六《跳神》即是对于《尚书》的语言风格的模仿——以不失明朗为前提的模仿：

> 妇束短幅裙，屈一足，作“商羊舞”。两人捉臂，左右扶掖之。妇刺刺琐絮，似歌，又似祝；字多寡参差，无律带腔。室数鼓乱挝如雷，蓬蓬聒人耳。妇吻辟翕，杂鼓声，不甚辨了。既而首垂，目斜睨；立全须人，失扶则仆。旋忽伸颈巨跃，离地尺有咫。室中诸女子，凛然愕顾曰：“祖宗来吃食矣。”便一嘘，吹灯灭，内外冥黑。人慄息立暗中，无敢交一语；语亦不得闻，鼓声乱也。食顷，闻妇厉声呼翁姑及夫嫂小字，始共爇烛，伛偻问休咎。视尊中，盎中，案中，都复空空。望颜色，察嗔喜。肃肃罗问之，答若响……

但明伦于“不甚辨了”下评：“借题发挥，古音古节，极行文之乐

---

① 何文焕辑：《历代诗话》，42页，北京，中华书局，1981。

趣。”又于“答若响”下评：“古音璆然，当于秦汉以上求之。”最后于文末评曰：“典奥如《尚书》古文，瑰异如冬官考工，反复读之，美不胜收，只是不忍释手。”其魅力就在古拙幽深。冯镇峦认为“此篇诘屈聱牙，于全部中另为一体”，却有些不妥。《聊斋志异》的其他作品，就古拙的程度而言，没有一篇可与此相提并论；但蒲松龄无疑颇为留心在幽深婉曲中糅入古拙，以造成高古朴厚的韵味，避免纤弱之弊。《跳神》一篇，只是把他对古拙的追求表现得格外明朗而已。

其三，“从容大雅，可夺晋人之席”。这是冯镇峦对《聊斋志异》卷四《狐谐》中“狐娘子”谐语的评价。所谓“从容大雅”，指《世说新语》般的隽永与诙谐的语言。不过，相对而言，《世说新语》的隽永具有更多的挥麈谈玄的意味，其风格在于高简玄远——言辞简约而旨趣深远；《聊斋志异》的隽永则较多晚明小品文那种机锋，那种波俏，那种才思敏妙和轩翥自如的生气。例如卷二《狐联》。狐女的语言，既无《尚书》的古色古香，也无六朝的清丽纤秀。其中给人美感最强烈的在于尺牍似的洒脱、精警，有反诘，有嘲弄，笔调轻盈，毫无板重之气。正由于思致明朗峭拔，句法又回翔自如，其结果，生意葱茏，极富隽永之美。

《聊斋志异》文体的诙谐之美尤为普遍。其诙谐也如《世说新语》的“排调”文字，亦谐亦雅，不流于粗俗，不堕入恶趣。即冯镇峦所暗示的，谐仍以“从容大雅”为前提。如《狐谐》、《雨钱》、《马介甫》、《沂水秀才》、《鬼令》、《镜听》等。在蒲松龄那里，诙谐本身不是目的，而常常是为了赋予严肃的内容以吸引人的魅力。像卷十一《司札吏》：

> 游击官某，妻妾甚多。最讳某小字，呼年曰岁，生曰硬，马曰大驴；又讳败曰胜，安为放。虽简札往来，不甚避忌，而家人道之，则怒。一日，司札吏白事，误犯；大怒，以研击之，立毙。三日后，醉卧，见吏持刺入。问：“何为？”曰：“‘马子安’来拜。”忽悟其鬼，急起，拔刀挥之。吏微笑，掷刺几上，泯然

而没。取刺视之，书云："岁家眷硬大驴子放胜。"暴谬之夫，为鬼揶揄，可笑甚已！

其主要精神当然是嘲讽"暴谬之夫"，但说得如此有趣，既非正颜厉色的抨击，又非仅博一笑的噱头，蕴藉幽默，的确是"深刻的机智"。

2.《聊斋》语言的抒情功能

中国古代文论特别重视语言风格；语言风格被认为极富于抒情功能。蒲松龄在文体上的多样化追求，正是从抒情这个基点出发的。

《聊斋志异》的幽深婉曲的文体大致属于阴柔的范围。阴柔比较适宜于表现凄凉悲怨的情怀。蒲松龄早年有过热情的憧憬，满怀信心，以为定能建立一番功业；随着年华日增，屡遭蹉跌，取而代之的则是绵绵不绝的悲哀伤感了。一篇《聊斋自志》所集中抒写的即是一种凄寂哀婉的心境意绪。蒲松龄选用阴柔的"如幽林曲涧"的文体是恰当的。

事情还有另一面。蒲松龄的悲与一味的悲悲切切又大不相同，这是怀才不遇、颇多慷慨之悲，是感于民情、戟指呼天之悲……是大丈夫的悲，而非小儿女的悲。要表现出这种悲中有怒的情怀，文体亦应兼具古拙之美。蒲松龄之追求古音古节，追求古拙与婉曲的融合，自有其内在的心理依据。

《聊斋志异》一方面具有生活的韵味，同时又保持着文言的醇雅，这有没有必要呢？对这个问题，不能用作家的写作习惯来解释——因为蒲松龄也能用带有地方风味的白话创作俚曲，而应从文体特性的角度加以考虑。语言是文化的一部分。一个民族的审美习惯，一个民族中某个特定阶层的特殊的心理状态、趣味、情绪等，往往需用特定的文体才能完满地表达出来。为不同阶层写作，表达不同的趣味、情绪，也最好选用不同的语言形式。蒲松龄正是从实际出发选用文体的。蒲箬《清故显考岁进士、候选儒学训导柳泉公行述》云：读蒲松龄的作品，"讽咏诗歌，可想见生平之磊落，而披览篇章，益以见意气激昂。如《志异》八卷，渔搜闻见，抒写襟怀，积数年而成，总以为学士大夫之针砭；而犹恨不如晨钟暮鼓，可参破村农之迷，而大醒市媪之梦也，又演为通俗杂曲，使街衢里巷之中，见者歌，而闻者亦泣，其救世婆心，直将使男之雅者、俗者，女之悍者、妒者，尽举而陶于一编之中。呜呼！意良苦矣"！蒲松龄创作《聊斋志异》，意在自抒襟怀，其读者对象，主要是"学士大夫"；而写通俗俚曲，目的则是劝善惩恶，读者对象为村农市媪。因此，从主旨来看，《聊斋志异》与俗曲差别极大。《聊斋志异》中约达五百篇的作品，一般地说，它们是以"狂"、"痴"、"拙"为中心，抒写蒲松龄的主体情感，而在俗曲中，内容则集中于伦理道德的训诫。抒情的供"学士大夫"阅读的《聊斋志异》，其中所表达的怀才不遇的牢骚，建功立业的抱负，知己之感，以及对现实政治的斥责等等，与历史上的志士仁人有着较多的相通之处，而与村农市媪的所思所想距离甚大。因此，要想富于艺术魅力地抒发其情感，就并非越通俗越好，而应从古代文献与文学中去选择合适的有生命力的成分：文言中的某些语汇、形式，在长期使用中已"储存"了若干富于意味的内容，而这些意味在白话中是难以找到的。

不过，倘若一味死板地运用陈言，不去追求生活的清新，则又会流于板滞、陈腐。蒲松龄的情感虽与传统文化存在不可分割的联系，但他又毕竟是活生生的人，他的情感是一个清初下层知识分子所特有的。作家严于选词，苛于造句，努力写得像生活一般新鲜流动，便是出于这种原因。既从传统的语言形式中采取若干表达方式，又不一味地在旧书里讨生活，这是蒲松龄的过人之处。

蒲松龄讲求隽永、诙谐，乃是他性情的自然流露。《聊斋诗集》卷三《哭毕刺史》其六："临别清谈还竟夕。"《聊斋文集》卷三《郢中社序》："余与李子希梅，寓居东郭，与王子鹿瞻、张子历友诸昆仲，一埤垷之隔，故不时得相晤，晤时瀹茗倾谈，移晷乃散。"一个平日喜欢清谈的人，写作时自会妙语连珠。因此，从本质上说，《聊斋志异》的隽语体现了蒲松龄倜傥、自由、充满灵感的风度！

四 《聊斋志异》与社会审美风尚的变化

明代中叶以后，尤其是万历年间，随着泰州学派影响的进一步扩大和公安派的崛起，人们的精神状态产生了一系列富于时代色彩的新的特征。其中引人注目的一点，是部分知识分子对于名士风度的向往。它表现为推崇恣放不羁、超尘绝俗的个性，讲求情趣、韵味，而不屑于用“理”来约束“性情”。

时至明清之际，虽然这股思潮正趋向衰落，但在文学作品中，尤其是在文言小说中，这种以恣放不羁、超尘绝俗作为个性特征的名士形象仍在陆续出现。黄周星的《补张灵、崔莹合传》是这样，《虞初新志》中的其他作品如宗元鼎《卖花老人传》、严首升《一瓢子传》、钮琇《记吴六奇将军事》等，也表现出同样的艺术倾向。蒲松龄也是讲求名士风度的，但他并不以脱略町畦、气概狂肆、超尘脱俗为然。他认为“清不必离尘绝俗也，一无染著即为清；韵不必操缦安弦也，饶有余致则为韵”。提倡一种内在的自然的风神，而反对外部的矫揉造作。

他的这种看法在《聊斋志异》的创作中得到了贯彻。这可以从消极和积极两个方面来看。就消极方面而言，蒲松龄尽量避免描绘那种形迹显然的所谓名士举动，卷六《大力将军》是一个典型例子。这篇小说与钮琇《记吴六奇将军事》所写是同一题材，人物关系、情节梗概基本相同，但在人物性格描写上却有一个极为鲜明的区别：钮琇笔下的两位主角都具有那种潇洒出尘、纵横慷慨的名士气质，而在《聊斋志异》中，他们却一如寻常人。就积极方面而言，蒲松龄根据“不必离尘绝俗”的原则刻画了一批具有自然清韵的人物。在全部《聊斋志异》中，他大致写到了三种名士，前两类是他基本肯定的：

第一种名士，言行平淡无奇，但在平淡中寓有幽远的诗意。如卷九《张鸿渐》中的张鸿渐、卷七《细柳》中的高生、卷十《素秋》中的周生等。他们品性好，有才华，不怪诞也不迂腐，最为蒲松龄所欣赏。

第二种名士，性格中有某种殊癖，但并非故作狂诞，而是天真性格的自然流露，体现出他们较高的文化素养和生活情趣。如《书痴》中的郎玉柱癖于书，《石清虚》中的邢云飞癖于石，《黄英》中的马子才癖于菊。对于这类名士，蒲松龄在欣赏中仍带揶揄，因为这种殊癖多少给人玄虚之感。他理想的名士风度是俗中有雅，在似乎与日常现实同样平凡的环境中，通过似乎与普通人同样平凡的举动，体现出雅趣。为此，在《黄英》中，与马子才形成对照，他塑造了黄英和陶三郎姊弟的形象。

第三种名士，品行不端。如《胭脂》中的"东国名士"宿介、《彭海秋》中的名士丘生。蒲松龄对这类名士极为鄙视。这表明，他不再像明末清初的某些作家那样，津津玩味地欣赏不受伦理规范约束的浪漫世界，而更关注讲求伦理的现实人生。

与上述对名士风度的描写相一致，蒲松龄在表现佳人韵致时亦有别开生面之处。明末清初文言小说和白话小说中的佳人，大抵强调两个特点：才高貌美——而且是超群绝伦的高才和美貌。蒲松龄则改变了强调的重点：一是对于韵味的强调超过了对于才本身的强调，《白秋练》是比较突出的例子；二是在才、貌之外强调佳人应有持家的本领，《细侯》、《细柳》中的女主角都是善于持家而辅以才、貌的佳人形象。

从蒲松龄笔下的这种名士风度和佳人韵致，我们可以得出下述结论：作家是在努力表现一种新的人物。这种人物不以其超凡脱俗而吸引读者，他们和读者距离很近，也同样食人间烟火。这显示了蒲松龄对于现实人生的深切关注。而且，这不是一个孤立的现象，因为《聊斋志异》正处于明末浪漫思潮和清中叶写实思潮两个高峰之间，从这部作品中，恰好可以见出清初艺术趣味变化的轨迹和趋势：由浪漫逐渐向写实演化。

第二十章　《聊斋志异》后的清代传奇

《聊斋志异》后的清代传奇小说，依据其笔路的不同可大致分为三类：一类模仿《聊斋志异》，如沈起凤《谐铎》、和邦额《夜谭随录》、长白浩歌子《萤窗异草》、宣鼎《夜雨秋灯录》、王韬《遁窟谰言》等；一类别有师承，异军突起，如沈复的纪实性自传《浮生六记》；还有一类作品，则是传统社会向现代社会急剧转型过程中的产物，如韩邦庆《太仙漫稿》、苏曼殊的部分文言小说等。前两类作品构成这一时期传奇小说的主体。

一　《聊斋志异》的后裔

在追步《聊斋志异》的作品中，有两个倾向值得注意：第一，体例较为完善，集子中通常都是篇幅较长的传奇小说，单纯志怪的或三言两语的很少，这是注重文体规范的风气使然。第二，一部分作品片面发展了《聊斋志异》中所含的话本体传奇的倾向，无可挽回地踏上了衰落之路。《谐铎》、《夜谭随录》、《萤窗异草》、《夜雨秋灯录》、《遁窟谰言》等是其中较受关注的作品。

1. 和邦额《夜谭随录》

和邦额（1736～1796 年前后），满洲镶黄旗人，有闲斋（误为闲斋）、霁园、愉园、蛾术斋主人等字号。其祖父和明为雍正元年（1723 年）武进士，官至总兵，工于诗文，人称“儒将”。其父生平不详。十七岁前随祖父生活于西北、东南等地，十七岁时祖父病故，由闽回京，入咸安宫八旗子弟官学就读。乾隆三十九年（1774 年）

中举。此后曾任山西乐平县令。与永忠、阿林保（雨窗）、恭泰（兰岩）、福庆（兰泉）、恩茂先等满洲文士及汉族画家上官周、周佐等交往颇密。《夜谭随录》即由阿林保（雨窗）出资付印。其诗结集为《蛾术斋诗稿》，十九岁时所撰传奇剧本《湘山月一江风》颇受好评，绘画有《文姬归汉图》传世。《夜谭随录》是其代表作，约三十余岁时开始创作，自序写于乾隆四十四年（1779 年），十年后由雨窗作序付印。《夜谭随录》共十二卷，一百三十六篇。有乾隆五十四年（1789 年）刻本，书前列乾隆五十四年雨窗序、乾隆四十四年作者自序。卷首下署“霁园主人闲斋氏著”，“松阴山房雨窗氏、葵园主人兰岩氏评阅”，“用拙道人兰泉氏参订”。另有乾隆五十六年（1791 年）刻本，与上本比较，卷四缺一则，卷八多五则，各篇正文文字略有差异，无雨窗评语。还有光绪二年爱日堂刻本、1913 年育文书局石印本、1915 年上海广益书局石印本、1926 年上海梁溪图书馆铅印本、1931 年会文堂新记书局石印罗宝珩注本。《笔记小说大观》本分为四卷。作者在自序中说：“予今年四十有四矣，未尝遇怪，而每喜与二三友朋于酒觞茶槅间，灭烛谈鬼，坐月说狐，稍涉匪夷，辄为记载，日久成帙，聊以自娱。”因作者态度比较超脱，写人记事常能摆脱满族贵族偏见。比如《陆水部》写文字狱，对钦犯陆生楠寄予同情，让他吟出“碧血丹心迁客恨，云鬟玉臂故园情”的沉痛诗句。清礼亲王昭梿曾在《啸亭续录》中对之加以指斥：

> 有满洲县令和邦额著《夜谭随录》行世，皆鬼怪不经之事，效《聊斋志异》之辙，文笔粗犷，殊不及也。其中有记与狐为友者云：“与若辈为友，终为所害。”用意已属狂谬。至陆生楠之事，直为悖逆之词，指斥不法，乃敢公然行世，初无所论劾者，亦侥幸之至矣。①

同为满人，和邦额如此通脱，昭梿却这般疑惧，如蒋瑞藻《小说考

① 朱一玄：《明清小说资料选编》，1243 页，济南，齐鲁书社，1990。

证》续编卷一所引《花朝生笔记》所说："人之度量相越，何其远也!"① 在这点上，和邦额是值得尊敬的。

《夜谭随录》长于以白描手法传人物之神。其细节描写与人物语言，摹拟《聊斋》，不乏神情毕肖之处。如卷三《谭九》，叙谭九旅寓京郊，目睹了一家三口（婆、媳、孙）悲凉凄惨的生活：吃穿用度，样样紧缺。这三人其实是鬼。和邦额对他们的叙写，既注意写出其人性，又注意把握阴间的一些特点，生活化程度很高。比如他们招待谭九一段。适逢祭祀鬼神的中元节，所以这一家能吃到鱼肉，可那筷子却是用草梗做的，酒壶用瓦盆代替，其穷困不难想见。尽管如此，他们还是盛情款待客人。老媪的语言尤富唠家常的亲切意味。而饭、菜均冰冷，则暗示了老媪一家的"鬼魂"身份。鲁迅《中国小说史略》评曰：《夜谭随录》"颇借材他书（如《佟觞角》、《夜星子》、《疡医》皆本《新齐谐》），不尽己出，词气亦时失之粗暴，然记朔方景物及市井情形者特可观"。②

2. 沈起凤《谐铎》

沈起凤（1741～1794年后），字桐威，号蒉渔、红心词客，吴县（今江苏苏州）人。二十八岁中举，后屡试不第，五十岁前后，一度任安徽祁门县学教官。主要靠卖文和做幕僚为生。嘉庆间客死北京。能诗文，热心于戏曲小说的创作。所撰剧本今知有三四十种之多，现仅存《报恩缘》、《才人福》、《文星榜》、《伏虎韬》四种传奇。其传奇小说集《谐铎》，在其生平著述中流播尤为广远；凡十二卷，一百余篇。乾隆辛亥藤华榭刊本为最早刊本，有韩藻序和殷星岩序。乾隆壬子巾箱本增王昶序和黄桂芳、马惠、沈青瑞跋。另有光绪十七年上海广百宋斋铅印本，上海书局、文蔚书局、锦文堂书店石印本，《清代笔记丛刊》本，《笔记小说大观》本。1985年人民文学出版社"中国小说史料丛书"刊出乔雨舟校点本，附录序跋，颇便使用。书

① 蒋瑞藻：《小说考证》，399页，上海，上海古籍出版社，1984。

② 鲁迅：《中国小说史略》，149页，上海，上海古籍出版社，1998。

名《谐铎》，据钱棨（湘舲）《谐铎·序》的解释，其含义是：将史家的“铎”（施行政教）与小说家的“谐”（戏谑嘲讽）结合起来，亦即寓劝戒于诙谐的故事中。

《谐铎》可谓名实相符。小说的旨意通常都很严肃、方正。如卷十一《老僧辨奸》：“传言愚忠愚孝，有旨哉！古之乱臣贼子，皆聪明绝顶人也。是故，士不重才而重德。”《扫帚村钝秀才》：“士先德行，次及文章，故春秋榜上，大半积福儿郎也。”卷四各篇以《酒戒》、《色戒》、《财戒》、《气戒》、《侠妓教忠》、《雏伶尽孝》、《丐妇殉节》、《营卒守义》为题，亦具见其用心。当然《谐铎》中也有愤世嫉俗的感慨，如卷十一《盗师》关于“盗亦有道”的议论，即相当老辣。

《谐铎》对名士的调侃与讥讽颇值得考量一番。晚明社会对名士风度的青睐是有目共睹的，各种奇怪的人物，各种颠狂的举止，不难赢得喝彩。康熙以降，清代社会弥漫着对名士反常言行的厌倦和厌烦的氛围，至乾、嘉年间，这种厌倦和厌烦情绪更为强烈。《谐铎》可说是透视这种风气的一个合适的标本。如卷六《识字犬》写一只性情反常的狗，“见蓝缕者，欢迎憨跳；遇鲜衣华服者，必狂吠”，最终因其反常而被东邻子射死。作者以这只狗喻怪诞不经的名士，不难推想他对名士的厌恶程度。卷四《酒戒》、卷九《嘲吴蒙》，亦措词辛辣。

《谐铎》风格上的特点是诙谐。作者热衷于调侃笔下的喜剧性形象，不时使用漫画式的夸张手法。卷十二《贫儿学谄》，效法侯方域《马伶传》，但嘲弄的意味更浓。沈起凤将严嵩的假儿义子比拟为乞丐，而构想出一幅可入《笑林》的图景：乞丐张禄，乞讨所得总是比不过钱秃子，张禄求教于钱，“钱坚不许”，因思严嵩门下，“乞怜昏夜者，其媚骨佞舌，当什倍于钱”，因而涉远前来。严嵩“命众引丐去，朝夕轮授，不逾年，学成而归。由是张禄之丐，高出钱秃子上云”。另一些篇目，如卷二《妙画代良医》据《南史·刘瑱传》生发，卷九《村姬毒舌》据江盈科《雪涛谐史》“罗念庵”生发，亦充盈着俳谐的趣味。但连篇累牍，比比皆是，便不免缺少大家气象。

3. 长白浩歌子《萤窗异草》

《萤窗异草》，署名长白浩歌子。作者有二说：一云长白浩歌子即乾隆间大学士尹继善第六子尹庆兰（约1735～1788年）。庆兰字似村，满洲镶黄旗章佳氏，祖籍长白（辽东）。其祖父尹泰雍正年间官至大学士，父尹继善乾隆年间亦官至大学士。庆兰出身满族世家，乾隆十二年（1747年）考上生员，年仅十余岁，因皇帝亲临考场之故，自称“殿试秀才”。一度任笔帖式之职，因不乐仕进，谢病退隐，定居北京。终日吟诗作画，尤喜种兰。与袁枚、黄景仁等名流过从颇密，袁枚赠诗曰：“调鼎两朝门第贵，高吟一世秀才终。”并在《随园诗话》中多次予以嘉许。诗文集有《小有山房诗钞》、《绚春园诗钞》等。平步青《霞外捃屑》卷六否定了浩歌子即庆兰说，提出《萤窗异草》实为申报馆文人所作。书凡三编十二卷，有《申报馆丛书》本、《笔记小说大观》本、1936年上海通俗图书刊行社铅印本，近有1985年齐鲁书社刘连庚校点本和1986年中州古籍出版社孟庆锡校点本。别有四编四卷，乃书商伪造。

《萤窗异草》属仿效《聊斋志异》而时有新意之作。浩歌子浓墨重彩地塑造了“痴情”者的群像，如三编卷三《销魂狱》中的周生。他爱上某商之女，因年龄悬殊，缔姻之议“遂扞格不能成”，才三月，“周已肌削骨立”。后幸得成婚，情爱弥笃，女郎却不幸早逝。“女已就殓，周遂木坐如呆，不言不笑，惟诵毛诗‘谓予不信’二语……返至家，以一室供女遗像，对之泫然，自朝至暮弗肯去。”这种多愁善感的人物，在《萤窗异草》中为数不少。

《萤窗异草》较多采用的情节套路是：某个处于困境中的名士或善良人物得到狐仙（或其他神秘力量）帮助，终于摆脱困境或实现夙愿。如初编卷三《青眉》，雇工竺十八，在与狐仙青眉成亲后，便不再依赖别人生活；三编卷三《秦吉了》，一对青年男女得鸣禽秦吉了之助，终于结为眷属。这些美丽的故事流传甚广。

该书的短处是模拟《聊斋》太甚，形迹显然。如卷三《痴狐》与《聊斋·婴宁》性格设计基本一致；《聊斋·素秋》云：“伤哉雄飞，不如雌伏。”此书卷一《卜大功》即云：“拙哉雄飞，何如雌伏？”未能越出《聊斋》藩篱。

4. 曾衍东《小豆棚》

曾衍东（约1750～约1816年），字青瞻、七如，号七道人，山东济宁人。早年随父在岭南生活逾二十年。四十三岁中举，以做幕为生。嘉庆六年（1801年）“获挑楚北”，次年补咸宁知县，嘉庆十一年署江夏知县。嘉庆十七年（1812年）因“诖误”免官，流戍温州。工诗，擅书画。所撰《小豆棚》，原书八卷，今存抄本一至六卷。光绪六年（1880年）项震新就原书删存二百零三篇，析为十六卷。书前有嘉庆丙子（1816年）彭左海撰曾衍东传，光绪六年项震新序，乾隆六十年（1795年）曾衍东自序。有光绪六年申报馆铅印本、1989年4月荆楚书社南山点校本等。小说分十六类：忠孝部（节烈贞女附）、义勇部（侠附）、报应部（善恶并附）、祥瑞部、艺文部、珍宝部（器用附）、僧道（女道士附）、闺阃（姬妾妓女附）、仙狐类、神道类、鬼魅类、怪异类、杂技类、淫昵类（盗骗附）、物类、杂记。“大而忠孝节义之经，次而善恶果报之理，常而艺文珍宝，变而神鬼仙狐，以及山川风土，鸟兽虫鱼，诗词杂记，诸凡备载。”（项震新叙）以传奇小说为主，兼收志怪（如《铁人》）、随笔（如《人耳》）、论说（如《焙鸭论》、《种豆说》）等，最后一篇《述意》则为折子戏。作者不擅细节描写，故缺少生动鲜明的形象。

5. 乐钧《耳食录》

乐钧（1766～约1816年），原名宫谱，字元淑，号莲裳。临川（今江西抚州）人。嘉庆六年（1801年）中举，后屡应进士试不第，在江苏、浙江、广东等地做幕为生。嘉庆十二年后，寄居苏州杨仁山别业。为翁方纲及门弟子，喜为诗，尤喜骈文，有《青芝山馆诗文集》、《青芝山馆骈体文集》、《断水词》等。所作《耳食录》，初编梦花楼刊本十二卷一百一十二篇，有乾隆五十七年（1792年）自序；二编八卷九十七篇，有乾隆五十九年自序。有道光元年（1821年）

青芝山馆两编合刊本、同治七年（1868年）藏修堂合刊本、同治十年味经堂合刊本等。《笔记小说大观》本、《清代笔记丛刊》本均为五卷，删去近五十篇。

《耳食录》主要包括传奇小说和志怪小说两类。传奇小说多取法《聊斋志异》，如《南埜县令》之于《王六郎》，《绿云》之于《阿英》，可说是亦步亦趋。部分作品颇有特色。如《秋心山人》用拆字格写“愁”，抒发怀才不遇的郁闷，表达对青春、友情的忆恋以及对理想境界的向往。《痴女子》写一位酷爱《红楼梦》的女读者竟因眷恋宝、黛而死；以《庄》、《列》之笔，达楚骚之情，融抒情性与故事性为一体，渲染出感人至深的凄迷氛围。志怪小说受六朝传统影响较深。《田卖鬼》之于《宗定伯》，《红裳女子》之于《郅伯夷》，均明显相似。作者偶尔亦自出机杼，风致天然，宛如一首七绝。《哭笑疙》写两个对比鲜明的人，一个遇事便哭，一个遇事便笑；二人相遇，哭者愈哭，笑者愈笑。《邓无影》叙邓某最初惟有身影相伴，后来连影子也飘然远去。凡此种种，都于志怪情节中，传达出莫可名状的孤独感，折射出人际关系的冷漠情形。乐钧在乾、嘉诗坛与吴嵩梁齐名，诗品近黄景仁，故其小说亦具诗心。但描叙才能较弱，笔锋滞涩，不足以驱遣想像；偶见修洁，亦清丽可读。

6. 宣鼎《夜雨秋灯录》

宣鼎（1835～约1880年），字子九，别号瘦梅、懊侬，又署香雪道人、问香庵主、东鲁游人、瘦尊者、太瘦生、虎口逋客、是此花身馆主、云山到处僧、堕落行脚等。室名仙蝶来馆。安徽天长人。其《夜雨秋灯录·自序》谈到他的性情和经历时说：“口不茹荤者十九年，性好佛老。”“年三十一始入当道幕，司笔札。三十五馆淮海。三十九游山左。奔疲蹇涩，近于托钵矣。明年入兖郡滋阳署。”因痛感“行年已四十，而沦落犹是”，大病一场，“以无可奈何之身，当无可奈何之境”，遂“取平生目所见、耳所闻、心所记忆且深信者，仿稗官例”，成《夜雨秋灯录》一书。凡正、续集各八卷，每集一百十五篇，合共二百三十篇，均刊行于光绪年间。正集有蔡尔康序和光绪三年作者自序，续集有光绪六年蔡尔康叙、何镛后序。今所见《清代笔记丛刊》本、《笔记小说大观》本和1985年岳麓书社标点本等均为赝本，收宣鼎原作仅五十五篇，其他作品系抽自《萤窗异草》、《客窗闲话》等书。1987年上海古籍出版社出版恒鹤点校本，以申报馆原刊本为底本，与原作面貌相符。

《夜雨秋灯录》是晚清传奇小说中的上乘之作，《雅赚》、《麻疯女邱丽玉》等篇尤脍炙人口。

卷一《雅赚》受唐人《购（赚）兰亭序》（《太平广记》卷二〇八，出《法书要录》）和蒲松龄《聊斋》卷八《局诈》之三的启发，但另有会心，展现出一派雅人深致。小说的主角是郑板桥。大意是：郑板桥书画精妙，卓然大家。扬州商人，率以得板桥书画为荣。惟商人某甲，赋性鄙俗，虽出大价钱，而板桥绝不为他挥毫。一日，板桥出游，见小村落间有茅屋数椽，花柳参差，四无邻居，板上一联云："逃出刘伶裈外住，喜向苏髯腹内居。"匾额是："怪叟行窝。"这正搔着板桥痒处。再看庭中，笼鸟盆鱼与花卉芭蕉相掩映，室内陈列笔砚琴剑，环境幽雅，洁无纤尘。这更让板桥高兴。良久，主人出，仪容潇洒，慷慨健谈，自称"怪叟"。鼓琴一曲，音调清越；醉后舞剑，顿挫屈蟠，不减公孙大娘弟子。"怪叟"的高士风度，令板桥为之倾倒。此后，板桥一再造访"怪叟"，"怪叟"则渐谈诗词而不及书画，板桥技痒难熬，自请挥毫，顷刻十余帧，一一题款。这位"怪叟"，其实就是板桥格外厌恶的俗商某甲。他终于"赚"得板桥的书画真迹。

《雅赚》写俗商某甲"赚"板桥，"赚"就是"骗"，却又冠以"雅"字，此中大有深意。《雅赚》的结尾说："人道某甲赚板桥，余道板桥赚某甲。"说得妙极了！表面上看，某甲之设骗局，布置当行，处处投合板桥的风雅嗜好，遂使板桥上当；深一层看，板桥好雅厌俗，某甲不得不以高雅相应，气质大变，其实是接受了板桥的生活原则。板桥不动声色地改变了某甲的生活方式，故曰"板桥赚某甲"。如此立意，精彩顿生。

《麻疯女邱丽玉》在写法上有两个代表了《夜雨秋灯录》一般特

色的倾向：一是重视因果报应，这与宣鼎“性好佛老”有关。麻疯女邱丽玉舍己救人，使陷入婚姻骗局的书生陈绮脱离险境，她虽然为此受了很多磨难，但结局是美妙的。陈绮为她的人格所感动，不顾染病危险，精心护理邱丽玉，并一度放弃进士考试，后来也仕途顺利。其情节严格遵循“善有善报”的逻辑。二是故事有较强的传奇性。比如，乌蛇酒可疗麻疯病，唐李肇《国史补》卷上只是平实地交代了一个事例，宋周密《癸辛杂识·过癞》亦只是粗具梗概，《麻疯女邱丽玉》则描述得异常神奇：邱丽玉自感她是陈绮的累赘，准备自杀，却转眼柳暗花明，恢复了如花似月的容貌。无论是邱丽玉的命运变化，还是蛇的骤然降临，都令人惊讶不已。陈绮的父亲解释这一神奇的事情说：“吾幼闻蛇王居此山千年矣，番僧求得片鳞为人医癣疥，不可得。孰知天专留此为吾疗贤妇疾耶！”这就将善有善报的逻辑与传奇性结合起来了。也正因此，《夜雨秋灯录》的命意虽都寻常，但通常写得饶有趣味。

7. 王韬《淞隐漫录》等

王韬（1827~1897年），初名利宾，字紫诠，号仲弢，别号弢园老人、天南遁叟。长洲（今江苏苏州）人。十八岁考中秀才，后屡试不第。1849年任职于英国教会办的墨海书馆。1862年初，化名黄畹上书太平军将领刘肇均，事为清政府获悉，下令缉拿，遂逃往香港，为英国传教士理雅各翻译中国经书，并游历英、法、俄等国。1874年在香港主编《循环日报》。1884年获李鸿章默许，回上海主持格致书院。主张变法自强，常为洋务派出谋献策，但对洋务运动亦多批评。最早致力于文章社会化，肯定报章日用散文的价值，在散文发展史上有重要意义。著有《弢园文录外编》、《弢园尺牍》、《眉珠庵词钞》、《蘅华馆诗录》、《花国剧谈》、《弢园笔乘》等。

《遁窟谰言》、《淞隐漫录》、《淞滨琐话》是王韬的三部以传奇小说为主的文言小说集，均为十二卷。《淞隐漫录》又名《后聊斋志异图说》或《绘图后聊斋志异》。初以单篇刊于《申报》发行的《画报》，始于1884年下半年，至1887年底刊登完毕，不久由点石斋结集印行。有点石斋石印本、上海鸿文书局缩印本、1983年人民文学出版社王思宇校点本等。卷首有作者光绪二十年自序。其自序称：鬼怪之说不足信，侈谈鬼神，惟此是务，而不致力于科技，这是中国落后的标志之一。既然如此，王韬何以还要写以鬼怪为题材的传奇小说呢？他坦率承认是为了抒愤，借志怪以寓人不如鬼之叹，正如同"屈原穷于左徒，则寄其哀思于美人香草"。这种旨在抒愤的创作态度与蒲松龄颇为相近。

王韬一生饱经忧患，身世坎坷，故家国之悲，乡关之思，对科举八股的抨击，对仕宦生活的鄙弃，对贵官富商的憎恶，以及对名士风流、诗酒生涯的赞美，种种哀怨悱恻之情，便成为此书的主要内容。其体式、写法，依循《聊斋志异》轨辙，或构思奇幻，变化莫测，如《白素秋》；或融现实与想像为一体，如《海底奇景》；或以写实见长，如《吴琼仙》；或以抒情取胜，如《何蕙仙》。在题材方面，与《聊斋》相比，则狐鬼形象渐少，而烟花粉黛之事大量增加。《心侬词史》、《夜来香》、《丁月卿校书小传》、《清溪镜娘小传》、《合记珠琴事》等篇，叙妓女的悲惨境遇，也寄寓了作者本人饱经忧患、歌哭无端的情愫。某些篇诗词太多，有喧宾夺主之嫌；语言较为粗糙，影响了其艺术表现力。

《淞滨琐话》有光绪十三年（1887年）淞隐庐铅字排印本、宣统三年（1911年）上海著易堂石印本、1934年上海新文化书社铅印本。此书成于光绪十三年，共收五十九篇作品。卷一《徐麟士》、《药娘》、《田荔裳》、《画船纪艳》四篇此前已收入《淞隐漫录》。一部分作品显然模拟《聊斋》，如《药娘》仿《香玉》，《田荔裳》似《葛巾》，《煨芋梦》拟《劳山道士》。一部分作品颇有时代气息，如《因循岛》即隐喻因循守旧的清王朝。若干作品中所写到的名士，其个性风采宛如王韬本人。他在《淞隐漫录·自序》中为自己画的像是："少抱用世之志，素不喜浮夸蹈迂谬，一惟实事求是。愤帖括之无用，年未弱冠，即弃而弗为。"而《淞滨琐话》卷五《袁野宾》所写的名士李云骧，亦注重实学，"浏览《史》、《汉》、《国策》，旁及诸子百家，靡不通彻……上下古今，自铸伟议……惟于帖括一道，无论题之大小，洒洒洋洋，直抒胸臆，动辄千百言，耻为程墨所拘”。由此可见其小说主观抒情色彩之浓。

王韬的传奇小说成就不高。尽管王韬的见解具有近代色彩，但其形象系列、情节套路、语言技巧都未脱《聊斋志异》窠臼。

除了上面介绍的几部传奇小说集外，属于《聊斋志异》一派的还有：嘉庆时管世灏《影谈》、冯起凤《昔柳摭谈》，同治时朱翊清《埋忧集》等，陈陈相因，新意不多。

二　沈复《浮生六记》及其他

沈复（1763～1822年后），字三白，号梅逸，长洲（今江苏苏州）人。长期游幕，嘉庆十三年（1808年）曾随齐鲲赴琉球册封其国王。道光二年（1822年）友人顾翰有《寿沈三白布衣》诗，贺其花甲之庆。原书六卷，卷各一篇。道光年间杨引传在苏州书摊购得作者手稿，仅存《闺房记乐》、《闲情记趣》、《坎坷记愁》、《浪游记快》四卷。后两记《中山记历》及《养生记道》已佚。有《独悟庵丛书》本、《雁来红丛报》本。此后较为重要的版本有：1923年北京朴社铅印俞平伯校点本、1980年人民文学出版社《中国小说史料丛书》本等。1935年世界书局出版《美化文学丛刊》，收有《足本浮生六记》，其第五篇《中山记历》、第六篇《养生记道》，据郑逸梅《清娱漫笔》云，系王文濡伪作。

第一篇《闺房记乐》记作者与妻子陈芸的闺房之情，以真率见长。中国古代，详细真实地叙述作者一生经历的自传很少，这有两个原因：其一，传统的古文属载道工具，用于记载日常琐屑，未免有损古文的庄重身份。其二，回忆录贵在坦诚，一切矫饰做作都用不上，一个作者倘将其闺房之情如实展现出来，有可能危及其声誉。故陈寅恪《元白诗笺证稿》第四章云：“吾国文学，自来以礼法顾忌之故，不敢多言男女间关系，而于正式男女关系如夫妇者，尤少涉及。盖闺房燕昵之情意，家庭米盐之琐屑，大抵不列载于篇章，惟以笼统之词，概括言之而已。此后来沈三白《浮生六记》之《闺房记乐》，所以为例外创作，然其时代已距今较近矣。”① 沈复与陈芸均天分极高，夫妇间感情深挚。作者摄录了他们日常生活的若干场景，用情深，用笔正，读者只觉得人类情感的美好，而无丝毫淫秽之感。

第二篇《闲情记趣》记述夫妇二人对花卉、园林等的爱好。沈复善于布置园亭楼阁，套室回廊，能使之大小相生、虚实互见；对叠石成山，栽花取势，也颇多见解和技法。芸娘亦富艺术心灵，并能将艺术精神带入日常生活，如她曾用旧竹帘制成平台栏杆，置一梅花盒用以盛菜待客，既节俭，又雅致。其中一个片断是：

> 余闲居，案头瓶花不绝。芸曰：“子之插花，能备风晴雨露，可谓精妙入神，而画中有草虫一法，盍仿而效之?”余曰：“虫踯躅不受制，焉能仿效?”芸曰：“有一法，恐作俑罪过耳。”余曰：“试言之。”曰：“虫死色不变。觅螳螂蝉蝶之属，以针刺死，用细丝扣虫项系花草间，整其足，或抱梗，或踏叶，宛然如生，不亦善乎?”余喜，如其法行之，见者无不称绝。

以这种想像力和艺术眼光，去赏识花卉虫鱼，去布置日常生活，当然无往而不得宜，无往而不趣味盎然了。不妨说，沈三白的飘逸不凡的“闲情”，正是人类心智的值得骄傲的一份成果。

第三篇《坎坷记愁》记夫妇二人被逐出家门后颠沛流离的生活，笔致酸楚凄切。二人之被逐，一是由于他们相爱至深，不拘形迹，二是由于他们心地单纯，不能应付复杂的家庭关系。一对性情烂漫的夫妇，极易导致大家庭内平庸世故者的憎恶。沈三白对生活中的庸俗势力无疑怀有强烈不满，但他没有戟指痛骂，一种怨而不怒的涵养，使他不去正面指斥邪恶，而是专注于令人低徊感叹的生离死别的悲哀；陈芸死后，沈三白直抒胸臆说：“呜呼！芸一女流，具男子之襟怀才识。归吾门后，余日奔走衣食，中馈缺乏，芸能纤悉不介意。及余家居，惟以文字相辨析而已。卒之疾病颠连，赍恨以殁，谁致之耶？余

---

① 陈寅恪：《元白诗笺证稿》，99页，上海，上海古籍出版社，1978。

有负闺中良友，又何可胜道哉！奉劝世间夫妇，固不可彼此相仇，亦不可过于情笃。语云：‘恩爱夫妻不到头。’如是者，可作前车之鉴也。”只怪自己，不怨他人；因情深不自持而奉劝世间夫妇“不可过于情笃”，缠绵敦厚，令读者亦黯然神伤。

第四篇《浪游记快》写沈复漫游各地观山览水的快乐。据作者自己说，他“游幕三十年来，天下所未到者，蜀中、黔中与滇南耳”，又“凡事喜独出己见，不屑随人是非，即论诗品画，莫不存人珍我弃、人弃我取之意，故名胜所在贵乎心得，有名胜而不觉其佳者，有非名胜而自以为妙者”。他确有几分沉潜于山水之美的名士气。形诸笔墨，便不需要连篇累牍地加以描绘，而只简洁地点染几句，便如“老吏断狱”，不可更移。所游既广，心得亦多，故能别开生面。

《浮生六记》属传奇体回忆录。它所继承的传统，署名“香禅精舍近僧”同治十三年（1874 年）的题词云：“是编合冒巢民《影梅庵忆语》、方密之《物理小识》、李笠翁《一家言》、徐霞客《游记》诸书，参错贯通，如五侯鲭，如群芳谱。”既受惠于明末清初的轶事小说，也汲取了唐人传奇的滋养。其文字极意求工，而能予人纯任天机之感。这是一部并不厚重却足以为作者赢得声誉的书。

沈三白《浮生六记》以自叙性传记的面目而异军突起，韩邦庆《太仙漫稿》和苏曼殊的部分文言小说则是近代文化转型的产物。韩邦庆（1856～1894 年），字子云，号太仙，别署大一山人，又号花也怜侬。江苏松江（今属上海）人。久居上海，常为《申报》撰稿。著有《海上花列传》等。苏曼殊（1884～1918 年），原名苏玄瑛，字子谷，小名三郎，出家后法号曼殊，广东香山（今中山）人。1912 年开始小说创作。著有《断鸿零雁记》、《天涯红泪记》、《绛纱记》、《焚剑记》、《碎簪记》等文言小说。

韩邦庆和苏曼殊的创作，烙印着传统社会向现代社会急剧转型的痕迹，这也是其在小说史上的意义所在。史学界通常将 1840 年视为中国近代社会的开端，但就文化层面的转型而言，19 世纪 90 年代至“五四”时期无疑更值得关注。现在所能见到的最早的翻译小说《昕夕闲谈》，自同治十二年（1873 年）开始连载于《瀛寰琐记》；近代最具影响力的小说翻译家林纾的第一本翻译小说《巴黎茶花女遗事》，刊行于光绪二十五年（1899 年）；鲁迅和周作人翻译的《域外小说集》，刊行于光绪三十四年（1908 年）。域外小说经过译介进入中土，这是中西文化碰撞的一个标志。在这样一种新的语境中，韩邦庆和苏曼殊的文言小说，也显现出一些新的特征。比如，《太仙漫稿》中的《段倩卿传》，写出了一个极为复杂的性格；苏曼殊的笔触集中于恋爱题材，哀艳缠绵，并寓有几许民族意识。这都与以往的传奇小说有所不同。

第二十一章 清代志怪小说

清代志怪小说，迈越宋、明，直逼六朝，可说是中国志怪小说史上的第二座高峰。

清代志怪小说是在乾隆、嘉庆年间臻于极盛的。体现其创作成就的，主要是袁枚的《子不语》和纪昀的《阅微草堂笔记》，后者的地位更为显赫。

一 从《池北偶谈》到《子不语》

清代志怪小说的发展历程，可大体分为三个阶段：从《池北偶谈》到《子不语》，这是第一阶段，清代志怪逐渐向高潮推进；《阅微草堂笔记》代表第二阶段，是清代志怪小说的典范之作；此后为第三阶段。

第一阶段主要包括三部作品：王士祯《池北偶谈》、钮琇《觚剩》和袁枚《子不语》。前两部我们已在《〈聊斋志异〉前的清代传奇》中作过评介，它们的特点是兼容志怪小说、轶事小说和传奇小说。应该强调的是：这种兼容现象不是个别的、孤立的，而是表明了清初文言小说家对于这几类文体的区别不甚重视。在他们笔下，志怪小说不太像志怪小说，或志怪小说成就有限，就不难理解了。

袁枚的《子不语》是清代第一部成就较高、写法较为规范的志怪小说集，理所当然地成为本节的评述重点。袁枚（1716～1797年），字子才，号简斋，钱塘（今浙江杭州）人。乾隆三年顺天举人，四年进士，选庶吉士。因满文考试不合格，出为溧水、江浦、沭阳、江宁等地知县，俱有政绩。三十三岁辞官，筑室江宁小仓山下，曰随园，优游其中凡五十年。自号仓山居士，晚号随园老人，世称随园先生。少负才名，善诗文，亦工骈体。论诗倡性灵说，对神韵说、格调说、肌理说俱表不满。诗与赵翼、蒋士铨齐名，号称乾隆三大家。有《小仓山房文集、诗集》、《随园诗话》等。

《子不语》共三十四卷，含正集二十四卷，续集十卷。常见版本有：20世纪20年代上海进步书局印行《笔记小说大观》本，1983年10月江苏广陵古籍刻印社校订整理重刊；又1986年11月上海古籍出版社申孟、甘林点校本。《子不语》是本书初名，后因见元人说部中有同名者，乃改名《新齐谐》。① 但元人说部中之《子不语》，今已不存；故笔者仍以《子不语》称引袁枚的这部志怪小说集。

袁枚《子不语》自序尝云："余生平寡嗜好，凡饮酒、度曲、樗蒱，可以接群居之欢者，一无能焉，文史外无以自娱。乃广采游心骇耳之事，妄言妄听，记而存之，非有所惑也。"（《随园戏墨》自序又有"余自戏编《子不语》"一语）这里值得注意的是"自娱"和"非有所惑"。所谓"非有所惑"，是将他创作这部"语怪"书的动机区别于干宝、王琰等人。如干宝之创作《搜神记》，目的在于"明神道之不诬"；而王琰作《冥祥记》，则是为"释氏辅教"。袁枚明确说过，他不喜释道二氏之说；又不信相术、风水之类。既然"非有

① 纪昀所读的本子即名为《新齐谐》。《阅微草堂笔记》卷一载："福建汀州试院，堂前二古柏，唐物也，云有神。余按临日，吏白当诣树拜。余谓木魅不为害，听之可也，非祀典所有，使者不当拜。树柯叶森耸，隔屋数重可见。是夕月明，余步阶上，仰见树杪两红衣人，向余磬折拱揖，冉冉渐没。呼幕友出视，尚见之。余次日诣树，各答以揖。为镌一联于祠门曰：'参天黛色常如此，点首朱衣或是君。'此事亦颇异。袁子才尝载此事于《新齐谐》，所记稍异，盖传闻之误也。"见纪昀著：《阅微草堂笔记》，13页，上海，上海古籍出版社，1980。

按，《阅微草堂笔记》叙及《新齐谐》之处颇多。如卷十六："《新齐谐》（即《子不语》之改名。）载雄鸡卵事，今乃知竟实有之。"卷十七："此余家近岁事，与《新齐谐》所记针工遇鬼略相似，信凿然有之。"卷十九："《新齐谐》载冥司榜吕留良之罪曰：'辟佛太过。'此必非事实也。"见上海古籍出版社1980年版之388页、426页、456页。足见袁枚的志怪小说颇受纪昀重视。

所惑”，那又何以要志怪呢？原来是为了“自娱”，是以文为戏。

以通脱真率的审美态度来记叙怪异之事，其重要收获是作品具有浓郁的民俗情趣。他从民俗出发，提炼出人们想像中的鬼物妖魅的若干特点，然后活泼风趣地描写出来。例如，迷信的人通常认为鬼气是冷的，袁枚便经常就此加以点染。卷四《陈清恪公吹气退鬼》写一缢死鬼欲祟人，却被陈鹏年“取其绳置靴中”，鬼怒，“直奔陈前，呼曰：‘还我物！’陈曰：‘何物？’妇不答，但耸立张口吹陈，冷风一阵如冰，毛发噤龄，灯荧荧青色将灭。陈私念：‘鬼尚有气，我独无气乎？’乃鼓气吹妇，妇当公吹处，成一空洞，始而腹穿，继而胸穿，终乃头灭，顷刻间如轻烟散尽，不复见矣”。以阳击阴，以热击冷，极富情味。又如，鬼在一些人看来同样有饮食之需，这样便有了饿鬼、饱鬼之别：饱鬼闲暇优游，“邪心不生”，饿鬼则得想方设法弄吃喝。卷二十二《穷鬼祟人富鬼不祟人》便是这个意思。其他如俗传鬼来则灯暗、鬼畏鸡鸣、狐鬼畏关圣、泼污秽则神鬼为人所制等，袁枚都能写得各有韵味。

袁枚“以文为戏”，另一特色是追求诙谐意味。志怪故事要具备诙谐的审美特征，重要的途径便是“人化”，赋予作品以浓郁的“人情”味。明末的“志怪群书”，所以缺少艺术力量，关键就在于它们过于“荒怪，诞而不情”；而清代志怪小说之有重要收获，在这方面迈越往贤正是重要原因之一。《子不语》中的许多鬼怪，不管能耐大小，善恶与否，袁枚大都让它们有着世俗的算计，世俗的情态，世俗的愚蠢或聪慧。例如卷一《鬼着衣受网》，一女鬼凭“陈姓者妻”作祟，其夫延叶道士作法，“道士告妇人曰：‘如彼肯穿我纸衣，便好拿矣。’少顷，鬼果取衣，妇故意喝曰：‘不许窃衣！’鬼笑曰：‘这样华服，理该我着。’乃尽服之。衣化为网，重重包裹，始宽后紧，遂不能出其阵中”。写鬼的得意忘形，轻易入彀，正是参照日常生活中一些自作聪明的人来刻画的。卷六《冷秋江》叙一群小鬼捉弄“镇江程姓者”，极类人间小儿女的恶作剧。

应该说明，这种“人化”并没有明显的象征或影射意味，而是在似乎漫不经心地描绘时，不露斧凿痕迹地达到人化的境地。因此，其美感特征才是以浓郁的情趣娱人，而不是以深沉的命意动人。只要拿上述篇目与蒲松龄的《席方平》、《考弊司》等略加比较，就会分辨得很清楚。

袁枚还不时借题发挥，以关合哲理或世情，一点骤然袭来的启悟，令人忍俊不禁。例如卷七《仙鹤扛车》，写一“郭姓者”见“两仙鹤扛水精车，车中坐王者，状如世上所画香孩儿，红衣文葆，洁白如玉，口嬉嬉微笑，长不满尺许，诸神俯伏迎入宫”。这纯属志异，妙在袁枚笔锋一转，借老翁回答“王何以年少”的提问指出：“为仙为圣为佛，及其成功，皆婴儿也。汝不闻孔子亦儒童菩萨？孟子云‘大人者，不失其赤子之心’乎？”这儿似乎重在事理的揭示，其实袁枚看重的仍是情趣，一种机锋偶现、颇类参禅的情趣。

以文为戏，以文“自娱”，还包括真率地抒写自我的心灵。翻开《子不语》，一个真实的袁枚便出现在我们面前。

袁枚赋性通脱，对佛不敬，对鬼不敬，对汉学、宋学、八股等亦大为不敬。《续子不语》卷五《麒麟喊冤》借邱生奇遇表达他对许多问题的见解。作品指斥汉学为“造作注疏，穿凿附会”；指斥宋儒“主持名教”，“捆缚聪明才智之人”；指斥明清之“儒生，皆宋儒之应声虫也”；指斥八股文为“腐烂之物”，“细字小板”，“恶模样”。联系袁枚在《答朱石君尚书书》中以“文士”自诩的话来看，更能感觉到那股汹涌澎湃的自豪感。尤可注意的是，他在李贺、白居易等“文士”之前，用了“少年佻达”、“好酒及色”、“豪纵不羁”等词语来形容，不难看出，袁枚之通脱，还包含对好酒好色的肯定。他在《所好轩记》中确曾坦率宣称：“袁子好味好色。”①

袁枚主张“适情”，这只是一方面；另一方面，他又颇多“君子”之风。《子不语》中教人公正为官的篇目不少。如卷十六《阎王升殿先吞铁丸》、《续子不语》卷四《含元殿判官》。

鲁迅《中国小说史略》评《子不语》说：“其文屏去雕饰，反近

① 袁枚著，袁启明译注：《袁枚文选评》，86页，北京，人民文学出版社，1989。

自然，然过于率意，亦多芜秽。”①《子不语》中“芜秽”颇多，确乎主要由“率意”所致，试加缕析，可略分为三种情况：

第一种情况，袁枚自身的情趣不够高，这样，他所搜集或创作的故事便格调偏低。例如关于男色，袁枚既好之，且喜道之，不止一次地嘲骂他人不善欣赏男色和对同性恋的禁止、打击。

第二种情况，“此书大抵道听途说”，他人妄言，袁枚妄听，有一些故事纯属荒诞无稽之谈，既无志怪情趣，又无诙谐的美感，但袁枚不加抉择，一概载入集中，如卷五《莺娇》、《羊践前缘》，卷六《鸭孌》等。

第三种情况，袁枚以小说为余兴，有时率尔命笔，在记叙中出现了不少本来极易避免的毛病。蒋瑞藻《小说考证》所收《花朝生笔记》一则云：“《新齐谐》，一名《子不语》……吾观其叙徐霞客事，以霞为崖，且谓不得于继母，欲置之死，竟似并此公《游记》尚未寓目者，可怪也。其余疵谬，犹不胜指。”② 洵为的论。

二 “著书者之笔”：《阅微草堂笔记》

《阅微草堂笔记》代表清代志怪小说的最高成就，也是中国志怪小说在经历了唐、宋、元、明的长期徘徊后再度辉煌的主要标志。其作者纪昀（1724～1805年），字晓岚，一字春帆，晚号石云，又号观弈道人、孤石老人，人称茶星、纪河间。直隶献县（今属河北）人。乾隆九年（1744年）取得生员资格，十二年（1747年）中举，十九年（1754年）进士及第，以庶吉士入翰林院，历任侍读学士、编修、礼部尚书、兵部尚书等职，官至协办大学士，加太子太保衔。卒谥文达。曾任《四库全书》总纂官十余年。《四库全书总目》总结了中国古代的目录学方法和经验，著录了丰富的文化典籍，重新建立了系统的分类体系，为图书的参考使用提供了许多便利，具有很高的学术价

① 鲁迅：《中国小说史略》，149页，上海，上海古籍出版社，1998。
② 蒋瑞藻：《小说考证》，528页，上海，上海古籍出版社，1984。

值。纪昀因主持这一巨著的编纂而成为中国文化史上的不朽人物。他主张“振兴文教，奖励后进”，在担任乡试正考官、会试同考官和会试总裁官时，精心选拔了数以千计的人才。能诗文，有《纪文达公遗集》三十二卷，其中诗文各十六卷。另有《评〈文心雕龙〉》十卷、《史通削繁》四卷、《镜烟堂十种》等。《阅微草堂笔记》是他晚年所作的一部志怪小说集，凡二十四卷，包括《滦阳消夏录》六卷、《如是我闻》四卷、《槐西杂志》四卷、《姑妄听之》四卷、《滦阳续录》六卷。自乾隆五十四年（1789 年）至嘉庆三年（1798 年）陆续写成。嘉庆五年（1800 年）由纪昀门人盛时彦合刊印行。有道光十五年（1835 年）刊本、《清代笔记丛刊》本、进步书局石印本、会文堂书局本、上海古籍出版社 1980 年汪贤度校点本等。蔡元培《评注〈阅微草堂笔记〉序》云：“清代小说最流行者有三：《石头记》、《聊斋志异》及《阅微草堂笔记》是也。”① 其声誉卓著，不容忽视。

解读纪昀的《阅微草堂笔记》，有几个切入角度：一是纪昀的小说观；二是纪昀的人生观；三是纪昀选择和处理题材的若干特殊方式。明了这几个侧面，我们对《阅微草堂笔记》的把握可能会较有深度。

1. 纪昀的小说观

纪昀的小说观，至关重要的一点，是他将笔记小说划归子部。他何以要作出这种划分？

明以前，关于中国笔记小说的归属问题，主要存在“子部”说和“史部”说的分歧。子部书的特征是“以议论为宗”，故班固《汉书·艺文志》总论诸子说：

> 诸子十家，其可观者九家而已。皆起于王道既微，诸侯力

① 丁锡根编著：《中国历代小说序跋集》，186 页，北京，人民文学出版社，1996。

> 政，时君世主，好恶殊方，是以九家之术，蜂出并作，各引一端，崇其所善，以此驰说，取合诸侯……虽有蔽短，合其要归，亦《六经》之支与流裔。使其人遭明王圣主，得其所折中，皆股肱之材已……若能修六艺之术，而观此九家之言，舍短取长，则可以通万方之略矣。①

曰“术”（学术），曰“说”（学说），曰“股肱之材”，曰“万方之略”，意在突出它们共同的特征：诸子以立论为宗。自然，这首先是就“九家”（法、名、儒、墨、道、阴阳、纵横、杂、农）而言的，但“小说”既附于骥尾，当然是由于它也秉赋有相同的素质。如《隋书·经籍志·小说家》所说：“儒、道、小说，圣人之教也，各有所偏”，“合而叙之”，“谓之子部”。

与子部书的特征形成对照，史部书的标志在于“以叙事为宗”。唐代的刘知几注意到一个事实：子书与史书之间并没有逾越不了的界限。其《史通·杂述》云：“子之将史，本为二说，然如《吕氏》、《淮南》、《玄》、《晏》、《抱朴》，凡此诸子，多以叙事为宗，举而论之，抑亦史之杂也。”② 其实，不只是上述几部书注意叙事，庄子、孟子等在论道说理时，也一再借事托喻，用历史故事或动物故事来表明劝喻或讽刺意义，许多寓言如“庖丁解牛”、“揠苗助长”、“郑人买履”，早已脍炙人口。所以，叙事对于诸子也异常重要，《韩非子·说林》等几乎就是故事的结集。诸子之一的“小说”也不例外地带有浓郁的叙事色彩，先秦“小说”《伊尹说》就乐于娓娓动听地讲述故事。魏、晋、南北朝时期的几部笔记小说，如《郭子》、《语林》、《世说》、《小说》等，可以毫不牵强地断言：叙事（包括对话与生活细节）是其成立的基本前提。鉴于上述情形，刘知几在《史通·杂述》中明确地将“偏记小说”视作“史氏流别”，并具体区分

---

① 班固：《汉书》，1746页，北京，中华书局，1964。

② 刘知几撰，黄寿成校点：《史通》，83页，沈阳，辽宁教育出版社，1997。

为十类："一曰偏记，二曰小录，三曰逸事，四曰琐言，五曰郡书，六曰家史，七曰别传，八曰杂记，九曰地理书，十曰都邑簿。"① 其中的"琐言"即我们所说的轶事小说，"杂记"则相当于我们所说的志怪小说。

从上面的梳理不难看出，将笔记小说划入子部或史部，都有一定的事实依据。但"子部"说与"史部"说的对峙并存，却导致了学术思想的混乱。以宋、元、明三代为例，在鉴定一部作品是否属于笔记小说时，学者们可能两方面迁就，结果，一些"以叙事为宗"的书进入了笔记小说领地，另一些根本没有故事性，而旨在"述道见志"、以传授学说或知识为主的书，也堂而皇之地列入笔记小说，前者以"史部"说为据，后者则依"子部"说为准。这种混乱状况延续了相当长的年代，我们不妨历时性地加以考察：

北宋皇祐年间，欧阳修等纂修《新唐书·艺文志》。其小说类中，大量增加了魏、晋、南北朝的著作，从张华《博物志》、戴祚《甄异传》到吴均《续齐谐记》，这类志神怪者达十余部；从王延秀《感应传》到侯君素《旌异记》，这类明因果者共九部。诸书在以前的正史中亦曾著录，但都在史部杂传类，与耆旧、高隐、孝子、良吏、列女等传同列，至此才归入笔记小说——这无疑是参照"史部"说而作出的处理。同时还增加了大量唐人著作，如李恕《诫子拾遗》等以教诲为宗旨，刘孝孙、房德懋《事始》等侧重于解释典故，李涪《刊误》等专纠谬误，陆羽《茶经》等介绍生活知识——这显然是根据"子部"说来的。由于用两种不同的理论见解指导《新唐书·艺文志》小说类的编纂，其体例自无从统一。元修《宋史》，亦循此例，并因著录书目的数量增加而扩大了体例的矛盾。

胡应麟是明代首屈一指的文言小说理论家。但他也在"子部"说与"史部"说之间徘徊不定，无所适从，其《少室山房笔丛·九流绪论下》云：

---

① 刘知几撰，黄寿成校点：《史通》，81 页，沈阳，辽宁教育出版社，1997。

> 小说，子书流也。然谈说理道，或近于经，又有类注疏者；纪述事迹，或通于史，又有类志传者。他如孟棨《本事》，卢瑰《抒情》，例以诗话文评，附见集类，究其体制，实小说者流也。至于子类杂家，尤相出入。郑氏（指郑樵）谓古今书家所不能分有九，而不知最易混淆者小说也。

他力求不偏不倚地立在“子部”说与“史部”说之间，这种骑墙的态度不免尴尬。《九流绪论下》据此分笔记小说为六类，于是顺理成章，前三类属于“史”，后三类属于“子”：

> 一曰志怪，《搜神》、《述异》、《宣室》、《酉阳》之类是也；
> 一曰传奇，《飞燕》、《太真》、《崔莺》、《霍玉》之类是也；
> 一曰杂录，《世说》、《语林》、《琐言》、《因话》之类是也；
> 一曰丛谈，《容斋》、《梦溪》、《东谷》、《道山》之类是也；
> 一曰辨订，《鼠璞》、《鸡肋》、《资暇》、《辨疑》之类是也；
> 一曰箴规，《家训》、《世范》、《劝善》、《省心》之类是也。①

两部交响曲并奏造成的嘈杂状况，亟待改变。

“子部”说与“史部”说无论如何不宜并存，在螺旋式上升的基础上使二者由对立走向互补，最终达到更高层次的融合，这是摆在笔记小说理论家面前的中心任务。作为《四库全书》的总纂人，纪昀无法回避这一挑战。因为笔记小说也是四部中的一员，他必须为之安排一个合适的位置，并使笔记小说的各成员之间关系协调。

纪昀选择了“子部”说。但这已不是原生态的“子部”说，而是吸取了“史部”说的合理内核，并尊重笔记小说创作的实际情形，以叙述性作为笔记小说的基石。因此，他关于笔记小说的分类就比胡

---

① 胡应麟：《少室山房笔丛》，282 页、283 页，上海，上海书店出版社，2001。

应麟整洁："其一叙述杂事，其一记录异闻，其一缀辑琐语。""杂事"类如《西京杂记》、《世说新语》；"异闻"类如《山海经》、《穆天子传》、《搜神记》；"琐语"类如《博物志》、《述异记》、《酉阳杂俎》。这三类，"校以胡应麟之所分，实止两类，前一即杂录，后二即志怪，第析叙事有条贯者为异闻，钞录细碎者为琐语而已。传奇不著录；丛谈辩订箴规三类则多改隶于杂家，小说范围，至是乃稍整洁矣"。①

既然以叙述性作为笔记小说的基石，纪昀何以又将笔记小说归入"子部"呢？其中至少包含了下述三点考虑。

第一，把笔记小说划归子部，刘知几《史通·杂述》中所论列的"偏记"、"小录"、"郡书"、"家史"、"别传"、"地理书"、"都邑簿"等就不再有理由跻身于笔记小说的队伍，这对于清理笔记小说，保持其纯洁性是必要的。

这种保持笔记小说纯洁性的努力同时也是针对传奇小说和宋以降的白话小说的。

纪昀一向认为唐人的传奇不能算是"小说"。盛时彦《姑妄听之·跋》引纪昀语曰："虞初以下，干宝以上，古书多佚矣。其可见完帙者，刘敬叔《异苑》、陶潜《续搜神记》，小说类也；《飞燕外传》、《会真记》，传记类也。"②"小说"属于子部，"传记"属于史部，纪昀据此成功地将唐人传奇入了另册。

纪昀很少提到宋以降的白话小说，这不是由于他不熟悉，而是因为他不愿屈尊光顾这种不入流的书。

宋以降的白话小说，曾被比附于各种正史，如《史记》、《资治通鉴》等，但从未被比附于"述道见志"的子书；纪昀将笔记小说归属于子部，就与白话小说划清了界限。

第二，把笔记小说划归子部，是对笔记小说虚构内容的一定程度的认可。

---

① 鲁迅：《中国小说史略》第一篇，5页，上海，上海古籍出版社，1998。
② 纪昀：《阅微草堂笔记》，472页，上海，上海古籍出版社，1980。

纪昀是古代最博雅通达的学者之一。他敏锐地意识到，子与史在叙事规范方面存在微小却不容忽视的差异。

史家奉行一个至关重要的原则：人的言语举动可闻可见，故可记；人的所思所虑无从察考，故不可记；一些隐秘的事如男女两人的私情等，外人无从知道，同样不能详加摹写。

从总体上看，笔记小说既以叙述性为基点，大体保持与史家一致是必要的，但笔记小说毕竟是从子部发展起来的，它秉赋有适度的虚构权利；这种权利的一个局部表现是：只要合乎事件发展的逻辑，作者不妨有限地发挥自己的想像。《阅微草堂笔记》卷十一以诙谐的笔调叙述道：

> 申苍岭先生言：有士人读书别业，墙外有废冢，莫知为谁。园丁言夜中或有吟哦声，潜听数夕，无所闻。一夕，忽闻之。急持酒往浇冢上曰："泉下苦吟，定为词客。幽明虽隔，气类不殊。肯现身一共谈乎？"俄有人影冉冉出树阴中，忽掉头竟去。殷勤拜祷，至再至三。微闻树外人语曰："感君见赏，不敢以异物自疑。方拟一接清谈，破百年之岑寂。及遥观丰采，乃衣冠华美，翩翩有富贵之容，与我辈缊袍，殊非同调。士各有志，未敢相亲。惟君委曲谅之。"士人怅怅而返，自是并吟哦亦不闻矣。
>
> 余曰："此先生玩世之寓言耳。此语既未亲闻，又旁无闻者，岂此士人为鬼揶揄，尚肯自述耶？"先生掀髯曰："钼麑槐下之词，浑良夫梦中之噪，谁闻之欤？子乃独诘老夫也！"

纪昀引《左传》以解嘲，实则提醒读者勿以严格的史法苛求笔记小说，只要笔记小说的虚构不悖情理且寓有健康的人生哲理，就不必大加挞伐。

第三，把笔记小说划归子部，这表明，它负有"议"即指导生活的责任。

中国的子书向来是阐发某种学说或主张的，如《孟子》、《庄子》等。不过，纪昀心目中的"议"，与百家争鸣之"议"有别，而以有益于世道人心为宗旨，强调劝惩。《阅微草堂笔记》卷二十四在交代他的创作动机时说："惟不失忠厚之意，稍存劝惩之旨，不颠倒是非如《碧云騢》，不怀挟恩怨如《周秦行纪》，不描摹才子佳人如《会真记》，不绘画横陈如《秘辛》，冀不见摈于君子云尔。"① 这种毫不迟疑的淑世之意，很能显出纪昀的士大夫情怀。

2. 纪昀的人生观

纪昀首先是个学者。从气质来看，他性情较为平和，其处世的基点可以用两个字来概括：近情；或者说通情达理。《阅微草堂笔记》每每以是否通情达理作为论事的标准。比如卷十"任子田言"条："圣人通幽明之礼，故能以人情知鬼神之情也。不近人情，又乌知《礼》意哉！""情理"之"情"与"天理"之"理"相对而言，它强调的是对人心和事理的洞悉、体谅。譬如关于女人失节，迂儒只需依照"饿死事小，失节事大"的定律，便可责骂无已时；而纪昀则以深厚的同情心去考虑生活中的诸种难堪，然后才谨慎地发表他的见解。如卷三记郭六事：根据"节"的原则，郭六是一个下贱的伤风败俗的人；根据"孝"的原则，郭六不仅无罪，似还有功。宠予公的见解大约可以代表纪昀，他坦率承认，用天理来较论此事，"非圣贤不能断"。因为天理自身就是互相矛盾、互相冲突的，以此作为论事的依据，结论也不能不是可疑的。纪昀就这样对"天理"给予了调侃。

狂、狷是两种不同的风度。如孔子所早就指出过的：狂者进取，狷者有所不为。更具体地说："狂"偏于对恶、对俗的无忌惮地攻击，其失可能在于尖刻、泼辣；"狷"偏于对恶、对俗的满是蔑视地回避，其失可能在于狷介、孤僻。对这两种风度，纪昀都不完全赞成，《阅微草堂笔记》卷十八批评黄叶道人潘班"太伤忠厚"，就是认为"狂"得过分了些，虽有理，却嫌刻薄。卷十一在指出狷者可敬的同时，也强调了其"器量未宏"、迂僻冷峭的短处。

---

① 纪昀：《阅微草堂笔记》，562 页，上海，上海古籍出版社，1980。

纪昀虽对“狂”、“狷”有所非议，却决不是提倡纵容邪恶，提倡圆滑世故。他一再对世故太深者提出批评。《阅微草堂笔记》卷十三记：“甲与乙邻居世好，幼同嬉戏，长同砚席，相契如兄弟。两家男女时往来，虽隔墙，犹一宅也。或为甲妇造谤，谓私其表弟。甲侦无迹，然疑不释，密以情告乙，祈代侦之。乙故谨密畏事，谢不能。甲私念未侦而谢不能，是知其事而不肯侦也，遂不再问，亦不明言；然由是不答其妇。妇无以自明，竟郁郁死。”乙的圆滑给他人造成了悲剧，他本人也因此而招致大怨。纪昀的结论是：世故太深，一以害己，一以害人。

综合纪昀对“狂”、“狷”、世故三者的看法，可见他提倡的是一种正直、大度、寓庄于谐的风度。这种风度，有“狂”者的犀利，而无其刻薄；有“狷”者的严正，而无其小器；摒弃了世故者的圆滑，而练达过之。

纪昀对形迹显然的名士风度十分反感。盛时彦《阅微草堂笔记·序》：“河间先生以学问文章负天下重望，而天性孤直，不喜以心性空谈，标榜门户；亦不喜才人放诞，诗社酒社，夸名士风流。”《阅微草堂笔记》不止一次地表白这点，比如卷七“有游士借居万柳堂”，显然是对明末清初士风的针砭。

3. 纪昀选择和处理题材的特殊方式

纪昀将笔记小说划归子部，这表明，他写作《阅微草堂笔记》的宗旨之一是阐述事理，即盛时彦所说的“明道”。值得注意的是：纪昀的诸多见解往往是经由解构阅读表达出来的，睿智而充满理趣，常能引发读者的会心一笑。

解构阅读具有下述特征：旁敲侧击，以证明文本破绽百出，从而取得颠覆某种传统思路的效果；在破除对文本迷信的同时，给读者提供新的美感经验或智慧。这里试拈出与古小说有关的三例，略加评点，以便透视纪昀选择和处理题材的特殊方式。

鬼的能耐。鬼是中国古代志怪小说中的主角之一，魏、晋、南北朝的干宝、刘义庆等人对之有过精彩的描绘。在他们笔下，鬼有几桩引人注目的能耐，比如能前知（事先知道），可移动重物，等等。表现第一点的如《幽明录·王彪之》：王彪之母能前知，帮助儿子避免了“奇厄”；表现第二点的如《幽明录·新鬼》：新鬼可干推磨之类的重体力活。纪昀觉得，这一类故事颇有不合情理之处。

与纪昀同受业于董邦达的窦光鼐（1720～1795年），字调元，号东皋，山东诸城人，乾隆进士，历任编修、浙江学政、左都御史等官。《阅微草堂笔记》卷十三记有他讲的一个故事：

> 前任浙江学政时，署中一小儿，恒往来供给使。以为役夫子弟，不为怪也。后遣移一物，对曰：“不能。”异而询之，始自言为前学使之僮，殁而魂留于是也。

纪昀以为窦光鼐讲的这个故事才“于事理为近”，“盖有形无质，故能传语而不能举物”。但使纪昀难以想通的是：“古书所载，鬼所能为，与生人无异者，又何说欤？”这其实是对魏、晋、南北朝志怪提出质疑。他的言外之意是：鬼是不能干重体力活的。

纪昀的同年邹道峰，也讲过一个鬼故事，见《阅微草堂笔记》卷十四：

> 有韩生者，丁卯夏读书山中。窗外为悬崖，崖下为涧。涧绝陡，两岸虽近，然可望而不可至也。月明之夕，每见对岸有人影，虽知为鬼，度其不能越，亦不甚怖。久而见惯，试呼与语。亦响应，自言是堕涧鬼，在此待替。戏以余酒凭窗洒涧内，鬼下就饮，亦极感谢。自此遂为谈友，诵肄之暇，颇消岑寂。一日试问：“人言鬼前知。吾今岁应举，汝知我得失否？”鬼曰：“神不检籍，亦不能前知，何况于鬼。鬼但能以阳气之盛衰，知人年运；以神光之明晦，知人邪正耳。若夫禄命，则冥官执役之鬼，或旁窥窃听而闻之；城市之鬼，或辗转相传而闻之；山野之鬼弗能也。城市之中，亦必捷巧之鬼乃闻之，钝鬼亦弗能也。譬君静坐此山，即官府之事不得知，况朝廷之机密乎！”一夕，闻隔涧

> 呼曰："与君送喜。顷城隍巡山，与社公相语，似言今科解元是君也。"生亦窃自贺。及榜发，解元乃韩作霖，鬼但闻其姓同耳。生太息曰："乡中人传官里事，果若斯乎！"

这故事是高度喜剧化的。韩生以为鬼能前知，故请他预告吉凶；这山野之鬼倒也诚实，坦率地表明自己无此能耐。后来他偶然听到城隍与社公的谈话，得悉今科解元姓韩，遂向韩生道喜，谁知如同乡下人传官府事，差了一大截。纪昀借此故事，风趣地提醒读者："鬼前知"的说法于情理不合。

关于离魂的想像。唐代的陈玄祐写过一篇传奇，题为《离魂记》，其大体情节参见本书讨论初期唐人传奇的部分。

纪昀对古代的志怪、传奇烂熟于心，又乐于揆情度理，思考其中的一些问题。关于《离魂记》，他指出：其想像不够周密，留下了破绽。在《阅微草堂笔记》卷十四中，他先记叙了某富室婢离魂的事，然后据以立论，写得相当雄辩。某富室婢离魂的详情如下：

> 门人徐通判敬儒言：其乡有富室，昵一婢，宠眷甚至。婢亦倾意向其主，誓不更适。嫡心妒之而无如何。会富室以事他出，嫡密召女侩鬻诸人。待富室归，则以窃逃报。家人知主归事必有变也，伪向女侩买出，而匿诸尼庵。婢自到女侩家，即直视不语，提之立则立，扶之行则行，捺之卧则卧，否则如木偶，终日不动。与之食则食，与之饮则饮，不与亦不索也。到尼庵亦然。医以为愤恚痰迷，然药之不效，至尼庵仍不苏。如是不死不生者月余。富室归，果与嫡操刃斗，屠一羊沥血告神，誓不与俱生。家人度不可隐，乃以实告。急往尼庵迎归，痴如故。富室附耳呼其名，乃霍然如梦觉。自言初到女侩家，念此特主母意，主人当必不见弃，因自奔归；虑为主母见，恒藏匿隐处，以待主人之来。今闻主人呼，喜而出也。因言家中某日见某人，某人某日作某事，历历不爽。乃知其形去而魂归也。

纪昀何以要记叙某富室婢离魂的事呢？他是要设置一个参照系，并以此作为批评《离魂记》的依据。果然，他叙完故事，即直接发表议论："因是推之，知所谓离魂倩女，其事当不过如斯，特小说家点缀成文，以作佳话。至云魂归后衣皆重著，尤为诞谩。著衣者乃其本形，顷刻之间，襟带不解，岂能层层搀入？何不云衣如委蜕，尚稍近事理乎？"这样的批评，洋溢着清明的理性和幽默的情趣。

在解构阅读之外，纪昀也用其他方式阐述事理。比如他常故弄狡狯，托狐鬼（或其他角色）以抒己见：或讥流俗，或贬世风，或骂道学，或谈文业，颇多卓见胜解。比如卷十七论诗词体性之别："李秋崖与金谷村尝秋夜坐济南历下亭，时微雨新霁，片月初生。秋崖曰：'韦苏州"流云吐华月"句兴象天然，觉张子野"云破月来花弄影"句便多少著力。'谷村未答，忽暗中有人语曰：'岂但著力不著力，意境迥殊。一是诗语，一是词语，格调亦迥殊也。即如《花间集》"细雨湿流光"句，在词家为妙语，在诗家则靡靡矣。'愕然惊顾，寂无一人。"片语只词，游戏三昧，却无疑顶得上一部高头讲章；而这样超过高头讲章的学问却出之于狐鬼的闲谈，正好显露了纪昀襟怀夷旷的"晋人风"。

注重智慧，其风格化的表现是幽默。这从狐鬼形象的塑造上便看得出来。在《聊斋志异》中，狐鬼通常是事件的当事人，其悲、欢、穷、通构成缠绵悱恻的情节；而《阅微草堂笔记》中的狐鬼，并不以自身的悲、欢、穷、通感染读者，它们似乎无忧无虑，只是作为旁观者悠然地扫视着人类，一旦发现某人或某群人做了什么不太光明磊落的事，便揭开其真相，以引起读者快意的大笑。它们以幽默为生活内容，而这幽默，当然是纪昀赋予它们的。它们是纪昀的使者。由于狐鬼的无所不可往、无所不可在的灵性，所以纪昀能游刃有余地创造一个充满幽默的天地。这些地方，颇能见出《阅微草堂笔记》的艺术个性。

三　《阅微草堂笔记》之后

《阅微草堂笔记》问世以后，大量仿作拟作相继产生，其中较为出色的是俞樾的《右台仙馆笔记》。“他如江阴金捧阊之《客窗偶笔》四卷（嘉庆元年序），福州梁恭辰之《池上草堂笔记》二十四卷（道光二十八年序），桐城许奉恩《里乘》十卷（似亦道光中作），亦记异事，貌如志怪者流，而盛陈祸福，专主劝惩，已不足以称小说。”①

俞樾（1821～1907年）字荫甫，号曲园，又号曲园居士。浙江德清人，迁居仁和（今浙江杭州）。道光进士，由翰林院编修出任河南学政。因事罢职，侨居苏州，主讲苏州紫阳、上海求志等书院。晚年主讲杭州诂经精舍。治经、子、小学，以高邮王念孙父子为宗。著有《群经平议》、《诸子平议》、《古书疑义举例》等。能诗词，重视小说戏曲。所著《茶香室丛钞》、《茶香室续钞》、《小浮梅闲话》，对小说、戏曲演变与故事出处多所考证。另作有杂剧《老圆》及笔记小说若干种。所著各书，总称《春在堂全书》，共二百五十卷。

《右台仙馆笔记》是俞樾晚年的作品，凡十六卷。有《春在堂全书》本、宣统二年上海朝记书庄石印本。其自序称，作者五十九岁时，夫人姚氏去世，葬于钱塘之右台山，墓旁筑屋三间，题曰“右台仙馆”。“余吴下有‘曲园’，即有《曲园杂纂》五十卷；湖上有俞楼，即有《俞楼杂纂》五十卷；‘右台仙馆’安得无书？而精力衰颓，不能复有著述，乃以所著笔记归之。”此即本书得名之由。其自序所附《征求异闻启》坦率表明，他写作《右台仙馆笔记》，目的是为了“销暇日”，即“消闲”，即当成茶余酒边的谈助。因此，只是随笔写去，在平淡自然中呈露出作者个人的性情、涵养，并向读者传达某种饱经沧桑后的人生智慧。这是“发纤秾于简古，寄至味于澹泊”的境界。

我们来读读卷十四“雁冢”一则：

> 无锡县荡口镇民，生得一雁，将杀而烹之。有书生见而悯焉，买以归，畜之以为玩。惧其逸去，以线联其两翮，使不能

① 鲁迅：《中国小说史略》第二十二篇，154页，上海，上海古籍出版社，1998。

飞。雁杂处鸡鹜间，亦颇驯扰，惟闻长空雁唳，辄昂首而鸣。一日有群雁过其上，此雁大鸣，忽有一雁自空而下，集于屋檐。两雁相顾，引吭奋翮，若相识者，一欲招之下，一欲引之上。书生悟此两雁必旧偶也，乃断其线使飞，而此雁垂翅既久，不能奋飞，屡飞屡堕，竟不得去。屋檐之雁守之终日，忽自屋飞下，相对哀鸣。越日视之，则俱毙矣。书生感其义，合而瘗之，名曰雁冢。嗟乎！禽鸟之微，犹不忘其偶若此，使人弥增伉俪之重。

"雁冢"的题材并不是第一次被注意到。金元好问有《迈陂塘》词，其小序云："太和五年乙丑岁，赴试并州，道逢捕雁者云：'今日获一雁，杀之矣。其脱网者悲鸣不能去，竟自投于地而死。'予因买得之，葬之汾水之上，累石为识，号曰雁邱。""雁邱"与"雁冢"，意味相近。但俞樾娓娓而谈，措辞娴雅，在深情的叙述中，仍不失烟水渺然的风致。

在蒲松龄和纪昀两位作家中，俞樾更偏爱纪昀。其《春在堂随笔》卷八说："若纪文达《阅微草堂五种》，专为劝惩起见，叙事简，说理透，不屑屑于描头画角，非留仙（蒲松龄）所及。"① 并明确表示，他写作《右台仙馆笔记》，"以《阅微》为法，而不袭《聊斋》笔意"。崇尚简淡朴实，回避华丽铺张，这是志怪小说的经典写法。

《右台仙馆笔记》与《聊斋志异》有别，与《阅微草堂笔记》实亦有所不同，这表现在鬼怪题材所占比重较小，大量的还是人间故事，且人间故事中不乏名篇，如卷二"选人"、卷三"仆妇"、卷四"典妻"等。不过，这类故事虽属人间题材，但仍偏于见闻之"异"，不同于轶事小说之"轶"。所以，我们从整体上还是将《右台仙馆笔记》作为志怪来看。

在《阅微草堂笔记》的后裔中，有几种"盛陈祸福，专主劝惩"，成就有限，这里略举《咫闻录》、《三异笔谈》、《里乘》为例，以见一斑。

---

① 俞樾：《春在堂随笔》，108 页，沈阳，辽宁教育出版社，2001。

《咫闻录》，慵讷居士撰。共十二卷，二百四十余篇。有道光壬辰（1832年）知不足斋刊本、《笔记小说大观》本。成书于嘉庆二十二年（1817年）夏，时作者“赋闲羊城（广州），回忆以往见闻，记载成篇，月余成帙”。（自序）其宗旨是记载那些“可做人镜鉴、自堪励策”的“怪异之事”，神道设教，以宣扬儒家伦常为中心。因果报应的结构套路反复出现，加之缺少文采，故可读性不强。少数作品略有参考价值，如《普依祠》记广东的“金兰会”，凡入会女子必须同时出嫁，甚至一死皆死；《飞云》记广东船妓的骗人伎俩；《海鳅鱼》记渤海渔民捕捞巨鱼的惊心动魄的场景；以传闻或事实为依据，“有广异闻”。明华继善有《咫闻录》五卷，与此并非同一部书。

《三异笔谈》，许仲元撰，共四卷。有《申报馆丛书》本、《笔记小说大观》本、民国间上海中华图书馆石印本等。成书于道光七年（1827年），时许仲元罢官闲居于杭州知府官署内，“客来闲话，苦气弱不能剧谈，乃以笔代舌。自夏徂秋，积成卷帙”，“名之曰《三异笔谈一集》”。（自序）全书约八十篇。作者旨在劝惩，片面发展了《阅微草堂笔记》的说教倾向；所记多为人事，志怪比例较小。题材以清朝人物的言行为主，如关于四川教民起事，书法家梁同书有钱癖，胡道人指斥汪启淑，某乡村幼童虽识字不多但事母尽孝，等等。作者缺乏叙事才能，语言枯涩，多数作品难以卒读。

《里乘》，许奉恩撰。许奉恩（1816～1878年），字叔平，号莜坪、勖屏、兰苕馆主人等。世居安徽桐城黄华里（今属安徽省枞阳县黄美乡），屡应乡试不第，长期为幕僚。一度以知县任用，加五品衔，敕授文林郎，诰封奉直大夫，晋授通议大夫，但均为空头衔，终因谒选乏资，未能赴知县任。晚年做客汉皋（汉口），病死于武昌幕府中。有《兰苕馆诗抄》、《兰苕馆文品论诗合抄》等。《里乘》凡十卷，约收小说一百九十篇。有光绪五年（1879年）常熟抱芳阁刊本，一名《兰苕馆外史》。《扫叶山房丛抄》本作四卷，《笔记小说大观》本作八卷。《笔记小说大观》之《里乘》提要曰：“有清一代，笔记小说夥矣，要以蒲、纪二氏最为擅场。《聊斋志异》以文词胜，《阅微草堂》以论断胜，皆千古不磨之作。此书独兼有其长。谈狐说鬼，无殊淄水之洸洋；善劝恶惩，犹是河间之宗旨。纸贵已久，鼎足何疑?”这当然是溢美之词，但在一定层面上把握住了《里乘》的特点。此书以劝善惩恶为出发点。《当涂令》写当涂县令与其幕僚侵吞救灾公款，以致饥民“枕藉于道，惨不能状”。《雷击某总戎》写某总兵暗害某公子，“并纵兵淫辱妇女，悉杀而投诸江”。《某令》写甘肃某县令将七名无辜者当做盗贼杀死，以敷衍上司。《行脚僧》写某行脚僧残杀一老衲，“饱啖，搜其资而遁”。诸多邪恶者，最终都受到应有的惩罚。《少年客》写一少年严惩“欲行劫掠”的舟子，保护客商安然抵沪。《金钱李二》写盗魁李二言行豪爽，熟谙史事，教子有方。《柯寿鞠》、《仙露》、《袁姬》写几个妓女不仅才貌双全，而且品格高尚，在对下层人物的赞扬中寓有劝善之意。其他作品，或叙家庭纠纷，或写士子科名，或述名人轶事，亦多以因果报应为结构套路，说教意图明显。少数作品情节曲折，篇幅较长，已近于传奇小说。

第二十二章　清代轶事小说

清代轶事小说，其总体成就不如清代志怪小说，也不如清代传奇小说。对这一现象不难作出解释。因为，轶事小说之“轶”，首先指一种人生态度：清逸、超逸、高逸、隐逸；其次才指一种写作方式：网罗放佚。这种超脱于流俗、从尘缚中解放出来的人生态度，呈现在日常生活中，多为“意绪秀逸”的生活琐事。这种飘逸的情调，在清代未能赢得主流社会的喝彩，因而也未能盛行。顺理成章，以记轶事为基本生存状态的轶事小说失去了繁荣兴盛的前提。

当然，清代轶事小说也有几部值得提出的作品，如王晫《今世说》、余怀《板桥杂记》等。

一　《今世说》及其他

“世说”体轶事小说在清初一度勃兴，李清《女世说》、梁维枢《玉剑尊闻》、吴肃公《明语林》、章抚功《汉世说》、王晫《今世说》，均产生于这一时期，但大都摭拾旧说，别无颖异，惟王晫《今世说》以顺、康两朝的士大夫言行为主要采录对象，是了解清初名士动态的极有价值的参考书之一。

1. 吴肃公《明语林》

《明语林》，吴肃公撰。吴肃公，字雨若，号晴岩，安徽宣城人。著有《诗问》、《读礼问》等。《明语林》共十四卷，据作者自序，书成于康熙元年（1662 年），初刻于康熙二十年（1681 年），有《碧琳琅馆丛书》本、《芋园丛书》本等。全书分三十七门，仍承《世说新语》之旧。小说在对明代士大夫轶闻琐事的记叙中，时时流露出兴亡之感，作者当是一位遗民。其文笔简洁，不乏趣味盎然的片断，如卷十《企羡》“刘瑾慕康德涵才名”条，展示了权势人物与文坛名流交往的有趣的一幕。权势人物并不因为握有权势便心满意足，他们渴望赢得文坛名流的好感；文坛名流以清流自居，宁可仕途蹭蹬也不与宦官首领同流合污。康海因此赢得了人们的敬重。但令人们更为佩服的还是：他为了援救朋友李梦阳，不惜玷污清名去和刘瑾套近乎。两人的言行举止都有几分夸张，这显示出他们内心的真诚不够，表里对照，颇富喜剧意味。

2. 李清《女世说》

《女世说》，李清撰，四卷。另有严蘅所撰同名书，不分卷。李清（1602～1683年），字映碧、心水，兴化（今属江苏）人。明天启辛酉（1621年）举人，崇祯辛未（1631年）进士，历任宁波府推官、刑科给事中、吏科给事中等职，南明弘光朝任工科给事中、大理寺左寺丞。明亡不仕。有《三垣笔记》、《南渡录》、《明史杂著》等。所著《女世说》仅见道光乙酉三月经义斋刊巾箱本。其体例仿《世说新语》，凡四卷三十一门。作者分类辑录女性轶事，无脂粉气，有林下风。如卷二《高尚》门“吕徽之隐仙”条：

> 吕徽之隐仙，居万山中，耕渔自给。后有人乘雪霁物色之，惟草屋一间。忽米桶中有人，乃其妻也，因天寒，故坐其中。问徽之何在？答曰：“方捕鱼溪上。”

在严寒季节，只能蜷缩在米桶里避寒，其艰难可想。妙在作者并不着眼于此，而由吕徽之妻的一句答话（“方捕鱼溪上”），将读者的视线引向远离尘世的境界，一种可与“只在此山中，云深不知处”相提并论的境界。这就显出李清的胸襟了。

3. 王晫《今世说》

《今世说》，王晫撰。王晫（1636～？年），初名棐，字丹麓，号木庵，又号松溪子，钱塘（今浙江杭州）人。顺治间诸生，稍长弃去。“居北郭，为往来舟车之冲。四方士大夫过武林者，必先造其庐，问字纳交，停轭不忍去。”（《今世说》卷三《文学》）“家既落，犹喜刻书。客至，质衣命酒。四十后益困。”（《国朝杭郡诗集》卷六）除《今世说》外，“又尝撰《遂生集》并杂著十种，曰《龙经》、曰《孤子吟》、曰《松溪子》、曰《连珠》、曰《寓言》、曰《看花述异记》、曰《行役日记》、曰《快说续记》、曰《禽言》、曰《北墅竹枝词》。又尝辑《檀几丛书》，以所撰《草堂十六宜》、《课婢约》、《报谒例言》、《谄卦》四种厕于其间。又张山来所刻《昭代丛书》，亦收其所撰《快说续记》、《酒社刍言》、《兵仗记》、《龙经》、《石友赞》各种，《提要》均著录附存目中。又尝撰《文津》，而《提要》云：未见”。① 《今世说》写成于康熙二十二年（1683年），有康熙二十二年刊本、《粤雅堂丛书初编》本、《清代笔记丛刊》本、《笔记小说大观》本、《丛书集成初编》本、1957年古典文学出版社《中国文学参考资料小丛书》本等。诸本卷首均有冯景、丁澎、毛际可、严允肇和作者本人序，另有洪晖吉、林西仲等人所撰《评林》及作者例言。

《今世说》是清初“世说”体轶事小说的代表作。该书就作者见闻所及，将清顺治、康熙两朝士大夫、文学家的言行记录下来，颇有助于了解清初名士动态。其体例全仿《世说新语》，门类亦从其旧，但删去“自新”、“黜免”、“俭啬”、“谗险”、“纰漏”、“仇隙”六类，以免因贬辞而开罪于时人。又自为之注，欲并刘义庆、刘孝标之长而兼有之。其取材重心在下述几个方面：提倡忠孝节义的儒家道德，主要见于卷一《德行》；表彰高于世俗的才华、人格、风度，其中，写才华的相对集中于《政事》、《文学》、《捷悟》、《夙慧》、《巧

① 咸丰间伍崇曜《今世说》跋。

艺》，写风度的相对集中于《雅量》、《赏誉》、《豪爽》、《任诞》、《简傲》、《排调》，写人格的相对集中于《德行》、《方正》、《规箴》、《栖逸》。当然，才华、风度、人格三者在每一个片断中都不是截然孤立地被描绘的，相互之间有渗透交融之处，如《文学》：

> 毛大可过海陵，至淮上。时吏部张鞠存父子嗜诗，有名园，中秋夜，会客数十人，伎乐合作，鼓吹竟夕。毛倚醉扣盘，赋《明河篇》，凡六百余言。及旦，淮上诸家，传写殆遍。宣城施愚山，还自京师，见之，目为才子。

《栖逸》：

> 龚柴丈隐居清凉山曲，有园半亩，种名花异卉，水周堂下，鸟弄林端。日长无事，读书写山水之余，高枕而已。

第一则侧重于才情的敏捷，第二则侧重于人生境界的旷远。但毛大可"倚醉扣盘，赋《明河篇》"，这其中就有风度的展示；龚柴丈以"读书写山水"打发长昼，这里面又有才情的点染。

《今世说》中颇多精妙的写生，文字简净，意趣明达，以一个精选的细节，便传达出人物的某种性情或神情。既受《世说新语》影响，亦不乏晚明小品文的濡染。这从上引两个片断便可见一斑。该书也有缺陷，如模拟《世说新语》不免太似之嫌，约十个片断近于志怪，且时有自我标榜之笔等。

"世说"体的轶事小说，在《今世说》之后的，"如同治、光绪间高承勋的《豪谱》，专辑各类所谓'豪气'的故事；徐士銮的《宋艳》，专辑南北宋婢妾、娼妓的故事；虽也仿《世说新语》，而末流愈下，庸俗无聊，已是一种低级趣味了"。①

---

① 刘叶秋：《历代笔记概述》第七章，175～176页，北京，中华书局，1980。

二 《板桥杂记》及其他

在“杂记”体中，《板桥杂记》、《坚瓠集》等较为出色。

《板桥杂记》，余怀撰。余怀（1616～？年），字澹心，一字无怀，号鬘持老人。莆田（今属福建）人，侨寓江宁。工诗，曾赋金陵怀古诗，王士祯以为不减刘禹锡，与杜濬、白梦鼐齐名，时称“余杜白”。有《味外轩文稿》、《研山堂集》、《秋雪词》、《宫闱小名录》等。《板桥杂记》，凡三卷，有《说铃》本、《龙威秘书》本、《昭代丛书》本、《艳史丛钞》本、《金陵丛刻》本等。第一卷《雅游》，记南京妓院盛况，诸如居室、陈设、服食、习俗等，均有描述。第二卷《丽品》，为名妓小传，如李十娘、葛嫩、李大娘、顾媚（横波夫人）、董白（小宛）、卞赛（玉京）、顿文（琴心）、马娇、王小大、李香（香君）、王月等。第三卷《轶事》，记文人狎客等的轶闻韵事，主要人物有冒辟疆、张明弼、柳敬亭、徐青君、李贞丽等。余怀生当明季乱离之时，目睹明清易代，时移物换，“十年旧梦，依约扬州，一片欢场，鞠为茂草”的变化，不禁满怀“盛衰感慨”，故用这部表面上的“香艳”之作来寄托其亡国、亡家之痛，即其自序所云：“此即一代之兴衰、千秋之感慨所系，而非徒狭邪之是述、艳冶之是传也。”《四库全书总目提要》评曰：“自明太祖设官伎于南京，遂为冶游之场，相沿谓之旧院。此外又有珠市，亦名倡所居。明季士气儇薄，以风流相尚，虽兵戈日警，而歌舞弥增。怀此书追述见闻：上卷为雅游，中卷为丽品，下卷为轶事。文章凄缛，足以导欲增悲。亦唐人《北里志》之类。然律以名教，则风雅之罪人矣。”①《四库全书》编纂者或许不便从抒写亡国之痛的角度来把握《板桥杂记》，故只能偏于贬抑。

据《板桥杂记·自序》，年轻时的余怀，也曾“偶为北里之游，长板桥边一吟一咏，顾盼自雄，所作诗歌传诵诸姬之口”。以当事人

① 永瑢等撰：《四库全书总目》，1236页，北京，中华书局，1965。

的身份，目睹“蒿藜满眼，楼管劫灰”，自会悲慨无穷。其文笔之缠绵悱恻，或许与这种伤今吊古的情怀相关。

《板桥杂记》中不乏风趣幽默的片断，如《刘元》：“刘元，齿亦不少，而佻㒓轻盈，目睛闪闪，注射四筵。曾有一过江名士，与之同寝。元转面向里帷，不与之接。拍其肩曰：‘汝不知我为名士耶？’元转面曰：‘名士是何物？值几文钱耶？’相传以为笑。”刘元的话，曾多次为后人所征引，足见其调侃蕴有发人深省的内涵。

《坚瓠集》，褚人获编撰。褚人获，字稼轩，又字学稼，号石农，长洲（今江苏苏州）人。生卒年不详。约生活于康熙年间。长篇小说《隋唐演义》是其代表作品，系据史传及民间传说编写而成。另有《读史随笔》、《圣贤群辅录》、《续蟹谱》、《鼎甲考》等。《坚瓠集》凡六十六卷，包括正集十集，每集四卷，另有续集四卷，广集、补集、秘集各六卷，余集四卷。首集前有孙致弥康熙乙亥总序，其他各集亦均有序。序作者或为名流，如尤侗、顾贞观、洪升、毛际可、毛宗岗；或为人获亲友，如李睲庵、褚篆。有道光十二年寻春书屋刊本、《清代笔记丛刊》本、《笔记小说大观》本、1926年柏香书屋铅印本等。孙致弥总序称褚人获“搜录秦汉以迄故明历代轶事，并访诸故老之旧闻，摘其佳事佳话之尤者，次为一编，命之曰《坚瓠集》”。此书既有辑自他书的成分，又有作者自撰条目，二者混杂，不太容易分清，风格亦不太一致。其文体相当复杂，或谈诗品文，或志异搜奇，或为琐语，或为轶事，或为笑话，或为典制。毛宗岗《坚瓠三集序》则强调了褚人获选择和处理题材的特点：“凡其睹记所及，古今人轶事与语言文字之可资谈柄者悉载焉，而劝戒之意即寓于中，使读者或时解颐抚掌，或时骇目惊心，乃益信此真儒者好事之所为也。”撰者用笔平实，不故作惊人之言，体现出雍容的著书风度，如《秘集》卷五《柳敬亭》：

泰兴柳敬亭以说平话擅名，吴梅村先生为之立传。顺治初，马进宝镇海上，招致署中。一日侍饭，马饭中有鼠矢。怒甚，取置案上，俟饭毕，欲穷治膳夫。进宝残忍酷虐，杀人如戏，柳悯之，乘间取鼠矢啖之曰："是黑米也。"进宝既失其矢，遂已其事。柳之宅心仁厚，为人排难解纷，率类如此。

柳敬亭是明末的一位说书艺人。褚人获以平实的笔调记其日常言行，显示了《坚瓠集》如闲暇谈天的品格。书内杂有琐屑无聊之事，博而不精，自是一弊。

除了《板桥杂记》、《坚瓠集》外，其他如礼亲王昭梿《啸亭杂录》、戴璐《藤荫杂记》、李斗《扬州画舫录》等，叙事遣词，时见珍异，就不一一介绍了。

三 《笑得好》及其他

笑话在明代重新崛起后，进入清代，其发展势头依旧强健，仅据王利器辑录的《历代笑话集》，数量就多达十余种，较为重要的有：陈皋谟《笑倒》、石成金《笑得好》、独逸窝退士《笑笑录》、小石道人《嘻谈录》、程世爵《笑林广记》等。其中，除《笑得好》、《笑林广记》属于自撰外，其他均属辑录，这里只评介自撰的二种。

1. 石成金《笑得好》

石成金（1658~1739年后），字天基，号惺斋，别署善觉居士。扬州（今属江苏）人。其著作主要有《传家宝》四集，包括笑话、俗谚、俗曲、话本等。《笑得好》是他的笑话集，分初集、二集，共有笑话两百则。有乾隆四年《传家宝》本、《历代笑话集》本。其自叙强调：他之所以在每则笑话后附以"评列"，乃是为了"以笑话醒人"。并且，为加强警醒的效果，他的"评列"常有"克毒"之处，因为，不用猛药，难治痼疾。且读《看写缘簿》：

有一军人，穿布衣布靴游寺。僧以为常人，不加礼貌。军问僧曰："我见你寺中，也甚淡薄，若少甚的修造，可取缘簿来，我好写布施。"僧人大喜，随即献茶，意极恭敬。及写缘簿，头

> 一行才写了“总督部院”四个大字，僧以为大官私行，惊惧跪下。其人于“总督部院”下边又添写“标下左营官兵”，僧以为兵丁，脸即一恼，立起不跪。又见添写“喜施三十”，僧以为三十两银子，脸又一喜，重新跪下。及添写“文钱”二字，僧见布施甚少，随又立起不跪，将身一摆，脸又变恼。

石成金“评列”云：“先不礼貌，因无钱，后甚恭敬，因有钱；先一跪，为畏势，后一跪，为图利。世人都是如此，岂不可叹！”

《看写缘簿》一则，运用漫画手法，夸张地描绘喜剧人物的行为，取得了较好的讽刺效果。石成金也长于运用拟人、双关等手法，如《让鼠蜂》将鼠蜂当做人来写，这是拟人；用鼠蜂的钻刺谐社会生活中的钻刺，则是双关；将拟人与双关手法结合，增强了笑话的幽默感。

《笑得好》中最为盛传的也许是《愿换手指》一则。俗话说：“人心不足蛇吞象。”这位“愿换手指”者，欲壑无底，贪得无厌，理所当然该受讽刺。而作者的技巧也是相当高明的：欲进先退，欲抑先扬，使这位被讽刺者从高处突然跌下，读者也情不自禁地发出大笑。

2. 程世爵《笑林广记》

《笑林广记》，程世爵撰。程世爵，湖南平江人。主要活动于光绪年间。所作《笑林广记》有清光绪刊本、《历代笑话集》本。其自序（光绪二十五年作）云：“世有同我以讥刺劝讽有关名教者，非余之知音也；世有谓我以嬉笑怒骂皆成文章者，则余之知己也。”说明他的笑话以笔锋犀利见长。这是可信的，如《嘲时事》一则：

> 近年时事颠倒，竟有全非而以为是者，口撰数语以嘲之：京官穷的如此之阔，外官贪的如此之廉，鸦片断的如此之多，私铸禁的如此之广，武官败的如此之胜，大吏私的如此之公。舌锋犀利，造语亦苛。

寥寥数语，却足以见出社会政治生活的荒唐：京官向来清贫，可现在却如此之阔；外官贪婪之极，考语却是廉洁；鸦片越断越多，私铸越禁越广，败仗说成胜仗，私心评为公心……如此时事，“造语”不“苛”反而是不正常的了。

《头鸣》一则嘲笑了部分人热衷于“讨口彩”、图吉利的心理：“头鸣”谐“头名”，即第一名。讨口彩，图吉利，从心理上获得某种平衡和慰藉，这本无可厚非，但因此而置蝉于头巾之内，致使儿子犯规，就显得可笑了。

夸夸其谈，不懂装懂，或本无某一经历，却夸夸其谈地对人吹嘘，这种日常生活中常见的喜剧现象，在《瞎子吃鱼》中受到了调侃。“众瞎子打平伙吃鱼，钱少鱼小，鱼少人多，只好用大锅熬汤，大家尝尝鲜味而已。瞎子没吃过鱼，活的就往锅里扔，小鱼硼（蹦）在锅外，而众瞎不知也。大家围在锅前，齐声赞曰：‘好鲜汤！好鲜汤！’谁知那鱼在地下硼，硼在瞎子脚上，呼曰：‘鱼没在锅内。’众瞎叹曰：‘阿弥陀佛，亏得鱼在锅外，若在锅内，大家都要鲜死了。’”明知“鱼没在锅内”，仍能毫不惭愧地表示赞叹，吹牛皮的胆量也太大了。

结 束 语

《文言小说审美发展史》的写作，历时数年，现已画上句号。在向读者“告别”时，我想从审美的角度对文言小说的几个支类略作点评；说得冠冕一些，叫做归纳。

中国古代的文言小说，就其共性而言，都属于重情趣的艺术。“小说”之“小”，正意味着在旧时代的意识形态的殿堂里，它是“无关大体”、“无关宏旨”的著述，是怡情悦性的读物。

然而，文言小说中各个支类所追求的情趣却是不大一样的，它们不能互相取代，只能互相补充。那么，轶事小说、志怪小说和传奇小说之间，究竟有什么不同呢？

1. “异闻”与“轶事”

志怪小说的美感魅力来源于它的“异闻”，或者说，“广异闻”是志怪小说的魅力所在。对神秘事物的热爱是超感觉的思念故园。一本正经的面容不会像表情丰富的面容那样使我们陶醉，习以为常的事物不会像超越日常现实的事物那样使读者心醉神迷。一些志怪作家如干宝等对此充满自信，毫不犹豫地贯彻了自己的艺术原则。干宝《搜神记》序将其选材范围拟定为“撰记古今怪异非常之事”，而宣称其艺术目标是使“好事之士”有以“游心寓目”；唐代段成式在《酉阳杂俎·自序》中提出“志怪小说”的创作是将“怪”与“戏”融为一体，亦即凭藉对颖异不群的事物的记叙给读者带来快乐。

轶事小说的美感魅力则来源于它的“轶事”，或者说，“记轶事”是轶事小说的魅力所在。回忆常能带给我们一种令人陶然的温馨：那些已经消逝的人物、风俗、社会生活的一鳞半爪，提起来如旧梦一般轻盈缥缈，而先辈风流经过岁月流逝的苍凉感的润色，也更令人思慕与怅惘。这正是轶事小说受到欢迎的基本原因。

轶事小说对先辈风流的思慕与志怪小说对神秘事物的兴趣，这是两种不同的境界，任何将二者混淆的做法都是不恰当的。所以，轶事小说作家李肇在《国史补·序》中强调："言报应，叙鬼神，征梦卜，近帷箔，悉去之；纪事实，探物理，辨疑惑，示劝戒，采风俗，助谈笑，则书之。"清周中孚《郑堂读书记》认为李肇的《国史补》体例严格，推崇它"在唐人小记中，最为近正"。① 而若干违反这一原则的轶事小说如唐李德裕《次柳氏旧闻》即因包含了若干志怪片断而受到《四库全书总目提要》和《郑堂读书记》的一致批评。

2. "风流"与"儒雅"

朱自清《文学的标准与尺度》曾将中国传统文学的美感特征概括为"儒雅风流"："载道或言志的文学以'儒雅'为标准，缘情与隐逸的文学以'风流'为标准。有的人'达则兼济天下，穷则独善其身'，表现这种情志的是载道或言志。这个得有'正其谊不谋其利，明其道不计其功'的抱负，得有'怨而不怒'、'温柔敦厚'的涵养，得用'熔经铸史'、'含英咀华'的语言。这就是'儒雅'的标准。有的人纵情于醇酒妇人，或寄情于田园山水，表现这种情志的是缘情或隐逸之风。这个得有'妙赏'、'深情'和'玄心'，也得用'含英咀华'的语言，这就是'风流'的标准。"② 这一概括稍加变通也适用于文言小说：轶事小说偏于"儒雅"，传奇小说偏于"风流"。

传奇小说的"风流"，大体呈现为三个侧面：热衷于描写才子佳人的遇合，一种浪漫的超凡脱俗的爱情；迷恋豪侠的粗犷奔放的人格；推崇隐士的高风逸调。这只要浏览一下唐人传奇的名篇像《柳氏传》、《莺莺传》、《霍小玉传》、《李娃传》、《柳毅传》、《冯燕传》、

---

① 周中孚：《郑堂读书记》，1248页，上海，商务印书馆，1940。

② 朱自清：《文学的标准与尺度》，21～22页，上海，文光书店，1948。

《谢小娥传》、《昆仑奴》、《红线》、《枕中记》、《南柯太守传》等，就能获得基本完整的印象。

轶事小说作家却更关心百姓日用、民俗淳浇、风土人情，关心原始儒家如孔子等曾关心的人格的修养、志趣的涵茹、言谈的幽默。一句话，那些有助于使我们的日常生活更完善的智慧，他们一概纳入心中眼底。轶事小说中的人生层面较为广泛。

传奇小说中的豪侠多是“狂生”型的：自负不浅，风度翩翩，一眼看去就让人感到非等闲之辈。这表明了作者对于气势和生命力的偏爱。而轶事小说作家通常是在中年以后开始写小说的，在他们身上，生命力已由“狂”转化为“逸”。其作品中的情绪，以闲适优雅、清静澹泊为主；回归常识，崇尚平淡，热烈的青春气息较少。

3. 明快、简约与庄重、缛艳

笔记小说在总体上以明快、简约为其艺术表达的特征，换句话说，轶事小说和志怪小说都崇尚明快、简约的风度，但比较而言，轶事小说体现这一特征更为鲜明。

明快是相对“纪事”的历史著作而言的。中国古代的正史，肩负着沉重的政教责任；在严峻的道德、政治的背景之前，正史中的历史人物并不具有纯粹的个人身份，而是从属于家国或社会的一分子；对于他们的记载，不完全取决于其实际行为，而要视他们在家、国中的责任、关系而定。比如《左传》宣公二年载，本来是赵穿杀了灵公，晋的史官董狐却写道：“赵盾弑其君。”赵盾不认账，董狐义正词严地反驳他：你是正卿，逃亡却不走出国境（如果走出国境，就算解除了与灵公的君臣关系），回朝以后又不讨伐赵穿（正卿理应讨伐逆臣，不讨伐，就意味着你是幕后操纵者），不是你弑君，那是谁？孔子就此事评价说：“董狐，古之良史也，书法不隐；赵宣子（盾），古之良大夫也，为法受恶。惜也，越竟（境）乃免。”① 董狐的作法即所谓“微言大义”。如此严峻，使读者感受到了道德、政治

---

① 杨伯峻编注：《春秋左传注》，663 页，北京，中华书局，1990。

的肃杀与肃穆。秦汉以后的史家，似未亦步亦趋地追随这一套路，但历史人物既然成为“明史”的工具，其自身的独立性及特殊性就必然受到限制。清赵翼《廿二史札记》卷七论令狐德棻等修的《晋书》，有云：“《郭璞传》不载《江赋》、《南郊赋》，而独载刑狱一书，见当时刑罚之滥也。”“《张华传》载《鹪鹩赋》，殊觉无谓，华有相业，不必以此见长也。”① 史家所注意的，是和历史有关的大局、大事、人物大节；在处理上，要有不同一般的剪裁和取舍。

轶事小说不然。既然意在“消闲”，也就不必装腔作势，不必对接触到的事件、人物反复打量，左右权衡，看是否关乎大局。悠然、洒脱地切入生活，以展现生活的情趣为目标，所以轶事小说比正史来得明快、清新，以至于清毛际可在《今世说·序》中感叹：“昔人谓读《晋书》如拙工绘图，涂饰体貌，而殷、刘、王、谢之风韵情致，皆于《世说》中呼之欲出，盖笔墨灵隽，得其神似，所谓颊上三毛者也。”清王晫在其《今世说·例言》中也旗帜鲜明地表示他的写法与史家的写法不同：“是集所列条目，只据刻本，就事论事，如此事可入德行，则入德行；可入文学，则入文学，余皆仿此。乃有拘儒，欲指一事，概以生平，至罪予论不当者，请勿读是书。”“拘儒”采取的是史家的态度，轶事小说作家不必那么拘谨。

简约则主要是相对唐人传奇而言的。志怪小说中的《搜神记》一类作品也以简约为其风格祈向，但《拾遗记》等则铺陈缛艳；唐人传奇将缛艳的风格发展到了新的程度。在某种意义上，可以说，传奇旨在表达作者对色彩斑斓的想像的渴望。是的，梦想也许比智慧具有更多的美感与魅力。宇宙是一个有生命的实体，人则是一个小宇宙。世界，这个神圣不朽的存在，时时刻刻在赋予人类以生气。一颗卓越而如痴如醉的心灵，一旦进入活跃状态，便会产生充满诗意的幻想。传奇作家充分体会到审美活动的乐趣，因而热衷于以浓烈的色彩渲染激情，以无穷的不满足追求技巧。幻想、激情与辞章化的结合，

① 赵翼著、王树民校证：《廿二史札记校证》，153 页，北京，中华书局，1984。

这便是缛艳。

铁事小说作家却更自觉地向读者提供理性的快乐。他们所热爱的不是想像，而是智慧。智慧的形式化呈现即对称、秩序和明确性。高尚的娱乐与意义表述的清晰，二者的指向正是简约。所以，我们看到，从《世说新语》，经由《国史补》、《归田录》，直至清代的《今世说》，其作者无不悬简约为艺术鹄的。它们与传奇小说叙事风度的差异亦由此造成：传奇体繁，轶事体简；传奇小说热烈，轶事小说恬逸；传奇小说重才气，轶事小说重书卷气。（至于志怪小说，其叙事风度无疑于轶事小说为近，而于传奇小说为远。）

到这里为止，我们的归纳告一段落。从学理的角度看，任何归纳都带有化约的意味，都不可避免地会将复杂、具体的现象作简单、抽象的描述，以致造成概括不准确或不全面的缺陷。我们的归纳也是如此。但是，尽管明知归纳有这样的缺陷，尽管明知归纳不能穷尽所有的事实，我们依然不能拒绝做这件事。人类所有的新知识都是从归纳得到的。一个有志于创新的学者，他必须努力观察大千世界的林林总总，并尝试作出超越前人的归纳。至于能否真的超越前人，那是另一个问题，无论如何，尝试总是必要的。

我期待读者以这种眼光来看待我的探索。

后 记

《文言小说审美发展史》得以忝列武汉大学学术丛书，我感到荣幸，谨向各位编委表示由衷的感谢。

和以往一样，我的妻子曾德安对我的研究工作给予了大力支持；研究生鲁小俊、余来明帮助誊抄书稿，颇为辛苦，亦在此一并致谢。

陶佳珞先生先后担任拙作《中国文言小说流派研究》和《文言小说审美发展史》的责编，她的热心和细心使作者受益良多。

陈文新

2000 年 12 月 8 日于看山居

本书 2002 年在武汉大学出版社出版，这次修订重印，主要是核对引文，增加注释。对董乃斌先生的《中国古典小说的文体独立》一书，绪论中增加了一段评述。唐、宋传奇部分，理论表述略有调整，表明我对小说史的认识又有了一些新的进展。

2007 年 1 月 30 日于看山居